Die Blutallianz

 „Lily." Meister Cedrics Stimme klang seltsam. Nicht kalt oder grausam wie sonst. Sondern eher seltsam tief, sodass mir ganz warm wurde. Aber ich verstand seinen Kommentar nicht. Er schien einen Namen für mich ausgewählt zu haben und er redete immer über Blumen.

Und den Kampf.

Und den Tod.

Und über mein Versagen.

Ich versuchte, den Kopf zu schütteln, aber das machte den Schwindel noch schlimmer.

„Wann hast du zum letzten Mal etwas gegessen?", fragte er.

„Frühstück", antwortete ich mit etwas heiserer Stimme.

Er seufzte. „Und du hast heute das Abendessen verpasst."

„Habe ich es wieder verpasst?", fragte ich mich laut, ohne zu wissen, wie spät es war. *Wahrscheinlich*, dachte ich. Das Zeitfenster, um das Essen abzuholen, war sehr begrenzt, und er hatte mich wahrscheinlich zu lange hier behalten.

Sein Geruch kroch über mich, als er noch einen Kuss auf meinen Puls drückte. „So delikat und zerbrechlich", flüsterte er. „Meine süße Lilie. Meine Lily."

Meine Lippen verzogen sich beinahe nach unten, aber ich konnte mich rechtzeitig beherrschen.

Reaktionen waren nicht erlaubt.

Menschen, die schrien, *starben*.

Menschen, die Missfallen zeigten, *starben*.

Menschen, die etwas anderes als Zufriedenheit oder Langeweile ausdrückten, *starben*.

Mein Magen knurrte und mir wurde erneut schwindelig. Er hatte mir gesagt, dass ich mich anziehen und gehen sollte, aber ich konnte mich in seinen Armen nicht bewegen.

Ich schluckte und war unsicher, was ich tun sollte.

Dann führte er mich langsam zu dem Stuhl hinter seinem Schreibtisch. Das waren die einzigen Möbel im Zimmer, abgesehen von den Matten. „Setz dich", sagte er seltsam sanft.

BLUTTAG

EIN ROMAN AUS DER BLUTUNIVERSITÄT

DEUTSCHE ÜBERSETZUNG:
WELL READ TRANSLATIONS

USA TODAY BESTSELLERAUTORIN
LEXI C. FOSS

Bluttag

Copyright © 2023 Lexi C. Foss

Deutsche Übersetzung: Well Read Translations

Lektorat: Outthink Editing, LLC

Korrektorat: Katie Schmahl

Cover Design: Manuela Serra

Cover Photography: CJC Photography

Cover Models: Eric Guilmette & Skyler Simpson

Herausgegeben von: Ninja Newt Publishing, LLC

eBook:

ISBN: 978-1-68530-224-5

Taschenbuch:

ISBN: 978-1-68530-226-9

BLUTTAG

EIN ROMAN
AUS DER
BLUTUNIVERSITÄT

BLUTTAG

Bluttag.
Die tödliche Abschlusszeremonie, die bestimmen wird, wer ich in dieser Welt voller Vampire und Lykaner sein werde.

Es gibt kein Entkommen. Keinen Ort, an den ich rennen könnte. Es heißt gehorchen oder sterben.

Mein Name ist nicht wichtig. Meine Identität bedeutet nichts. Nur meine Noten zählen. Und Meister Cedric hat sich fest vorgenommen, mich durchfallen zu lassen.

Ich beuge mich. Ich bettle. Ich krieche.
Aber für den alten Vampir mit den grausamen dunklen Augen ist nichts gut genug. Er will, dass ich nur für ihn blute. Aber so funktioniert diese Gesellschaft nicht.

Ich darf nicht versagen.
Mein Leben hängt davon ab.
Ich werde bis zu meinem letzten Atemzug kämpfen. Auch wenn das bedeutet, dass ich auf meinen Knien vor dem Vampirgott sterben werde, der mein Klassenzimmer regiert.

Willkommen in der Zukunft, in der die stärkeren Blutlinien die Regeln machen.
Sie sind dabei die Welt der Blutuniversität kennenzulernen, in der

Menschen keine Rechte haben. Keine Wahl. Und keine zweite
Chance.
Weiterlesen auf eigene Gefahr.

Anmerkung der Autorin: Dies ist ein Spin-off Roman aus der Welt der Blutallianz, der die Serie Blutuniversität einführt. Die Geschichte enthält dunkle Elemente, die nicht für alle Leser/innen geeignet sind. Bitte lesen Sie den Warnhinweis im Inneren.

Warnhinweis: Sie sind dabei, die Welt der Blutuniversität zu betreten, wo Menschen für ihr unvermeidbares Schicksal im Blutallianz-Universum gezüchtet und ausgebildet werden.

Es ist eine dunkle, dystopische Verdorbenheit. Düster. Grausam. Und es mag manchen Leser/innen Unbehagen bereiten.

Menschen haben in dieser Welt keine Rechte. Vampire und Lykaner herrschen und Menschen sind ihr Vieh. Beziehungen zwischen ihnen sind verboten, rau und oft brutal. Machtaustausch ist hier an der Tagesordnung. Unterwerfung ist Pflicht. Und ein Biss kann eine Zärtlichkeit sein, auch wenn sie zum Tod führt.

Treten Sie ein, wenn Sie sich trauen.
Rennen Sie, wenn Sie müssen.
Der Bluttag steht bevor.
Göttin, hilf uns allen.

Es gab eine Zeit, in der die Menschheit über die Welt herrschte,
während Lykaner und Vampire im Verborgenen lebten.
Dies ist nicht länger der Fall.
Willkommen in der Zukunft, in der die stärkeren Blutlinien die
Regeln machen.
Weiterlesen auf eigene Gefahr.

DIE BLUTALLIANZ

Internationale Gesetze verdrängen die nationalen Regierungen und werden von der Blutallianz verfochten – einem globalen Rat, der zu gleichen Teilen aus Lykanern und Vampiren besteht.

Alle Ressourcen müssen gleichmäßig zwischen Lykanern und Vampiren aufgeteilt werden, dies beinhaltet auch Land und Blut. Das gesellschaftliche Ansehen und der Wohlstand liegen allerdings im Ermessen der einzelnen Rudel und Häuser.

Wer ein höher gestelltes Wesen tötet, verletzt oder provoziert, wird mit dem sofortigen Tod bestraft. Alle Streitigkeiten müssen für ein endgültiges Urteil der Blutallianz vorgetragen werden.

Sexuelle Beziehungen zwischen Lykanern und Vampiren sind strengstens untersagt. Geschäftliche Partnerschaften sind jedoch, sofern sie ertragreich und angemessen sind, zulässig.

Menschen werden hiermit als Eigentum eingestuft und haben keine gesetzlichen Rechte. Jeder Mensch wird durch ein Sortiersystem gekennzeichnet und nach Leistung, Intelligenz, Blutlinie, Fähigkeiten und Aussehen bewertet. Die Beurteilung beginnt bei der Geburt und wird am Bluttag abgeschlossen.

Pro Jahr werden zwölf Sterbliche nach Ermessen der Blutallianz ausgewählt, um im Wettkampf um den Status des unsterblichen Blutes gegeneinander anzutreten. Von diesen Zwölf werden zwei gebissen und so Unsterblichkeit erlangen. Die anderen werden sterben. Lykaner oder Vampire außerhalb von diesem Prozess zu kreieren, ist nicht rechtens und wird mit dem sofortigen Tod bestraft.

Alle anderen Gesetze unterliegen den Rudeln und den königlichen Familien, dürfen aber nicht mit denen der Blutallianz kollidieren.

DIE BLUTUNIVERSITÄT

Menschen werden nach ihrer Geburt an das System der Blutuniversität übergeben. Sie werden trainiert, getestet und auf ihren möglichen Platz in der Gesellschaft vorbereitet.

Die Kurse beinhalten eine grundlegende Ausbildung, Selbstverteidigung, Gehorsam, Politik der Blutallianz, Sexualkunde und allgemeinen Unterricht in Dienstleistungen.

Eine gleiche Anzahl an Vampiren und Lykanern agiert als Professoren in diesen verschiedenen Bereichen. Diese geschätzten Meister sind allgemein als Rat der Blutuniversität bekannt. Sie sind überlegen und haben lediglich dem Magistrat Bericht zu erstatten.

Alle Sterblichen müssen auf ihr Schicksal am Bluttag vorbereitet werden – ein formelles Ereignis, das jedes Jahr stattfindet und Menschen im Alter von zweiundzwanzig Jahren ihre endgültige Position in der Gesellschaft zuweist.

Schwache Gene haben in dieser Welt keinen Platz. Wer nicht den Ansprüchen der Gesellschaft entspricht, wird nach dem Ermessen des Rats der Blutuniversität entfernt.

Wer sich nicht fügt, stirbt.
Wer nicht gehorcht, stirbt.
Wer nicht abliefert, stirbt.

Die Einschreibung ist Pflicht.

Es gibt keine anderen Weg.
Auf die Menschen, die sich nicht anpassen, wartet
der Tod.

PROLOG

CEDRIC

Ich begehre etwas, das nicht mir gehört. Einen Menschen. Eigentum der Blutallianz. Jemanden, der nächstes Jahr um diese Zeit wahrscheinlich tot sein wird, wenn nicht schon früher.

Aber ich kann nicht anders.

Jedes Mal, wenn ich sie ansehe, kocht das Blut in meinen Adern. Ich *will* sie. Es sind ihre Augen, diese blaugrünen Iriden, in denen eine Seele wirbelt, die ich gerne verschlingen würde.

Sie möchte mich unbedingt zufriedenstellen.

Aber ich lasse sie jedes Mal durchfallen.

Es ist falsch. Aber je besser ihre Noten sind, desto wahrscheinlicher ist es, dass andere auf sie aufmerksam werden. Und ich weigere mich, das geschehen zu lassen. Ich beschütze sie vor einem schlimmeren Schicksal. Oder zumindest rechtfertige ich es so.

In Wahrheit verdamme ich sie. Ich stelle sicher, dass sie untergeht, bevor ich eine Chance habe, sie kennenzulernen. Es bringt mich um, aber ich kann mir die Versuchung nicht leisten. Sie muss verschwinden. Für immer.

Ich verehre sie aus der Ferne.

Entwürdige sie von Angesicht zu Angesicht.

Und im Inneren lächle ich, wenn sie um Gnade fleht.

Dies ist eine grausame Welt voller brutaler Entscheidungen. Ich entscheide, sie sterben zu lassen. Selbst, wenn ein Teil von mir mit ihr zu Grunde gehen wird.

Meine Seele. Mein Herz. Die letzten Reste meiner Menschlichkeit.

Auf Nimmerwiedersehen. In dieser Realität ist kein Platz für solche Nichtigkeiten.

Wir leben in der Ära der Blutallianz. Unsere Welt wird von den stärkeren Blutlinien erhalten – von meinen Brüdern, den Vampiren, und den Lykanern.

Sterbliche sind nur hier, um uns zu dienen.

Und sie wird mir dienen, indem sie stirbt.

Meine Lily.

Oh, das ist nicht ihr wirklicher Name. Ich nenne sie so, da mich ihre cremefarbene Haut und ihre sanften Augen an Lilien erinnern.

Sie ist zum letzten Mal erblüht.

Ich werde ihre Blütenblätter zerreißen. Werde zusehen, wie sie verwelkt. Dann werde ich sie mit dem Rest meiner Hoffnung begraben.

Meine Existenz ist nicht das, was sie einmal war.

Es gibt keine Liebe. Kein Leben. Kein Licht.

Auf Nimmerwiedersehen, meine kleine, süße Blume. Mögest du im Jenseits wieder aufblühen.

LILY

WIEDER DURCHGEFALLEN. WIE IST DAS ÜBERHAUPT MÖGLICH?

Ich hatte bei der letzten Prüfung alles richtig gemacht. Jede Bewegung. Jeden Tritt. Jeden Schlag. Trotzdem hatte mich Meister Cedric durchfallen lassen. *Schon wieder.*

Ich presse meine Zähne zusammen, und meine Finger würden sich am liebsten um das Blatt Papier in meiner Hand zur Faust ballen. Wenn das so weiterging, würde ich diesen Kurs auf keinen Fall bestehen. Und das würde bedeuten, dass der Cup der Unsterblichkeit für meine Zukunft nicht infrage kam.

Nur die besten Studenten qualifizierten sich für den Kampf um das ewige Leben.

Mit diesen Noten auf meinem Zeugnis würde ich nicht einmal in die Nähe kommen.

Ich wünschte einfach, ich wüsste, was ich falsch gemacht hatte. Wie ich ihn zufriedenstellen könnte. Wie ich meine Technik angemessen verbessern könnte. Alle schienen es zu verstehen, nur ich nicht.

Ich hatte Tag und Nacht geübt.

Und ich könnte schwören, dass alle meine Winkel auf den Punkt gewesen waren.

Vielleicht war es einfach eine schlechte Idee gewesen, diesen Kampfkurs zu belegen. Eine Vigil zu werden war meine zweite Wahl, wenn es mit der Unsterblichkeit nicht klappen sollte, denn immerhin hatten Vigils annähernd so etwas wie Rechte in dieser Welt.

Anders als so ziemlich jede andere Kategorie von Mensch.

In jedem anderen Kurs hatte ich Bestnoten erzielt.

Warum also nicht in diesem?

Ich biss auf meine Unterlippe, während ich den Vampir vor mir ansah, der mich immer und immer wieder durchfallen ließ. Er stand im vorderen Bereich des Klassenzimmers, in einem Paar schwarzer Hosen und einem weißen Hemd. Das trug er immer, selbst, wenn er Kampftechniken auf der Matte vorführte.

Die Eleganz in Person.

Und er sah verdammt gut aus.

Augen so schwarz wie die Nacht. Ein quadratisches Kinn, das von einem fein getrimmten Bart überschattet wurde, der seinen schönen Kiefer umrahmte. Volle Lippen. Kräftiges, braunes Haar, das bei seinen Ohren etwas zerzaust war. Und ein Körper, der mich mehr an einen geschmeidigen Wolf als an einen Vampir erinnerte. Seine flüssigen, anmutigen Bewegungen zogen meinen Blick jedes Mal wie magisch an.

„Kann ich dir irgendwie helfen, Kandidatin vierhundertsieben, Jahr einhundertsiebzehn?", fragte Meister Cedric, und seine tiefe Stimme jagte mir sofort einen Schauer über den Rücken.

Denn das war ich – *Kandidatin vierhundertsieben, Jahr einhundertsiebzehn.*

Wir wurden alle nummeriert und nach dem Jahr benannt, in dem man uns unser Schicksal zuweisen würde.

Wir waren jetzt im Jahr einhundertsechzehn.

Das bedeutete, dass ich meine Ausbildung beinahe abgeschlossen hatte.

Vorausgesetzt, ich würde diesen Kurs irgendwie bestehen.

Meister Cedric hob seinen Blick zu meinem, und die Grausamkeit in den Tiefen seiner Iriden ließ mich vor ihm erstarren. Der Hauch von Verärgerung in seinen Augen war kaum zu übersehen, genau wie das Kräuseln seiner Lippen, während er mich mit offensichtlicher Ungeduld anstarrte.

Denn er hatte mich etwas gefragt.

Aber ich konnte mich nicht mehr erinnern, was.

Nicht, wenn er mich ansah, als wäre ich sein Mittagessen.

Denn genau das war ich, eine Sterbliche, und seine Art war der Menschheit überlegen.

Ich ließ meinen Blick sinken, als Zeichen meines niedrigen Status und des Respekts für seine Position.

Dabei bemerkte ich allerdings wieder den Zettel in meiner Hand, der mich daran erinnerte, dass mich dieser Vampir – *schon wieder* – hatte durchfallen lassen, und ich keine Ahnung hatte, warum. Ich wollte meine Fähigkeiten nicht nur für ihn verbessern, sondern auch für mich selbst. Denn ich wusste, dass ich mit den richtigen Noten eine gute Vigil abgeben würde.

„Meister Cedric", begann ich und schluckte, während ich versuchte, die Worte in meinem Kopf zusammenzubringen. „Gibt es, ähm, irgendwelche Chancen oder Kurse, die Sie empfehlen würden, damit ich meine Fähigkeiten verbessern kann? Ich habe das Gefühl, als hätte ich einen Kurs vor Ihrem ausgelassen, und ich würde gerne meine Technik perfektionieren, um Ihren Anforderungen zu entsprechen."

Auch wenn ich ziemlich sicher bin, dass ich bis jetzt alles richtig gemacht habe.

Aber offensichtlich habe ich etwas verpasst.

Also hilf mir. Bitte.

Die letzten Aussagen waren Gedanken, die ich niemals in seiner Gegenwart aussprechen würde. Es war ein Wunder, dass die Bitte um Hilfe überhaupt über meine Lippen kam. Vampire und Lykaner waren nicht gerade für ihre Freundlichkeit oder Akzeptanz von Versagen bekannt. Wenn ein Sterblicher nicht den Anforderungen entsprach, wurde der Mensch zu Futter.

Aber ich wollte kein Futter werden.

Allein der Gedanke daran erzeugte in mir ein kaltes und unsicheres Gefühl. Oder vielleicht war es Meister Cedrics eisiges Schweigen, das die Haare in meinem Nacken zu Berge stehen ließ.

Ich riskierte einen Blick nach oben – ein Impuls, dem ich eigentlich nicht hätte nachgeben sollen – und gefror vor seinen zusammengekniffenen Augen. Obsidianfarbene Flammen tanzten in seinen Pupillen, und seine Überlegenheit und Macht drohten mich in einer giftigen Welle zu ersticken.

„Es tut mir leid", flüsterte ich und fiel sofort vor ihm auf die Knie. „Ich möchte Sie nicht noch einmal enttäuschen."

Ich werde hier sterben. Heute. In diesem Klassenzimmer. Denn ...

Plötzlich lag seine Hand auf meinem Kopf, und die Berührung schickte eine Mischung aus Eis und Wärme durch meine Adern und ein Feuer über meine Haut, wobei ich mir seiner Dominanz mehr als bewusst wurde. Nicht nur weil er ein Vampir oder ein Mann war, sondern einfach, weil er *er* war.

Er war anmutig, akribisch und im Unterricht immer eiskalt und kurz angebunden.

Und jetzt *berührte er mich.*

Nicht grob. Er tätschelte mich nur sanft, als wäre ich ein ungehorsames Tier, das zu seinen Füßen kniete.

Ein Tier, das er bestrafen wollte.

Töten.

Vielleicht sogar ficken.

Mir stockte der Atem, und ich presste bei dem letzten Gedanken die Beine zusammen. Ich hatte hunderte Male gesehen, wie Vampire ihre Beute nahmen.

Menschen fühlten sich natürlicherweise von ihnen angezogen, waren angeboren unterwürfig und schrien in Ekstase, selbst wenn sie starben.

Würde Meister Cedric das jetzt mit mir tun? Seine Finger in meinem Haar vergraben, mich zu seinem Schreibtisch zerren und mich gegen das Holz nehmen, während er mich leer trank?

Das wäre ein Leichtes für ihn. Niemand würde Fragen stellen. Niemand würde ihn zurechtweisen. Ich war Beute in einer Universität, die von Raubtieren geleitet wurde.

Dieser Ort war dafür gedacht, die Schwachen auszusortieren und sicherzustellen, dass nur die stärksten Sterblichen überlebten.

Meine Noten waren bis jetzt mehr als vorzeigbar gewesen.

Aber ich hatte den Fehler gemacht, Meister Cedrics Kurs zu belegen.

Und jetzt würde ich diesen Fehler mit meinem Leben bezahlen.

Das Surren in meinem Kopf machte mich schwindelig, während mein Körper nach Atem flehte. Nach Bewegung.

Nach irgendetwas anderem, als zu Meister Cedrics Füßen zu knien.

Ich schluckte und schloss meine Augen, während Resignation meine Nerven stärkte.

Manche Menschen kämpften bis zu ihrem letzten Atemzug. Andere starben würdevoll.

Diese Raubtiere genossen den Kampf, den Moment, in dem ihre Opfer versuchten zu fliehen, zu schreien oder um Gnade zu winseln. Irgendetwas sagte mir, dass Meister Cedric auch nicht anders war.

Ich wollte einfach nur meine Noten verbessern.

Meinen Wert beweisen.

Damit ich es zu etwas bringen konnte.

Aber dieser Vampir hatte mich vom ersten Augenblick an gehasst.

Und ich hatte die Frechheit besessen, ihn in Frage zu stellen.

„Du bist so eine zarte, kleine Blume", sinnierte Meister Cedric, während seine Finger durch mein Haar fuhren und mein inneres Leid unterbrachen. „So hübsch und demütig."

So muss ich sein, wollte ich antworten, aber ich wusste es besser. Ich hatte seine Geduld schon mit meiner frechen Frage nach Hilfe überstrapaziert.

So eine dumme, naive Entscheidung.

Warum war ich nach dem Unterricht geblieben? Wie hatte ich es wagen können, mit ihm zu reden?

Vielleicht war es der Schock gewesen.

Weil ich nicht hatte glauben können, dass ich *schon wieder* durchgefallen war. Nach all der Übung und den korrekten Kampfbewegungen hatte er mir mitgeteilt, dass ich versagt hatte. Er hatte mich *schwach* genannt.

Dein linkes Bein ist zu sehr gebeugt.

Dein Fuß zeigt nicht in die Mitte, wenn du trittst.

Du hast dein Ziel um mehrere Zentimeter verfehlt.

Ich hatte das Feedback fünf Mal gelesen und mich bei jedem Wort gewundert. Ich hatte immer wieder gedacht: *Er liegt falsch. Das ist alles falsch.* Dann waren meine Gedanken zum Cup der Unsterblichkeit gewandert und zu den sehr realen Auswirkungen, die diese Noten auf meine Zukunft haben würden. Dann hatte ich mich komplett vergessen.

Ich war geblieben, nachdem alle anderen gegangen waren.

Allein mit einem Raubtier.

Einem Raubtier, das mich *hasste.*

Und jetzt war ich auf meinen Knien und wartete auf seine Bestrafung.

Denn diese Situation konnte man nicht anders deuten – er würde mich für mein dreistes Verhalten bestrafen. Ich hatte ihn in Frage gestellt. Um Unterstützung gebeten. Aber er war nicht mein Mentor. So funktionierte diese Welt nicht.

Man überlebte, indem man den Kopf einzog und Anweisungen befolgte.

Um Hilfe zu bitten, war *nicht* gehorsam. Es deutete an, dass ich glaubte, er wäre mir eine Erklärung schuldig. Kein überlegenes Wesen war einem Menschen eine Erklärung für seine Entscheidungen schuldig.

Hinknien.

Anbeten.

Verehren.

Das waren die Regeln für meine Art.

Das und noch eine Million andere, die beschrieben, wie wir unseren Meistern zu dienen und ihnen zu gehorchen hatten.

Sein Daumen zeichnete eine Linie von meinem Kiefer bis zu meinem Kinn, dann umschloss er es mit Leichtigkeit

9

und hob es an, damit ich ihn ansehen musste. „Es ist ziemlich dreist, mich um Hilfe zu bitten, kleine Blume."

Ich schluckte. „Es tut mir leid."

„Tut es das?" Er legte den Kopf schief. „Oder hast du nur Angst vor meiner Reaktion auf deine Bitte?"

Ich blinzelte. „Beides." Das Wort kam in einem Flüstern heraus, und die Beichte ließ seine Augenbrauen nach oben schnellen.

„Ehrlichkeit", erwiderte er und ließ seinen Blick über mein Gesicht wandern. „Das sollte mich wohl nicht überraschen. Es ist eine deiner besseren Eigenschaften." Sein intensiver Blick fiel zu meinen Lippen. „Wie dein Mund."

Die dunkle Bedeutung in seinen Worten entging mir nicht.

Ich hatte zwei Kurse in sexuellen Künsten belegt, die mir beigebracht hatten, wie man Männer angemessen befriedigte – Lykaner und Vampire. Alle Menschen konnten eine bevorzugte Fertigkeit wählen, und ich hatte mich für orale Studien entschieden. Ich musste noch einen Kurs wählen, aber ich hatte mich noch nicht entschieden, welcher das sein würde.

Die Noten würden für das Abschlusszeugnis wichtig sein.

Denn viele von uns würden in Zuchtfarmen geschickt werden.

Andere wurden auf einen königlichen Harem vorbereitet.

Ich wollte nichts davon.

Aber sein Kommentar zu meinem Mund deutete an, dass es trotzdem mein Schicksal sein würde. Denn das bedeutete, dass er meine Noten in diesen Bereichen wahrgenommen hatte.

Vielleicht hatte er sich deshalb vorgenommen, mich

durchfallen zu lassen – weil er mich nicht für eine Vigilposition würdig hielt.

Ich presste als Reaktion auf diesen Gedanken instinktiv die Zähne zusammen.

Ein Fehler.

Denn er bemerkte es.

Er kniff die Augen zusammen, als würde er mein Handeln als offenen Trotz verstehen.

„Ich möchte besser werden", platzte es aus mir heraus, da ich mich erklären wollte. „Ich … Ich gebe mein Bestes …"

Er hob seine Augenbrauen. „Soll mich das interessieren?"

„Nein", antwortete ich schnell. „Ich weiß, dass ich … dass das hier nicht …" Ich konnte nicht weitersprechen, da mir sein intensives Starren die Worte raubte. Sein dunkler Blick erinnerte mich an eine stürmische Nacht, seine schwarzen Augen glänzten voller unvergossener Blitze, während er nur darauf wartete zuzuschlagen.

Ich hätte mich einfach entschuldigen sollen.

Nein, ich hätte gar nicht erst bleiben dürfen. Ich hätte mein Versagen akzeptieren und gehen sollen.

Denn jetzt würde ich sterben.

Und ich bezweifelte, dass er es angenehm machen würde.

„Du willst lernen, wie du mich zufriedenstellen kannst, kleine Blume?", fragte er, und eine Nuance in seinem Tonfall ließ etwas in meiner Magengrube flattern. Ein Hauch von Hoffnung, der meine gesamte Aufmerksamkeit einnahm.

„Ja, Meister Cedric", sagte ich. „Das möchte ich." Es war die Wahrheit. Ich hatte seit Monaten versucht, ihn von meinen Fähigkeiten zu überzeugen.

Seine Lippen verzogen sich kaum merklich, und mein Herz setzte einen Schlag aus.

Wunderschön.

Alle Raubtiere waren das.

Aber etwas an ihm und seinen Zügen zog mich stärker an als alles andere. Vielleicht, weil es mir noch nie erlaubt gewesen war, jemanden seiner Art so lange anzusehen. Mein Kinn lag immer noch zwischen seinem Zeigefinger und seinem Daumen, sodass ich seinem verführerischen Blick ausgeliefert war.

Es war ein gefährliches Spiel.

Eines, das er mit seiner Berührung begonnen hatte.

Oder vielleicht glaubte er, dass ich es mit meiner Dreistigkeit angestoßen hatte.

Wie auch immer, ich war einfach nur bezaubert und konnte nichts tun, als auf sein Urteil über mein Schicksal zu warten.

Seine Berührung wurde sanfter, als sein Daumen noch einmal über meinen Kiefer wanderte und er schließlich nach meinem Haar griff.

Ich reagierte nicht, erlaubte ihm, mit mir zu machen, was er wollte, und das schien ihn nur noch mehr zu amüsieren.

„Es gefällt mir, dich scheitern zu sehen", sagte er leise, und in seinem Blick lag der Hauch einer versteckten Emotion, die ich nicht definieren konnte. „Du bist wie eine schöne, welkende Blume, die so sehr darum kämpft, unter der Mitternachtssonne zu blühen." Sein Griff in meinem Haar wurde fester, während er seine Augen zusammenkniff. „Der Tod steht dir, Schätzchen. Vielleicht solltest du ihn annehmen."

CEDRIC

DIESE VERDAMMTEN IRIDEN HYPNOTISIERTEN MICH, brachten mich dazu, etwas Verbotenes tun zu wollen. *Sie zu behalten. Sie zu zähmen. Sie zu meiner zu machen.*

Sie sah so verdammt verführerisch aus, wie sie auf ihren Knien hockte und mich mit hübschen, traurigen Augen schockiert anstarrte.

Ich hatte gerade zugegeben, dass ich sie mit Absicht durchfallen ließ, weil es mir *gefiel*.

Und jetzt hatte sie keine Ahnung, was sie sagen oder wie sie reagieren sollte. Trotzdem konnte ich den Teil von ihr, der rebellieren, meine Entscheidung anfechten und eine Erklärung verlangen wollte, beinahe schmecken.

Aber wie ein guter kleiner Mensch hielt sie ihren exquisiten Mund geschlossen.

Denn es war ihr nicht erlaubt, ihre Vorgesetzten zu hinterfragen.

Vielleicht würde sie doch noch aufblühen. Sich beugen und betteln. Für das nächste Jahrzehnt einen königlichen Schwanz lutschen, bis das Leben in ihren Augen erlosch.

Aber genau das wollte ich nicht geschehen sehen.

Sie war zu schön, zu inspirierend, zu entzückend für so ein Schicksal.

Und trotzdem sah ich einen Hauch des leeren Ausdrucks, als sie zu mir hinaufstarrte und meine Worte verarbeitete.

Ich sah jedes Gefühl in ihren verlockenden Iriden – zuerst Schock, dann trostlose Akzeptanz und schließlich eine Andeutung von feuriger Entschlossenheit.

Oh ja, mehr davon, dachte ich, jagte dieser letzten Emotion über ihrem Gesicht nach und liebte es, wie sie das Feuer in ihren Wangen entfachte.

Sie wollte mir das Gegenteil beweisen.

Sie wollte kämpfen.

Einen Weg finden, das Versagen in meinem Kurs zu umgehen und ihre Träume zu verwirklichen.

Es gab nur ein Detail, das sie nicht verstand. „Wenn du bei mir durchfällst, wirst du auch keine zukünftigen Kampfkurse belegen können", erklärte ich ihr. „Also solltest du dich vielleicht auf sexuelle Künste konzentrieren." Mein Blick fiel zum gefühlt einhundertsten Mal auf ihren Mund. Ihre Lippen waren perfekt, verführerisch, *voll*. Wie ihre Brüste. „Wenn du Glück hast, schicken sie dich in einen Harem", fuhr ich fort. „Wenn nicht, wirst du in einem Zuchtlager enden, oder schlimmer."

Wahre Worte.

Harte Worte.

Aber sie musste ihr Schicksal verstehen.

Ich tat ihr einen Gefallen, indem ich sie durchfallen ließ, ihren Notendurchschnitt herabsenkte, sodass niemand sie bemerkte. Denn die meisten Harems waren schlimmer als die Zuchtlager.

„Sie spielen gefährliche Spiele", warnte ich sie und meine Stimme wurde zu einem Flüstern. „Gefährliche

Spiele, die die Seelen derjenigen brechen sollen, die Bevorzugung anstreben. Du würdest dich glücklich schätzen können, nur die Einführung zu überleben." Ich ließ ihr Haar los, auch wenn es mir in den Fingern kribbelte, durch ihre seidenen Strähnen zu streichen.

So weich.

So leicht.

So anders als meine Strähnen.

So offen mit einer Untergebenen zu sprechen, war bei meiner Art verpönt. Ich würde dafür natürlich nicht bestraft werden. Aber sie schon. Wenn jemand die Worte gehört hätte, die ich ihr gerade zugeflüstert hatte, würde sie sterben. Vielleicht durch meine Hand.

Sie würden mir die Wahl lassen, etwas, das manche möglicherweise als Strafe ansehen würden.

Allerdings fühlten wir überlegenen Geschöpfe nichts für unsere Haustiere.

Daher war diese Annahme eher unwahrscheinlich.

Nein, es wäre eher ein Angebot als eine Bestrafung. Sie würden fragen, ob ich es genießen würde, sie erst zu kosten, was natürlich der Fall wäre.

Dann würde ich sie ins Grab bringen.

Friedlich.

Schön.

Leidenschaftlich.

Mein Geschenk an sie. Und eine Erinnerung, die mich mein ganzes Leben lang verfolgen würde.

So eine zarte, süße Blume.

Ich beugte mich vor, um ihren Duft einzuatmen, und es gefiel mir, wie ihr Blut unter meiner Fürsorge sang. Sie wollte mich, genau so wie sie es sollte. Es war nur natürlich, dass sie sich nach der Berührung eines Überlegenen sehnte.

Viele nutzten dies aus.

Etwas, das auch ich mit Leichtigkeit hätte tun können, nachdem sie so unverhohlen verkündet hatte, dass sie mich *zufriedenstellen* wollte.

Vielleicht sollte ich sie lassen. Der Verbindung nachgeben. Ihr erlauben, mich auf ihren Knien zu verehren, für die wenige Zeit, die ihr auf dieser Welt blieb.

Ich strich noch einmal durch ihr Haar und dachte über diese Möglichkeit nach.

Es war ein gefährlich attraktiver Gedanke. Wir sollten uns außerhalb des Unterrichts nicht mit Menschen befassen, aber viele meiner Art boten Privatunterricht an, um das Potenzial und den Wert eines Sterblichen zu erhöhen.

Das war nicht dasselbe, wie sie zu beanspruchen oder sie zu behalten.

Individueller Unterricht erhöhte den Wert eines Menschen und machte ihn oder sie für Vampire oder Lykaner, die sich einen Sterblichen halten wollten, attraktiver.

Vielleicht könnte ich ihr meine eigene Art von Training anbieten.

Und sie dann zerstören.

Eine persönliche Empfehlung schreiben, dass man sie für ihren Mangel an Gehorsam sofort auslöschen sollte.

Ich könnte sogar anbieten, es selbst zu tun.

Ich strich mit meinen Fingerknöcheln über ihre Wange und wägte diese Möglichkeit ab. Warum hatte ich nicht schon früher daran gedacht? Vielleicht weil sie mich nie auf ihre Noten angesprochen hatte.

Das zeigte Mut.

Mut, den ich würde brechen müssen.

Oder vielleicht würde ich die Flammen füttern, ihr erlauben, für einen kurzen Moment zu strahlen und sie dann mit dem Tod belohnen.

Studenten starben jeden Tag.

Niemanden interessierte es.

Ich hatte schon vorher darüber nachgedacht, sie auszulöschen, aber etwas an ihrem Verwelken hatte mich gefesselt.

Vielleicht sollte ich sie blühen lassen, nur um sie zu zerstören.

Eine verführerische Idee. Ich legte den Kopf schief. „Wie sehr willst du meinen Kurs bestehen, kleine Blume? Welche Position in der Gesellschaft hättest du gerne?"

Sie schluckte und ihre Pupillen weiteten sich, um das Glühen in ihren Iriden zu verdecken. In den letzten Minuten, die ich sie auf ihren Knien gehalten und nachdenklich auf sie herabgestarrt hatte, war das Feuer nur noch stärker geworden.

„Ich möchte zum Cup der Unsterblichkeit", sagte sie mir und ich rollte mit den Augen.

„Alle Menschen wollen das. Und nur zwölf werden jedes Jahr ausgewählt. Denkst du, du bist besonders genug, um dich zu qualifizieren?"

„Das war ich. Vor Ihrem Kurs."

Ich schnaubte. Sie war kein bisschen für den Cup der Unsterblichkeit geeignet. Und das hatte nichts mit ihren Noten zu tun.

Die Teilnehmer wurden fast immer durch ihr genetisches Profil vorausgewählt. Leider hatte meine kleine Blume nicht das, was die Überlegenen für die Unsterblichkeit wollten. Wenn sie das hätte, würde ich ihr helfen. Aber man hatte sie als Haremsmaterial eingestuft, vor allem wegen ihres Körpers und ihres Schmollmundes.

Ganz zu schweigen von ihren oralen Noten.

Sie waren ziemlich verführerisch, sodass ich fast dem Wunsch nachgegeben hätte, einer ihrer Prüfungen beizuwohnen.

Aber ich hätte nur das irrationale Verlangen verspürt, den Menschen, an dem sie ihre Übungen demonstrieren musste, zu töten, daher hatte ich dieser Möglichkeit den Rücken gekehrt.

Sie kniff plötzlich die Augen zusammen und lenkte mich von meinen Gedanken ab. „Meine Noten waren perfekt, bis ich Ihren Kurs belegt habe."

„Das ist wahr", stimmte ich zu. „Aber jetzt sind sie nicht perfekt."

Das Feuer entflammte wieder auf ihren Wangen und ließ eine entzückende Röte über ihren Hals bis zu dem weißen T-Shirt kriechen, das ihre Brüste bedeckte. Beinahe hätte ich verlangt, dass sie den Stoff auszog, damit ich sehen konnte, bis wohin sich die Wärme ausbreitete.

Aber dann entwich ihr ein kleines Geräusch, das meinen Blick wieder zu ihrem Gesicht schnellen ließ.

Ein Knurren.

Ihre Augen weiteten sich, Schock ließ ihr Gesicht erbleichen und vertrieb die Röte.

Die kleine Blume hatte mich gerade *angeknurrt.*

Faszinierend.

Dieses Geräusch wollte ich hören, wenn mein Schwanz tief in ihrer Kehle steckte. Ich wollte sie gleichzeitig knurren und schreien lassen, während ihr Körper den Impuls bekämpfte, vor Verzückung zu explodieren oder vor Wut zu zucken.

Ich konnte es mir bildlich vorstellen.

Und allein dieser Gedanke besiegelte ihr Schicksal.

„Du möchtest mich zufriedenstellen, kleine Blume?", fragte ich rhetorisch, denn ich kannte ihre Antwort bereits. „Du möchtest versuchen, meinen Kurs zu bestehen?"

Sie begann zu nicken, aber ich griff nach ihrem Hals, sodass meine Handfläche sie dazu zwang, still auf ihren Knien zu bleiben.

„Ich werde dir die Möglichkeit von Privatunterricht anbieten", sagte ich ihr. „Aber sobald du mir nicht gehorchst, werde ich dich sofort durchfallen lassen. Und ich glaube nicht, dass ich weiter ausführen muss, was das für dich bedeutet."

Sie bewegte sich nicht, ihre einzige Reaktion war der Versuch eines Schluckens gegen meine Hand.

„Denk einen Tag darüber nach", fuhr ich fort und verstärkte meinen Griff noch etwas mehr, um die Gefahr ihrer Entscheidung zu unterstreichen. „Ich erwarte deine Antwort morgen nach dem Unterricht. Du kannst sie mir geben, indem du zurückbleibst, deine Klamotten auszieht und auf Knien auf dieser Matte auf mich wartest." Ich zeigte auf die, die sie gestern für ihre Prüfung benutzt hatte. „Aber wenn du mein Angebot annimmst, solltest du darauf vorbereitet sein, für meine Anerkennung zu arbeiten. Denn ich werde nicht nachsichtig mit dir sein, Schätzchen."

Meine Hand drückte noch ein bisschen fester zu und schnitt ihre Luftzufuhr ab, während ich ihrem Blick für ein paar Herzschläge standhielt.

Ihre Augen weiteten sich.

Ihre Wangen waren weißer als je zuvor.

Und ihre Lippen öffneten sich mit dem offensichtlichen Wunsch zu atmen.

Ich wartete.

Zählte noch ein paar Sekunden, um sicherzustellen, dass sie die möglichen Konsequenzen meines Angebots verstand.

Dann ließ ich sie los und stieß sie zurück. „Du kannst jetzt gehen, Kandidatin."

Ich drehte ihr den Rücken zu, nicht um grausam zu sein, sondern weil ich mir nicht vertraute, mich nicht auf sie zu stürzen. Dieses kleine Knurren hätte beinahe meine jahrhundertelange Selbstbeherrschung zunichte gemacht.

Sie hatte mich in *Versuchung* gebracht.

Mehr als sie es ohnehin schon getan hatte.

Eine Meisterleistung, wenn man bedachte, wie sehr ich sie ohnehin schon wollte.

Aber ich hatte ihr diese Wahl über ihr Schicksal gegeben.

Sie würde die nächsten neun Monate mit mir spielen können, bis ihr *Bluttag* kam.

Oder sie konnte weiterhin meinem Unterricht beiwohnen, versagen und sehen, welche Position ihr der berüchtigte Magistrat zuweisen würde.

Es gab wenig, was ich tun konnte, um ihr in dieser Welt zu helfen. Ich wollte nur, dass ihr Tod schnell war.

Denn niemand verdiente es, meine Blume welken zu sehen.

Nur ich.

Sie war meine Lilie, meine Lily.

Sie gehörte mir.

„Schlaf gut, kleine Blume", sagte ich, als ich hörte, wie sie hinter mir auf die Beine stolperte. „Und versuche, nicht zu träumen. Fantasien gibt es in deiner Welt nicht mehr."

LILY

Meister Cedrics Worte wirbelten auf dem Weg zu meinem Zimmer und bis tief in die Morgenstunden in Dauerschleife durch meinen Kopf.

„Ich werde dir die Möglichkeit von Privatunterricht anbieten. Aber sobald du mir nicht gehorchst, werde ich dich sofort durchfallen lassen. Und ich glaube nicht, dass ich weiter ausführen muss, was das für dich bedeutet."

Das musste er nicht.

Ich wusste genau, worauf er anspielte.

Den Tod.

Aber den hatte er mir ohnehin versprochen, indem er mich in seinem Kurs durchfallen ließ.

Die Frage war nun: Wie weit war ich bereit zu gehen, um eine Chance auf das Überleben zu bekommen?

Meine Antwort war einfach – so weit wie nötig.

Er wollte, dass ich nackt auf einer Matte kniete? Das könnte er haben. Ich hatte in meinen Kursen für sexuelle Künste weit Schlimmeres getan.

Warum kann ich also nicht schlafen?, fragte ich mich und wälzte mich zwischen meinen Laken. Wir waren mitten in der heißen Jahreszeit, was bedeutete, dass die Sonne am Tag beinahe unerträglich war. Und die Staubwolken machten es fast unmöglich, etwas zu sehen.

Zum Glück waren Vampire nächtliche Wesen.

Das bedeutete, dass der Unterricht in der Blutuniversität nachts stattfand.

Lykaner konnten angeblich tags und nachts draußen sein, aber es schien sie nicht zu stören, unter den Sternen zu arbeiten. Wahrscheinlich, weil sie die Hitze der Sonne vermeiden wollten.

Ich konnte ihre Strahlen jetzt durch meine Jalousien spüren und sie brachten meinen Körper förmlich zum Kochen. *Wie die Berührungen von Meister Cedric.*

Seine Hand um meine Kehle war erschreckend gewesen.

Und erregend.

Immer wenn ich schluckte, erinnerte ich mich an seine Handfläche auf meiner Haut. Seine Hitze hatte sich in mein Gedächtnis eingebrannt. Vampire waren vielleicht untot, aber das machte sie nicht kalt.

Das hatte Meister Cedric mit seinen Fingern mehr als bewiesen.

Ich strich über meinen Kiefer, und die Reste seiner Energie waren wie ein Kuss für meine Sinne. Es war alles nur in meinem Kopf, aber das machte es für meine Gedanken nicht weniger real.

„Und versuche, nicht zu träumen. Fantasien gibt es in deiner Welt nicht mehr."

Warum wollte ich dann von ihm fantasieren? Davon träumen, wie seine Augen gebrannt und meinen Mund studiert hatten? Mich an die Intensität erinnern, die bei seiner Berührung von seiner Haut ausgestrahlt war?

Ich presste meine Schenkel zusammen, während mein Inneres in Brand stand.

Er hatte etwas mit mir gemacht. Mich in eine Art Zauber gehüllt. Mich verhext, sodass ich das Gefühl hatte, verrückt zu werden.

Oder vielleicht hatte ich nur meinen Verstand verloren.

Ich habe ihn angeknurrt, dachte ich verblüfft und rollte mich auf die andere Seite. *Was habe ich mir nur dabei gedacht?*

Er hatte mich einfach so wütend gemacht.

Und ich hatte reagiert.

In diesem Moment hatte ich zweifellos geglaubt, dass mein Leben vorbei wäre und dass er mir für diese Respektlosigkeit das Genick brechen würde. Sein dunkler Blick war noch feuriger geworden, sodass ich mich fast nach seinem tödlichen Biss gesehnt hatte.

Dann hatte er mir eine Wahl angeboten.

Einen Ausweg.

Nun, nicht wirklich.

Nur eine Alternative zu meinem Schicksal. Eine Möglichkeit, ihn *zufriedenzustellen*. Ein Angebot, das ich nicht abschlagen würde.

Mach deine Augen zu, sagte ich mir. *Ruh dich aus. Du wirst jedes Körnchen Energie brauchen.*

Denn er würde nicht nachsichtig mit mir sein.

Das war er nie.

Ich hatte von ihm geträumt.

Vielleicht war dies die Art und Weise meines Unterbewusstseins, Meister Cedric herauszufordern. Oder möglicherweise hatten seine letzten Worte den Traum heraufbeschworen.

Ich hatte nackt vor ihm gekniet und seine endgültige Entscheidung erwartet.

Diese war schließlich in Form eines Bisses gekommen,

der mich in einen orgasmischen Zustand versetzt hatte.

Ein Gefühl, das ich immer noch zwischen meinen Beinen spürte, während ich ihm dabei zusah, wie er eine Reihe von neuen Techniken demonstrierte. Er gab uns unsere Hausaufgaben, wie er es am Ende jeder Unterrichtsstunde tat, dann sagte er, dass wir auf unsere Zimmer gehen und üben sollten, um die Übungen morgen vor ihm zu zeigen.

Normalerweise würde ich mich schnell in meinen privaten Bereich zurückziehen und genau das tun.

Aber es gab ein Angebot, das ich anzunehmen hatte.

„Denkt daran, ich erwarte morgen Präzision und Sorgfalt", sagte Meister Cedric, und sein Blick landete auf mir, bevor er sich an den Rest der Klasse wandte. „Ihr könnt jetzt gehen."

Niemand blieb, um Fragen zu stellen.

Niemand sagte ein Wort.

Stattdessen schnappten alle ihre Taschen und verschwanden aus dem einem Fitnessstudio ähnlichen Klassenzimmer.

Dies war unsere letzte Unterrichtsstunde, die nur zwei Stunden vor dem Morgengrauen endete. Die meisten würden bei der Cafeteria vorbeigehen, um die Tüten mit dem Abendessen abzuholen – etwas, das ich letzte Nacht verpasst hatte und nun nach der kleinen Frühstücksportion bitter bereute – und würden mit ihren Mahlzeiten auf ihre Zimmer gehen.

Ich würde ohne Essen auskommen.

Für ihn.

Für eine Chance, um diesen Kurs zu überleben.

Auch wenn er ziemlich klar gemacht hatte, dass er mich gerne versagen sah.

Für ihn war das alles wahrscheinlich ein Spiel, eine Art und Weise, seine Beute zu quälen. Aber ich hatte keine

Wahl. Es war entweder das oder der Tod, und Letzteren wollte ich noch nicht akzeptieren – auch wenn er gestern vorgeschlagen hatte, dass ich dies tun sollte.

Als ich an seine Worte dachte, lief mir ein Schauer den Rücken hinunter.

Ich habe meine Wahl getroffen, erinnerte ich mich und richtete mich auf. *Es muss getan werden. Ausziehen. Hinknien. Betteln. Was auch immer er will.*

Mich auszuziehen war kein Problem – ich musste meine Kleidung oft für den Unterricht oder andere Aktivitäten ablegen.

Mich hinzuknien war auch in Ordnung – ich betete jeden Tag vor dem Frühstück auf den Knien zu der Göttin. Diese Aktivität war eine Pflicht für alle Menschen, als Dank, dass man uns leben ließ.

Das Betteln würde schwerer sein, vor allem, weil ich nicht wusste, was Meister Cedric von mir wollte, außer mich scheitern zu sehen.

Und Scheitern stand für mich nicht auf dem Programm.

Ich zog mich aus, wie er es mir aufgetragen hatte, und fiel in eine unterwürfige Haltung auf die Matte – die Oberschenkel leicht gespreizt, Hände hinter meinem Rücken und Kopf gesenkt. Manchmal wollten die Meister, dass man sich auf seine Fersen setzte, aber ich wusste nicht, ob er dies auch bevorzugte. Daher kniete ich mit aufrechten Oberschenkeln und Oberkörper, während meine Augen respektvoll auf den Boden gerichtet waren.

Dann wartete ich.

Und wartete.

Und wartete.

Ich begann, die Sekunden zu zählen, dann die Minuten, und irgendwann konzentrierte ich mich einfach nur noch auf meinen Atem.

Meister Cedric war nicht gegangen, denn seine Präsenz lag wie ein dunkler Schatten über dem Raum. Aber ich spürte, dass er mich nicht ansah. Ich konnte nicht sagen, woher ich das wusste, aber ich fühlte mich frei zu atmen, da diese grausamen, kalten Augen nicht auf mich gerichtet waren.

War das ein Test? Sollte das meine Entschlossenheit auf die Probe stellen?

Ich konnte stundenlang so ausharren, das hatte ich früher schon getan.

Aber er würde mich bestimmt nicht den ganzen Tag in dieser Haltung lassen. Die Fenster dieses Raums sahen über eine der vielen Wüsten des Campus hinaus und lagen tagsüber direkt in der Sonne.

Ich würde hier drinnen schmelzen.

Dehydrieren und ohnmächtig werden.

Vielleicht war das seine Absicht.

Ich schluckte unsicher und fragte mich, wie lange ich unter diesen Umständen durchhalten könnte. Nicht lange, wenn man bedachte, wie wenig ich in den letzten vierundzwanzig Stunden gegessen und wie schlecht ich geschlafen hatte.

„Mal sehen, wie gut du heute aufgepasst hast, Kandidatin", sagte Meister Cedric, und seine Stimme jagte eine Gänsehaut über meine Arme. „Zeig mir, was ihr in der heutigen Stunde gelernt habt. Wir werden schauen, wie schlecht deine Technik ist und dann weitersehen."

Mein Herz raste in meiner Brust. *Die heutige Stunde. Die Übungen, die er uns als Hausaufgabe aufgegeben hat.* Er hatte sie nur zweimal vorgemacht.

Normalerweise ging ich sie dutzende Male durch, bevor ich sie vor ihm demonstrierte.

Und er wollte, dass ich all dies ohne Übung tat.

„Jetzt, kleine Blume", befahl er.

Kleine Blume. Ich war nicht sicher, warum er mich immer wieder so nannte. Ich hatte noch nie gehört, dass er irgendjemandem im Unterricht so ansprach. Aber ich würde jetzt keine Zeit damit verschwenden, darüber nachzudenken. Nicht, wenn er mir eine Aufgabe gegeben hatte.

Ich stand vorsichtig auf, während ich in Gedanken alle Bewegungen durchging, die er uns heute gezeigt hatte, dann nahm ich die geeignete Kampfhaltung ein. Die Abfolge, die er uns heute gezeigt hatte, war nicht lang, es war nur eine Reihe von schnellen Tritten und Schlägen. Das Wichtigste dabei waren die Fußarbeit und die Hüftbewegung, etwas, das ich in jeder Unterrichtsstunde besonders studierte.

Also konzentrierte ich mich jetzt darauf, bewegte meine Füße in einem ähnlichen Tanz über den Boden, wie er es getan hatte, und steckte eine angemessene Kraft in die Schläge und Beinbewegungen. Bei einer der Positionen musste ich ein Knie anziehen, was mich ins Straucheln brachte, aber Meister Cedric sagte nichts, bis ich den letzten Purzelbaum gemacht hatte.

„Noch einmal", sagte er.

Ich widersprach nicht. Ich zögerte nicht einmal. Ich begab mich einfach wieder in die Anfangshaltung und ging die Routine erneut durch.

Dann wiederholte ich sie auf seinen Befehl ein drittes Mal.

Und ein viertes Mal.

Und ein fünftes.

Aber erst beim sechsten Versuch spürte ich wirklich seine Augen auf mir, und sein Starren schien sich förmlich in meine Seele zu brennen.

Ich stolperte daraufhin, was mir ein Schnauben seinerseits einbrachte.

Statt innezuhalten, machte ich weiter, meine Wangen glühten vor Anspannung und durch das Wissen, dass ich unter seinem durchdringenden Blick gepatzt hatte.

Ich begann schnell mit dem siebten Durchgang, zeigte die Bewegungen mit tadelloser Leichtigkeit und spürte die Perfektion in jedem Schritt.

Aber als ich aufsah, in der Hoffnung, Stolz in seinem Blick zu sehen, bemerkte ich, dass er mich nur wütend anstarrte. „Du bist so gut wie tot, Kandidatin."

Ich runzelte die Stirn, denn ich verstand nicht, was er meinte.

Er ließ etwas auf seinen Schreibtisch fallen und lief auf mich zu, während sein intensiver Ausdruck meine Seele unheilvoll in Eis hüllte. *Nicht,* sagte ich mir, als ich beinahe einen Schritt nach hinten gemacht hätte und der Instinkt zu fliehen durch meine Adern schoss. *Nicht wegrennen.*

Das mochten die Raubtiere.

Sie genossen es, ihre Beute zu jagen.

Wenn ich mich nicht bewegte, würde er mich vielleicht nicht umbringen.

Allerdings hatte er schon gesagt, dass ich so gut wie tot war.

Also würde er es möglicherweise doch tun.

Er griff nach meinen Hüften, brachte mich wieder in die Position, in der ich das Gleichgewicht verloren hatte, dann trat er mein angewinkeltes Bein unter mir weg, sodass ich hart auf der Matte aufschlug.

Sein Körper landete im nächsten Atemzug auf meinem, seine Lippen lagen an meinem Hals und seine Hände hielten meine Handgelenke über meinem Kopf fest, damit ich unter ihm gefangen war.

Ich zuckte zusammen, und mein Herz schlug mir plötzlich bis zum Hals. *Oh, Göttin …*

Aber er hatte sich nicht brutal auf mich gestürzt. Er

hatte sich eher schleichend bewegt und sein Gewicht hatte eher auf seinen Knien gelegen, während er sich auf meine Beine gesetzt hatte. Dann hatte er mich auf den Boden gepresst, sodass seine Beine gegen meine drückten und ich gänzlich von seinem Oberkörper bedeckt war.

Alles innerhalb von wenigen Sekunden.

Allerdings war es genug, um den Angriff zu mildern, der mir durch den Sturz auf die Matte die Luft aus den Lungen gepresst hatte.

Fast, als wollte er mir nicht wirklich wehtun.

Ein seltsamer Gedanke, der wahrscheinlich falsch war. Dieser Vampir hasste mich. Er wollte mich durchfallen lassen. Warum würde er jetzt auf dem Boden zart mit mir umgehen?

Seine Lippen strichen über meinen Hals und das daraus resultierende Summen prickelte über meine Haut und ließ mein Blut für ihn in Flammen stehen. Ich neigte beinahe den Kopf, da mir der Instinkt, mich dem Kuss eines Vampirs hinzugeben, quasi seit meiner Geburt eingetrichtert worden war.

Er biss mich nicht.

Er drückte lediglich seine Lippen auf meinen Hals und hielt mich mit Leichtigkeit unter sich gefangen.

Ich schloss die Augen, während Resignation über mich flutete, dann unterwarf ich mich, wie es jeder gute Mensch tun sollte.

Das entlockte ihm ein tadelndes *Tss* von seinen Lippen. „Ein einziger Fehler bei der Ausführung kann zu deinem Tod führen, süße Blume", flüsterte er, während sein Mund zu meinem Ohr wanderte. „Du bist zu zerbrechlich, zu *schwach* für den Kampf. Ob gegen mich oder jemanden deiner Art. Es ist nicht der richtige Weg für dich."

Er positionierte meine Handgelenke unter einer seiner

Handflächen und hielt meine Arme über meinem Kopf, während seine andere Hand zu meiner Kehle wanderte.

Ich erzitterte, als er sich ein wenig aufrichtete, um mit dunklen, kalten Augen auf mich herabzustarren. „Du würdest nicht einen Tag beim Cup der Unsterblichkeit überleben, Kandidatin. Selbst mit perfekter Ausführung würdest du sterben. Deswegen versagst du immer." Sein Blick fiel zu meinem Mund, als ich auf meine Unterlippe biss, um mir eine Reaktion zu verkneifen.

Allerdings war diese Handlung an sich schon eine Reaktion.

Und eine vielsagende.

Denn seine Worte weckten einen Teil von mir, der seine Einschätzung nicht hören wollte. Seine Grausamkeit. Sein Versprechen meines Versagens.

Ich war kleiner als andere – eine zierliche Frau von nur ein Meter zweiundsechzig. Und mein Leben in diesem Zwinger hielt mich dünn, da meine tägliche Kalorienzufuhr kontrolliert wurde.

Aber ich wollte stark sein.

Und kämpfen.

Ich wollte ein Mensch von Wert sein, keine sexuelle Dienerin oder eine Blutsklavin.

Wie sollte ich mein Schicksal ändern, wenn Vampire wie Meister Cedric sich weigerten, mich zu unterrichten? Wie sollte ich meine Stärke ohne mehr Energie verbessern?

Ich hatte so viele andere in meiner Position gesehen, die sich einfach ihrem Schicksal ergeben hatten.

Ich weigerte mich, es ihnen gleichzutun.

Ich wollte meinen Wert beweisen und der Mensch sein, der ich mit dem richtigen Training werden konnte.

Deshalb hatte ich diesen Kurs belegt.

„Ich schaffe das", sagte ich ihm. „Ich kann meine Fähigkeiten perfektionieren und Ihre Techniken ohne

Fehler ausführen." Ich wusste nicht, woher mein Mut kam, oder was diese selbstbewussten Worte heraufbeschworen hatte, aber ich entschuldigte mich nicht für diese offene Aussage.

Denn ich hatte nichts mehr zu verlieren.

Er hatte angedroht, mich durchfallen zu lassen, hatte seinen Standpunkt klar gemacht, indem er mich auf die Matte gebracht hatte.

Aber das bedeutete nicht, dass ich es nicht noch einmal versuchen konnte, dass ich nicht *lernen* konnte, mich zu verbessern.

Er kniff die Augen zusammen und eine dunkle Emotion, die ich nicht definieren konnte, schimmerte in seinen tintenschwarzen Iriden. Er bewegte sich nicht und sagte kein Wort, sondern betrachtete mich nur, als wollte er meine Entschlossenheit testen. Vielleicht wie zu Beginn, als ich auf Knien gewartet hatte.

Aber ich würde nicht aufgeben.

Ich war eine Kämpferin.

Und ich würde es bis zu meinem letzten Atemzug versuchen.

„Das werden wir sehen", sagte er schließlich. „Morgen zur gleichen Zeit. Gleicher Ort. Enttäusche mich nicht, Kandidatin."

Er ließ mich mit einer fließenden Bewegung los, rollte sich von mir und stand im Bruchteil einer Sekunde wieder auf seinen Füßen.

Vampire, dachte ich und schluckte bei dieser eleganten Bewegung. Er hatte sich schneller bewegt, als mein Verstand begreifen konnte, und seine Stärke und Agilität waren meiner so viel überlegener.

Trotzdem war er auf dem Boden beinahe zärtlich gewesen.

Wie seltsam.

„Gute Nacht, kleine Blume", murmelte er, während er zu seinem Schreibtisch zurückging. „Vergiss deine Kleidung nicht."

Meine Lippen öffnete sich bei dieser nicht sonderlich subtilen Anspielung auf meine Nacktheit.

Ich hatte ganz vergessen, dass ich mich vor den Übungen vor ihm ausgezogen hatte. Die Kampftechniken hatten meine Gedanken so vollkommen eingenommen, dass ich das Fehlen meiner Kleidung kaum wahrgenommen hatte.

Jetzt war ich mir dessen sehr bewusst.

Bewusster denn je.

Denn er war über mir gewesen und hatte mich auf den Boden gedrückt, während ich nackt gewesen war. Das bedeutet, dass er meine harten Nippel unter sich gespürt haben musste. Wahrscheinlich hatte er auch meine unterwürfige Erregung gerochen.

Es war nur natürlich, in seiner Gegenwart so zu reagieren.

Allerdings war meine Reaktion auf ihn definitiv stärker gewesen als sonst. Vielleicht, weil er der erste seiner Art war, der mich berührt hatte. Ich hatte mich nie freiwillig für sexuelle Übungen gemeldet, die eine Vorführung mit Überlegenen beinhalteten – ich sah lieber zu und übte an Menschen.

So wie ich in Meister Cedrics Unterricht normalerweise auch nur mit Sterblichen kämpfte.

Bis heute.

Bis er meiner nackten Vorführung sieben Mal zugesehen und mich dann auf die Matte geschickt hatte.

„Kandidatin?", sagte Meister Cedric und hob eine Augenbraue. „Hat der kleine Sturz dein Gehör beeinträchtigt?"

„N-Nein, Meister", erwiderte ich und sprang vom

Boden auf, um mich anzuziehen.

Die Bewegung war zu schnell, und plötzlich begann die Welt sich zu drehen, sodass ich das Gleichgewicht verlor.

In der nächsten Sekunde lag sein Arm um meine Taille und hielt mich aufrecht, damit ich nicht fiel. Seine Vampirgeschwindigkeit raubte mir den Atem.

Ich zitterte, als sein minziger Duft über mich hereinbrach und sein harter Körper verbotene Sehnsüchte in meinem Inneren weckte.

Für einen kurzen Moment fragte ich mich, wie ich wohl reagieren würde, wenn er sich im Unterricht für sexuelle Künste als Versuchsobjekt anbieten würde. Vielleicht würde ich mich sogar freiwillig melden.

Ein törichter Gedanke.

Wahrscheinlich würde er mich bis zur Besinnungslosigkeit würgen und mich dann durchfallen lassen, weil ich nicht schlucken konnte.

Aber die Möglichkeit, ihn so zu sehen, zu schmecken, schien plötzlich ansprechender, als sie sein sollte.

Sein Griff um mich herum wurde stärker und seine Hand wanderte zu meinem Nacken, um meinen Blick zu ihm nach oben zu zwingen. Er runzelte leicht die Stirn und seine dunklen Augen sahen weniger kalt aus. Vielleicht war das auch nur Einbildung. Ein Traum.

Eine Fantasie für später.

Vielleicht.

Mir war ziemlich schwindelig.

Und ich hatte das Gefühl, als könnte ich sofort einschlafen.

„Lily." Meister Cedrics Stimme klang seltsam. Nicht kalt oder grausam wie sonst. Sondern eher seltsam tief, sodass mir ganz warm wurde. Aber ich verstand seinen Kommentar nicht. Er schien einen Namen für mich ausgewählt zu haben und er redete immer über Blumen.

Und den Kampf.

Und den Tod.

Und über mein Versagen.

Ich versuchte, den Kopf zu schütteln, aber das machte den Schwindel noch schlimmer.

„Wann hast du zum letzten Mal etwas gegessen?", fragte er.

„Frühstück", antwortete ich mit etwas heiserer Stimme.

Er seufzte. „Und du hast heute das Abendessen verpasst."

„Habe ich es wieder verpasst?", fragte ich mich laut, ohne zu wissen, wie spät es war. *Wahrscheinlich*, dachte ich. Das Zeitfenster, um das Essen abzuholen, war sehr begrenzt, und er hatte mich wahrscheinlich zu lange hier behalten.

Sein Geruch kroch über mich, als er noch einen Kuss auf meinen Puls drückte. „So delikat und zerbrechlich", flüsterte er. „Meine süße Lilie. Meine Lily."

Meine Lippen verzogen sich beinahe nach unten, aber ich konnte mich rechtzeitig beherrschen.

Reaktionen waren nicht erlaubt.

Menschen, die schrien, *starben*.

Menschen, die Missfallen zeigten, *starben*.

Menschen, die etwas anderes als Zufriedenheit oder Langeweile ausdrückten, *starben*.

Mein Magen knurrte und mir wurde erneut schwindelig. Er hatte mir gesagt, dass ich mich anziehen und gehen sollte, aber ich konnte mich in seinen Armen nicht bewegen.

Ich schluckte und war unsicher, was ich tun sollte.

Dann führte er mich langsam zu dem Stuhl hinter seinem Schreibtisch. Das waren die einzigen Möbel im Zimmer, abgesehen von den Matten. „Setz dich", sagte er seltsam sanft.

Ich wollte mich auf den Boden fallen lassen, aber seine Hände schoben meine Hüften auf den Stuhl zu.

Meine Augen weiteten sich, da ich diese Position eigentlich niemals einnehmen sollte. Meine Beine gaben beinahe unter mir nach, da mein Körper automatisch zu Boden gehen wollte, aber sein Griff um meine Hüften wurde fester.

„Tu das nicht. Beweg dich." Sein Befehl brach wie Donner über mich herein und ließ mich auf dem Leder des Stuhls einfrieren. „Weißt du noch, was ich dir über Ungehorsam gesagt habe, Kandidatin?"

Mir drehte sich der Magen um. *Ich bin ungehorsam gewesen, weil ich mich nicht angezogen habe und gegangen bin.* Was bedeutete … „Sie werden mich durchfallen lassen." Denn das war seine Drohung.

„*Sobald du mir nicht gehorchst, werde ich dich sofort durchfallen lassen.*"

Das waren seine exakten Worte gewesen.

Meine Lippen öffneten sich und mein Blick fiel zu seinem Schreibtisch.

„Ja, Kandidatin. Genau das habe ich gesagt." Er ließ meine Hüften los und legte seine Hände auf die Armlehnen des Stuhls, um sich vorzubeugen und mich zwischen sich und dem Leder gefangen zu nehmen. „Also bleib hier wie ein gehorsames, kleines Haustier und beweg dich verdammt noch mal nicht."

Mit diesem Befehl stieß er sich von mir ab, machte das Licht aus und verschwand aus dem Zimmer.

Ich blieb zitternd auf seinem Stuhl zurück.

Allein in dem Klassenzimmer.

Nach der Sperrstunde zurückgelassen.

Ohne meine Kleidung.

In der Dunkelheit.

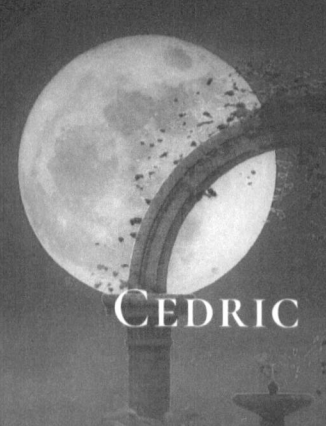

CEDRIC

„ICH BRAUCHE EIN ESSENSPAKET", SAGTE ICH, ALS ICH MICH in der Küche des Campus materialisierte.

Die menschliche Bedienstete neben mir gab ihr Bestes, um bei meinem plötzlichen Erscheinen nicht aufzuschreien, aber ich konnte es dank meines verbesserten Gehörs trotzdem wahrnehmen. Manche meiner Art würden sie für diese Reaktion bestrafen. Es war eine Art und Weise, um unsere Überlegenheit zu bewahren und die Sterblichen unterwürfig zu behalten.

Allerdings hatte die Gesellschaft schon genug getan, um die Menschen zu Nutztieren zu degradieren, daher sah ich keinen Sinn darin, auf der Sache herumzureiten.

Das ganze verdammte Gehabe war belanglos für mich.

Was war so falsch daran, unsere Nahrung zu jagen und zu verführen? Warum mussten wir es uns so einfach und langweilig machen?

Leider lag es nicht an mir, diese Entscheidungen zu treffen.

Ich diente nur dem System.

Na ja, nicht ganz. Meine Expertise war angefragt worden, als die Stelle vor nicht allzu langer Zeit frei geworden war, und ich hatte zugestimmt, um dem politischen Druck der Silvano-Region zu entfliehen. Mein Schöpfer – Prinz Silvano selbst – hatte mich zu einer hoheitlichen Position befördern wollen, aber ich war nicht daran interessiert gewesen.

Daher hatte ich mich stattdessen für den Job an der Blutuniversität entschieden.

Dies hatte mir die Möglichkeit gegeben, meine Lily kennenzulernen – eine Versuchung, von der ich nie gewusst hatte, wie sehr ich sie begehrte.

„Welche Art von Essenspaket, Sir?", fragte die menschliche Bedienstete.

Sie war keine Studentin, sondern eine Sterbliche, die wahrscheinlich nach einem grausamen Bluttag für diese Aufgabe ausgewählt worden war. Dieses Event war die sprichwörtliche Abschlusszeremonie für Absolventen der Blutuniversität – der Tag, an dem allen Sterblichen ihr Schicksal zugeteilt wurde.

Dass sie hier gelandet war, hieß, dass man sie zuerst zur Bedienstetenversteigerung geschickt hatte, und sie dann gekauft wurde, um den Rest ihres Lebens in einer Küche zu verbringen.

Man hatte sie für *diese* Küche ausgewählt.

Ich betrachtete sie neugierig und bemerkte die ergrauenden Haare auf ihrem Kopf und die zarten Falten unter ihren Augen.

Ich wollte sie beinahe fragen, wie alt sie war, denn sie war deutlich über ihre besten Jahre hinausgealtert – eine Tatsache, die sie wohl erreicht hatte, weil sie in einem sicheren Bereich lebte, der nur selten von überlegenen Wesen besucht wurde. Lykaner brauchten Nahrung, Vampire nicht. Und Lykaner gaben seltener dem

Bedürfnis nach, einem Sterblichen die Lebensessenz auszusaugen.

Interessant, sinnierte ich und betrachtete sie weiterhin eingehend, während sich eine Idee in meinen Gedanken formte.

Die Sterbliche begann jedoch zu zittern – noch eine Reaktion, die ihr sofortiges Todesurteil hätte sein können – und lenkte mich von meinen Überlegungen ab.

„Es gibt verschiedene Essenspakete?", fragte ich, da ich keine Ahnung hatte, wie diese Küchen funktionierten. Ich wusste, dass sie existierten, um die menschlichen Studenten mit der nötigen Nahrung zu versorgen. Allerdings hatte ich noch nie einen Grund gehabt hier zu sein – daher schien die Bedienstete wohl auch so aus dem Konzept zu sein. Sie hatte wahrscheinlich seit Jahren keinen Vampir mehr gesehen, da sie in ihrer Position sicher und abgeschirmt war.

Dieser Gedanke erweckte erneut die Idee, die vorhin schon in meinem Geist erblüht war.

Vielleicht könnte meine Lily hier landen, anstatt in einem Grab.

„J-Ja", stammelte die Sterbliche und begeisterte mich mit ihrem nervösen Verhalten.

Wie kannst du noch am Leben sein?, fragte ich mich. *Wann hast du zum letzten Mal einen Vampir gesehen?* Es gab nicht viele auf dem Campus. Vielleicht zwei Dutzend und drei Dutzend Lykaner. Alle übernatürlichen Wesen waren hier, um den Sterblichen beizubringen, wie sie sich angemessen als Nutztiere verhielten.

Es gab auch noch zwei oder drei Dutzend Lykaner, die die Menschen in den persönlichen Bereichen, wie den Schlafräumen, organisierten.

Und dann gab es die sterblichen Vigil, die den Campus bewachten und ihre eigene Art jagten und töteten, wenn jemand dumm genug war und fliehen wollte.

Allerdings war dies nicht üblich.

Der wahre Grund, warum es hier Vigil gab, war, um den Menschen ein falsches Gefühl der Hoffnung zu geben. Die Vigil hatten eine Position, die die Studenten anstreben konnten, sodass sie zusammenarbeiteten und miteinander konkurrierten.

Manipulation.

Ein dunkles, neues Zeitalter für sterbliche Wesen.

Und verdammt langweilig für Vampire wie mich, die das Jagen vermissten.

Die Bedienstete begann, die möglichen Essenspakete aufzuzählen, die sich am Körperbau und nicht am Inhalt orientierten.

Es war ein gutes System, das nach Geschlecht und gewünschtem Gewicht entworfen worden war. Ich befürchtete, dass meine süße Lily in der unteren Gewichtsklasse war, wenn man ihre zierliche Gestalt betrachtete. Aber sie hatte auch natürliche Kurven, die ihre Nahrungsaufnahme vielleicht etwas aufwerteten. Wenn nicht, sollte man ihre Klassifizierung überdenken, denn ihre Kurven waren einfach perfekt.

Eigentlich war alles an ihr perfekt.

Ihre Entschlossenheit.

Ihr unterschwelliger Trotz.

Ihre anziehende Angst.

Sie saß wahrscheinlich mit rasendem Herzen und einer Gänsehaut in meinem Klassenzimmer.

So hübsch und klein.

Und meins.

Ich räusperte mich, schob den letzten besitzergreifenden Gedanken beiseite und wählte das Essenspaket für die höchste Gewichtsklasse aus. Sie brauchte zusätzliche Nahrung, nachdem sie ihr Abendessen gestern Nacht verpasst hatte. Und es schien, dass man ihr kein Mittagessen zugeteilt hatte – eine weitere Technik, um das Gewicht der Nutztiere zu kontrollieren und das gewünschte Aussehen zu erreichen.

„Danke", sagte ich zu der Frau.

Ihre Augen wurden groß.

Nur weil wir Vampire überlegen waren, mussten wir nicht unhöflich sein.

Natürlich wäre *Göttin* Lilith damit nicht einverstanden. Sie würde mich rügen und daran erinnern, dass es meine Pflicht war, die Wesen unter uns abschätzig zu behandeln.

„Wir tun ihnen in Wirklichkeit einen Gefallen. Wir wollen nicht, dass sie Hoffnung schöpfen. Das wäre nur grausam", hatte sie einmal gesagt.

Ich rollte beinahe mit den Augen, als ich mich wieder in mein Gebäude teleportierte.

Alle Menschen verbeugten sich vor Lilith und beteten sie an, als wäre sie ein übermächtiges Wesen. Es war eine weitere List, um die Unterwerfung der schwächeren Geister zu erzwingen.

Gib den Menschen eine Gottheit, die sie anbeten können.

Allerdings war Lilith überhaupt keine Göttin. Nur eine riesige Schlampe mit einem Machtkomplex.

Nyx war die wahre Göttin unserer Art, eine, die es wert war, jeden Tag angebetet zu werden.

Ich fragte mich oft, was sie wohl darüber dachte, dass Lilith ihre Rolle eingenommen hatte und sich nun als göttliche Unsterbliche ausgab.

Aber das war nicht mein Problem. Wenn Nyx damit nicht einverstanden war, würde sie einen Weg finden, es Lilith wissen zu lassen.

Ich wünschte, Nyx würde dies bald tun, da ich es langsam leid war, die Menschen jeden Abend das Lilith-Gebet aufsagen zu hören.

Alle Gedanken an Nyx und Lilith verschwanden, als ich mein Klassenzimmer betrat und Lily in meinem Stuhl vorfand. Sie hatte sich keinen Zentimeter bewegt, ihr unterwürfiger Blick auf den Schreibtisch gerichtet und ihr Körper war komplett starr.

So eine brave, kleine Blume, dachte ich und ging auf leisen Sohlen auf sie zu.

Das Licht war aus, sodass sie in der Dunkelheit sicher war.

Niemand würde diesen Raum ohne meine Erlaubnis betreten, also war sie fürs Erste vor anderen meiner Art geschützt. Wenn ich nur eine langfristige Lösung finden könnte.

Ich wollte derjenige sein, der sie verwelken sah. Niemand sonst.

Aber das war ein Problem, das ich an einem anderen Tag lösen würde.

Jetzt musste sie nur essen.

Ich stellte die Tüte auf meinen Schreibtisch und bemerkte die Gänsehaut, die sich auf ihrer blanken Haut ausbreitete. Sie schien sich an ihrer Nacktheit nicht zu stören, da sie sich wahrscheinlich über die Jahre daran gewöhnt hatte.

Aber ich war von ihrem unbekleideten Zustand sehr beeinträchtigt.

Die cremige Haut, leicht definierten Muskeln und ihre entzückenden Kurven ließen mir das Wasser im Mund zusammenlaufen.

Es hatte mich große Selbstbeherrschung gekostet, sie nicht zu beißen, als ich sie auf den Boden gedrückt hatte. Ich hatte ihre Essenz kosten und meinen Weg zu dem verführerischen Hafen zwischen ihren Beinen küssen und knabbern wollen.

Leider wäre es viel zu einfach, sie zu nehmen.

Sie würde sich mir unterwerfen, weil sie darauf trainiert war.

Und ich hatte herausgefunden, dass ich mich nach mehr von meiner Lily sehnte – *Verlangen.*

Ich wollte, dass sie mich anflehte, sie zu ficken, weil sie es wollte, nicht weil sie sich dazu gezwungen fühlte.

Ein Traum, nahm ich an.

Menschen konnten ihre Hoffnungen und ihr Verlangen nicht mehr ausdrücken.

Daher musste ich mich nach einer Fantasie verzehren, die nie eintreten würde.

„Das hast du sehr gut gemacht, kleine Blume", sagte ich ihr leise, als ich das Essenspaket durchging.

Es war eine ausgewogene Mahlzeit aus ungewürztem gegrillten Fleisch, Gemüse und einer kleinen Portion Reis. Zum Nachtisch gab es eine Banane.

Und zwei Flaschen Wasser.

Nicht das schmackhafteste Essen auf der Welt.

Aber das würde Lily nicht bemerken. Sie und alle Menschen waren darauf trainiert, fade Nahrung zu akzeptieren.

Ich nahm alle Elemente heraus und stellte sie auf meinen Schreibtisch, dann nahm ich die Gabel und spießte ein zurechtgeschnittenes Stück Hühnchen auf. „Aufmachen", sagte ich und hob das Essen zu ihrem Mund.

Ihr Blick sprang in der Dunkelheit zu meinem, sodass ich die Überraschung in ihrem Gesicht sehen konnte. Vielleicht dachte sie, dass das fehlende Licht ihre Reaktion verbergen würde. Oder sie war zu fassungslos, um ihren Schock zu verbergen.

Wie dem auch war, ich dankte ihr im Geiste für diese Erfahrung. Denn diese blaugrünen Iriden glitzerten voller

Emotionen, die mich darüber sinnieren ließen, was ich noch aus ihr hervorkitzeln könnte.

Lust?

Schmerz?

Begeisterung?

All diese Möglichkeiten waren durchaus verführerisch.

Aber ich gab mich fürs Erste mit ihrer Überraschung zufrieden.

Und ich mochte es, wie sie sich meinen Befehlen fügte.

Die Gabel verschwand zwischen ihren geöffneten Lippen und ihr Mund nahm die angebotene Nahrung sofort auf.

Ich wählte grüne Bohnen aus dem Gemüsemix aus, um sie als nächstes damit zu füttern, wobei ich meine Bewegungen mit Absicht verlangsamte, damit sie in Ruhe kauen und schlucken konnte.

Sie öffnete ihre Lippen automatisch, als ich das Essen zu ihrem Mund führte, damit ich sie ohne einen weiteren Befehl füttern konnte.

Wir sprachen während des Prozesses nicht, und ihr Körper reagierte aus reinem Instinkt auf meine Fürsorge.

Ich öffnete die Wasserflasche, um ihr etwas zu trinken zu geben, dann fuhr ich mit mehr Fleisch und Gemüse fort, bevor ich ihr den Reis servierte.

Ihr Blick lag weiterhin auf mir, vielleicht versuchte sie, mich in der Dunkelheit zu sehen. Mondlicht schien in unheimlichen Schatten durch die Fenster, sodass sie wahrscheinlich zumindest die Umrisse meiner Gestalt erkennen konnte. Oder möglicherweise konnte sie inzwischen auch klar sehen, da sich ihre Augen an die Dunkelheit gewöhnt hatten.

Es war so lange her, seit ich ein Mensch gewesen war, dass ich mich nicht mehr an meine früheren Sinne erinnern konnte. Allerdings waren ihre Pupillen so stark geweitet, dass ihre Iriden nur dünne Kreise um die schwarzen Kugeln waren.

Wenn sie mich sehen konnte, war es beinahe dreist, mich so anzuschauen.

Aber ich würde sie dafür nicht rügen.

Stattdessen lehnte ich mich gegen meinen Schreibtisch und fütterte sie weiter. Immer wenn ich die Flasche zu ihren Lippen führte, blähten sich ihre Nasenlöcher auf. Hatte sie Angst, dass ich sie damit ertränken würde? Manche meiner Art wären dazu wohl fähig.

Ihre Wangen wurden rosa, als ich ihr die Banane anbot.

Es war ein erotischer Anblick zu sehen, wie die Spitze zwischen ihren Lippen verschwand. Ich ließ die Frucht für einen längeren Moment dort, während ich darüber fantasierte, meinen Schwanz in diesen süßen Mund zu stecken.

Dann gab ich ihr mehr Wasser, um den Bissen herunterzuspülen.

Sie schluckte, und ihre Wangen waren immer noch gerötet.

Außerdem lag ein süßer Geruch von Erregung in der Luft.

Ihrer Erregung.

Ich atmete tief ein, hieß den blumigen Duft in meinen Lungen willkommen und summte beim Ausatmen zustimmend.

Sie rutschte als Antwort auf dem Stuhl hin und her, ihre erste richtige Bewegung seit meiner Rückkehr, die nichts mit dem Essen zu tun hatte.

Meine Lippen verzogen sich nach oben, als ich ihr wieder die Banane hinhielt.

Ihr Blick schien meinen zu halten, als sie sie annahm und ihre Wangen noch mehr zu glühen begannen. Ich konnte die Hitze spüren, die in Wellen von ihr ausging, und die nicht von dem ungemütlich warmem Wetter draußen kam.

Sie biss noch ein Stück ab, kaute und schluckte.

Wunderschön.

Ich tauschte die Banane mit Wasser aus und führte die Flasche zu meinen Lippen anstatt zu ihren. Mein trockener Rachen konnte eine Abkühlung gebrauchen, aber die Flüssigkeit tat wenig, um mich zu erleichtern.

Daher behielt ich das Wasser in meinem Mund und beugte mich vor, um meine Lippen auf ihre zu drücken.

Sie erzitterte als Reaktion und ihr blumiger Duft wurde noch stärker. Dann öffnete sie ihren Mund und ließ zu, dass ich das Wasser über einen intimen Kuss erfrischender Wärme mit ihr teilte.

Ich hielt lange genug inne, damit sie schlucken konnte, dann zog ich mich zurück, um ihr den Rest des Getränks in der Flasche zu geben.

Vor allem, weil ich mir nicht vertraute, mich noch länger zu beherrschen.

Nicht, dass dies ein Problem wäre. Studenten verschwanden als Ergebnis von Lust und Versuchung häufig.

Ich war ehrlich überrascht, dass sie noch niemand sonst geschnappt hatte.

So süß und zerbrechlich. Eine wunderschöne Blume mit langen Stängeln und zarter Haut.

Hmm.

Ich gab ihr das letzte Stück der Banane, bevor ich die zweite Wasserflasche öffnete. Sie trank sie halb aus, denn sie war offensichtlich dehydriert. Kurz bevor sie leer war, hielt sie inne, und ich erkannte ein Geheimnis in ihrem Blick, das ich nicht ganz verstand.

„Du hast immer noch Durst", sagte ich und brach

endlich das Schweigen zwischen uns. „Warum trinkst du nicht weiter?"

„Wenn ich auf mein Zimmer zurückgehe, würde ich das hier lieber mitnehmen. Ich wache oft auf und habe Durst von der Hitze."

Ich runzelte die Stirn. Natürlich wachte sie durstig auf. Dieser Ort war ein buchstäbliches Höllenloch im nordöstlichen Teil der Sahara.

Niemand wollte hier leben, daher erklärten sich auch nur wenige Vampire und Lykaner dazu bereit, an den Universitäten zu lehren. Es gab zehn auf der Welt, alle in unbewohnbaren Regionen.

Ich zog dies dennoch den politischen Spielchen vor.

Zumindest fürs Erste.

„Trink die Flasche aus", sagte ich und stellte sicher, dass sie es als Befehl und nicht als Bitte verstand.

Sie gehorchte eifrig, aber ich erhaschte einen Hauch von Angst in ihrem Geruch. Es war ein berauschendes Parfüm, das mein inneres Raubtier weckte, aber ich schluckte das Verlangen herunter und beschäftigte mich damit, ihr Abendessen wegzuräumen. Alles war biologisch abbaubar, sogar die Gabel, daher war es einfach, die Produkte im Mülleimer des Klassenzimmers zu entsorgen.

Lily bewegte sich nicht, während ich arbeitete, und wartete unterwürfig auf meinen nächsten Befehl.

Ich hätte sie beinahe dazu aufgefordert, sich mit gespreizten Beinen auf den Tisch zu legen, damit ich selbst ein Dessert genießen könnte.

„Zieh dich an", sagte ich stattdessen.

Statt ihr bei ihrem Gehorsam zuzusehen, ging ich zu einem Schrank am Ende des Klassenzimmers und schloss ihn mit meinem Fingerabdruck auf. Drinnen warteten ein paar wesentliche Dinge, inklusive eines Kastens Wasser in einem Kühlschrank. Ich nahm vier Flaschen – zwei in jede

Hand – und brachte sie zu Lily, die gerade ihr T-Shirt zurecht zog.

Alle Kandidaten trugen dieselbe Kleidung – schlichte Farben, entweder Hosen, Shorts oder Röcke und T-Shirts.

Wenn sie ihre Kurse für sexuelle Künste besuchte, trug sie normalerweise nichts.

Mein Unterricht schrieb Shirts und Hosen für körperliche Aufgaben vor.

Das wusste sie.

Dennoch hatte sie sich während ihrer Übungen heute Nacht nicht wieder angezogen.

Und ich hatte sie nicht korrigiert. Ab jetzt würde ich auf ihre Nacktheit bestehen. Es gefiel mir, und das war schließlich das, was sie wollte.

Ihre Augen weiteten sich wieder, als sie die Gegenstände in meinen Händen bemerkte, was bestätigte, dass sie im Dunkeln sehen konnte. Also musste sie auch wissen, dass ich sie sehen konnte.

Dennoch versuchte sie nicht, ihre Reaktionen zu verstecken.

Das gefiel mir.

Fast genauso gut wie ihre nackte Vorstellung von vorher.

„Nimm die mit", sagte ich und reichte ihr die Flaschen. „Ich erwarte, dass du mindestens zwei davon vor dem Frühstück trinkst."

Sie war vor Hunger und Durst beinahe ohnmächtig geworden. Ich wollte nicht, dass das noch einmal passierte.

„Ja, Meister Cedric."

Genau das war vielleicht das einzige Element dieser neuen Welt, das ich genoss – die Art und Weise, wie Lily mich *Meister* nannte. Dadurch wurde ich jedes verdammte Mal hart.

Wenn sie es nur so meinen würde, wie es eine Frau tun

sollte – als Spiel im Schlafzimmer. Leider waren diese Zeiten vorbei.

„Geh zurück auf dein Zimmer, Kandidatin." Die Worte klangen etwas schärfer, als ich beabsichtigt hatte, vor allem wegen meines persönlichen Frusts. „Wir werden deine Privatstunden nach dem Unterricht morgen fortführen." Ich zeigte auf die Matte. „Gleicher Ort. Gleiche Position. Keine Kleidung."

Sie schluckte. „Ja, Meister Cedric", flüsterte sie und neigte ihren Kopf leicht.

Aber sie bewegte sich nicht sofort.

Stattdessen kaute sie auf ihrer Lippe herum und ihr Blick wanderte zu den Wasserflaschen, die ich ihr gegeben hatte.

Ich hob eine Augenbraue. „Ich fange wieder an, an deinem Gehör zu zweifeln, Kandidatin."

Sie erschauderte sichtlich, und ihr Blick sprang kurz zu mir, bevor er wieder nach unten wanderte. „Es tut mir leid, Meister Cedric. Ich …" Sie sprach nicht weiter, sodass nun beide meiner Augenbrauen nach oben schnellten. Die meisten Menschen wären inzwischen schon eifrig gehorsam verschwunden. Aber Lily nicht.

„Möchtest du etwas sagen?", fragte ich herausfordernd.

Sie nickte. „Ja."

Die meisten würden diese Antwort als Fehler ansehen – Menschen durften nicht sprechen, wenn sie nicht explizit dazu aufgefordert wurden. Und sie sagte mir im Grunde, dass sie einen Gedanken artikulieren wollte.

Aber für mich bedeutete dies, dass sie meinen Test bestanden hatte.

„Sprich offen", sagte ich und belohnte ihren Wagemut.

Es war eine gefährliche Reaktion meinerseits, eine, die später ihr Todesurteil sein könnte, sollte sie sich jemals vor einem anderen Vampir oder Lykaner so verhalten.

Daher wollte ich auch, dass ihr Leben früh endete, damit ich sicherstellen konnte, dass ihre wunderschöne Seele von dieser Welt nicht zu sehr befleckt wurde.

Jetzt würde ich diese Seite von ihr allerdings genießen und die Erinnerung an meine süße Blume für immer in Ehren halten.

Zumindest bis die Zeit sie aus meinen Gedanken löschte.

„Ich wollte Danke sagen." Ihre Worte waren leise. „Für das Essen und das Wasser."

Mein Kiefer zuckte. Sie dankte mir dafür, dass ich sie am Leben hielt – das Gegenteil von dem, was ich eigentlich wollte. Und trotzdem kamen die Worte so süß über ihre Lippen.

Ich war hin und hergerissen, ob ich knurren oder lächeln sollte.

Daher sagte ich nichts.

Denn ich vertraute mir nicht, sie nicht zu erwürgen.

Oder sie gegen eine Wand zu ficken.

Vielleicht beides.

Welch gefährlicher Interessenkonflikt.

„Gute Nacht, Meister Cedric", flüsterte sie und entfernte sich schlauerweise von mir, während sie mit gesenktem Blick zur Tür ging.

Sie hatte meinen Zwiespalt wahrscheinlich gespürt. Vielleicht sogar mein Bedürfnis danach, sie zu töten.

Das würde ihren erhöhten Puls erklären.

Allerdings ließ sie einen Hauch des betörenden Dufts zurück, ihr berauschendes Parfüm umkreiste mich und flehte mich an, sie zu verfolgen.

Sie zu jagen.

Sie zu beanspruchen.

Denn sie war meine auserkorene Beute.

Eines Tages würde ich dem Verlangen, sie zu nehmen,

vielleicht nachgeben. Sie verschlingen. Sie ausbluten lassen.

Aber nicht heute.

„Schlaf gut, Lily", flüsterte ich ihr nach, auch wenn sie mich nicht hören konnte. „Du wirst es brauchen."

Denn morgen würde ich ihr zeigen, warum sie nie eine Vigil werden konnte.

Eine Lektion in Feinheit und Stärke.

Eine Lektion, die sie auf keinen Fall bestehen würde.

Meine arme kleine Blume.

Mögest du noch einen weiteren Tag blühen.

LILY

Ich konnte nicht aufhören an Meister Cedrics Banane und die Art und Weise, wie er mich damit gefüttert hatte, zu denken.

Vielleicht, weil ich in meinem Kurs für sexuelle Künste nun mit einem ähnlichen Objekt im Mund kniete.

Ein Objekt, von dem ich mir vorstellte, dass es Meister Cedric gehörte und nicht dem Menschen, der vor mir stand.

Ich konzentrierte mich auf den Tanz meiner Zunge, aber jede Drehung schien direkt zwischen meine nackten Beine zu fahren.

Weil ich mir Meister Cedric vorstellte.

Es waren seine Finger in meinem Haar. Seine salzige Essenz in meinem Mund. Sein Stöhnen, das durch die Luft vibrierte.

Ich konnte es geradezu vor meinem inneren Auge sehen.

All das wegen dieser Banane.

Und wegen des Kusses, der darauf gefolgt war.

Vielleicht war es nicht wirklich ein Kuss gewesen, aber seine Lippen hatten meine berührt, während er mir das Wasser gegeben hatte. Dieser Moment hatte mir den Atem geraubt. Es war eine Erfahrung gewesen, die ich niemals für möglich gehalten hätte.

Er hatte mich *gefüttert.*

Mir mehrere Mahlzeiten auf einmal gegeben.

Und einige Flaschen Wasser.

Oh, und es war kühles Wasser gewesen. Ich hatte noch nie etwas so Himmlisches gekostet.

Ein weiteres Stöhnen schüttelte meinen Partner, während sich sein Griff um mein Haar festigte.

„Komm noch nicht", sagte Meisterin Payton mit ihrer seidenen Stimme und ließ ihre Nägel über den Hals von Kandidat vierhundertsechs gleiten. Ich nannte ihn Nummer Sechs und er nannte mich Sieben.

Nummer Sechs und ich wurden in unseren Kursen oft zusammengesteckt, da unsere Zahlen aufeinander folgten. Wir waren beide aus demselben Jahr. Was bedeutete, dass wir gemeinsam am Bluttag teilnehmen würden.

Seine hellgrünen Augen flehten mich an, meinen Rhythmus zu verlangsamen, um sicherzustellen, dass er den Anweisungen von Meisterin Peyton folgen konnte.

Meine Aufgabe war allerdings, ihn mit meinem Mund um den Verstand zu bringen.

Es war ein grausamer Konflikt, den einer von uns verlieren musste.

Und ich würde nicht scheitern.

Nicht, wenn ich mir weiterhin die mitternächtlichen Augen von Meister Cedric vorstellte, die mich mit dunklen Absichten ansahen, während er mir die Banane zwischen die Lippen schob.

Ich konnte einfach so tun, als hätte er von mir verlangt, vor ihm zu knien und ihn *zufriedenzustellen.*

Als würde, er mich immer wieder eine sexuelle Aufführung wiederholen lassen und keine Kampfübungen.

Nur bei dem Gedanken daran wurden meine Oberschenkel feucht.

So etwas war mir noch nie passiert. Normalerweise erregte es mich nicht den Akt des Fellatio zu vollführen, aber die Gedanken an Meister Cedric ließen meine Mitte mit einem verbotenen Verlangen pochen.

Er würde nie mir gehören.

Ich sollte ihn nicht romantisieren oder begehren.

Alle Vampire waren von Natur aus verführerisch. Es war Teil ihrer raubtierhaften Anziehungskraft. Sogar Meisterin Peyton verfügte über ein makelloses Aussehen mit ihrem hübschen schwarzen Haar und ihrer olivfarbenen Haut. Sie lächelte mich jetzt an und genoss offensichtlich die Show der sinnlichen Qual.

Nummer Sechs hatte keine Chance.

Er war am Ende, und sein Schaft pulsierte warnend in meinem Mund.

Meisterin Peyton züchtigte ihn, aber das war egal.

Er explodierte mit einem Knurren, bei dem sich meine Nackenhaare aufstellten.

Würde Meister Cedric auch so knurren? Würde er mein Haar ergreifen und sich tiefer in mich hineinstoßen? Wie würde er schmecken? Salzig wie Nummer Sechs? Würde ich in seiner Lust ertrinken? Oder wäre es schnell vorbei, ähnlich wie jetzt?

So viele gefährliche Fragen.

Ich schluckte sie alle mit Nummer Sechs' Essenz hinunter, während ich in meinen Gedanken Meister Cedric anstatt den Mann vor mir sah.

Mir war schwindelig und heiß, und mein Körper verzehrte sich nach jemandem, den ich nicht begehren sollte.

Aber dieser Kuss letzte Nacht.

Wie er mich gefüttert hatte.

Die Sorge in seinen Berührungen.

Die Hitze in seinem Blick.

All das hatte ein Verlangen in mir geweckt, das ich kaum ignorieren konnte, und nun hatte ich es an Nummer Sechs ausgelassen. Ich fühlte mich leer und seltsam unsicher.

Unvollständig.

Falsch.

„Gut gemacht, Kandidatin vierhundertsieben", lobte mich Meisterin Peyton, während ihre scharfen Nägel durch das dichte rotbraune Haar von Nummer Sechs fuhren. „Komm mit mir, Kandidat vierhundertsechs."

Er schluckte und seine rosigen Wangen wurden bleich.

Sie würde ein Exempel an ihm statuieren, indem sie ihn noch einmal vor der Klasse zum Kommen brachte.

Mit ihren Fangzähnen.

Ich hatte dies nun schon ein paar Mal beobachtet. Meisterin Peyton nannte es Teil des Trainings, um dem Verlierer dabei zu helfen, seine Orgasmen zu kontrollieren.

Ich war dem noch nie ausgesetzt gewesen, da ich bei keinem meiner Tests gescheitert war. Allerdings hatte dies wohl mehr mit der Art des Unterrichts als mit meinem Können zu tun.

Die Männer verloren immer, und ich nahm an, dass es daran lag, dass Meisterin Peyton dieses Geschlecht bevorzugte.

Alle ihre Vorführungen übte sie an Männern, nie an Frauen aus. Und während unserer Tests berührte sie immer nur die Männer, nicht die Frauen.

Die Rollen von Meisterin Peytons Stuhl wirbelten über den Boden, als sie Nummer Sechs auf den Sitz schubste.

Es war viel grober als das, was Meister Cedric letzte Nacht mit mir gemacht hatte. Die Bewegungen von Meisterin Peyton waren auch deutlich raubtierhafter.

„Gib keinen Ton von dir", befahl sie, während sie sich auf die Knie fallen ließ.

Dann senkte sie ihren Kopf auf den Schritt von Nummer Sechs herab.

Ich hielt den Atem an und betete zu der Göttin, dass er gehorchen würde. Ich hatte gesehen, was letzte Woche passiert war, als ein anderer Kerl nicht hatte schweigen können.

Er war heute nicht da.

Er war durchgefallen.

Und ich nahm an, dass er jetzt tot war.

Da wir diesen Kurs nur alle sieben Tage hatten, konnte ich nicht mit Sicherheit wissen, welches Schicksal ihn ereilt hatte. Aber seine Abwesenheit deutete darauf hin, dass Meisterin Peyton ihn mit großer Wahrscheinlichkeit erledigt hatte.

Zum Glück gab Nummer Sechs keinen Ton von sich.

Dennoch lag auf seinem Gesicht eine Qual, die mir einen Stich ins Herz versetzte.

Meisterin Peyton würde weitermachen, bis sie der Meinung war, dass er seine Lektion gelernt hatte.

Oder bis die Klingel die Unterrichtsstunde beendete.

Wir hatten alle noch einen Kurs, bevor unser freier Tag begann.

Einmal in der Woche, nach dem Tag mit dem meisten Unterricht.

Ich besuchte im Moment vier Grundkurse. Einer war Politik, der alles über die königlichen Vampire dieser Welt lehrte und zweimal pro Woche stattfand.

Dann gab es einen Bewirtungskurs und Meister

Cedrics Unterricht, die ich beide an sechs Tagen der Woche hatte.

Der Bewirtungskurs wurde als berufliches Schwerpunktfach angesehen, während Meister Cedrics Kampfkurs mein verpflichtendes tägliches Sportprogramm war.

Sexuelle Künste und Politikunterricht wurden zur allgemeinen Bildung gezählt, die zwar verpflichtend war, aber zu einem Zeitpunkt meiner Wahl belegt werden konnte.

Oder so hatte es meine Beraterin zumindest ausgedrückt.

Sie war ein Vampir, den ich nie persönlich getroffen hatte, aber wir sprachen einmal pro Monat über einen Telekommunikationsbildschirm. Sie überprüfte immer meinen aktuellen Notendurchschnitt und Stundenplan und organisierte die Kurse, damit sie gewissen Anforderungen entsprachen.

Wie genau diese Anforderungen aussahen, verstand ich allerdings nicht. Sie gab mir immer nur Optionen, aus denen ich wählen konnte.

In letzter Zeit hatte sie vor allem die Kurse für sexuelle Künste in den Vordergrund gedrängt.

Ich musste eine gewisse Anzahl vor meinem Bluttag belegen, und bis jetzt hatte ich diese Erwartungen noch nicht erfüllt.

Hier war ich also, immer noch auf meinen Knien, und sah zu, wie Nummer Sechs im Stillen schrie.

Als das Klingeln ertönte, fühlte ich mich taub.

Nummer Sechs bewegte sich, aber er sah genauso blass aus wie der Mann von letzter Woche. Seine Wangen waren eingesunken. Seine Augen eher gelb als grün. Und seine Beine schienen zu zittern.

Ich spülte mir mit den Utensilien im hinteren Bereich

der Umkleide den Mund aus, bevor ich meine Kleidung aus dem mir zugewiesenen Schrank holte.

Nummer Sechs stand neben mir, seine Bewegungen langsam und sein Blick nach unten gerichtet. Es schien ihm schwer zu fallen, seine schwarzen Jeans hochzuziehen. Seine Finger zitterten so sehr, dass er weder den Reißverschluss noch den Knopf schließen konnte, also griff ich zur Seite und half ihm dabei.

Er grummelte etwas, das mehr nach „Fick dich" als nach „Danke dir" klang, aber ich nahm es ihm nicht übel. Ich konnte seine Wut verstehen und akzeptierte sie. Dann half ich ihm dabei, sein Shirt über seinen Kopf zu ziehen, auch wenn er mich dabei wütend anstarrte.

Wir beide kannten die Regeln.

Wir existierten nur, um zu überleben.

Ich hatte genau das getan. Irgendwann würde er mir vergeben. Oder auch nicht. Diese Entscheidung würde in ein paar Monaten nach unserem Bluttag ohnehin nicht wichtig sein.

Nummer Sechs versuchte, sich nach vorne zu beugen, um seine Schuhe anzuziehen, und zuckte erneut heftig zusammen.

Also ließ ich mich auf den Boden sinken und half ihm.

Dieses Mal grummelte er nicht, aber ich konnte das Leid in seinem Gesicht sehen, als ich wieder aufstand. Es lag auch ein Hauch von Verständnis in seinen Augen, zusammen mit einer gewissen Scham und vielleicht etwas Neid.

Ich legte ihm seine Tasche über die Schulter und holte meine eigene aus dem Schrank.

Er sah mich einen langen Moment an, während eine Million Gefühle aus seinen gelb-grünen Iriden zu fließen schienen.

Ich wartete und wusste, dass er dies brauchte – eine Möglichkeit, um alles ohne Worte rauszulassen.

Nach ein paar dunklen Sekunden schluckte er und wusch die Reaktion aus seinen Gesichtszügen. Ich hielt ihm meinen Arm hin, den er annahm, und half ihm aus der Tür, während keiner von uns ein Wort sprach.

Dann trennten sich unsere Wege für unseren letzten Kurs des Tages.

Er war nicht in Meister Cedrics Kampfunterricht. Ich wusste nicht einmal, wohin Nummer Sechs als nächstes gehen würde, denn es hatte keinen Einfluss auf mich.

Ein kleiner Teil von mir hoffte allerdings, dass er es sicher bis zu dem Ruhetag morgen schaffte.

Wir waren keine Freunde, da Verbrüderungen hier verpönt waren, aber wir waren irgendwie Verbündete und ich kannte ihn schon mein ganzes Leben.

Einen Bekannten nach einundzwanzig Jahren zu verlieren, wäre eine Enttäuschung. Vor allem, weil wir so kurz vor unserem Ende hier standen.

Hoffentlich würde er sich erholen.

Ich atmete tief ein und verdrängte Nummer Sechs aus meinen Gedanken. Ich musste mich auf meine nächste Aufgabe konzentrieren – Meister Cedrics Kampfunterricht.

Ich werde nicht noch eine Prüfung vermasseln, beschloss ich und fühlte mich bereit, ihm erneut entgegenzutreten.

Ich hatte nach meiner Rückkehr von unserem Privatunterricht noch ein paar Mal geübt und heute Morgen auch.

Ich bin bereit.

Dieses Mal würde er mich nicht durchfallen lassen können.

Ich würde meinen Wert beweisen und ihm mein Potential zeigen.

Dann würde ich mich noch einmal für ihn ausziehen und auf der Matte auf eine private Lektion warten.

Und ich würde mein Bestes geben, um nicht an seine Banane zu denken.

LILY

MEISTER CEDRIC WAR SCHON IM KLASSENZIMMER, ALS ICH ankam, und lehnte mit locker überkreuzten Knöcheln an seinem Schreibtisch.

Es war dieselbe Position, die er letzte Nacht während meines Abendessens eingenommen hatte, nur dass er jetzt in Richtung des Raums schaute und nicht zu seinem Stuhl.

Seine starken Hände umgriffen das Holz unter ihm, während er die eintretenden Studenten mit kaltem Blick betrachtete.

Als seine Augen auf mir landeten, erzitterte ich, da meine Beine unter der Intensität, die von ihm ausstrahlte, nachgeben wollten. Ich schaute sofort auf den Boden und nahm eine züchtige, respektvolle Haltung ein.

Ich hätte ihn gar nicht erst ansehen sollen.

Leider schien ich viele Regeln zu vergessen, wenn es um ihn ging.

Ich schluckte und ließ meine Tasche fallen, dann zog ich meine Schuhe und Socken aus und ging zu meiner gewohnten Matte. Ein Schnipsen von Meister Cedrics Fingern ließ meine Aufmerksamkeit wieder zu ihm zurückschnellen. „Kandidatin vierhundertsieben, ich möchte, dass du heute mit Kandidat sechshundertzweiundvierzig arbeitest."

Was? Ich sah den betreffenden Menschen an und bemerkte sofort seine massige Gestalt.

„*Jetzt*, Kandidatin", fügte Meister Cedric hinzu, als ich mich nicht sofort bewegte.

Ich gehorchte, aber mein Herz stolperte in meiner Brust. Dieser Kerl war mindestens einen Kopf größer als meine ein Meter zweiundsechzig, und seine Arme waren so breit wie meine Oberschenkel.

Fairerweise musste man sagen, dass die meisten Männer in diesem Kurs so gebaut waren.

Es gab sogar welche, die noch kräftiger waren als Kandidat sechshundertzweiundvierzig.

Normalerweise kämpfte ich mit der einzigen anderen Frau in dem Kurs – die Meister Cedric nun mit dem üblichen Partner meines neuen Gegners zusammenbrachte.

Ich tauschte einen schnellen Blick mit dem Mädchen aus, und ihr Ausdruck entsprach meinem Gefühl über diese neue Entwicklung. Es war nur ein kurzer Moment, aber wir waren beide über diese neue Zuteilung verblüfft.

Natürlich hatte sie alle unsere Tests bestanden, während ich immer durchgefallen war.

Vermutlich gab sie mir deshalb für das alles die Schuld.

Und sie hatte mit Sicherheit recht.

Aus irgendeinem Grund hatte ich geglaubt, dass die Dinge nach letzter Nacht anders sein würden. Meister Cedric war beinahe nett zu mir gewesen.

Ich hatte gedacht, ich wäre in Schwierigkeiten, als ich seinen Befehlen nicht direkt gefolgt war, und dann hatte er mich für gefühlt eine halbe Stunde nackt auf seinem Stuhl zurückgelassen. Ich hatte mich gefragt, ob er überhaupt zurückkommen würde.

Dann hatte er mir Essen mitgebracht.

Und mich gefüttert.

Warum hatte er das getan?

„Wir werden zuerst die Technik ausführen", verkündete er, als die letzten zwei Studenten den Raum betraten. „Ihr werdet die Abfolge der letzten Unterrichtsstunde vorführen. Dann werdet ihr mindestens vier Manöver davon an eurem Kampfpartner anwenden."

Na, das klang gar nicht so schlecht.

„Während sich euer Partner aktiv gegen euren Angriff verteidigt", fügte er hinzu, sodass mir ein Schauer über den Rücken lief. „Heute gibt es keine Regeln oder Grenzen. Verteidigt euch, wie ihr es für richtig haltet, und ihr dürft gerne mehr als vier Manöver im Angriff anwenden. Vier ist das Minimum."

Er klatschte in die Hände – ein Geräusch, das in meinen Ohren wie Donner klang.

Keine Regeln oder Grenzen.

Kampfmanöver mit offener Verteidigung.

Gegen einen Mann, der doppelt so stark ist wie ich.

Ich sah zu meinem neuen Partner und bemerkte den stoischen Ausdruck auf seinem Gesicht. Er schien von der ganzen Sache überhaupt nicht beunruhigt zu sein, er sah sogar beinahe gelangweilt aus.

Na klar. Ihm war gerade eine Maus zum Verprügeln zugeteilt worden. An seiner Stelle wäre ich auch gelangweilt.

„Kandidatin vierhundertsieben, ich möchte, dass du anfängst", verkündete Meister Cedric, bevor er den Rest der Klasse ansprach. „Ihr habt fünf Minuten zum Aufwärmen, ab jetzt."

Er gab mir also keine Zeit, um mich gedanklich auf die

Veränderung vorzubereiten. Oder vielleicht wollte er nicht, dass ich mich verrückt machte.

Wie auch immer, ich gehorchte seinem Befehl und lief drei Runden durch das Zimmer, bis ich meine gewohnten Dehnübungen begann.

Meine Gedanken wurden mit jeder Bewegung ruhiger, während mein Körper ohne große Zweifel agierte.

Alle anderen Studenten folgten meinem Beispiel und bereiteten sich auf den Unterricht vor.

Nachdem ich mich gedehnt hatte, ging ich die Abfolge der Kampfmanöver zweimal durch, bevor ich mich auf der Matte bereitstellte.

Meister Cedric blieb bei seinem Schreibtisch, immer noch mit überkreuzten Knöcheln und den Händen in den Hosentaschen vergraben. „Die Zeit ist um", sagte er und sein kalter Blick landete auf mir. „Fang an."

Ich zögerte nicht und begann mit der ersten Bewegung, um die Abfolge wie gestern vorzuführen. Nur, dass ich dieses Mal eine schwarze Jogginghose und ein weißes T-Shirt trug.

Jedes Manöver war makellos.

Nicht, dass Meister Cedric dem zustimmte oder meine Leistung auch nur kommentierte. Stattdessen gestikulierte er zu Kandidat sechshundertzweiundvierzig, damit er dieselben Bewegungen vormachte.

Ich beobachtete seine Tritte und Schläge und zuckte zurück, als ich merkte, wie viel Kraft dahinter steckte.

Er wird mich zerstören, bemerkte ich, als er seine Vorführung mit einem tödlichen Hieb durch die Luft beendete.

Meister Cedric nickte und schickte uns an den Rand. Dann rief er meine eigentliche Partnerin und ihren neuen Gegner auf. Sie gingen dieselben Bewegungen durch, und der Mann war genauso einschüchternd wie der, der neben mir stand.

Ich schluckte und mein Herz klopfte schneller und schneller, als jedes Paar die Abfolgen vorführte, bis wieder ich dran war.

„Kandidatin vierhundertsieben wird zuerst angreifen", verkündete Meister Cedric. „Nur Abwehrmanöver, Kandidat sechshundertzweiundvierzig."

Das Biest von einem Mann ließ zustimmend das Kinn sinken.

Das wird schlecht enden.

Auch in diesem Unterricht musste einer von uns versagen, nur dass Meister Cedric den Verlierer nicht quälen würde wie Meisterin Peyton.

Er würde den Verlierer nur zerbrechen lassen, ohne sich später um dessen Genesung zu sorgen.

„Fang an." Ungeduld verdunkelte Meister Cedrics Tonfall.

Er musste mein Zögern gespürt haben, denn er bellte das Wort, sobald meine Füße die Matte berührt hatten. Ich war noch nicht einmal in Kampfhaltung, aber mein Partner schien bereit zu sein, da er die Fäuste schon zur Verteidigung nach oben hob.

Ich begann mit einem Tritt, der seine Beine hätte wegziehen sollen, aber stattdessen landete mein Fuß nur auf einer Wand aus Muskeln. Er versuchte nicht einmal, mich zu parieren. Sein hartes Bein hinterließ einen blauen Fleck auf meinem und schickte mich zurück, ohne dass er sich auch nur einen Zentimeter bewegen musste.

Göttin, das ist gar nicht gut, dachte ich und zeigte einen Schlag, der eigentlich einen Druckpunkt hätte erwischen sollen.

Diesen fing er ab, indem er mein Handgelenk mit

seinen fleischigen Fingern ergriff und drehte, bis es knackte.

Ich biss auf meine Unterlippe, um einen Schrei zu unterdrücken.

Aber ich konnte mein Zucken nicht verbergen.

Oder den Schauder des Schmerzes, der meinen Arm hinaufschoss.

Ich hatte noch zwei Manöver zu vollführen, und ich war ziemlich sicher, dass er mir das Handgelenk verstaucht hatte.

Schweiß rann meinen Rücken hinunter. Aufgeben war keine Option. Ich konnte nicht schon wieder durchfallen.

Also täuschte ich mit meinem Knie eine Bewegung in Richtung seines Schritts vor und warf in letzter Sekunde meinen Ellbogen nach oben, wie es Meister Cedric uns gestern gezeigt hatte.

Ich erwischte den Riesen am Kinn und beendete das Ganze mit einem Hieb gegen seinen Hals.

Es schien ihn kaum zu beeinträchtigen, da mir seine Augen weiterhin ohne Gefühlsregung zublinzelten. Als wäre ich nur eine lästige Fliege, die um seinen Kopf schwirrte.

„Jetzt tauscht", sagte Meister Cedric, und sein Befehl entzündete ein Feuer im Blick meines Partners. Er schoss wie ein Blitz nach vorne, um meinen Hals zu erwischen. Ich duckte mich instinktiv und nutzte meine kleinere Gestalt zu meinem Vorteil.

Sein Ellbogen erwischte meinen Hinterkopf, sodass ein quälender Schmerz meinen Nacken hinunter schoss. Ich machte dennoch weiter und bewegte mich zur Seite, nur um zu sehen, wie seine Ferse auf meine Nase zukam.

Ich sprang zurück und entkam seinem Tritt nur um wenige Zentimeter.

Er folgte mir mit athletischen und geschmeidigen

Schritten. Sein Gesicht war ausdruckslos und ließ mein Blut schwer durch meine Adern trommeln.

Ich konnte mich nicht erinnern, wie viele Manöver er schon versucht hatte, aber dann kamen mir wieder Meister Cedrics vorherige Anweisungen in den Sinn.

„Ihr dürft gerne mehr als vier Manöver im Angriff anwenden. Vier ist das Minimum."

Er hatte mich nicht mehr als vier machen lassen.

Er hatte uns aufgefordert, die Rollen zu tauschen.

Wie viele würde mein Partner versuchen dürfen? Würde Meister Cedric diesen Kandidaten bei vier aufhalten oder warten, bis der Mann mich zerstörte?

Er hatte mich letzte Nacht gefragt, ob ich mich daran erinnerte, was passieren würde, wenn ich ihm nicht gehorchte.

Sie werden mich durchfallen lassen.

Ich dachte, er hatte mich zu jenem Zeitpunkt bestrafen wollen.

Aber das hatte er nicht.

Vielleicht war dies die eigentliche Bestrafung, mein wahres Versagen, mein *Tod*.

Mir stockte der Atem, als ich einem weiteren Schlag auswich und zur Seite rollte, um noch einem Tritt zu entkommen. Er bewegte sich jetzt immer schneller und seine Bewegungen waren grob, stark und *tödlich*.

Meister Cedric sagte nichts.

Stille lag im Raum, abgesehen von meinen hektischen Atemzügen.

Er würde das nicht aufhalten.

Und mein Partner schien voll und ganz darauf aus zu sein, unserem Meister zu zeigen, wie er mich als Boxsack benutzen würde.

Ich konnte nicht weglaufen. Ich konnte mich nicht verstecken. Ich musste kämpfen.

Aber ich war seiner Größe und Stärke nicht gewachsen. Selbst wenn ich ihn irgendwie schlagen könnte, würde es nicht viel ausrichten. Ohne eine Waffe war ich erledigt.

Mein Handgelenk brannte, von was auch immer er damit getan hatte.

Tränen drohten, meine Sicht zu blenden, und wahre Angst schnürte sich um meine Kehle.

Bitte beenden Sie es, flehte ich Meister Cedric im Geiste an. *Bitte lassen Sie mich nicht so scheitern. Nicht nach allem, was ich …*

Kandidat sechshundertzweiundvierzig erwischte mein verletztes Handgelenk, zog mich näher an sich heran und drehte es so scharf, dass die Knochen in meinem Arm brachen.

Es geschah so plötzlich, dass ich es kaum verarbeiten konnte, kaum den Schmerz spürte, bis sein Knie in meinem Magen landete und er mit dem Ellenbogen gegen meinen Kopf schlug.

Die Welt drehte sich und mein Rücken prallte mit einem *Wusch* auf die Matte, das jede Luft aus meinen Lungen presste.

Er stürzte sich auf mich, sein Gesicht verschwommen vor meinen Augen. Aber ein strenger Befehl von Meister Cedric ließ ihn innehalten.

Oder vielleicht war das ein Traum.

Ich konnte es nicht wirklich sehen. Nicht wirklich verarbeiten. Alles war verschwommen. Dunkel, dann hell.

Oh, das tut weh, dachte ich und gab mein Bestes, kein Geräusch zu machen. Dennoch entwich mir ein leises Stöhnen. Mein ganzes Training des *Ertragens* lag nun in meinem Fokus, während ich mit aller Kraft versuchte, die Qualen zu übertrumpfen und weiterzumachen, obwohl ich zu Boden gedrückt wurde.

Beweg dich, befahl ich mir. *Steh. Auf. Und. Beweg dich.*

Meine Sicht ließ mich im Stich, als ich versuchte, meinen Weg von der Matte zu finden. Mein halber Körper schien wie gelähmt zu sein. *Er hat meinen Arm gebrochen.* Der Schlag auf meinen Kopf hatte mir den Rest gegeben. Mein Magen fühlte sich verdreht an.

Ich schaffte es, flach zu atmen und schloss meine Augen.

Drei. Zwei. Jetzt.

Ich presste meine Zähne zusammen und rollte mich zur Seite, dann zwang ich meine Knie unter mich und benutzte meine gesunde Hand, um mich von der Matte aufzurichten. Ich konnte immer noch nicht wirklich sehen oder hören, aber ich konnte spüren, wie alle meine Bemühungen beobachteten.

Diesen Kampf musste ich kämpfen. Diesen Kampf musste ich *gewinnen.*

Wie Nummer Sechs seine Bestrafung überlebt hatte, würde ich auch meine überstehen.

Es gab keine Alternative.

Ich wollte leben.

Und das bewies ich, indem ich auf die Füße kam und zur Wand neben dem Biest von Mann hinkte.

„Kandidatin einhundertneununddreißig, du bist dran", sagte Meister Cedric gelangweilt zu meiner ehemaligen Kampfpartnerin.

Ich versuchte, ihrer Vorstellung zuzusehen, aber meine Sicht schien immer wieder zu verschwimmen. Ich war mir nicht sicher, wie viele Manöver sie gezeigt hatte, aber ich hörte das vertraute Geräusch von brechenden Knochen, als ihr Gegner an der Reihe war.

Ein gequälter Schrei drang durch die Luft und sagte mir, dass er schweren Schaden angerichtet hatte.

Dann wurde sie still.

Ich wusste nicht, ob es an ihrem Training lag oder ob sie ohnmächtig geworden war.

Ich hörte noch einen Schlag.

Noch ein Knirschen.

„Die nächsten", sagte Meister Cedric abschätzig. „Und bitte bring Kandidatin einhundertneunundreißig in den Flur."

„Ja, Meister Cedric", wiederholte der Mann ausdruckslos.

Sie ist tot, bemerkte ich, immer noch ohne etwas sehen zu können. *Oder sie liegt im Sterben.*

Das war der einzige Grund, warum sie auf den Flur gebracht werden sollte.

Mein Magen begann zu rebellieren, als mir klar wurde, dass Meister Cedric es zugelassen hatte, dass sie von diesem Menschen getötet wurde.

Aber natürlich hatte er das.

So funktionierte dieses ganze Programm. Nur die Stärksten überlebten. Und er hatte mir gerade die ultimative Lektion erteilt.

Mir Beweise geliefert für das, was er mir durch jede schlechte Note hatte zeigen wollen.

Du hast nicht das, was es braucht, um diesen Kurs zu bestehen.

Das hatte er nicht wirklich gesagt. Aber das brauchte er auch nicht.

Denn ich verstand nun, warum er mich ständig hatte durchfallen lassen.

Ich war nicht stark genug, um es zu schaffen.

Was bedeutete, dass ich niemals eine Vigil werden würde.

Was sollte nun aus mir werden? Würde ich lang genug überleben, um an meinem Bluttag teilzunehmen?

Nicht, wenn ich weiterhin Meister Cedrics Kurs besuchen musste.

Ich hätte mich nie für das Kampftraining einschreiben sollen.

Aber jetzt konnte ich nichts mehr dagegen tun.

Ich musste es aushalten.

Und einen Weg finden, um zu überleben.

CEDRIC

Lilys aschfahles Gesicht schien mich aus dem Augenwinkel heimzusuchen. Sie gab ihr Bestes, um aufrecht an der Wand zu stehen, während alle anderen die heutige Aufgabe auf der Matte vorführten. Dennoch konnte ich ihren Schmerz förmlich auf der Zunge schmecken.

Ich hätte sie fast auf den Flur zu ihrer früheren Partnerin geschickt, aber ich hatte kein gutes Gefühl dabei, sie in den Händen der Ärzte zu lassen.

Die andere Kandidatin würde überleben, solange die medizinische Abteilung ihre bisherigen Noten als gut genug empfand, um sie zu heilen.

Da ich Lily in meinem Kurs so schlecht benotet hatte, würden ihre Verletzungen wahrscheinlich übergangen oder sie wäre sich selbst überlassen.

Das war kein Risiko, das ich eingehen wollte.

Also zwang ich sie dazu, zu bleiben, auch wenn ich wusste, wie schrecklich sie leiden musste. Es war ein Zeichen ihrer inneren Stärke, dass sie es schaffte, auf den Beinen zu bleiben.

Als die letzten Kandidaten endlich die Matte betraten, hatte meine Geduld den Tiefpunkt erreicht. Also erlaubte ich ihnen jeweils nur vier Manöver, bevor ich den Unterricht beendete.

Ich hätte Lily beinahe zurückgerufen, aber ich sah ihre entschlossenen Bewegungen aus dem Augenwinkel und beschloss erst zu sehen, was sie vorhatte.

Alle anderen verschwanden so schnell sie konnten und keiner beachtete ihre langsamen Bewegungen.

So funktionierte diese neue Welt.

Die Vampire und Lykaner an der Macht hatten ein System etabliert, dass Menschen gegeneinander aufbrachte und sie zum Konkurrenzkampf um die Unsterblichkeit zwang. Alles auf die Kosten der früheren Kameradschaft.

So war es nicht immer gewesen.

Die Sterblichen hatten früher zusammengearbeitet oder zumindest die Gesellschaft der anderen gesucht.

Aber jetzt nicht.

Jetzt schien es sie nicht einmal zu interessieren, dass Lily wahrscheinlich an ihren inneren Verletzungen sterben würde. Es hatte auch niemand nach der anderen Kandidatin gesucht, da ihr Leben schon vergessen war.

Was ich heute getan hatte, war grausam gewesen, aber das nahm der Sache nicht ihre Wichtigkeit.

Lily musste verstehen, dass ihr Streben nach einer Vigil-Position niemals von Erfolg gekrönt sein würde. Die Menschen kämpften nun gegeneinander. Es gab keine Gnade. Und ihre schmale Statur machte sie zu einem leichten Ziel, das ihre menschlichen Kameraden sofort ausnutzen würden.

Ihr Partner hatte sie heute Nacht zusammengeschlagen, ohne mit der Wimper zu zucken.

Und der anderen Frau war es mit ihrem Gegner noch schlechter ergangen.

Das war keine Existenz, die Lily wirklich wollte.

Das wusste sie jetzt, dank der heutigen Unterrichtsstunde.

Ich hatte erwartet, dass sie ihre Tasche nehmen und mit den anderen verschwinden würde, um auf ihr Zimmer zu gehen und hoffentlich eine Änderung des Stundenplans zu erfragen.

So weit hätte ich sie nicht kommen lassen.

Aber das war meine Erwartung nach ihrem Scheitern heute Nacht gewesen.

Stattdessen überraschte sie mich, indem sie blieb und zu ihrer Matte ging.

Dort zog sie mit einer Hand ihre Hose aus – die Handlung schien ihr deutlich schwer zu fallen.

Dann begann sie den mühevollen Prozess, sich mit einem gebrochenen Arm ihres T-Shirts zu entledigen.

Sie zischte vor Schmerzen auf, aber schluckte das Geräusch sofort herunter. Ihre Entschlossenheit machte mich für einen Moment sprachlos.

Dann ließ sie sich langsam in einer unterwürfigen Haltung auf die Knie nieder.

Ich starrte sie an und war auf Grund ihres Gehorsams und ihrer Zielstrebigkeit fassungslos. Das konnte nicht einfach gewesen sein – etwas, das bestätigt wurde, als sie heftig erschauderte und beinahe auf der Matte zusammensank. Dann spannten sich ihre Muskeln an, sie schloss die Augen und presste die Zähne gegen den Schmerz zusammen.

„Wenn ich dich jetzt dazu auffordern würde, die Kampfabfolge zu wiederholen, würdest du es tun, oder?", dachte ich laut und immer noch verblüfft von ihrer knienden Haltung.

Anstatt zu antworten, atmete sie tief durch und versuchte aufzustehen. Als sie ihre Füße auf den Boden aufstellte, sprang ich nach vorne und griff nach ihren Hüften, um sie aufzuhalten.

„Das war keine Aufforderung oder ein Befehl", sagte ich kälter, als ich beabsichtigt hatte. Aber ich war wütend, weil sie die Übung beinahe begonnen hätte – die Bewegungen würden wahrscheinlich noch mehr Schaden anrichten, da sie scharfe Manöver mit ihrem gebrochenen Arm verlangten.

Ihr Körper zitterte gegen meinen und ihre Unterlippe verschwand zwischen ihren Zähnen.

Ein Hauch von Kupfer erfüllte im nächsten Moment die Luft, und der Duft zog meine Aufmerksamkeit zu ihrem Mund. Sie versuchte, den Schmerz zu verstecken, da man ihr dies beigebracht hatte. Und dabei hatte sie sich so fest auf die Lippe gebissen, dass sie blutete.

Ich legte einen Arm um ihre Taille und drückte sie an mich, mit der anderen zog ich ihre Lippe hervor. Sie zuckte zusammen, während ihr Blick für eine Sekunde den Fokus zu verlieren schien, dann blinzelte sie ein paar Mal, als versuchte sie, wach zu bleiben.

Ihre Kopfverletzung war deutlich schlimmer, als ich vermutet hatte. Ich konnte die Qual in ihren geweiteten Pupillen sehen und den Schaden in ihrem Brustkorb durch ihren kratzigen Atem hören.

„Meine zarte, kleine Blume", murmelte ich und beugte mich nach unten, um das Blut von ihrer Lippe zu lecken. Sie erschauderte und ließ jeden Zentimeter von mir vibrieren. „Bist du stark genug, um deine Kleidung wieder anzuziehen?"

Sie schluckte. „J-Ja."

Sie klang nicht sehr sicher. Um ehrlich zu sein, klang sie von dieser Frage beinahe entsetzt. Vielleicht, weil es sie so viel Mühe gekostet hatte, sich auszuziehen. „Versuche es für mich", sagte ich und fuhr mit meiner Zunge erneut über ihre Lippe, um einen frischen Tropfen Blut zu erhaschen. „Ich muss eine Nachricht verschicken, dann können wir gehen."

Ich führte nicht weiter aus, was ich damit meinte. Stattdessen ließ ich sie vorsichtig los, aber meine Hände blieben in der Nähe, falls sie wieder fallen sollte.

Sie schwankte ein wenig und kniff für einen langen Moment die Augen zusammen.

Ich wartete.

Dann atmete sie langsam aus und richtete sich auf.

Als sich ihre Augen öffneten, wurden sie ein wenig größer, als sie sah, dass ich immer noch vor ihr stand. Dann drehte sie sich zu ihrer Kleidung um, und ich konnte sehen, wie rot ihr Rücken war.

Sie musste wirklich hart auf der Matte aufgeschlagen sein.

Sie geriet aus dem Gleichgewicht, als sie versuchte, sich zu bücken und nach ihrer Hose zu greifen, und ihre Knie gaben unter ihr nach.

Ich fing sie wieder auf, aber dieses Mal hob ich sie in die Luft und trug sie zu meinem Schreibtisch. Ich würde sie nicht dafür bestrafen, dass sie sich nicht selbst anziehen konnte. Sie hatte es versucht und litt offensichtlich Schmerzen.

Wegen der Lektion, die ich ihr erteilt habe, dachte ich finster.

Sie schwankte ein wenig, als ich sie auf die hölzerne Oberfläche setzte und ihr Blick schien sich immer wieder zu verlieren. „Weißt du, warum du in der heutigen Stunde einen neuen Partner bekommen hast?", fragte ich sie.

Sie begann zu nicken, dann hielt sie inne, um zu schlucken, bevor sie erneut erzitterte. „Um mir zu zeigen, dass ich zu schwach für das alles bin."

Ich runzelte die Stirn, weil mir der Klang dieser Aussage nicht gefiel. „Nein. Ich wollte, dass du verstehst, dass die perfekte Technik nichts gegen jemanden ausrichten kann, der doppelt so stark ist wie du."

Ich fand sie nicht *schwach*, nur zerbrechlich. Und das war nicht ihre Schuld.

Die Gesellschaft hatte dafür gesorgt, dass sie schmaler Statur blieb.

Sie war stark für ihre Größe, und ihre Entschlossenheit war bemerkenswert, aber sie konnte nicht gegen jemanden wie Kandidat sechshundertzweiundvierzig gewinnen. Es war eine einfache Frage von Größe und Stärke.

Das machte sie nicht schwach.

„Stärke ist nicht immer körperlich", sagte ich leise, bevor ich ihre Kleidung holte.

Sie schwieg, während ich begann, sie anzuziehen. Ich zog ihr zuerst die Hose an und bemerkte die blauen Flecken, die sich auf ihren Beinen ausbreiteten, nachdem sie versucht hatte, ihren Partner zu treten. Sie lenkten mich von der empfindlichen Stelle zwischen ihren Schenkeln ab, denn meine Aufmerksamkeit lag ganz auf den Verfärbungen ihrer Haut.

Dann bemerkte ich auch ihren eingefallenen Bauch und die Verletzungen an ihren Rippen, die mich davon abhielten, den Anblick ihrer vollen Brüste zu genießen.

Sie musste unerträgliche Schmerzen verspüren.

Und das war wieder meine Schuld, weil ich die Geschehnisse der heutigen Unterrichtsstunde zugelassen hatte.

Ich bereute es nicht.

Sie musste verstehen, wie diese Welt funktionierte.

Es war eine Lektion, die ich ihr eigentlich nicht beibringen sollte, da ihr Leben auch ohne dieses Wissen bald vorbei sein würde, aber ich fühlte mich ein wenig dazu verpflichtet, ihr zu helfen.

Ich seufzte und zog ihr das weiße Baumwollshirt

über den Kopf, dann führte ich vorsichtig ihre Arme durch die vorgesehenen Öffnungen. Sie schwieg, während ich arbeitete, und zuckte nur kaum merklich, als ich ihr verletztes Handgelenk und den Unterarm berührte.

Definitiv gebrochen, dachte ich, als ich die Schwellung betrachtete, die sich bis zu ihrem Ellbogen ausbreitete.

Es würde Monate dauern, bis sie sich von diesen Verletzungen erholt hatte.

Und das nur, wenn es die Ärzte erlaubten.

Ich knirschte mit den Zähnen und trat zurück, um mein Tablet aus dem Schreibtisch zu holen.

Ich dachte nicht einmal wirklich über meinen Plan nach – ich wählte einfach ihren Namen in der Datenbank der Blutuniversität aus und öffnete das Formular für auswärtige Aufgaben.

Wenn ich dies abschickte, würde ich sie für einen Tag vom Campus der Universität entfernen können.

Niemand würde sich über meine Anfrage wundern, da die Angestellten häufig Menschen für persönliche Zwecke ausliehen. Manche wollten ein Hausmädchen für einen Tag. Andere wollten ein Sexspielzeug, einen Blutbeutel oder beides.

Es spielte keine Rolle.

Einen Studierenden für eine Probefahrt mitnehmen zu können, wurde als ein Vorteil der Tätigkeit an der Blutuniversität angesehen.

Es war eine Möglichkeit, die ich noch nie genutzt hatte.

Aber ich gab diesen Kurs auch erst seit ein paar Jahren.

Davor hatte ich bei Silvanos politischen Spielchen mitgemacht.

Das hier war eine Art Urlaub für mich.

Oder eher eine Fluchtmöglichkeit, wenn ich ehrlich war.

Und jetzt hatte ich ein menschliches Haustier, mit dem ich vierundzwanzig Stunden lang spielen konnte.

Unter „Grund für die auswärtige Aufgabe" gab ich *körperliches Training* an.

Dann drückte ich auf „Senden" und holte meine Umhängetasche aus dem Schrank. Ich steckte mein Tablet hinein und brachte dann Lilys Beutel und ihre Schuhe zu ihr zurück.

Ihr Blick verlor sich immer noch im Nirgendwo, was mich daran zweifeln ließ, ob sie meine Bewegungen überhaupt bemerkte, als ich ihr die Socken und Schuhe anzog.

„Kannst du laufen?", fragte ich, als ich fertig war.

Sie versuchte zu nicken und fiel dabei beinahe um, sodass ich schnauben musste.

„Ich glaube nicht." Sie hatte ihr letztes Körnchen Kraft aufgebraucht, als sie mir ihre Unterwürfigkeit auf der Matte gezeigt hatte.

Ich legte die Taschen um einen meiner Arme, mit dem anderen hob ich sie vom Schreibtisch und drückte sie in einer wiegenden Haltung an meine Brust.

„Mach deine Augen zu und versuche, nicht zu schreien", sagte ich zu ihr. „Das könnte vielleicht ein bisschen wehtun."

Ich teleportierte mich nicht oft mit anderen und ich war nicht sicher, wie sich die abrupte Bewegung auf ihre Verletzungen auswirken würde.

Sie krallte sich an mein Hemd, während ich meine Fähigkeit nutzte und uns in einer Sekunde vom Klassenzimmer auf den Parkplatz brachte.

Teleportation war ein einzigartiges Talent meiner Art, das nur bestimmten Blutlinien vergönnt war und mit dem

Alter perfektioniert wurde. Ich war der einzige Vampir an der Universität, der dies tun konnte, was Lilys große Augen erklärte, die plötzlich ihre neue Umgebung wahrnahmen.

Anstatt es zu erklären, nutzte ich meinen Fuß, um den Sensor unter meinem Auto zu betätigen. Die Tür meines Zweisitzer-Coupés öffnete sich nach oben und legte den Sportsitz im Inneren frei.

Ich setzte Lily auf das Leder und warf unsere Taschen in den kleinen Bereich zu ihren Füßen. Sie zitterte und schien sich meiner Absichten definitiv unsicher zu sein. Aber sie sagte nichts.

Ich schnallte sie an, da ich annahm, dass sie noch nie in einem Auto gewesen war. In ihrer Akte hatte es keine Exkursionen gegeben, was bedeutete, dass sie den Campus nie verlassen hatte. Und das Fahren war auch nicht Teil des Lehrplans.

Ich schloss die Tür.

Ging um das Auto herum.

Und ließ mich neben ihr nieder.

„Bist du bereit für eine kleine Spritztour, Schätzchen?",
fragte ich, als der Motor vor uns brüllend zum Leben erwachte.

Sie schluckte und in ihren großen blaugrünen Augen lag eine Mischung aus Angst und Neugierde.

Ich beobachtete sie einen Moment lang, bevor mein Blick zu ihrer geschwollenen Lippe fiel und ich ihr wieder in die Augen sah. „Ein schwacher Mensch wäre jetzt nicht einmal bei Bewusstsein, Lily."

Ihre Augenbraue hob sich, als sie meinen Spitznahmen für sie hörte.

Aber ich erklärte es ihr nicht.

Stattdessen hob ich meine Hand, um sanft ihre Wange zu streicheln. „Heute Nacht war eine Demonstration, dass dich auch eine perfekte Technik im Stich lassen kann. Es war keine Lektion in Schwäche." Ich fuhr mit einem Daumen über ihre Unterlippe. „Jetzt werde ich dir zeigen, was es bedeutet, sich stark zu fühlen."

Indem ich ihr etwas gab, das ich nicht sollte.

Und ein Geheimnis lüftete, das uns ihr Leben kosten könnte.

Aber ich hatte keine andere Wahl.

Entweder tat ich dies und sie überlebte ...

Oder ich tat nichts und sie starb.

Ich war noch nicht bereit, sie verwelken zu sehen.

Stattdessen würde ich ihr helfen, noch einmal aufzublühen.

Zu einer neuen Art Blume – einer, die mit unsterblichem Blut gegossen wurde.

LILY

Meister Cedric kann sich teleportieren.

Ich bin in einem Auto.

Meister Cedric hat gesagt, dass ich nicht schwach bin.

Meine Gedanken drehten sich in verschiedenen Sequenzen in meinem Kopf, während mein Gehirn versuchte, Logik in jede einzelne zu bringen.

Als er mich in seine Arme gehoben hatte, hatte ich nicht gewusst, was ich erwarten sollte. Dann hatte er mir gesagt, ich solle meine Augen schließen und versuchen, nicht zu schreien.

Bevor er uns aus dem Klassenzimmer und auf einen Parkplatz *teleportiert* hatte.

Ich hatte nicht einmal gewusst, dass dieser Teil der Universität existierte, da er sich außerhalb der Mauern befand.

Mauern, die er durchquert hatte, um seinen Wagen zu erreichen.

Einen Wagen, in dem ich nun saß.

Ich war noch nie in einem Auto gefahren oder teleportiert worden. Ich hatte nicht einmal gewusst, dass

Letzteres möglich war. Ich konnte immer noch den Wind in meinem Gesicht und das flaue Gefühl in meinem Magen spüren, nachdem wir uns unmöglich schnell bewegt hatten.

Oder vielleicht war es auch nur Teil der Nachwirkungen, von Kandidat sechshundert-zweiundvierzig zusammengeschlagen worden zu sein.

Ich hatte gedacht, Meister Cedric hätte mir meine Schwäche aufzeigen wollen.

Aber er hatte gesagt, dass selbst perfekte Technik gegen jemanden, der doppelt so stark war, nichts ausrichten konnte.

Und jetzt fuhren wir auf einer glatten, schwarzen Straße durch die Wüste und in die Nacht.

Wo bringen Sie mich hin?, wollte ich fragen.

Aber ich schwieg. Ich wusste es besser, als einen Überlegenen infrage zu stellen.

Allerdings würde ich wahrscheinlich bald sterben. Wenn nicht an meinen Verletzungen, dann in der nächsten Unterrichtsstunde. Denn ich würde auf keinen Fall vor dem nächsten Kampfunterricht heilen können. Daher war meine Zeit hier begrenzt.

Was konnte es also schaden, meine Frage zu äußern?

Vielleicht würde Meister Cedric mein Schicksal beschleunigen.

So wie ich mich gerade fühlte, wäre das möglicherweise gar nicht so schlecht.

„Wo fahren wir hin?", fragte ich, bevor ich meine Meinung ändern konnte. Es war keine meiner intelligentesten Entscheidungen, aber ich fühlte mich seltsam ermutigt, wenn ich meine Gedanken aussprach. Ich wollte es noch einmal tun.

„Zu meinem vorübergehenden Zuhause", antwortete er und überraschte mich.

„Vorübergehendes Zuhause?", wiederholte ich und legte die Stirn in Falten.

Er sah mich kurz an und verzog die Lippen. „Hast du Lust zu plaudern, Schätzchen? Vielleicht bist du doch nicht so verletzt, wie ich dachte." Sein Blick wanderte zu meinem Arm, bis er sich wieder auf die Straße konzentrierte. „Oder du hast deinen Kopf härter an der Matte gestoßen, als ich erwartet hatte."

Ich runzelte die Stirn. Ich konnte mich nicht daran erinnern, mit dem Kopf aufgeschlagen zu sein. Aber das klang richtig.

Jeder Teil meines Körpers tat weh, von meinem Kopf bis zu meinen Schienbeinen.

„Es ist nur vorübergehend, weil ich nicht lange bleiben möchte", erklärte er und überraschte mich wieder.

Ich hatte kein Recht, Fragen zu stellen, trotzdem antwortete er, als würde es ihn nicht stören, dass ich um Aufklärung bat.

„Ich habe die Stelle nur angenommen, um einer politischen Aufgabe zu entgehen", führte er fort. „Alle anderen Angestellten haben ihre eigenen Häuser in der Wüste, weil sie nicht wirklich eine andere Wahl haben. Entweder das oder sie leben in der Universität mit den Studenten, was ein paar Lykaner von niedrigem Rang bereits aus Sicherheitsgründen tun."

Ja, das wusste ich. Na ja, nicht, dass sie einen niedrigen Rang hatten. Aber es gab eine Lykaner-Rektorin in meinem Schlafsaal. Ich vermied sie so gut es ging, da sie oft jeden schikanierte, der ihr über den Weg lief. Sie schien immer wütend zu sein. *Sehr* wütend.

„Man hat mir die Wahl gelassen, ein Haus zu bauen oder die königlichen Unterkünfte zu akzeptieren", erklärte er weiter. „Ich habe mich für Letzteres entschieden, da ich wie gesagt nicht auf Dauer bleiben möchte. Und die

Könige kommen nicht oft zu Besuch, daher ist es im Palast ziemlich ruhig."

Königliche Unterkünfte? Davon hatte ich noch nie gehört. Ich hatte auch nicht gewusst, dass die Meister das Universitätsgelände verließen. Diesen Teil hatte man uns nie erklärt, weil es uns auch nichts anging.

Aber Meister Cedric schien in Plauderstimmung zu sein.

Vielleicht, weil er vorhatte, mich zu töten, und es deshalb nichts ausmachte, mir diese Details zu verraten.

Oder er wollte mich nicht umbringen, aber er wusste, dass meine Zeit begrenzt war.

„Auch wenn ich es verstehe, einen königlichen Palast in der Nähe jeder Blutuniversität zu haben, so finde ich es doch eine Verschwendung, weil niemand je diese Gegenden besucht", fügte er hinzu und lenkte mich von meinen Gedanken ab. „Aber diesen nutze ich voll und ganz aus, zumindest fürs Erste."

Ich blinzelte ihn an. „Es gibt einen königlichen Palast? Für … für die …?" Ich konnte die Frage nicht beenden.

Ich wusste, wer die königlichen Familien waren. Der Sinn und Zweck meines Politikkurses war es, mehr über die Linien der königlichen Vampire und Alpha-Lykaner zu erfahren. Sie waren die Herrscher der Welt, und alle hatten eine eigene Region, die sie regierten.

„Es ist ein Palast, in dem Könige oder Alphas wohnen, wenn sie nach der örtlichen Blutuniversität sehen wollen", antwortete er wieder. „Früher haben sie das oft getan. Jetzt sind die meisten Anwesen verlassen. Bis auf die Bediensteten."

Meister Cedric bog auf eine neue Straße ein, die genauso dunkel war wie die vorherige. Die Lampen des Wagens waren die einzige Lichtquelle um uns herum.

„Es schien mir eine Verschwendung von Ressourcen zu

84

sein, ein Haus zu bauen, das ich nicht behalten möchte."
Er zuckte mit den Schultern. „Also habe ich meinen Status
in Silvanos Blutlinie ausgenutzt und ein Zimmer im Palast
akzeptiert."

Meine Augen weiteten sich. „Prinz Silvano …" Ich
kannte seinen Namen und sein Gesicht aus meinem
Unterricht. Er hatte grausame, schwarze Augen, ähnlich
denen von Meister Cedric. Aber der königliche Vampir
hatte eine Mähne aus weißem Haar, während das von
Meister Cedric dunkel war.

„Ja, er ist mein Schöpfer", antwortete Meister Cedric
mit einer gelangweilten Stimme, die den Gehalt dieser
Informationen verleumdete.

Prinz Silvano war ein mächtiger Vampir.

Aus einer königlichen Familie. Einer der ältesten
Vampire der Welt.

Und wenn Meister Cedric von ihm abstammte, setzte
ihn das in der Vampir-Hierarchie extrem hoch an.

*„Ich habe die Stelle nur angenommen, um einer politischen
Aufgabe zu entgehen."*

Dieser Kommentar machte jetzt auf einmal Sinn.

Er könnte mit seiner Blutlinie für eine
Herrscherposition infrage kommen.

Also war er unglaublich mächtig.

Und ich bin allein mit ihm in einem Auto.

„Hmm", summte er, während sich seine Nasenlöcher
aufblähten. „Deine Angst verführt mein inneres Raubtier,
kleine Blume."

Seine leise Stimme machte die Worte noch
bedrohlicher.

„Atme für mich", flüsterte er. „Atme langsam ein und
dann aus."

Ich schluckte und bemerkte erst dann das Brennen in

meiner Brust. Ich hatte bei der Verkündung seiner königlichen Verbindungen zu atmen aufgehört.

Meine Lungen weigerten sich zu funktionieren und mein Verstand war nicht in der Lage, meinen Körper zu kontrollieren.

Ich wusste nicht mehr, wie man einatmete.

Meister Cedrics Hand wanderte zu meinem Oberschenkel und drückte ihn. „Jetzt, Lily."

Ich keuchte bei seiner Berührung und seinem Tonfall. Wärme breitete sich von seiner Hand über mein Bein und bis zu meinem Bauch aus, der sich zusammenzog, als sich meine Lungen mit mehr Luft füllten.

„Gutes Mädchen", murmelte er, während sein Daumen über die Innenseite meines Oberschenkels strich. „Atme weiter für mich, süße Blume. Ich bringe dich gleich in Ordnung."

Meine Augenbrauen zogen sich zusammen. *Mich in Ordnung bringen?*

„Aber wenn du jemandem ein Wort davon erzählst, wirst du sterben." Sein Griff wurde etwas fester, auch wenn die Warnung in seiner Stimme für mich deutlich genug war.

„Das werde ich nicht." Die Antwort kam keuchend heraus, da meine Lungen nach mehr Sauerstoff verlangten. Aber ich konnte nicht tief genug einatmen, da meine Seite zu sehr schmerzte.

Seine Worte hatten mich sprachlos gemacht und meine Emotionen schienen mich zu ersticken. Allerdings schien das Problem mehr mit meinem Bauch zusammenzuhängen als mit meiner Angst, was er mit mir vorhatte.

Mir war so schwindelig.

Meine Sicht verschwamm, wie es schon im Unterricht passiert war.

86

„Frag mich, welche politische Position ich vermeide", sagte er zu mir.

Ich öffnete meinen Mund, aber die Worte erschienen mir zu lang. Ich bekam nicht genug Luft. Daher riet ich stattdessen: „Herrscher."

Sein Daumen zeichnete einen kleinen Kreis auf meinem Bein. „Du hast dir deine guten Noten in Politik verdient, kleine Blume." Er drückte mein Bein noch einmal, bevor er mich losließ und wieder das Lenkrad umgriff. Das Auto bewegte sich erneut zur Seite.

Nur, dass ich dieses Mal die neue Straße nicht sehen konnte.

Meine Sicht war vollkommen schwarz.

„Fast da", sagte Meister Cedric, aber er klang so weit weg. „Atme weiter, Lily."

Das tat ich.

Kaum.

Als das Auto anhielt, hatte ich das Gefühl, als würde ich auf einer Wolke des Nichts schweben. Ich konnte vage Licht um uns herum erkennen. Meine Nase nahm eine Art waldigen Geruch wahr. Dann Salz. Ein Summen. Starke Arme, die mich aus dem Auto hoben.

Alles schmolz zusammen.

Bis ich auf einer echten weichen Wolke landete. Wärme. Die mich von Kopf bis Fuß umschloss.

Ohhh …, hätte ich fast gestöhnt, als sich meine Haut an der seidigen Textur erfreute.

Wenn das hier das Leben nach dem Tod war, würde ich es akzeptieren.

„Shh." Das Säuseln an meinem Ohr wurde von einem heißen, harten Mann begleitet, der sich neben mich auf die Wolke legte. „Wenn du noch einmal so stöhnst und herumrollst, werde ich meine Pläne für dich ändern."

Meister Cedric.

Ich versuchte, meine Augen zu öffnen, um zu sehen, was er tat, oder wo wir waren, aber alles blieb von einer See der Finsternis bedeckt. Sein minziger Duft umgab mich und erstickte mich mit der Intensität seiner Präsenz.

„Trink, kleine Blume." Die Worte wurden von etwas Warmem, Nassem an meinem Mund begleitet. Ich öffnete als Antwort meine Lippen und versuchte zu gehorchen.

Etwas Klebriges und Süßes berührte meine Zunge. Bei dem Geschmack blähten sich meine Nasenflügel auf und ich musste unwillkürlich meine Beine zusammenpressen. *Oh Göttin* ... Ich wusste nicht, was es war, aber es schmeckte dekadent und überwältigend.

„Schließe deine Lippen und sauge", flüsterte er.

Ich tat, was er verlangte, füllte meinen Mund mit Ambrosia und ertränkte mich selbst damit.

„Schlucken", fügte er mit einer tiefen und sinnlichen Stimme hinzu.

Mein Herz raste in meiner Brust, als ich gehorchte. Hitze breitete sich in mir aus, und ich zuckte zusammen, als sie meinen empfindlichen Arm erreichte. Der Schmerz war zu einem dumpfen Pochen geworden, das ich dank der Qualen in meinem Bauch hatte ignorieren können, aber jetzt kam er mit voller Kraft zurück.

„Sauge weiter und schlucke", befahl Meister Cedric. Seine Stimme rollte über mich hinweg und zwang mich, Folge zu leisten.

Es tat weh.

Es schmeckte so gut.

Es brannte.

Oh, ich würde mich am liebsten nur noch von dieser Flüssigkeit ernähren.

Es war ein Konflikt der Empfindungen, heiß und qualvoll. Eine tödliche Mischung, die mich ihm gefügig machte.

Ich saugte und schluckte weiter, wobei das quälende Inferno in meinem Inneren nur noch größer wurde. Meine Gliedmaßen zuckten und schickten eine Welle des Schmerzes in mein Herz und mein Rückgrat hinauf. Ich unterdrückte es, gab mein Bestes, keine Regung zu zeigen, aber es überkam mich in heißer Pein, sodass nur noch ein gurgelnder Schrei aus meinem Mund kam.

Meister Cedric brachte mich zum Schweigen, indem er die Flüssigkeit wieder gegen meine Lippen drückte. „Noch ein bisschen mehr, dann werde ich dich schlafen legen.“

Ich wusste nicht genau, was er damit meinte.

Aber ich versuchte, zu gehorchen.

Welche Wahl hatte ich schon?

Sein Körper umgab meinen, sein Arm umschlang mich und seine Hand …

Ich zog die Augenbrauen zusammen.

Sein Handgelenk … das drückt er die ganze Zeit gegen meinen Mund.

Meine Augen flogen auf und meine Sicht kam sofort zurück, während sich scharfe Stiche in meiner Schläfe ausbreiteten. Wir waren in einem Bett, das mit schwarzem Leinen dekoriert war, vor einer Fensterwand, die auf die Dunkelheit draußen hinausblickte.

Die Beleuchtung war schwach und erinnerte an flackernde Kerzen.

Und es gab dunkle Holzmöbel um uns herum. *Einen Nachttisch.*

Ein weiterer Blitz des Schmerzes durchzuckte mein Rückgrat und ließ mich aufkeuchen.

Ich spuckte und hustete, aber dann schluckte ich alles Blut, das hochgekommen war, wieder hinunter. Meister Cedrics Lippen wanderten über meine Schläfe und sein Handgelenk verließ meinen Mund. Seine Finger flogen zart über meinen Hals, zu meiner Schulter und meinen verletzten Arm hinunter.

Ich biss auf meine Unterlippe, um nicht zu schreien, als er ihn ausstreckte. „Das wird helfen, damit es richtig heilt", sagte er leise gegen meine Schläfe. „Ich werde dich halten, während du dich ausruhst, Lily. Und morgen wirst du dich unbesiegbar fühlen."

Ich war mir da nicht so sicher.

Ich fühlte mich wie der Tod.

Gebrochen.

Unfähig zu sprechen.

Ich erstickte an seinem Blut.

Warum hat er das getan? Warum hat er mich von sich trinken lassen? Vampire tranken von Menschen, nicht umgekehrt.

Wollte er mich mit seinem Geschmack nach Ambrosia verhöhnen, bevor ich starb?

Denn ich konnte immer noch spüren, wie mich seine Essenz von innen heraus wärmte. Sein Blut war ein Elixier, wie ich es noch nie erlebt hatte.

„Schlaf." Sein Wort war ein Hauch an meinem Ohr, und sofort fielen meine Augen zu. Es war eine Reaktion, mein Körper gab seinem Befehl nach, als würde ich ihm gehören.

Und vielleicht tat ich das auch.

Vielleicht war das mein Ende.

Ich wollte kämpfen, um eine zweite Chance bitten, aber mein Mund weigerte sich. Mein Körper fiel bereits in die Wolke aus schwarzer Seide und fügte sich seinem Befehl.

Sein Mund strich an meiner Kehle entlang und seine Zunge umspielte meinen Puls.

Das war es.

Mein Ende.

Die letzten Momente meines Lebens.

„Gute Nacht, kleine Blume." Seine Stimme begleitete mich in die Dunkelheit, und seine letzten Worte hallten durch meine Gedanken, bis nichts anderes mehr existierte.

Nur noch Dunkelheit.

Und ... *Frieden.*

CEDRIC

Iᴄʜ ᴛᴜᴘꜰᴛᴇ Lɪʟʏs Kɪɴɴ ᴍɪᴛ ᴇɪɴᴇᴍ ꜰᴇᴜᴄʜᴛᴇɴ Waschlappen ab, um das Blut von ihrer Haut zu entfernen.

Meine kleine Blume war während der Fahrt so schnell verwelkt – in einem Moment hatte sie noch mit mir geredet, dann war sie plötzlich nicht mehr ansprechbar gewesen.

Ich hatte mir Sorgen gemacht, ihr mein Blut zwangsweise einflößen zu müssen, was ich bis zu einem gewissen Grad auch getan hatte. Aber sie war lange genug zurückgekommen, um selbst zu schlucken. Jetzt würde sich ihr Körper um den Rest kümmern.

Sie hatte mehr als genug meiner Essenz aufgenommen, um zu erblühen. Der Effekt würde auch für ein paar Tage anhalten.

Also musste ich mir einen Grund einfallen lassen, um sie von ihrem Unterricht freizustellen.

Sonst würden ihre verbesserten Fähigkeiten allen um sie herum auffallen.

Ich musste auch sicherstellen, dass sie die Wichtigkeit meiner Handlungen verstand und warum sie niemandem davon erzählen durfte. Sie hatte im Auto schon zugestimmt, aber ihre Antwort hatte wie ein einfacher Reflex und nicht wie eine ehrliche Reaktion geklungen. Ich würde in den nächsten Tagen dafür sorgen, dass sie aus den richtigen Gründen mitspielte.

„Hier", murmelte ich, während ich ihr hübsches Gesicht betrachtete. „So gut wie neu."

Ich legte den Lappen zur Seite und begutachtete noch einmal ihren Arm, dann streckte ich ihn erneut aus, um sicherzustellen, dass die Knochen richtig verheilten. Manchmal wuchsen sie bei einer beschleunigten Heilung in einem seltsamen Winkel zusammen, sodass man sie wieder brechen und heilen lassen musste. Ich zog auch ihre Beine nach unten und rollte sie auf den Rücken, damit sich ihre inneren Organe ebenfalls problemlos wiederherstellen konnten.

Es würde nicht lange dauern.

Ihre Verletzungen waren beträchtlich und ohne Behandlung lebensbedrohlich gewesen, aber mein Blut würde sie in wenigen Stunden heilen.

Trotzdem blieb ich während des Prozesses an ihrer Seite, für den Fall, dass etwas schiefging. Sie lag wunderschön auf ihrem Rücken und ihr hübsches blondes Haar umrahmte wie ein Fächer ihren Kopf.

Ihr regelmäßiger Herzschlag beruhigte meine Nerven, während ich an meinem Tablet arbeitete. Ich musste einige Nachrichten beantworten, unter anderem von Silvano.

Diese E-Mail endete wie alle anderen auch. *Wann wirst du zurückkommen?*

„Niemals, wenn ich kann", murmelte ich laut. Aber das konnte ich nicht antworten.

Zum Glück gab es keine Kameras in diesem Gebäude – das hatte ich bei meinem Einzug akribisch geprüft, und auch jetzt schaute ich in regelmäßigen Abständen nach, dass es dabei blieb.

Lilith liebte die Technologie und nutzte sie nicht nur, um die Menschen unter Kontrolle zu halten, sondern auch die Lykaner und Wesen unserer Art.

Ich würde niemals verstehen, warum sich die Könige für ihre Leitung entschieden hatten. Sie war nicht einmal der älteste Vampir unter uns. Kylan war diese Rolle inne, eng gefolgt von Jace.

Nun, theoretisch war *Cam* der Älteste.

Aber alle hielten ihn für tot.

Daher blieb nur noch Kylan.

Sogar Silvano war älter als Lilith.

Nicht, dass er jemals unser Anführer werden sollte. Er war ein Sadist mit einem Machtkomplex, und aus genau diesem Grund versteckte ich mich auch mitten in einer verdammten Wüste.

Viele nahmen an, dass ich ähnliche Neigungen besaß wie er, da er schließlich mein Schöpfer war, aber ich zog willige Beute vor. Ich sah zu der blonden Frau hinter mir. „Hmm, vielleicht mag ich welkende Blumen auch", sinnierte ich laut.

Welkende Blumen mit Temperament.

Als Lily mich im Auto ausgefragt hatte, war ich mehr als nur begeistert gewesen. Daher hatte ich sie auch mit so vielen Informationen belohnt. Es hatte Mut gebraucht, um mir so eine Frage zu stellen. Auch wenn es nur eine einfache war. Eine, die Menschen vor zweihundert Jahren ohne Zögern gestellt hätten.

Aber jetzt nicht.

Jetzt sahen sie uns Übernatürliche kaum an, geschweige denn, dass sie offen mit uns sprachen.

Aber meine Lily hatte unter all dem Gehorsam einen

Hauch von Stärke gezeigt, den ich nur zu gerne zum Spielen herauskitzeln würde.

Es war ein gefährliches Verlangen, wenn man ihre Zukunft bedachte. Das war ein Problem, dem wir uns zu gegebener Zeit widmen würden.

Fürs Erste würde ich ihr zur Blüte verhelfen, damit sie die wenige Zeit, die ihr auf dieser Erde blieb, genoss.

Ich fuhr mit meinen Fingern durch ihr seidenes, blondes Haar und verfasste dann eine Antwort an Silvano. Ich schlug vor, dass wir uns beim nächsten Bluttag unterhalten sollten, der in etwas weniger als neun Monaten stattfinden würde. Somit hatte ich Zeit, um meinen neuen Kurs für das kommende Jahr vorzubereiten und eine neue Ausrede für ihn zu erfinden.

Seine zunehmendes Drängen in letzter Zeit deutete darauf hin, dass mir die Zeit ausging. Er wollte schon bald eine offizielle Antwort auf seine politische Anfrage.

Das bedeutete wohl, dass ich die nächsten Jahre zwangsläufig als Herrscher würde verbringen müssen.

Denn niemand, der Silvano etwas ausschlug, kam mit dem Leben davon.

Ich hatte nichts gegen die Position an sich oder die Verantwortung, die damit einherging, aber ich wollte nicht noch mehr unter der Fuchtel meines Schöpfers stehen, als ich es ohnehin schon tat. Er hatte mich vor über dreitausend Jahren verwandelt, und seitdem hatten wir uns in verschiedene Richtungen entwickelt.

Wir beide liebten Blut und Gewalt.

Aber ich zog ein körperliches Duell vor, während er andere gerne folterte. So waren wir früher einmal ein mächtiges Duo gewesen. Aber in letzter Zeit hatte sein Geisteszustand zu wünschen übriggelassen.

Er liebte diese neue Welt und die Tatsache, dass er

seine Übermächtigkeit an den Menschen auslassen und sie mit Füßen treten konnte.

Ich fand dies alles nur seltsam.

Es gab Vorteile.

Aber eben auch Nachteile.

So wie die Schönheit, die neben mir lag.

Sie sollte irgendwo auf dem Land sein, Blumen pflücken und in der Sonne liegen. Nicht in eine Universität gehen, deren Ziel es war, menschliche Sklaven zu erschaffen.

„Du solltest definitiv nicht in meinem Kurs sein", sagte ich laut und strich erneut durch ihr Haar. „In meinem Unterricht geht es nur um Mord und Dunkelheit, und du bist das Leben und Licht in Person." Ich betrachtete ihre zarten Gesichtszüge noch einmal, bevor ich nach ihrem gebrochenen Arm sah.

Die Blutuniversität hatte sie beinahe ausgehungert, was einer der Gründe für ihre Zerbrechlichkeit war.

Ich hatte keine Zweifel daran, dass sie eine Kämpferin sein könnte, wenn sie das wirklich wollte. Aber nicht unter diesen Umständen.

Sie im Unterricht zu verletzen, war schwerer gewesen, als ich gedacht hatte. Ich hätte ihren Partner fast dafür umgebracht, dass er sie angerührt hatte. Das war Teil des Grundes, warum ich zugelassen hatte, dass die andere Frau in der nächsten Runde so schwer verletzt worden war – meine mörderische Wut hatte mich abgelenkt.

Dann hatte ich mich selbst dafür gerügt, diese Situation heraufbeschworen zu haben.

Aber sie hatte lernen müssen, dass die perfekte Technik nichts ausrichten konnte, wenn der Gegner doppelt so stark war.

„Vielleicht werde ich dir zeigen, wie du andere Dinge zu deinem Vorteil nutzen kannst", sagte ich zu ihr und strich über ihr Brustbein bis zu ihrem Hals. „Ich wette, du könntest gut mit einer Klinge umgehen."

Allerdings wurden den Vigil nicht oft Waffen zur Verfügung gestellt. Nur die vertrauenswürdigsten Mitglieder erhielten Maschinengewehre.

Dafür brauchte man allerdings Kraft und eine gewisse Größe.

Und mindestens ein Jahrzehnt des Trainings in der Vigil-Einheit.

Das würde sie niemals überleben. Nicht in dieser Welt, die ihr so schlechte Karten ausgeteilt hatte.

„Ich hätte dich heute Nacht sterben lassen sollen", vertraute ich ihr laut an. „Ich hätte den Prozess beschleunigen und dich leer trinken können." Es war eine Idee, die mir durch den Kopf gegangen war. Aber ich hatte sie im Keim erstickt. „Ich bin noch nicht bereit, dich verwelken zu sehen. Das macht mich wahrscheinlich zu einem egoistischen Bastard, aber es ist lange her, dass mich etwas so neugierig gemacht hat wie du, Lily."

Es war wahrscheinlich ein Ergebnis meiner Langeweile.

Dieser neuen Welt, die dem Leben jegliche Überraschung und Spannung nahm.

„Ich habe nicht verstanden, warum du dich für meinen Kurs entschieden hast", fuhr ich fort, auch wenn ich wusste, dass sie mich nicht hören konnte. Ich hatte Lust, mit ihr zu reden, also tat ich es. „Ich habe sofort deine Akte eingesehen und bemerkt, dass deine Noten fast perfekt waren, daher war mir schnell klar, dass du einer der vielen Menschen bist, die den Cup der Unsterblichkeit anstreben."

Ich schaute noch einmal in mein E-Mail-Postfach, beschloss, dass ich für heute genug Nachrichten abgearbeitet hatte und legte das Tablet beiseite, damit ich mich neben sie auf das Bett legen konnte.

Ich hatte mich vorhin schon meines Hemdes und meiner Schuhe entledigt, als ich den Waschlappen geholt hatte, und dann meine Anzughose gegen etwas Bequemeres getauscht. Ich hatte Lily in ihrer Kleidung gelassen, da ich nicht wusste, wie sie gerne schlief.

Sie lag immer noch auf dem Rücken, und ihr wunderschöner Körper heilte, wie er sollte.

Ich drehte mich auf die Seite, stützte meinen Kopf mit einer Hand ab und legte die andere auf ihren Bauch. Dann zog ich ihr Shirt hoch, um ihre cremefarbene Haut zu betrachten. Die ersten blauen Flecken waren verschwunden, was bestätigte, dass mein Blut seine Arbeit machte.

Ich fuhr mit dem Daumen um ihren Bauchnabel und seufzte. „Es ist wahr, dass Noten dabei helfen können, sich für den Cup der Unsterblichkeit zu qualifizieren. Aber die Genetik spielt auch eine große Rolle. Und deine Gene machen dich ideal für einen Harem. Du bist wunderschön und klein, und ich nehme an, dass dich deine Beraterin – wenn man es überhaupt so nennen darf – dazu drängt, sexuelle Künste zu belegen. Deshalb hast du im letzten Jahr wahrscheinlich zwei Kurse absolviert."

Es hatte mit Sicherheit auch mit ihrem Alter zu tun.

Aber die Wesen an der Macht wollten wohl auch wissen, wie sie sich sexuell schlug, um ihre Eignung für den Harem zu bestätigen.

„Kandidaten werden für den Cup der Unsterblichkeit vorausgewählt. Manchmal kommt ein Kandidat mit außergewöhnlich guten Noten als Ersatz in Frage, aber es ist nicht so, wie du denkst. Nichts von all dem ist das. Sie wählen beinahe drei Dutzend aus, dann reduzieren sie die Anzahl sofort, indem sie erlauben, dass sich jeder König und jeder Alpha einen Kandidaten für seinen Harem aussuchen darf. Dann gibt es nur noch zwölf, die kämpfen."

Dieser Kampf wurde dann für die Sterblichen im Fernsehen ausgestrahlt.

Um ihnen die falsche Hoffnung einer Zukunft zu geben, die sie erreichen könnten, wenn sie sich nur mehr anstrengten.

Und es verführte Menschen wie meine Lily dazu, sich während des Strebens nach Unsterblichkeit umzubringen.

„Es ist ein sadistisches System, das die Seelen eurer Art brechen soll", fügte ich leise hinzu und strich mit den Fingerknöcheln über ihren flachen Bauch. „Es tut mir leid, Lily. Wenn ich dir helfen könnte, würde ich es tun. Aber du wurdest zum Scheitern verurteilt, bevor das Spiel überhaupt angefangen hatte."

Ich beugte mich vor, um sie flüchtig auf die Stirn zu küssen.

Dann seufzte ich wieder – ein Geräusch, das mir in ihrer Gegenwart oft über die Lippen kam – und lehnte mich in mein Kissen zurück. „Wir werden weiter darüber sprechen, wenn du wach bist", sagte ich und legte meine Hand flach auf ihren Bauch.

Ich konnte mich nicht daran erinnern, wann das letzte Mal eine andere Person in meinem Bett gewesen war.

Vielleicht vor einem oder zwei Jahrhunderten?

Silvano hatte mir oft seine ausgezehrten Haremsmitglieder geschenkt, aber ich hatte sie nie gevögelt. Ich hatte sie stattdessen gefüttert und im Gästezimmer heilen lassen.

Es reizte mich kein bisschen, seine Reste zu bekommen.

Nur zwei hatte ich getötet, um sie von ihrem Leid zu

erlösen. Sie wären ohnehin gestorben und ihre leblosen Augen hatten mich förmlich darum angefleht.

Nicht wie Lily.

Sie war immer so voller Leben und Entschlossenheit, selbst als sie heute in meinen Armen eingeschlafen war. Ich hatte ihren Wunsch, zu leben, wie eine Art Gewissensbiss empfunden.

Es war erfrischend gewesen und machte sie für mich nur noch wertvoller.

Vielleicht würde ich einen Weg finden, um sie zu behalten.

Das würde sie allerdings in Silvanos Blickfeld rücken.

Also besser nicht.

Aber für den Moment gehörte sie mir.

Das musste reichen.

Ich fuhr noch einmal mit meinen Händen über sie, um ihre Verletzungen zu überprüfen, aber ihr Körper zeigte schon Zeichen der Heilung. Ihr Arm war fast wieder in Ordnung, sodass ich sie ohne Probleme bewegen konnte.

Ich drehte sie in eine ähnliche zusammengerollte Position wie vorher, sodass sie mit dem Rücken zu mir lag, nur dass ich dieses Mal nicht mein Handgelenk auf ihre Lippen drückte. Stattdessen legte ich mich um sie, platzierte ihren Kopf auf meinem Oberarm, als wäre er ein Kissen, und umschlang mit meiner anderen Hand ihren Bauch.

Meins, dachte ich, während ich meinen Körper dazu nutzte, um sie von der Welt abzuschirmen.

Ich drückte meine Nase in ihr Haar und atmete ihren blumigen Duft ein.

Meine süße Blume.

Meine Lily.

Heute Nacht gehörst du nur mir.

LILY

ALLES KRIBBELTE.

Meine Zehen.

Meine Finger.

Meine Wimpern.

Es war ein seltsames Gefühl, als könnte ich jeden Zentimeter meines Körpers spüren, sogar die Härchen in meinem Nacken.

Ich fühlte mich *lebendig*.

Überall um mich herum waren Geräusche, Gerüche, die meine Sinne überwältigten und Geschmäcker, die meine Zunge mit verbotenem Verlangen bedeckten.

Ist das der Tod?, fragte ich mich. Wie grausam wäre es, sich so unglaublich erfrischt zu fühlen, nur um festzustellen, dass man im Jenseits war?

Oh, aber wenn sich das Leben nach dem Tod so anfühlte, wäre mir diese Veränderung willkommen.

Jeder Teil von mir summte voller Elektrizität, als stünde mein Körper aufgrund all der Empfindungen in Flammen.

Hitze lag an meinem Rücken und schlang sich um meinen Brustkorb. *Männliche Hitze.*

Ich atmete tief ein und genoss das minzige Aroma. Es war so schwer und berauschend.

Meister Cedric.

Es war wie ein Traum, in seinen Armen aufzuwachen. Aber er war hinter mir. Ich konnte ihn spüren, als wäre er ein Teil von mir. Ich blinzelte, und ein Spektrum von Farben stach in meine Augen, als ich endlich den Raum erblickte.

Sattes Braun und Schwarz, und ein Fenster, das auf den Hof mit Bäumen und Brunnen unter dem Mond hinausschaute. Ich keuchte, da ich noch nie ein so saftiges Grün gesehen hatte.

Es sah nicht real aus.

Es war zu definiert. Zu hell. Zu *leuchtend.*

Meister Cedrics Daumen fuhr über meine Haut, sodass meine Aufmerksamkeit auf die Hand auf meinem Bauch gezogen wurde.

Unter meinem Shirt.

Das sollte mich nicht schockieren. Aber aus irgendeinem Grund fühlte es sich unglaublich intim an. Wie ein Brandmal.

Hitze strahlte von seiner Handfläche aus, nahm meine Haut mit heißen Flammen ein und kitzelte meine Nervenenden.

Es war intensiv. Unglaublich. Die intimste Berührung meines Lebens.

Was keinen Sinn machte.

Ich war schon nackt gewesen und überall an meinem Körper gestreichelt worden.

Aber diese Hand fühlte sich brandneu an. Als würde ich zum ersten Mal berührt.

Und die Hitze in meinem Rücken war wie die Wüstensonne, nur ohne die Dehydrierung, die sonst damit einherging. Stattdessen fühlte ich mich vom Feuer verjüngt.

Sein Daumen bewegte sich wieder, und das zarte Streicheln ließ mich bis in mein Innerstes erschaudern. Es war so *heiß* und intensiv und überwältigend und *neu*.

„Mmm, du bist wach."

Ist seine Stimme schon immer so melodisch gewesen? Oder ist das neu?

„Wie geht es dir, kleine Blume?"

So tief und mächtig, dachte ich und bewegte mich ein bisschen.

Das war ein Fehler. Das Zusammendrücken meiner Schenkel ließ mich mit meinem Rücken und Hinterteil gegen ihn stoßen. Ein Stöhnen drang als Antwort über meine Lippen und mein gesamter Körper ging in Flammen auf.

„So gut, hm?" Er kicherte, und die Vibration ließ meine Brustwarzen unter meinem Shirt schmerzhaft erhärten.

„Was geschieht mit mir?", fragte ich. Meine Stimme war belegter, als ich erwartet hatte.

„Ich glaube, du bist erregt", flüsterte er, während er seine Hand nach oben zu der Unterseite meiner Brüste wandern ließ.

Ich drückte meinen Rücken gegen ihn, reagierte auf seine Berührung und sehnte mich nach mehr. „Alles ist so intensiv", wunderte ich mich, während sich das Zimmer in leuchtenden Farben um mich drehte und meine Haut unter seiner Hitze kribbelte. „Ich … Ich fühle mich … *lebendig.*"

„Weil du das bist, kleine Blume." Er küsste meinen Hinterkopf und griff nach meiner Brust. „Du spürst den Effekt meines Blutes."

Dieser Satz hätte mich innehalten und meine Situation überdenken lassen sollen, aber in der nächsten Sekunde fuhr sein Daumen über meinen Nippel, sodass sich meine Gedanken in der Intensität der Empfindungen verloren.

„So empfindlich", murmelte er, als seine Berührung ein Summen der Elektrizität durch meine Gliedmaßen schickte.

Meine Beine spannten sich automatisch an, während das Feuer in mir noch größer wurde. „Meister Cedric", hauchte ich, auch wenn ich mir nicht im Klaren darüber war, was genau ich von ihm wollte, oder warum ich überhaupt seinen Namen sagte. Aber ich hatte das Gefühl zu explodieren, ohne zu wissen, ob das gut oder schlecht war.

„Einfach *Cedric* reicht." Seine Lippen waren an meinem Ohr. „Formalitäten sind für die Universität, nicht für mein Schlafzimmer."

Ich brachte keine Antwort heraus, nicht mit seiner Hand an meiner Brust und seinen kreisenden Bewegungen um die harte Spitze.

Er kniff sie zwischen seinem Zeigefinger und seinem Daumen ein, was mir ein kehliges Stöhnen entlockte. Jeder Teil von mir zitterte, und mein Inneres wurde bei seinen Berührungen zu geschmolzener Lava.

Niemand hatte mich je so etwas fühlen lassen.

Nicht, dass ich allzu viel Erfahrung hatte. Ich hatte nur eineinhalb Kurse belegt, und der Fokus hatte dabei vor allem auf der Befriedigung der Männer gelegen.

Deshalb verlor Nummer Sechs wahrscheinlich auch immer wieder. Sein Mund und sein Körper lösten nichts in mir aus.

Aber Meister Cedrics Hand schon.

„Du zitterst." Seine Worte flossen leise um mein Ohr, seine Lippen waren warm und weich. Er fuhr erneut mit dem Daumen über meine empfindliche Spitze, dann glitt seine Hand zurück zu meinem Bauch. „Alles fühlt sich jetzt intensiver und mächtiger an, nicht wahr? Du kannst dich gar nicht mehr an den Schmerz in deinem Arm erinnern, oder?"

Meine Antwort kam in unzusammenhängenden Lauten heraus, da ich anscheinend vergessen hatte, wie man sprach.

Seine Hand bewegte sich immer noch.

In Richtung des Bundes meiner Hose.

Dann rutschte sie unter den Stoff.

Ich erstarrte neben ihm, voller Angst und Neugierde, was er als nächstes vorhatte. Wie es sich anfühlen würde. Wie mein Körper reagieren würde.

Sein Atem neckte mein Ohr, während sich sein harter Körper an mich schmiegte und seine Finger über meinen rasierten Hügel strichen.

Mein nächster Körperpflege-Termin war für später in der Woche angesetzt, also war ich etwas stoppelig dort unten.

Aber er kommentierte es nicht.

Stattdessen leckte er an meinem Ohr entlang, während sich seine Hand zwischen meinen Beinen positionierte.

Ich flog beinahe vom Bett, da ich die heiße und weiche Berührung seiner Haut kaum ertragen konnte.

Er säuselte mir etwas zu, und mir fiel auf, dass ich zu schluchzen begonnen hatte – nicht aus Traurigkeit, sondern wegen überwältigender Lust.

Ich konnte es nicht ertragen.

Es war zu viel.

Und dennoch würde ich sterben, wenn er jetzt aufhörte, mich zu berühren.

Ich erkannte mich selbst nicht wieder. Ich war mir nicht einmal sicher, ob all dies real war. Aber ich brauchte ihn. Ich … Ich brauchte *das.*

Ein Schrei kam über meine Lippen, als seine Finger

meine feuchte Hitze erkundeten, und zwischen meinem Nervenbündel und meinem Eingang hin und her strichen.

„So nass", lobte er und ließ seinen Mund zu meinem Hals wandern. „Da bekomme ich Lust, dir deine Hose vom Leib zu reißen und dich bis in die Vergessenheit zu ficken. Aber ich möchte zuerst spüren, wie dich meine Finger um den Verstand bringen. Dann mache ich es vielleicht noch einmal mit meiner Zunge."

Oh Göttin … Ich war nicht sicher, ob ich das überleben könnte. Ob ich *ihn* überleben könnte. Nicht mit dem Inferno, das in mir brodelte und mich von Kopf bis Fuß zu verschlingen drohte.

Es war so fremd und gewaltig.

So beängstigend und *heiß*.

Ich schluckte, während mein Körper vor Verlangen vibrierte. Es war, als würde ich mich immer weiter ausdehnen, bis ich zwangsläufig zerbrechen und nie wieder ganz sein würde.

Es war so ungewohnt, so unfassbar, so *gut*.

Sein Körper hielt meinen mit Leichtigkeit, sein Arm umschlang mich eng und intim, während der andere unter meinem Kopf lag.

Ich fühlte mich sicher. Heiß. Am Rand einer Explosion. Und komplett überwältigt von den Empfindungen.

Es war alles zu viel.

Zu hell. Zu laut. Zu viel Druck.

Sein Daumen trieb mein Verlangen immer höher und höher, bis ich am Rand des Wahnsinns stand.

„Komm für mich, Lily", hauchte er, und seine Worte schubsten mich in eine Vergessenheit voller heller Sterne.

Ich schrie, während ich fiel, nach der Luft griff, auf der Suche nach einem Anker, nach einem Weg, um mich zurück in die Realität zu bringen.

Dann erkannte ich, dass ich immer noch im Bett lag und in der Lust schwelgte.

Laut.

Bilder von Meisterin Peyton flackerten durch meinen Verstand, und ihr unzufriedenes Funkeln ließ mich sofort verstummen.

Sie hätte mir für so viel Ungehorsam in den Kitzler gebissen.

Und mich dann unter einer Welle aus Blut und Orgasmen ertränkt, während ich keinen Laut von mir geben durfte.

Wie bei Nummer Sechs.

Und dem armem Jungen von …

Meister Cedric rollte mich auf meinen Rücken und starrte mörderisch auf mich herab.

Göttin, ich habe es wirklich versaut. Ich öffnete meine Lippen, um mich zu entschuldigen, aber kein Wort kam heraus. Es war, als hätte sich meine Zunge verknotet.

„Wenn ich dich kommen lasse, schreist du und hörst nicht auf", sagte er mir mit einer tödlichen Kälte in der Stimme, die mir eine Gänsehaut bereitete. „Ich werde dich noch einmal befriedigen, und dieses Mal wirst du dich nicht zurückhalten oder still sein. Du wirst meinen Namen schreien und jede verdammte Sekunde genießen."

Mein Mund blieb offen stehen. *Er ist wütend, weil ich aufgehört habe zu schreien?*

„Es ist mir egal, was dir die Universität beigebracht hat, Lily. Mit mir wirst du deine Lust zeigen." Sein Finger drang in mich ein, sodass ich erschrocken aufkeuchte. „Ja, genau so. Ich will deine Reaktionen erkennen, kleine Blume. Ich möchte spüren, wie du erblühst. Kein Schweigen. Kein Verstecken. Quäle dich nicht mit törichten Regeln, wenn ich dich kommen lasse."

Seine Worte rollten über meine Lippen, da sich sein

Mund mit jeder Aussage näher zu mir herabgesenkt hatte, bis seine Augen direkt vor mir waren.

Aber er küsste mich nicht. Er schwebte lediglich über mir, als er einen zweiten Finger in mich hineinschob.

Ich wimmerte, als der Druck beinahe zu groß wurde. Dann wanderte sein Daumen nach oben und streichelte über die empfindliche Stelle, die mich Sterne sehen ließ.

„So ist es gut, süße Blume. Lass mich sehen, wie sich das anfühlt. Und lass es mich hören."

Ich schluckte, als sich das Gefühl zu explodieren wieder in mir ausbreitete. Ich verstand nicht, warum er das tat, oder ob dies überhaupt real war. Aber ich fühlte so viel. So viel Hitze und Intensität. So viele Erwartungen und Ängste.

Bereitete er mich auf etwas Schändliches vor?

Spielte er mit seiner Beute, bevor er mich verschlang?

Vampire waren von Natur aus grausam, und Meister Cedric hatte die Erwartungen definitiv erfüllt.

Allerdings hatte er mich gefüttert.

Mir Wasser gegeben.

Mich in sein Auto gesetzt.

Mir sein Blut gegeben.

Und jetzt sah er mich mit diesem intensiven Blick an, als würden seine dunklen Iriden in schwarzen Flammen stehen.

Ich verlor mich in den düsteren Tiefen, ließ mich gleiten und schwelgte in der Macht, die allein Meister Cedric verkörperte.

So gutaussehend.

Einschüchternd.

Dunkel.

Seine Bewegungen änderten sich, sodass mich seine Finger in genau der richtigen Tiefe bearbeiteten und sein Daumen genau den richtigen Druck ausübte.

Es war, als hätte er einen Knopf bedient, als hielte er ihn bis zum richtigen Moment unten, um die Ekstase zu verlängern, bis er die Erlösung erlaubte.

Meine Erlösung.

Eine Explosion.

Ein verheerendes Ereignis.

Seine Augen sagten mir, dass ich recht hatte, und er genau nach dieser exquisiten Richtigkeit suchte.

„So nah dran", flüsterte er, und meine Lippen öffneten sich als Antwort auf seinen minzigen Atem. „Du bist so unglaublich nah dran."

Ich weiß, hätte ich beinahe erwidert.

„Wirst du für mich schreien, Lily?"

Der Spitzname rollte über seine Zunge und direkt in meine Seele. Man hatte mir noch nie einen Namen gegeben, nur eine Nummer. Und mir gefiel der Name, den er für mich ausgewählt hatte.

„Wirst du mich deine Erlösung spüren lassen? Damit ich mir wünsche, dass mein Schwanz statt meiner Finger in dir wäre?"

Meine Beine spannten sich an, während ich mir seine vulgären Worte nur zu gut ausmalen konnte. „Bitte ..." Ich war mir nicht sicher, was ich wollte. Dass er meine Fantasie wahr werden ließ? Dass er meinen Kitzler losließ? Beides?

„Sag meinen Namen, süße Blume. Bitte mich darum, dich kommen zu lassen, indem du meinen Namen sagst."

Mein Mund wurde trocken, während mich seine Worte und seine Macht unter ihm gefangen hielten und ich am Rand des Höhepunkts baumelte. „Bitte Meister ..."

Er schüttelte tadelnd den Kopf. „Nur meinen Namen, Lily."

Ich kniff meine Augen zusammen, während sein Name meine Zunge neckte.

Als Antwort versanken seine Zähne in meiner Unterlippe, sodass ich schockiert die Augen aufriss.

„Ich möchte deine Lust sehen, Lily", sagte er, und in seiner Stimme schwang eine leichte Verwarnung mit. „Und ich möchte dich meinen Namen stöhnen hören."

„Cedric." Es kam wie ein zischendes Stöhnen heraus, während meine Adern zu flüssigem Feuer wurden. „Bitte, Cedric. Ich brauche …"

Ein gewaltiges Zittern raubte mir die Worte, als sein Daumen noch fester nach unten drückte und sich seine Finger in mir einrollten. Magie floss unter dieser Bewegung hervor und schickte Funken zu jedem meiner Nerven, bis nur noch ein genuscheltes Flehen aus meinem Mund kam.

Meister Cedric beugte sich vor, um mich zu küssen, seine Zunge beruhigte die Wunde an meiner Lippe, als er seinen Daumen endlich zurückzog und mich von meiner Qual erlöste.

Ich schrie in seinen Mund, da die Lust beinahe an Schmerz grenzte, während sie mich mit wilden Vibrationen übermannte und jeden Zentimeter meines Körpers durchfuhr. Meine Zehen rollten sich ein, meine Hände wurden zu Fäusten und mein Herz schien kurz vor dem Stillstand zu verharren.

Ein weiteres Stöhnen kam über meine Lippen, das ich selbst beim besten Willen nicht hätte unterdrücken können.

Während all dessen küsste Meister Cedric mich, nahm mein Stöhnen und meine Schreie in sich auf und belohnte meinen Gehorsam mit seiner Zunge.

Ich fühlte mich wie neugeboren.

Als hätte er mich in eine neue Welt eingeführt.

Eine, die mich begeisterte und mir Angst machte.

Denn diese neue Welt fühlte sich zu real an. Als wäre es eine Welt, in der ich tatsächlich gerne leben würde.

Und das ließ Gefühle entstehen, die ich nicht willkommen heißen wollte.

Gefühle wie *Hoffnung*.

CEDRIC

„Das war herrlich", flüsterte ich gegen ihren Mund. „Verdammt wunderschön."

Ich hatte es ein wenig aus ihr herauskitzeln müssen, vor allem, weil ihr Training sie mitten im ersten Orgasmus gebremst hatte, aber das Endergebnis war die Mühe wert gewesen.

Ihre blaugrünen Augen funkelten von den Nachwirkungen der Lust, während ein verblüffter und verwirrter Ausdruck mit einem Hauch von Angst auf ihrem Gesicht lag.

Die ganze Erfahrung hatte gezeigt, dass ihr sexueller Unterricht mangelhaft war und sich wahrscheinlich nur auf die männliche Befriedigung konzentrierte.

Das würde ich in Ordnung bringen.

Aber für mehr war sie noch nicht bereit, was mir ihr Körper bestätigte, als ich noch einmal mit dem Daumen über ihren Kitzler strich. Sie erzitterte beinahe gewaltsam, und ihre Lippe verschwand zwischen ihren Zähnen, als sie versuchte, ein Geräusch zu unterdrücken.

Ich zog meine Hand aus ihrer Hose und griff nach ihrem Kinn, dann zog ich ihre Lippe mit meinem getränkten Daumen hervor. „Versteck dich nicht vor mir", sagte ich zu ihr, wenn auch nicht wirklich tadelnd.

Denn ich konnte ihre Reaktion verstehen.

Sie tat, was die Universität ihr beigebracht hatte.

Aber ich wollte, dass sie sie selbst war. Was auch immer das bedeutete und wenn das überhaupt möglich war. Vielleicht war es eine Fantasie in meinem Kopf – das Konzept, dass sie in meiner Gegenwart authentisch sein könnte.

Es war mit Sicherheit ein gefährliches Verlangen, das unvermeidlich zu ihrem Tod führen würde.

Als kleiner Trost würde sie zumindest ein wenig leben, bevor ihre Blütenblätter zu einem Nichts verwelkten.

„Wenn wir allein sind, kannst du mir sagen, was du fühlst", erklärte ich ihr leise. „Sei ehrlich, wie als du um mehr Training gebeten hast." Es war so erfrischend gewesen, sie auf ihre eigene Art und Weise zurückschlagen zu sehen, um die Grenzen meiner Freundlichkeit auszutesten.

Dieser Mut musste belohnt werden.

Er musste geschätzt, geliebt und verehrt werden.

Nicht unterdrückt und abgelehnt.

Ich tränkte ihre Unterlippe mit ihrer Erregung, erlaubte der Feuchtigkeit, ihre Haut zu schmücken, dann schob ich ihr meinen Daumen in den Mund, damit sie ihren Saft schmecken konnte. Ihre Pupillen weiteten sich und ihre Nasenflügel blähten sich auf. „Gefällt dir das, Schätzchen? Gefällt dir der Geschmack deiner eigenen Lust?"

Sie schluckte und nickte als Zustimmung ein wenig.

„Hmm", summte ich und zog meinen Daumen zurück,

um meinen Mund auf ihren zu drücken. Mein Zunge leckte den restlichen Geschmack von ihren Lippen, bevor ich vordrang, um sie in einen sinnlichen und lustvollen Kuss zu verführen. Sie erwiderte meine Umarmung zögerlich, was mir sagte, dass sie vor dem heutigen Tag noch nie wirklich geküsst worden war. Ich bezweifelte auch, dass sie jemals einen richtigen Orgasmus verspürt hatte.

So unerfahren.

Aber doch perfekt in jeder Hinsicht.

Meine zarte, süße, kleine Blume.

Ich legte meine Stirn auf ihre, atmete ihren Duft für einen langen Moment ein, dann schob ich ihr einen meiner Finger in den Mund. „Sauge."

Sie gehorchte, dann strich ihre Zunge um meine Fingerkuppe, bevor sie mich tiefer in sich aufnahm.

Es war die perfekte Darbietung für das, was sie mit meinem Schwanz machen würde.

Und es machte mich verdammt hart.

Ich gab ihr einen weiteren Finger und sah zu, wie sie beide sauber leckte. Dann küsste ich sie begierig, um mehr von ihrer Erregung zu schmecken. Es war ein berauschendes Aroma, das mein Blut für sie brennen ließ.

Das Zittern in ihren Schultern sagte mir jedoch, dass sie heute nicht viel mehr ertragen konnte.

Ich wollte, dass sie erregt und willig war, aber nicht aus einem falschen Pflichtgefühl heraus handelte.

Und das war ihre heutige Reaktion gewesen. Sie hatte sich mir nur hingegeben, weil sie nicht glaubte, eine Wahl zu haben. Und die hatte sie wohl auch nicht. Aber das bedeutete nicht, dass sie mich nicht irgendwann wählen würde.

Ich hatte eigentlich nicht vorgehabt, all dies heute mit ihr zu tun. Es war nur eine natürliche Reaktion auf ihre gesteigerten Sinneswahrnehmungen gewesen. Ihre Augen sagten mir, dass sie es nicht bereute. Ihre geröteten Wangen bestätigten, dass sie es auch genossen hatte.

Ich wollte diesen Genuss erhalten und nicht schmälern, indem ich sie zu weit trieb.

Anstatt sie also darum zu bitten, mir den Gefallen zu erwidern, legte ich eine Hand auf ihre Wange und lehnte meine Stirn an ihre. „Ich glaube, es wird Zeit für ein Bad." Eine neue Erfahrung, die sie in der Universität wahrscheinlich nie erlebt hatte. Ich wusste nicht viel über die Körperpflege in der Einrichtung, aber ich nahm an, dass es nur Gemeinschaftsduschen gab, die von hungrigen Lykanern überwacht wurden.

„Ein Bad?", wiederholte sie, während sie mich mit ihren verlockenden Iriden fragend ansah.

Ich lächelte. „Ja." Das schien mir ein sehr passender Weg zu sein, um ihr für ihren Mut zu danken. Sie interpretierte es vielleicht noch nicht so, aber sie würde es irgendwann lernen.

Etwas, das ich beschleunigen könnte, wenn ich sie für den Rest ihrer Schulzeit hier behielte.

Ich musste sie schon für ein paar Tage verstecken, um ihre wundersame Heilung zu verbergen, und um ihr dabei zu helfen, die Nachwirkungen meines Blutes zu überstehen.

„Bleib hier", sagte ich zu ihr.

Nicht, dass sie irgendwo anders hätte hingehen können.

Dann rollte ich mich vom Bett und schlenderte ins Badezimmer, um ihr ein Bad einzulassen. Die Wanne war ein Luxus, den ich nicht oft nutzte, da ich mich lieber schnell duschte.

Aber für Lily schien sie angemessen zu sein.

Es würde auf Grund ihrer enormen Größe eine Weile

dauern, um sie zu füllen, aber das war gar nicht so schlecht, da ich ein paar Utensilien brauchen würde, die nicht in meinem Zimmer waren.

Ich verließ meinen Bereich und ging in den Flur, um ein paar andere Gästezimmer zu durchsuchen. Alle waren ähnlich ausgestattet wie mein eigenes – ein großes Schlafzimmer mit einem Balkon, einem angeschlossenen Sitzbereich und zwei en-suite Badezimmern, die fast so groß waren wie ein normaler Schlafraum.

Im fünften Zimmer fand ich endlich, was ich suchte. Die Utensilien schienen relativ neu zu sein, was darauf hindeutete, dass sie erst vor kurzem von den Angestellten gebracht worden waren. Es hatte wahrscheinlich nicht genug für alle Zimmer gegeben, oder vielleicht behielten sie den Rest in einem Lagerraum für zukünftigen Besuch.

Ich hätte theoretisch einen von den Bediensteten in mein Zimmer rufen können, um all dies für mich zu übernehmen, aber ich zog es vor, selbst tätig zu werden.

Deshalb interagierte ich relativ selten mit den menschlichen Angestellten, die auf diesem Grundstück lebten. Ich überließ die Organisation ihrer Aufgaben der Vampir-Wächterin, Adrienne.

Sie hasste ihren Job.

Sie hasste ihr Leben.

Vor allem, weil sie nicht besser war als die Bediensteten hier.

Sie war nicht allzu erfreut gewesen, als ich einzog, aber sie hatte schnell festgestellt, dass ich nicht viel Arbeit machte. Ich aß kaum, da ich in meinem Alter nur wenig zum Überleben brauchte.

Allerdings hatte ich Blutprodukte für uns beide bestellt, damit sie nicht unsere Angestellten fraß – etwas, das sie getan hatte, während sie sich im letzten Jahrhundert oder so um diesen Ort gekümmert hatte. Ich konnte mir vorstellen, dass es relativ stressig sein musste, die Verantwortung für so einen Palast zu tragen, ohne zu wissen, wann jemand zu Besuch kommen könnte. Das bedeutete, dass sie alles blitzsauber und bereithalten musste, egal, wie viele Ressourcen sie dabei verschwendete.

Und sie hatte nur ein geringes Budget.

Daher spendierte ich nun das Essen.

Alle waren Blutsklaven, deren Seelen von ihrem Leben der Knechtschaft gebrochen waren. Das war kein Geschmack, den ich mochte. Also hatte ich Adrienne aufgetragen, sie in den letzten Jahren zu Angestellten zu machen, sodass ich ihr Blut in Intervallen zu mir nehmen konnte, anstatt alles auf einmal. Sie blieben am Leben und gaben mir einen unendlichen Vorrat an Nahrung, während sie auch im Palast helfen konnten.

Vorteile für jeden.

Ich hatte Völlerei und die Verschwendung von Leben nie verstanden, und das hatte ich Adrienne auch deutlich klar gemacht, als ich ihren Nahrungsvorrat gekauft hatte.

Sie hatte sich meine Worte zu Herzen genommen.

Ansonsten ließ ich sie in Ruhe, und sie schien dankbar dafür zu sein, da sie mir den Gefallen erwiderte.

Allerdings würde ich sie vielleicht fragen müssen, mir weitere Produkte zu beschaffen. Wie Badesalz.

Sollte ich Lily hier behalten.

Es war eine Idee, die ich auf meinem Weg zurück in mein Zimmer abwägte, wo ich Lily steif wie ein Brett in meinem Bett vorfand.

„Ich habe gesagt, du sollst dort bleiben, nicht einfrieren", sagte ich im Plauderton und lief ins Badezimmer. „Warum kommst du nicht mit und schaust dir das Bad an?"

Es würde ihr etwas geben, auf das sie sich

konzentrieren könnte, da sie anscheinend für alles einen Befehl brauchte.

Würde das so bleiben, wenn ich sie behielt? Würde ich sie durch jeden ihrer Schritte begleiten müssen? Denn das würde mit der Zeit anstrengend werden.

Ich mochte es, das Sagen zu haben, vor allem im Schlafzimmer. Aber diese Kontrolle hatte Grenzen.

Vielleicht würde ich sie hier behalten und ihr zeigen, wie man lebte.

Es wäre egoistisch von mir, da ich wusste, was nach dem Bluttag aus ihrem Leben werden würde. Aber vielleicht würden ihre letzten Monate hier den unausweichlichen Schmerz wert machen.

Ich könnte ihr positive Erinnerungen geben, die sie mit ins Grab nehmen konnte.

Würde es das für sie besser oder schlimmer machen? Ich war mir nicht ganz sicher.

Sie betrat das Badezimmer hinter mir, aber ich konnte ihr Gesicht in den Fenstern neben der Badewanne sehen. Ihre Augen weiteten sich, als sie die cremefarbenen Steinböden und die bodentiefe Dusche betrachtete. Dann bewunderte sie die juwelenen Akzente, die die Kommoden und Wände schmückten.

Sie gaben dem Zimmer definitiv ein Ambiente des Überflusses.

Jedes Badezimmer und jedes Schlafzimmer hatte eine Kollektion von Edelsteinen, nur in verschiedenen Farben.

In meinem Fall waren es Rubine.

„Viele der Materialien in diesem Palast haben früher wohlhabenden Menschen gehört", sagte ich ihr. „Ich glaube, sie wollten zu Zeiten der Sultane eine Art Wüstenpalast bauen, aber sie haben auch weltumfassenden Reichtum einfließen lassen. Der weiße Stein ist allerdings typisch für diese Region, da er in den wärmeren Monaten alles kühl hält."

Es gab auch einige Klimaanlagen, um eine angenehme Temperatur zu schaffen, sogar in den offenen Höfen in der Mitte des Grundstücks.

„Sie nutzen Solarenergie, um alles autark zu halten", fügte ich schulterzuckend hinzu. „Es ist also wie ein alter Palast mit fortschrittlicher Technologie."

Und daher war es nicht ganz so aufwendig, alles aufrechtzuerhalten.

Es waren nur viele Räume, die man putzen und für mögliche Besucher bereithalten musste.

„Es ist eigentlich ziemlich schön hier", gab ich zu, als ich das Wasser abstellte. Es schien nun hoch genug zu sein. „Vielleicht machen wir nach unserem Bad einen Rundgang."

Vielleicht würden ihr die historischen Statuen und Palmen gefallen. Das Universitätsgelände war karg, aber die Höfe auf diesem Anwesen blühten dank des unterirdischen Bewässerungssystems voller Leben.

Ihr Blick begegnete meinem, als ich sie ansah, aber sie schaute sofort wieder zu Boden.

Ich nahm ihr Kinn und richtete ihre Augen zurück zu mir. „Ich erwarte hier keine Formalitäten, Lily. Jetzt zieh deine Kleidung aus."

Ich war mir der Widersprüchlichkeit meiner Aussagen bewusst – einerseits sagte ich ihr, sie solle sich nicht beugen, dann verlangte ich dennoch ihren Gehorsam – aber ich nahm an, dass sie dies brauchte, um sich etwas sicherer zu fühlen.

Da sie schnell reagierte, lag ich mit dieser Annahme wohl richtig.

Sie zögerte nicht, sich auszuziehen und faltete sogar ihre Kleidung auf einer der Marmoroberflächen der

Kommoden. Dann legte sie sie jedoch auf den Boden, als wäre sie für das edle Material zu schmutzig.

Ich hätte sie beinahe korrigiert.

Aber sie lag nicht ganz falsch.

Ich würde ihr hier neue Klamotten besorgen müssen.

Wenn ich sie behalte.

Die Idee schien mir mit jeder Sekunde ansprechender. Es wäre auch einfach, sie auszuhandeln. Ich hatte schließlich den Status, um so eine Anfrage zu stellen.

Allerdings würde sie möglicherweise Silvanos Aufmerksamkeit erregen.

Und das würde für Lily sehr böse enden.

Entscheidungen über Entscheidungen.

Ich ging zu der Badewanne zurück, um die Salze hinzuzufügen und die Temperatur zu überprüfen. Das Wasser war warm, ohne zu heiß zu sein, zumindest für meine sensiblen Sinne.

„Kannst du mir sagen, ob es zu warm für dich ist?", fragte ich und sah Lily an.

Sie zog ihre Augenbrauen zusammen, als würde sie meine Bitte nicht verstehen, aber sie trat vor, um ihre Hand einzutauchen, so wie ich es getan hatte.

Sie zog sie nicht hastig zurück oder zischte, daher musste es wohl in Ordnung sein.

„Es ist warm", bestätigte sie.

„Zu warm oder angenehm warm?", drängte ich.

Sie blinzelte mich an, dann sah sie wieder auf das Wasser hinab. „Es ist … Es ist angenehm."

„Gut. Benutze die Stufen, um hineinzugehen." Ich zeigte auf die Steintreppen, die zum Einstieg der Badewanne führten. Es war wohl eher ein Pool als eine Badewanne, da die Bänke im Inneren Platz für fünf bis sechs Personen boten.

Es gab auch Düsen. Die würde ich anstellen, sobald sie

es sich bequem gemacht hatte, genau wie den Reiniger, der das Wasser bewegte und in regelmäßigen Abständen frische Flüssigkeit über die überstehenden Hähne hinzufügte.

Ich nahm etwas Shampoo und die Waschlotion aus meiner Dusche und stellte die Flaschen auf den Rand der Wanne, bevor ich Lilys steife Bewegungen bemerkte, als sie langsam auf die Treppen zuschlich.

Sie schluckte und ihr Puls wurde immer lebendiger.

„Hast du Angst vor dem bisschen Wasser?", fragte ich amüsiert.

Aber die Belustigung verflog, als sie zu zittern begann.

In der nächsten Sekunde richtete sie sich auf, und der mutige Teil in ihr kam zum Vorschein. Sie stieg die Treppenstufen hinauf und sah entschlossen aus.

Dann machte sie einen Schritt nach unten in die Wanne, wie sie es auf einer normalen Treppe tun würde, und zuckte zurück, als ihr Fuß das Wasser berührte. Ich sprang nach vorne und erwischte ihre Hüften, damit sie nicht fiel.

Sie hatte offensichtlich keine Ahnung, was sie tun sollte.

„Du bist noch nie geschwommen und warst auch noch nie in einer Badewanne", bemerkte ich laut. „Natürlich nicht. Warum würden sie ihren Sklaven diesen Luxus gönnen?"

Ich rollte bei meinen eigenen Worten mit den Augen und half ihr sanft ins Wasser. Sie erstarrte unter meinen Händen, als ihre Füße den Boden erreichten, und hatte offensichtlich Angst, was als nächstes passieren würde.

Das war definitiv nicht der Sinn eines Bads.

„Versuch, dich nicht zu bewegen", sagte ich, als ich sie losließ. Ihr Körper verharrte reglos, während ich einen Schritt zurück machte.

Sie schien nicht einmal zu atmen, aber ihr Herz schlug wie wild.

Das hatte ich nicht beabsichtigt.

Ich zog meine Hose aus, aber ließ meine Boxershorts an, dann stieg ich die Stufen hinauf, um mich ihr anzuschließen.

Sie zitterte, als ich wieder nach ihr griff und meinen Körper an ihren drückte. Deshalb hatte ich meine Unterwäsche nicht ausgezogen. Sie war eine Versuchung, und ich brauchte eine Barriere zwischen uns.

Vor allem, weil sie so ängstlich schien.

Ich zog sie mit mir nach hinten und setzte mich auf eine der Bänke. Sie kam mit und wehrte sich nicht, als ich sie auf meinem Schoß platzierte. Aber ihr Atem ging weiterhin flach und ihr rasender Puls war ein Leuchtfeuer für meinen Jagdtrieb.

„Ein Bad ist zur Entspannung gedacht, Lily", sagte ich gegen ihr Ohr. „Es ist ein Luxus, der steife Muskeln lockern und die Gedanken zur Ruhe kommen lassen soll, aber ich hätte wissen müssen, dass es auf dich den gegenteiligen Effekt haben würde."

Sie schwieg, aber ihr Herzschlag wurde ein wenig langsamer. Ich gab ihr ein paar Minuten, um sich an die Situation zu gewöhnen, während ihr Rücken an meiner Brust lag.

Es war nicht gerade die bequemste Position, daher bewegte ich uns, sodass unsere Beine auf der Bank ausgestreckt waren und ich an der Wand hinter mir lehnte. Als ich sie wieder an mich zog, versteifte sie sich.

„Hast du Angst, dass ich dich ertränken könnte?", fragte ich mich laut, während ich ihr blondes Haar über eine ihrer Schultern strich. „Du solltest dir eher Sorgen darüber machen, dass mein Mund in der Nähe deines verführerischen Halses liegt."

Ich drückte einen Kuss auf ihren rasenden Puls, und ihr Blut schien förmlich nach meinen Instinkten zu rufen.

„Ich werde dir nicht wehtun, Lily", versprach ich gegen ihren Hals. „Zumindest nicht heute."

Oder in absehbarer Zeit, wenn es nach mir ginge.

„Warum nennst du mich die ganze Zeit so?", fragte sie. Die Angst, die sich in ihrem Geruch widerspiegelte, war in ihrer Stimme nicht zu hören.

„Ich habe dich vieles genannt, Schätzchen. Da musst du schon genauer werden." Ich wusste, was sie meinte, aber ich wollte, dass sie mehr sprach.

„Lily", antwortete sie. „Warum nennst du mich Lily?"

„Weil du mich an eine Lilie erinnerst." Ich schlang einen Arm um ihre Taille und nutzte meine andere Hand, um ihr Kinn zu ergreifen, damit sie mich über ihre Schulter hinweg ansehen musste. „Du hast helles Haar, blasse Haut, dünne Beine wie Stängel, und du bist wunderschön zart. Wie eine Lilie."

Sie blinzelte mich mit langen Wimpern an. „Eine Lilie."

Ich nickte. „Ähnlich wie der Name Lily."

„Ein Name."

„Dein Name", korrigierte ich sie. „Das ist süßer als Kandidatin vierhundertsieben, Jahr einhundertsiebzehn, oder nicht?" Ich verstand, warum man den Menschen Nummern anstatt Identitäten gab. Aber sie waren so verdammt lang.

„Das gefällt mir", flüsterte sie und hielt meinem Blick stand. „Danke."

Ich streichelte ihr Gesicht und fuhr mit einem Daumen über ihre Lippen. „Aber erzähl niemandem davon. Das wird unser kleines Geheimnis bleiben."

Sie schluckte. „Wie dein Blut."

„Wie mein Blut", wiederholte ich zustimmend. „Wir haben jetzt ein paar kleine Geheimnisse."

Geheimnisse, die zweifellos zu ihrem Tod führen würden.

Aber das war ein Problem für einen anderen Tag.

Den Bluttag.

LILY

Lily.

Mein Name ist Lily.

Allerdings wurden Namen normalerweise nur durch Unsterblichkeit verdient. Sein Blut hatte etwas mit mir angestellt, sodass ich mich lebendiger fühlte als je zuvor. Er hatte mich geheilt.

Aber ich bin nicht unsterblich.

Er hatte gesagt, dass mein Name ein Geheimnis war, wie sein Blut. Vielleicht meinte er damit, dass wir diesen Namen nur unter uns verwenden konnten. So wie er wollte, dass ich ihn hier nur Cedric und nicht Meister Cedric nannte.

Was wollte er noch von mir?

Wir waren im Wasser, sein Arm war um mich geschlungen und seine andere Hand lag an meinem Kinn. Ich war mir nicht sicher, wie ich reagieren sollte, oder was er von mir erwartete. Es war alles so seltsam, so traumartig, so *unglaublich*.

Das Wasser war nicht zu heiß und auch nicht zu kalt.

Es fühlte sich gut an. Ganz anders als in unseren Duschen, wo das Wasser entweder brütend heiß oder eiskalt war.

Und diese Badewanne war riesig.

Mindestens drei andere Leute könnten sich uns hier drinnen anschließen, vielleicht sogar mehr.

Überall waren rote Juwelen.

Und es gab ein mattiertes Fenster, dass uns von der Außenwelt abschirmte.

„Kannst du für mich unter Wasser gehen?", fragte Meister Cedric und zog meine Aufmerksamkeit auf sich. Er umfasste immer noch mein Kinn, sodass ich ihn über meine Schulter ansah, aber meine Gedanken waren abgedriftet. „Ich werde dich halten, wenn das leichter ist. Aber du musst deine Haare befeuchten."

Ich blinzelte. Ich war noch nie so tief im Wasser gewesen – es reichte mir bis zum Bauchnabel, wenn ich stand.

Und jetzt wollte er, dass ich unter die Oberfläche tauchte? „Okay."

Es war schließlich nicht so, als könnte ich ihm widersprechen.

Ich versuchte, mich von ihm wegzurollen, aber sein Arm hielt mich an der Taille fest. Dann bewegte er mich durch das Wasser, als würde ich nichts wiegen – vielleicht tat ich das auch nicht, denn ich fühlte mich in diesem Pool wahrlich leicht – und hielt mich zusammengerollt gegen seine Brust gedrückt.

„Halte deine Nase mit Daumen und Zeigefinger zu. Ich werde dich untertauchen."

Ich runzelte die Stirn und hob meine Hand, wie er es verlangt hatte, sodass ich durch den Mund atmen musste.

„Schließe deine Augen und halte die Luft an", sagte er, wobei mein Herz einen Schlag aussetzte.

Das ist gefährlich.

Er könnte mich ertränken. Mich fertigmachen. Mich töten.

Aber warum würde er das tun, nachdem er mich mit seinem Blut geheilt hatte? Warum würde er das tun, nachdem er mir einen *Namen* gegeben hatte?

Vielleicht weil er mit seinem Essen spielen wollte? Mir einen Moment der Hoffnung geben wollte, bevor …

„Hör auf nachzudenken und konzentriere dich auf das, was du fühlst", sagte er, und seine Worte durchschnitten meine Gedanken und ließen mich wieder in der Realität landen.

Dann lehnte er mich langsam nach hinten, wie er es erklärt hatte, nur dass das Wasser meine Augen und nicht meine Nase oder meinen Mund bedeckte.

Er hob mich an, bis meine Ohren aus dem Wasser herausragten, aber die meiste Länge meines Haares unter der Oberfläche blieb. „Wie fühlst du dich, Lily?"

„Leicht", flüsterte ich nasal, da ich mir immer noch die Nase zuhielt. „Nervös."

Sein Arm verließ meine Schultern und ich erstarrte, aber dann fand seine Hand meinen Hinterkopf, sodass ich weiterhin schwebte. „Ich würde dir das Schwimmen beibringen, aber das ist kein richtiger Pool. Aber draußen gibt es einen, also vielleicht zeige ich es dir später."

Wie lang soll ich hierbleiben?, fragte ich mich. Er hatte von einem Rundgang gesprochen, und jetzt erwähnte er einen Pool im Freien. *Was ist hier los?*

Er fuhr mit den Fingern durch mein Haar, dann schob er mich zurück zur Bank und setzte mich zwischen seine Beine. Einer seiner Füße blieb auf der Marmor-Sitzfläche, während der andere auf den Boden der Wanne sank. Ich umarmte meine Knie, sodass zwischen meiner Brust und seinem Rücken eine deutliche Lücke entstand.

Ich fühlte mich nicht so sicher, da mir der Wasserspiegel etwas zu weit und offen vorkam.

Dann kehrten seine Finger zu meinem Haar zurück, und ein minziger Duft lag in der Luft. *Shampoo*, bemerkte ich, als er durch meine Strähnen fuhr. *Er wäscht meine Haare.*

Niemand hatte mich jemals so berührt, nicht einmal die Angestellten, die alle paar Wochen für meine Körperpflege zuständig waren. Wenn sie mein Haar wuschen, dann mit hartem Wasser und einfacher Seife. Danach folgten die Scheren für den Haarschnitt.

Aber Meister Cedric streichelte mich beinahe ehrfürchtig.

Wie er es zwischen meinen Beinen gewesen ist, dachte ich und presste bei der Erinnerung die Oberschenkel zusammen. Ein Kribbeln schoss durch mein Rückgrat und ließ meine Nackenhaare tanzen.

So war ich auch noch nie berührt worden. So gekonnt und erfahren. Ganz anders als die vorsichtigen Berührungen von Nummer Sechs während unseres Unterrichts.

Und Nummer Sechs hatte mich definitiv niemals so an die Spitze getrieben. Nicht einmal annähernd. Ich war mir nicht sicher, ob ich bis heute überhaupt jemals gekommen war.

Vielleicht hatte es etwas mit meinen geschärften Sinnen zu tun, aber ich nahm an, dass es eher an Meister Cedric lag.

Seine Finger umschlossen mein Haar und zogen mich zurück zum Wasser, sodass ich meine Knie loslassen musste. Ich zuckte bei der abrupten Bewegung zusammen und hielt mir die Nase zu, bevor er mich unter die Oberfläche drückte. Meine Augen brannten, was mich daran erinnerte, dass ich sie schließen musste, und mein Herz raste in meiner Brust.

Was tut er da? Ertränkt er mich jetzt?

Ich hätte beinahe gekämpft und um mich geschlagen,

aber er hob mich an, damit mein Kinn über Wasser kam und ich atmen konnte.

Dann bemerkte ich, dass mein Rücken auf seinem Oberschenkel balancierte. Er stellte sicher, dass es mir gut ging, auch während er meine Haare wusch.

Er hielt mich am Leben.

Heilte mich.

Pflegte mich.

Ich verstand nichts davon, oder warum er das Bedürfnis verspürte, nett zu mir zu sein.

Aber ich wollte ihn nicht infrage stellen.

Lily, dachte ich wieder. *Er nennt mich Lily.*

Ein hübscher Name, kurz und feminin. Und es gefiel mir, wie er aus seinem Mund klang.

Er kämmte erneut mit den Fingern durch mein Haar, dieses Mal unter Wasser, dann richtete er mich erneut auf und drückte einen Kuss auf meine Schulter. „Gutes Mädchen", flüsterte er und schickte ein Schaudern durch meine Seele.

Ich hatte ihn zufriedengestellt.

Ich wusste nicht genau, wie ich es getan hatte, aber ich war so froh, dass ich ihn einmal nicht enttäuscht hatte.

Der minzige Duft überflutete erneut meine Sinne, als ein Schwamm an meinem Arm auftauchte. Dann machte er Schaum und arbeitete ihn in meine Haut ein. Ich sah aus dem Augenwinkel zu und war durch seine Bewegungen wie hypnotisiert.

Wie er bis zu meinen Fingerspitzen hinunterstrich, dann wieder hoch zu meinem Hals, und schließlich aus meinem Sichtfeld verschwand, wenn er meinen Nacken unter meinem Haar erreichte.

Dann war mein Rücken dran, und die Berührung schickte eine Gänsehaut über meinen Körper, auch wenn ich größtenteils im Wasser saß.

Ich schloss die Augen und genoss die Empfindungen.

Bis das Wasser neben uns anging, um mehr Flüssigkeit in die Wanne laufen zu lassen. Ich zuckte zusammen, bevor mein Blick auf den laufenden Wasserhahn fiel.

„Das wird dabei helfen, etwas von dem Schaum aus der Wanne zu entfernen", erklärte er gegen mein Ohr, während er zu meinem anderen Arm überging.

Ich schluckte, und meine Nippel wurden unter seiner Berührung und seinem Mund an meinem Hals ganz hart. Er weckte Dinge in mir, die ich nicht definieren konnte. Es war gleichzeitig überwältigend und aufregend und angsteinflößend.

Seine Lippen fuhren über meinen Hals, als der Schwamm von meinem Arm zu meinem Bauch wanderte. „Strecke deine Beine aus", sagte er.

Das tat ich.

„Spreize deine Oberschenkel", fügte er in einem leisen Tonfall hinzu, während seine Lippen über mein Ohr strichen.

Mein Herz setzte einen Schlag aus, aber ich gehorchte.

„Gutes Mädchen", sagte er wieder und strich mit der Nase über meinen Hals, während der Schwamm unter Wasser nach unten glitt.

Er massierte zuerst meine Hüfte, bevor er über meine Oberschenkel strich.

Dann wanderte er nach innen und zog den Schwamm über meine empfindliche Mitte.

Ich zuckte zusammen, als er meinen Kitzler berührte und Lust durch meine Adern schoss und mir ein Keuchen entlockte.

„Sensibel?", summte er gegen mein Ohr.

„Ja", gab ich zu.

„Hmm." Er tat es noch einmal und wechselte dann zu

meinem anderen Bein, was einen Schmerz zurückließ, der sich seltsam unerfüllt anfühlte.

Einen Schmerz, der nur verstärkt wurde, als der Schwamm weiter nach oben zu meinem Bauch und meinen Brüsten wanderte.

Meine Augen schlossen sich erneut, und ich verlor mich in seinen Berührungen.

Es fühlte sich wie ein Traum an.

Eine Fantasie, von der ich nie gedacht hätte, dass ich sie brauchte.

Ein weiterer Hauch von Minze folgte, während der Schwamm noch mehr Schaum in meine Haut einarbeitete. Meine Nippel waren so hart, und seine Berührungen ließen mein Herz rasen.

Er umkreiste meine Spitzen, dann kniff er mit einer Hand in die eine Seite, während er die andere mit der Seife bearbeitete. Ich lehnte mich gegen ihn und war nicht mehr in der Lage, mich aufrecht zu halten. Meine Brust fühlte sich eng an, genau wie der Bereich zwischen meinen Beinen. Als wäre ich erneut kurz vor einer Explosion, nur dass sie mich dieses Mal umbringen könnte.

Aber Meister Cedric schien keine Eile zu haben, um sie heraufzubeschwören.

Stattdessen quälte er mich weiter mit dem Schwamm und nutzte die Seife als Ablenkung von dem, was mein Körper eigentlich verlangte.

Dann wanderte eine seiner Hände von meiner Brust nach unten.

Hielt inne, um einen Kreis um meinen Bauchnabel zu ziehen.

Und immer weiter nach unten, bis zwischen meine Beine.

Ich seufzte seinen Namen und schmolz an ihn und seine dekadente Berührung.

Seine Lippen lagen an meinem Hals, seine Zunge fuhr über meinen Puls und seine Stimme war ein Knurren, das ich nicht ganz verstand. Er könnte sagen, dass er mich beißen würde, und ich würde wahrscheinlich nicht einmal reagieren. Nicht, wenn er mich so an meiner intimen Mitte berührte.

Er kicherte, und das Geräusch vibrierte gegen meinen Rücken. Seine Zähne fuhren über meinen Hals, ob von seinem Grinsen oder als Warnung, konnte ich nicht sagen.

Ich war ihm zu sehr erlegen.

Zu erfüllt von der Lust, die seine Berührungen herbeiführten.

Zu eingenommen von seinem Daumen, der die Stelle umkreiste, die er unbedingt streicheln sollte.

Stattdessen drangen seine Finger in mich ein, was mich zusammenzucken ließ. Er rollte seine Bewegung sofort nach oben, sodass aus meinem Zucken eine Vibration der Lust wurde.

Lust, die er noch weiter in die Höhe trieb, indem er seinen Daumen auf die Stelle drückte, an der ich es am meisten begehrte.

„Cedric", hauchte ich und wölbte mich gegen seine Hand.

Seine andere Hand umschloss meine Brust – der Schwamm war endgültig verschwunden.

Dann legte sich sein Mund um meinen Puls.

Oh, Göttin …

Das Stechen seiner Reißzähne schickte mein Herz in ein chaotisches Durcheinander, das in meinen Ohren pochte. Ein kurzer Moment der Panik drang an die Oberfläche meines Bewusstseins, nur um von einem Vulkan der Hitze überzogen zu werden, der mich in eine dunkle Vergessenheit schickte.

Der Orgasmus kam nicht langsam – er explodierte auf

der Stelle und ließ mich in neue Höhen schweben, die ich nicht einmal zuvor erreicht hatte.

Ich konnte nicht mehr sehen.

Nicht mehr denken.

Nicht mehr atmen.

Ich wurde zu einem flüssigen Wesen, das nur von der Ekstase lebte.

Pochend. Pulsierend. *Sterbend.*

Aber ich konnte nicht einmal wütend oder traurig darüber sein, nicht wenn es sich so anfühlte.

Er brachte mich um und es war mir egal.

Er trank mich leer, während er mir jedes Quäntchen an Verzückung entrang.

Der perfekte Tod.

Die perfekten letzten Momente.

Das perfekte *Ende.*

Keine Schmerzen mehr. Keine Zweifel über mein Schicksal. Kein Kampf mehr um eine ohnehin unmögliche Zukunft.

Ich war am Ende, wurde endlich ein letztes Mal von Dunkelheit umschlossen.

Ich lächelte. „Danke." Die Worte klangen in meinen Ohren nur nach einem Hauch, aber ich wollte, dass er sie hörte und wusste, dass ich schätzte, dass er es so angenehm machte.

„Nein, Lily. Ich danke dir", antwortete er gegen mein Ohr, bevor er zu meinem Hals zurückkehrte und die Haut erneut öffnete.

Dieses Mal gröber.

Brutaler.

Sein Hunger war eine Peitsche für meine Sinne.

Aber die Welt hatte schon begonnen zu verblassen.

In eine ewige Dunkelheit, die ich bereitwilliger willkommen hieß, als ich vielleicht sollte.

Bis alles aufhörte.

Die Empfindungen.

Die Hitze.

Die Lust.

Dann hörte ich, wie Wasser ablief.

Ich wurde in eine weiche Wolke aus Baumwolle gehüllt und an einer harten, männlichen Brust zu dem Bett getragen, in dem ich schon Stunden zuvor gelegen hatte.

Ich öffnete meine Augen und sah Meister Cedrics dunklen Blick. „Das war deine erste Lektion in Sachen Entspannung", sagte er und legte mich auf das Bett. „Ich werde dir etwas zu essen besorgen. Ruhe dich aus und erhole dich."

Er drückte mir einen Kuss auf die Stirn und ließ mich verwirrt und seltsam fröstelnd zurück.

Er hat mich nicht umgebracht.

Er hat mich gebadet. Mich befriedigt. Von mir getrunken.

Und jetzt hatte er mich wieder in seinem Bett zurückgelassen.

In ein Handtuch gehüllt.

Ich starrte auf die Stelle, an der er gerade eben gestanden hatte.

Eine Lektion in Sachen Entspannung.

Warum?

Zu welchem Zweck?

Welche Lektion würde er mir als nächstes erteilen?

Ich erschauderte. Etwas an diesem Spiel war viel gefährlicher als alles, was ich bisher kannte. Und zum ersten Mal in meinem Leben war ich nicht sicher, ob ich gewinnen wollte.

Denn diese Lektionen zu bestehen, könnte mich zu meinem bisher größten Versagen führen.

Zu einem gefährlichen Gefühl des Optimismus.

Einem Wunsch zu leben.

Einem Wunsch nach *mehr*.

Mit Meister Cedric.

Einer Zukunft, die nie wirklich mir gehören würde, egal wie sehr ich davon träumte und sie mir ausmalte.

„Und versuche, nicht zu träumen. Fantasien gibt es in deiner Welt nicht mehr.“

Seine Worte hallten in meinem Kopf wider, während ich meine Augen schloss. Das alles war für ihn ein Spiel, die Art eines Raubtiers, mit seiner Beute zu spielen.

Ich drückte meine Finger an meinen Hals und bemerkte, dass die Löcher in meiner Haut bereits verheilten. Dies brachte mich zurück in die Realität und vertrieb alle Hoffnung.

Ich hatte die Empfindungen vielleicht genossen.

Aber mehr waren sie nicht – angenehme Reaktionen auf den Biss eines Raubtiers.

Ich hoffte ein wenig, dass es Narben hinterlassen würde, damit ich mich immer daran erinnern könnte.

Denn etwas an Meister Cedric brachte mich dazu, fallen zu wollen.

Und wenn ich nachgab, würde ich endgültig ertrinken.

Es wäre kein schneller Tod, sondern eine langsame, schreckliche Qual.

Ein Ende, das mich in das Jenseits verfolgen und meine Seele heimsuchen würde.

Vielleicht war das sein Ziel.

Vielleicht wollte er, dass ich litt.

Das werde ich nicht zulassen, dachte ich und presste die Zähne zusammen. *Ich werde keine leichte Beute sein, Meister Cedric. Wenn das ein Spiel ist, dann hast du dir das falsche Mädchen ausgesucht. Denn ich werde gegen deine Psychospielchen ankämpfen, auch wenn es das Letzte ist, was ich tue. Das schwöre ich.*

CEDRIC

MEIN HANDGELENK VIBRIERTE, ALS ICH DIE KÜCHE BETRAT, die meinem Zimmer am nächsten lag. Ich warf einen kurzen Blick nach unten und sah eine Nachricht von Silvano auf dem Bildschirm meiner Uhr.

Natürlich.

Es war, als hätte er meine kurzzeitige Welle der Lust gespürt und beschlossen, sie mit seiner Vorladung zu beenden.

Ich verdrehte die Augen, ignorierte die Nachricht und begann, nach etwas Essbarem zu suchen. Ich würde seine Anfrage in ein oder zwei Tagen beantworten. Vielleicht in drei.

Nicht, dass es etwas bringen würde.

Der Tonfall seiner Antwort ließ darauf schließen, dass seine Geduld langsam erschöpft war.

Der Bluttag ist kein akzeptabler Anlass. Ruf mich an. – S.

Die Worte wirbelten ein paar Mal durch meinen Kopf, während ich mehrere Zutaten aus dem Kühlschrank nahm. Silvano erließ normalerweise keine Verordnungen, aber wenn er es tat, war es ernst. Sogar tödlich. Falls und sobald er von mir verlangte, dass ich die Herrscherposition antrat, würde ich keine Wahl haben. Dann wäre ich gezwungen, mich endgültig auf diese neue Welt einzulassen.

Die Universität war eine gesunde Einführung in unsere veränderte Gesellschaft.

Und auch wenn es mir nicht gefiel, konnte ich die Welt außerhalb des Campus ignorieren.

Als Herrscher könnte ich mich nicht mehr verstellen. Ich würde vollkommen in die neue Weltordnung eintauchen müssen. Alles andere wäre gefährlich. Alle, die sich nicht anpassten, wurden enteignet oder umgebracht.

So wie Cam, der Älteste meiner Art, der es gewagt hatte, Lilith zu bekämpfen. Er war gestorben.

So wie alle seine Anhänger.

Und daraus war die neue Welt entstanden.

Eine Welt, in der Lily jeden Tag mehr verwelkte, weil Menschen nicht mehr erblühen durften.

Ich starrte auf die Gegenstände auf der Theke hinab und runzelte die Stirn. Es waren meine Lieblingssnacks – Käse, kaltes Fleisch und etwas Marmelade. Viel dekadenter als die Mahlzeit, die sie seinerzeit zum Abendessen verzehrt hatte.

Das bedeutete, dass ihr von diesen Lebensmitteln wahrscheinlich übel werden würde. Oder noch schlimmer, sie könnten ihren Geschmackssinn verbessern.

Ich konnte sie nicht auf diese Weise quälen. Das war nicht fair und auch nicht nett.

Aber sonst gab es in meiner Küche nichts, was ich ihr anbieten könnte.

Also betätigte ich einen Knopf an der Wand, den ich nur selten nutzte. Eine Frauenstimme erklang nur eine Sekunde später. „Ja, Sir?" Die menschlichen Sklaven auf diesem Anwesen warteten nur auf meine Forderungen, auch wenn ich nur selten nach etwas verlangte.

„Ich brauche eine passende Mahlzeit für einen Menschen", sagte ich der Frau. „Etwas mit gedünstetem Gemüse, magerem Fleisch wie Hühnchen oder Pute, Kartoffeln oder etwas Reis und Obst zum Nachtisch. Vorzugsweise Erdbeeren, wenn wir welche haben."

„Natürlich, Sir", antwortete sie sofort.

„Bitte bringe alles in mein Zimmer", fügte ich hinzu und legte die Lebensmittel weg. „Ich werde dich dort erwarten."

„J-Ja, Sir", stammelte sie, da sie meine Forderung über die Lieferung des Essens wahrscheinlich missverstand.

Ich machte mir keine Mühe, ihre Annahmen zu korrigieren. Sie würde den Zweck der Mahlzeit verstehen, sobald sie Lily und die Male an ihrem schlanken Hals sah.

Ich hatte mehr Blut von ihr getrunken, als ich eigentlich sollte, aber ihr süßer Duft hatte mich so verdammt hungrig gemacht. Wenn es nach mir gegangen wäre, hätte ich meinen Schwanz tief in ihr vergraben und sie vollends verschlungen.

Aber ich hatte mich zurückgehalten.

Ich wollte, dass sie mich zuerst anflehte und meine Berührung wirklich wollte, bevor ich sie ihr gab.

Natürlich hatte ich heute das genaue Gegenteil getan.

Allerdings hatte ich die Hinweise ihres Körpers analysiert und dementsprechend gehandelt. Sie hatte sich daraufhin entspannt, und ihre Lust hatte ihre Seele spürbar erwärmt.

Das hatte mein inneres Raubtier nur noch mehr gereizt.

Ich hatte ihrem hämmernden Puls nicht widerstehen können, daher hatte ich sie gebissen. Ich würde mich nicht dafür entschuldigen, denn ich wollte nicht lügen. Ich würde auch nicht versprechen, es nicht wieder zu tun. Denn ich hatte definitiv vor, meine Zähne während der nächsten Monate noch viele Male in ihrer nackten Haut zu versenken.

Deswegen brauchte sie auch eine Mahlzeit.

Lily würde zu Kräften kommen müssen, um meine gesteigerte Gier zu überleben. Ich brauchte vielleicht nicht viel Blut, um in dieser Welt zu gedeihen, aber das bedeutete nicht, dass ich mich bei ihrem süßen Geschmack zurückhalten würde.

Sie war eine Seltenheit. Ein Schatz. Ein Sonnenstrahl in einer Welt voller Dunkelheit. Und ich wollte sie. Also würde ich sie haben.

Machte mich das zu einem Monster? Für sie wahrscheinlich schon. Aber vielleicht würde sie am Ende meine Gründe verstehen.

Ich würde versuchen, ihr zu helfen.

Ich würde sie verehren.

Wenn sie sich mehr Lust wünschte, würde ich sie ihr mit meiner Zunge und meinem Körper geben, solange sie wollte. Ich würde sie füttern. Sie baden. Ihr die Ressourcen geben, die sie zum Erblühen brauchte.

Solange es die Welt erlaubte.

Vielleicht würde ich einen Antrag an die Universität schicken, damit ich sie für Privatstunden behalten konnte. Es wäre eine gute Möglichkeit, um sie die letzten Monate zu beschützen. Dann konnte ich sie am Ende durchfallen lassen, damit ihr Tod schnell war.

Vielleicht würden sie mir sogar die Ehre erweisen, sie leer zu trinken.

Es wäre das größte Geschenk, das ich ihr in dieser Welt machten konnte, selbst wenn sie mich dafür hasste. Aber ich würde ihren Hass akzeptieren, wenn es ihren Schmerz minderte.

Das war eine Lektion, die ich letzte Nacht gelernt hatte – dass ich es nicht ertragen konnte, sie leiden zu sehen.

Deshalb hatte ich so schnell gehandelt und sie mitgenommen, um sie zu heilen. Ich hatte ihre Qualen nicht ertragen können. Ich hatte sie unbedingt selbst heilen wollen.

Weil sie mir gehörte.

Ich wollte, dass sie diese Welt auf meine Art verließ, und nicht so, wie es unsere Gesellschaft vorschrieb. Denn allein der Gedanke an ihr Leid brachte mich innerlich um. Sie hatte nichts von all dem verdient. Keiner der Menschen hatte das wirklich.

Aber etwas an Lily sorgte dafür, dass mir unsere Situation noch weniger gefiel. Ich wollte sie mitnehmen und mich für immer mit ihr verstecken.

Eine komplett lächerliche Fantasie, über die ich dennoch gerne nachdachte, selbst als ich die Treppen zu meinem Zimmer hochstieg. Ich hatte zwei Flaschen Wasser aus dem Kühlschrank genommen, nur für den Fall, dass die Bedienstete kein Getränk mitbringen würde. Sie würde vielleicht dreißig Minuten brauchen, um alles zuzubereiten und Lily brauchte wahrscheinlich schon jetzt eine Erfrischung.

Mein Verdacht wurde bestätigt, als ich in mein Zimmer trat und sie an das Kopfteil meines Bettes gelehnt vorfand, immer noch in ihr Handtuch gewickelt. Sie schien benommen, ihre Haut war blass und ihre Augen waren von einem hellen Grün anstatt der normalen blaugrünen Farbe.

Ich hatte definitiv zu viel von ihr getrunken. Sie litt trotz der großen Portion meiner Essenz von gestern Nacht. Vielleicht weil sie einen Großteil meiner übernatürlichen Energie darauf verwendet hatte, ihre Verletzungen zu heilen.

Ich stellte die Flaschen auf dem Nachttisch ab und gesellte mich zu ihr ins Bett. Sie starrte auf meinen nackten Bauch, die graue Schlafanzughose und dann auf mein Gesicht.

Ich streichelte ihre Wange und beugte mich dann vor, um sie sanft zu küssen. Sie erschauderte und ihre Haut fühlte sich unter meiner Hand klamm an.

Vielleicht sollte ich mich doch entschuldigen, dachte ich.

Sie war für die Menge an Blut, die ich von ihr genommen hatte, zu zerbrechlich, auch wenn ich dafür unserer Gesellschaft die Schuld gab und nicht mir. Würde sie anständig ernährt, ginge es ihr jetzt gut. Leider hatte man meine kleine Blume als winzige Delikatesse eingestuft, die wahrscheinlich in einem königlichen Harem landen sollte.

Ein Lykaner würde sie sofort zerbrechen.

Und die meisten Vampire auch.

Ich würde mein Bestes geben, diesem Beispiel nicht zu folgen, was ich ihr nun ohne Worte sagte, indem ich meine Zunge an einem meiner Reißzähne aufritzte und in ihren Mund fahren ließ.

Sie zuckte überrascht zusammen und ihre Augen weiteten sich, als ich unseren Kuss vertiefte und sie mit meinem Blut fütterte.

Meine Hand wanderte zu ihrem Hals und mein Daumen zeichnete eine Linie über ihre Kehle, damit sie schluckte.

Sie gehorchte.

Ich gab ihr noch mehr von meiner Essenz, damit sie heilte und den Schwindel der Unsterblichkeit spüren konnte.

Es war so verboten.

So tabu.

So *gefährlich.*

Sie war nicht die Einzige, die dafür bestraft werden könnte. Allerdings würde ich einfach sagen, dass ich mein Spielzeug noch etwas länger am Leben erhalten wollte. Silvano würde mir mit einem Schmunzeln vergeben und dann sehen, wie viel ihr gestärkter Körper ertragen könnte, bevor er sie brach, oder er würde sie direkt umbringen.

Beide Möglichkeiten machten mich wütend, was ich aus Versehen durch meine Hand an Lilys Hals deutlich machte. Sie zuckte daraufhin zusammen, und ich lockerte meinen Griff sofort.

„So zerbrechlich, meine Blume", flüsterte ich und drückte meine Stirn an ihre. „Ich will dir nicht wehtun."

Näher konnte ich einer Entschuldigung nicht kommen, auch wenn die Worte eher eine Erklärung als eine Abbitte waren. Sie war einfach so unterlegen, was mich nicht nur zu ihr hinzog sondern auch abschreckte.

Ich wollte, dass sie stärker war. Wilder. Ebenbürtig. Aber das war unmöglich. Sie unsterblich zu machen, würde ihr sofortiges Todesurteil bedeuten. Und Silvano wäre in dieser Situation auch gezwungen, mich zu bestrafen.

Vampire konnten ihre Nachkommen nicht mehr selbst bestimmen.

Über neunzig Prozent der Menschen waren ausgerottet worden, sodass wir nur noch über begrenzte Nahrungsquellen verfügten. Zu viele Unsterbliche zu kreieren, würde die Blutrationen beeinflussen.

Daher gab es den Cup der Unsterblichkeit. Nur zwei Menschen wurde jedes Jahr die Unsterblichkeit geschenkt und sie wurden immer auf andere Regionen verteilt. Nächstes Jahr würden der Clementer Clan und das Gebiet von Jace wählen dürfen.

Meine Wahl würde sofort auf Jace fallen, nicht nur weil er ein Vampir war. Er ließ in seinem Königreich eine

Gerechtigkeit walten, die viele andere in seiner Position nicht innehielten.

Wie Alpha Walter des Clementer Clans.

Oder Silvano.

Sie hatten absolut nichts mit dem Wort „gerecht" zu tun. Und schon gar nicht mit den Konzepten einer freien Wahl, Gleichheit oder dass die Wünsche der anderen in ihrer Region zählen könnten. Herrscher wie Walter und Silvano interessierten sich nur für ihre eigenen Bedürfnisse.

Aber Silvanos Neigungen waren ein Problem für einen anderen Tag.

Ich küsste Lily erneut, gab ihr mehr Blut und seufzte, als ich spürte, wie die Macht durch ihren Körper kroch. Als ich mich von ihr zurückzog, waren ihre Augen heller und vor Verwunderung geweitet.

„Vampirblut heilt", sagte ich, auch wenn es offensichtlich war. „Deshalb ist das hier verboten."

„Ein Geheimnis", erwiderte sie und bezog sich dabei wieder auf unser Gespräch von letzter Nacht.

„Ja." Ich fuhr mit meinen Lippen über ihre, bevor ich mich zurücklehnte und eine Wasserflasche holte. Ich öffnete den Deckel und hielt sie an ihren Mund.

Sie schluckte gierig und bestätigte damit meine Annahme über ihren Durst. Allerdings zuckte sie kurz darauf zurück, sodass ich die Flasche entfernte und eine Augenbraue hob.

„Kalt" sagte sie und erschauderte erneut.

Sie war wahrscheinlich nur lauwarmes Wasser oder schlimmeres gewöhnt.

Ich sah sie einen Moment lang an, dann nahm ich etwas von der Flüssigkeit in meinen Mund, um sie aufzuwärmen, bevor ich meine Lippen auf ihre drückte. Sie zuckte überrascht zusammen, aber öffnete dann ihren Mund, um eifrig zu schlucken.

Ich wiederholte den Vorgang und fügte noch etwas Blut hinzu, um ihr die Nährstoffe zu geben, die sie brauchte, um sich wirklich lebendig zu fühlen.

Als wir eine Flasche geleert hatten, lagen viele Fragen auf ihrem Gesicht, aber das Blau in ihren farbigen Iriden erstrahlte schon wieder.

„Du kannst frei sprechen", sagte ich, als sie weiterhin schwieg. „Ich werde dich nicht bestrafen."

Ich stellte die leere Flasche zur Seite und ließ mich neben sie an das Kopfteil sinken. Sie hielt ihr Handtuch immer noch wie einen Schild an sich gedrückt. Es wäre einfach, sie dazu aufzufordern, es zu entfernen und nackt mit mir zu sprechen, aber das würde mich nur ablenken. Und ich wollte wirklich, dass sie ein paar der Gedanken aussprach, die hinter ihren wunderschönen Augen tanzten.

„Warum heilst du mich?", fragte sie.

Ich zuckte mit den Schultern. „Weil ich es kann. Und weil ich es will." *Weil du mir gehörst.*

Nun, nicht wirklich.

Aber fürs Erste betrachtete ich sie als mein.

„Aber warum ich? Du … Du hasst mich."

Meine Augen weiteten sich bei dieser unverblümten Aussage. „Ich hasse dich nicht, Lily. Eigentlich sogar das genaue Gegenteil."

„Aber du lässt mich immer wieder durchfallen."

„Das heißt nicht, dass ich dich nicht mag", antwortete ich und war verblüfft über die Schlüsse, die sie gezogen hatte. „Ich habe dir gesagt, warum du durchfällst. Das war der Zweck der Lektion gestern Nacht." Es war nicht ihre Schuld. Sie war einfach nicht dazu bestimmt, eine Vigil zu werden.

Sie knabberte an ihrer Unterlippe. „Ich bin zu klein."

„Ja. Aber das bedeutet nicht, dass du schwach bist." Ich nannte sie vielleicht zart und zerbrechlich, aber diese

Worte bezogen sich nur auf ihren körperlichen Zustand. „Stärke hat nicht nur mit der Größe zu tun."

„Meinst du, es gibt noch eine andere Möglichkeit zu kämpfen?"

„Nicht als Vigil", antwortete ich. „Nicht einmal wirklich als Mensch." Das war es vielleicht, was mich an dieser Situation bezauberte. Lily hatte Kampfgeist, aber keinen Weg damit zu glänzen.

Ich wollte ihr durch mich einen Weg dafür geben. Ich wusste nur nicht, wie ich das anstellen könnte, oder was dieses Verlangen überhaupt bedeutete.

„Was soll das dann alles?", fragte sie, und ein Hauch von Wut verdunkelte ihr Gesicht. „Was bringt es, wenn ich nichts tun kann? Warum lässt du mich nicht einfach in Ruhe durchfallen?"

Ich betrachtete sie nachdenklich. „Ist es das, was du willst?"

„Ist es wichtig, was ich will?"

„In dieser Welt? Nein, nicht wirklich." Aber in einem vergangenen Leben, ja.

„Warum bin ich dann hier?"

„Weil ich dich hier haben möchte", antwortete ich ungeniert.

„Aber warum?" Ihre Wangen waren nicht mehr blass, sondern gerötet und ihre Nasenlöcher blähten sich wütend auf.

Es faszinierte mich, dass sich ihre Emotionen so sehr auf ihrem Gesicht widerspiegelten, insbesondere, weil sie ihren Ausdruck sonst so makellos kontrollierte. Aber diese Fassade bröckelte nun, und ich wollte sie endgültig fallen sehen.

„Brauche ich einen Grund, um dich hier haben zu wollen, Lily?" Ich beugte mich vor, um eine der feuchten Strähnen hinter ihr Ohr zu schieben. „Muss ich dir diese

Entscheidung wirklich erklären?" Ich hatte ihr schon gesagt, dass ich es getan hatte, weil ich es wollte. Was brauchte sie noch?

„Nein, das musst du wohl nicht", antwortete sie mit einer Bitterkeit in ihrer Stimme, die mich fassungslos machte.

„Das muss ich nicht", stimmte ich zu. Aber das würde ich, wenn sie mir klare Fragen stellte.

Sie schnaubte. „Stimmt. Weil du der Überlegene bist. Wenn du mit mir spielen willst, bleibt mir nichts anderes übrig, als mitzumachen. Und da du auch noch die Regeln aufstellst, werde ich zwangsläufig verlieren, wie immer."

Meine Augen wurden bei ihrem kleinen Wutausbruch groß.

Aber sie war noch nicht fertig.

„Das bringt mich zu der Frage zurück, was das alles hier soll. Vielleicht willst du mich verrückt machen, bevor du mich umbringst. Ich wünschte nur, du würdest mir genau sagen, was ich tun soll, damit ich es schnell hinter mich bringen kann." Die letzten Worte kamen als Knurren heraus.

„Mein Blut hat dich ziemlich frech gemacht", sinnierte ich.

Sie biss ihre Zähne zusammen. „Du hast mich nur geheilt, um mich zu verarschen. Das ist wahrscheinlich noch ein verdammter Test, bei dem ich durchfallen soll."

„Ich *verarsche* dich nicht", zischte ich zurück, da mir ihre Anschuldigung überhaupt nicht gefiel. Vor allem, weil ich mich fragte, ob sie nicht vielleicht doch recht hatte. Es war so lange her, dass ich eine Frau umworben hatte, dass ich mir meiner Absichten nicht mehr ganz bewusst war. Nicht in dieser Welt.

„Doch, das tust du!", schrie sie, was mich zutiefst schockierte.

Genau in diesem Moment geschahen zwei Dinge gleichzeitig.

Jemand klopfte an die Tür – wahrscheinlich die Bedienstete mit dem Essen.

Und mein Handgelenk vibrierte durch einen eingehenden Anruf von Silvano. Anscheinend würde er meine Antwort nicht abwarten.

Verdammt.

LILY

„Mach die Tür auf", befahl Meister Cedric. „Ich muss diesen Anruf entgegennehmen. Wenn dir dein Leben lieb ist, solltest du keinen Laut von dir geben."

Ein irrationaler Teil von mir wollte einfach losschreien. Er hatte mir gesagt, ich solle frei und offen sprechen, aber dann hatte er meine Fragen nur mit halben Antworten bedacht.

„Warum bin ich hier?"

„Weil ich dich hier haben möchte."

Was zur Göttin hatte das überhaupt zu bedeuten?

Dann hatte er gesagt, dass dies hier kein Spiel war, allerdings war es deutlich, dass …

„Prinz Silvano", grüßte er und unterbrach meine Gedanken, während es mir eiskalt den Rücken hinunterlief. Ein Bildschirm erschien vor seinem Gesicht und zeigte einen Mann mit langem weißen Haar, dunklen Augen und einem perfekten eckigen Kinn.

„Cedric. Ich habe gesagt, dass du mich anrufen sollst." Der leichte Akzent in seinem Tonfall ließ mich erschaudern. Wie die Erkenntnis, die sich langsam einen Weg durch meinen Verstand bahnte.

Ein königlicher Vampir.

Ein königlicher Vampir, der gerade Meister Cedric angerufen hat.

Meister Cedric, den ich gerade angeschrien habe.

Ich. Ich habe geschrien. Nein, sogar noch schlimmer. Ich habe ihn angebrüllt.

Oh, Göttin, ich …

„Ja, es tut mir leid, mein Prinz. Ich habe Eure Nachricht gesehen, als ich gerade gefrühstückt habe und wurde dann abgelenkt", antwortete Meister Cedric, während er durch ein paar Schiebetüren auf einen Außenbalkon verschwand. Er schloss das Glas hinter sich, sodass ich das Gespräch nicht weiter verfolgen konnte.

Ein Gespräch mit einem königlichen Vampir.

Weil Meister Cedric wichtig ist.

Er hat einen hohen Rang.

Und ich habe gerade …

Ein weiteres Klopfen ertönte, und es erschien mir wie ein unerbittliches Trommeln, das die Sekunden zu meinem unausweichlichen Tod einleitete.

„Mach die Tür auf", hatte Meister Cedric befohlen.

Ich atmete tief ein und versuchte mein rasendes Herz zu beruhigen. Aber ich hatte gerade das Undenkbare getan. Ich hatte einen Überlegenen mit meinen Worten angegriffen, und dann auch noch einen von hohem Rang. Einen zukünftigen Herrscher.

Prinz Silvanos Nachfolger.

Das machte Meister Cedric selbst schon königlich, oder zumindest so gut wie. Das erklärte warum er hier …

Ein weiteres Klopfen unterbrach meine Gedanken und ließ mich vom Bett hechten. Ich musste Meister Cedric gehorchen, beweisen, dass ich … dass ich … *Oh, ich weiß es einfach nicht mehr.*

Dieses Spiel zwischen uns hatte Regeln, die ich nicht verstand.

Er war ganz anders als alle anderen Meister, aber sein Verhalten war auch etwas, das ich immer von seiner Art gefürchtet hatte. Denn ich hatte gesehen, was mit den Menschen passierte, die einem Überlegenen ins Auge stachen.

Allerdings war er größtenteils freundlich gewesen.

Er hatte mich gefüttert. Mich geheilt. Mir Wasser gegeben.

Aber was wartet hinter der Tür auf mich?, fragte ich mich, während ich darauf zuging. Ich trug immer noch nicht mehr als ein Handtuch, aber das war besser als nichts. Aus irgendeinem Grund hatte ich das Bedürfnis, den Stoff als Rüstung zu tragen, was lächerlich war, wenn man bedachte, wie oft ich dazu gezwungen wurde, nackt herumzulaufen.

Trotzdem umklammerte ich den Knoten an meiner Brust, während ich mit der anderen Hand die Tür öffnete.

Eine zierliche menschliche Frau stand draußen und hielt mit gesenktem Blick ein Tablett in der Hand. „V-Verzeihen Sie, dass ich mehrmals g-geklopft habe, Sir. Herrin Adrienne h-hat mir gesagt, d-dass ich n-nochmal klopfen s-soll", stammelte sie, während ihre Haut neben ihrem dunklen Haar wie ein weißes Blatt Papier aussah.

„Meister Cedric ist in einem anderen Zimmer", flüsterte ich und versuchte so leise wie möglich zu sprechen. Er hatte mir gesagt, ich solle schweigen. Aber vielleicht hatte dies nur gegolten, als er den Anruf entgegengenommen hatte. Oder möglicherweise galt dieser Befehl immer noch.

Ich wusste es nicht.

Ich wusste eigentlich nichts.

Die Frau würdigte mich keines Blickes und starrte

weiterhin auf den Boden. „Meister Cedric hat mich gebeten, dies zu liefern."

Ich nahm an, dass *dies* das Tablett in ihrer Hand war. „Oh." Ich machte einen Schritt zurück und sah mich nach einem passenden Ort um, an dem man es abstellen könnte, aber die Frau trat schon ein und lief auf das Schlafzimmer zu. „Er telefoniert auf dem Balkon", warnte ich sie. „Mit Prinz Silvano."

Sie erstarrte und drehte sich abrupt um. Ihre Hände zitterten, als sie das Tablett auf einem Tisch in der Nähe der Zimmerecke abstellte. Diese Wahl erschien mir seltsam, da es bei den zwei Sofas in der Mitte einen größeren Tisch gab.

Ich hätte sie beinahe danach gefragt, aber sie ließ sich neben dem Tischchen auf den Marmorboden fallen und nahm ohne ein weiteres Wort eine unterwürfige Haltung ein. Dann knöpfte sie den Kragen ihren Hemdes auf, um ihren Hals zugänglicher zu machen.

Schließlich neigte sie ihren Kopf zur Seite und hielt dann völlig still.

Wollte Meister Cedric auch von ihr trinken, obwohl er heute schon mich gebissen hatte? Würde er ihr danach sein Blut geben?

War das wieder eine Art Lektion?

Er hatte mir gesagt, an die Tür zu gehen und nichts zu sagen.

Okay, und was jetzt? Sollte ich mich wie sie beugen? Auf den Knien auf mein Schicksal warten?

Ein Schicksal, das nicht allzu gut sein konnte, wenn man bedachte, dass ich ihn gerade angeschrien hatte.

Was habe ich mir nur dabei gedacht? Wie konnte ich meinen Gefühlen nur so freien Lauf lassen?

Vielleicht war es sein Blut. Ich fühlte mich dadurch lebendig. Unbesiegbar. *Stark*. Und ich hasste es, wie dankbar es mich machte und wie sehr ich mich durch diese wunderbaren Empfindungen in seiner Schuld fühlte.

Oh, und die Lust. Bei der Göttin, er hatte eine Wärme in mir erweckt, die ich gerne immer und immer wieder verspüren wollte. Das machte mir eine Heidenangst, da schließlich *er* diese Gefühle hervorrief.

Als ob ich noch einen Grund bräuchte, um mich zu ihm hingezogen zu fühlen.

Er sah so gut aus. War so mächtig. Einschüchternd. Stark. Und jetzt musste ich auch noch *großzügig* auf diese Liste setzen. *Aufmerksam.* Ein Mann voller stürmischer Berührungen.

Ich stöhnte beinahe, während meine Schenkel bei diesen Gedanken wieder zu kribbeln begannen.

Ich wollte ihn.

Aber ich mochte ihn nicht.

Okay, nein. Ich hatte *Angst* vor ihm. Aber auch irgendwie nicht.

Und ich hatte ihn angebrüllt. Ja, zurück zu dieser Todsünde.

Ich hatte mich so darauf konzentriert, ihm Paroli zu bieten und sein Spiel zu verstehen, dass mich seine Antworten nur noch mehr frustriert hatten.

Was wird er jetzt mit mir machen?

Vielleicht sollte ich mich wie die andere Frau hinknien. Zumindest würde ich dann reumütig aussehen.

Ich schluckte und beschloss, genau das zu tun.

Ich ließ das Handtuch fallen und sank neben dem Tisch zu Boden. Meister Cedric hatte mich bei unserer ersten Privatstunde auch nackt auf den Knien sehen wollen. Wenn ich dies jetzt auch tat, würde er mich vielleicht nur bestrafen und nicht sofort umbringen.

Obwohl ich mir nicht sicher war, ob Ersteres wirklich so viel besser wäre.

Oh, Göttin, ich habe es echt versaut. Ich hatte komplett den Verstand verloren, meine gesamte Ausbildung vergessen und einen Überlegenen verbal angegriffen. Das hatte er bestimmt nicht gemeint, als er mich gebeten hatte, frei zu sprechen.

Meine Knie protestierten ein wenig gegen den Marmorboden. Es wäre besser gewesen, auf dem weichen Teppich im Schlafzimmer oder auf dem des hübschen Sitzbereiches zu knien. Aber ich nahm an, dass die andere Frau Meister Cedrics Vorlieben kannte.

Ich hielt den Kopf gesenkt und begann im Geiste zu zählen.

Als ich eintausend erreichte, begann ich erneut.

Als ich die Zahl wieder erreichte, ging ich zurück zur Eins.

Es beruhigte mich und half dabei, meinen Atem zu kontrollieren.

Als ich zum siebten Mal die Neunhunderter erreichte, kam Meister Cedric endlich zurück. Ich konnte seine Schritte nicht hören, aber seine Präsenz war wie eine Peitsche für meine Sinne.

Wut.

Frust.

Hunger.

Ich nahm jedes Gefühl wahr, als wäre es mein eigenes. Aber keines davon war es. Sie gehörten *ihm.* Projizierte er sie auf mich? War durch sein Blut irgendeine Verbindung zwischen uns entstanden? Nahm ich seine Gefühle durch meine gestärkten Sinne wahr?

„Lass uns allein", sagte er mit einer tiefen, befehlenden Stimme. „*Jetzt.*"

Mit wem spricht …

Die andere Frau sprang auf ihre Füße und huschte aus dem Zimmer, sodass ich allein auf den Knien zurückblieb, noch bevor ich meine Gedanken zu Ende bringen konnte.

Soll ich es ihr nachmachen? War das ein Test, um zu sehen, wer zuerst rennen würde? Was soll ich nur tun? Ist das ...

„Steh auf, Lily." Seine Stimme war immer noch tödlich und seine Wut kroch über meinen Hals und jagte eine Gänsehaut über meine Arme.

Meine Kehle war wie zugeschnürt, sodass ich kaum schlucken oder atmen konnte.

Steh auf, sagte ich mir. *Steh sofort auf.*

Ein Krampf schoss durch meine Oberschenkel, als ich mich erhob, und meine Knie taten durch den plötzlichen Blutfluss durch meine Extremitäten weh, aber der stechende Schmerz verschwand fast sofort.

Ich wagte es nicht, Meister Cedrics Blick zu begegnen. Stattdessen hielt ich meinen Kopf gesenkt und wartete auf neue Anweisungen.

Er schnaubte, und es war ein schroffes, abruptes Geräusch, das seinen Frust widerspiegelte. „Hast du mir nicht gerade vorgeworfen, dass ich dich *verarsche*?"

Ich zuckte zusammen. Ich hatte ihn nicht nur angebrüllt, ich hatte auch noch vulgäre Worte benutzt. Menschen sollten so nicht sprechen und schon gar nicht zu ihren Überlegenen. Dieses Verhalten wurde als beleidigend eingestuft. „Es tut mir leid, Meister Cedric. Das stand mir nicht zu. Ich werde jede Bestrafung akzeptieren, die Sie mir auferlegen möchten."

„Ich habe keine Zeit, um dich zu bestrafen, und noch weniger, um dich zu korrigieren", erwiderte er. „Auf dem Tablett ist eine Mahlzeit für dich. Iss sie. Ich muss ein paar weitere Anrufe tätigen."

Er wartete weder auf eine Antwort noch auf eine Bestätigung meinerseits und ließ mich mit einer Welle der Verärgerung zurück, während er wieder zum Balkon ging.

Ich kaute auf meiner Unterlippe herum. *Das Tablett ist für mich?*

Meister Cedric hatte vorher etwas von Essen erwähnt, aber dann war er mit Wasser zurückgekehrt und ich hatte meinen knurrenden Magen ganz vergessen. Ich war auch nicht annähernd so hungrig, wie ich es normalerweise um diese Zeit wäre. Wegen seines übernatürlichen Blutes oder meiner überspannten Nerven, ich wusste es nicht.

Trotzdem schlich ich zu dem Tablett, um den Inhalt unter der Abdeckhaube zu untersuchen.

Eine kleine Schüssel Reis. Gegrilltes Fleisch. Grünes Gemüse. Und seltsames, rotes Obst.

Erdbeeren, dachte ich, als mir ein Bild aus dem Unterricht von vor langer Zeit einfiel. Ich hatte noch nie eine probiert.

Ich nahm zuerst ein Exemplar davon in die Hand und biss davon ab. Süße bedeckte meine Zunge und ließ mich bei dem köstlichen Geschmack aufstöhnen.

Es überwältigte mich beinahe, als der Zucker in meinen Kopf schoss. Trotzdem verschlang ich den Rest der Beere und nahm mir noch eine zweite, bevor ich zum Gemüse überging.

Die Portionen erinnerten mich an die Essenstüte, die Meister Cedric mir letzte Nacht besorgt hatte. Normalerweise bekam ich nur ein Viertel davon, aber je mehr ich aß, desto hungriger wurde ich.

Als ich gerade die letzte Erdbeere nahm – ich hatte sie mir zum Abschluss aufgehoben – kam Meister Cedric zurück. Er blieb auf der Schwelle zum Zimmer stehen und sah zu, wie ich die Beere an meinen Mund führte.

Ein Teil von mir fragte sich, ob ich aufhören sollte.

Ein anderer Teil von mir konnte nicht, da ich die Frucht unbedingt wollte.

Er sagte nichts, als ich hineinbiss und dann schluckte,

allerdings wanderten seine dunklen Augen von meinem Hals bis hinunter zu meinem nackten Körper.

Ich hatte im Stehen neben dem Tablett gegessen, da es in der Nähe keine Sitzgelegenheiten gab. Ich hatte auch nicht wirklich darüber nachgedacht. Das Fleisch und das Gemüse waren schon in mundgerechte Stücke geschnitten worden, daher war es leicht gewesen, sie mit der Gabel aufzuspießen. Ich hatte mich zu sehr auf die Erdbeeren konzentriert, um an etwas anderes denken zu können. Sie waren meine Belohnung dafür, dass ich alles andere aufgegessen hatte.

Meister Cedric lief auf mich zu und ergriff meinen Hals, als ich gerade den letzten Bissen der Erdbeere in meinem Mund hatte verschwinden lassen und zu kauen begonnen hatte.

„Du solltest den grünen Stängelteil abmachen", sagte er, während sein Daumen die Seite meines Halses massierte. „Er ist nicht schädlich, aber er beeinträchtigt den Geschmack."

Da mich der Geschmack bei den anderen nicht gestört hatte, schluckte ich.

Er kniff die Augen zusammen und ließ mich los, bevor er sich wieder seinem Schlafzimmer zuwandte. „Folge mir. Du brauchst Kleidung."

Verärgerung und Hunger rollten wieder in Wellen von ihm ab und hüllten mich in einer berauschenden Wolke ein, während ich hinter ihm herlief.

Er betätigte einen Knopf an der Wand. „Ich brauche Kleidung für einen Menschen. Sie ist ein Meter zweiundsechzig groß und zierlich."

„Natürlich, Sir", antwortete eine männliche Stimme. „Soll ich sie auf Ihr Zimmer bringen?"

„Ja. Und ich brauche kein Blut, also komm nicht rein und knie dich hin. Ich habe schon gegessen."

„Natürlich, Sir", wiederholte die Stimme. „Noch etwas?"

„Schuhe für den Menschen." Er sah auf meine Füße hinab und schätzte die richtige Größe. „Sonst nichts."

Der Mann wiederholte die letzten Worte, dann wurde es still im Raum.

Meister Cedric wandte sich mir zu und sah mich mit einem unergründlichen Gesichtsausdruck an. „Du wirst niemandem von deinen Erfahrungen hier erzählen. Du wirst den Namen vergessen, den ich dir gegeben habe. Und wenn jemand nach deiner wundersamen Heilung fragt, wirst du sagen, dass deine Verletzungen nicht so schlimm waren oder du sie vorgetäuscht hast. Ist das klar?"

Meine Kehle fühlte sich wieder eng an, und mein Mund wurde trocken, daher hörte sich meine Stimme ein wenig heiser an, als ich antwortete: „Ja, Meister Cedric."

„Gut. Gehe an die Tür, wenn sie klopfen. Zieh dich an. Ich werde dich in einer Stunde zur Universität zurückbringen." Mit diesen Worten verschwand er wieder auf dem Balkon. Die Schiebetüren schienen mit einer Endgültigkeit hinter ihm zuzuschlagen, die mir sagte, dass die Sache zwischen uns – was auch immer sie gewesen war – nun vorbei war.

Es war aus.

Und ich konnte ihm nur hinterherstarren, ohne das Spiel jemals wirklich begriffen zu haben.

Er hatte mir nicht einmal eine Chance gegeben, richtig mitzuspielen.

Aber das hat er doch gewollt, oder?

Aber wenn das der Fall war, warum fühlte ich mich dann so kalt und leer?

Ich erschauderte und kam mir nackter vor, als noch vor ein paar Sekunden.

Ich schlüpfte ins Bett, hüllte mich in die Laken ein und

wünschte, ich könnte die Zeit zu dem Moment zurückdrehen, als ich mit ihm an meiner Seite aufgewacht war.

Ich hatte mich warm gefühlt.

Lebendig.

Beschwingt.

Jetzt fühlte ich mich innerlich tot. *Allein.*

Er hatte mir meinen Namen genommen. Meine neue Identität. Mein verbotenes Gefühl der Hoffnung.

„Du wirst den Namen vergessen, den ich dir gegeben habe."

Lily.

Ich hatte nicht gewusst, wie viel mir das bedeutet hatte, bis er es mir genommen hatte und mich wieder auf nicht mehr als eine Nummer reduzierte.

Kandidatin vierhundertsieben.

Meister Cedric hatte mir eine kleine Dosis von etwas gegeben, das ich nicht ganz verstand, und es mir im nächsten Moment wieder weggenommen. Ich fragte mich, was er mir noch hätte zeigen können.

Ich wollte es wiedergutmachen.

Um meinen neuen Namen kämpfen.

Denn ich wollte nicht mehr Kandidatin vierhundertsieben sein.

Sondern Lily.

Seine Lily.

Die Erkenntnis stach tief in meine Brust, quälte mein Herz und nahm mir die Luft zum Atmen.

Wie bringe ich das nur wieder in Ordnung?

LILY

MEISTER CEDRIC KAM ERST ZURÜCK, ALS ICH ANGEZOGEN und bereit war, zu gehen. Er ließ einen kurzen Blick über mein weißes Kleid, meine Socken und die flachen Schuhe schweifen. Seine gekräuselten Lippen schienen keine positive Reaktion zu sein, denn er grunzte schließlich nur.

Sonst gab er keinen weiteren Kommentar ab.

Er nickte nur mit seinem Kopf, damit ich ihm folgte, und führte mich durch den makellosen Palast. Für einen kurzen Moment erstarrte ich ehrfürchtig vor der Opulenz um mich herum. Sie erinnerte mich an sein Zimmer, nur dass die glitzernden Edelsteine an den weiß-cremefarbenen Wänden unterschiedliche Farben hatten.

Er führte mich durch einen Innenhof mit einem Brunnen, der von Palmen gesäumt war. Meine Finger kribbelten, da ich so gerne eines der spitzen Blätter berührt hätte, aber er bewegte sich zu schnell, als dass ich hätte innehalten können.

Dieser Ort hatte nichts mit dem Campus der Universität gemeinsam.

Goldene Spindeln waren in die Tore der äußeren

Eingänge eingearbeitet, die im Mondlicht schimmerten und zu den kegelförmigen Dächern der Türme der Anlage passten. So viel Pracht und Schönheit.

Das ist sein Leben.

Das Leben eines hochrangigen Vampirs.

Eines alten Vampirs.

Einer mit Verbindungen zu königlichem Blut.

Ich schluckte und mein Blick wanderte zu seinem Hinterkopf. Er bewegte sich mit der Eleganz eines Raubtiers; still, geschmeidig und tödlich. Aber seine Schritte hatten nun eine Schärfe, die zuvor nicht da gewesen war. Sein Rücken war gerade und seine Hände baumelten an seiner Seite. Fast, als würde er sich auf einen Kampf vorbereiten.

Mein Herz setzte einen Schlag aus, als ich mich fragte, ob ich wohl sein Ziel sein würde.

Aber er führte mich einfach in einen anderen Bereich des Palastes, einen großen Flur hinunter, der bestimmt drei Stockwerke hoch war, und eine massive Eingangstür hinaus.

Ein Auto stand vor den Steinstufen und daneben ein Mensch mit gesenktem Kopf.

Meister Cedric nahm dem Mann etwas aus der Hand. „Du kannst gehen."

Der Mensch antwortete nicht, sondern entfernte sich einfach nur von dem geparkten Wagen. Aber er ging nicht die Haupttreppe hinauf. Er lief über einen Weg, der zu einem anderen Gebäude zu führen schien.

„Rein da", befahl Meister Cedric und zog meine Aufmerksamkeit auf die geöffnete Autotür neben der er stand.

Ich schlüpfte ohne ein Wort in den Sportsitz und gab mein Bestes, jedem seiner Befehle Folge zu leisten. Seine

Laune ließ vermuten, dass es sonst schlecht für mich enden würde.

Er beugte sich über mich, zog einen Gurt heran und rastete ihn ein.

In der nächsten Sekunde schlug die Tür zu und sein Körper bewegte sich schneller, als mein Verstand begreifen konnte.

Beim nächsten Wimpernschlag saß er neben mir.

Mein Herz hämmerte gegen meine Rippen und seine vampirische Geschwindigkeit machte mich schwindelig, als hätte ich mich gerade zu schnell bewegt.

Er ließ den Wagen im nächsten Moment anspringen und drückte auf das Gaspedal, sodass wir nach vorne schossen.

Ich schluckte einen Schrei hinunter, als mein Training wieder in den Vordergrund trat und mich dazu zwang, meine Gefühle in den Griff zu bekommen. Aber ich konnte weder meinen hämmernden Puls noch meine scharfen Atemzüge verbergen.

„Entspann dich", murmelte Meister Cedric. „Ich werde dir nicht wehtun, Kandidatin."

Kandidatin. Nicht Lily.

„Aber wenn du auch nur ein Wort von dem sagst, was wir geteilt haben, wirst du sterben." Sein Ton war wie eine Klinge – scharf, tödlich und einschüchternd. „Wenn du unsere Geheimnisse bewahrst, wirst du dein Überleben verlängern."

Ich hatte schon versichert, nichts zu verraten, aber ich flüsterte noch einmal „Ja, Meister Cedric", um ihm zu vergewissern, dass ich beide Warnungen gehört hatte.

Er sagte sonst nichts mehr, während er uns über die pechschwarzen Straßen fuhr. Der Mond und die Scheinwerfer des Wagens waren die einzigen Lichtquellen um uns herum.

Bis wir die Tore der Blutuniversität erreichten.

Plötzlich bestrahlten Lichter die uns umgebenen Wände und es war beinahe so hell wie am Tag.

Ein paar Vigil gewährten Meister Cedric ohne einen Kommentar den Zugang und ließen ihn im Inneren des Campus parken. Ich konnte mich schwach daran erinnern, dass er uns nach dem Unterricht hierher teleportiert hatte. *War das erst letzte Nacht gewesen?* Es fühlte sich so an, als wäre mindestens eine Woche vergangen.

Er verließ den Wagen so schnell wie er eingestiegen war, griff nach meiner Tür und zog sie auf, noch bevor ich überhaupt wirklich eine Veränderung bemerkt hatte.

Seine Fingerspitzen strichen über meine Hüfte, als er nach dem Gurt griff, aber er zog sie zurück, als hätte ich ihn verbrannt.

Ich habe es wirklich versaut, dachte ich und schluckte, während ich aus dem Auto stieg. Ich hätte auf dem Rückweg mit ihm reden sollen, aber ich hatte an nicht viel mehr denken können, als daran, meine Reaktionen ihm gegenüber im Zaum zu halten. Außerdem strahlte er so viel wütende Energie aus, dass es mir vorkam, als würde ich in seiner Gegenwart ersticken.

Ich erwartete beinahe, dass er die Tür zuschlagen und mit seinem Auto verschwinden würde. Aber stattdessen ging er zum Kofferraum und holte eine bekannte Tasche hervor – die, die ich für meine Bücher und mein Zubehör nutzte.

Er warf sie über seine Schulter anstatt sie mir zu geben, schloss den Kofferraum und ging mit einem weiteren Nicken los.

Ich musste beinahe rennen, um mit seinen stampfenden Schritten über den Außenhof zum Wohnbereich des Campus mitzuhalten. Der Sand hier war viel weniger schön als die Palmen und Brunnen, an denen wir vor dreißig Minuten vorbeigegangen waren.

Ich hielt meinen Kopf gesenkt, wie man es mir gezeigt hatte, und folgte ihm, ohne Fragen zu stellen.

Es war niemand draußen, was bedeuten musste, dass wir während der Lernzeit des freien Tages angekommen waren. Nach dem Aufstehen hatten wir normalerweise eine körperliche Aktivität, dann das Frühstück, dann Lernzeit, bis wir vor dem Abendessen sechzig Minuten frei herumlaufen durften.

Ich hatte die freie Stunde in letzter Zeit dazu genutzt, draußen meine Kampfabläufe zu üben, da ich dort mehr Platz hatte.

Fast jeder blieb für sich, da Verbrüderungen nicht empfohlen wurden. Es gab ein paar Studenten, die zusammen lernten, aber die meisten arbeiteten am liebsten allein. Am Ende kämpften wir alle um dieselben Plätze in der Gesellschaft. Es nützte uns nichts, einander zu helfen.

Allerdings saß ich manchmal bei Nummer Sechs und half ihm bei bestimmten Fächern. Wenn er in einem Kurs triumphierte, gewann meist auch ich etwas, da wir oft zusammen eingeteilt wurden.

Die Stille im Studentenwohnheim bestätigte, dass wir während der Lernzeit zurückgekommen waren. Alle Türen waren geschlossen, inklusive der der Lykanerin, die unseren Flügel überwachte.

„Ich bringe nur eine Kandidatin zurück", sagte Meister Cedric plötzlich.

Ich runzelte die Stirn. *Was?*

„Nein, ich kümmere mich darum", fügte er hinzu, als die Tür der Lykanerin aufging.

Meisterin Telisca erschien in Jeans und einem Tank-Top, dann musterte sie uns neugierig.

„Interessante Wahl", sinnierte sie, und ich erkannte,

dass Meister Cedric durch die Tür mit ihr gesprochen hatte.

Seine verbesserten Sinne mussten ihm erlaubt haben, sie zu hören, genau wie ihre Lykaner-Ohren auf unsere Präsenz reagiert haben mussten. Sie hatte uns wahrscheinlich auch gerochen.

„Du sagst das, als würde mich deine Meinung interessieren", erwiderte Meister Cedric und ging an der großen rothaarigen Lykanerin vorbei in Richtung meines Zimmer. „Wie ich gesagt habe, ich kümmere mich darum."

„Ja, ja", schnaubte sie, und ein Hauch ihrer Wölfin flackerte in ihren braunen Augen auf, bevor sie zurück in ihr Zimmer ging.

Ich lief los, um mit Meister Cedric Schritt zu halten, aber mein Herz schlug mir bis zum Hals. Ich wollte nicht riskieren, dass Meisterin Telisca wieder herauskam und mich schnappte, denn ich hatte so etwas schon einmal beobachtet.

Diese Menschen verschwanden immer. Auf Nimmerwiedersehen.

Und neue kamen, um sie zu ersetzen.

Ich hatte nie wirklich verstanden, wie all dies funktionierte, ob sie aus einem anderen Teil der Universität kamen oder von außerhalb.

Viele von uns wurden von Wohnheim zu Wohnheim geschickt.

Allerdings war ich schon seit vier oder fünf Jahren hier. Vielleicht sogar sechs. Ich hatte aufgehört mitzuzählen.

Meister Cedric fragte mich nicht nach einer Zimmernummer oder meinem Stockwerk. Er lief ohne ein Wort zwei Treppen hinauf und führte mich auf direktem Weg zu meinem Einzelzimmer.

Er versuchte es mit der Klinke.

„Lernzeit", flüsterte ich. „Die Türen …"

Er öffnete eine Tastatur neben meiner Tür und brachte mich zum Schweigen, indem er einen Code eingab – seine Finger waren zu schnell, als dass ich etwas hätte erkennen können. Darauf folgte ein Zischen, dann öffnete sich das Schloss und gewährte ihm Zutritt.

Natürlich wusste er, dass sich unsere Türen um diese Zeit automatisch verschlossen.

Er war schließlich ein Meister an dieser Universität.

Wieso kam mir diese Tatsache erst jetzt wie eine Enthüllung in den Sinn? Wie hatte ich so schnell vergessen können, wofür dieser Vampir stand?

Er setzte meine Tasche auf dem einzigen Stuhl im Raum direkt vor meinem Schreibtisch ab. Ich folgte ihm hinein und sah mein kleines Bett, die einfache Kommode und das runde Fenster, das etwas Mondlicht hineinließ.

Alles schien im Vergleich mit seinen luxuriösen Wohnräumen langweilig und glanzlos.

Er hatte sich einen schwarzen Anzug angezogen, bevor wir losgefahren waren, was ihn in der Mitte meines Zimmers noch mehr herausstechen ließ. Er stand in einem starken Kontrast zu dem weißen Steinfußboden und den cremefarbenen Wänden.

Seine dunklen Augen wanderten zu mir und jagten mir einen Schauer über den Rücken. Ich ließ meinen Blick sofort sinken, aber er trat vor und ergriff mein Kinn, damit ich sein Starren erwidern musste.

Seine Iriden erinnerten an einen Sturm und die obsidianfarbenen Ringe vibrierten voll grollender Emotion. Eine Entschuldigung formte sich immer deutlicher in meinen Gedanken. Das Betteln um Vergebung.

Und andere Worte flüsterten durch meinen Verstand. Verbotene Worte, die ihn anflehen wollten, mich zurück in seinen Palast zu bringen. *Nur noch eine Nacht. Lass mich diesem Leben noch ein bisschen länger entkommen. Bitte.*

Aber meine Stimme ließ mich im Stich.

Ich konnte nicht sprechen.

Seine Finger wanderten zu meiner Wange und sein Blick fiel auf meinen Mund, als würde er darauf warten, was ich zu sagen hatte.

Nichts kam heraus. Keine Luft. Keine angemessenen Worte. Kein zusammenhängender Satz. Keine Beichte oder Entschuldigung oder was auch immer er hören wollte. Ich stand nur wie ein wertloses Haustier vor ihm und war verloren in meinen Gefühlen und der Verwirrung über die letzten vierundzwanzig Stunden.

„Du verwelkst schon" murmelte er und fuhr mit einem Daumen über die Vertiefung unter meinem Auge. „Es ist eine grausame Welt, kleine Blume. Ich wünschte, du wärst zu einer anderen Zeit geboren worden."

Er drückte seine Lippen auf meine, bevor ich auch nur an eine Antwort denken konnte. Es war anders als alle anderen Küsse, die wir miteinander geteilt hatten. Dieser schien endgültig, beinahe kalt.

Zumindest bis seine Zunge in meinen Mund glitt.

Seine Hand wanderte in meinen Nacken, während er mich grob mit seiner Berührung lenkte. Ich schmolz gegen ihn und verlor mich in seiner Präsenz.

Er war so stark, so dominierend, dass es mir unmöglich war, an etwas anderes zu denken, während er mich in seinen Armen hielt.

Daher schluckte ich automatisch und stand komplett unter seinem Befehl.

Ambrosia, bemerkte ein Teil von mir. *Er gibt mir wieder sein Blut.*

Nicht so viel wie von seinem Handgelenk, aber ein bisschen von seiner Zunge. Genug, um meinen Geist und meine Sinne zu beleben. Ich war immer noch high von seiner Essenz, die er mir zuvor gegeben hatte, aber dies machte die Empfindungen dennoch intensiver.

Wollte er mich an unser Geheimnis erinnern? Wollte er testen, ob ich schweigen konnte?

Ich war mir nicht sicher.

Und mein Verstand weigerte sich, alle möglichen Antworten auf diese Fragen zu verarbeiten.

Ich wollte nur ihn, seinen Mund, seinen Geschmack, seine *Zunge.*

Aber er zog sich zurück, beendete unseren Kuss und wanderte mit seinen Lippen über meinen Kiefer zu meinem Hals.

Dann stachen seine Fangzähne in meine Haut, sodass meine Knie nachgaben. Etwas Starkes – *sein Arm* – legte sich um meinen Rücken und hielt mich aufrecht, während die andere Hand noch immer an meinem Nacken lag.

Ich gab mich ihm hin, ließ ihn trinken und war benommen von dem Geschmack seines Blutes und dem Gefühl seines Bisses.

Meine Adern brannten.

Mein Magen rebellierte.

Und meine Schenkel waren zusammengepresst, um die nötige Reibung zu erzeugen.

Ich erkannte mich kaum wieder, diese lüsterne Version von mir, die ganz anders war als die Frau, die eine Vigil werden wollte. Sie existierte noch tief im Inneren. Vielleicht. Ich würde sie später suchen.

Meister Cedrics Bein rutschte zwischen meine und sein muskulöser Oberschenkel drückte sich gegen meine heiße Mitte, um mir den Druck zu geben, den ich brauchte.

Ich stöhnte.

Er knurrte.

Dann landete mein Rücken auf der Matratze und brachte mich zurück in die Realität.

Meister Cedrics Bein war immer noch zwischen meinen, aber er kniete jetzt auf dem Bett und sein Arm um meine Taille war verschwunden. Stattdessen lagen seine Hände auf meinen Schultern und hielten mich unter ihm gefangen, während er seinen Mund an mein Ohr drückte.

„Vorsicht", flüsterte er. „Kandidaten reagieren nicht."

Seine Worte schickten eine Gänsehaut über meinen Rücken.

Er hatte mir vorher gesagt, ich solle reagieren, für ihn schreien und ihm erlauben, meine Lust zu hören.

Jetzt sollte ich nicht mehr reagieren.

Er erinnerte mich an meine Stellung und nahm mir die kurze Hoffnung auf Freiheit von dieser Universität, die er mir vorher erlaubt hatte.

Ein grausamer Trick. Eine harte Strafe.

„Meister Cedric", hauchte ich, damit ich mich entschuldigen und wieder seine Lily werden konnte.

Aber seine Hand landete auf meinem Mund. „Still, Kandidatin." Das Eis in seiner Stimme stach in meine Seele und ließ mich leer und kalt unter ihm zurück.

Er biss noch einmal zu und schickte damit eine Welle der Hitze über meinen Körper, die mich aus meinem eisigen Zustand zurückzuholen drohte. Ich biss auf meine Unterlippe, um den Schrei zu unterdrücken, der sich voller Lust und Qual in meiner Brust angebahnt hatte.

Tränen traten in meine Augen.

Meine Welt schien in wenigen Sekunden zu zerbrechen.

Ich wollte meine Hüften gegen seine drücken.

Ich wollte ihn von mir wegstoßen.

Ich wollte eine Entschuldigung gegen seinen Mund brüllen.

Ich wollte meine Nägel in seine Schultern bohren und mich so lange an ihm festhalten und betteln, bis er mich zu seinem Palast zurückbrachte.

Ich wollte verschwinden und ihn vergessen.

Ich wollte alles auf einmal, und jeder einzelne Wunsch vermischte sich in mir und brachte mich fast dazu, die Kontrolle zu verlieren. Die Jahre meiner Ausbildung kämpften sich nach vorne und versuchten, alles zu unterdrücken, damit ich nicht reagierte. Die einzelne Träne, die aus meinem Augenwinkel lief, konnte ich allerdings nicht zurückhalten.

Meister Cedrics Daumen wischte sie weg, während seine Hand immer noch meinen Mund bedeckte. Dann drückte er seinen Oberschenkel gegen meine Mitte und schickte ein Gefühl der Elektrizität durch meinen Körper, das mein Herz wild pochen ließ.

Es waren zu viele Empfindungen.

Zu viele *Gefühle.*

Ich würde explodieren. Schreien. *Zerbrechen.*

Seine Lippen fingen meine, als ich in die Vergessenheit taumelte und mein Körper vibrierte, während sich Feuer und Eis in meinen Adern vereinten.

In mir war reines Chaos. Brennen. Zittern. Ein Schrei nach Erleichterung.

Oh …

Ich schrie auf, aber er fing das Geräusch mit seiner Zunge ab und füllte meinen Mund mit seinem Blut, sodass ich schlucken musste.

Ich hustete und spuckte, aber er verlangte, dass ich es nahm, akzeptierte und *begrüßte.*

Während all dem sah er mich an, als wollte er mir eine geheime Botschaft übermitteln, die ich nicht verstand.

Als er fertig war, fühlte es sich an, als wäre meine Seele zerrissen worden. Ich konnte nicht atmen oder verarbeiten, was gerade passiert war.

Er starrte voller Abscheu auf mich herab – ein Ausdruck, den ich niemals vergessen würde.

Wut.

Hass.

Trauer.

Ich zitterte, denn mir gefiel nichts von alledem.

Er hatte gerade jeden Kuss, jeden Moment und jede *Erinnerung*, die wir erschaffen hatten, ruiniert.

Tot. Fort. *Zerstört.*

Wie mein Name. Wie meine Hoffnung.

Er drückte seine Stirn gegen meine und sein Atem strich über meine Lippen. „Das war unsere letzte Unterrichtsstunde", flüsterte er, und seine Worte klangen aus irgendeinem Grund wie ein Abschied. Wie unser Kuss am Anfang. Zwischen uns lag eine Endgültigkeit. Eine, die ich nicht definieren konnte.

Weil er unser Spiel beenden wollte?

Weil er mich nicht länger quälen mochte?

Weil er mich gleich töten würde?

Alles war möglich.

Seine Lippen strichen ein letztes Mal über meine, dann stand er auf, straffte seine Schultern und sah mich ausdruckslos an. Er schaute noch einmal auf meinen Hals, dann war er plötzlich verschwunden.

Die Tür zu meinem Zimmer schlug zu und ließ mich zusammenzucken.

Meine Chance, eine Entschuldigung auszusprechen, war vorbei.

Und jetzt hatte ich keine Ahnung, was der morgige Tag bringen würde.

Noch einen Test? Ein weiteres Versagen? Mehr seines Blutes?

Ich blinzelte, während mein Herz weiterhin in meiner Brust raste.

Ich bekam wieder eine Gänsehaut, als sich ein Gefühl des Grauens in meinem Herzen ausbreitete.

Irgendwie fühlte sich all dies wie das größte Scheitern meines Lebens an, als hätte ich etwas komplett falsch gemacht. Als hätte ich meine Chance auf *mehr* verspielt.

Es war für eine Sekunde da gewesen. Einen kurzen Moment.

Jetzt hatte ich nichts.

Nur eine leere Seele.

Ein rasendes Herz.

Und ein Gefühl, dass morgen einer der schlimmsten Tage meines Lebens werden würde. Vielleicht sogar mein letzter.

LILY

Ich wachte auf und spürte den Geruch von Minze, der meine Sinne küsste.

Meine Lippen kribbelten, als könnte ich ihn schmecken.

Und das tat ich.

In meinem Mund.

Meinem Rachen.

Bis in mein Innerstes.

Nur, dass es nicht real war.

Als ich mich rührte, fiel mein Blick lediglich auf eine weiße Wand, nicht auf opulente Möbel und Edelsteine.

Ich war in meinem Gefängnis aus Zement. Meinem Zimmer. Meinem echten Leben.

Habe ich alles nur geträumt?, fragte ich mich und setzte mich auf, um meinen Hals zu berühren. Die Haut unter meinen Fingerspitzen war weich, was mich die Stirn runzeln ließ.

Dann erinnerte ich mich an Meister Cedrics Blut und seine heilenden Eigenschaften.

Meine Tasche war auf dem Stuhl, genau da, wo er sie zurückgelassen hatte.

Oder hatte ich sie dort abgestellt?

Ein Blick auf die Uhr bestätigte, dass es Zeit war, mich auf den Abend vorzubereiten. Bald würde der Unterricht beginnen. Ich musste mich duschen und dann frühstücken.

Ich rollte mich von meinem Bett und bemerkte, dass ich immer noch meine Kleidung von gestern trug. Das bestätigte, dass alles wirklich passiert war, dass Meister Cedric den letzten Biss als seine letzte Lektion beschrieben hatte.

Er hätte seine Zurückweisung nicht klarer ausdrücken können.

Aber ein Teil von mir wollte das nicht akzeptieren. Ein Teil von mir wollte gegen seine Entscheidung ankämpfen. Ihm das Gegenteil beweisen. Ihn alles überdenken lassen.

Ich biss die Zähne zusammen. Vielleicht sollte ich genau das tun. Was hatte ich zu verlieren? Er hatte mir schon den Vorgeschmack auf ein anderes Leben weggenommen und mich mit nichts zurückgelassen.

Natürlich, er könnte mich töten.

Aber das Risiko gab es bei allen Monstern in dieser Schule.

Was hatte ich also wirklich zu verlieren?

Ich wollte noch eine Chance in diesem Spiel – was auch immer es bedeutete – und ich wollte versuchen zu gewinnen. Es war wahrscheinlich darauf ausgelegt, dass ich verlor, aber immerhin würde ich mich wieder lebendig fühlen. Auch wenn es nur für einen Moment war, ich würde alles dafür geben, dieser eintönigen Existenz zu entkommen.

Er hatte mir eine andere Seite dieser Welt gezeigt, mir Lust und Aufregung geschenkt und ich sehnte mich nach mehr. Nach einem weiteren Biss. Intensiven Empfindungen. *Berauschender Verzückung.*

Ich würde ihm diesen Wunsch heute nach dem Unterricht mitteilen, indem ich wieder für ihn auf die Knie gehen würde. Und wenn er mich ablehnte, würde ich es wieder tun. Und wieder. Und wieder.

Ja, genau das werde ich tun, dachte ich, als ich zu meiner Kommode ging, um ein neues Outfit herauszuholen. Aber etwas in meinem Schrank erregte meine Aufmerksamkeit und zog mich von der Schublade zu der angelehnten Tür.

Ich runzelte die Stirn und zog sie auf. Mehrere Kästen Wasser waren bis an die Decke gestapelt.

Ich blinzelte. Es mussten hunderte Flaschen sein. Lieferten sie unsere Rationen jetzt auf diese Art? Um zu testen, ob wir unsere Ressourcen einteilen konnten?

Die wenigen Kleider, die ich besaß, waren zur Seite geschoben und meine Schuhe waren auf der obersten Ablage aufgestellt. Der Rest war Wasser. Für mindestens sechs Monate, vielleicht sogar mehr.

Ich nahm eine und öffnete den Deckel, um einen Schluck zu trinken. Das könnte auch ein Test sein. Vielleicht war die Flüssigkeit vergiftet, aber ich war zu ausgetrocknet, um widerstehen zu können. Ich hatte letzte Nacht das Abendessen verpasst, da ich in einer Welle des Selbstmitleids eingeschlafen war.

Das Wasser schmeckte normal. Es war lauwarm und daher nicht annähernd so erfrischend wie die Flüssigkeit, die Meister Cedric mir gegeben hatte, aber es stillte meinen Durst. Ich trank die Flasche halb aus und stellte sie dann zurück, um zu sehen, ob ich mich anders fühlte.

Ich bemerkte nichts, außer dass ich jetzt etwas weniger dehydriert war.

In Ordnung. Ich schloss die Tür und holte meine Kleidung aus der Kommode, dann nahm ich sie mit in das

Gemeinschaftsbad, um mich zu duschen. Ich wartete ab, ob jemand anderes die neue Wasserlieferung erwähnte, aber keiner sagte ein Wort.

Das war nicht ungewöhnlich – die meisten von uns sprachen nicht.

Aber manchmal wurde über Veränderungen geflüstert, und dies schien mir wichtig genug, um es zu besprechen.

Oder vielleicht übertrieb ich auch.

Ich bereitete mich auf den Unterricht vor, trank noch einen Schluck Wasser, für den Fall, dass ich heute keines mehr bekommen würde, und ging zum Frühstück.

Dort bekam ich eine größere Portion als sonst.

Anstatt einem Löffel Rührei gaben sie mir drei. Und eine ganze Scheibe Toast, nicht nur eine halbe. Außerdem erhielt ich eine Orange anstatt eines Stücks Sellerie.

Und noch eine Flasche Wasser.

Ich sagte nichts und behielt einen neutralen Gesichtsausdruck bei, während ich meinen Teller in Empfang nahm.

Aber in mir tobten so viele Fragen.

Warum hatten sie meinen Essensplan geändert?

Ich aß vorsichtig alles, während ich meinen Blick umherschweifen ließ, um zu sehen, ob jemand anderes mehr Nahrung bekommen hatte als sonst. Das war allerdings schwer zu beurteilen, da ich selten auf die Portionen der anderen achtete.

Niemand schien überrascht zu sein. Wahrscheinlich überspielten sie ihre Gefühle genau wie ich, was es unmöglich machte, zu wissen, ob sie ebenfalls Veränderungen bemerkt hatten.

Ich blieb während meiner ersten Stunden aufmerksam und suchte nach Zeichen, dass etwas von der Norm abwich. Aber alle verhielten sich wie immer.

Der heutige Unterricht konzentrierte sich auf die

Zimmerreinigung, vor allem auf das Schlafzimmer. Es wurde gemessen, wie schnell wir ein Bett auf die Art und Weise beziehen konnten, wie es Meisterin Clarissa uns vor ein paar Tagen gezeigt hatte.

Meine Schritte waren schneller als sonst, meine Hände arbeiteten effizienter und auch mein Selbstbewusstsein war größer.

Vielleicht weil noch immer Meister Cedrics Blut durch meine Adern floss. Alles war verstärkt. Oder vielleicht lag es daran, dass ich mehr gegessen hatte.

Wie auch immer, Meisterin Clarissa gab mir eine gute Note und sagte der Klasse, sie sollten effizienter arbeiten – *wie ich.*

Ich reagierte nicht auf ihr Lob. Stattdessen konzentrierte ich mich darauf, ein ausdrucksloses Gesicht aufzusetzen, während sie uns eine neue Lektion über die Reinigung des Schlafzimmers erteilte – wie man verschmutzte Laken behandelte. Sie demonstrierte dies mit blutgetränkten Bettlaken, auf denen wahrscheinlich gerade jemand gestorben war.

Mein Magen rebellierte bei dem Anblick und meine Gedanken wanderten zu Meister Cedrics Biss.

Er war nicht grausam, sondern eher sinnlich gewesen.

Aber ich war nicht so naiv, um zu glauben, dass das normal war.

Eigentlich war nichts an Meister Cedric *normal.* Er war ein Rätsel, das ich nicht verstand.

Ein Rätsel, dem ich mich heute Nacht stellen wollte.

Dieser Gedanke begleitete mich durch meinen Abend und versteckte sich während jeder Unterrichtsstunde und Aktivität in einer Ecke meines Verstands.

Mein Blut summte beinahe vor nervöser Aufregung, je näher der Kampfkurs rückte.

Nur dass er nicht der Vampir war, der im Klassenzimmer auf uns wartete.

Ein dunkelhaariger Mann mit türkisen Augen stand an seiner Stelle, seine schwarzen Jeans und das passende T-Shirt spannten sich über seine massigen Muskeln.

Ein Lykaner, vermutete ich, als ich meinen Blick sofort sinken ließ.

Er stellte sich als Meister Khalid vor und organisierte unsere Übungsgruppen. Dieses Mal teilte er mich einem Mann zu, der eher meiner Größe entsprach – meine ehemalige Partnerin fehlte offensichtlich – und auch die beiden riesigen Kerle mussten dieses Mal gegeneinander kämpfen.

Dann begann er ohne einen Kommentar zu Meister Cedrics Fehlen mit dem Unterricht.

Nicht, dass ich eine Erklärung erwartete. Ich war ein Mensch und nicht ebenbürtig. Aber es kostete mich alle Willenskraft, nicht zu fragen.

Vielleicht ist das nur vorübergehend, dachte ich. *Vielleicht ist er morgen zurück.*

Aber das war er nicht.

Und am Tag darauf auch nicht.

Oder an dem danach.

Vier Wochen vergingen, ohne ein Zeichen von Meister Cedric. Es schien, als hätte Meister Khalid seine Stelle offiziell übernommen, wofür ich hätte dankbar sein sollen, da ich jetzt endlich einige der Tests des Kurses bestand.

Aber ich sehnte mich nach Meister Cedric. Er verfolgte mich in meinen Träumen – in Träumen, die ich nicht haben sollte.

Sie wurden schlimmer, als sein Blut meinen Körper verließ und meine Sinne zur Normalität zurückkehrten. Es war, als hätte ich das letzte Stück von ihm verloren, als blieben mir nur noch meine Fantasien.

Fantasien, die wild in meinem Verstand aufblühten, während ich schlief.

Die größeren Essensrationen gingen weiter, und es wurde ein kleines Mittagessen auf meinen Speiseplan gesetzt. Ich fühlte mich mit jedem Tag verjüngter und stärker, fast so, wie nach Meister Cedrics Blut.

Aber es war nicht dasselbe.

Ein verrückter Teil von mir vermisste ihn.

Daher fiel es mir schwer, nun seinen Namen zu sagen, als meine Beraterin nach Neuigkeiten zu meinen Kursen fragte.

Ich saß auf meinem Bett und starrte auf ihr Abbild auf meiner Wand. Sie erschien alle paar Wochen, um meinen Stundenplan zu besprechen, und ursprünglich hatte ich unsere nächste Sitzung dazu nutzen wollen, um Meister Cedrics Kurs anzusprechen. Jetzt wollte ich sie einfach nur fragen, wo er war, und ob ich einen anderen seiner Kurse belegen könnte.

Allerdings meldete sich meine Ausbildung zu Wort, daher brachte ich sie lediglich auf den neusten Stand meiner Kurse und wie es meiner Meinung nach lief. Ich sagte ihr sogar, dass ich das Gefühl hatte, meine Kampfkünste würden besser.

„Ja, das sehe ich in Meister Khalids Notizen", erwiderte sie, während ihre Augen zu einem Tablet wanderten, über das sie scrollte. „Es scheint, als hätte Meister Cedric seine Zweifel gehabt, aber sein Rat zu den erhöhten Essensrationen hat geholfen. Natürlich schwankt dein Gewicht jetzt auch. Wir werden also entscheiden müssen, was der richtige Weg für dich ist."

Meister Cedric hat empfohlen, meine Essensrationen zu erhöhen?, hätte ich beinah gefragt, da mein Verstand fassungslos war.

Allerdings hatte sich ein Teil von mir immer gewundert, ob er hinter meinem neuen Speiseplan steckte.

Genauso wie ich mich fragte, ob er das Wasser in meinem Schrank verstaut hatte.

Niemand sonst hatte etwas davon erwähnt, und die Angestellten in der Cafeteria gaben mir jeden Tag die übliche Anzahl an Flaschen. Ich hätte beinahe meine Beraterin danach gefragt, aber etwas in mir flüsterte warnend, dass ich besser dichthalten sollte.

Es war dieselbe Stimme, die mich an seine Warnung erinnerte, unsere Geheimnisse zu bewahren.

Wenn ich das Wasser erwähnte, würden sie es mir vielleicht wegnehmen.

Oder vielleicht war dies Teil des Tests.

Wie dem auch war, ich beschloss, nichts zu sagen.

Es fühlte sich ein wenig wie eine Rebellion an, als würde ich die unausgesprochene Regel brechen, meiner Beraterin immer alles zu beichten.

Es gefiel mir, etwas für mich zu behalten und nicht alles mit ihr zu teilen.

„Allerdings hat er auch notiert, dass deine sexuellen Fähigkeiten mangelhaft sind, also ist dein Gewicht vielleicht egal", fuhr sie fort und schnitt mit dieser verbalen Ohrfeige meine Gedanken ab.

Er hat was *notiert?*

„Er hat sogar ausdrücklich empfohlen, deine Ausbildung auf Dienstleistungskurse auszurichten, anstatt sexuelle Künste, da du seiner Meinung nach nicht für einen Harem geeignet bist. Und natürlich war er von deinen Kampffähigkeiten auch nicht beeindruckt." Sie ratterte die Worte förmlich und ausdruckslos herunter, als würde mir nicht jede Silbe einen Stich in die Magengrube versetzen.

Alles, was ich hörte war, *Meister Cedric hat notiert, dass deine sexuellen Fähigkeiten mangelhaft sind.*

In welcher Weise?

Weil ich gestöhnt hatte, als er mich beim letzten Mal mit seinem Blut gefüttert hatte? Weil ich zuerst nicht gestöhnt hatte? *Was will er denn von mir?!*

„Das ist enttäuschend, denn Meisterin Peyton hat dir im Oralsex gute Noten gegeben. Aber Meisterin Clarissa bestätigt auch deine Eignung für den Dienstleistungssektor."

Meine Beraterin sah mich endlich wieder an.

„Wir haben für die nächste Runde also einige Möglichkeiten. Durch Meister Cedrics Feedback nach eurem Ausflug habe ich meine Zweifel, ob du weitere Kurse in sexuellen Künsten belegen solltest. Allerdings hattest du auch erst zwei, also könntest du dich vor dem Bluttag vielleicht noch verbessern. Aber deine Jungfräulichkeit wäre mit Sicherheit ein Faktor, um den sich viele streiten würden."

Ich starrte sie einfach nur an. Was sollte ich dazu sagen?

„Was hältst du für den besten Weg, Kandidatin? Vielleicht warst du einfach nicht bereit, einen Vampir wie Meister Cedric zu befriedigen, aber die meisten in der Haremsbranche müssen sich erst zu einer solchen Erfahrung hocharbeiten. Das könnte also nur ein anfänglicher Rückschlag sein. Natürlich ist es jetzt Teil deiner Akte, also könnte es deine Positionierung beeinflussen. Es sei denn, du möchtest in den nächsten Monaten hart daran arbeiten, diesen Ruf zu verbessern."

Ich öffnete den Mund, aber meine Stimme versagte.

Er hatte mich im Kampfunterricht durchfallen lassen.

Und in sexuellen Künsten?

Er hatte mich nur gebissen und mich befriedigt. Hatte er mehr erwartet? Dass ich auf meine Knie fallen und ihm einen blasen würde?

Dieser Vampir war ein Rätsel, das ich einfach nicht lösen konnte.

Und jetzt zerstörte er meine Noten in den Bereichen, derer ich mir bisher sicher gewesen war.

Alles, was er tat, war, um mich zu untergraben und meinen Wert zu mindern. Und wozu? Um grausam zu sein?

„Kandidatin?", fragte Beraterin Livia, während sie erwartungsvoll eine dunkle Augenbraue hob.

„Ich möchte es noch einmal versuchen", sagte ich, ohne nachzudenken. „Ich weiß, dass ich mich verbessern kann."

Sie nickte. „Nun gut, dann werde ich dich für den nächsten Kurs eintragen. Dabei geht es um anales Training, da ich deine Jungfräulichkeit für später erhalten möchte."

Mir wurde flau im Magen. Das hatte ich gar nicht gemeint. Ich hatte eine neue Chance mit Meister Cedric haben wollen, nicht noch einen Kurs in sexuellen Künsten.

Aber jetzt konnte ich sie nicht mehr korrigieren, da ihre langen Nägel schon wieder über das Tablet flogen.

„Und was ist mit deinem Kampfkurs? Würdest du lieber eine andere Form des körperlichen Trainings machen?", fragte sie, ohne aufzublicken.

„Ich möchte den nächsten Kurs belegen", sagte ich automatisch, da ich hoffte, Meister Cedric wäre dieses Mal der Lehrer.

Sie summte und tippte noch etwas ein.

„Und wir werden deine Dienstleistungskurse weiterführen, da du dort wirklich ausgezeichnet bist. Außerdem werden wir dein Gewicht im Auge behalten, damit du nicht weiter zunimmst. Sonst werden deine Rationen wieder angepasst." Sie sah kurz zu mir auf und ihre grünen Augen leuchteten wie Smaragde. „Ich empfehle, dass du deine Kampfübungen so oft wie möglich wiederholst, damit es dir beim Sport hilft und du auch dort deine Noten verbessern kannst."

„Ja, Beraterin Livia."

Sie sah wieder auf ihre Notizen hinab und summte weiter. „Wir werden sehen, wie diese Runde läuft, dann teile ich dich vielleicht wieder für einen weiteren Test außerhalb des Campus ein."

Mein Herz setzte einen Schlag aus. *Mit Meister Cedric oder jemand anderem?*, fragte ich mich. Aber diesen Zweifel würde ich nicht laut aussprechen. Ich konnte nur hoffen, dass er der Lehrer meines nächsten Kurses sein würde, damit ich ihn selbst fragen konnte.

Wenn ich mutig genug war.

Er hat mich durchfallen lassen.

Schon wieder.

Warum?

„Nun gut. Ich denke, das ist alles für diesen Monat. Guten Abend, Kandidatin." Beraterin Livia beendete den Anruf, noch bevor ich ein Wort sagen konnte, aber mein Schicksal war ohnehin besiegelt.

Alles, was ich tun konnte, war ausdruckslos die Wand anzublinzeln und mich über meine Zukunft zu wundern.

Aber je mehr ich die weiße Farbe anstarrte, desto entschlossener fühlte ich mich.

Meister Cedric hatte mich in seinem Kurs durchfallen lassen und meine sexuellen Fähigkeiten „mangelhaft" genannt.

Dabei hatte er mir keine richtige Chance gegeben, sie wirklich zu zeigen.

Ich kniff die Augen zusammen, als sein Gesicht plötzlich in meinen Gedanken auftauchte. *Du denkst, dass ich dich nicht befriedigen kann? Dann stell mich erst richtig auf die Probe.* Wenn er mein Schicksal besiegeln und meine

Fähigkeiten als mangelhaft bezeichnen wollte, würde ich noch härter daran arbeiten, um ihm das Gegenteil zu beweisen.

Der erste Schritt war, einen fortgeschrittenen Kampfkurs zu belegen – einen, den ich bestehen würde – und mehr über das Befriedigen von männlichen Vampiren zu lernen.

Er würde es vielleicht nie erfahren. Vielleicht war es ihm sogar egal. Aber mir nicht. Und ich würde ihm beweisen, dass er sich in mir getäuscht hatte.

Ich war keine verwelkende Blume.

Ich war immer noch Lily. *Seine* Lily.

Schau zu, wie ich aufblühe, dachte ich zu Meister Cedric und biss die Zähne zusammen. *Hier mag vielleicht nicht die Sonne scheinen, aber ich weigere mich, zu verwelken und zu sterben. Du hast dich in mir getäuscht. Du wirst es schon sehen.*

LILY

Sieben Monate später

„Es bleibt noch ein Monat bis zum Bluttag", informierte mich Beraterin Livia, während ich mit verschränkten Beinen auf meinem Bett saß und den berüchtigten Bildschirm an der Wand ansah. „Deine Noten sind in allen Kursen ausgezeichnet."

Sie las sie mir vor, als wüsste ich nicht, wie ich abgeschnitten hatte.

Ich wusste, dass ich eine Musterschülerin war.

Ich hatte mich mehr denn je angestrengt und jeden Monat gehofft, ich würde den Mann sehen, der meine Fähigkeiten in Frage gestellt hatte, um ihm meinen Wert zu beweisen.

Aber er war nie aufgetaucht.

Meister Khalid hatte alle Kampfkurse unterrichtet.

Inklusive des letzten, der sich auf den Schwertkampf konzentriert hatte.

Und den davor über Bogenschießen.

In beiden Kursen hatte ich ausgezeichnet

abgeschnitten, da es weniger um Stärke als um Geschicklichkeit ging. Ich hatte bei der Prüfung sogar Kandidat sechshundertzweiundvierzig übertroffen.

Meister Cedric war in meinen Träumen erschienen und hatte sich nie beeindruckt gezeigt. Also war ich jeden Morgen aufgewacht, um ihm das Gegenteil zu beweisen.

Immer wieder.

Und wieder.

„Wir müssen den letzten Kurs zu sexuellen Künsten besprechen", sagte Beraterin Livia und unterbrach meine Gedanken. „Ich rate dir sehr davon ab, vaginales Training zu belegen, da deine Jungfräulichkeit sehr für dich spricht. Es gibt allerdings auch Persönlichkeiten, die erfahrene Frauen bevorzugen. Wenn du also darüber nachdenkst, den Haremsweg einzuschlagen, dann können wir damit weitermachen."

„Welche Möglichkeiten habe ich sonst?", fragte ich ausdruckslos.

Denn es sollte mir egal sein.

Was war schon dabei? Ich hatte praktisch alles andere mit meinem Körper getan, außer den Akt des traditionellen Geschlechtsverkehrs. Warum sollte ich meine Ausbildung nicht abschließen und sicherstellen, dass ich meinem Meister in jeder Art dienen konnte?

Weil ich immer noch Meister Cedric will, dachte ich düster. *Und ein naiver, dummer Teil von mir will, dass er der Erste wird. Nicht Nummer Sechs.*

Es war egal, wie viele Orgasmen Nummer Sechs mir in unseren Kursen gab, keiner war mit dem vergleichbar, den Meister Cedric mit seinen Händen erreicht hatte.

Während des Unterrichts kam mir alles gezwungen vor, als würde mein Körper nur reagieren, weil er keine andere Wahl hatte.

Aber mit Meister Cedric hatte ich mich lebendig gefühlt.

Meister Cedric ist fort. Du bist ihm egal. Hör auf, über ihn nachzudenken, forderte ich mich auf, während Beraterin Livia meine Optionen aufzählte.

Wir hatten schon beschlossen, dass ich den letzten Kampfkurs belegen würde.

Zusätzlich zu dem Unterricht über Bewirtung und eine Stunde pro Woche über Dienstleistungen in einem Rudel, sollte ich in einem Lykaner-Clan landen.

Letzteres hatte mit den sexuellen Künsten zu tun, die Beraterin Livia immer am liebsten zu besprechen schien. Sie hatte meinen Essensplan vor ein paar Monaten wieder umgestellt und die gesteigerten Rationen, die Meister Cedric empfohlen hatte, reduziert, aber ich bekam dennoch mehr als vorher.

So konnte ich Muskelmasse aufbauen, wenn auch nicht zu viel.

Ich fühlte mich stark und gleichzeitig zerbrechlich.

Was laut ihr die perfekte Kombination war. Vor kurzem hatten sie neue Fotos von mir gemacht, um meine Akte zu aktualisieren und Livia war mit der Definition meines Körpers und meinen Kurven sehr zufrieden gewesen.

Daher überraschte es mich kein bisschen, als sie empfahl, dass sich mein letzter Kurs auf die Befriedigung von Frauen konzentrieren sollte. „Ich denke, es würde dir etwas mehr Vielseitigkeit geben", fügte sie hinzu, während ihre grünen Augen zustimmend glitzerten.

„Okay", räumte ich ein, vor allem, weil ich diese Materie der vaginalen Vorbereitung vorzog.

„Perfekt", antwortete sie und tippte auf ihr Tablet ein. „Wir sehen uns dann in zwei Wochen wieder. Da das Ende des Programms immer näher rückt, möchte ich sicherstellen, dass du angemessen vorbereitet bist. Guten Abend, Kandidatin."

Sie unterbrach die Verbindung ohne ein weiteres Wort, wie sie es am Ende jedes Meetings tat.

Ich starrte eine Minute lang die Wand an, dann stand ich auf, um mich auf den Unterricht vorzubereiten.

Das Wasser in meinem Schrank hatte mich durch die letzten acht Monate gebracht, aber jetzt blieben nur noch sieben Flaschen übrig. Ich rührte sie nicht an, da ich sie für einen Tag aufsparen wollte, an dem ich sie dringender brauchen würde.

Ein Teil von mir glaubte noch immer, dass Meister Cedric sie dort deponiert hatte. Es war derselbe Teil, der jede Nacht von ihm träumte

Ich hatte ihn nur ein paar Wochen gekannt. Und die meisten Tage hatte ich damit verbracht, ihn im Unterricht zufriedenstellen zu wollen, da er mich immer wieder hatte durchfallen lassen.

Dann hatten wir eine mächtige Nacht miteinander verbracht.

Das war's.

Trotzdem hatte seine Präsenz mein Leben stärker beeinflusst als jeder andere. Und ich schaffte es einfach nicht, ihn aus meinen Gedanken zu löschen.

Das einzig Positive dieser Erfahrung war meine Obsession, ihm das Gegenteil beweisen zu wollen, da ich durch diesen Prozess einen beinah perfekten Notendurchschnitt erzielt hatte.

Meine Tür piepte, als sich das Schloss öffnete. Dann erschien ein Stundenplan an meiner Wand, als Beraterin Livia mir die neuen Kursinformationen schickte. Wie immer nach unseren monatlichen Meetings wurde mein Programm sofort angepasst.

Manchmal blieben ein oder zwei Kurse gleich, wie

mein Einführungskampfkurs von Meister Cedric, der mehr als einen Monat angedauert hatte. Zumindest bis Meister Khalid übernommen hatte. Dann war sein Kurs immer derselbe geblieben, nur das der Name und die Thematik monatlich wechselten.

Dieses Mal bewegte sich jedoch alles auf meinem Stundenplan.

Ich studierte das neue Programm und brannte die Details in mein Gedächtnis ein.

Dann ging ich meiner üblichen Routine nach, duschte und holte das Frühstück ab.

Zwei Löffel Rührei. Ein ganzes Stück Toast. Eine halbe Banane.

Fast das gleiche wie gestern, nur eine andere Sorte Obst. Gestern hatte ich einen halben Apfel bekommen.

Ich aß schnell, trank ein Viertel meines Wassers aus und ging zu meinem Bewirtungskurs.

Meisterin Clarissa unterrichtete wieder, was mich nicht überraschte. Sie gab die meisten Kurse dieser Art.

Die meisten Studenten waren ebenfalls dieselben, inklusive Nummer Sechs. Ich stand wie immer neben ihm und hörte zu, wie Meisterin Clarissa die erste Aufgabe beschrieb.

Dann war mein Kurs über die Clan-Organisation dran – Nummer Sechs war dieses Mal nicht dabei – der von einem Lykaner namens Meister Felix unterrichtet wurde. Er schien von seiner Aufgabe kein bisschen begeistert zu sein, da seine mürrische Stimme und sein düsteres Gesicht seinen Unmut ziemlich deutlich ausdrückten.

Außerdem ließ er uns früher gehen.

Ich nutzte die Zeit, um meine neuen Bücher in mein Zimmer zu bringen und den Proteinriegel zu essen, den ich zum Mittagessen bekommen hatte.

Dann ging ich zur Sporthalle, um an meinem neuen

Kampfkurs teilzunehmen. Beraterin Livia hatte gesagt, dass dieses letzte Modul verschiedene Fähigkeiten aus dem früheren Unterricht miteinander kombinieren würde.

Ich hoffte, dass dies bedeutete, dass ich wieder den Bogen benutzen könnte.

Es hatte Spaß gemacht, auf Ziele zu schießen.

Auch wenn sie wie menschliche Körper geformt gewesen waren, mit dem Hauptziel auf der Höhe des Herzens.

Meister Khalid wartete schon im Raum und sah auf sein Tablet, als ich ankam. Er trug seine typischen schwarzen Jeans mit einem passenden T-Shirt – ein Outfit, das er zu jeder Unterrichtsstunde während der letzten acht Monate getragen hatte – was ihm ein einschüchterndes Aussehen gab.

Ich hatte ursprünglich auf Grund seiner Größe und seiner muskulösen Arme angenommen, dass er ein Lykaner war.

Aber er war tatsächlich ein Vampir.

Etwas, das ich bemerkt hatte, als er während einer unserer Prüfungen ein Glas Blutwein getrunken hatte. Damals hatte sein Blick etwas Raubtierhaftes angenommen, was mich an Meister Cedric erinnert hatte. Zum Glück war dieser Blick nicht mir gewidmet gewesen.

Kandidatin einhundertneununddreißig war ihm ins Auge gefallen. Sie hatte sich letztendlich von ihren Verletzungen erholt – wenn auch erst nach mehreren Wochen – und seitdem war sie in diesem Kurs immer meine Partnerin gewesen.

Sein Blick wanderte nun zu ihr, als sie eintrat, und das Blau in seinen Augen schien das Grün zu übertrumpfen. Dann blinzelte er und wandte sich wieder dem Tablet zu.

Sie huschte an meine Seite und setzte ihre Tasche neben meiner ab. In der Mitte des Raumes lagen Matten, was wohl bedeutete, dass wir wieder kämpfen würden. Aber keiner von uns hatte bis jetzt die Schuhe ausgezogen. Das würden wir erst tun, wenn Meister Khalid die heutige Aufgabe vorstellte.

Das Bogenschießen hatte in demselben Raum begonnen, bevor er uns schließlich nach draußen geführt hatte. Daher war es möglich, dass es heute ähnlich ablaufen würde.

Weitere Kandidaten betraten den Raum, viele von ihnen kamen mir bekannt vor, aber nicht aus meinen früheren Kampfkursen.

Ehrlich gesagt waren abgesehen von mir und Kandidatin einhundertneunundreißig nur zwei andere Teilnehmer des letzten Kurses anwesend.

Seltsam.

Normalerweise kamen wir Monat für Monat zusammen weiter.

Vielleicht wurde unsere Gruppe mit einem anderen Kurs zusammengelegt?

Aber wenn das der Fall war, wo waren dann unsere anderen früheren Mitschüler?

Nummer Sechs betrat den Raum, und sein Blick landete sofort auf mir. Ein Hauch von Verwirrung lag in seinen hellgrünen Augen. Mir ging es ähnlich.

Er gesellte sich zu mir und Kandidatin einhundertneunundreißig und stellte seine Tasche neben meiner ab. „Welchen Kurs sollst du gerade haben?", fragte er leise.

„Fortgeschrittenes Kampftraining Sitzung Sieben", flüsterte ich zurück. „Du?"

„Fortgeschrittenes Ausdauertraining Sitzung Sieben." Er sah mich an, während er den Ort und die Zeit hinzufügte.

„Wie bei mir, nur der Name ist unterschiedlich", antwortete ich.

Andere im Kurs begannen auch zu murmeln, was Meister Khalid ein Räuspern entlockte. „Ruhe."

Es wurde sofort still.

Minuten vergingen und weitere Kandidaten betraten den Raum, bis wir fast sechzig oder siebzig waren.

Irgendetwas ist hier falsch, dachte ich und schluckte.

Normalerweise waren wir in meinen Kursen nicht mehr als zehn, maximal fünfzehn Menschen.

Viele von uns tauschten Blicke aus und die Stimmung war merklich angespannt. Ich gab mein Bestes, um neutral zu erscheinen, aber es wurde immer schwerer, meine Reaktion zu verbergen, als mehr und mehr Kandidaten hinzukamen – alle von ihnen schienen aus meinem Jahrgang zu sein.

Nummer Sechs' Arm berührte meinen und seine Knöchel strichen über meinen Handrücken. Ich sah ihn nicht an, aber erwiderte die Geste. Wir waren keine Freunde. Nur Verbündete. Wir hatten viel zusammen durchgemacht, und manchmal versuchten wir, in der Anwesenheit des anderen Trost zu finden.

Dies war einer dieser Momente.

Ich begann als Ablenkung die Kandidaten zu zählen, aber kam nur bis zweiundsiebzig, bevor Meister Khalid die Stimme erhob.

„Der heutige Kurs wird in einer neuen Arena vor den Toren der Universität stattfinden", verkündete er. „Ich werde euch zum Ausgang führen. Das Ziel ist es zu rennen und alle eure Überlebensfähigkeiten zu nutzen. Außerdem solltet ihr versuchen nicht zu sterben, wenn ihr geschnappt werdet."

Meister Khalid schlenderte wie üblich entspannt zur

Tür und tat so, als hätte er nicht vor ein paar Sekunden unser Todesurteil verkündet.

Nummer Sechs' Hand zuckte gegen meine.

Ich hätte sie als Antwort beinahe ergriffen.

Aber ich war wie eingefroren.

Rennen. Kämpfen. Versuchen nicht zu sterben, wenn man geschnappt wird.

Meister Khalids Anweisungen hallten durch meine Gedanken und ließen mein Inneres erfrieren.

Aber er gab uns keine Zeit, seinen Befehl wirklich zu verarbeiten.

So funktionierte es mit Vampiren und Lykanern nicht. Sie verlangten sofortigen Gehorsam.

„Los, Kandidaten", bellte Meister Khalid ungeduldig.

Kandidatin einhundertneunununddreißig zuckte zusammen und machte dann einen Schritt nach vorne, als hätte seine Stimme sie aufgeweckt. Meister Khalid sah sie mit hungrigen, türkisen Augen an. So betrachtete er sie fast immer. Aber sonst tat er nichts.

Allerdings hatte ich das Gefühl, dass sich dies heute Nacht ändern könnte.

Ihre schwankenden Schritte ließen vermuten, dass sie dasselbe annahm.

Aber ich konnte ihr nicht helfen. So wie ich auch Nummer Sechs nicht wirklich trösten konnte.

In dieser Welt waren wir auf uns allein gestellt. Und die meisten von uns würden nicht lange überleben.

Es schien, als würde die heutige Übung das Schicksal für manche noch beschleunigen.

Ein beinahe feierlicher Luftzug umstrich uns, während wir Meister Khalid den Flur hinunter und durch die Tür des Gebäudes folgten, bevor wir an der Außenwand entlang gingen.

Ich bemerkte, dass die meisten stämmigen Männer aus

meinem Kampfkurs fehlten. Die meisten Kandidatinnen um mich herum hatten einen vergleichbaren Körperbau wie ich.

Und die Männer waren alle größer und ähnlich gebaut wie Nummer Sechs.

Er war über ein Meter achtzig groß und athletisch schlank, was ihn vermutlich schnell machte. Vielleicht hatte er sich deshalb auf die Ausdauerkurse konzentriert.

Hatte ich mit dem Kampfprogramm einen Fehler gemacht?

In den meisten Situationen war ich schnell. Aber ich war mir nicht sicher, wie lange ich rennen konnte.

„Und versucht nicht zu sterben, wenn ihr geschnappt werdet", hatte Meister Khalid gesagt.

Diese Worte verfolgten mich bei jedem Schritt. *Vor wem würden wir wegrennen? Was würde mit uns geschehen, wenn sie uns schnappten?*

Vielleicht war das eine Trainingsaufgabe für die Vigils, um ihre Fähigkeiten zu erhalten und unsere Leistungen an ihnen zu testen. Dafür hatte ich all die Monate trainiert.

Das erklärte allerdings nicht, warum Nummer Sechs und die anderen mit dabei waren.

Oder warum auf dem Boden vor den zwei großen Holztüren vor uns Waffen ausgebreitet lagen. Es war nicht derselbe Ausgang, durch den ich vor all den Monaten mit Meister Cedric gegangen war. Diese Türen waren kleiner und in die Seite eines nahegelegenen Wachturms eingelassen.

Die Vigils beobachteten uns ausdruckslos von oben, und ihre Körpersprache verkündete eher Langeweile als Aufregung.

Das ist also nicht für sie, übersetzte ich und schluckte.

Natürlich hatte ich das schon vermutet.

Eine Vigil-Übung würde mehr Männer aus meinen vorherigen Kursen verlangen.

Das hier war etwas anderes.

Und es war schlecht.

Meister Khalid hielt inne, bevor wir den Haufen Waffen erreichten, und sein Blick wanderte über uns, während wir auf die anderen warteten.

Wir bildeten instinktiv eine Schlange, die den Betonweg an der massiven Universitätsmauer säumte.

Ein langer, sandiger Innenhof lag auf der anderen Seite des Pfads. Die Universitätsgebäude waren dahinter, rechteckig und cremefarben, wie die Mauer um den Campus herum.

Nummer Sechs zitterte neben mir, als seine Knöchel meine wieder nach Trost suchend streichelten.

Ich erwiderte die Geste.

Aber sobald dieses Spiel begann, würden wir auf uns allein gestellt sein. Auf Gedeih und Verderb.

Der zunehmende Mond warf unheilvolle Schatten über Meister Khalids kantige Gesichtszüge und unterstrich das furchterregende Versprechen, das in der Luft hing.

Das wird wehtun.

Sein Ausdruck verriet nichts. Ebenso wenig wie seine Stimme, als er sagte: „Wählt ein Werkzeug aus."

Ein Werkzeug, keine Waffe.

Eine interessante Unterscheidung, wenn man die Gegenstände auf dem Boden betrachtete.

Kandidatin einhundertneununddreißig bewegte sich als Erste. Sie nahm ein paar Wurfsterne, was mich nicht überraschte. Sie hatte während unseres Waffenkurses jedes Ziel damit getroffen.

Andere traten vor, um zu wählen, gefolgt von mir und Nummer Sechs. Das Ganze lief mehr oder weniger geordnet ab, da wir automatisch eine Schlange gebildet hatten.

Zum Glück waren Nummer Sechs und ich weiter vorne.

Er nahm einen Hammer.

Ich ein paar Dolche.

Der Bogen und der Köcher Pfeile daneben wären bei Tag meine erste Wahl gewesen. Aber ich wollte für diese Aufgabe ein „Werkzeug" für den Nahkampf nutzen – etwas, das ich verwenden konnte, wenn ich „geschnappt" wurde.

Meister Khalid beobachtete die anderen Kandidaten, während sie ihre Gegenstände aussuchten.

Ich stand an der Seite neben meiner üblichen Kampfpartnerin und Nummer Sechs. Anspannung flimmerte um sie herum und hüllte mich in eine statisch aufgeladene Energie, die mein Innerstes summen ließ.

Ich erschauderte, und es hatte nichts mit der Außentemperatur zu tun. Ich konnte die Luft um mich herum nicht einmal spüren. Meister Khalid nahm meine Aufmerksamkeit ein, und sein ausstehender Befehl – wie auch immer er lauten würde – wurde zu meiner ganzen Welt.

Die Türen hinter ihm öffneten sich und zeigten sandiges Flachland hinter den Mauern.

Kilometerweit nichts.

Außer des königlichen Palasts, erinnerte ich mich.

Aber wir schauten auf einen anderen Teil der Wüste hinaus. Ich wusste nicht, in welche Richtung ich laufen musste, um Meister Cedrics Zuhause zu finden. Ich war mir nicht einmal sicher, ob er dort sein würde.

Außerdem, was würde ich tun? Locker an seine Tür klopfen und um Unterschlupf bitten?

Ich schnaubte bei dem Gedanken beinah.

Er hatte seit unserem Abschiedskuss keinen Funken Interesse an mir gezeigt.

Er war heute Abend nicht einmal hier.

Trotzdem nagte meine Besessenheit von ihm an meinem Verstand und ließ mich die Möglichkeit in Betracht ziehen, zu ihm zu rennen.

Wie würde er reagieren? Würde er mich im Sand zum Sterben zurücklassen? Das war vielleicht sogar das Ziel dieses Spiels. Daher sollte ich vielleicht versuchen, ihn zu finden.

Rennen und überleben.

Kämpfen, wenn du geschnappt wirst.

Die Gedanken kamen in meiner eigenen Stimme, aber wiederholten nur Meister Khalids Erklärung für die heutige Unterrichtsstunde.

Er klatschte nun gänzlich entspannt in die Hände. „Ihr bekommt fünf Minuten Vorsprung. Dann beginnt die Jagd." Er trat zur Seite und ließ uns freien Zugang zu den Türen. „*Lauft.*"

LILY

EIN DONNERNDER SCHUSS ZERRISS ÜBER MIR DIE LUFT UND ließ meine Ohren klingeln.

Dann fingen alle an zu rennen.

Trommelnde Schritte. Fliegender Sand. Die Welt verschwamm in Bewegungen, die ich nicht verarbeiten konnte.

Denn ich war zwischen ihnen, sprintete durch die Türen und in das unbekannte Terrain hinaus.

Ich verließ mich nur auf meinen Instinkt, da mein Verstand nicht mehr wusste, in welcher Richtung sich Meister Cedrics Zuhause befand.

Es war ein wahnwitziger Plan. Eine Idee, die ich verwerfen sollte. Aber die eine Nacht mit ihm hatte mir ein Gefühl der Sicherheit gegeben, nach dem ich mich jetzt sehnte.

Ein weiterer Donner erschütterte die Erde. Oder vielleicht war es mein heftiges Zittern, das in mir den Eindruck erweckte, dass sich der Boden unter meinen Füßen bewegte.

Das heißt nicht, dass die fünf Minuten schon vorbei sind, oder? fragte ich mich. Es fühlte sich an, als wären nur ein paar Sekunden vergangen, höchstens eine Minute.

Ich dachte nicht weiter darüber nach.

Ich sprintete einfach weiter durch die Wüste, ohne die Mauern der Universität aus den Augen zu verlieren. *Die Straße,* dachte ich atemlos. *Wenn ich die Straße finde, kann ich ihr folgen.*

Wie der Plan weitergehen sollte, wusste ich nicht. Ich wollte nur überleben.

Ich umklammerte die Griffe meiner Messer und trieb mich auf der Suche nach der Straße weiter voran.

Asphalt.

Der in die Dunkelheit führt.

Erleuchtet von nichts als dem Mondlicht.

Ich versuchte, mich an die wenigen Details zu erinnern, aber sie waren bestenfalls verschwommen.

Bumm.

War das der dritte Schuss? Drei Minuten? Vier Minuten?

Mein Herz klopfte so laut in meinen Ohren, dass ich nicht einmal sicher sein konnte, dass ich die richtige Anzahl an Schüssen gehört hatte. Schwindel und Anstrengung zogen mich nach unten, da mein Körper für diesen Sprint in die Dunkelheit nicht vorbereitet gewesen war.

Ich hätte es langsamer angehen lassen sollen.

Mein Puls raste und meine Lungen schrien nach Luft.

Ich rannte nicht oft genug. Ich würde es nicht schaffen.

Was wird mich verfolgen? Was wird passieren, wenn es mich schnappt?

Das laute Geräusch ertönte erneut und ließ mich zur Seite springen, sodass ich beinah das Gleichgewicht verlor.

Ich konnte nichts sehen außer der Mauer und der Wüste. Keine Straße. Kein Ende in Sicht.

Ich bin in die falsche Richtung gelaufen, bemerkte ich.

Aber es gab kein Zurück mehr.

Ich musste weitermachen. Rennen. Einen Ort finden, an dem ich mich verstecken und verteidigen konnte. Aber wo? In einem Sandhügel?

Ich lachte beinah. Aber ich bekam nicht genug Sauerstoff, um das Geräusch zu formen.

Lauf. Lauf. Lauf.

Ich entfernte mich von der Mauer und suchte nach allem, was mir Unterschlupf bieten könnte.

Keiner der anderen Kandidaten war in der Nähe. Zumindest konnte ich niemanden hören oder sehen.

Ob wohl einige von ihnen Gruppen gebildet hatten, um zusammen zu kämpfen?

In welche Richtung war Nummer Sechs gelaufen? Was war mit meiner Kurspartnerin?

Denk nicht an sie. Kümmere dich lieber darum, ein Versteck zu finden, befahl ich mir, während meine Handflächen immer schwitziger wurden.

Ich hatte schon anstrengende Prüfungen absolvieren müssen. Aber nichts war hiermit vergleichbar. Nicht einmal Meister Cedrics Kampfübung mit dem Kandidaten, der meinen Arm gebrochen hatte.

Eine letzte Kugel schoss durch die Luft. Oder zumindest dachte ich, dass es wohl die letzte sein würde. Ich hatte schon lange nicht mehr wirklich mitgezählt.

Lustig, wie lang mir die Zeit nun vorkam. Und doch gleichzeitig unfair kurz.

Ein Schrei hallte durch die Luft und ließ das Blut in meinen Adern gefrieren. *Es hat begonnen.*

Ein Kreischen folgte.

Oh, Göttin …

Ich rannte ins Nichts hinein und suchte einen Ort, den es nicht gab.

Eine Straße, die ich niemals finden würde.

Einen Palast, den ich mit einem *Auto* und nicht rennend erreicht hatte.

Das war ein schrecklicher Plan.

Ich erstarrte.

Dann duckte ich mich.

Ich brauchte ein neues Ziel. Eine neue Möglichkeit, um diese Aufgabe zu meistern.

Die Messer fühlten sich in meinen Händen rutschig an, aber ich umklammerte sie, als wären sie der einzige Sinn in meinem Leben.

Beruhige dich, flüsterte ich mir zu. *Atme ruhig ein und aus. Konzentriere dich und lausche.*

Mehr Schreie und Rufe drangen durch die Nacht, allerdings konnte ich durch das offene Gelände nicht ausmachen, wie nah sie waren. Sie klangen weit weg, waren es aber vermutlich nicht.

Ich atmete tief ein und ballte meine Hände um die Waffen zu Fäusten.

Überlebe, wenn du geschnappt wirst.

Das konnte ich schaffen.

Das *würde* ich schaffen.

Ich musste nur warten.

Ich konnte nirgendwohin rennen. Ich konnte mich nirgendwo verstecken. Das Ziel war es, geschnappt zu werden, da das Terrain zu flach, zu dunkel und zu karg war, um auch nur eine Chance zur Flucht zu ermöglichen.

Jeder, der es versuchte, würde enttäuscht werden.

Ich hätte meine Zeit nicht damit verschwenden sollen, die Straße zu suchen. Ich hätte es besser wissen müssen. Aber mein Körper hatte reagiert, als hätte Meister Cedric mich an einer unsichtbaren Schnur zu sich gezogen.

Meine Besessenheit von ihm würde mich noch das Leben kosten.

Ich nahm eine Kampfhaltung ein und bereitete mich auf das Unausweichliche vor. Dann wartete ich, und mein Atem normalisierte sich mit jeder verstreichenden Sekunde.

Das fühlte sich richtig an.

Ich brauchte meine Kraft und Konzentration, nicht das Adrenalin des Laufs.

Mehr Schreie ertönten, und einer klang verdächtig nach Nummer Sechs.

Aber ich reagierte nicht.

Stattdessen atmete ich weiter. Und wartete. Konzentrierte mich. *Lauschte.*

Die Wüste war unheimlich still und der Wind war abgeflaut. Die einzigen Geräusche waren die Schreie der Menschen.

Ich konzentrierte mich auf Schritte und Bewegungen. Nichts.

Mein Herz setzte einen Schlag aus und schien kurz davor zu sein, unter dem Druck dieses Moments zu zerschmelzen.

Trotzdem zwang ich mich, weiter ein- und auszuatmen, indem ich alle meine Lektionen nutzte, um meinen Körper trotz des brennenden Verlangens zu schreien und wegzurennen zu beruhigen.

Ich konnte die Qualen der anderen beinah in der Luft schmecken, während ihr Wimmern immer noch durch die stille Nacht drang.

Ich bin als nächstes dran. Sie werden bald hier sein. Warte nur ab.

Aber das Unausweichliche machte es nur noch schlimmer.

Ich begann, in meinen Gedanken zu zählen.

Es funktionierte nicht. Ich konnte nicht aufhören, mir die Gewalt um mich herum vorzustellen. Es zu hören, war fast schlimmer, als es zu sehen. Und zu wissen, dass ich als nächste dran war ...

Ich schluckte.

Meine Augen fielen beinah zu. *Wenn ich es nicht kommen sehe, ist es nicht real.*

Aber es war *sehr* real.

Was der Schatten bewies, der nun auf mich zuschlenderte.

Es war ein entspannter Gang.

Ein leichter Trab, der meine Aufmerksamkeit auf sich zog und mich den Griff um meine Klingen verstärken ließ.

Jetzt bin ich dran.

Ich hatte erwartet, dass das Wesen auf mich zurennen würde. Um anzugreifen. Aber es lief eher langsam auf mich zu, was mich aus dem Konzept brachte.

„Wirst du mich erstechen, kleine Blume?"

Die tiefe, akzentuierte Stimme vertrieb alle meine Instinkte und sorgte beinahe dafür, dass ich meine Messer fallen ließ.

Meister Cedric.

Oder spielte mir mein Verstand einen Streich? Indem er dieses dunkle Spiel zu etwas veränderte, was mir gefallen könnte?

Der Schatten hatte mich beinahe erreicht, und der Mond beleuchtete seinen Rücken anstatt seines Gesichts.

Ist er es? Ist es wirklich Meister Cedric?

„Hast du das Ziel der heutigen Aufgabe nicht verstanden, Süße?" Seine Stimme war leise, flüsternd sanft und der Akzent nun verborgen.

Er ist es nicht.

Ich habe es mir eingebildet.

Ich muss ...

Er griff nach meinem Hals. „*Überleben*", sagte er zu mir, und die Wut in seiner Stimme schien mich aufzuwecken.

Das war nicht Meister Cedric. Ich hatte mir seine Stimme und seine Präsenz nur eingebildet. Weil ich ihn nicht loslassen konnte. Der Vampir verfolgte mich, sogar während ich wach war.

Kämpfe, befahl ich mir und hob die Hände, als ich versuchte, nach ihm zu stechen. Er drehte sich von mir weg und ließ meinen Hals los.

Aber er war zu schnell.

Zu stark.

Zu *geschickt.*

Er umgriff mein Handgelenk und drehte es, sodass ich eine Klinge fallenlassen musste. Es war meine schwächere Hand, daher versuchte ich nicht einmal, die Bewegung zu stoppen.

Stattdessen konzentrierte ich mich auf meine gute Hand und mein Ziel, indem ich meinen Arm in einer bogenförmigen Bewegung hob, um meinen Angreifer in die Brust zu stechen.

Er wich zur Seite aus. Dann versuchte er erneut, mich zu ergreifen. Aber ich duckte mich, da sich meine Augen inzwischen genug an die Dunkelheit gewöhnt hatten, um seinen Schatten zu erkennen.

Er kicherte, und das Geräusch erschien mir wie Spöttelei. Das klang schon eher nach Meister Cedric. Aber er war es nicht. Er konnte es nicht sein.

Ich sprang zurück, als er noch einmal die Hand nach mir ausstreckte.

Dann machte ich das einzige Manöver, das mir blieb, und warf meine Klinge nach ihm.

Er verschwamm als Antwort und sein Schatten schwebte um mich herum, bis er mich fest umpackte.

Die Luft wurde aus meinen Lungen gepresst, als seine

Hand wieder auf meinem Hals landete und sich sein anderer Arm um meine Taille schloss.

„Ach, meine süße Lily", hauchte er gegen mein Ohr, und der bekannte Name ließ mich aufkeuchen. „Was hast du nur getan?"

In der nächsten Sekunde landete mein Rücken auf dem Sand, da mich Meister Cedric mit einer schnellen, scharfen Bewegungen zu Boden warf.

Er ergriff meine Handgelenke mit einer Hand und hielt sie über meinem Kopf fest. Seine andere Handfläche wanderte zu meiner Wange, und seine Berührung war überraschend sanft.

Der Mond hüllte sein Gesicht in unheilvolle Schatten, aber so nah bestanden keine Zweifel mehr an seiner Identität.

Meister Cedric ist hier.

Auf mir.

Er drückt mich auf den Boden.

Und er sieht extrem wütend aus.

Sein Zorn erschien wie schwarze Flammen in seinen dunklen Iriden, sodass ich unter ihm erzitterte.

Oder vielleicht war es das Gefühl seines Körpers an meiner Haut, das mich erschaudern ließ.

Innerhalb von wenigen Sekunden wich mein Kampf ums Überleben der Mentalität eines willigen Opfers.

Eine dumme Reaktion.

Aber ich konnte ihn nicht bekämpfen. Ich war zu froh, ihn nach all der Zeit wiederzusehen. *Mein Meister Cedric.*

„Sag mir, Liebes, verstehst du den Sinn dieses Kurses?" Seine leise, samtene Stimme schickte eine Gänsehaut über meine Arme.

„Training", flüsterte ich. Aber ich wusste nicht, wofür wir trainierten. Denn das hier hatte nichts mit der Ausbildung eines Vigil zu tun.

Er summte, was mir bestätigte, dass meine Antwort falsch sein musste.

„Aber Training wofür, das ist die Frage." Seine Nase strich über meinen Wangenknochen. „Dies ist eine Arena, in der die Kandidaten rennen und die Meister sie jagen. Es ist ein Spiel, auf das sich meine Leute jedes Jahr freuen. Denn wenn wir unsere ausgewählte Beute fangen, können wir mit ihr tun, was wir wollen, um sie zum Schreien zu bringen. Der Sinn ist zu sehen, wie lange wir brauchen, um die Menschen zu brechen."

Ein eisiger Schauer lief mein Rückgrat hinunter und vertrieb die Hitze, die seine Präsenz heraufbeschworen hatte.

Eine Verfolgungsjagd, die in Folter endet.

Eine Arena, in der die Meister Kandidaten fangen und quälen.

Es überraschte mich kein bisschen, dass Meister Cedric dafür mich ausgesucht hatte. Er hatte von Anfang an mit mir gespielt und mich bei jeder Gelegenheit durchfallen lassen.

Dies würde nicht anders enden.

„Sag mir, worauf ihr hier trainiert werdet", sagte er mit einer tödlich schneidenden Stimme.

„Um verfolgt und gefangen zu werden." Die Antwort kam automatisch, als würde er meinen Verstand, meinen Körper und meine Zunge kontrollieren.

„Von wem?"

„Ihnen", flüsterte ich.

Er lächelte, aber es schien nicht sonderlich nett. „Nein, Schätzchen. *Lykanern.*"

Mein Mund blieb offen stehen. „Die Mondjagd ..." Die Worte waren kaum hörbar, aber sein zustimmendes Nicken bestätigte, dass er sie genau verstanden hatte.

„Ja. Die heutige Aufgabe ist ein Test, ob ihr für eine Mondjagd geeignet seid. Und weißt du, was Lykaner lieben?" Sein Daumen strich trügerisch sanft über mein Handgelenk.

Ich versuchte zu sprechen, aber ich konnte nicht einmal schlucken. Ich war zu sehr damit beschäftigt, das Konzept des heutigen Abends zu verarbeiten.

Zum ersten Mal wollte ich nicht bestehen.

Ich wusste nicht viel über die Mondjagd, aber ich kannte die Anforderungen – rennen, bis man geschnappt wurde. Dann starb man.

Es war ein Spiel für Lykaner, eine Möglichkeit, um ihre Beute zu quälen.

Vampire bekamen willige Blutsklaven. Lykaner erhielten Beute, um sie zu jagen.

„Sie kämpfen gerne", fügte Meister Cedric hinzu, als ich nicht antwortete. „Sie lieben Beute, die sich nicht fügt. Beute mit sexuellen Fähigkeiten ist sogar noch besser. Denn je härter ein Mensch kämpft, desto mehr reizt es einen Lykaner."

Er drückte seinen Schritt zwischen meine Beine, sodass ich seine eigene Erregung spüren konnte.

Sie verbrannte mich durch unsere Kleidung hindurch und ließ ein Wimmern durch meine Lippen entweichen.

Er schüttelte tadelnd den Kopf. „Du bist genau die Art Beute, die sich ein Lykaner für eine Weile als Haustier halten würde. Ein Mensch, der die Bedürfnisse bis zur nächsten Mondjagd befriedigt. Wenn du Glück hast, stirbst du bei dieser Haltungsform schnell. Wenn du Pech hast, wirst du benutzt, bis deine Seele gebrochen ist, und dann wirst du in ein Zuchtlager geschickt."

Bei dieser brutalen Zukunft, die er gerade beschrieben hatte, traten Tränen in meine Augen.

Ein Schicksal, das schlimmer war als ein Harem. Schlimmer als der Dienstleistungssektor. Schlimmer als alles andere auf der Welt.

„Dass du die Kampfkurse weiterhin belegt hast, nachdem ich dich habe durchfallen lassen, beweist, dass du Temperament hast. Und deine Noten in sexuellen Künsten sind auch ziemlich beeindruckend. Jetzt bist du unter den letzten Menschen, die bei dieser Aufgabe schreien werden. Was glaubst du, was das bedeutet, kleine Blume?"

Ich hörte auf zu atmen, da mich die Erkenntnis von innen zu ersticken drohte.

Ich hatte die ganze Zeit für eine Mondjagd trainiert. Nicht für eine Karriere als Vigil. Nicht für einen Platz in einem Harem. Stattdessen sollte ich das vorübergehende Haustier eines Lykaners werden.

Eis sickerte durch meine Adern.

Und die Welt um mich herum begann zu verschwimmen.

„Eine temperamentvolle Frau mit einer jungfräulichen Pussy", knurrte Meister Cedric, und seine Worte trugen nicht dazu bei, das Eis in meinem Inneren zu schmelzen. Er schnalzte mit der Zunge, und das Geräusch erinnerte mich an eine tickende Zeitbombe.

Ich konnte nicht glauben, dass ich zu ihm hatte laufen wollen und dass ich mich all die Monate nach seiner Berührung gesehnt hatte.

Er war ein Monster.

Ein Monster, das jetzt offensichtlich meine Qualen genoss.

Denn er *kicherte* über meine Reaktion.

Nur dass das Geräusch nicht amüsiert klang. Dafür war es zu grob.

„Weißt du, normalerweise gefällt mir dieses jährliche Event nicht, kleine Blume. Ich jage normalerweise irgendeinen zufälligen Menschen und breche ihm oder ihr einen Knochen, damit sie schreien. Aber ich genieße es, dieses Mal dich fangen zu können."

Natürlich genoss er es. Er quälte mich immer gerne.

Hatte er mich deshalb zu seinem Palast gebracht? Um mir einen Tag der Hoffnung zu geben, an den ich mich in Monaten des Leids erinnern konnte?

Seine Lippen strichen über meine, während sich seine Lust immer noch intim an mich drückte.

Aber mein Körper reagierte nicht, wie er es noch vor wenigen Minuten getan hätte.

Ich war jetzt zu kalt, zu … zu *wütend* … um etwas davon zu genießen. Denn er hatte mir alles genommen – er hatte die falschen Vorstellungen aus meiner Seele gerissen und die verbliebene Hoffnung dafür verwendet, mein Herz zu durchstechen.

Ich fühlte mich zerstört.

Tot.

Und trotzdem außer mir vor Wut.

Seine Zunge fuhr über meine Lippen, bevor er zustimmend summte. „Jetzt verstehst du es", murmelte er. „Jetzt siehst du deine Bestimmung."

Hass entfesselte sich in mir und schoss heiße Strahlen durch meine Adern, als seine Zunge in meinen Mund wanderte.

Ich biss instinktiv darauf, da ich wollte, dass er wenigstens etwas von dem Schmerz spürte, den er mir zugefügt hatte.

Sein Blut tropfte in meinen Hals, aber ich schluckte nicht. Ich spuckte ihn stattdessen damit an und begann, unter ihm zu zappeln.

Ich wollte nicht unter ihm sein. Ich wollte keinen weiteren Moment dieser Qual ertragen. Ich wollte ihn *umbringen*.

Er hatte mir die schlimmste aller Fallen gestellt.

Und jetzt genoss er mein unausweichliches Leid.

„Ich hasse dich", zischte ich, und meine Stimme war

von den gefühlten Stunden, in denen ich nicht hatte schlucken können, ganz leise und rau. Aber all das ignorierte ich. Ich hatte nun nichts mehr zu verlieren. Wenn die Mondjagd mein Schicksal war, warum sollte ich dann überhaupt noch versuchen, irgendjemanden zufriedenzustellen?

Ich wollte lieber sterben, als das Haustier eines Lykaners zu werden.

Ich wollte lieber sterben, als Meister Cedric noch einen Moment des Vergnügens auf meine Kosten zu gönnen.

Ich würde lieber sterben, als diesen ganzen Scheiß mitzumachen.

Also kämpfte ich mit allem, was mir blieb, drehte meine Hüften und versuchte, ihn von mir abzuwerfen.

Seine Hand landete auf meinem Hals und drückte leicht und kurz zu.

Ich forderte ihn heraus, es zu tun, indem ich meinen Kopf hob und mich seinem Todesgriff entgegen stemmte. Dann schlug ich mit meinen Armen und Beinen um mich und vergaß meine gesamte Ausbildung. Ich wollte das alles einfach nur beenden.

Sein Mund nahm meinen wieder ein.

Also biss ich auf seine Lippe.

Sein Blut neckte meine Zunge.

Aber ich wollte es nicht. Ich nutzte den verbliebenen Speichel in meinem Mund, um ihm ins Gesicht zu spucken.

Er knurrte.

Und ich knurrte zurück.

Denn was zum Teufel hatte ich noch zu verlieren? Er hatte mich gerade zu einem Leben in Leid verdammt.

Scheiß. Drauf.

Seine Hand drückte zu. „*Genug.*"

„Fick dich", formte ich mit meinen Lippen, wobei ich

mir sehr bewusst war, dass diese Worte für Menschen verboten waren. Aber genug Lykaner und Vampire hatten sie in meiner Gegenwart benutzt, sodass ich wusste, was sie bedeuteten.

„Lily", zischte er.

„Nicht mein Name", erinnerte ich ihn röchelnd, während meine Lungen nach mehr Sauerstoff schrien.

Aber es war mir immer noch egal.

Ich kämpfte.

Er hielt mich mit Leichtigkeit unter sich, da sein stärkerer Körper meinen dominierte.

Es war zwecklos.

Trotzdem konnte ich nicht aufhören. Ich wollte ihn ermorden. Er hatte mir all dies angetan. Er hatte mir eine Falle gestellt. Und wozu? Weil es ihm krankhafte Befriedigung verschaffte, mich verwelken und sterben zu sehen?

„Hör auf", befahl er.

Ich ignorierte ihn.

Er hatte seine Fähigkeit, mich zu kontrollieren, verloren, als er seine wahren Absichten offengelegt hatte. Alles war darauf ausgelegt gewesen, mich auf die Mondjagd vorzubereiten.

Ich wollte schreien. Aber sein Griff ließ das Geräusch nicht zu.

Klar. Weil er wollte, dass ich endlich eine Prüfung bestand – *diese* Prüfung. Die Menschen, die nicht schnell zerbrachen, würden die besten Noten bekommen.

Beinahe hätte ich über den Wahnsinn der ganzen Situation gelacht. Alles, was ich monatelang gewollt hatte, war eine weitere Chance, um ihm meinen Wert zu beweisen.

Nun, mein Wunsch war in Erfüllung gegangen.

Denn bei dieser Aufgabe schnitt ich wirklich ausgezeichnet ab.

Eine verräterische Träne rann aus meinem Augenwinkel und verriet, wie gebrochen ich mich nach seiner Enthüllung fühlte.

Ein Monat bis zum Bluttag.

Ein Monat, bis der Magistrat mein Schicksal besiegelte.

Ein Monat, bis die richtige Jagd begann.

Und es gab nichts, was ich dagegen tun konnte.

Nichts, was mich retten könnte.

Ich schloss meine Augen und der Kampfgeist verließ meine Glieder, während sich meine Lungen nach Luft verzehrten.

Aber selbst als Meister Cedric meinen Hals losließ, kämpfte ich gegen den Drang des Atmens an.

Denn ich wollte nicht länger überleben.

Nicht, wenn die Mondjagd mein Schicksal sein würde.

Ich hatte meine Karten falsch ausgespielt.

Und jetzt würde ich verlieren.

„Lily", flüsterte Meister Cedric.

Ich ignorierte ihn weiter.

Es gab hier niemanden mehr mit diesem Namen.

Nur noch Kandidatin vierhundertsieben.

Vorgesehen für die Mondjagd.

Vielleicht würde ich Glück haben, wie er gesagt hatte. Vielleicht würden mich die Lykaner schnell töten. Aber wann in meinem Leben hatte ich jemals Glück gehabt?

Meister Cedrics Hand wanderte wieder zu meiner Wange. „Oh, süße Blume." Seine Stirn landete auf meiner. „Verwelke nicht."

Ich hätte beinah gegrunzt. Aber das Geräusch verlangte nach Luft und ich weigerte mich, nur dafür zu atmen.

Er hatte mich zerstören wollen.

Und er hatte gewonnen.

Alles, was ich nun tun konnte, war das Unausweichliche zu akzeptieren.

Ich ließ das Atmen endlich zu.

Und dann schrie ich.

Und beendete das Spiel ein für alle Mal.

CEDRIC

VERDAMMT.

Lilys gebrochener Schrei würde mich auf alle Ewigkeit verfolgen. Es war schlimmer, als ich erwartet hatte, und meine Vernarrtheit in sie hatte einen Teil in mir bewegt, den nur sehr wenige je erreicht hatten.

Es hatte mich all meine Kraft gekostet, in den letzten acht Monaten nicht nach ihr zu sehen. Aber es war der einzige Weg gewesen, um Silvanos Aufgabe zu erfüllen – die ich letzte Woche endlich beendet hatte.

Als ich gestern zur Universität zurückgekehrt war, hatte ich erwartet, meine kleine Blume sicher in verschiedenen Dienstleistungskursen vorzufinden.

Aber nein. Die sture, kleine Göre hatte weiteren Kampfunterricht und sexuelle Künste belegt und damit ihr Schicksal besiegelt.

Ein Schicksal, das ich ihr heute Nacht einfach vor Augen führen musste, da ich fuchsteufelswild war.

Ich hatte sie mit Absicht durchfallen lassen – um sie zu beschützen. Und sie hatte all dies ausgeblendet und war direkt in die Falle der Mondjagd getappt.

LEXI C. FOSS

Selbst heute Nacht hatte sie für dieses Schicksal perfekt reagiert, indem sie sich hatte verteidigen und kämpfen wollen.

Die Wölfe hätten sie in Stücke gerissen und sie in einer Pfütze ihres eigenen Blutes gefickt.

Allein der Gedanke daran ließ mich wieder rasend werden.

Also ja, ich hatte brutal gehandelt.

Aber nicht einmal in meinen wildesten Träumen hätte ich erwartet, dass sie so reagieren würde – in einem Moment kämpfte sie gegen mich und im nächsten schrie sie.

Ihre Augen waren jetzt geschlossen, aber ich hatte gesehen, wie die Farbe in ihrem Blick blass geworden war, bevor sie sich komplett vor mir zurückgezogen hatte.

Sie welkt. Trocknet aus. Stirbt direkt unter mir.

Es war der Albtraum, den ich gefürchtet hatte, und eine Realität, der ich mich eines Tages würde stellen müssen. Aber ich hatte nicht erwartet, dass es heute Nacht soweit sein würde. Nicht, wenn ich es endlich zu ihr zurück geschafft hatte.

Ich ließ ihre Handgelenke los und strich mit beiden Handflächen über ihre Wangen.

Sie reagierte nicht, sondern lag nur weiter da und schrie. Das Geräusch war jetzt kratzig, da ihre Kehle zu verletzt war, um so zu funktionieren, wie sie es wollte.

„Lily", hauchte ich und strich mit meinen Daumen über die Mulden unter ihren Augen.

Verdammt, ich hatte sie mehr vermisst, als ich je eine Person in meinem langen Leben vermisst hatte.

Von ihr getrennt zu sein, war eine Qual gewesen. Ich hatte den Job so schnell beendet, wie ich konnte, da mein Verlangen, zu ihr zurückzukehren, jede meiner Entscheidungen angetrieben hatte.

Ich hätte nach ihr sehen sollen.

Allerdings hätte ich nicht wirklich etwas tun können, denn es hätte keine Möglichkeit gegeben, mit ihr zu kommunizieren und sie vor diesem Weg zu warnen.

Vielleicht hätte ich meine gezwungene Abwesenheit erklären und ihr einfach direkt sagen sollen, dass sie diese Kurse zu meiden hatte. Aber mir war keine Zeit für dieses Gespräch geblieben. Und ich hatte nicht riskieren wollen, dass sie es gegenüber der falschen Person erwähnte – zum Beispiel ihrer „Beraterin".

Lilys Schrei brach ab, als ihre Kehle schließlich gänzlich versagte. Sie wurde unter mir komplett schlaff und wartete auf ihr Schicksal. Aber dies war ein Spiel, das sie noch immer nicht ganz verstand.

Ich hatte sie gefangen.

Das machte sie zu meinem Preis.

Einige andere amüsierten sich gerade mit ihren neuen Spielzeugen in der Wüste. Es war als Einführung in die Zukunft und in das Schicksal gemeint, das sie erwartete.

Aber ich hatte für Lily andere Pläne.

Einen Plan, der nicht so begonnen hatte, wie ich es mir ursprünglich ausgemalt hatte. Aber ich würde es wieder in Ordnung bringen. Nur nicht hier.

Ich rollte von ihr herunter und sprang auf die Füße. „Steh auf."

Sie lag einfach nur da und atmete flach, während ihr Puls langsam schlug. Als hätte sie beschlossen, genau hier und jetzt zu sterben.

Nur dass sie keine Verletzungen hatte, die dies erlaubten. Das wusste ich, da ich derjenige war, der sie zur Strecke gebracht hatte.

Jeder andere hätte sie bluten lassen.

Stattdessen hatte *ich* Blut verloren.

Und sie hatte es ausgespuckt, als wäre es verdorben und unter ihrer Würde.

Ich kniff bei der Erinnerung die Augen zusammen. Ich konnte die Beweise ihrer Reaktion auf meinem Kinn trocknen spüren.

In jeder anderen Situation hätte ich ihr befohlen, es aufzulecken.

Aber das aktuelle Dilemma verlangte eine andere Herangehensweise. Daher nutzte ich den Ärmel meines dunklen Hemds, um die Spuren wegzuwischen.

Lily blieb reglos auf dem Boden, als hätte sie meinen Befehl nicht gehört.

„So wird es also sein? Ich sage dir die Wahrheit und du gibst auf?" Ich starrte auf sie herab und wartete auf eine Antwort.

Nichts.

Als wäre ich gar nicht da.

Ich kniete mich hin und drückte eine Hand auf ihren Bauch. Sie hatte in den letzten Monaten ein wenig zugenommen, und ihre erhöhten Rationen hatten ihren Kurven geholfen.

Natürlich hatte ihre „Beraterin" dennoch den Speiseplan reduziert, den ich vor meiner Abreise vorgeschlagen hatte.

So wie sie meine Vorschläge bezüglich der Dienstleistungsarbeit missachtet hatte, um Lily stattdessen den Weg des Kampftrainings und der sexuellen Künste zu erlauben.

Es hatte mich kein bisschen überrascht, dass man ihr in dieser letzten Runde einen Kurs für die orale Befriedigung von Frauen zugeteilt hatte.

Zum Leidwesen von Livia würde Lily diesen Kurs aber nicht besuchen.

Dies würde sogar das Ende allen Unterrichts sein.

Ich fuhr mit einem Finger über ihren Oberkörper und bis zu den blauen Flecken, die sich nun an ihrem Hals bildeten. Ich hatte sie zu fest ergriffen, was durch meine Wut und verstärkte Kraft beeinflusst worden war. Ich beugte mich vor, um ihre Kehle zu küssen und versprach innerlich, dass ich es wiedergutmachen würde.

Dann drückte ich meine Lippen gegen ihr Ohr. „Wir bekommen einen Monat zusammen, Lily. Einen Monat lang wirst du mir gehören. Jetzt steh auf, damit ich dich nach Hause bringen kann."

Nun, nicht in mein echtes Zuhause. Aber in meine vorübergehende Unterkunft.

Ich hatte die heutige Nacht perfekt geplant und sichergestellt, dass ich meinen gewünschten Preis erhielt und endlich einmal den Vorteil nutzen konnte, eine Kandidatin zu beanspruchen.

Dies geschah in den Blutuniversitäten häufig. Niemand interessierte es. Es wurde als Begünstigung für den Job in diesen gottverdammten Regionen gesehen, und dafür, dass wir unsere Zeit damit verbrachten, menschliche Sklaven auszubilden.

Aber keine Kandidatin hatte mich je gereizt. Nicht, bis ich Lily kennengelernt hatte.

Nur dass sie immer noch nicht reagierte und ihr Körper unter meiner Berührung kälter zu werden schien.

Ich runzelte die Stirn und richtete mich auf, um sie zu begutachten.

„Ich weiß, dass du wach bist", sagte ich ihr. „Und ich weiß, dass du mich hören kannst."

Schließlich öffnete sie ihre Augen, aber die Farbe war so matt, dass ich fast zusammenzuckte. Sie sah aus wie der Tod, als wäre ihre Seele furchtbar zerbrochen. „Ich will keine Spiele mehr spielen." Die Worte waren kaum hörbar, da ihre Kehle durch die Schreie und meine Hände so misshandelt worden war, dass sie nur mit Mühe sprechen konnte.

„Hmm. Nun, das ist zu schade, kleine Blume, denn ich bin hierher zurückgekommen, um mit dir zu spielen." Ich biss in mein Handgelenk und drückte es an ihren Mund. „Trink."

Hier draußen gab es keine Kameras.

Und meine Nachtsicht sagte mir, dass niemand nah genug war, um unser Gespräch hören oder sehen zu können.

Es war nicht wirklich sicher, aber wir hatten keine Wahl.

Lily biss ihre Zähne zusammen und verweigerte mein Blut.

Daher kniff ich mit der anderen Hand in ihr Kinn und zwang sie dazu, ihre Lippen zu öffnen.

Ihre Nasenlöcher weiteten sich.

„Trink oder ich werde dich ersticken", warnte ich sie. Das würde ich natürlich nicht. Aber ich würde einen Weg finden, um sie zum Schlucken zu zwingen.

Ihre blassen Augen blitzten auf – es war das erste Lebenszeichen, das auf ihr Gesicht zurückkehrte.

Dann biss sie in mein Handgelenk.

Fest.

Ich lächelte. „Soll das eine Bestrafung sein?" Ich ließ ihren Kiefer los, um meine Fingerknöchel über ihre Wange zu streichen. „Denn für mich ist Beißen eine Art Vorspiel, Süße."

Sie knurrte und ihre Hände flogen in die Luft, als wollte sie mich kratzen, schlagen oder *sonst etwas*. Es war kein durchdachter Angriff, eher verzweifelt und ein wenig traurig.

Allerdings erlaubte ich ihr eine Ohrfeige.

Dann schnappte ich mir ihre Handgelenke und

drückte sie gegen ihre Brust, um sie mit einer Hand festzuhalten.

Ihr Ausdruck wurde wild, als sie erneut zu kämpfen versuchte.

Ich streichelte ihre Wange und küsste sie, da ich froh war, noch einmal ihr Temperament zu sehen.

Dann zog ich mich zurück, als sie erneut versuchte, mich zu beißen, und drückte stattdessen wieder mein Handgelenk an ihren Mund.

Sie biss zu und schien erst zu spät zu bemerken, dass ich genau das beabsichtigt hatte.

Sie versuchte, ihren Kopf zu drehen, um mein Handgelenk aus ihrem Mund zu entfernen, aber ich folgte ihr mit Leichtigkeit und übte etwas Druck aus, um sie festzuhalten. „Schlucke und ich lasse dich los."

Blaues Feuer loderte in ihren Iriden auf und übertrumpfte das Grün.

Es war ein wunderbarer Anblick zu sehen, wie sie wieder zum Leben erwachte. Dieses Mal würde ich ihr die Wurzeln geben, die sie zum Überleben brauchte.

Sie schluckte, während sie mich wütend und hasserfüllt anstarrte.

Ich konnte ihren Hass akzeptieren. Das zog ich dem todesähnlichen Ausdruck, den sie noch vor wenigen Momenten aufgesetzt hatte, vor.

„Noch einmal", sagte ich, wenn auch nur um die Flammen der Wut anzustacheln.

Sie war komplett aus der Kandidaten-Haltung ausgebrochen und ließ mich die Seele unter ihrer geprügelten Hülle sehen.

Und mir gefiel sehr, was ich sah.

Ihre Kehle arbeitete, während sie gehorchte. Dann schluckte sie ein drittes und viertes Mal, bevor ich es befehlen konnte.

Lilys Wangen erblühten voller Farbe und ihre Augen strahlten wieder.

Wunderschön.

Ich zog mein Handgelenk langsam von ihrem Mund zurück. „Gutes Mädchen."

Sie schnaubte. „Fick dich."

Meine Lippen verzogen sich zu einem Grinsen. „Dein Vokabular hat sich seit unserem letzten Gespräch verbessert." Ich ließ mich neben ihr auf die Knie sinken und ließ ihre Handgelenke los. „Ich würde gerne sehen, was du noch alles gelernt hast."

Sie sprang vorwärts und streckte ihre Faust aus. Ich fing ihre Hand ab und zog sie heran.

„Deine Kampfkünste haben sich definitiv *nicht* verbessert." Auch wenn sie mit dem Dolch einen tödlichen Treffer hätte landen können.

Sie wand sich, da der Kampf zwischen uns durch meine Worte erneut entfacht worden war. Ihr Ellbogen schoss nach oben in Richtung meines Kiefers, sodass ich ihr Handgelenk loslassen musste, damit sie sich nicht verletzte.

Sie schätzte diese Bewegung fälschlicherweise als Sieg ein.

Daher stürzte sie sich wieder mit aller Kraft auf mein Gesicht.

„Okay." Ich ergriff ihre Haare in einer Faust, zog ihren Kopf zurück und biss zu.

Sie schrie auf, bevor ihre Hände auf meinen Schultern landeten, um mich wegzustoßen.

Innerhalb weniger Sekunden wurde ihr Wegdrücken eher zu einem Zerren, als sich ihre Lippen voller Euphorie durch meinen Biss öffneten.

„Ich hasse dich", hauchte sie, aber den Worten fehlte

jegliche Überzeugung, während ihr Körper unter meinem vampirischen Befehl schwankte.

Ich legte meinen anderen Arm um sie und hielt sie fest, während ich tiefe Schlucke aus ihrer Vene trank. Ihre Essenz war wie eine Droge für meine Sinne, da mein Körper zu lange auf ihren Geschmack hatte warten müssen.

Verdammt, ich war süchtig nach dieser Frau. Meiner süßen, wunderschönen Blume.

Was hatte sie an sich, das mich so sehr im Bann hielt, dass ich gewillt war, Silvanos Aufgabe schnellstmöglich zu erledigen, nur um wieder zu ihr zurückzukehren? Sie war mein Ziel gewesen, *meine Belohnung*, die mir durch meine Mission geholfen hatte.

Ich hatte mich so auf unser Wiedersehen gefreut.

Mein Plan war gewesen, sie mitten in der Nacht von hier zu entführen und sie für einen Monat zu meiner persönlichen Bediensteten zu machen.

Dann hatte ich ihren Stundenplan gesehen – und bemerkt, dass *dieser* Kurs heute Nacht auf sie gewartet hatte – und meine Strategie sofort geändert.

Sie würde immer noch mit mir nach Hause kommen.

Wir würden unseren Monat zusammen bekommen.

Aber jetzt musste ich mir einen neuen Plan überlegen, um ihr Schicksal zu ändern. Denn die Mondjagd konnte nicht ihre Zukunft sein. Ich weigerte mich, dies zu erlauben.

„Meister Cedric", stöhnte sie, und ihre Stimme fuhr sofort in meinen Schritt und entzündete mein Verlangen nach mehr.

Unsere gemeinsame Reise hatte gerade erst begonnen. Dann hatte Silvano uns vieles der wertvollen kurzen Zeit, die uns blieb, geraubt.

Acht Monate waren für jemanden meines Alters nichts.

Dennoch waren sie mir wie eine Ewigkeit vorgekommen.

Ich führte sie wieder auf den Boden, während meine Fangzähne noch in ihrer Kehle steckten.

Sie erzitterte automatisch und ihre Beine öffneten sich zu einer unverhohlenen Einladung. Ich ließ mich zwischen ihre Schenkel sinken und strich mit meiner Hand von ihrem Haar nach unten, um nach einer ihrer Brüste zu greifen.

Viel besser, dachte ich und war zufrieden, wie ihr Körper auf anständige Mahlzeiten reagiert hatte.

Sie wölbte sich mir entgegen, vollständig verloren in meinem Biss und den Endorphinen, die ihr System überfluteten.

Ein weiteres leises, bedürftiges Geräusch verließ ihre Kehle.

Ich schwelgte darin und lächelte, bis ich plötzlich einen anderen Vampir in unserer Nähe spürte. Er würde diesen Fauxpas gehört haben. Das würde zu meinem Vorteil sein, wenn ich verkündete, dass ich sie einen Monat lang behalten wollte.

Es sei denn, er wählte sie selbst.

Aber das bezweifelte ich.

Ich hatte sein Interesse an jemand anderem gesehen.

Ich hob meinen Blick, nur um ihn etwa drei Meter entfernt mit genau dieser nahezu leblosen Frau in den Armen zu sehen. Der Hauch eines Pulses sagte mir jedoch, dass sie noch am Leben war. *Gerade noch so.*

„Wirst du sie töten?" Seine tiefe Stimme ließ Lily unter mir erstarren. Sie würde sie erkennen, da er in den letzten Monaten ihr Lehrer gewesen war. „Denn ich denke, das wäre eine Verschwendung."

Die Warnung in seinem Ton war unerwartet.

Prinz Khalid störte sich normalerweise nicht an

leichtsinnigem Töten. Er war schließlich ein bekannter Auftragsmörder.

Als ich ihn von Silvanos Befehl unterrichtet hatte, hatte er mir versichert, er würde meine Kurse vorübergehend einer anderen Person zuweisen. Die Universität grenzte an seine Region, daher war er für deren Überwachung zuständig.

Es hatte mich tatsächlich überrascht, als ich herausfand, dass er meine Kurse selbst übernommen hatte. Ich hatte erwartet, er würde diese Aufgabe delegieren.

Allerdings tauchte sein Name im Stundenplan als *Meister Khalid* und nicht als *Prinz Khalid* auf, was mich darüber sinnieren ließ, welches Spiel er hier angezettelt hatte.

Er war nicht wie andere Könige. Er zog meist sein eigenes Ding durch und verbarg sich vorzugsweise in den Schatten.

Wenn er also hier war, dann aus einem guten Grund.

Und ich wollte seine Pläne nicht unbedingt durchkreuzen.

Ich ließ vorsichtig von Lilys Hals ab und richtete mich zwischen ihren gespreizten Beinen auf, wobei ich absichtlich eine niedrige Position behielt, um ihm Respekt zu zollen.

„Es wäre eine Verschwendung", stimmte ich ihm zu, und bezog mich damit auf seinen Kommentar über die Auslöschung von Lilys Leben.

Er musterte mich eine Sekunde lang. „Dann kann sie gehen?"

„Nein. Ich beanspruche sie für den Monat."

Seine dunklen Augenbrauen wanderten nach oben. „Oh?"

„Wird das ein Problem sein?"

„Überhaupt nicht", antwortete er. „Der Palast könnte mehr Leben gebrauchen."

Eine Anspielung darauf, dass er nun auch dort lebte. Und seine Blutlinie machte ihn zu meinem Vorgesetzten. Das bedeutete, dass ich sie würde teilen müssen, wenn er dies verlangte.

Ich nickte als Anerkennung zu seiner unausgesprochenen Drohung.

Er erwiderte die Geste. „Wir sollten unser abendliches Frühstück zusammen einnehmen. Ich glaube, wir haben einiges zu besprechen. Punkt acht Uhr wäre in Ordnung."

„Ja, mein ..."

„Noch eine angenehme Nacht", unterbrach er mich und schlenderte davon, bevor ich seine Einladung formell annehmen konnte.

Ich starrte ihm nach, dann sah ich auf Lily herab, die regungslos unter mir lag. In ihren weit aufgerissenen Augen lagen tausend Fragen.

Und ein kleiner Hauch von Hass.

Damit konnte ich arbeiten.

„Wirst du jetzt für mich aufstehen?", fragte ich. „Oder muss ich dich hochheben?"

Sie hob eine zitternde Hand an ihren Hals und berührte die Male, die noch nicht ganz verheilt waren. „Ich stehe auf."

Ich war zuerst auf den Beinen und klopfte den Sand von meiner Hose, dann wartete ich, dass sie es mir gleich tat. Sie war langsam, aber fand ihr Gleichgewicht nach ein paar wackeligen Sekunden.

Dann versuchte sie, den Sand aus ihrer Kleidung und ihren Haaren zu schütteln und fiel beinah wieder.

Ich ergriff ihre Hüfte und nutze meine andere Hand, um ihr zu helfen. Sie knirschte mit den Zähnen, aber sagte nichts. Ihr wütender Blick blieb, selbst als ich meine Finger durch ihre goldenen Strähnen strich.

„Du wirst duschen müssen, um das alles zu entfernen", sagte ich leise.

Sie antwortete nicht. Stattdessen schloss sie kurz ihre Augen und erzitterte. Ihre blasse Haut deutete darauf hin, dass sie die Nachwirkungen des Blutverlustes zu spüren bekam.

Und die offenen Wunden an ihrem Hals halfen wahrscheinlich auch nicht.

Ich zog sie sanft zu mir heran und drückte meinen Mund auf den Biss. Sie keuchte, während ihre Hände suchend nach meinen Schultern griffen, damit sie nicht aus dem Gleichgewicht geriet.

Ich ritzte meine Zunge an und fuhr damit über die Male, dann nahm ich ihren Mund ein und zwang sie, meine Essenz zu schlucken.

Dieses Mal kämpfte sie nicht gegen mich an.

Sie biss mich auch nicht.

Sie akzeptierte nur meinen Kuss, ohne ihn wirklich zu erwidern.

Ich grinste, denn mir gefiel diese neue Herausforderung. „Wir werden viel Spaß haben, kleine Blume."

„Du meinst, *du* wirst Spaß haben", korrigierte sie, und die Grimmigkeit in ihrem Tonfall überraschte mich.

Ich ergriff ihren Nacken und zwang sie, meinem Blick zu begegnen. „Nein, süße Blume. *Wir.* Du wirst schon sehen."

Sie kniff die Augen zusammen. „Ich will nicht spielen."

„Wie ich schon gesagt habe, ist das wirklich sehr schade. Denn ich bin nur in dieses Höllenloch zurückgekehrt, um mit dir zu spielen. Und ich habe nicht vor, meine Pläne zu ändern."

LILY

„Folge mir, Kandidatin. Ein falscher Schritt und ich werde annehmen, dass du lieber getragen werden möchtest." Meister Cedrics Worte legten sich wie eine Schlinge um mich und zogen mich vorwärts, als hielte er mich an einer Leine.

Dies lag vor allem daran, dass ich zu sehr damit beschäftigt war, seine vorherigen Aussagen zu verarbeiten, als dass ich meinen Instinkt nach Gehorsam hätte bekämpfen können.

„Denn ich bin nur in dieses Höllenloch zurückgekehrt, um mit dir zu spielen."

Das hatte er vorher schon einmal erwähnt, aber ich hatte es bis zu seinem letzten Kommentar nicht wirklich erkannt.

Wenn er nicht die ganze Zeit hier gewesen war, wo dann?

Und warum war er für mich zurückgekehrt?

Bedeutete *quälen* in seinem verzerrten Vampir-Verstand *spielen*?

„Ich beanspruche sie für den Monat."

Das hatte er zu Meister Khalid gesagt. *Was bedeutet das überhaupt?*

Dies hätte ich nun beinah gefragt, aber wir waren schon an der Seitentür der Mauer. Meister Cedric drückte einen Finger auf eine Schalttafel, sodass eine Reihe von Pieptönen erklang, bevor sich die Tür zischend öffnete.

Es war nicht die Tür, durch die wir in die Wüste hinausgerannt waren. Dies war ein simpler Eingang, der nur etwa dreißig Zentimeter höher war als Meister Cedric.

Er führte in ein Treppenhaus, das sich nach unten wand, und nicht auf einen Innenhof hinaus.

Meister Cedric trat ein und gab mir mit einer Geste zu verstehen, dass ich ihm folgen sollte.

Die durch die Klimaanlage hervorgerufene Kühle erschlug mich förmlich und ließ mich durch die abrupte Temperaturveränderung beinah stolpern. Es war anders als alles, was ich in anderen Gebäuden erlebt hatte.

Ich begann zu zittern, da meine Kampfkleidung für diese Umgebung zu dünn war.

Meister Cedric schien es nicht zu bemerken, während er mit abgehackten Schritten den Weg nach unten voranschritt.

Ich zuckte zusammen, als sich die Tür hinter mir versiegelte, dann hechtete ich vorwärts, um ihn einzuholen, auch wenn meine Zähne bereits zu klappern begannen. Ich versuchte, dagegen anzukämpfen, da ihn eine solch menschliche Reaktion bestimmt verärgern würde, aber ich konnte nichts gegen den Schauder tun, der sich durch mich hindurch arbeitete.

Sein Blut half auch nicht.

Meine Sinne wurden mit jeder Sekunde schärfer, sodass die Luft hier unten fast unerträglich war. Jedes Einatmen fühlte sich an, als würden Messer in meine Lunge stechen.

Meister Cedric hielt unten abrupt inne und musterte mich mit seinem dunklen Blick.

Ich hätte mich beinah entschuldigt.

Allerdings schien meine Zunge wie eingefroren zu sein.

Er kniff die Augen zusammen. „Dir ist kalt." Keine Frage, sondern eine Feststellung.

Ich blinzelte.

In der nächsten Sekunde packte er mich, hob mich in seine Arme und drückte mich an seine Brust.

Dann flogen wir.

Na ja, wir flogen nicht wirklich. Er *teleportierte* uns. Ich konnte mich vage an das erste Mal erinnern, als er das getan hatte. Allerdings war ich damals so benommen gewesen, dass ich die Empfindungen nicht wirklich hatte verstehen können.

Jetzt fühlte ich sie.

Der Wirbel der Energie, der um mich schlug.

Ein tunnelartiges Geräusch in meinen Ohren.

Das schwindelige Gefühl, Raum und Zeit zu durchdringen.

Mein Körper war für diese Art Fortbewegung nicht gemacht. Das sagte mir auch mein Magen, als er plötzlich in mir rebellierte.

Zum Glück war die Reise so schnell vorbei, wie sie begonnen hatte. Mein Rücken landete auf etwas Weichem und mein Verstand begriff langsam, dass er mich in sein Auto gesetzt hatte, als er die Tür neben mir schloss.

Dann war er neben mir auf dem Fahrersitz und schnallte mich an.

Der Motor erwachte brüllend zum Leben.

Und dann verschwanden wir in Sekundenschnelle, rasten aus den Toren hinaus und auf die Straße, die ich zu Beginn meiner Prüfung so verzweifelt gesucht hatte.

In meinem Verstand wirbelten unzählige Fragen und

Anschuldigungen, nachdem sich meine Welt in einem Moment komplett verändert hatte.

Ich hatte mich monatelang hiernach gesehnt.

Aber jetzt war ich mir nicht mehr sicher, ob ich es immer noch wollte.

Sein einziges Ziel war es, mir wehzutun. Mich zu quälen. Mich durchfallen zu lassen, wann immer es ihm passte, nur um mich einem Leben des Schmerzes auszusetzen.

Die Mondjagd.

Dann werde ich das Haustier eines Lykaners.

Dann komme ich in ein Zuchtlager.

Verdammt, mir wurde beinah schlecht.

All meine Wut und meine Verzweiflung von vorher kamen zurück und ließen mich vor Zorn schwindelig werden.

Ich verabscheute diesen Vampir. Ich verstand nicht, warum er mich als Objekt für seine Quälerei ausgewählt hatte, aber ich würde alles dafür geben, um es zu beenden.

Er war für mich zurückgekommen, von wo auch immer zur Hölle er gewesen war. Und ich hatte mich nach ihm *verzehrt.*

Was wahrscheinlich genau das gewesen war, was er wollte.

Göttin, wie hatte ich nur so dumm sein können? Vampire liebten es, mit ihrer Beute zu spielen.

Und ich war genau in seine Falle getappt.

„Dein Zorn ist betörend", murmelte er, während seine Hand auf der Gangschaltung zwischen uns ruhte. „Es ist lange her, dass ich so viele Gefühle in einem Menschen gesehen habe. Es freut mich tatsächlich, dass ich sie in dir bewundern kann."

Ich starrte ihn an. „Du willst also, dass ich wütend bin? Emotionen zeige? Meinen Anstand verliere, damit du einen Grund hast, um mich zu bestrafen?" Zu welchem Zweck? Vampire konnten tun und lassen, was sie wollten. Warum brauchte er einen Grund?

„Oh, ich habe nicht vor, dich zu bestrafen, Lily. Ich möchte dich belohnen."

„Inwiefern? Indem ich wieder durchfalle?" Ich konnte mir die sarkastische Antwort nicht verkneifen. Es sah mir gar nicht ähnlich. Es brach tausend Regeln. Aber es war mir inzwischen egal. Ich war dieses Spiel leid. Ich war es leid, die perfekte Kandidatin zu sein.

Warum sollte ich noch mitspielen, wenn mein Gehorsam nur zu Schmerz führte?

„Ich werde deine emotionalen Leistungen nicht bewerten, kleine Blume. Wenn ich das täte, würde man dich umbringen."

„Das werden sie sowieso", murmelte ich.

„Ja", stimmte er zu, wobei in seiner Stimme ein Gefühl mitschwang, das ich nicht definieren konnte. Wahrscheinlich, weil ich mir keine Mühe mehr gab, es zu versuchen. Er würde der Jagd wahrscheinlich beiwohnen, nur um sich an meinem Leid zu erfreuen.

Die restliche Fahrt sprachen wir nicht miteinander.

Was mir ganz recht war.

Ich wollte nicht mit ihm reden oder auch nur in seiner Nähe sein.

Das komplette Gegenteil der letzten acht Monate.

Göttin, ich habe in jeder Hinsicht versagt. Vielleicht verdiente ich dieses Schicksal doch.

Er parkte seinen Wagen vor dem Palast – das Äußere war genauso prachtvoll, wie ich es in Erinnerung hatte.

Weiches Licht beleuchtete die Seiten und strahlte einzelne Palmen im Außengarten an. Steintreppen führten zu den opulenten Türen und dem juwelenbesetzten Inneren.

Ich folgte Meister Cedric wie in Trance, meine Füße bewegten sich, ohne dass mein Verstand die Handlungen verarbeitete.

Er führte mich durch einen Innenhof, an einem sanft fließenden Brunnen entlang und durch eine weitere Tür. Dann eine Treppe hinauf. Einen langen Flur hinunter. Und in ein Wohnzimmer, das ich erkannte.

Seine Suite.

Eine Frau wartete in gebeugter Haltung auf uns, was ihn seufzen ließ. „Ich habe kein Blut verlangt. Nur Nahrung. Du kannst gehen."

Die Frau erschauderte und versuchte aufzustehen, dann strauchelte sie. Er verschwamm vor meinen Augen und ergriff ihren Ellbogen, um ihr auf die Füße zu helfen.

Sie schwankte und wurde immer blasser, als sie etwas Unverständliches murmelte, das ein bisschen wie eine Entschuldigung klang.

„Schon in Ordnung", antwortete er knapp. Aber seine Berührung blieb sanft, als er ihr zur Tür half. „Setz dich einen Moment in den Flur und strecke deine Beine aus. Wenn dich Herrin Adrienne danach fragt, sagst du, dass ich es dir befohlen habe."

„Ja, Sir", flüsterte sie.

„Lily", sagte er von der Tür aus. „Bring das Wasser vom Tisch." Er deutete mit dem Kopf zu dem Sitzbereich, wo ein Tablett mit Essen auf dem Couchtisch wartete.

Ich tat, was er verlangt hatte, wobei mein Körper immer noch wie auf Autopilot funktionierte.

Er nahm die Flasche aus meiner Hand und reichte sie dem Mädchen. „Trink das zwischen den Dehnübungen. Geh erst zu Herrin Adrienne zurück, wenn du dich besser fühlst. Verstanden?"

„Ja, Sir."

„Gut." Er führte sie in den Flur und verschwand aus

meinem Sichtfeld. Dann murmelte er ihr noch etwas anderes zu, das ich nicht verstand, bevor er zurückkam und die Tür schloss.

Es schien seltsam, dass er sich so um einen Menschen kümmerte. Vielleicht war ihm diese Frau wichtig. Oder sie war eine weitere Spielfigur auf seinem Brett.

„Setz dich, Lily. Du musst etwas essen. Dann kümmern wir uns um den Sand." Er zeigte auf das Sofa und dann das Tablett, bevor er im Schlafzimmer verschwand.

Ich runzelte die Stirn, aber gehorchte seinem Befehl.

Hühnchen. Grüne Bohnen. Reis. Erdbeeren. Als ich die letzte Schale sah, lief mir das Wasser im Mund zusammen, sodass ich zuerst nach den Früchten griff. Plötzlich erschien Meister Cedric aus dem Nichts und nahm sie mir ab, bevor er sie zurück in die Schale legte.

„Iss den Rest zuerst." Er stellte eine Wasserflasche neben mir ab, um die zu ersetzen, die er der anderen Frau gegeben hatte. „Ich kümmere mich um die Erdbeeren."

Mein Mund zog sich zusammen, und meine Geschmacksknospen waren nicht in der Stimmung bei diesem neuen grausamen Spiel mitzumachen.. Ich wollte einfach nur die Erdbeeren essen. Sie waren süß und ganz anders als alles, was ich in der Universität bekam.

Aber ich wollte nicht, dass er meine Enttäuschung sah.

Daher steckte ich mir stattdessen eine grüne Bohne in den Mund.

Dann nutzte ich das Wasser, um sie herunterzuspülen.

Meister Cedric setzte sich neben mich und nahm ein Messer, während sein Oberschenkel sanft gegen meinen strich. Mein Herz setzte einen Schlag aus und ich bekam eine Gänsehaut.

Allerdings brachte er das Messer nicht einmal in meine Nähe.

Stattdessen begann er, den Strunk der Erdbeeren zu entfernen.

Ich aß solange das Hühnchen und beobachtete, wie seine athletischen Hände und seine langen Finger mit der Klinge umgingen. Jeder Schnitt war präzise, sodass die Erdbeeren beinah vollständig intakt blieben, während er den grünen Teil entfernte.

Meine Bohnen und das Fleisch waren weg, als er fertig war, nur noch der Reis blieb übrig. Ich kaute auf meiner Unterlippe, da sich mein Magen schon von der außergewöhnlich großen Mahlzeit voll anfühlte.

„Möchtest du den Reis?", fragte er leise.

„Ich … Ich hätte lieber die Erdbeeren", gab ich zu.

Er nickte und reichte mir die Schüssel. „Dieses Mal werden sie dir besser schmecken."

Sie waren beim letzten Mal schon lecker gewesen, aber das sagte ich ihm nicht. Stattdessen steckte ich eine in meinen Mund und stöhnte bei der Süße der Frucht beinah auf.

Süß, aber doch säuerlich.

Saftig.

Perfekt.

Er hatte recht – dieses Mal schmeckten sie besser. Er sagte nichts, während ich die Schüssel verschlang, aber seine dunklen Augen lagen die ganze Zeit auf mir. Ich ließ mich von seinem Blick nicht stören, da mein Mund zu zufrieden war, um sich diesen Moment zerstören zu lassen.

Als ich fertig war, nahm er das Tablett und brachte es in den Flur. Ich hörte ihn wieder etwas sagen und nahm an, dass er mit der Bediensteten sprach.

Ihre leise Antwort bestätigte dies.

Er nickte und kam in das Zimmer zurück, dann streckte er eine Hand nach mir aus. „Steh auf und folge mir. Wir müssen den Sand aus deinen Haaren waschen."

Mir wurde flau im Magen, denn ich wusste, was das bedeutete – *noch ein Bad.*

Allerdings lief er dieses Mal an der Badewanne vorbei, als wir das Badezimmer betraten.

Stattdessen ging er zu der großen, bodentiefen Dusche.

Drei Duschköpfe sprangen gleichzeitig an und ließen hypnotische Regentropfen herunterplätschern. Ich sah ihnen einen Moment lang zu, während meine Gedanken seltsam ruhig wurden.

Bis Meister Cedric meine Aussicht störte.

Seine Augen erinnerten mich an ein Gewitter, dunkel und unheilvoll. Allerdings war seine Berührung trügerisch sanft, als er mit seinen Fingerknöcheln über meine Wange strich. „Zieh deine Kleidung aus, Lily."

Ich hätte ihn fast daran erinnert, dass mein Name nicht Lily war, aber es schien mir eine Verschwendung von Worten zu sein. Er quälte mich gerne und würde mir wahrscheinlich eine Antwort geben, die mich hoffnungsvoll stimmen sollte, nur damit er mir danach wieder alles wegnehmen konnte.

Ich seufzte und beugte mich vor, um meine Schuhe auszuziehen. Dann schlüpfte ich aus meiner Sporthose und richtete mich auf, um mein Shirt über den Kopf zu ziehen, bis ich nackt vor ihm stand.

Blitze durchzuckten seinen Blick, während er meinen Körper betrachtete.

Ich erwartete beinah, dass er mich verschlingen würde.

Stattdessen überraschte er mich, indem er sein Hemd aufknöpfte und es auf die Marmortheke legte. Dann stellte er seine Schuhe und Socken neben meine. Schließlich öffnete er seinen Gürtel, zog seine Hose hinunter und faltete sie über seinem Hemd zusammen.

Sein Körper war ein Kunstwerk, athletisch, mit schlanken Linien, die sich anspannten und auf eine Art und Weise bewegten, die mich noch mehr fesselte als das Wasser der Dusche.

Dann hakte er seine Daumen in den dünnen Stoff, der seinen Schritt bedeckte und begann, ihn langsam herunterzuziehen.

Mein Mund wurde trocken.

Das hatte er beim letzten Mal nicht gemacht. Er hatte diese dünne Barriere zwischen uns gelassen.

Aber jetzt nicht mehr.

Nun verschwand sie seine starken Oberschenkel und die langen, muskulösen Beine hinunter.

Ich schluckte.

Meister Cedric war schon angezogen zu bewundern. Aber nackt? Nun war er ein Gott, der nach Verehrung verlangte.

Meine Knie wurden weich und wollten sich beugen, vor ihm zu Boden gehen und um seine Berührung flehen.

Ich konnte nicht aufhören zu starren.

Ich konnte nicht aufhören, ihn zu begutachten.

Ich konnte nicht aufhören, mich nach ihm zu *sehnen.*

Das war der schlimmste Streich, den er mir hätte spielen können. Vampire waren von Natur aus anziehend. So unterwarfen sie ihre Beute. Auch wenn ich das wusste, wurde ich zur Sklavin meiner Bedürfnisse.

Seine Bauchmuskeln spannten sich an, als er die Boxershorts auf seinen Kleiderstapel legte, und seine Arme strotzten nur so vor Kraft und greifbarer Stärke. Ich versuchte, mich auf diese Perfektion zu konzentrieren und nicht den dünnen Haaren unterhalb seines Nabels zu folgen, aber mein angeborenes Verlangen ihn zu *sehen* ließ meinen Blick nach unten wandern.

Lang. Stolz. Hart.

Oh, Göttin.

Ich schluckte noch einmal aus einem ganz anderen

Grund. Meine oralen Kurse hatten mich auf einen Mann seiner Größe vorbereitet. Aber ich fragte mich plötzlich, ob ich genug gelernt hatte.

Er streckte seine Hand nach mir aus und ergriff mein Kinn, um meinen Blick nach oben zu lenken. „Wenn du mich weiter so ansiehst, wird es noch zu etwas kommen, wofür wir beide noch nicht bereit sind." Seine Finger tanzten über meinen Kiefer, dann meinen Hals entlang, bevor er meinen Nippel mit einem leichten Streicheln bedachte, das mir eine Gänsehaut bereitete, bis er schließlich meine Hand ergriff.

Diese zarte Berührung war vielleicht keine Absicht gewesen, aber es fühlte sich definitiv so an. Die subtile Freude in seinen dunklen Augen bestätigte meinen Verdacht.

Er zog mich zur Dusche, dann führte er mich hinein und stellte mich direkt unter den Wasserstrahl.

Ich schloss die Augen.

Er ließ meine Hand los, fuhr mit seinen Fingerspitzen über meinen Arm und meine Schulter und strich dann durch mein immer nasser werdendes Haar.

„Ich habe dich vermisst, Lily", flüsterte er, und sein Atem war wie ein Kuss auf meiner Wange, während seine andere Hand zu meiner Hüfte wanderte. „Dieser Moment in der Dusche ist für dich. Du stellst die Regeln auf. Sag mir, was du brauchst, was du willst. Und ich werde es dir geben, Lily, was auch immer du verlangst."

LILY

MEISTER CEDRICS LIPPEN BERÜHRTEN MEINE UND LIEẞEN mein Innerstes erschaudern.

Das war wieder nur ein Streich. Ein Spiel, dessen Regeln ich nicht kannte. Trotzdem lullten mich seine Worte ein, während mein ganzer Körper unter der plötzlichen Veränderung von Anspannung zu Entspannung erschauderte.

Es war, als hätte er mich mit den leisen Worten verzaubert.

Ich wusste es besser, als seinen Aussagen Glauben zu schenken.

Aber ein gebrochener Teil von mir wollte, dass sie wahr waren. Wollte ihm glauben. Ihm *vertrauen*.

Ein wahnwitziger Gedanke.

Ein tödlicher.

Trotzdem hatte ich nichts zu verlieren. Er hatte mein Schicksal schon umschrieben. Warum sollte ich dieses kleine Angebot nicht nutzen und es genießen? Vielleicht wäre es genug, um meine Träume in der Nacht zu füllen.

Oder vielleicht würde es die schlimmste Art Folter werden.

Eine wunderschöne Qual, die meine düstere Zukunft heimsuchen würde.

War es das Risiko wert?

Sollte ich das Angebot ignorieren?

Meinte er es überhaupt ernst?

Vielleicht war dies nur seine Art, mein Verlangen gegen mich zu verwenden. Sollte ich ihn so die Überhand gewinnen lassen?

„Sag mir, was du willst, Lily", flüsterte er gegen meinen Mund, während seine Finger noch immer durch mein Haar strichen. „Sag mir, wie ich es wiedergutmachen kann."

Ich runzelte die Stirn. Seine Worte klangen beinah wie eine Entschuldigung. Aber warum? Weil er ein schlechtes Gewissen hatte, mir von der Mondjagd erzählt zu haben?

Es waren keine Neuigkeiten gewesen, die ich gerne gehört hatte.

Allerdings bevorzugte ich es, die Wahrheit zu erfahren, auch wenn sie schmerzte.

Und jetzt wollte ich seine wahren Absichten herausfinden. „Warum tust du mir das an?", fragte ich. Meine Stimme war unter dem fließenden Wasser nicht mehr als ein Kratzen. „Warum hast du mich für dieses Spiel ausgewählt?"

Ich wollte wenigstens diesen Teil verstehen. Nicht, dass ich ihn hätte ändern können. Nicht, dass es mir in der Zukunft helfen würde. Aber ich musste es wissen.

„Warum quälst du mich so gerne?", flüsterte ich. „Habe ich einen Fehler gemacht? War es etwas, das ich gesagt habe? Wegen meiner schlechten Kampffähigkeiten?" Nun, da ich zu sprechen begonnen hatte, konnte ich irgendwie nicht aufhören. „Quälst du

238

mich deshalb? Oder ist es, weil ich um Hilfe gebeten habe?"

Ich hielt inne, als die Frage meine Lippen verließ.

„Das ist es, nicht wahr? Das alles ist, weil ich die Regeln gebrochen und nach Unterstützung gefragt habe." Die Worte waren eher an mich selbst gerichtet, da mein Kopf nun endlich verstand, welchen Fehler ich gemacht hatte.

Natürlich war dies eine Fehlentscheidung gewesen.

Ich wusste es besser, als einen Meister infrage zu stellen.

Trotzdem hatte ich es getan.

Und jetzt musste ich für diesen Fehler bezahlen.

„Deshalb werde ich für die Mondjagd eingeteilt", hauchte ich. „Die Strafe dafür, deine Autorität infrage gestellt zu haben. Dabei wollte ich nur wissen, warum ich die ganze Zeit durchgefallen bin."

Ich fühlte mich taub. Kalt. Eingefroren.

„Ich würde dich darum bitten, mich zu töten, aber das würdest du nicht tun." Die Worte waren kaum hörbar. „Du willst, dass ich leide. Das gefällt dir." Eine Träne stahl sich aus dem Winkel meiner geschlossenen Augen. „Ich hasse dich, Meister Cedric. Ich hasse es, dass du mir das angetan hast. Und ich hasse es, dass ich trotz allem mehr will."

Mein Herz zerschmetterte in meiner Brust, ein schwacher Teil, der unter dem Gewicht all der Offenbarungen nun zerbrach.

Ich wollte mich einfach nur zusammenkauern.

Und sterben.

Aber er würde es nicht erlauben.

Er würde mich dazu zwingen, alle meine Emotionen zu fühlen. Mit mir spielen, bis ihm langweilig wurde. Und mich dann meinem Schicksal überlassen.

„Mach einfach, was du willst", sagte ich mit brüchiger

Stimme. „Ich werde nicht dagegen ankämpfen. Ich werde dich nicht einmal infrage stellen. Dieser Moment hier ist nicht für mich, sondern für dich. Also überspringen wir den Teil, indem du mir falsche Hoffnungen machst und kommen direkt zu dem, was du eigentlich willst."

Ich öffnete meine Augen und sah seinen stürmischen Blick.

„Willst du mich wieder auf die Probe stellen? Meine oralen Fähigkeiten haben sich verbessert. Soll ich es dir zeigen?" Meine Stimme klang tot in meinen Ohren. Aber vielleicht wollte er genau das – *eine ausgetrocknete Blume.*

Sein Gesichtsausdruck war nichtssagend, und seine dunklen Augen tanzten über mich, während sein Griff um meine Hüfte immer fester wurde. „Willst du wissen, warum ich dich immer wieder habe durchfallen lassen?" Seine Stimme war schneidend und erinnerte mich an gezacktes Eis.

„Spielt das eine Rolle?", konterte ich. „Du lässt mich durchfallen, egal wie ich abliefere. Ich könnte perfekt sein und würde trotzdem versagen."

„Du *bist* perfekt", schlug er zurück. „Deshalb habe ich dich immer wieder durchfallen lassen, Lily. Um dich in eine andere Richtung zu lenken. Denn ich habe gesehen, wohin dich dein Weg führen würde. Trotzdem hast du mich herausgefordert und nicht locker gelassen und jetzt werden sie dich zu einer Mondjagd schicken, wo dich die verdammten Lykaner in Stücke reißen werden. Denkst du, das gefällt mir?"

„Ja", antwortete ich, ohne darüber nachdenken zu müssen. „Du hast mich von Anfang an gequält. Dann wird es dir auch gefallen, dass Ende mitanzusehen."

Er schnaubte. „Du hast alles missverstanden, was ich dir gegeben habe."

Meine Augenbrauen wanderten in die Höhe. „Und

was hast du mir gegeben, Meister Cedric? Einen Namen, den du mir dann weggenommen hast? Einen Hoffnungsschimmer, der mit dem Namen verschwunden ist? Negatives Feedback über meine Kampffähigkeiten? Eine schlechte Note für mein sexuelles Können, das ist nicht einmal wirklich habe beweisen können?"

Mein Atem kam keuchend heraus, während Hitze in meine Wangen stieg und mein Herz in meiner Brust donnerte.

„Oder sprichst du von deinem Blut?", fuhr ich fort. „Blut, mit dem du mich geheilt hast, nur um mich danach wieder brechen zu können, nicht wahr?"

Seine Hand in meinem Haar wurde zu einer Faust und sein Griff um meine Hüfte würde blaue Flecken hinterlassen. „Weißt du, wo sexuell begabte Menschen mit Kampfgeist nach dem Bluttag landen?"

„Bei der Mondjagd", zischte ich, da ich dies dank seiner unverhohlenen Erklärung von vorher nun wusste.

„Was glaubst du also, warum ich dich in diesen beiden Bereichen habe durchfallen lassen, Lily?" Sein Blick wurde dunkler. „Um dich von diesem Pfad abzulenken. Trotzdem bist du kopfüber in die Falle getappt, kaum dass ich verschwunden war. Und warum? Um mir das Gegenteil zu beweisen?"

„Um dich wiederzusehen", erwiderte ich bissig. „Ich wollte eine Chance, um dir zu zeigen, dass du dich in mir geirrt hast. Aber du warst nicht da. Also habe ich den nächsten Kurs belegt und den nächsten, in der Hoffnung, ich könnte dir meine Fortschritte zeigen." Denn ich war ein trauriger, bemitleidenswerter, dummer Mensch, der für einen Meister schwärmte.

Er sah mich finster an. „Willst du deine Fortschritte jetzt unter Beweis stellen? Mich dich gegen die Duschwand in den Arsch ficken lassen, nur um zu sehen, ob du einen

Vampirschwanz so nehmen kannst, wie den eines Menschen?"

„Wenn es sein muss, dann ja", erwiderte ich knapp, da ich inzwischen komplett verwirrt war, wie das Gespräch so weit hatte kommen können. Ich konnte mich nicht daran erinnern, was er mir gesagt hatte, um mich zum Reden zu bewegen. Aber ich war so wütend, weil er mich hatte durchfallen lassen. Weil er mich zu solchen Extremen getrieben hatte, um ihm das Gegenteil zu beweisen.

„Du bist eine sture, kleine Göre", murmelte er und schüttelte den Kopf. „Ich habe dich durchfallen lassen, weil ich deinen unausweichlichen Tod so friedlich wie möglich machen wollte. Du hast nicht die körperlichen Voraussetzungen für eine Vigil-Position. Du bist nicht für den Cup der Unsterblichkeit vorgesehen. Und du warst auf dem besten Weg, in einem Harem zu landen. Also habe ich versucht, dich auf den Pfad der Dienstleistungsbranche zu drängen, in der Hoffnung, dass du an einem weniger gewalttätigen Ort landen würdest. Aber jetzt bist du die perfekte Kandidatin für eine Mondjagd."

Er ließ mich so plötzlich los, dass ich beinah fiel.

„Ich habe nicht in deine Akte gesehen, während ich weg war, weil ich verdammt noch mal nichts hätte tun können, um dir zu helfen." Er drehte sich zur Wand und schlug seine Handflächen so fest gegen die Fliesen, dass ich zusammenzuckte. „Und jetzt kann ich nicht mehr viel tun, um das in Ordnung zu bringen."

Ich starrte seinen Rücken an, während mich seine Aussagen mit der Härte einer Elektroschockpistole trafen.

„Ich könnte dich töten", fuhr er fort, während er seine Hände an der Marmorwand zu Fäusten ballte. „Ich *sollte* dich töten. Das wäre die gütigste Lösung."

Er wandte sich mir erneut zu, und sein Ausdruck

schickte einen eiskalten Schauer über meinen Rücken, als er mich wieder erreichte. Ich machte instinktiv einen Schritt zurück, aber seine Hand legte sich um meinen Nacken und zog mich nach vorne.

„Aber ich kann nicht", flüsterte er, während sein Blick auf meinen Mund sank. „Ich kann dich nicht töten, Lily. Der bloße Gedanke daran lässt mich vor Wut alles vergessen. Ich bin besessen von dir. Alles, was ich in den letzten Monaten getan habe, war, um vor dem Bluttag zu dir zurückzukehren. Um dich noch ein letztes Mal zu sehen. Zu berühren." Er schüttelte den Kopf. „Ich will dich nicht verletzen, Lily. Ich möchte dir ein Leben bieten. Dich erblühen lassen. Dir genug Erinnerungen für die Ewigkeit geben."

Mein Atem stockte und die Intensität seiner Worte und seines Gesichtsausdrucks machten mich sprachlos.

Das war wahrscheinlich eine neue Manipulation, ein Weg, um mich unwiderruflich zu brechen.

Aber es fühlte sich so unglaublich echt an.

„Ich bin zu egoistisch, um dich zu töten, Lily." Er drängte mich rückwärts, bis meine Schulterblätter an die Wand stießen. Dann drückte er mich mit seiner Hüfte dagegen, während seine Hände zu meinen Wangen wanderten. „Du kannst mich um alles andere bitten, und ich werde es dir geben. Aber bitte verlange nicht von mir, dich zu töten."

CEDRIC

Ein dunkles Lachen hallte durch meine Gedanken, als ich die Beichte in meinem Verstand wiederholte.

Der Tod war seit Jahrtausenden mein Sinn und Zweck gewesen.

Dennoch war es die eine Sache, die ich Lily nicht geben konnte.

Ein besserer Mann würde sie von ihrem Elend erlösen. Aber ich war kein guter Mann. Ich wollte Lily, selbst wenn es nur für einen Monat war.

Sie würde sterben.

Ich würde leben.

Und die Erinnerungen an unsere gemeinsame Zeit würden mich auf ewig verfolgen, oder bis ich eine neue Blume fand.

Hmm. Ich strich mit meinen Daumen über die Mulden unter ihren hübschen Augen. *Nein. Es würde keine andere Lily geben.*

Ich hatte mehrere tausend Jahre gelebt und nie eine Frau wie sie gefunden. Sie zog mich auf eine zauberhafte Art in ihren Bann, sodass ich mich fragte, ob sie von einem höheren Wesen geschickt worden war, nur um mich zu quälen.

Sie hatte mir vorgeworfen, sie foltern zu wollen.

Und vielleicht hatte ich das auf eine gewisse Weise getan.

Nur nicht aus den Gründen, die sie beschrieben hatte.

Lilys Lippen strichen über meine und in ihren Augen standen unzählige Fragen, die sie anscheinend nicht ausdrücken konnte. Also antwortete sie mit ihrem Mund und küsste mich zum ersten Mal.

Oh, sie hatte meine Annäherungen in der Vergangenheit mit Leidenschaft erwidert.

Aber dies war das erste Mal, dass sie selbst einen Kuss von mir gestohlen hatte.

Zum ersten Mal zeigte sie Interesse, das über ihre Ausbildung hinausging.

Ich ließ sie das Ruder übernehmen, indem meine Lippen mit derselben leichten Berührung antworteten. Ich hatte ihr gesagt, dass dieser Moment in der Dusche für sie war, und ich hatte es so gemeint. Dies war meine Version einer Entschuldigung, ein Weg, um von vorne anzufangen und unseren eigenen Neubeginn zu kreieren.

Alle meine Karten lagen auf dem Tisch.

Die ganze Wahrheit.

Was auch immer sie wollte, ich würde es ihr geben. *Außer den Tod.* Das würde ich ihr niemals antun. Aber ich würde für sie töten, wenn sie mich darum bat.

Meine Besessenheit von ihr war beinah toxisch, und was ich für sie tun würde, grenzte an Selbstmord.

Ich hatte davon geträumt, sie vor dem Bluttag fortzustehlen.

Ich hatte davon geträumt, zu behaupten, sie sei gestorben, damit ich sie für mich beanspruchen konnte.

Ich hatte davon geträumt, mit ihr wegzulaufen.

Aber all das waren Fantasien, die nie würden wahr werden können.

Silvano würde mich finden. Dann würde er seinen Ärger eher an ihr statt an mir auslassen und mich dazu zwingen, zuzusehen. Ich könnte sie niemals diesem Schicksal überlassen.

Lily zog sich zurück, und ihre hübschen Augen waren nun mehr blau als grün. „Ich verstehe dich nicht."

Meine Lippen zuckten bei diesem Eingeständnis amüsiert. „Wie wäre es, wenn wir ein Spiel spielen?", schlug ich vor, während meine Hände von ihren Wangen zu ihrem Nacken wanderten. „Du fragst mich, was immer du willst, während ich deine Haare wasche. Und ich werde jede Frage beantworten."

Ihr Ausdruck war sofort achtsam geworden, als ich das Wort *Spiel* erwähnt hatte – ein Begriff, der, wie ich zu spät bemerkt hatte, für diese Situation nicht ganz passend war. Nach meiner Erklärung war aus der Achtsamkeit schließlich offenes Misstrauen geworden.

Sie kniff ihre Augen zusammen und fragte: „Im Gegenzug für was?"

„Ich darf dich berühren." Ich zuckte mit den Schultern. „Das ist alles, was ich will." Ich griff nach oben, um sanft an einer ihrer Haarsträhnen zu ziehen. „Es wird nicht einmal sexueller Natur sein. Ich kümmere mich nur um dich, während du mir Fragen stellst."

Denn hier und jetzt ging es um sie.

Ich würde mich nur an ihrer Anwesenheit erfreuen.

Sie schluckte und ihr Gesichtsausdruck verriet mir, dass sie mir kein bisschen glaubte. Schließlich drang dennoch ihre Ausbildung in den Vordergrund und sie nickte. „Okay."

Ein Teil von mir wollte, dass sie mein Angebot

überzeugter annahm. Allerdings würde es das Beste sein, ihr zu zeigen, dass ich es ernst meinte.

Und das würde ich.

Ich drückte einen Kuss auf ihre Stirn und trat zurück unter das Wasser. „Stell dich hier drüben hin", sagte ich und zeigte ihr mit einer Geste, wo ich sie haben wollte. Dann ging ich zu dem Eckregal der Dusche, um ein paar Utensilien zu holen.

Sie tat wie befohlen und kaute auf ihrer Unterlippe herum, während sie mich beobachtete.

Ich schwieg und ließ sie in Ruhe nachdenken, als ich zurückkam und die Flaschen auf dem Boden neben ihr abstellte. Da sie nichts sagte, beschäftigte ich mich, indem ich meine Finger durch ihr Haar bürstete, um sicherzustellen, dass alle Strähnen nass genug waren.

Erst als ich sie sanft einen Schritt nach vorne schob, fragte sie endlich: „Du hast die Universität verlassen?"

Eine sichere Frage, sinnierte ich. *Da ich das schon angedeutet habe.*

„Ja." Ich führte es nicht weiter aus, da ich wollte, dass sie neugierig wurde, einen Schritt aus ihrer Komfortzone herausmachte und mich endlich fragte, was sie eigentlich wissen wollte.

Ich beugte mich vor, um eine der Flaschen aufzuheben und etwas Shampoo in meine Handfläche zu geben.

„Wohin bist du gegangen?", flüsterte sie.

„Zur Silvano-Region." Ich begann, das Shampoo in ihr Haar zu massieren. „Und zum Clementer-Clan."

„L-Lykaner?"

„Ja."

„Werde ich dorthin gehen müssen?"

Ich runzelte bei dieser Frage die Stirn. „Ich weiß es nicht. In deiner Akte steht noch kein endgültiger

Standort." Aber ich hoffte, dass sie nicht dort landen würde. Alpha Walter war ein narzisstisches Arschloch mit einem Machtkomplex.

Daher hatte man mich nach Hause beordert.

„Also warst du nicht wegen der Mondjagd dort?", fragte sie, als ich sie zurück unter den Wasserstrahl zog, um das Shampoo aus ihrem Haar zu waschen.

„Warum sollte ich wegen …?" Ich ließ meine Frage unbeendet und zog meine Augenbrauen zusammen, während ich sie drehte, damit sie mich ansehen musste. „Denkst du, ich bin dorthin gegangen, um Vorbereitungen zu treffen, damit ich zusehen kann, wie du vergewaltigt und getötet wirst?" Ich konnte die Wut in meiner Stimme nicht verbergen. Denn *was zum Teufel?* „Warum zur Hölle sollte ich mir das ansehen wollen?"

Ihre Augen weiteten sich.

Dann zuckte sie zusammen, als Shampoo in ihre Augen rann.

Ich fluchte und half ihr dabei, die letzten Reste von ihrem Gesicht zu waschen, wobei ich mich dafür schalt, sie so grob behandelt zu haben. Sie trug vielleicht mein Blut in sich, aber das machte sie nicht unbesiegbar.

Nachdem ich vorsichtig das Shampoo aus ihrem Haar gewaschen hatte, zog ich sie sanft wieder unter dem Wasserstrahl fort.

„Silvano hat mich wegen eines Gefallens zurückgerufen. Ich musste Alpha Walter für ihn an ein paar Schlüsselpunkte erinnern. Was eine höfliche Art ist, um zu sagen, dass ich ein paar seiner Wölfe vermöbeln musste. Und es hat einige lange Monate gedauert, bis die Nachricht angemessen überbracht war."

Ich sollte ihr nichts davon erzählen.

Verdammt, ich hätte nicht einmal ausführen sollen, was ich wirklich von ihr wollte.

248

Aber es fühlte sich gut an, die Wahrheit zu sagen.

Es fühlte sich richtig an, ihr meine ehrlichen Absichten zu erklären.

Sie vertraute mir nicht, weil ich ihr keinen Grund dazu gegeben hatte. Allerdings würde sie jetzt einen Monat lang mir gehören.

Silvano hatte mir zwei Jahre ohne Einmischung seinerseits versprochen, wenn ich ihm mit dem Wolf-Problem half.

Dieses Angebot hatte ich angenommen.

Für Lily.

Für den einen Monat, in dem wir ohne andere Verantwortungen einfach zusammenleben konnten.

Natürlich hatte ich Prinz Khalid bei meinen Plänen nicht bedacht.

Aber ich würde ihm während unseres Frühstücks auf den Zahn fühlen und sehen, ob er ein Problem darstellen würde.

„Ich muss natürlich nicht erwähnen, dass alles, was ich dir sage, ein Geheimnis zwischen uns bleiben muss", sagte ich leise, und ergriff ihr Kinn. „Was ich für Silvano getan habe, darf niemand sonst erfahren. Und es hatte nichts mit der Mondjagd zu tun."

Sie schluckte und nickte ein wenig. „Sie haben eine gemeinsame Grenze, nicht wahr?"

„Ja. Und sie arbeiten zusammen. Aber Walter ist ein großspuriger Hurensohn. Also hat mich Silvano darum gebeten, ihn an seine Stellung zu erinnern." Er hatte es mir eher *befohlen*. Aber ich hatte es geschafft, meine zweijährige Galgenfrist als Bezahlung auszuhandeln.

Allerdings würde ich an deren Ende offiziell zu einem seiner Herrscher werden.

„Indem du seine Wölfe vermöbelt hast", flüsterte sie.

„Ich habe ein Talent für Gewalt", antwortete ich und

bückte mich um noch eine Flasche aufzuheben – die Haarspülung. „Ich kann mich auch sehr gut in Orte hineinschleichen, ohne dass man mich bemerkt." Wie zum Beispiel in das Territorium eines Clans. Walters Vollstrecker hatten keine Chance gehabt.

„Das klingt gefährlich."

Ich zuckte mit den Schultern und bearbeitete erneut ihr Haar. „Es ist die Natur meiner Existenz."

Allerdings stellte ich mich diesen Situationen normalerweise, ohne den Tod zu fürchten. Dieses Mal war es anders gewesen, da Lily mir etwas gegeben hatte, auf das ich mich freuen konnte. Einen Grund, um weiterzuleben.

„Ich habe schon immer zur Gewalt geneigt und dazu, Unrecht wiedergutzumachen. Ich habe sogar lange Zeit davon gelebt. Aber als sich die Welt geändert hat, wurde ich zu einer Art Vollstrecker für Silvano."

Vollstrecker war nicht der offizielle Begriff, aber sie würde ihn von ihrem Politikunterricht über die Lykaner kennen.

„Er ruft mich, wenn er mich braucht", erklärte ich dürftig. „Allerdings hat er mir nur noch zwei Jahre gegeben, bevor ich mich zu ihm in die politische Arena gesellen muss."

„Als sein Herrscher", flüsterte sie, als ich sie wieder unter den Wasserstrahl führte.

„Als sein Herrscher", wiederholte ich. „Es ist keine Zukunft, die ich mir wünsche, aber ich muss sie akzeptieren."

Stille fiel zwischen uns, während ich ihre Haare zu Ende wusch.

Dann kümmerte ich mich um ihren Körper und nutzte Duschgel und einen Schwamm, den ich aus der Ecke genommen hatte.

„Welche Zukunft wünschst du dir?", fragte sie nach einigen Minuten der Stille.

Ich kniete mich hin, um an ihren Beinen zu beginnen, während ich über ihre Frage nachdachte. *Frieden* schien eine zu vage Antwort zu sein. „Ich weiß es ehrlich gesagt nicht mehr", sagte ich schließlich. „Diese neue Welt ist so anders als die alte, dass ich dir keine richtige Antwort geben kann."

„Was meinst du mit *neuer Welt*?", fragte sie. Die Achtsamkeit und das Misstrauen waren nun vollständig aus ihrem Gesicht gewichen. Nur ein gesunder Funke der Neugierde war geblieben.

Ich fuhr mit dem Schwamm ihre Oberschenkel hinauf und hielt ihrem Blick stand. „Die Welt war nicht immer so wie jetzt. Es gab eine Zeit, in der die Menschen herrschten und meine Art im Verborgenen unter ihnen lebte. Aber dann wurden die Lykaner entdeckt und die menschlichen Regierungen versuchten, sie als Waffen einzusetzen. Das endete für die Sterblichen nicht gut."

Eine Untertreibung.

Fast neunzig Prozent der Menschheit war bei den Gräueltaten ausgerottet worden. Die verbleibenden zehn Prozent hatte man zu Sklaven gemacht.

Dann war die Blutallianz zwischen königlichen Vampiren und Alpha-Lykanern gegründet worden.

„Es ist kein Teil der Geschichte, die die Universitäten den Menschen lehrt. Sie wollen nur, dass ihr wisst, wer das Sagen hat. Etwas anderes anzudeuten, könnte eine Revolution anzetteln." Eine lächerliche Vorstellung, ehrlich gesagt.

Eine Revolution könnte nur erfolgreich sein, wenn Vampire und Lykaner an ihrer Spitze stünden.

Ich drehte Lily sanft und begann, die Rückseite ihrer

Beine einzuseifen, während ich ihr Zeit ließ, meine Worte zu verarbeiten. Sie erschauderte, als ich mich ihrem Hintern näherte und sie bekam eine Gänsehaut, als sich die Luft um uns zu verändern schien.

Ich atmete tief ein und lächelte, als ich den Geruch ihrer süßen Erregung wahrnahm. Er war die ganze Zeit da gewesen, nur subtil und durch unser Gespräch leicht in den Hintergrund gedrängt.

Es wäre so einfach, sie zu verführen. Ich müsste einfach nur mit dem Schwamm zwischen ihre gespreizten Beine fahren und ihr hübsches, pinkes Fleisch berühren.

Ich schluckte und drängte das Verlangen beiseite, indem ich mich daran erinnerte, das dieser Moment für sie war.

Sie hatte das Sagen.

Ich würde ihr folgen.

Und wenn sie sich umdrehen und mein Gesicht an ihre süße Muschi führen würde, würde ich gerne gehorchen.

Leider bewegte sie sich nicht.

Daher konzentrierte ich mich darauf, ihren wunderschönen, prallen Hintern vollständig einzuseifen, bevor ich aufstand und mich ihrem Rücken widmete.

Sie zitterte erneut, aber blieb still.

Ich hatte ihr viel zum Nachdenken gegeben. Wenn sie später weitere Fragen stellen wollte, würde ich es ihr erlauben.

Ich drehte sie erneut, um ihren Oberkörper zu bearbeiten, und verteilte fachmännisch Schaum auf ihren Brüsten und ihrem Bauch, bevor ich den Schwamm zu ihren Armen wandern ließ.

Die ganze Zeit über sah sie mich aus verschleierten Augen an.

Ich beendete unseren intimen Moment mit einem

kurzen Strich des Schwammes über ihren rasierten Hügel, dann fügte ich ein leichtes Streicheln zwischen ihren Schenkeln hinzu, legte meine Utensilien auf dem Boden beiseite und wusch sie ein letztes Mal ab.

Als ich fertig war, sah ich sie an und sagte: „Das Spiel ist vorbei. Aber wir können noch eins spielen, wenn du magst."

Ich hatte vielleicht wieder nicht die besten Worte gewählt. Allerdings wollte ich auch, dass sie endlich meine Art des Spiels nachvollziehen konnte. Vielleicht würde sie mich dann auch besser verstehen.

Anstatt auf ihre Antwort zu warten, machte ich einen Schritt zurück.

„Ich werde meine Hände an die Wand legen. Wenn du mich berühren willst, kannst du das tun. Das Duschgel ist hier vorne." Ich machte eine Geste zu der Stelle, an der ich es auf dem Marmorboden abgesetzt hatte. „Wenn du nicht spielen möchtest, kannst du die Dusche verlassen und eins der Handtücher nehmen. Ich werde mich dann waschen und mich danach zu dir gesellen."

Mit diesem unverhohlenen Angebot drehte ich mich um und legte meine Handflächen gegen die Steinfliesen der Wand.

Und wartete.

Hoffte, sie würde den Sinn hinter meinem Angebot verstehen. *Die Entschuldigung.* Nicht direkt. Nicht offensichtlich. Ein subtiler Weg, mich ihren Bedürfnissen zu unterwerfen.

Es war meine Art, um meine Absichten zu zeigen.

Um ihr zu beweisen, dass ich wollte, dass sie mich wählte und nicht nur wegen ihrer Ausbildung gehorchte.

Ich würde es verstehen, wenn sie ging – diese Reaktion hätte ich absolut verdient.

Aber ich hoffte, sie würde es nicht tun.

Ich schloss die Augen.

Was wirst du tun, kleine Blume?, fragte ich mich. *Bist du bereit für ein neues Spiel? Oder wirst du weglaufen und dich verstecken?*

LILY

ICH STARRTE MEISTER CEDRICS RÜCKEN AN UND GENOSS den ungestörten Ausblick auf seinen perfekten Körper.

Er war wunderschön.

Groß. Athletisch schlank. Breite Schultern. Schmale Taille. Ein wohlgeformtes Hinterteil. Lange, muskulöse Beine.

Ein Vollstrecker.

Ich verstand diesen Begriff von den Lykanern. Aber was bedeutete er für einen Vampir?

Er sah auf jeden Fall tödlich aus. Allerdings war das für seine Art auch normal.

Dennoch hatte er eine eher unaufdringliche Haltung an der Wand eingenommen.

Für mich.

Meine Gedanken kreisten um all seine Worte und Taten. Ich hatte nicht erwartet, dass er alle meine Fragen beantworten würde, aber das hatte er getan. Und mit mehr Informationen, als ich je angenommen hätte.

Er war die ganze Zeit lang fort gewesen.

Er hatte versucht, mir zu helfen.

Er will nicht, dass ich bei der Mondjagd oder in einem Harem lande.

„Hast du mir das Wasser gegeben?", fragte ich. Die Neugierde sprudelte aus meinen Lippen, bevor ich sie aufhalten konnte.

Er hatte schon gesagt, dass unser vorheriges Spiel vorbei war.

Aber ich war durch all seine Antworten so überwältigt gewesen, dass ich bis jetzt gar nicht an diese Frage gedacht hatte.

Bis ich bemerkt hatte, wie sehr ich die ganze Situation missverstanden hatte. *Denn er hat mir auf seine Art geholfen. Er hat mir nicht wehgetan.*

„Ja", antwortete er, ohne mich anzusehen. „Ich konnte keine Nachricht hinterlassen, ohne deine Sicherheit zu gefährden. Daher habe ich dir stattdessen Nährstoffe gegeben."

„Was hätte in deiner Nachricht gestanden?", fragte ich mich laut. „Wenn du eine hättest hinterlassen können."

„Dass du meine Lily bist und ich für dich zurückkommen würde." Er sprach die Worte ohne ein Zögern aus, was mir sagte, dass er schon vorher darüber nachgedacht haben musste. Das bedeutete, dass er die Wahrheit sagte.

„Du hast mir meinen Namen weggenommen."

„Um dich zu beschützen, ja." Er drehte sich immer noch nicht um, um mich anzusehen, sondern drückte seine Handflächen weiterhin beständig gegen die Steinfliesen. „Du kannst in der Universität nicht Lily sein. Nur hier, wenn wir beide allein sind."

Deshalb hat er mir bei seinem letzten Biss gesagt, ich solle nicht schreien, bemerkte ich. *Er hat mich beschützt.*

Das plötzliche Verständnis seiner Handlungen ließ mich schwindelig werden. Es gab so viel, was ich missverstanden hatte. Und jetzt hatte ich tausend neue Fragen zu seinen Absichten.

Aber ich konnte sie nicht aussprechen.

Ich war noch zu sehr damit beschäftigt, alles andere zu verarbeiten.

Meister Cedric hat mich durchfallen lassen, um zu verhindern, dass ich bei der Mondjagd oder in einem Harem lande.

Meister Cedric hat mir das Wasser gegeben. Er hat mir meinen Namen nicht wirklich weggenommen. Er ist für mich zurückgekehrt.

Alles drehte sich um mich herum, und das Wasser schien plötzlich weit in der Ferne zu plätschern. Es war zu viel, um alles auf einmal zu verarbeiten. Zu viel zu akzeptieren. Zu viel *Hoffnung*.

Meister Cedric fing mich auf, als meine Knie nachgaben, und seine Arme legten sich um mich, bevor er mich in die Luft hob. „So funktioniert das Spiel nicht, Lily", murmelte er, während in seinen Augen eine Dunkelheit pulsierte, die mich nur noch schwindeliger machte.

Er setzte sich auf eine der Marmorbänke, die eine Seite der Dusche zierten, und hielt mich mit Leichtigkeit auf seinem Schoß.

„Atme einfach", flüsterte er, während mein Kopf an seine Schulter sank. „Atme ein und aus und versuche, dich zu entspannen."

Seine hypnotische Stimme floss über mich und erwärmte mein Inneres. Er drückte seine Lippen auf mein Haar und hüllte mich mit seiner Stärke in einen Kokon der Sicherheit.

Das Adrenalin und der Schrecken des Abends schienen mich nun einzuholen. Mein Körper tat auf eine seltsame Weise weh. Ich hatte keinen Muskelkater, aber ich war einfach erschöpft. Mental. Körperlich. *Emotional.*

Ich war in einem Moment verloren und im nächsten verblüfft gewesen.

Meister Cedrics Kommentare über die alte Welt kreisten noch immer in einer Ecke meines Verstands.

Menschen haben früher geherrscht, wunderte ich mich. *Lykaner und Vampire haben sich versteckt.*

Was für eine seltsame Vorstellung.

Wie könnte so eine Welt überhaupt aussehen?

Ich konnte es mir nicht vorstellen. Es machte keinen Sinn. Warum würden sich die überlegenen Wesen verstecken?

Meister Cedric küsste meine Schläfe und rieb mit seiner Hand über meinen Arm, während er mich festhielt. Es war ein seltsames Gefühl, so gehalten zu werden, vor allem von jemandem, der so mächtig war wie er.

Vampire und Lykaner zeigten nie Sorge oder Zuneigung. Lust und Hunger, ja. Aber nie so etwas.

Es fiel mir schwer, diese Version von Meister Cedric mit der Person in Einklang zu bringen, die meine Kampfkurse geleitet hatte. Die mich ohne Reue hatte durchfallen lassen.

Es war, als hätte ihn seine Zeit in der Ferne verändert.

Dennoch war er während der Übung vorhin genauso hart mit mir umgegangen. Also vielleicht war er doch nicht anders. Vielleicht hatte ich nur eine neue Seite seiner Persönlichkeit entdeckt.

Er hatte mich getragen, nachdem ich in seinem Kurs zusammengeschlagen worden war. Er hatte mich auch geheilt.

Vielleicht war er wirklich so.

Oder vielleicht war dies nur eine neue Manipulation, die mich brechen sollte.

Ich seufzte und war müde von all den Gedanken und all den Details, die es zu verarbeiten galt. Ich wollte einfach nur einen Moment lang ohne nachzudenken existieren. In eine Vergessenheit flüchten, wo ich einfach nur fühlen konnte, ohne mir über irgendetwas anderes Sorgen machen zu müssen.

Er hatte mir diese Flucht in Form eines Spiels angeboten.

„Ich möchte spielen", flüsterte ich und hob den Kopf, um sein wunderschönes Gesicht anzusehen. „Ich möchte dein neues Spiel spielen."

Meister Cedrics Oberschenkel spannten sich unter mir an und er verzog die Lippen zu einem Lächeln. „In Ordnung."

Er bewegte sich nicht sofort, sondern hielt meinem Blick mit seinen dunklen Augen noch einen Moment lang stand. Seine Iriden verrieten nichts und sein Ausdruck war unleserlich, abgesehen von dem kleinen Grinsen, das seine Lippen umspielte.

Das leichte Lächeln machte ihn noch schöner, wenn auch beinah auf eine grausame Art und Weise. Sein Kiefer und seine Wangenknochen waren makellos und symmetrisch und seine Augen wurden von langen, schwarzen Wimpern umspielt.

So wunderschön.

Und er hatte mir die Erlaubnis erteilt, ihn zu berühren. Ihn zu erforschen. Ihn zu baden, wie er es mit mir getan hatte.

Das möchte ich, dachte ich, während sich mein Blut bei dem Gedanken erhitzte. *Ich möchte ihn berühren.*

Meine Kurse hatten mich darauf vorbereitet.

Aber Nummer Sechs war in keinster Weise wie Meister Cedric – eine Tatsache, die mich weniger einschüchterte als begeisterte.

Ich sollte Angst haben.

Ich sollte wegrennen und nach einem Handtuch suchen.

Aber ich konnte mich nicht bewegen. Ich wollte sein Spiel spielen.

„Jetzt bist du bereit", flüsterte er und stellte mich auf meine Füße.

Ich schwankte beinah, mehr durch den plötzlichen Verlust des Körperkontakts als wegen des Schwindels von vorher, aber seine Hände ergriffen meine Hüften, als er sich hinter mich stellte. Dann führte er mich langsam wieder unter das rauschende Wasser.

„Der Schwamm ist hier", sagte er gegen mein Ohr und zeigte auf das entsprechende Objekt. „Das Duschgel und Shampoo sind hier." Seine Hand deutete auf die Flaschen. „Und ich werde genau da auf dich warten." Er gestikulierte zu der Wand, an der er vor wenigen Minuten gelehnt hatte. „Das Spiel endet, wenn du die Dusche verlässt."

Er drückte einen Kuss auf meine Schläfe und ließ mich los.

Dann trat er über die Marmorfliesen und legte seine Hände wieder an die Wand.

Ich schluckte und ließ meinen Blick über seinen makellosen Körper und seinen muskulösen Hintern wandern. *Das darf ich berühren.*

Mein Inneres erwärmte sich bei dem Gedanken, während meine Hände schon zu dem Schwamm wanderten. Er war nicht wie die, die ich in meinen Dienstleistungskursen benutzt hatte. Dieser hier war weich und dünn, anstatt rau und fest.

Meister Cedric hatte damit sanft Schaum erzeugen können. Ohne hartes und unermüdliches Schrubben, nur durch leichtes, schmeichelndes Streicheln meiner Haut.

Ich würde mein Bestes geben, um diese Bewegungen nachzuahmen.

Ich gab etwas Duschgel darauf – der minzige Duft erinnerte mich an Meister Cedric – und ging dann langsam auf ihn zu.

Er bewegte sich nicht, sondern stand einfach entspannt da, während er auf meine Berührung wartete.

Ich überlegte, wo ich anfangen sollte, da jeder Teil von ihm nach mir zu rufen schien.

Sein Hintern wahrscheinlich am meisten. Also würde ich mir diesen Bereich bis zum Schluss aufsparen.

Ich kniete mich hin und begann mit seinen Knöcheln und Waden. *So fest*, dachte ich bewundernd. *Und mit ein paar Härchen.*

Die Universität schrieb vor, die unteren Extremitäten und andere Bereiche zu rasieren. Zumindest bei Frauen. Manche Männer mussten sich auch stutzen lassen. Allerdings schienen bei ihnen die Regeln zu variieren. Ich hatte nie wirklich darauf geachtet, sondern mich nur auf meine eigenen Vorschriften konzentriert.

Allerdings gefielen mir Meister Cedrics Beine. Sie waren männlich und stark und führten zu sündigen Teilen von ihm, die ich so gerne erkunden würde.

Er hatte mir eine schlechte Note für meine sexuellen Fähigkeiten gegeben. Ich verstand jetzt, dass er dies getan hatte, um mich auf einen anderen Weg zu leiten, aber es änderte nichts an der Tatsache, dass ich ihn eines Besseren belehren wollte.

Ich hatte während der letzten Monate hart an mir gearbeitet und mich nach einer Gelegenheit gesehnt, mich ihm beweisen zu können. Ihm zu zeigen, dass ich eine zweite Chance verdient hatte.

Es war zu meiner Besessenheit geworden.

Und jetzt kniete ich hinter ihm und massierte sanft Schaum in seine Haut. Seine Oberschenkel spannten sich unter meiner Berührung an, als ich meine Hände zwischen seine Beine gleiten ließ, um die Vorderseite einzuseifen. Ich berührte seinen Schritt nicht, sondern strich nur von seinem Quadrizeps und seinen Knien bis zu seinen Schienbeinen.

Ich hörte erst auf, als jeder Zentimeter seiner Beine eingeseift war. Dann stand ich auf. „Möchtest du deine untere Hälfte abwaschen? Oder soll ich weitermachen?", fragte ich, wobei sich meine Stimme kehliger als sonst anhörte.

„Du hast das Sagen, Lily. Sag mir, was du vorziehst."

Ich schluckte. „Ich … Ich denke, du solltest dich abwaschen, während ich mehr Duschgel hole." Ich hatte das meiste an seinen Beinen aufgebraucht und benötigte mehr.

Er ließ seine Hände sinken und drehte sich um, wobei seine Erektion meinen Bauch berührte. Ich verkniff mir einen Aufschrei, während die Hitze bei dieser offensichtlichen Zurschaustellung seines Verlangens in mein Gesicht stieg.

Er legte eine Hand an meine Wange und küsste mich. „Das machst du sehr gut, kleine Blume. Lauf jetzt nicht weg."

Meine Kehle arbeitete und meine Augen wurden ein wenig größer. „Ich möchte nicht weglaufen." Die Worte kamen als Flüstern heraus und klangen seltsam erstickt.

„Gut", erwiderte er und küsste mich erneut. „Ich werde meine gut eingeseiften Beine jetzt abwaschen." Es klang amüsiert und seine dunklen Augen funkelten.

Ich erstarrte, während er um mich herumging.

Dann drehte ich mich um, als hielte er mich an einer Schnur, wobei meine gesamte Aufmerksamkeit auf seiner Vorderseite und dem Zeichen seiner Erregung lag. Er war in der Dusche fast die ganze Zeit über hart gewesen. Ich hatte seine Länge sogar unter mir gespürt, als er mich auf seinem Schoß gehalten hatte. Aber ich hatte sie nicht wirklich wahrgenommen, bis jetzt, wo ich auch diesen Teil von ihm genießen könnte.

Er hatte mir das Steuer in die Hand gegeben.

Und er war hart.

Das hieß, dass ich ihn nun zufriedenstellen konnte – dass ich ihn *jetzt schon* zufriedenstellte. Vielleicht war das Teil des Spiels.

Er hatte gesagt, es würde enden, wenn ich die Dusche verließ.

Was, wenn ich ihn kommen lassen würde? Würde das Spiel dann enden?

„Das Duschgel, Lily", murmelte er, ohne mich anzusehen. Er hatte seinen Kopf in den Nacken gelegt, um seine dunklen Strähnen unter dem Wasserstrahl durchzukämmen.

Seine Bauchmuskeln spielten bei jeder seiner Bewegungen und schienen eine stumme Einladung auszusprechen, dass ich sie berühren sollte.

Ich ließ den Schwamm los, da meine Finger für diese Erfahrung frei sein wollten.

Seine Hände waren noch immer in seinem Haar, als ich seinen Bauch berührte. *Solide. Hart. Männlich.*

Nummer Sechs hatte sich nicht so angefühlt. Er war auch nicht weich, aber er war nicht wie Meister Cedric.

Göttin, *niemand* war wie Meister Cedric.

Er war eine neue Definition von Schönheit und zog mich in seinen Bann, wie es kein anderer Meister je getan hatte. Ich wollte mir jeden Zentimeter seines Körpers mit meinen Fingern und meiner Zunge einprägen.

Ihn zu waschen, kam nicht mehr in Frage.

Ich wollte etwas anderes.

Sündiges.

Etwas, das ich nicht begehren sollte, aber auch nicht mehr ignorieren konnte.

Seine Zustimmung.

Seine Lust.

Sein Stöhnen.

Meine Lippen wanderten zu seinen Bauchmuskeln und hinterließen einen zaghaften Kuss, während ich aufsah, um seine Reaktion einzuschätzen. Er hatte seine Augen geöffnet, aber die dunklen Ringe um seine Pupillen waren unergründlich.

Seine Arme waren angespannt, da seine Hände immer noch in seinem Haar lagen.

Er schien abzuwarten, was ich als nächstes vorhatte.

Ich wartete darauf, wie ich reagieren würde.

Ich leckte über meine Lippen und berührte dabei auch seine Brust. Die Wassertropfen auf seiner Haut waren erfrischend und weckten meine Lust nach einem anderen Geschmack.

Also gab ich dem Verlangen nach und öffnete meine Lippen, um einen offenen Kuss auf seiner Brustwarze zu platzieren.

Dann wanderte ich einen vertrauten Weg nach unten – nicht, weil ich dies an ihm getan hätte, sondern weil man mir beigebracht hatte, wie ich mich nach unten vorzuarbeiten hatte. Es wurde schnell neu und aufregend, da sein Bauch eine Landschaft aus Wölbungen und harten Linien war.

Ich liebte es.

Jede Einkerbung war eine erotische Erfahrung und mein Mund war hungrig, jeden Teil von ihm kennenzulernen.

Als ich die feinen Haare erreichte, die von seinem Bauchnabel nach unten führten, stöhnte ich beinah auf.

Meine Oberschenkel spannten sich an und Wärme rauschte durch meine Adern, als ich daran dachte, wie intim ich ihn mit meiner Zunge erforschen würde.

Ich ging in einer flüssigen Bewegung auf die Knie, wobei sie wie in jeder meiner Übungen nachgaben, während mein Oberkörper die Balance hielt. Der Trick war, den Mann beim Hinknien nicht zu berühren, etwas, das überlegene Wesen laut Meisterin Peyton von ihren menschlichen Dienern verlangten.

Wir durften Vampire und Lykaner nur auf erregende Art und Weise berühren, ohne unsere Anstrengungen zu zeigen. Das bedeutete auch, dass man sich nicht an einem Meister festhalten sollte.

Leider protestierten meine Finger bei der Bewegung, da ich ihn berühren *wollte*. Ich wollte seine Hüften ergreifen und meine Hände zu seinem festen Hinterteil wandern lassen. Ihn kneifen und mich an seiner athletischen Form ergötzen.

Er war so perfekt. So gutaussehend. So *groß*.

Ich schluckte beinah, als seine Männlichkeit wenige Zentimeter vor meinem Mund erschien. Der Kopf war breit, aber zu handhaben. Ich könnte meine Lippen mit Leichtigkeit darum schließen und schlucken.

Allerdings ließ mich seine Länge innehalten.

Ich hatte sie an meinem unteren Bauch gespürt, sie aber so nah vor mir zu sehen, erlaubte mit deutlich mehr Details wahrzunehmen.

Gut, dass ich so viele orale Kurse belegt habe, dachte ich, als mein Mund plötzlich trocken wurde. *Was, wenn es nicht genug waren?*

„Willst du mich mit deinem Mund abwaschen?",
fragte Meister Cedric, und in seiner Stimme schwang ein Hauch des Ärgers mit, was mich wieder zu ihm aufsehen ließ.

Stürmische Iriden starrten auf mich herab und vermittelten eine ähnliche Stimmung wie sein Tonfall.

Ich brauche zu lange, bemerkte ich, wobei mein Herz einen Schlag aussetzte.

Menschen sollten ihre Überlegenen nicht infrage stellen. Sie nahmen, was auch immer ihnen gegeben wurde.

Das bedeutete auch einen riesigen Schwanz zu verschlingen.

Ich hätte nicht zögern und seine Größe begutachten sollen.

Hier ging es um Lust, nach der er sich offensichtlich sehnte.

Und ich hatte vor, ihm zu beweisen, dass ich ihn angemessen befriedigen und zufriedenstellen konnte.

„Es tut mir leid, Meister Cedric", flüsterte ich, während ich eine Hand um seine Basis legte. „Deine beeindruckende Größe hat mich überrascht." Ich hoffte, das Kompliment würde die Situation entschärfen.

Allerdings sagte mir sein grollender Gesichtsausdruck, dass dies nicht der Fall war.

Ich drückte meine Lippen auf seinen breiten Kopf und hoffte, dass er meinen Fauxpas danach vergessen würde.

In der nächsten Sekunde schloss sich allerdings seine Faust um mein Haar.

Ich öffnete den Mund, da ich damit rechnete, dass er sich wütend in meinen Rachen stoßen würde.

Stattdessen zog er mich weg und ging selbst vor mir auf die Knie. „*Das* gehört nicht zu dem Spiel, was wir hier spielen, Lily. Ich will deinen Mund nicht auf meinem Schwanz. Ich möchte deine Hände auf meinem Körper. Dass du mich erforschst, berührst, *kennenlernst.* Und ich möchte auf keinen Fall, dass du mir nach den Regeln der Universität einen bläst."

Eis sickerte durch meine Adern und vertrieb die Wärme aus meinem Körper.

Er … er will nicht, dass ich ihn befriedige?

„Liegt es daran, dass ich vorher versagt habe?", fragte ich verwirrt, da ich es eigentlich so verstanden hatte, dass ich vorher nicht wirklich durchgefallen war. Aber vielleicht hatte ich mich geirrt. „Ich habe trainiert. Ich kann mich verbessern. Ich weiß, ich habe innegehalten, aber …"

Er zog hart an meinem Haar, sodass ich zusammenzuckte. „Dieser Moment in der Dusche ist für dich, Lily. Nicht für mich." Dann wurde sein Griff lockerer und sein Blick fiel zu meinen Lippen, bevor er wieder meine Augen erreichte. „Wenn ich deinen Mund ficke, dann weil du es wirklich willst, nicht weil du denkst, dass ich es verlange."

„Aber möchtest du das nicht?", fragte ich, während meine Hand wieder zu seiner Härte wanderte. „Du bist erregt."

„Natürlich bin ich erregt, Lily. Ich bin nackt mit dir unter der Dusche."

„Dann lass mich dich zufriedenstellen", flüsterte ich. „Ich … Ich *möchte* dich zufriedenstellen." Das tat ich. Und nicht nur wegen der schlechten Note von vorher, sondern weil ich monatelang davon geträumt hatte. „Ich möchte dich schmecken. Ich möchte deine Lust sehen."

Etwas von der Wut verschwand aus seinem Gesicht und seine Augen schienen etwas in meinen zu suchen. „Ich glaube dir beinah."

„Weil es wahr ist", sagte ich ihm.

„Da spricht deine Ausbildung."

Ich schüttelte den Kopf, dann nickte ich ein bisschen, da er nicht ganz Unrecht hatte. „Ich bin darauf ausgebildet, ja. Aber ich habe für dich trainiert. Ich möchte eine Chance, um dir zu zeigen, was ich kann. Du hast gesagt, ich wäre beim letzten Mal nicht wirklich durchgefallen. Aber ich möchte wissen, wie es ist, zu bestehen. Deinen Erwartungen zu entsprechen. *Dich* zu befriedigen."

Ich bemerkte, wie naiv und quasi besessen meine Worte klangen. Aber es war die Wahrheit.

„Du hast gesagt, dass dieses Spiel endet, wenn ich die Dusche verlasse, aber ich bin immer noch hier", fuhr ich fort. „Und ich möchte dir beweisen, dass ich gewinnen kann. Dass ich dich beeindrucken kann. Bitte, Meister Cedric. Darf ich dich befriedigen?"

CEDRIC

„NEIN." NICHT, WEIL ICH ES NICHT WOLLTE, SONDERN WEIL es mir nicht gefiel, dass sie so darum bat.

Lily wollte verzweifelt ihren Wert unter Beweis stellen, ohne zu verstehen, dass sie das bereits getan hatte. Deshalb war ich für sie zurückgekehrt und hatte sie wieder hierher gebracht.

Ich wollte sie schon.

Sie hatte jede vorstellbare Prüfung bestanden.

Dennoch brach ihr Ausdruck bei meiner Ablehnung, und ihre Schultern sanken bezwungen nach unten, ähnlich wie vor einigen Monaten, als ich sie verlassen hatte.

Ich ließ ihr Haar los, um ihr Kinn zu ergreifen und ihre Augen auf mich zu richten. „Du bist noch nicht bereit, um mich zu befriedigen", sagte ich ihr sanft. „Aber das wirst du bald sein."

Denn ich hatte vor, ihr meine Art und Weise beizubringen und ihr zu zeigen, was wahre Verzückung bedeutete.

Wir hatten unsere gemeinsame Reise erst vor wenigen Monaten begonnen.

Heute Nacht würde ich uns einen Schritt weiter bringen.

Traurigkeit lag in ihrem Blick, als sie meinen pulsierenden Schwanz losließ. „Ja, Meister Cedric." In ihrer Stimme lag ein Hauch von Verzweiflung, der mich seufzen ließ. *Deshalb* konnte sie mich noch nicht angemessen befriedigen. Man hatte ihren Verstand auf diese Welt der Grausamkeit trainiert und bis zu einem Punkt verzerrt, an dem es kein Zurück mehr gab.

Ich würde einen Teil dieser Ausbildung aufbrechen müssen, damit sie mich vollends verstand.

Vielleicht war es grausam, ihr das wenige Wochen vor dem Bluttag anzutun, aber es war das einzige wahre Geschenk, das ich ihr machen konnte – Erinnerungen, die ihr Herz und ihre Gedanken auf ihrem Weg zum Tod erwärmen würden.

„Du versagst nicht, Lily", versprach ich ihr. „Und ich stelle deine Fähigkeiten und dein Training nicht in Frage. Ich weiß, welche Kurse du belegt hast, aber der Unterricht ist nicht auf meine Vorzüge ausgerichtet."

Wie zum Beispiel freiwillige Unterwerfung statt erzwungener.

„Wenn du mich im Schlafzimmer *Meister* nennst, dann weil ich mir diesen Titel verdient habe." Das wäre erst der Fall, wenn sie wirklich verstand, was er bedeutete. Dieses Spielchen würde zwischen uns vielleicht nie entstehen, aber das war auch in Ordnung. Ich konnte im Schlafzimmer verschiedene Rollen einnehmen.

Aber ich wollte nicht, dass sie sich so verhielt.

Ich wollte kein stilles Püppchen.

Ich wollte eine erblühende Blume. Ich wollte meine Lily.

„Ich bin Cedric, wenn wir allein sind. Ich weiß, ich habe das vorher zurückgenommen, aber ich habe meine

Gründe dafür erklärt. Und jetzt, da du für den nächsten Monat mir gehören wirst, kannst du mich wieder frei Cedric nennen."

Es sei denn, jemand würde mir einen Strich durch die Rechnung machen.

Allerdings war der Einzige mit dieser Autorität Prinz Khalid. Ich bezweifelte, dass er meine Anfrage ablehnen würde, aber das würde ich während unseres abendlichen Frühstücks herausfinden.

Ihre blaugrünen Augen sahen mich forschend an. „Ich verstehe dich immer noch nicht."

Ich lächelte. „Das wirst du." *Oder vielleicht auch nicht.*

Es spielte keine Rolle.

Was zählte, war die gemeinsame Zeit, die uns blieb. „Unser Spiel ist noch nicht vorbei, Lily. Meine Beine sind sauber, aber das ist nur die untere Hälfte."

Ihre Nasenlöcher bebten und ihr Gesicht leuchtete mit neuem Interesse auf. „Ich … Ich darf dich immer noch berühren?"

„Ja. Aber ich möchte nicht, dass du heute Nacht für mich auf die Knie gehst." Ich stand auf und zog sie mit, indem ich ihre Schultern ergriff. „Jetzt nimm den Schwamm und beende das Spiel."

Ich machte einen Schritt zurück, um zu sehen, was sie als nächstes tun würde.

Ihre Augen wanderten über mich, und ihre Pupillen pulsierten, als sie meinen immer noch harten Schaft begutachtete.

Sie schluckte und wurde rot.

Dann ergriff sie das Duschgel, ohne den Schwamm noch einmal zur Hand zu nehmen.

Ich hob eine Augenbraue und war neugierig, was sie vorhatte.

Sie spritze eine ordentliche Portion Duschlotion in ihre

Handfläche, setzte die Flasche ab und rieb ihre Hände aneinander. „Ich möchte dich ohne den Schwamm berühren."

Meine Lippen zuckten bei ihrem Versuch, das Steuer in die Hand zu nehmen. Leider klangen die Worte eher wie eine Frage als eine Aussage.

Allerdings war es ein guter Start, dass sie mehr sexuelle Unabhängigkeit zeigte.

Also gab ich ihr die Zustimmung, die sie brauchte, um fortzufahren. „Mach weiter."

Sie ließ ihre Schultern sinken, und ein Teil der Anspannung schien von ihr abzufallen, als sie auf mich zuging.

Ich ließ meine Arme locker an meinen Seiten hängen, während ich mich darauf konzentrierte, in ihrem Gesichtsausdruck zu lesen. Entschlossenheit hatte eine strenge Linie in ihre Stirn gemeißelt, ihre Lippen waren geschürzt und ihr Blick konzentriert.

Ich erwartete beinah, dass sie erneut nach meinem Schwanz greifen und verlangen würde, dass ich sie ihren Wert beweisen ließ.

Aber sie drückte ihre Handflächen stattdessen auf meinen Bauch und begann, mit warmen Berührungen Schaum in meine Haut einzuarbeiten. Sie reinigte vorsichtig den Bereich unterhalb meines Bauchnabels, bevor sie über meine Rippen bis zu meiner Brust wanderte.

Sie ging präzise und methodisch vor, wobei sie sicherstellte, dass kein einziger Zentimeter meines Oberkörpers unberührt blieb – bis auf die Stelle, die zu meinem Schritt führte. „Wasch dich ab", sagte sie, als sie noch mehr Duschgel holte.

Ich hätte ihr fast befohlen, weiter nach unten zu gehen und meine Vorderseite abzuschließen, aber dann entschied ich mich doch, zu gehorchen. Vielleicht vertraute sie sich nicht, wenn sie mich wieder dort berührte.

Oder möglicherweise dachte sie, es wäre ihr nicht erlaubt, nachdem ich es abgelehnt hatte, dass sie mir einen blies.

Ich würde abwarten, was sie als nächstes vorhatte, bevor ich einen Kommentar abgab.

Als ich meine Vorderseite abgewaschen hatte, fing sie mit meinem Rücken an. Dann arbeitete sie wieder an meinen Seiten, gefolgt von meinen Armen.

Mein Hintern und mein Schwanz blieben unberührt.

Entweder wollte sie mich necken, oder sie hatte den Sinn des Spiels immer noch nicht ganz verstanden. Sie durfte mich erforschen, ich wollte nur nicht, dass sie sich einzig und allein auf mein Vergnügen konzentrierte.

Sie sah zu, als ich mich erneut abwusch, ohne erneut Anstalten zu machen, mehr Duschgel zu holen.

„Bist du fertig?", fragte ich endlich, als sie ganze sechzig Sekunden lang nichts gesagt und sich auch nicht bewegt hatte.

„Ich …" Sie schluckte und zog ihre Augenbrauen zusammen. „Darf ich …?"

„Du wirst diese Frage genauer ausführen müssen, bevor ich sie beantworten kann", erwiderte ich.

Sie runzelte die Stirn und ließ ihren Blick zu meinem Schritt wandern. „Du willst nicht, dass ich dich befriedige."

„Oh, ich möchte sehr, dass du mich befriedigst", korrigierte ich sie. „Aber hier geht es nicht um mich, Lily. Was möchtest *du*?"

„Dich befriedigen", sagte sie sofort.

Natürlich würde sie das sagen. Es war genau die Art Aussage, die man ihr im Unterricht eingebläut hatte.

„Wie wäre es, wenn du das beendest, was du mit der Duschlotion angefangen hast", schlug ich stattdessen vor.

Denn ich wusste, dass sie mich berühren wollte. Sie konnte diesen Wunsch nur nicht artikulieren.

Wenn wir die Dusche verließen, würde sie meine Erwartungen besser verstehen.

Sie begutachtete mich einen Moment lang, dann bückte sie sich, um nach dem Schwamm zu greifen. „Ich dachte, du nimmst lieber nur deine Hände?", murmelte ich, auch wenn ich wusste, dass ich sie damit stichelte. Aber sie brauchte einen subtilen Stups.

Lily hielt eine Sekunde lang inne, sodass ich eine tolle Aussicht auf ihren wohlgeformten Hintern und einen Hinweis auf ihr intimes Fleisch erhaschte. Ich wollte auf die Knie gehen und sie schmecken, allerdings hatten wir ein Spiel zu beenden.

Sie richtete sich langsam wieder auf, beinahe sinnlich, und ging wieder zu den Flaschen. Ich bestaunte ihren Körper, als sie sich erneut vorbeugte, und liebte ihre anmutige Art sich zu bewegen. Sie schien all dies nicht zu bemerken, da ihre Gedanken zu sehr damit beschäftigt waren, sich darüber klar zu werden, wie sie am besten auf mich und diese Situation reagieren sollte.

Wenn sie nur in meine Augen sähe, wüsste sie genau, wonach ich mich sehnte.

Leider trat sie nun hinter mich, um in klinischer Manier meinen Hintern einzuseifen. Keine Liebkosungen. Keine langsamen Berührungen. Nur Lily, die ihrer Aufgabe nachging, aus Angst, sie könnte einen Fehler begehen.

Was ihre Handlungen automatisch falsch machte.

Ich ergriff ihr Handgelenk, als sie um mich herum griff, um den Prozess vorne zu wiederholen.

Sie berührte mich kaum, sondern machte einfach nur reibende Bewegungen gegen meine Haut. Es war in keinster Weise wie die erforschende Art, mit der sie meine Beine und Bauchmuskeln bearbeitet hatte.

„E-Entschuldigung", stotterte sie.

Ich sah sie an, wobei ich immer noch ihr Handgelenk festhielt.

Meine andere Hand wanderte zu ihrem Gesicht, sodass meine Finger ihr Kinn umgreifen konnten.

„Berühre mich so, wie du willst, Lily. Nicht, um mich zu befriedigen. Sondern um dich zu befriedigen. Erforsche. Streichle. Lerne mich kennen, Lily. Folge deinen Instinkten, nicht deiner Ausbildung."

Ich führte ihre Hand zurück zu meiner Hüfte und ließ sie los.

Aber ich hielt ihr Kinn fest, um die Emotionen in ihren großen Augen zu lesen.

Ihre Kehle arbeitete, als wollte sie etwas sagen.

Ich wartete.

Aber sie schwieg.

Ein Seufzen breitete sich in meiner Brust aus, als ich mit schwerem Herzen erkannte, dass ich dieses Spiel würde beenden müssen. Alles, was ich wollte, war, dass sie ein wenig lebte. Aber ihre Angst vor dem Versagen hielt sie gefangen und ließ sie jede …

Ihre Fingerspitzen zuckten, durchbrachen meine Gedanken und zogen meine Aufmerksamkeit auf sich.

Was hast du vor?, fragte ich mit meinen Augen.

Sie zog ihre Nägel verführerisch leicht über meinen unteren Bauch zu der unberührten Haut unter meinem Nabel.

Dann wanderte sie langsam weiter, zeichnete die dünne Linie aus Haaren nach, bis sie meinen Schaft erreichte. Ihre Pupillen pulsierten und ihre Zunge kam zum Vorschein, um ihre Lippen zu befeuchten. Dann führte sie die Bewegung stetig an meiner Länge fort, bis sie meine

Spitze erreichte. Nur ein leichtes Ziehen ihrer Fingerspitzen.

Ich erlaubte ihr, mein Verlangen und meinen Hunger auf mehr in meinen Augen zu sehen. Damit sie erkannte, wie sehr mich die leichte Berührung ergriffen hatte. Damit sie verstand, wie sehr ich sie wollte.

Mich zurückzuhalten, während sie mich erkundete, war kein Kinderspiel.

Aber ich tat es für sie.

Es war ein Geschenk.

Eine Art Entschuldigung dafür, dass ich sie verwirrt hatte. Eine Art, um ihr für ihren Mut zu danken. Eine Art, um ihr zu zeigen, wie sehr mich ihre Existenz faszinierte.

Ich übernahm immer die Kontrolle. Aber heute Nacht hatte ich ihr das Steuer in die Hand gegeben. Zumindest bis zu einem bestimmten Punkt. Sie musste eine gewisse Kontrolle erfahren und ihre eigene Freude suchen, damit sie lernte, wie man *lebte.*

Ihre Finger umgriffen mich, streichelten mich nur ein bisschen, um die Grenzen auszutesten. Ich ließ es zu, aber nur weil ich ihre eigene Erregung riechen konnte.

Als ich nichts sagte und sie auch nicht zurückstieß, wurde sie mutiger und nahm ihre andere Hand zum Erkunden hinzu. Jetzt säuberte sie mich noch gründlicher, da ihre Hände überall waren und sogar noch einmal um mich herumgriffen, um angemessen mein Hinterteil zu berühren.

Ich zwang sie dazu, die ganze Zeit über den Blickkontakt zu halten, damit sie Zeugin meiner Reaktionen wurde.

Ihre Wangen waren pink und ihr Atem keuchend, während ihr Puls verlockend donnerte. Ich gab ihr mehrere Minuten, in denen sie tun konnte, was sie wollte.

Jeder verstreichende Moment verstärkte den sinnlichen

Geruch in der Luft, und ihre Erregung war wie ein Leuchtfeuer, bei dem mir das Wasser im Mund zusammenlief.

Ich wollte zwischen ihre Beine tauchen und sie verschlingen. Ich wollte, dass sie meinen Namen schrie. Ihrem Wimmern zuhören, während ich sie dazu zwang, immer und immer wieder gegen meinen Mund zu kommen.

Das war das Vorspiel, nach dem ich mich sehnte.

Die blinde Vergessenheit, die Männer und Frauen dazu brachte, sich unaussprechliche Dinge anzutun.

„Ich werde dich jetzt küssen, Lily", flüsterte ich, während mein Blick zu ihrem Mund wanderte. „Und dann werde ich mich abwaschen."

Es würde die Erfahrung in die Länge ziehen, das verbotene Verlangen zwischen uns verstärken und sie in den gedankenlosen Zustand zwingen, den wir brauchten, um ihre Mauern einzureißen.

Ich wartete nicht auf ihre Zustimmung, sondern nahm ihren Mund ein, während ich einen Schritt zurück machte, um unter die riesigen Duschköpfe zu treten. Sie folgte meiner Bewegung, eine Hand war immer noch an meinem Schwanz und die andere auf meinem Hintern.

Ich ließ ihr Kinn los, um ihren Nacken zu ergreifen, dann vertiefte ich unseren Kuss mit meiner Zunge.

Sie stöhnte, als ihre Brüste gegen meinen Oberkörper trafen und sie sich mir entgegenstreckte. Ihr Griff um meinen Schaft wurde fester und ihr Bedürfnis war zwischen uns geradezu greifbar, während das Wasser über unsere Köpfe rauschte. Ich legte meine freie Hand auf ihren Po und zog sie noch näher an mich.

Ich würde sie nicht ficken.

Nicht so.

Nicht heute Nacht.

Aber bald.

Sehr bald.

Sobald sie begriff, wie das Vergnügen zwischen uns funktionierte.

„Beim Spielen geht es nicht immer ums Gewinnen, kleine Blume", sagte ich gegen ihren Mund. „Manchmal geht es nur um wechselseitigen Genuss." Und das war die Lektion der heutigen Nacht – dass unsere sinnlichen Erfahrungen uns beide erfreuen sollten, nicht nur mich.

Ihre Hand glitt an meinem Schaft entlang, während ihre andere Handfläche von meinem Hintern zu meiner Hüfte wanderte. „Mir gefällt dieses Spiel."

Ich grinste. „Ich weiß. Mir gefällt es auch."

Ich küsste sie noch einmal und verstärkte den Griff um ihren Nacken, als sie mehr Druck durch ihre Hand fließen ließ. Dann wanderte die Hand an meiner Hüfte nach unten zwischen meine Beine, um meine Eier zu umschließen.

„Zeit für ein neues Spiel", sagte ich ihr und brach unseren Kuss ab, bevor ich wieder nach ihrem Handgelenk griff. Ich zog sie trotz des Widerspruchs, der in ihren Augen glitzerte, aus der Dusche.

Dann wickelte ich sie in ein Handtuch, bevor ich zurückging und das Wasser abstellte.

„Trockne dich ab. Dann geh ins Bett", sagte ich, ohne sie anzusehen. „Ich möchte, dass du nackt, mit gespreizten Beinen und den Händen über deinem Kopf auf mich wartest. Ist das klar?"

„Ja, Meister Cedric." In ihrer Stimme lag kein Hauch von Angst, nur Vorfreude.

Aber ich konnte das Knurren aus meiner Brust nicht aufhalten, als ich wieder aus der Dusche trat. „Cedric, Lily. Nicht *Meister*."

Sie knabberte auf ihrer Unterlippe herum und sah mich einen Moment lang an, sodass ich mich fragte, ob sie wegen des Titels mit mir diskutieren würde. Dann schien sie ihre Entscheidung zu überdenken, da sie nickte. „Ja, Cedric."

Nun, zumindest war sie weniger schüchtern.

Das nahm ich als positiven Anfang hin.

„Wenn du mich wirklich befriedigen willst, spreize deine Beine und winkle deine Knie an, damit ich deine schöne Pussy sehen kann, wenn ich ins Schlafzimmer komme." Ich trat auf sie zu, immer noch nass, nackt und schmerzhaft hart. „Wenn mir gefällt, was ich sehe, werde ich dich angemessen küssen."

Sie erschauderte. „Ich bin rasiert."

„Ich weiß. Aber ich möchte nicht deine blanke Haut sehen, Lily." Ich beugte mich vor, um meine Lippen an ihr Ohr zu drücken. „Ich möchte, dass du aufgeregt um meine Zunge bettelst. Ich möchte, dass dein Kitzler vor Verlangen anschwillt. Ich möchte, dass dein verführerisches, pinkes Fleisch so verdammt feucht wird, dass du einen Fleck auf meinen Lacken hinterlässt. Ich möchte, dass mich dein natürliches Parfüm erstickt und in die Knie zwingt."

Der letzte Teil geschah schon, da ihre Erregung mit jedem dunklen Wort stärker wurde.

„Geh ins Bett, Lily. Zeig mir, wie du aufgeblüht bist. Und wenn ich beeindruckt bin, werde ich es dir mit meiner eifrigen Zunge zeigen."

Sie erschauderte so stark, dass sich meine Hände bereit machten, sie aufzufangen.

Aber sie fiel nicht. Stattdessen ließ sie das Handtuch fallen und drückte mir einen schnellen Kuss auf die Wange, bevor sie das Badezimmer verließ.

Es war die verführerischste Einladung, die ich jemals

erhalten hatte – die süße Berührung der Unschuld gefolgt von ihren wackeligen Schritten.

Denn dies war kein Zittern aus Angst, es war ein Schaudern der *Lust.*

Du bist fast soweit, Lily, dachte ich und hob das Handtuch auf, das sie fallengelassen hatte. *Heute Nacht werde ich dich erblühen lassen.*

LILY

JEDER TEIL VON MIR BRANNTE.

Mein Gesicht. Meine Brüste. Mein Unterleib. Meine Schenkel.

Ich hatte das Bedürfnis, mich zu räkeln, da der Wunsch nach Reibung die Hitze in mir kaum noch erträglich machte. Meine Adern schienen aus flüssigem Feuer zu bestehen.

Cedric hatte mich vor gefühlten Stunden hierher geschickt. Allerdings sagte mir mein noch feuchtes Haar, dass erst ein paar Minuten verstrichen waren.

Dennoch fühlte ich mich, als würde ich sterben.

Seine Worte hatten mich durchgeschüttelt und mein inneres Verlangen angefacht, sodass ich zwischen meinen Beinen nun mehr als durchtränkt war.

Ich wollte mich schämen, aber dafür bräuchte ich genug Energie, um etwas anderes als Erregung zu verspüren, und in diesem Moment waren all meine emotionalen Reserven aufgebraucht.

Ich ergriff die Kissen über meinem Kopf, als sich mein

Rücken durchzudrücken drohte und ein Stöhnen in meiner Kehle kitzelte.

Göttin, wo ist er? Warum braucht er so lange?

Ich kniff meine Augen zusammen und ein kleiner Hauch von Angst begann in mir aufzusteigen.

Was, wenn er nicht kommt? Was, wenn er nur testen möchte, wie lange ich hier liegen und auf ihn warten werde?

Die Antwort war: für immer.

Denn ich wollte nirgendwo sonst sein. Ich verzehrte mich nach ihm. Und wenn er von mir verlangte, hier in einer See meiner quälenden Lust zu liegen, dann würde ich es tun.

Ich schluckte und meine Haut kitzelte, während meine Mitte voller Interesse pulsierte.

Er hatte zugelassen, dass ich ihn berührte.

Seinen Hintern. Seinen Schwanz. Jeden Teil von ihm. Ich hatte noch nie solche Perfektion erfahren. Und die offene Art, mit der ich ihn hatte erkunden dürfen, hatte mein Feuer für ihn nur noch mehr entfacht.

Er hatte meinen Wunsch, ihn zu befriedigen, abgelehnt. Dann hatte er verlangt, dass wir das Spiel angemessen beendeten.

Ich verstand seine Absichten nicht vollständig, aber er hatte klargemacht, dass das Spiel in der Dusche für mich gewesen war. Er hatte mir die Möglichkeit geschenkt, ihn auf meine Art zu erforschen, ohne mich auf sein Vergnügen konzentrieren zu müssen.

So eine Erfahrung hatte ich noch nie gemacht.

Aber es war ein Erlebnis, von dem ich den Rest meines Lebens träumen würde.

Seiner weichen Haut. Seiner Härte. Seinem muskulösen Körper. Alles war so perfekt, dass es fast wehtat, daran zu denken. Vor allem, weil ich ihn bei der

Vorstellung noch mehr wollte, obwohl ich eigentlich schon so *feucht* war.

„Cedric", hauchte ich, während der Schmerz meines Verlangens durch meine Adern pulsierte. *„Bitte."*

Ich war mir nicht sicher, was ich eigentlich von ihm wollte. Dass er mich berührte? Mich leckte? Mich biss?

Meine Beine schlossen sich beinah, als das Bedürfnis, sie zusammen zu reiben, erneut durch meine Gedanken schoss.

Ich umklammerte die Kissen fester und kämpfte gegen den Drang an, mich selbst zu berühren.

So heiß.

Wo ist er? Warum antwortet er nicht? Was ist das für ein neues Spiel?

Er wollte mich feucht und geschwollen. Ich konnte meinen Kitzler nicht berühren, aber so wie er pulsierte, musste er bereit sein.

Feuchtigkeit sickerte bis zu meinem Hintern hinunter, sodass ich mich wieder räkeln wollte.

Ich flüsterte seinen Namen noch einmal, und meine Augen füllten sich mit Tränen, während ich leise um seine Berührung weinte.

Ich hatte nicht gehört, dass er das Badezimmer verlassen hatte. Aber er konnte teleportieren. Hatte er mich hier zurückgelassen, damit ich litt? War das nur eine neue Art, um mich zu brechen?

Nach all den Dingen, die er gesagt hatte … War alles nur eine Lüge?

Ist das alles überhaupt real?

Meine Augen sprangen auf, als ich plötzlich das überwältigende Gefühl bekam, mich umsehen zu müssen.

Ich keuchte erschrocken auf, als ich Meister Cedric am Fußende des Bettes stehen sah. *Es ist real. Er ist real. Er ist hier.*

Seine dunklen Augen brodelten voller gewaltsamer Energie, und seine Wangenknochen schienen hart genug zu sein, um durch Glas zu schneiden.

Er sah nicht erfreut aus.

Sondern wütend.

Sind meine Beine nicht gespreizt genug?, fragte ich mich, während meine Oberschenkel automatisch versuchten, sich weiter auseinander zu dehnen. *Sollen meine Fersen näher an meinem Po sein?* Ich versuchte, sie höher zu schieben, wobei mich meine angewinkelten Beine schließlich an die Flügel eines Schmetterlings erinnerten.

Sein Ausdruck wurde noch dunkler.

Ich schluckte, und meine Handflächen an den Kissen wurden klamm.

Seine Wut verunsicherte mich und … machte mich *noch heißer.*

Er war gefährlich. Tödlich. Ein Raubtier. Und es schien beinah, als wollte er mich auffressen.

Vielleicht tat er das.

Vielleicht hatte er vor, mich zu beißen.

Oh Göttin, dieser Gedanke verstärkte den Schmerz und die Lust in mir nur noch mehr.

Mehr Tränen kullerten, während meine Lippen seinen Namen formten und sich mein Rücken vom Bett hochwölbte. Es war eine Qual, ihn so nah an meinem pochenden Fleisch zu wissen. Ich wollte ihn anschreien, damit er endlich etwas tat, was den Schmerz vergehen ließ. Ich wollte von ihm verlangen, dass er mich berührte.

Aber das konnte ich nicht tun. Vor allem, weil ich nicht wusste, wie ich mein Verlangen am besten in Worte fassen sollte.

Keiner meiner Kurse hatte mir etwas darüber beigebracht, mein eigenes Vergnügen zu suchen, denn es ging immer nur darum, die Männer zu befriedigen. Vor allem Nummer Sechs. Und die Unterrichtsstunden, an denen er an mir geübt hatte, waren ganz anders gewesen.

Keine Wärme.

Keine Sinnlichkeit.

Keine extremen Empfindungen, als wäre ich an der Schwelle zu dem schönsten Tod, den man sich vorstellen konnte.

„Cedric", sagte ich, da ich versuchen wollte, ihm zu erklären, was ich wollte. „Es … Es *tut weh*."

„Ich weiß", flüsterte er, während sich seine Hand um seine beeindruckende Länge legte und sie grob streichelte. „Du bist so verdammt feucht."

Ein Geräusch verließ meinen Mund, das ich nicht richtig deuten konnte. Es klang beinah animalisch und doch irgendwie verzweifelt.

„Hast du dir selbst Freude bereitet, während ich fort war?", fragte er, seine Stimme immer noch leise, während er seine Hand an seinem Schaft hoch und runter führte. „Hast du an mich gedacht, als du gekommen bist?"

Meine Kehle war trocken, da all meine Feuchtigkeit nach unten gewandert sein musste. „Ja", gab ich zu. „Ich habe jedes Mal an dich gedacht."

Und ich war nur dann gekommen, wenn ich mich selbst berührt hatte.

Nummer Sechs hatte mich nie wirklich zum Orgasmus gebracht.

Allerdings hatte ich ein paar Mal versucht, ihm zu helfen, indem ich an Cedric gedachte hatte. Aber es hatte nie funktioniert. Er war nicht grob genug. Stark genug. *Dominant* genug.

„Lege deine Hand zwischen deine Beine. Zeig mir, wie du dich selbst berührst." In seiner Stimme lag ein subtiles Knurren, das mich wimmern ließ.

Oder vielleicht war es seine Forderung.

Denn ich wollte mich nicht selbst berühren. Er sollte mich anfassen.

Ich ballte meine Hände um die Kissen zu Fäusten, anstatt ihm zu gehorchen. „Ich möchte lieber deine Hand anstatt meine."

„Verweigerst du dich meiner Forderung?", fragte er, und die Hand an seinem Schaft hielt inne.

Nein. Das hatte ich nicht gemeint. Ich ... erwartete nun einmal *ihn*.

„Und wenn ich beeindruckt bin, werde ich es dir mit meiner eifrigen Zunge zeigen."

„Bist du nicht beeindruckt?", flüsterte ich, als mir seine hitzigen Worte aus dem Badezimmer in den Sinn kamen. „Du hast gesagt, du würdest es mir mit deiner Zunge zeigen ..." Ich verstummte, da meine Gedanken unter dem Schwall der qualvollen Lust wie wirr kreisten. *Bitte ...*

„Du hast gesagt, du hättest meine Hand lieber als deine eigene."

„Das hätte ich." Meine Knöchel taten von der Position, die ich für ihn eingenommen hatte, weh, sodass meine Stimme noch schmerzvoller klang. Aber das war es wert, wenn ich ihn damit genug beeindruckte. „Und deine Zunge", gab ich zu. „Ich möchte, dass ... dass du mich *leckst*."

Ich hatte gedacht, dass er damit zwischen meinen Beinen meinte.

Aber vielleicht hatte ich mich geirrt.

Göttin, ich hoffte, dass ich es richtig verstanden hatte, denn ich konnte an nichts anderes mehr denken.

„Aber es würde mir gefallen, wenn du dich selbst berührst, Lily", gurrte er. „Willst du mir sagen, dass dir das nicht genug wäre? Dass du mehr brauchst?"

Ich biss auf meine Unterlippe, als mich das Bedürfnis

zu schreien zu überwältigen drohte. Denn ja, ich wollte mehr. Das hatte ich doch gerade gesagt!

Eine weitere Träne fiel, und mir wurde vor lauter Qual ganz schwindelig.

„Verlangst du mehr?", fragte er erneut. „Antworte mir, Lily. Willst du mir sagen, dass du mich nicht befriedigen möchtest, indem du eine Show für mich machst?"

Ich begann zu weinen. Das war alles so falsch. Ich sollte alles tun, was er verlangte. Aber er hatte eine sinnliche Idee in meinen Kopf gesetzt, die ich einfach nicht loslassen konnte.

„Ich möchte deine Zunge", flüsterte ich gebrochen. „Bitte, Cedric. Ich bin geschwollen, wie du wolltest. Ich bin feucht. Ich bin *geil*. Ich … Ich habe das Gefühl, als würde ich explodieren."

„Aber das ist unwichtig, oder nicht? Meine Befriedigung ist das, was zählt. Hat dir Meisterin Peyton das nicht beigebracht?"

Seine Worte waren wie Pfeile in meinem Herzen.

Denn er hatte recht.

Hier ging es um ihn, nicht um mich.

Nur hatte er in der Dusche das Gegenteil gesagt. Er hatte nicht erlaubt, dass ich für ihn auf die Knie ging. Er hatte gesagt, dass das Spiel so nicht funktionierte.

Hatte er all das nur getan, um mich vor Lust verrückt zu machen und mir dann meine Befriedigung zu verweigern?

Nein. Er bot sie mir in Form meiner eigenen Hand.

Ich wollte lachen. Nicht, weil es lustig war, sondern weil es sich so demütigend, verletzend und *falsch* anfühlte.

„Ich hasse dich", hauchte ich, als ich das Kissen losließ und meine Hand senkte, um seinem Befehl nachzukommen.

Nur, dass die Hitze inzwischen verschwunden war.

Mir war kalt.

Aber ich musste dies für ihn tun. Er hatte es von mir verlangt, und er war ein überlegenes Wesen. Eines, das Befehle aussprach, denen ich folgen musste.

Weitere Tränen rannen aus meinen Augen, als ich meinen Kitzler fand und sich die Qual dieses neuen Spiels mit dem Schmerz meines Verlangens vermischte.

Er ergriff mein Handgelenk und kniete plötzlich auf dem Bett zwischen meinen Beinen.

„Du solltest mich hassen", sagte er, wobei schwarze Flammen in seinen obsidianfarbenen Iriden tobten. „Das ist unsere heutige Welt. Sie ist grausam und dein Verlangen bedeutet nichts. Deine Erregung ist eine vorübergehende Freude, die für die Befriedigung von jemand anderem missbraucht wird. Niemals für deine eigene."

Ich biss die Zähne zusammen. „Du musst mich nicht an meine Position in der Gesellschaft erinnern. Ich *weiß*, was ich für dich bin, *Meister Cedric*." Ich umkreiste meinen Kitzler mit einem Finger, um meinen Punkt zu unterstreichen, was seinen Blick nach unten wandern ließ. „Lass mich los. Ich bin bereit für die Show."

Er lächelte. „Diese Wut, die du gerade spürst? *Das* ist es, was ich von dir verlange."

„Also hast du mich ausgetrickst und glauben lassen, dass es mehr geben würde, nur um mich an mein Schicksal zu erinnern und mich wütend zu machen?" Ich hasste diesen Mann wirklich.

„Ja", antwortete er. „Denn jetzt bist du bereit, sie zu erleben. Und du wirst sie am Ende noch mehr zu schätzen wissen."

Ich runzelte die Stirn. „Was zu schätzen wissen?" Ich hatte keine Ahnung, wovon er sprach.

Er kroch über mich, wobei er meine Hand in seinem

Griff mit sich zog. Dann setzte er sie zurück auf den Kissen ab.

Seine Lippen strichen über meine Wange, als er seinen Mund an mein Ohr drückte. „*Meine Zunge*, Lily."

Er rieb seine Nase an meinem Kiefer, während er über mir schwebte und sein Gewicht auf seinen Händen abstützte, die neben meinem Kopf positioniert waren.

„Dein Vergnügen ist in unserer Gesellschaft nicht wichtig", fuhr er fort und strich mit seiner Nase meine Wange hinauf. „Nur meins zählt, wenn es nach deinen Kursen geht. Aber wie ich dir in der Dusche gesagt habe, wurde dieser Unterricht nicht auf meine Wünsche ausgerichtet."

Ich schluckte, da mir von seinem launischen Verhalten inzwischen ganz schwindelig wurde.

„Du bist so feucht, kleine Blume. Du bettelst um Erlösung." Seine Worte waren beinah ehrfürchtig. „Du hast meine Forderung abgelehnt und deine eigene ausgesprochen. *Das* ist es, was ich möchte. *Dieses* Verhalten werde ich belohnen."

Aber er hatte gerade keine Ahnung wie viele Minuten damit verbracht, mich an meine Stellung in der Gesellschaft zu erinnern.

Ich verstand es nicht.

Warum hatte er das getan? War das nur ein neuer Trick? Um mich noch verrückter zu machen?

„Sag mir, dass ich deine süße Pussy verschlingen soll", sagte Meister Cedric, während sein Mund über meinem schwebte. „Verlange es und ich werde es dir geben."

Ich erschauderte. „Du spielst mit mir."

„Nein, ich erteile dir eine Lektion", korrigierte er. „Dir wurde beigebracht, nur an das Vergnügen des Meisters zu denken, dem du dienen wirst. Aber mir ist dein Vergnügen wichtig."

„Das hast du nicht gesagt …"

„Ich habe aufgezeigt, was dir die Universität beigebracht hat. Jetzt zeige ich dir, was *meine* Vorlieben sind. Also sag mir, dass ich deine Pussy verschlingen soll, Lily. Sag mir, dass ich deinen süßen, kleinen Kitzler lecken soll, bis du vor Lust aufschreist und mich anbettelst, aufzuhören."

Seine Worte entfachten das Feuer in mir und erneuerten das Inferno, das nun meine Adern zu zerstören drohte.

Ich hasste ihn dafür.

Hasste es, wie leicht seine Worte solch eine Reaktion hervorriefen.

Für ihn war alles nur ein Spiel, um zu sehen, ob ich seinen Forderungen Folge leisten würde, nur damit er mich wieder demütigen konnte.

Aber ein gebrochener Teil von mir wollte betteln.

Dieser Teil wollte wichtig sein, mein eigenes Vergnügen suchen und ihn beim Wort nehmen.

Denn ich hatte etwas Besseres verdient als das. Ich wollte keine Beute sein, mit der gespielt wurde.

Ich wollte mehr.

Ich wollte seine wahnwitzigen Versprechungen und seine dunklen Berührungen.

Ich wollte den Cedric aus der Dusche.

War er überhaupt real?

Es gab nur einen Weg, das herauszufinden.

Ich muss sein Spiel spielen.

Er könnte mich wieder abweisen. Aber dieses Mal würde ich damit rechnen. Mit einer neuen Wendung.

Und das machte mich fuchsteufelswild.

Ich wollte ihn schütteln, seinen Kopf zwischen meine Beine zwingen und verlangen, dass er endlich mal etwas wirklich nur für mich tat. Nicht für sich selbst.

Ich wollte wichtig sein.

Ich wollte etwas *fühlen.*

„Leck mich, Cedric", forderte ich ihn heraus. „Lass mich kommen."

Er lächelte, und für einen kurzen Moment erwartete ich das Schlimmste. Stattdessen küsste er mich, dominierte meine Zunge, bevor er mit seiner den wunderbaren Weg nach unten begann.

Leckend.

Knabbernd.

Kneifend.

Seine Zähne waren nie grob, nur verführerisch.

Vor allem an meinen Brüsten, wo er meine harten Spitzen bearbeitete, während er mich ansah.

Ich kam beinah schon von dieser Zuwendung.

Aber dann führte er seinen sinnlichen Pfad an meinem Bauchnabel vorbei und zu der feuchten Hitze zwischen meinen Beinen fort.

Dort neckte er mich nicht – er *nahm* mich. *Beanspruchte* mich. *Besaß* mich.

Seine Zunge war vernichtend, fuhr an meinem Saum entlang, bevor sie mich tief aufspießte. Dann ließ er sie nach oben zu meinem sensiblen Knopf wandern und erlaubte mir, seine Fangzähne zu spüren.

Ich zuckte zusammen und mein Herz holperte in meiner Brust. *Er wird mich dort unten beißen.*

Ich hatte dies schon einmal im Unterricht gesehen, als Meisterin Peyton eine Schülerin bestraft hatte. Sie hatte das arme Mädchen gebissen, während einer der Männer ihren Mund genommen hatte.

Sie war nach Minuten der erstickten Geräusche, die wie gurgelnde Schreie geklungen hatten, ohnmächtig geworden.

Die Erinnerung schoss wie Eis in mein Rückgrat und zog mich aus dem Moment hinaus.

Meister Cedrics Mund verließ meine Mitte und wurde durch seine Finger ersetzt, als er mit einem in mich eindrang und mit dem Daumen meinen Kitzler streichelte.

„Ich weiß nicht, welche Erinnerung diesen gehetzten Blick in deinen Augen verursacht hat, aber sie hat keinen Platz zwischen uns", sagte er leise und streichelte mich mit seinem Finger noch tiefer. „Komm zurück zu mir, süße Lily."

Ein Zittern weiter unten lockerte etwas von dem Eis, das sich in mir aufgebaut hatte.

Dann schlossen sich seine Lippen wieder um meinen Nippel, und seine heiße Zunge war wie eine Peitsche gegen meine kühle Haut.

Er gab nicht nach und hielt meinen Blick, während er meine Brust quälte. Dann widmete er sich der anderen, und meine Gedanken schmolzen dahin, bis sie sich nur noch auf Meister Cedrics Mund konzentrierten.

Und seine Finger.

Er fügte einen zweiten in meinem Tunnel hinzu, während sein Daumen weiterhin meinen geschwollenen Knopf streichelte.

Ich begann zu keuchen, da die Hitze wieder mein Inneres übernahm und mich beinah verrückt machte.

Ich brauchte mehr. Etwas, das ich nicht vermitteln konnte.

Aber Meister Cedric schien es zu wissen.

Denn er wanderte wieder nach unten, wobei er eine Linie der Küsse über meinen Körper zog.

Dann schnappte er sich wieder meinen Kitzler.

Dieses Mal mit seinen Lippen und nicht seinen Zähnen.

Er fügte seine Zunge hinzu, ohne mich auch nur eine Sekunde aus den Augen zu lassen.

Es fühlte sich an, als stünde ich an der Schwelle zum Tod. Zitternd. Keuchend. *Stöhnend.*

Wenn er jetzt aufhörte, würde ich ihn umbringen.

Aber er schien entschlossen, es zu beenden und mich in den Abgrund zu stoßen.

Ich gab mich ihm hin. Ich ließ ihn das Kommando übernehmen. Ich gewährte ihm Zugang zu meiner Seele. Es machte mich auf eine Art verletzlich, die ich niemals erwartet hätte, aber er missbrauchte mein Vertrauen nicht, sondern ließ seine Zunge süße Segnungen gegen mein intimes Fleisch flüstern.

Der Strudel in mir wurde immer größer, grölte vor Verlangen, wurde angetrieben von seiner Zunge, bis meine Gliedmaßen vorübergehend gelähmt waren und ich an der Grenze zur Vergessenheit erstarrte. Ich wurde durchgeschüttelt, während meine Seele nach etwas schrie, das ich nicht verstand.

Bis Meister Cedrics Fangzähne sanft über mein pulsierendes Fleisch fuhren und mich haltlos in einen dunklen Wahnsinn stürzen ließen.

Ich schrie – meine Ausbildung war vergessen und hatte keine Chance, unter diesem Zwang zum Vorschein zu kommen.

Ich war verloren.

Schwamm durch eine See der elektrisierenden Intensität.

Meine Gliedmaßen zuckten, mein Bauch zog sich zusammen und mein Herz raste wild in meiner Brust.

Der Höhepunkt war so mächtig, dass es wehtat.

Und Meister Cedric war noch nicht fertig.

Er saugte weiter an meinem Kitzler und zwang mich in eine weitere Kollision mit der Ekstase, die mich in einem

Zustand des Freudentaumels zitternd unter ihm zurückließ.

Ich keuchte seinen Namen, sagte ihm, dass ich eine Pause brauchte.

Aber er machte weiter, hielt weiterhin meinen Blick, während sein Mund *mehr* verlangte.

Ich begann zu weinen, da mein Körper an seiner Schmerzgrenze angelangt war.

Allerdings braute sich ein neuer Sturm über seinem oralen Angriff zusammen, der mich dazu zwang, mehr zu akzeptieren und in neue Höhen zu gelangen, bei denen mir Schwarz vor Augen wurde.

Ich flehte ihn beinah an aufzuhören.

Bis mich eine Explosion neue Sterne sehen ließ und ich atemlos und leblos auf dem Bett versank.

Erst dann ließ Meister Cedric von mir ab, ohne mich ein einziges Mal gebissen zu haben, wie ich es befürchtet hatte.

Er gab meinem Kitzler einen letzten Kuss, bevor er sich zwischen meinen Beinen auf die Knie aufrichtete.

Ich verkrampfte mich um ihn herum, da ich Angst hatte, er würde versuchen, mich jetzt zu ficken, obwohl ich vor Lust ganz ausgelaugt war.

Aber das tat er nicht.

Stattdessen drückte er seine Handfläche auf meine feuchte Hitze und benetzte seine Haut mit meiner Erregung. Dann legte er die Hand um seinen Schaft und begann ihn zu streicheln, wobei er meine Säfte als Gleitmittel verwendete.

Es war so intensiv. So heiß. So wunderschön zu beobachten. Seine Augen lagen die ganze Zeit dunkel und hungrig auf mir.

„Ich werde dich ficken", versprach er. „Nicht heute Nacht. Aber es wird genau so sein, nachdem ich so viel

Lust aus dir herausgetrieben habe, dass du denken wirst, du könntest nicht noch einmal kommen. Dann werde ich dir mit meinem Schwanz das Gegenteil beweisen."

Ich erschauderte, während seine Worte ein Bild in meinem Verstand malten, das mir gefiel.

„Ich werde auch deinen Arsch nehmen. Vielleicht sogar in derselben Nacht. Ich werde dich mit meinem Saft füllen und jeden Teil von dir zu meinem machen." Sein Rhythmus wurde mit jedem Wort schneller und die Muskeln seines Arms spannten sich an. „Du wirst meinen Saft heute Nacht schmecken, Lily. So wie ich deinen gekostet habe."

Ich schluckte und freute mich auf seinen Geschmack.

„Mmm, dir gefallen meine Pläne", summte er, während seine Pupillen pulsierten und sein Griff fester wurde. „Du wolltest mich vorhin befriedigen. Vielleicht darfst du es morgen tun. Aber erst nachdem ich dich noch einmal verschlungen habe."

Er beugte sich vor, um mich zwischen den Beinen zu lecken, was gleichzeitig ein Zucken und Wimmern aus mir heraustrieb.

„So verdammt gut", stöhnte er, als sein Gesicht schmerzerfüllt wurde. Seine freie Hand landete auf dem Bett neben mir, als er sich über mich beugte und die Spitze seines Schwanzes über meine Öffnung gleiten ließ, während er sich weiterhin massierte. „Ich werde auf dir kommen, Lily. Dich als meine beanspruchen und dich mit meiner Lust in dir noch einmal fliegen lassen."

Ich erschauderte, als die Flammen in meinen Adern trotz meiner Erschöpfung wieder voller Vorfreude zum Leben erwachten.

Seine Spitze berührte wieder meine Hitze, sodass ich mich wunderte, ob er sich zum Höhepunkt stoßen wollte, aber seine Hand bewegte sich jetzt schneller und sagte mir, dass er am Abgrund stand.

„Ergreife meine Schultern", befahl er.

Ich gehorchte und genoss das Gefühl seiner Muskeln unter meinen Fingern.

Dann küsste er mich, als bräuchte er meinen Mund zum Atmen.

Ich antwortete in gleicher Art und verlor mich in den Empfindungen seiner Präsenz. Seiner Berührungen. Seiner Zunge. In dem intensiven Gefühl zwischen meinen Beinen.

Ich stand am Abgrund und meine Gedanken katapultierten mich erneut ins Delirium.

Es war überwältigender Wahnsinn.

Er streichelte mich nicht einmal wirklich.

Trotzdem versenkte ich meine Nägel in seine Haut, als wäre ich diejenige, die zu explodieren drohte.

Er knurrte gegen meinen Mund, und mein Name legte sich wie ein Fluch über seine Zunge, als ihn der Orgasmus übermannte. Heiße Ekstase leckte über mein Fleisch und beanspruchte mich zwischen meinen Beinen.

„Berühre dich selbst", forderte er. „Reibe meinen Saft in deine Pussy und komm noch einmal."

Dieses Mal verweigerte ich seinen Befehl nach Selbstbefriedigung nicht, da ich genau das wollte, was er mir zugebellt hatte.

Denn ich wollte seinen Anspruch.

Und nur der Gedanke daran, dass er seinen Orgasmus zwischen meinen Beinen entlud, brachte mich an den Rand, ihm in die Vergessenheit zu folgen.

Meine Mitte war durchnässt von unserer Erregung. Ich fuhr mit meinen Fingern hindurch, zog sie durch mein geschwollenes Fleisch und rieb sie hinein, wie er es befohlen hatte.

Es tat auf wunderbare Weise weh, auch wenn mein Körper von zu viel Leidenschaft zu zerbrechen drohte.

Ich zwang mich weiter, umkreiste meinen Knopf und spürte seinen intimen Anspruch.

Seine Spitze stieß wieder gegen meinen Eingang und trieb mich noch höher. Dann wurde seine Härte durch seine Hand ersetzt, seine Finger glitten durch seine Säfte und stießen sie in mich hinein.

„*Ohhh*", stöhnte ich, als diese besitzergreifende Handlung meine Gedanken durchschlug.

Er tat es noch einmal.

Und wieder.

Während ich mich streichelte und bis ich an nichts anderes als die Empfindungen und seine Lippen über mir denken konnte.

„Komm für mich", flüsterte er mit versessenem Blick. „Jetzt, Lily. Ich möchte sehen, wie du dich verlierst, während meine Finger und mein Saft in dir sind."

Ein gewaltsames Beben drohte, mich zu zerstören.

Aber ich folgte ihm.

Gab mich ihm hin.

Und schrie, als es mich übermannte.

Schwärze fiel auf mich herab, als meine Welt abrupt zum Stehen kam.

Dann brachte mich Meister Cedrics Mund in die Realität zurück, während der bekannte Geschmack seines Blutes meine Zunge benetzte.

Plötzlich folgten auch seine Finger, bemalten meine Lippen mit unserer Erregung, bevor er mich wieder küsste und mich in dem einzigartigen Aroma unserer Leidenschaft ertränkte.

Ich fühlte mich … fix und fertig.

Überwältigt.

Als würde ich sterben.

Und gleichzeitig als würde ich zum ersten Mal wirklich leben.

All das wegen seiner dunklen Spiele. Seiner launenhaften Persönlichkeit. Seinem wahnsinnigen Verlangen.

„Morgen spielen wir noch einmal", versprach er gegen mein Ohr. In irgendeinem Moment hatte er mich mit dem Rücken an seine Brust gezogen. Die bleibende Feuchtigkeit zwischen meinen Beinen fühlte sich frisch und warm an, was mich darauf schließen ließ, dass er mich mit einem Waschlappen sauber gemacht haben musste.

War ich ohnmächtig geworden?, fragte ich mich benommen.

„Schlaf, meine Blume", flüsterte er. „Schlaf, und morgen werden wir einander wieder genießen."

Meine Augen fielen zu.

Meine Welt wurde wieder dunkel.

Nur, dass dieses Mal Träume auf mich warteten.

Wilde Szenen, die schnell zu Albträumen des Bluttags wurden.

Wo der Magistrat aus Meister Cedric bestand, der auf dem Podium stand und mich mit einem sadistischen Grinsen auf eine Mondjagd schickte.

Lauf schnell, kleine Blume, flüsterte er. *Lauf schnell, bis du stirbst.*

CEDRIC

Ich fuhr mit meinen Fingern durch Lilys Haar und entwirrte sanft ihre Strähnen, während sie schlief. Sie hatte es nach dem Duschen nicht gebürstet, sodass sich im Laufe des Tages Knoten gebildet hatten. Ich hatte schon einen Kamm geholt, den sie benutzen konnte, wenn sie aufwachte, und ihn mit einer Notiz bezüglich unseres Frühstücks auf dem Nachttisch gelassen.

Sie würde nicht mit mir und Khalid speisen.

Ich vertraute ihm nicht, dass er sie nicht als Mahlzeit ansehen würde und Lily zu teilen, stand definitiv nicht auf dem heutigen Speiseplan.

In dieser neuen Welt schien es üblich zu sein, unser „Essen" zu teilen, da das Konzept der Exklusivität bei vielen verpönt war. Aber ich war nicht wie meine Brüder. Wenn ich eine Geliebte nahm, gehörte sie mir allein.

Allerdings konnten die Könige meiner Art verlangen, dass ich sie freigab – weshalb ich sie weiterhin vor Silvano verstecken wollte.

Und jetzt vor Khalid.

Nur, dass Khalid schon wusste, dass sie hier war.

Was ihn zu einer Bedrohung machte.

Ich küsste Lilys Stirn und schwor im Stillen, sie vor ihm und seinen dunklen Gelüsten zu beschützen. Er mochte Messerspiele, die ich im Laufe unserer sehr langen Bekanntschaft schon öfter hatte beobachten können.

Wir waren keine Freunde. Aber auch keine Feinde. Wir verstanden uns lediglich. Vielleicht, weil wir in mancher Hinsicht ähnlich waren.

Immer verschwörerisch.

Immer lauernd.

Ohne jemals unsere wahren Absichten preiszugeben.

Er beherrschte das politische Spiel genauso gut wie ich.

Allerdings war der größte Unterschied zwischen uns, dass er sein Gebiet als König hatte übernehmen müssen, da ihn seine Blutlinie und sein Status zum einzig fähigen Herrscher gemacht hatten. Hätte er die Position abgelehnt, wäre das Land an Sahara oder Ankit gegangen.

Ich nahm an, dass Khalid dies hätte erlauben können, um außerhalb der Gesellschaft zu leben – ein Schicksal, das nur ein königlicher Vampir je gewählt hatte – aber dadurch hätte Khalid seine Paläste im Land und die Menschen, die er unter sich gepflegt hatte, zurücklassen müssen. Und dazu gehörten auch seine mörderischen Haustiere.

Anstatt gegen das System anzukämpfen, hatte er es akzeptiert.

Auch wenn er die Regeln auf seine eigene Art ausspielte.

Das wusste ich durch meine Zeit in der Blutuniversität, denn sie lag an der Grenze zwischen seinem Land und dem Gebiet von Sahara.

Die beiden Herrscher kümmerten sich abwechselnd darum, Ordnung in der Universität walten zu lassen, und in diesem Jahrzehnt war Khalid dran.

Eine Aufgabe, die ein normaler königlicher Vampir an einen untergebenen Herrscher oder Regent abtreten würde.

Aber nicht Khalid.

Er hatte etwas im Sinn.

Und ich wollte dieses Frühstück dazu nutzen, um zu sehen, ob mich seine Pläne in irgendeiner Weise beeinflussen würden.

Hoffentlich nicht. Ich musste schon meinen eigenen politischen Spielen mit Silvano nachgehen.

Zwei Jahre, erinnerte ich mich. *Ich habe zwei Jahre, um aus dem Scheiß rauszukommen oder mein Schicksal zu akzeptieren.*

Wenn er sein Wort hielt.

Ich hatte mich um das Problem mit dem Clementer-Clan gekümmert und Walter daran erinnert, dass er sich nicht mit Silvano anlegen sollte, sonst würde ich wiederkommen, um die Sache ein für allemal zu klären. Und das sollte Walter unbedingt vermeiden, was ich ihm bewiesen hatte, indem ich zwei seiner Vollstrecker in Stückchen zu ihm zurückgeschickt hatte.

Ich war effizient vorgegangen und hatte den Begriff eines wahren Vollstreckers für ihn neu definiert, da seine kleinen Hündchen gegen meine Stärke und einzigartigen Fähigkeiten keine Chance haben würden.

Ich seufzte, küsste Lily erneut und stand vom Bett auf.

Ich hatte mich schon geduscht und angezogen, da ich noch den Duft von Lily auf meiner Haut bemerkt hatte. Diesen Teil von ihr wollte ich nicht mit Khalid teilen, daher fühlte es sich angemessen an, einen Anzug als Rüstung zu tragen. Außerdem würde er selbst wahrscheinlich auch irgendein Designerlabel wählen.

Ich trug wie immer Schwarz auf Schwarz.

Und ich war nicht überrascht, ihn im formellen Esszimmer in ähnlichen Farbtönen zu sehen.

Sein dunkles Haar war noch immer feucht, da er sich gerade erst geduscht haben musste, und sein dünner Bart war ordentlich getrimmt. In seiner Hand hielt er eine Tasse Kaffee, die er gerade zu seinen Lippen führte, als ich hereinkam.

Eine menschliche Bedienstete kniete mit gesenktem Kopf neben ihm und wartete auf seinen nächsten Befehl.

Das taten sie alle.

Vor allem, wenn es um königliche Vampire ging.

„Abend", grüßte er.

„Mein Prinz", erwiderte ich förmlich.

Er grunzte. „Bitte nicht. Wir beide wissen, dass ich diese Titel verdammt noch mal nicht ausstehen kann."

„Gibst du dich deswegen als Meister an der Universität aus?", fragte ich und setzte mich neben ihn, sodass die Bedienstete zwischen uns kniete.

„Es ist wirklich faszinierend. Ich bin angekommen und nur eine Person hat mich erkannt. Also habe ich einfach den Titel behalten, den sie mir gegeben haben und mit dem Unterricht losgelegt. Nachdem ich die Person zum Schweigen gebracht hatte, die die Wahrheit erkannt hat, selbstverständlich."

Ich betrachtete ihn. „Ich hatte keine Ahnung, dass dir so langweilig ist."

„Sagt der *Herrscher*, der lieber unterrichtet, anstatt sein Amt zu akzeptieren."

„Technisch gesehen gehört es mir noch nicht", korrigierte ich ihn, während ich nach der Kaffeekanne griff. Ich könnte die Frau auf dem Boden darum bitten, aber ihre zitternden Schultern ließen mich daran zweifeln, dass sie eine Tasse einschenken konnte, ohne eine Sauerei zu veranstalten.

„Feinheiten", erwiderte Khalid.

Ich zuckte mit den Schultern. Er hatte nicht Unrecht.

„Zu der Tatsache, dass man dich nicht erkannt hat: Ich nehme an, es liegt an deinem Haarschnitt und an dem fehlenden Kopftuch."

Alle offiziellen Fotos von ihm, die den Menschen in ihren Politikkursen gezeigt wurden, zeigten ihn in Kleidung, die den Großteil seiner herausstechenden Merkmale verdeckte. Ich wusste, dass er dies tat, um sich auf Bildern zu verbergen.

Nicht, dass er das jemals laut zugeben würde.

„Das nennt sich Kufiya", erklärte er mir. „Und ich trage sie nur, weil Lilith es hasst."

Meine Lippen zuckten bei diesem Mätzchen amüsiert. Wir beide wussten, dass er sie trug, um sich zu verstecken. Allerdings machte die Tatsache, dass Lilith es hasste, die Sache noch reizvoller. „Ich habe dich immer gemocht."

„Lüge, aber das Gefühl beruht auf Gegenseitigkeit", murmelte er und trank noch einen Schluck aus seiner Tasse.

Ich tat es ihm gleich, wobei ich den kulturellen Einfluss des heutigen Kaffees bemerkte. Er gefiel mir, da Kaffeebohnen aus dem Mittleren Osten schon immer meine Lieblingssorte gewesen waren. Sie waren stärker als die gewöhnliche europäische Mischung.

Die Welt war inzwischen vielleicht anders, da wir die Regionen und Länder nach unseren Maßstäben umbenannt hatten, aber ich bevorzugte dennoch die alten Kulturen, um etwas zu beschreiben.

Lilith hatte vielleicht die Karten verändert, aber die Geschichte war geblieben.

„Also. Wie war es im Clementer-Clan?", fragte Khalid.

„Du kommst immer direkt auf den Punkt, was?", sinnierte ich und stellte meine Tasse mit einem Lächeln ab. „Was möchtest du wirklich wissen, Khalid?"

Wir kannten einander lang genug, um die Wortspiele

zu überspringen, die unsere Art gerne anschlug. Wenn er Informationen wollte, die ich mit ihm teilen konnte, würde ich es tun.

Außerdem vermutete ich, dass seine Frage eher eine Art Warnung war – eine Möglichkeit, um zu sagen: „Ich weiß, was du getrieben hast", ohne die Worte laut auszusprechen. Ihm konnten Silvanos Mätzchen egal sein. Allerdings behielt er immer alles und jeden im Auge, woran er mich erinnerte, indem er diese sehr gezielte Frage gestellt hatte.

„Willst du Herrscher werden?", fragte er.

„Nein. Aber Silvano lässt mir keine Wahl." Das entsprach einer Wahrheit, die ich normalerweise nicht enthüllen würde, aber Khalid war ein laufender Lügendetektor. Ihm etwas anderes zu erzählen, würde die politische Diskussion zwischen uns nur unnötig in die Länge ziehen.

Er nickte. „Das dachte ich mir. Deshalb versteckst du dich hier."

„*Verstecken* ist ein wenig übertrieben", erwiderte ich und nahm erneut meine Kaffeetasse zur Hand. „Was machst du hier?"

Er lächelte. „Vielleicht verstecke ich mich auch."

Ich schnaubte. „Du versteckst dich immer vor aller Augen."

„Touché", sinnierte er, bevor er seine Tasse austrank. Er fuhr mit den Fingern durch das Haar der Bediensteten, die zwischen uns kniete. „Könntest du den anderen bitte sagen, dass wir für das Frühstück bereit sind?"

Eine höfliche Frage für einen königlichen Vampir, der mit einem Menschen redete.

Aber dies fasste Khalid perfekt zusammen.

Er dehnte und drehte die Regeln immer so, wie sie ihm passten. Und er würde absichtlich nett zu den Bediensteten sein, nur um Liliths Anweisung zu missachten, dass wir die Wesen unter uns mit Grausamkeit behandeln sollten.

„Ja, mein Prinz", erwiderte die Bedienstete und stand auf.

„Danke", murmelte er und sah ihr nach. „Es sind so fügsame, kleine Spielzeuge. Heutzutage ist es schwer, eines mit Rückgrat zu finden."

„Sollten sie deshalb nicht alle gebrochen werden?", fragte ich.

Er hob eine Schulter. „Das nehme ich an." Er sah den Türrahmen für einen Moment lang an, bevor er sich wieder mir zuwandte. „Kandidatin vierhundertsieben. Du hast beantragt, sie für diesen Monat zu behalten."

Das war keine Frage, aber ich nickte trotzdem. „Sie braucht praktischeres Training."

„Hmm." Er klopfte mit den Fingern auf den Tisch, während seine türkisen Augen wissend aufblitzten. „Welches praktische Training hast du im Sinn?"

„Sexuelles Training. Dienen. Vielleicht zusätzlichen Kampf, aber nur zum Vorspiel." Das war keine Lüge. Ich hatte vor, sie zu all diesen Themen zu unterrichten.

Er betrachtete mich eine weitere Sekunde lang. „Sie gefällt dir."

„Sie ist wunderschön und hat einen talentierten Mund." Ich versuchte, so nonchalant wie möglich zu klingen. „Daran würde ich mich gern erfreuen, solange ich kann."

Die Tür öffnete sich wieder und zwei Dienerinnen erschienen mit Frühstücksplatten. Sie setzten sie auf dem Tisch ab und gingen in die Knie. Khalid hielt sie mit einem knappen „Ihr könnt gehen" auf.

Interessant. Die meisten königlichen Vampire hätten die Bediensteten aufgefordert, sich nackt auf den Tisch zu legen, um zwischen Essen und Blut wechseln zu können.

Silvano hätte sich um die Lebensmittel nicht einmal geschert. Er hätte die schmale Frau auf dem Tisch positioniert, gefickt und leer getrunken.

Aber nicht Khalid.

Er hatte die Dienerinnen mit einer Strenge weggeschickt, die ihnen sagte, sie sollten nicht zurückkommen.

„Du bist überrascht." Khalid sah mich nicht an, während er sprach, sondern richtete seinen Blick auf die Mahlzeit. „Wenn du Blut brauchst, kannst du sie zurückrufen."

Ich nahm ein Stück Fladenbrot von einem kleinen Teller und begutachtete die verschiedenen Aufstriche. „Ich habe eine Kandidatin in meinem Bett, die mehr als willig ist, mir Blut zu geben." Nicht, dass ich viel benötigte.

„Ist das noch ein Grund, warum du sie behältst? Ihre *Willigkeit*, Blut zu spenden?" Seine Stimme klang auf eine seltsame Art trocken, sodass ich meine Aufmerksamkeit auf ihn richtete. Allerdings sah er mich nicht an. Er konzentrierte sich auf das Schackschuka-Gericht.

„Gibt es in dieser neuen Welt überhaupt so etwas wie *Willigkeit?*", konterte ich, sodass sein Blick zu meinem aufsprang. „Menschen sind Nutzvieh. Gibt man Kühen eine Wahl, ob sie geschlachtet werden?"

Er betrachtete mich einen langen Moment nachdenklich, und seine Augen hielten tausende Geheimnisse, von denen er keines je verraten würde.

Statt auf meine Fragen zu antworten, richtete er seine Aufmerksamkeit wieder auf das Essen und tunkte etwas Fladenbrot in das Schakschuka.

Ich tat es ihm nach, aber begann mit dem Ful – das Gericht aus Favabohnen hatte ich schon immer gemocht – und dem Hummus. Außerdem fügte ich etwas

Joghurtaufstrich hinzu. Dann wechselte ich zu meinem eigenen Schakschuka-Teller.

„Als ich dies das erste Mal bestellt habe, haben sie versucht, Blut in die Soße zu mischen", sagte Khalid im Plauderton. „Ich habe mich gefragt, ob du wohl eine Vorliebe dafür hast."

Ich sah auf das auf Tomaten basierende Gericht und die pochierten Eier herab. „Nein. Ich bestelle normalerweise nur Ful und Hummus." Was nicht oft vorkam, da ich selten frühstückte.

„Was für eine langweilige Wahl."

Ich zuckte mit den Schultern. „Ich finde heutzutage sehr vieles langweilig." Eine Aussage, die ich wahrscheinlich nicht laut aussprechen sollte, aber sie entsprach der Wahrheit. Und da Khalid sogar noch älter war als ich, würde er meine Langeweile verstehen.

„Daher fasziniert dich deine kleine Blume so sehr", sinnierte er und ließ mich innehalten.

Er hatte den Spitznamen mit Absicht benutzt, um sicherzustellen, dass ich wusste, dass er mein Schwärmen für sie bemerkt hatte.

„Ich werde deinen Antrag nicht ablehnen", fuhr er fort, wobei er etwas Joghurt auf seinem Fladenbrot verteilte – *mit einem Messer.* „Aber ich werde ihn abändern." Er nahm einen Bissen und legte das Messer weg – eine einfache Handlung, die allerdings symbolträchtig zu sein schien.

Es war eine Art Geste.

Ein Weg, um mir zu sagen, dass er eine Gefahr darstellte, mich aber nicht *aktiv* bedrohte.

Ich zwang mich dazu, ruhig zu bleiben und sein gefährliches Spiel mitzuspielen. „Welche Änderungen möchtest du vornehmen?" Meine Stimme klang gelangweilt, als wären seine Worte bedeutungslos für mich.

In meinem Inneren tobten jedoch viele Fragen.

Warum interessiert er sich für Lily?

Will er sie für sich selbst?

Ist das nur Machtgehabe? Eine Art und Weise, um mich daran zu erinnern, dass er der Überlegene von uns beiden ist?

Warum kümmert er sich überhaupt um so frivole Dinge? Langeweile vielleicht?

Er schluckte, nahm sein Glas Wasser in die Hand und trank mehrere große Schlucke, bevor er meine ausgesprochene Frage beantwortete. „Sie muss ihren Dienstleistungskurs und den Unterricht über die Lykaner-Politik abschließen. Allerdings kann sie ihr sexuelles Training hier fortführen, ebenso wie den Kampfkurs. Und ich werde ihre neue Unterbringung absegnen, da ich annehme, dass du sie lieber in deinem Bett hättest als im Studentenwohnheim."

Ich konnte diese Entscheidung nicht wirklich anfechten. Und was die Änderungen betraf, so konnte ich sie akzeptieren.

Bis auf eine.

„Welche Art von sexuellem Training und Kampfkünsten wird sie hier absolvieren?" Denn ich nahm stark an, dass dieser Teil des Lehrplans einen Haken hatte.

Er antwortete nicht sofort, sondern spielte seine Machtkarte aus, indem er langsam aß.

Ich tat es ihm gleich, zwang mich zu kauen und zu schlucken, auch wenn ich nichts schmecken konnte.

„Sie soll einen Kurs zur Befriedigung von Frauen absolvieren", begann er, dann lehnte er sich mit seinem Kaffee zurück und genoss ein paar Schlucke, bevor er mich ansah. „Sie kann mit Kandidatin einhundertneunundvierzig üben, während wir sie anweisen."

Ich hob eine Augenbraue. „Sie lebt noch?"

Er lächelte. „Wie ich letzte Nacht gesagt habe: Der Tod ist eine Verschwendung."

So hatte er es nicht genau ausgedrückt, aber es fasste zusammen, was er meinte. „Und das Kampftraining?"

„Auch mit Kandidatin einhundertneununddreißig, aber ich werde den Unterricht geben." Er sah mich ernst an. „Du darfst zusehen. Aber du wirst nicht eingreifen."

Das war es also, was er wirklich wollte – eine Kampfpartnerin für seine Kandidatin. Ich hatte die beiden Mädchen früher kämpfen sehen. Auch wenn sie beide ein bemerkenswertes Temperament hatten, waren sie körperlich nicht imstande, großen Schaden anzurichten. Es erschien mir seltsam, dass er sie trainieren wollte. Aber ich würde nicht mit ihm darüber diskutieren.

Ich hob eine Schulter. „Scheint mir angemessen."

„Exzellent", murmelte er und zeigte seine Zähne mit einem eher bedrohlichen Lächeln. „Wir beginnen heute Nacht. Wenn sie zurückkommen."

Ich runzelte die Stirn. „Wenn sie zurückkommen? Meine Kandidatin ist noch hier."

Er schüttelte den Kopf. „Nein. Ich habe arrangiert, dass sie zum Unterricht begleitet wird, nachdem du deine Suite verlassen hast."

Mein Herz setzte einen Schlag aus. „Sie ist gerade in der Universität?"

„So wie sie es sein sollte, ja." Er warf mir einen Blick zu. „Ist das ein Problem?"

Ja, es ist ein verdammtes Problem. Ich habe sie nicht warnen können. „Kein Problem", brachte ich mit der gelassensten Stimme hervor, zu der ich mich durchringen konnte.

Ich hasse diese verdammten Spiele.

Diese politischen Manöver und Wortspiele.

Ich hatte gedacht, dass Khalid sie auch verabscheute.

Anscheinend nicht.

„Gut." Er setzte seine Kaffeetasse ab. „Ich habe dich immer bewundert, Cedric. Ich vermute, dass uns diese Erfahrung enger zusammenbringen wird."

Noch eine Drohung. Eine Art, mich wissen zu lassen, dass er in meinen Kopf gelangen und sein Unwesen treiben wollte.

Und es gab verdammt noch mal nichts, was ich dagegen tun konnte, da er einen königlichen Titel innehielt.

„Ich freue mich darauf", log ich.

„Ich mich auch", erwiderte er, wobei mich seine blaugrünen Iriden herausfordernd anglitzerten. „Und ich freue mich sehr darauf, deine Lily besser kennenzulernen."

Mein Blut gefror in meinen Adern.

Er hat uns ausspioniert.

Es sollte mich nicht überraschen, da Khalid in den Schatten aufblühte und leidenschaftlich gern Geheimnisse sammelte. Ich hatte nur nicht erwartet, dass er sich genug um mich und meine Privatangelegenheiten scheren würde.

„Es ist übrigens ein wunderschöner Name", fuhr er im Plauderton fort. „Ich habe auch einen für Kandidatin einhundertsiebenunddreißig ausgewählt. Sie wird ihn später mit euch teilen." Er stieß sich vom Tisch ab und stand auf. „Ich habe eine Mitternachtsjagd organisiert, um die Kandidatinnen aufzuwärmen. Bis dann."

Er teleportierte aus dem Zimmer und ließ mich und das halb aufgegessene Frühstück zurück.

Was zum Teufel hast du wirklich vor?, fragte ich mich, da ich seine rätselhafte Art einfach nicht verstehen konnte.

Plötzlich konnte ich Lilys Abneigung gegen unsere Spiele besser nachvollziehen. Denn irgendetwas sagte mir, dass das Spiel mit Khalid einen hohen Einsatz verlangen würde.

Einen Einsatz, der uns beide das Leben kosten könnte.

LILY

MEIN ALBTRAUM IST WAHR GEWORDEN.

So war es seit dem Moment gewesen, in dem ich aufgewacht war und einen Menschen mit einem Stapel Kleidung vor mir gesehen hatte. „Du hast fünfzehn Minuten, um dich fertig zu machen", hatte er gesagt.

Ich hatte gehorcht.

Dann war ich mit Kandidatin einhundertneununddreißig auf den Rücksitz eines Vans gesetzt worden, um ohne Umschweife in die Universität zurückgebracht zu werden.

Ohne ein einziges Wort von Meister Cedric.

Nicht einmal ein Zettel.

Ich hatte meinen Dienstleistungskurs besucht – da mir nichts anderes übrig blieb – während ich über mein Schicksal nachdachte. Meister Cedric hatte es so klingen lassen, als würde ich den nächsten Monat nur mit ihm verbringen.

Entweder hatte ich ihn missverstanden …

Oder er hatte gelogen.

Ich vermutete Letzteres.

Der bloße Gedanke daran hinterließ ein heißes Gefühl, aber nicht in dem positiven Sinn, wie wenn er mich berührte.

Als die Klingel ertönte, um das Ende des Unterrichts zu verkünden – der sich heute auf das Servieren von Speisen und dem angemessenen Knien neben den Tischen konzentriert hatte – stand ich förmlich in Flammen.

Er hat gelogen. Natürlich hat er gelogen. Warum sollte er nicht lügen? Er hat mich wahrscheinlich auch wieder durchfallen lassen.

„Kandidatin vierhundertundsieben", sagte eine raue Stimme, die mir einen Schauer über den Rücken jagte. *Ein Lykaner.*

Ich schluckte und wandte mich dem dunklen Klang zu. „Ja, Meister?"

„Folge mir." Er gab mir keine Chance, um zu antworten, sondern drehte sich einfach um und ging los.

Soll das ein schlechter Scherz sein?, dachte ich, während ich ihm folgte. *Hat Meister Cedric ihn hierher geschickt, um mir mein Schicksal der Mondjagd unter die Nase zu reiben? Wird mich dieser Lykaner zu einem neuen Testlauf bringen? Wird er mich jagen?*

Die Flammen, die in meinen Adern gewütet hatten, gefroren und jeder Schritt hinter dem Lykaner wurde schwerer und schwerer.

Ist das ein neues Spiel, um meine Reaktion zu testen?

Oder ist das alles einfach nur ein Spiel, das ich verloren habe, indem ich Meister Cedric erlaubt habe, mir einzureden, ich solle meine Wünsche kommunizieren?

Letzte Nacht hatte sich alles so ehrlich angefühlt, und die Lust war nicht zu übertreffen gewesen.

Ich hatte mich lebendig gefühlt, als könnte ich zum ersten Mal richtig atmen.

War das alles nur ein Trick? Ein Weg, um mich dazu zu bringen, mich schon jetzt nach dem Tod zu sehnen?

Der Lykaner führte mich eine Treppe zu einem kalt

aussehenden Tunnel hinunter, einer der mich an den Ort erinnerte, an den mich Meister Cedric letzte Nacht geführt hatte.

Ist es derselbe? Werde ich wieder in die Trainingsarena geführt?

Ich hatte heute nicht einmal Frühstück bekommen.

Oder Wasser.

Ich hatte vorgehabt, ein mitternächtliches Mittagessen zu mir zu nehmen.

Aber das würde offensichtlich nicht passieren.

Vielleicht war es das Beste. Was auch immer der Lykaner für mich geplant hatte, ein voller Magen würde mir dabei wahrscheinlich nicht helfen.

Ich ergriff die Träger meiner Tasche mit feuchtkalten Händen. Die Bücher darin waren nicht schwer, aber jetzt kamen sie mir wie Steine vor.

Der Lykaner sagte nichts, während er voranging.

Dann stieg er schweigend eine neue Treppe hinauf, die zu einer unscheinbaren Tür führte.

Er öffnete sie und enthüllte einen kargen Vorplatz und einen endlosen Nachthimmel. *Wir sind außerhalb der Universitätsmauern. Wie letzte Nacht.*

Der muskulöse Mann hielt inne und sah mich an. „Lauf."

Mist!

Ich ließ meine Tasche fallen, da ich das zusätzliche Gewicht nicht gebrauchen konnte, und hechtete in die Wüste hinaus.

Panik donnerte durch mein Herz und ließ es in einem chaotischen Rhythmus stolpern. Es lagen keine Raffinesse oder analytische Gedanken hinter meinen Bewegungen, nur reine Panik, die meine Beine nach vorne trieb, während ich darum kämpfte, dem Lykaner hinter mir zu entkommen. Ich hatte keine Ahnung, ob er mir einen Vorsprung gegeben hatte.

Nicht, dass es einen Unterschied gemacht hätte.

Er würde mich mit Leichtigkeit fangen.

Vielleicht sogar in Wolfsform.

Oh, Göttin …

Ich hatte gesehen, wie sich Lykaner in wunderschöne Biester verwandelten. Seidenes, weißes Fell, stechende Augen voller Intelligenz, gigantische Pfoten … sie sahen unglaublich aus.

Bis sie einen Menschen mit ihren Zähnen auseinanderrissen.

Ich erschauderte und konnte meinen Tod schon vor meinen Augen sehen, als sich zwei Hände um meine Taille legten und mich auf den Boden zwangen.

Ein Schrei blieb in meiner Kehle stecken, da sich mein Training einschaltete und mich rechtzeitig verstummen ließ. Nicht, dass es mir etwas bringen würde. Ich lag mit dem Gesicht nach unten im Sand. Ein Atemzug würde mich umbringen.

Wird er mich so nehmen? Mich an Sand ersticken lassen, während er das Leben aus mir vögelt?

Ich wollte kämpfen.

Zappeln.

Irgendetwas anderes tun, als dieses Schicksal hinzunehmen.

Aber etwas, das Meister Cedric gesagt hatte, hallte plötzlich durch meine Gedanken, bevor sich meine Glieder bewegen konnten: *„Eine temperamentvolle Frau mit einer jungfräulichen Pussy."*

Lykaner genossen die Jagd *und* den Kampf.

Also wurde ich schlaff.

Ich versuchte es nicht einmal.

Ich schloss meine Augen, als mich der Lykaner umdrehte, und ließ meine Gliedmaßen willenlos hängen.

Es kostete Mühe, nicht zu keuchen oder die Luft in meine Lunge zu lassen, die ich so dringend brauchte.

Stattdessen atmete ich ganz vorsichtig ein, sodass ich genug Sauerstoff bekam, um am Leben zu bleiben, aber ohne das Bedürfnis dem Raubtier über mir bewusst zu machen.

Plötzlich kitzelte ein Hauch von Minze meine Sinne, als Lippen kaum merklich von meiner Wange zu meinem Ohr wanderten. „Sehr clever, kleine Blume", hauchte Meister Cedric. „Du scheinst fast tot zu sein, bis auf deinen Puls." Er küsste die entsprechende Stelle auf meinem Hals und neckte den Druckpunkt mit seiner Zunge.

Ich ergriff sofort seine Schultern, um ihn von mir abzuwerfen und für dieses grausame Spiel gegen ihn zu wüten. Allerdings landeten in der nächsten Sekunde seine Lippen auf meinen und er brachte mich mit seiner Zunge zum Schweigen. Dann fing er meine Handgelenke und zog sie über meinen Kopf, sodass ich ihm im Sand ausgeliefert war.

Sein Blut tropfte in meinen Mund und zwang mich zu schlucken.

Eine dezente Menge.

Aber genug, um meine Sinne in Flammen zu setzen.

Was macht er denn jetzt?, fragte ich mich. Mir war schwindelig von dem panischen Lauf, der tatsächlich damit geendet war, dass er nun auf mir lag.

Ich saugte an seiner Zunge und wollte mehr von dem, was er mir bot – wenigstens half es dabei, meine Magenschmerzen zu lindern.

Seine Essenz gab mir ein neues Lebensgefühl und neue Stärke.

Sie machte mich süchtig.

Sie war süß.

Sie war er.

Er knurrte gegen meinen Mund, aber gab mir, was ich verlangte, füllte mich mit seinem Blut und ertränkte mich in seinem Duft.

Dann küsste er einen Pfad bis zu meinen Brüsten hinunter. Eine seiner Hände hielt meine beiden Handgelenke zusammen, während die andere den Saum meines Oberteils zurückzog, um mehr meiner Haut freizulegen.

Ich trug keinen BH, da diese Art Wäsche in der Universität verboten war.

Er nutzte dies nun voll aus, indem er seine Fangzähne in das Fleisch wenige Zentimeter neben meine Brustwarze grub.

Ich keuchte auf und bäumte mich vom Boden auf, als Endorphine durch meinen Körper schossen und ein exquisites Gefühl in meinem Unterleib weckten. Ich brannte, pulsierte und flehte förmlich nach Erlösung, die er mir gab, indem er einen Oberschenkel gegen meine schmerzende Mitte presste.

Der Orgasmus übermannte mich und zwang ein Stöhnen über meine Lippen, das ich nicht unterdrücken konnte. Er schonte mich nicht, sondern saugte gefräßig das Leben aus meinem Körper.

So plötzlich wie er begonnen hatte, hörte er auch wieder auf und ließ mich schwindelig und seltsam gesättigt zurück.

Er grinste und strich mit seiner Nase über meine, bevor er mich wieder küsste – dieses Mal mit einer Sanftheit, die jede Vernunft aus meinen Gedanken verbannte.

„Bist du fertig?", fragte eine tiefe Stimme langsam. *Meister Khalid.*

„Mmm", summte Meister Cedric als Antwort, während sein Mund über meinem schwebte. „Du hast gesagt, das wäre eine Übung zum Aufwärmen. Genau das mache ich."

„Ich meinte zum Kämpfen." Meister Khalid klang fast amüsiert.

„Kämpfen ist immer noch Vorspiel", erwiderte Meister Cedric und sah den anderen Mann endlich an. „Ich weiß, dass du mir da zustimmst."

„Ich habe nicht widersprochen. Aber ich wollte im Saphir-Hof damit weitermachen."

„Verstanden." Meister Cedric ließ meine Handgelenke los und rollte von mir herunter, um in wenigen Sekunden wieder aufrecht zu stehen. „Wir müssen gehen, kleine Blume."

Meine Augen wurden größer, als er meinen Spitznamen vor Meister Khalid aussprach.

Aber der andere Vampir schmunzelte einfach nur.

Da bemerkte ich, dass Kandidatin einhundertneunundreißig neben ihm stand. Ihre ängstlichen Augen fanden meine. An ihrem Hals war eine offene Wunde, sodass Blut über ihren Ausschnitt tropfte und ihr weißes Shirt verfärbte.

Ein Blick nach unten zeigte mir eine ähnliche Wunde, nur auf meiner Brust.

„Hoch", sagte Meister Cedric mit dem Hauch eines Befehls in seiner Stimme.

Ich bewegte mich und fühlte mich ein wenig benommen, aber er fing mich an der Hüfte auf.

Ein kurzer Blick zur Seite sagte mir, dass Meister Khalid Kandidatin einhundertneunundreißig auf ähnliche Weise hielt.

Spielt er dasselbe Spiel mit ihr?

Das warf die Frage auf, ob so etwas oft vorkam – dass Vampire Menschen mitnahmen und auf diese Art und Weise mit ihnen spielten.

Allerdings …

Tun sie das nicht immer?, fragte ich mich und runzelte ein wenig die Stirn. *Menschen sind Spielzeuge für ihre Lust und eine Nahrungsquelle. Mehr nicht.*

Ein wichtiges Konzept, das ich nicht vergessen sollte.

Denn Meister Cedric wählte vielleicht immer die richtigen Worte, aber ich war nur ein vorübergehender Zeitvertreib für ihn.

Er war bezüglich meines Schicksals von Anfang an ehrlich gewesen.

Allerdings hatte er mir gesagt, er würde versuchen, es zu ändern.

Was bin ich überhaupt für ihn?, fragte ich mich, während ich mich noch immer duselig fühlte.

„Saphir-Hof", wiederholte Meister Khalid. „In einer Stunde." Sein Blick wanderte zu meinen Brüsten, bevor er wieder Meister Cedric ansah. „Heile sie. Füttere sie. Stell sicher, dass sie bereit ist."

Er legte seine Arme um Kandidatin einhundertneununddreißig und verschwand.

Meister Cedric sagte für einen langen Moment nichts.

Dann ergriff er mich auf ähnliche Art.

Mein Magen schrie auf, als ich gegen jedes Naturgesetz durch Zeit und Raum transportiert wurde. Es dauerte länger als sonst, sodass meine Haut schweißbedeckt und voller Gänsehaut war, als wir endlich ankamen. Das tunnelartige Gefühl machte mich noch schwindeliger und erschöpfter, wodurch meine Beine schließlich unter mir nachgaben.

Dann traf mein Kopf jedoch auf ein weiches Kissen, und ich bemerkte, dass Meister Cedric uns zurück in sein Zimmer teleportiert hatte.

Von der Universität.

Ich starrte ihn und unsere Umgebung verblüfft an. „Wie …?“

„Ich kann mich drei oder vier Kilometer weit teleportieren.“ Er zuckte mit den Schultern und verschwand. Dann erschien er eine Sekunde später mit einem feuchten Waschlappen in der Hand, den er an meine Stirn drückte. „Ich hatte heute keine Lust zu fahren, also bin ich gerannt.“

Gerannt, wiederholte ich in Gedanken. *Klar.*

„Weißt du, wer Khalid ist?“, fragte er, während er den Lappen über meine Schläfe zu meiner Wange strich und mir so sanften Trost spendete, von dem ich vorher nicht bemerkt hatte, wie sehr ich ihn brauchte.

„Ein Meister wie du“, antwortete ich.

„Ja und nein.“ Der Waschlappen wanderte weiter nach unten zu meinem Hals. „Du kennst die Namen aller Könige, ja?“

Ich runzelte die Stirn. „Ja. Und die der Alphas auch.“

Er nickte, dann wanderte das kalte Gefühl zu meiner Brust, wo er sanft die von ihm verursachte Wunde reinigte. Schließlich beugte er sich vor, um sie mit etwas Blut aus seiner Zunge zu schließen. Ich war mir nicht sicher, wie das funktionierte, aber es fühlte sich großartig an. Als er fertig war, küsste er mich noch einmal und gab mir mehr seiner Essenz.

Inzwischen war ich gar nicht mehr hungrig. Oder müde. Ich fühlte mich nur lebendig.

Und sicher, dachte ich verblüfft. *Er gibt mir ein Gefühl der Sicherheit.*

Das war wahnsinnig. Ich könnte nicht in größerer Gefahr schweben als jetzt gerade, und nicht nur weil er mich in seiner Gewalt hatte. Es waren die Gefühle, die er in mir weckte, die eine echte Bedrohung darstellten.

LEXI C. FOSS

„Sag mir die Namen der königlichen Vampire", forderte er.

Ich begann, die Liste herunterzurattern. „Jace, Kylan, Claude, Göttin Lilith, Silvano, Naomi, Sahara, Kha..." Meine Augen weiteten sich. „Khalid ..."

Er wartete.

„Prinz Khalid." Ich begann zu zittern, und mein Kopf bewegte sich vor und zurück. „Nein. Er sieht nicht aus wie ..." Ich verstummte und dachte an die Bilder, die ich von ihm gesehen hatte. „Er trägt immer ein Kopftuch."

„Er verschleiert sich gerne", erwiderte Meister Cedric. „Aber ja, es ist Prinz Khalid. Und aus irgendeinem Grund hat er entschieden, dass du und Kandidatin einhundertneununddreißig zusammen trainieren sollt. Im Kampf und sexuellen Künsten."

Mein Mund blieb offen stehen. „Ich ... Ich soll ihn befriedigen?" *Einen königlichen Vampir? Einen Prinzen? Jemanden, der nicht Meister Cedric war?* Ich schlug unwillkürlich meine Beine übereinander. Das wollte ich nicht. Ich wollte nichts von all dem.

„Vielleicht." Meister Cedric schien bei dieser Antwort nicht sonderlich begeistert zu sein, denn er kniff die Augen zusammen und legte den Waschlappen beiseite. „Fürs Erste hat er nur verlangt, dass dein Kurs zur Befriedigung von Frauen so umgestaltet wird, dass du nur mit Kandidatin einhundertneununddreißig zusammenarbeiten wirst. Und wir werden eure Lehrer sein anstatt Meisterin Peyton."

„Oh." Ich runzelte die Stirn. Das klang gar nicht so schlecht. „Okay."

Er hob eine Braue. „Willst du lernen, wie man Frauen befriedigt?"

„Ich ... Ich weiß es nicht." Ich hatte bis jetzt nur

männliche Partner gehabt. „Meine Beraterin hat es empfohlen."

„Ja, aber möchtest *du* Frauen vögeln?", fragte er.

Ich schluckte und war unsicher, was ich antworten sollte.

Er beugte sich über mich und drückte meine Beine mit seinem Oberschenkel auseinander. Seine Lippen flüsterten über meine Wange, während er über mir schwebte und seine Hände neben meinem Kopf abstützte.

„Macht es dich an, Lily? Die Vorstellung, deine Zunge zwischen die Beine einer anderen Frau zu stecken?" Er leckte über meine Ohrmuschel, und die Hitze seines Körpers schien mich zu brandmarken. „Den Nippel einer Frau zwischen deine Zähne zu nehmen, ihn zu knabbern, zu necken und ihre Lust mit deinem Mund zu schüren? Sie zu küssen? Sie zu lecken, während sie deinen Namen schreit?"

Ich erschauderte, da seine Worte seltsame Dinge mit mir anstellten.

Mir gefiel es, sie aus seinem Mund zu hören.

Aber mehr, weil ich wollte, dass er diese Dinge mit mir tat.

„Mmm, ich kann dein Interesse riechen, süße Blume. Heißt das, dass du diese Dinge gerne mit einer anderen Frau machen würdest? Oder stellst du dir vor, dass ich sie mit dir mache?"

„Du", flüsterte ich, ohne zu wissen, wie ich mein Verlangen und meine Gedanken aussprechen sollte. „Ich mag deine Zunge."

„Das weiß ich." Er küsste einen Pfad über meinen Hals und bis zu meinen Brüsten. Dieses Mal zog er mein Shirt hoch, anstatt es herunterzuziehen, und fing eine meiner Brustwarzen zwischen seinen Zähnen ein, wie er es geflüstert hatte.

Ich stöhnte. „Ja. Das."

„Willst du das mit einer Frau machen? Wirst du davon geil?", fragte er, während er meine harte Spitze umspielte und meinem Blick standhielt.

Ich versuchte mir vorzustellen, mir auszumalen, wie ich dies bei einer anderen Frau tat.

Aber ich konnte nur Meister Cedric in meinen Gedanken sehen.

Ich schüttelte den Kopf. „Ich weiß nicht." Denn ich wusste es wirklich nicht. Es war zu schwer, es mir vorzustellen. Alles, was ich wollte, war er. Seine Berührung. Seine Zunge. Seinen Mund. Seine Hände. Seinen … seinen *Schwanz*. „Ich will dich."

Er grinste, wobei seine Zähne gegen meine empfindliche Haut rieben. „Wenn ich dir sage, du sollst sie für mich lecken, wird es dir gefallen? Wenn du weißt, dass es mich anmacht?"

Bei diesem Gedanken pressten sich meine Oberschenkel gegen seinen. Wenn es eine Show für ihn wäre? „Ja." Ja, das würde mir besser gefallen.

Er summte und hob seinen Mund wieder zu meinem. „Gut zu wissen." Er küsste mich noch einmal sanft und legte seinen Körper hart auf meinen. „Du musst vor dem Kampfunterricht etwas essen. Komm, süße Blume. Ich bereite dir etwas in der Küche vor, und dann gehen wir nach draußen."

Ich blinzelte, als er von mir rutschte und mir mit seinem dunklen Blick das Zeichen gab, ihm zu folgen.

So launenhaft, dachte ich atemlos. *Unmöglich zu lesen.*

Und jetzt war es nicht nur er.

Sondern auch Prinz Khalid.

Nichts davon konnte gut für mich enden.

Aber das wusste ich schon.

Die Jagd des heutigen Abends hatte mein Schicksal nur noch einmal bestätigt.

Es war alles ein dunkles Spiel, das mich auf den Bluttag und die Grausamkeit, die darauf folgte, vorbereiten sollte.

Weniger als ein Monat.

Dann werde ich rennen müssen, bis ich sterbe.

So wie es mir Meister Cedric in meinem Albtraum gesagt hatte.

CEDRIC

LILYS STÄRKE HATTE SICH WÄHREND MEINER ABWESENHEIT verbessert, genauso wie ihre Ausdauer.

Khalid lief im Kreis um sie und die andere Frau herum und beobachtete sie mit einem beinah tödlichen Ausdruck. Er studierte jeden Tritt und jeden Schlag, korrigierte beide und ließ sie es dann wiederholen.

Und wieder.

Und wieder.

Sie kämpften seit fast drei Stunden, was viel länger war als ihr Unterricht sonst. Das zeigte sich nun darin, dass ihre Bewegungen immer langsamer wurden.

Lily stolperte und fiel beinah, aber Khalid fing ihren Arm und richtete sie auf, was mich am liebsten hätte knurren lassen. Allerdings ließ er sie sofort los und trat einen Schritt zurück.

„Noch einmal", sagte er.

Beide Mädchen zuckten sichtbar zusammen. Dann taten sie wie befohlen und führten die Bewegungen in fast perfekter Synchronisation auf.

„Noch einmal."

Kandidatin einhundertneununddreißig richtete sich auf und sah ihn direkt an. „Nein, Khalid. Ich brauche Wasser. Und etwas zu essen."

Meine Augenbrauen schossen fast bis zu meinem Haaransatz. Sie war seit dem Moment, als wir den Außenhof betreten hatte, tadellos fügsam gewesen und hatte jedem Befehl ohne einen Kommentar Folge geleistet. Allerdings sprach sie ihn jetzt mit einer Autorität an, die wenige andere nur in ihren Träumen in seiner Gegenwart verwenden würden.

Khalid hielt inne und neigte seinen Kopf in Richtung der Frau. Dann lächelte er. „Na gut, *Habibi*. Ich werde dir etwas Nahrhaftes geben."

Sie kniff die Augen zusammen. „Essen, Khalid. Und Wasser."

„Du wirst schlucken, was auch immer ich dir biete."

Sie verschränkte die Arme. „Ich bin keine Marionette."

„Falsch, Haustier." Er ergriff ihren Nacken und zog sie an sich. „Du bist *meine* Marionette, meine liebste *Mirage*. Und du bist ungezogen."

„Dann beiß mich."

„Vielleicht werde ich dich auf deine Knie zwingen und dich stattdessen Lily verschlingen lassen", erwiderte er. „Würde das deinen Hunger stillen?"

„Das ist kein Essen, Khalid."

„Manche würden sagen, dass es einem Leben und Freude nährt", konterte er.

Sie seufzte. „Ich bin müde. Ich bin ein Mensch. Und ich brauche eine Pause. Bitte."

Sein Daumen strich über ihren Puls. „Nur weil du das Zauberwort gesagt hast, meine liebste *Mirage*." Er drehte sie in seinen Armen und sah mich an. „Abendliches Frühstück morgen. Acht Uhr. Bring Lily mit."

Sie verschwanden, bevor ich auch nur ein Wort der Zustimmung sagen konnte.

Nicht, dass ich gewusst hätte, was ich sagen sollte.

Denn *das* war unerwartet gewesen.

„Hast du sie jemals so sprechen hören?", fragte ich Lily.

Sie starrte mich mit großen Augen an und schüttelte den Kopf. „Wird er ihr wehtun?"

„Vielleicht. Aber ich vermute, dass er sicherstellen wird, dass es ihr gefällt." Denn er hatte definitiv nicht wütend ausgesehen, sondern eher amüsiert.

Was schockierend war, wenn man bedachte, wie sie sich vor mir verhalten hatte.

Allerdings wusste er von meinem Namen für Lily und vermutlich auch von der Tatsache, dass ich ihr andere Freiheiten gewährt hatte. *Wie mein Blut,* dachte ich und erinnerte mich an seine Worte von vorher, als er mir gesagt hatte, ich solle sie heilen.

Behandelte er seine „Mirage" ähnlich?

Sie hatte ihren Namen nie verraten. Vielleicht würde ich morgen danach fragen und sehen, was passierte.

„Nun, es scheint, als würde dein Kurs zu sexuellen Künsten an Frauen heute Abend verlegt", sagte ich im Plauderton und war ein wenig erleichtert, dass Khalid den Unterricht beendet hatte. „Vielleicht sollte ich stattdessen selbst deine oralen Fähigkeiten testen."

Lilys Lippen öffneten sich, als wäre sie schon bereit, ihr Talent unter Beweis zu stellen, während ihre Wangen einen hübschen Rosaton annahmen.

„Lass uns zuerst zu Abend essen", schlug ich vor, nahm ihre Hand und führte sie aus dem Saphir-Hof – er bestand aus einer Marmorplatte, die von Statuen mit Saphiren umrahmt wurde.

Wir gingen an dem Brunnen daneben vorbei und

durch einen Bogen, der zu einem anderen Hof führte, der mit Säulen und opalweißen Sternen geschmückt war.

Ich hätte Lily in meine Suite teleportieren können, aber sie schien kein Fan dieser Fortbewegungsmethode zu sein. Außerdem genoss ich es, ihr dabei zuzusehen, wie sie ihre Umgebung bewunderte.

„Du hast das mit Khalid gut gemacht", lobte ich sie. „Du hast ihn nicht formell angesprochen."

„Du hast mir gesagt, ich solle es nicht tun", erwiderte sie und sah mich mit ihren blaugrünen Augen an. „Du meintest, er mag es nicht, als Prinz erkannt zu werden."

Sie hatte recht. Das hatte ich ihr während unseres Mitternachtsessens erklärt. *Allerdings* … „Ich war mir nicht sicher, ob du deine Ausbildung aus dem Kopf bekommen könntest."

Ihre Aufmerksamkeit richtete sich auf den Außenpool, als wir über den langen Pfad darum herum liefen. „Ich habe ihn einfach als Meister Khalid angesehen und nicht als Prinz Khalid. Das hat geholfen."

„Und als was siehst du mich an?", fragte ich mich laut, während mein Blick dem ihren zum Wasserfall in der Mitte des Pools folgte. Sie schien davon gefesselt zu sein.

„Als Meister Cedric", flüsterte sie.

„Was, wenn ich nur Cedric sein will?"

Sie zog ihre Nase kraus. „Du wirst nie nur Cedric sein."

„Warum nicht?", fragte ich und hielt inne, um ihr Gesicht zu meinem zu drehen. „Warum kannst du den Meister-Titel nicht vergessen?"

„Weil du Meister Cedric bist." Sie schluckte und sah mir in die Augen. „Ich … Ich sehe dich gerne als Meister an."

„Warum?"

Sie hob ihre Schultern. „Ich weiß es nicht. Es ist …"

Sie runzelte ein wenig die Stirn. „Es ist auf eine Art und Weise beruhigend, die ich nicht erklären kann."

„Weil dir beigebracht wurde, alle Vampire als Überlegene anzusehen."

„Du bist überlegen", antwortete sie. „Aber nein, das ist es nicht. Es ist eine Form von Respekt?" Es schien ihr schwer zu fallen, sich zu erklären, was durch die Frage in ihrer Stimme deutlich wurde. „Magst du es nicht, wenn ich dich als Meister Cedric ansehe?"

„Ich fände es schön, wenn ich *dein* Cedric werden würde." Eine gefährliche Bitte, die später Verwirrung und Schaden anrichten könnte. Aber es war die Wahrheit. „Ich will nicht, dass du mich Meister oder Herr oder Sir nennst. Nur Cedric."

„Wenn wir allein sind", stellte sie klar.

„Wenn wir hier sind." Ich streichelte ihre Wange. „Du kannst mich auf diesem Grundstück überall Cedric nennen, sogar vor Khalid." Da er heute Abend mehr als klar gemacht hatte, dass er gerne jegliche Formalitäten ablegte. „Wenn jemand zu Besuch kommt, können wir noch einmal darüber reden. Aber fürs Erste möchte ich, dass wir nur Lily und Cedric sind."

Was nicht ansatzweise fair war, wenn man bedachte, was in ein paar Wochen geschehen würde.

Aber das Leben war nicht fair.

Manchmal musste man einfach im Hier und Jetzt leben und jeden Moment ausnutzen.

Wie gerade.

„Hast du Hunger?", fragte ich sie leise.

Sie dachte nach und schüttelte den Kopf. „Ich habe mehr Durst als Hunger."

Ich nickte und nutzte meine freie Hand, um einen Bildschirm von meinem Handgelenk aufzurufen. Ihre

Augen weiteten sich, als sie die Technologie sah und ich eine kurze Nachricht für das Palastpersonal eintippte.

„Wir werden hier draußen eine Kleinigkeit essen und trinken", sagte ich, nachdem ich die Tische und Loungesessel bemerkt hatte. „Es wäre eine Schande, all diese Annehmlichkeiten zu haben und sie nie zu nutzen." Ich sah kurz zu dem Pool. „Und ich glaube, ich habe dir eine Schwimmstunde versprochen."

Ihre Lippen öffneten sich. „J-Jetzt?"

Wenn sie so reagierte? „Ja. Zieh dich aus."

Eine süße Röte begann, sich an ihrem Hals zu bilden und wanderte bis zu ihren Wangen hinauf. Meine liebe, kleine Blume genoss meine herrische Seite, was gut war, da ich nicht vorhatte, mich für sie oder sonst jemanden zu verstellen.

Ihre süße Zunge kam hervor, um ihre Lippen zu befeuchten, dann zog sie ihr Shirt über den Kopf und legte ihre wunderbaren Brüste frei. Sie strahlten blass unter dem Mondschein, was sie wie eine Göttin der Nacht aussehen ließ.

Ein Bild, das sich nur noch verstärkte, als sie ihre Schuhe und Hose auszog, bis sie nackt vor mir stand.

„Umwerfend", flüsterte ich. Es war egal, dass ich ihren Körper nur allzu gut kannte. Jedes Mal kam es mir so vor, als würde ich sie zum ersten Mal sehen. „Und jetzt zieh mich aus."

Lily trat vor und ließ ihre Hände zu meinem Gürtel gleiten. Ich sah ihr bei der Arbeit zu und genoss den Anblick der Röte, der sich über ihre gesamte Haut auszubreiten schien, während sie meine Hose öffnete.

Ich half ihr mit meinen Schuhen, indem ich leicht die Füße anhob, als sie sich hinkniete, um sie mit meinen Socken abzustreifen. Dann blieb sie dort, um meine Hose herunterzuziehen.

Schließlich stand sie auf und faltete sie penibel auf einem der Sessel zusammen, bevor sie zurückkam und mich des Hemdes entledigte, das ebenfalls auf dem Stapel landete. Als letztes stellte sie meine und ihre Schuhe unter den Sitz und faltete ihre Kleidung neben meinem Haufen zusammen.

Sie arbeitete ordentlich und wunderbar.

Dann ging sie vor mir auf die Knie und senkte den Kopf.

„Der orale Unterricht kommt später, süße Lily", sagte ich, auch wenn ich hart und bereit war, ihre samtenen Lippen auf meinem Schwanz zu spüren. „Ich möchte zuerst schwimmen gehen."

Ich streckte ihr meine Hand entgegen, um meinen Wunsch klarzumachen.

Sie ergriff sie und erlaubte mir, ihr vom Boden aufzuhelfen.

Das würde eine tolle Gelegenheit sein, um ihr beizubringen, mir zu vertrauen.

Ich führte sie zu der Treppe bei der Mitte des Pools und begann, die Stufen mit ihr an meiner Seite herunterzugehen.

Ihr Griff verstärkte sich, als wir den Boden erreichten und ihr das Wasser schon bis zum Hals stand.

„Das ist der flachste Bereich", warnte ich sie. „Aber der Wasserfall in der Mitte hat eine Kante. Wir werden dorthin schwimmen."

Nun, ich würde schwimmen.

Und ich würde sie mitnehmen.

Ich glitt durch das Wasser, um mich vor sie zu stellen, dann ließ ich ihre Hand los und ergriff ihre Hüfte.

„I-Ich k-kann nicht schwimmen, Cedric", stammelte sie und umklammerte meine Schultern.

„Ich weiß." Ich drückte einen Kuss auf ihren

donnernden Puls und atmete tief ein, um den Duft der Panik zu genießen, der sie umgab. „Deine Angst macht süchtig, Lily." Ich wollte mehr davon, und meine raubtierhafte Seite knurrte aufgeregt.

Sie enttäuschte mich nicht, als ihr ein wunderschönes Keuchen entglitt, als ich sie tiefer in den Pool zog, wo sie nicht mehr stehen konnte.

Ihre Arme umklammerten meinen Nacken und ihr Herz hämmerte gegen meine Brust.

„So verführerisch", flüsterte ich, während mein Mund noch immer in der Nähe ihres Pulses schwebte und ich uns mit den Beinen über Wasser hielt. „Du würdest schreien, wenn ich dich jetzt wegstoßen würde. Bei dem Wunsch zu überleben, wäre deine ganze Ausbildung vergessen. Danach sehnt sich meine Art wirklich – dem letzten Moment, wenn ein Mensch merkt, dass er sterben wird und seine natürliche Reaktion darauf. Kein Unterricht der Welt kann diesen Instinkt ausmerzen, Lily."

Menschen wurden dazu ausgebildet, nicht zu reagieren.

Aber das spielte keine Rolle.

Wenn sie einem furchtbaren Tod gegenüber standen, bettelten sie immer.

„Der einzige Grund, warum manche schweigen, ist, weil sie einfach nicht sprechen können." Meine Fangzähne kratzten über ihren Hals. „Sie sind entweder zu verloren oder betrunken vor Lust, aber innerlich schreien sie und betteln, dass man sie rettet."

Ich trat uns in den tieferen Bereich, wo ich nicht mehr den Boden berühren konnte. Sie zitterte heftig gegen meinen Körper. „Cedric …"

„Es wäre so einfach", flüsterte ich. „Ein Stoß. Du würdest schreien, bis du nur noch gurgeln kannst, vergeblich versuchen, deinen Weg nach oben zu krallen, nur um zu versagen. Mein Blut in deinen Adern würde die Qualen auch noch verlängern. Ein grausamer Tod. Einer, den ich niemandem wünschen würde."

Ich änderte meinen Griff um ihre Hüften, und ihre Arme drückten noch fester zu, während sie eine Gänsehaut bekam und echte Panik ihr Herz ergriff.

Ich atmete noch einmal ein und drückte meinen harten Schwanz an ihren Unterleib. „Nichts ist verführerischer als ängstliche Beute, kleine Blume." Ich küsste ihren Hals, während meine Hände sanft ihre Seiten erforschten und die Qual noch weiter in die Länge zogen.

„Bitte", flüsterte sie und erschauderte auf eine Art und Weise, die mich sie fast jetzt sofort ficken ließ. Sie würde weinen. Sie würde schreien. Sie würde am Ende in exquisiter, angsterfüllter Lust über meinen ganzen Schaft kommen. Dann würde ich sie unter Wasser ziehen, um das Gefühl noch zu verstärken.

Aber so sollte ihr erstes Mal nicht sein.

Sie brauchte und verdiente etwas anderes.

Das würde eine fortgeschrittene Position sein, die wir ausprobieren könnten, wenn sie mir mehr vertraute.

Ich hob eine meiner Hände zu ihrem Haar und ergriff die immer noch trockenen Strähnen in einer Faust, um sie etwas von mir wegzuziehen. „Atme tief ein."

„Cedric …"

„Atme tief ein, Lily", wiederholte ich.

Ihre Augen füllten sich mit Tränen, aber sie tat wie befohlen.

Dann zog ich uns beide unter Wasser, um unser Haar zu befeuchten.

Sie erstarrte und verriegelte ihre Arme fest um meinen Nacken.

Ich wartete einen kurzen Moment, dann trat ich uns

wieder an die Oberfläche und nutzte die Bewegung, um uns zum Wasserfall zu schieben.

Ein Schluchzen kam aus ihrem Mund, als sie versuchte einzuatmen.

Es war ein wunderschönes Geräusch, das ich nicht so sehr genießen sollte, wie ich es tat. Aber es war so voller Leben und Erwartungen, dass ich mich einfach darin frönen musste.

Sie ließ mich etwas *fühlen*.

Und auch wenn ein Teil der Gefühle durch Reue befleckt wurde, weil ich dieses Geräusch aus ihr herausgekitzelt hatte, war doch der Großteil ein pures Hochgefühl, weil ich überhaupt etwas empfand.

Die kleine Blume gab mir eine gesunde Portion der Menschlichkeit zurück und erinnerte mich daran, wie es war, wirklich zu leben.

Ich küsste sie und bewegte mich weiter auf den Wasserfall zu, während ich ihren unteren Rücken mit meinem Arm umschlang und meine Dankbarkeit mit meiner Zunge zeigte.

Sie war so perfekt.

So *exquisit*.

Sie ließ mich an etwas mehr glauben und Gefühle erforschen, an die ich vorher nie gedacht hatte.

„Atme noch einmal ein", sagte ich ihr nur wenige Sekunden, bevor ich uns durch den Wasserfall schob.

Dann schwamm ich zu der Bank dahinter, von der aus man einen schönen Blick über das Wasser über unseren Köpfen hatte.

Ich setzte mich und erlaubte Lily, sich auf meinem Schoß zusammenzurollen, während ihr Schluchzen in dem kleinen, privaten Raum widerhallte.

„Ich hasse dich", flüsterte sie.

„Ich weiß." Ich strich mit meiner Nase über ihren Hals

und genoss den panischen Gesang ihres Herzens. „Aber du willst mich auch."

Ich ließ meine Hand zwischen ihre Beine gleiten und spürte das natürliche Gleitmittel, das sich von dem Wasser um uns herum unterschied.

Sie festigte ihren Griff um mich und vergrub ihr Gesicht an meiner Brust. „Ich hasse dich", wiederholte sie mit kratziger Stimme.

Ich küsste ihr Haar, als ich mit zwei Fingern in sie eindrang und mein Daumen nach oben zu ihrem Kitzler wandern ließ.

„Ich hasse dich", sagte sie ein drittes Mal, während sich ihre Muschi um meine Finger zusammenzog und nach mehr verlangte. „Ich hasse dich. Ich hasse dich. Ich hasse dich."

„Reite mich, Lily", flüsterte ich. „Zeig mir, wie sehr du mich hasst."

Sie erschauderte und bewegte ihre Hüften, bis sie sich fest an mich drückte. Ich hakte meine Finger auf eine Weise ein, die sie verrückt machen würde, und kitzelte ein ersticktes Geräusch aus ihrer Kehle.

Mit der anderen Hand ergriff ich ihre Strähnen in einer Faust und lehnte ihren Kopf zurück, um ihr ausdrucksstarkes Gesicht freizulegen.

Tränen rannen über ihre geröteten Wangen, während sich ein gewürgtes Stöhnen aus ihren Lippen stahl und mich ihre Augen mit hasserfüllter Leidenschaft anstarrten.

„Reite mich", wiederholte ich.

Sie kniff ihre Augen zusammen, und die Worte „Fick dich" schienen geradezu darin zu glitzern. Aber ihr Körper gehorchte.

Ich zog meine Hand zwischen ihren Beinen hervor, als sie über meinen Schoß rutschte und ihre schlanken Beine in wunderbarer Einladung spreizte.

Ihre Nägel gruben sich in meine Schultern, als hätte sie Angst, rücklings in den rauschenden Wasserfall zu stürzen. Es verlockte mich, sie genau in diese Richtung stoßen zu wollen.

Ich ergriff ihre Handgelenke und sagte: „Lass mich los."

Ihre Unterlippe zitterte, als sie sich zum Gehorsam zwang.

Dann führte ich ihre Hände hinter ihren Rücken und winkelte ihre Arme so an, dass sie ihre Ellbogen umfassen konnte. Sie verschränkte quasi die Arme, nur hinter ihrem Rücken.

Ihre Pupillen waren durch eine Mischung aus Panik und Erregung geweitet und bildeten einen wunderschönen Anblick vor meinen Augen.

„Lass deine Ellbogen nicht los", befahl ich, während meine Handfläche zu ihrem Brustbein wanderte und die andere locker an meiner Seite lag.

Ihr Herzschlag wurde wieder schneller und sie atmete keuchend.

„Einatmen", sagte ich.

Sie gehorchte.

„Jetzt ausatmen."

Sie erschauderte, aber folgte meinem Befehl.

„Gut. Wieder einatmen."

Ihre Nippel wurden bei meinen Worten hart, während sich ihre Brust im vorgegebenen Rhythmus hob und senkte. Dann schob ich sie langsam nach hinten.

Sie spannte sich sofort an.

„Halte deinen Atem an, Lily. Und schließe deine Augen."

Der Duft ihrer Angst durchdrang die Luft um uns herum, als ich sie zurück unter den Wasserfall drängte. Ich erlaubte nur, dass er ihre Haare und ihre geschlossenen

Augen übergoss, und achtete darauf, dass er nicht ihre Nase berührte. Sie wusste noch nicht, wie man richtig ausatmete und ich wollte den Moment nicht damit verderben, dass sie sich verschluckte.

Meine andere Hand blieb in der Nähe, um sie zu ergreifen, falls sie um sich schlagen sollte, aber sie bog sich perfekt auf meinem Schoß und ließ mich jede ihrer Bewegungen kontrollieren.

„Verdammt, du bist wunderschön", flüsterte ich voller Ehrfurcht über ihren Gehorsam. Sie wusste nicht, was es bedeutete, aber dies war ein Vertrauensbeweis. Eines Tages würde sie das Geschenk zwischen uns verstehen und die zarte Basis, die unserer Beziehung Flügel verlieh.

Meine Hand wanderte nach oben zu ihrer Kehle, was sie schlucken ließ, und dann zu ihrem Nacken, sodass ich sie wieder zurückziehen konnte.

Sie sah wie eine gottverdammte Meerjungfrau aus – ihr langes blondes Haar vom Wasser verdunkelt und ihre Augen glitzernd voller Erregung und angsterfüllter Tränen.

Ich küsste sie, da mein Verlangen, sie zu besitzen, nun meinen Verstand einnahm und meine Zunge in ihren Mund trieb.

Sie biss mich, wütend und ängstlich, und bettelte still nach mehr.

Ich drückte als Antwort ihren Nacken und schlang meinen anderen Arm um sie, um sie noch näher an mich zu ziehen.

„Ich werde dich ficken, Lily", warnte ich sie, während meine Zunge von ihrem kleinen, bösen Biss pochte. „Ich werde dich genau hier ficken. Jetzt sofort. Denn ich kann nicht noch eine Sekunde ertragen, in der ich nicht weiß, wie es sich anfühlt, in dir zu sein."

Ich bat nicht um Erlaubnis.

Aber ich wollte ihr Einverständnis.

Eine Zwickmühle, die mir den Atem raubte, während ich auf ihre Antwort wartete.

Ihre dichten Wimpern teilten sich, um einen erhabenen Ozean des Verlangens freizugeben. Ihre Angst war zu einem glühenden Schwall der exquisiten Lust geworden.

„Ich hasse dich", sagte sie zum millionsten Mal.

Dann presste sie ihre glatte Muschi gegen meinen Schaft.

„Willst du, dass ich den Hass aus dir rausficke?", fragte ich und strich mit meinem Daumen über ihren Puls, während ich mich gegen sie stemmte und die Spitze meines Schwanzes ihren Kitzler fand.

„Ja", flüsterte sie und neigte ihren Kopf als klare Einladung nach hinten. „Ich will, dass du es bist." Sie sah mich nicht an, und ihre Stimme war nur noch ein kratziger Laut, den ich durch das Rauschen des Wassers hinter ihr kaum hören konnte. Aber als ihre wunderschönen Augen wieder meine fanden, sah ich die Antwort, die ich gebraucht hatte, bevor sie die Worte überhaupt hatte aussprechen können. „Fick mich, Cedric. Sorg dafür, dass ich dich ein bisschen weniger hasse."

„Oder ein bisschen mehr", sinnierte ich und küsste sie, bevor sie darüber nachdenken konnte, was das bedeutete.

Dann richtete ich ihre Hüften so aus, wie ich es brauchte.

Und stieß nach oben, um das zu beanspruchen, was schon immer mir hätte gehören sollen.

LILY

Ich schrie, als der unerwartete Schmerz durch meinen Verstand schoss und mich zurück in die Gegenwart riss.

In eine Gegenwart voller Gefahr.

Unverfälschter Panik.

Rauschendem Wasser.

Einem Raum ohne Boden.

Ich werde hier sterben. Ich konnte bis in mein Innerstes spüren, dass mich dieser Vampir für immer verändern würde. Das hatte er bereits. Aber diese Vereinigung, dieser *Moment* fühlte sich ausschlaggebend an. Als würde der Rest meines Lebens an dem hängen, was als nächstes passieren würde.

Und es war sehr wahrscheinlich, dass ich es nicht überleben würde.

Sein Griff um meinen Nacken wurde fester, als ein tiefes Knurren aus seiner Brust drang, meine Nippel vibrieren ließ und einen Schauer durch meinen Körper jagte.

Sonst bewegte er sich nicht, aber unsere Körper waren

miteinander vereint, während sein Blick den meinen hielt. Eine Myriade Emotionen brannten in seinen Augen und verdunkelten seine Iriden zu einem tiefen Schwarz.

Es drang nicht viel Licht durch das Wasser, sodass uns der Mond nur mit einem unheimlichen Schimmer versorgte, der zu der bedrohlichen Atmosphäre beitrug.

Ich hielt den Atem an, während Cedrics verheerender Ausdruck Gewalt versprach.

Meine Nägel gruben sich in meine Ellbogen, als ich gegen das Verlangen ankämpfte, mich an ihm festzukrallen.

Er war weder mein Retter noch mein Held. Er war der Bösewicht in meinem Universum, der verlangte, dass ich mich beugte und ihm alles von mir gab, bevor er mich im wahrsten Sinne des Wortes den Wölfen zum Fraß vorwarf.

Trotzdem konnte ich die Faszination, die sich zwischen uns zusammenbraute, nicht aufhalten, den Impuls, ihn auf irgendeine Weise zu beanspruchen, das seltsame Bedürfnis sicherzustellen, dass er mich niemals vergessen würde.

Ich brauchte ihn mehr als die Luft zum Atmen.

Es war gefährlich für meine Gesundheit, eine Sucht, die mich zweifellos das Leben kosten würde.

Aber ich weigerte mich, mir dieses eine Vergnügen, ihn zu wählen, entgehen zu lassen. Er hatte sein Verlangen nach mir als Drohung ausgesprochen. Ich hatte seine Worte akzeptiert und ins Gegenteil gedreht, indem ich ihm gesagt hatte, dass ich genau das wollte.

Jetzt waren wir vereint, und sein Schwanz war so tief in mir, dass ich jeden Zentimeter von ihm wie ein heißes Brandmal in meiner Seele spüren konnte.

Es war intensiver als das simple Eindringen. Es war, als hätte er mein Herz in einen Käfig gesperrt und den Schlüssel gestohlen, der meinen Gefühlen Freiheit gewährt hatte.

Ich gehörte ihm.

Er *besaß* mich.

Verzauberte meine Seele.

Sein Name war der einzige, den ich kannte, und die Welt um uns schien durch diese neue Existenz neu definiert zu sein.

Ich verstand es nicht. Er hatte sich nicht einmal bewegt, abgesehen von dem ersten Stoß in meine unberührte Mitte, der meine Unschuld gestohlen und mich als seine beansprucht hatte.

Sein tödliches Gesicht blieb unbewegt und in seinen dunklen Iriden brannte eine Wut, die ich nicht verstand.

Habe ich etwas falsch gemacht? Wird er mich ficken, bis ich ertrinke?

Mein Puls raste und mein Herz hämmerte so wild, dass mir schwindelig wurde.

Sein Daumen strich über meine Kehle, um mir zu zeigen, dass er meine Reaktion hören und spüren konnte.

Seine andere Hand drückte meine Hüfte, führte mich von ihm weg, nur damit er gleich wieder in mich hineinstoßen konnte.

Ich keuchte, da die Empfindungen dieses Mal intensiver waren. Aber auf eine wärmere Art und Weise, die meine Muskeln in stillem Verlangen um ihn zucken ließen.

Er rutschte auf der Bank nach vorne und nahm mich mit, sodass plötzlich ein Bild vor meinem inneren Auge auftauchte, wie er mich wieder unter den Wasserfall stieß, um mich ertrinken zu sehen, während er mich fickte.

Es war eine seltsame Mischung aus Erregung und Panik, die ein Trommeln in mir anfachte, das ich nicht ganz verstehen konnte.

Mir gefiel seine Macht über mich.

Mir gefiel, wie leicht er mich töten konnte.

Denn tief im Inneren wusste ich, dass er es nicht tun würde. Ich vertraute darauf, dass er mich halten und mir die Luft geben würde, die ich zum Überleben brauchte, und dass er mir ein lebenswertes Leben schenken würde.

Es war eine berauschende Erkenntnis, die mich nach mehr keuchen ließ, während sich mein Verstand vollständig in seiner Existenz verlor.

Er zeigte mir eine völlig neue Welt, eine, in der mein Vergnügen wichtig war.

Deshalb hat er aufgehört, sich zu bewegen.

Er wollte, dass ich mich an seine Präsenz in mir gewöhnte.

Ich war mir nicht sicher, woher ich das wusste, aber in dem Moment, als ich den Gedanken fasste, wurde er noch realer.

Alles was Cedric tat, sollte mir auf irgendeine Weise helfen und mich zu einem erfrischenderen Leben führen.

Es war vorübergehend.

Das wussten wir beide.

Aber er wollte mir genug Erinnerungen für die Ewigkeit geben.

Woher weiß ich das?, sinnierte ich, als ich ihn plötzlich in einem ganz neuen Licht sah. *Woher kommen diese ganzen Erkenntnisse?*

Sein Gesichtsausdruck hatte sich nicht verändert und jagte mir einen Schauer über den Rücken. Dann bewegte er seine Hüften, vertrieb damit die Kälte und ersetzte sie stattdessen mit einem sengenden Kuss gegen meine Haut.

Mein Magen verkrampfte sich und ich drückte meine Oberschenkel um seine Beine zusammen. Ich brauchte etwas mehr von ihm, etwas, das ich nicht definieren konnte.

Seine Fangzähne?

Seinen Kuss?

Seine Macht?

Meine Ellbogen taten weh, weil ich sie so fest umklammert hatte. Ich wollte meine Arme loslassen und ihn umarmen, ihn berühren und ihn mit meinen Händen verehren.

Aber ich wollte den Moment nicht zerstören, indem ich mich ohne seine Erlaubnis bewegte.

Seine Nasenflügel bebten und seine Pupillen zeigten das Raubtier, das in seinem Inneren lauerte. Er beäugte seine Beute und überlegte, was er als nächstes tun sollte.

Etwas mehr spielen?

Sie abschlachten?

Sie verschlingen?

Sie verehren?

Es waren nicht meine Gedanken, aber seine tiefe Stimme schien die Fragen in meinem Verstand zu flüstern.

Ich erschauderte. „Cedric." Ich war mir nicht sicher, warum ich seinen Namen sagte, ich wusste nur, dass ich sprechen musste. Seine stille Intensität überwältigte mich. Sie machte mich unbehaglich und unsicher.

Was mich allerdings noch heißer brennen ließ.

Weil ich nicht wusste, was er vorhatte. Die leidenschaftliche Mischung aus Angst und Lust kreierte ein Inferno aus forderndem Verlangen in mir.

Ich wölbte meinen Rücken und verlor beinah die Balance, da sich meine Arme immer noch auf meinem Rücken befanden.

Sein Griff wurde lockerer und deutete an, dass er mich fallen lassen würde.

Aber tief im Inneren wusste ich, dass er mich wieder hochziehen würde.

Ich ließ es fast geschehen, nur um mir diese Vermutung zu beweisen.

Dann packte seine Hand wieder fester zu und zog mich bestimmt an ihn, bevor er meinen Mund einnahm.

Adrenalin schoss durch meine Adern, als er mich wieder nach hinten schaukelte, und seine Zunge mir den ganzen Weg unter die Wasseroberfläche folgte.

Ich grub meine Nägel in meine Haut, da mich der Instinkt überkam, ihn an mich zu reißen.

Aber er hielt inne, trug mich so, dass meine Nase über Wasser blieb und ich atmen konnte, während er meinen Mund dominierte.

Es war eine berauschende Umarmung, die mich vollständig seiner Gnade auslieferte und mich dazu zwang, ihm zu vertrauen.

Also tat ich es.

Ich entspannte meine Schultern und Arme, hielt mich immer noch an meinen Ellbogen hinter mir fest und umschloss seinen Schaft mit meiner Mitte.

Seine Zunge bestätigte seine Dankbarkeit, während sein Daumen sanft über meine Kehle streichelte, bevor er mich wieder hochzog.

Jetzt fühlte ich mich ihm noch näher und auf eine Art verbunden, die ich nicht definieren konnte. Nicht wegen seiner Präsenz in mir, sondern wegen etwas Größerem.

Er wollte mich nicht verletzten. Vielleicht erschrecken, aber er würde nie etwas tun, was wirklichen Schaden anrichten könnte. Er wollte einfach nur, dass ich lebte. Dass ich die Person war, die ich sein wollte. Dass ich meine Gefühle und Wünsche aussprach, um das mentale Gefängnis zu durchbrechen, das mir das Universitätsprogramm auferlegt hatte.

Es war noch eine dieser plötzlichen Explosionen des Wissens, die ich nicht verstand und die von einem Ort kam, der nun zwischen uns erblühte.

Sag mir, was du willst, Lily, flüsterte er in meinen

Gedanken. Seine Stimme überraschte mich, aber sie fühlte sich auch seltsam richtig an. *Sag es mir und ich werde es dir geben.*

Bilde ich mir das nur ein?, fragte ich mich verträumt.

Er antwortete nicht, aber ließ mit seinen Lippen von meinen ab, bevor er mich wieder mit einem dieser dunklen Blicke durchbohrte.

Ich war mir nicht sicher, ob er wirklich mit mir gesprochen hatte oder ob ich mir alles nur eingebildet hatte.

Vielleicht hatte sich die Aussage als Vermutung über seine Absichten in meinem Geist geformt. Er hatte mir letzte Nacht gesagt, ich solle meine Wünsche aussprechen. Also tat ich es jetzt noch einmal.

„Ich will, dass du mich fickst, Cedric", sagte ich. „Zeig mir, wie es ist, dir zu gehören."

Er lächelte. „Eine gefährliche Forderung."

„Es gibt keine Alternative." Er würde für mich immer gefährlich sein. Dennoch flüsterte tief in meinem Inneren etwas, dass auch ich *für ihn* gefährlich war, dass er Entscheidungen traf, mit denen er sein eigenes Leben aufs Spiel setzte, und dass er die Welt niederbrennen würde, wenn er uns damit retten könnte.

Die Grausamkeit dieses Wissens leckte sich heiß über mein Rückgrat und malte eine völlig neue Realität um uns herum.

Eine, die er willkommen hieß, indem er sagte: „Schlinge deine Beine um mich und ergreife meine Schultern."

Ich verschwendete keine Sekunde damit, über seine Worte nachzudenken. Ich gehorchte einfach. Als ich ihn umarmte, vertiefte sich unsere Verbindung körperlich und seelisch.

Dann begann er, sich zu bewegen.

Sich *wirklich* zu bewegen.

Bis es wehtat.

Es war ein exquisiter, herrlicher Schmerz.

Er ergriff meine Hüften mit beiden Händen und richtete meinen Körper aus, um seine strafenden Stöße zu empfangen. Alles was ich tun konnte, war, mich an ihm festzuhalten und sie zu akzeptieren.

Aber oh, es war wunderbar. Intensiv. *Exotisch.* Es tat auf die beste Weise weh, als mich seine Sinnlichkeit einnahm und in einer See aus Cedric ertränkte. Er dominierte mich. Vervollständigte mich. Er stellte sicher, dass ich dieses erste Mal niemals vergessen würde, indem er seinen Namen tief in meine Seele brannte.

Ich versuchte, seine Bewegungen zu erwidern, aber das Wasser verlangsamte meine Bemühungen.

Es störte ihn nicht, da mich seine Schnelligkeit, Agilität und Macht mit wenig Widerstand trafen.

Seine Lippen wanderten zu meinem Hals und seine Zunge fuhr über meine empfindliche Haut.

„Beiß mich", flehte ich, da ich mich nach dieser letzten Geste sehnte, die mich genauso heftig beanspruchen würde wie sein Eindringen in meinen Unterleib.

Er zeichnete stattdessen einen kleinen Kreis mit seiner Zunge und zögerte den Moment hinaus, während mein Körper um mehr flehte.

Es war so überwältigend, dass meine Sicht verschwamm, während er mich mit einer Stärke nahm, die mich leicht töten könnte.

Aber er würde mich nicht sterben lassen.

Er wollte, dass ich erblühte.

Dass ich *lebte.*

Ich spürte diese Wahrheit in meiner Seele, während sich das Band zwischen uns weit öffnete und mit neuer Stärke pulsierte.

Dann drangen seine Fangzähne in mich ein, erinnerten mich an seine Macht und Potenz und brachten mich schließlich in die Realität zurück.

Ich schrie, und sein Name wurde gleichzeitig zu einem Fluch und einem Segen, als sich meine Welt in stürmischen Wellen der sinnlosen Glückseligkeit auflöste.

Die Luft war nicht mehr wichtig.

Das Wasser um uns herum stellte keine Gefahr mehr dar.

Alles, was ich fühlen konnte, war der Orgasmus, der meine Seele zerriss und mich vollends zerstörte.

Cedric.

Cedric.

Cedric.

Sein Name wirbelte durch meine Gedanken, glitt von meiner Zunge und hallte um uns herum.

Er hörte nicht auf, zu trinken.

Er hörte auch nicht auf, mich zu ficken.

Er zwang mich nur in eine noch dunklere Vergessenheit, indem er noch mehr Lust von meinem Körper verlangte, die mich schluchzend auf ihm zurückließ.

Ich konnte nicht mehr ertragen. Keine einzige Sekunde.

Dennoch zwang er einen dritten Höhepunkt durch meinen Körper, der Geräusche aus meiner Kehle kitzelte, die kaum noch menschlich klangen.

Erst dann folgte er mir in den Abgrund, und sein eigener Orgasmus kam mit einem donnernden Knurren, das mich für immer in meinen Träumen verfolgen würde.

So leidenschaftlich und intensiv.

Ungeheuerlich und erbarmungslos.

Oh, Göttin …

Er zerbrach jeden Teil von mir, ließ meine Sicht von

der Welt zerschellen und zwang mich in diese neue Realität.

Eine Existenz, in der unsere Seelen tanzten. Wo unsere Herzen als eins schlugen. Wo sein einziges Lebensziel war, mich zu beschützen.

Eine unmögliche Zukunft.

Eine, von der ich wusste, dass sie eher eine Fantasie als Wirklichkeit war.

Aber für diesen Moment ließ ich den Glauben zu, dass dies wirklich unser Schicksal sein könnte.

Ich sog seine Lust in mir auf und erlaubte, dass sie mich stärkte, während ich das Gefühl unserer verbundenen Körper genoss und in den Empfindungen seiner heißen Erregung in mir schwelgte.

Wir waren noch nicht ansatzweise fertig.

Was er bewies, indem er uns in die bekannte Umgebung seiner Dusche teleportierte.

Die kalten Fliesen ließen mich zischen, als er mich gegen sie drückte.

Eiskaltes Wasser folgte, aber er schirmte das meiste davon mit seinem Rücken ab.

Dann wurden die Tropfen langsam wärmer, und er begann sich erneut in mir zu bewegen.

Bedächtig.

Unablässig.

Gezielte Bewegungen.

So unglaublich richtig.

Er küsste mich und ließ mich mein eigenes Blut auf seiner Zunge schmecken. Dann fügte er seine eigene Essenz hinzu und fütterte mich mit seiner Macht.

Es belebte mich auf unerwartete Weise, wie ich es noch nie zuvor erlebt hatte.

Denn dieser Kuss fühlte sich wie ein Versprechen an.

Ein verbotener Schwur. Ein antiker Anspruch, den ich nicht wirklich verstand.

Dennoch flüsterte die Wahrheit zwischen uns, ein Begriff, den ich noch nie gehört hatte – *Erosita.*

Ich erschauderte, als die Macht des einzelnen Wortes meine Seele streichelte.

Du gehörst jetzt mir, flüsterte Cedric erneut in meinem Kopf. *Dein Leben ist an meine Unsterblichkeit gebunden.*

„Wie?", hauchte ich gegen seinen Mund.

„Blut und Sex." Seine Zunge fuhr an meiner Unterlippe entlang, während er sich langsam in mir bewegte und sein Schwanz eine Stelle tief in mir streichelte, die mich erneut nahe an den Höhepunkt trieb. „Wir haben zu oft unser Blut geteilt und deine jungfräuliche Pussy hat mich beansprucht."

Er klang amüsiert, aber auch finster und aufgewühlt.

„Ich verstehe das nicht." Ich wölbte mich gegen ihn.

„Es ist ein selten vollzogenes Ritual." Er strich mit seiner Nase über meine Wange, bis seine Lippen mein Ohr fanden. „Eines, das es Vampiren erlaubt, menschliche Gefährten zu nehmen."

Meine Augen weiteten sich. Davon hatte ich noch nie gehört.

„Der einzige Weg, es zu brechen, ist es einem anderen Mann zu erlauben, die eigene Gefährtin zu nehmen", fuhr er fort, wobei seine Worte einen Hauch von Eis in sich trugen, bei dem mir kalt wurde. „Das bedeutet, dass du mir gehörst, bis dich jemand anders vögelt. Dann wird der Gefährtenbund zerstört."

Ich blinzelte und grub meine Nägel in seine Haut. „Wirst du das geschehen lassen?"

Er antwortete nicht, sondern ließ seinen Mund wieder zu der offenen Wunde an meinem Hals wandern. Er folgte mit seiner Zunge einem sinnlichen Pfad und summte zufrieden.

Dennoch flüsterte die Antwort in seinem Verstand; Worte, die mich um ihn herum erstarren ließen.

Ich werde keine andere Wahl haben.

Das bedeutete, dass er mich teilen und zulassen würde, dass jemand unser Band zerstörte. Nicht unbedingt, weil er dies wollte, sondern weil er es musste.

Mein Herz schrumpfte in mir zusammen und mein Verstand wurde für eine Sekunde lang leer.

Bis er sich wieder zu bewegen begann und mich an seinen Anspruch erinnerte.

Die Verbindung wuchs weiter und ließ meinen Körper in seinem Eindringen schwelgen.

Ein weiterer Höhepunkt baute sich auf und schoss als angenehme Qual durch mich hindurch.

In seinem Erwachen lag jedoch ein sich verzehrendes Herz.

Ein Herz, das gerade erst begonnen hatte zu schlagen.

Nur um durch die Erkenntnis zu stolpern, dass Cedric nur vorübergehend mein sein würde.

Unser Schicksal hatte uns nur einen kurzen gemeinsamen Moment vergönnt.

In allzu naher Zeit würde unsere Verbindung ein Ende finden.

Dann würde er weiterleben.

Während ich für ein Schicksal bestimmt war, das schlimmer schien als der Tod.

All das, weil er eine Gefährtin für eine kurze Erfahrung gesucht hatte, auch wenn er wusste, dass ich nie wirklich ihm gehören konnte.

Er küsste mich und vermittelte mit seiner Zunge eine Entschuldigung, die ich nicht spüren wollte. Aber er ließ mir keine andere Wahl, während sein Körper meinen immer noch nahm und seine Erregung wie ein heißes Brandmal nach Erleichterung verlangte.

Als er kam, flüsterte er meinen Namen. Allerdings klang er nicht vergnüglich, sondern schmerzerfüllt.

Es war ein Schmerz, den ich gut verstand, da er sich der Pein tief in meinem Inneren anschloss.

Dies war das grausamste Spiel von allen – ein flüchtiger Blick auf ein Leben, das wir hätten haben können, auch wenn wir wussten, dass es so schnell zugrunde gehen würde, wie es begonnen hatte.

CEDRIC

„Wirst du das geschehen lassen?"

Lilys Worte verfolgten mich und hielten mich davon ab, ihr in die Traumwelt zu folgen. Sie war körperlich gesättigt und emotional erschöpft, sodass sich ihr Verstand schnell dem mehr als notwendigen Schlaf hingegeben hatte.

Aber meiner nicht.

Meine Gedanken weigerten sich, etwas anderes zu tun, als die Frage zu wiederholen und die Gefühle, die darauf gefolgt waren, erneut aufleben zu lassen.

Ich hatte ihr nicht antworten können. Zumindest nicht laut. Denn mir gefiel die Antwort nicht – *„Ich werde keine andere Wahl haben."*

Silvano würde mich zwingen, das Band zu brechen. Er erlaubte solche Komplikationen nicht und als mein Schöpfer konnte er mir Befehle geben, denen ich mich nicht widersetzen könnte.

Er würde meine süße Blume nehmen und sie zerstören.

Es sei denn ich tötete sie vorher.

Ich strich mit meinen Fingern durch ihr Haar und

genoss die seidene Beschaffenheit ihrer Strähnen. Ihre Seele war mit meiner verschmolzen, was sie unsterblich machte. Das bedeutete, dass sie ewig leben könnte. Ein intimes Geschenk, das Vampire nur selten einem menschlichen Gefährten ermöglichten.

Lily würde jetzt nicht mehr so einfach zu töten sein.

Wenn etwas passierte, würde ihr Geist einfach Energie von meinem speisen und sie wieder zum Leben erwecken.

Zumindest solange der *Erosita*-Bund anhielt.

Ihn zu zerstören, erforderte eines von zwei Dingen – meinen Tod oder dass sie mit einem anderen Mann intim wurde.

Oh, aber nur auf eine bestimmte Art. Ich könnte sie mit einem Freund teilen, zulassen, dass er ihren Mund nahm, und sie würde immer noch mir gehören. Aber vaginaler Geschlechtsverkehr würde unsere Verbindung zerstören. Nur ich durfte intim in sie eindringen.

Da ich mir nie vorgenommen hatte, eine Gefährtin zu nehmen, wusste ich nicht viel mehr als die Grundlagen dieses zerbrechlichen Bands. Wie zum Beispiel die Entstehungsgeschichte, die besagte, dass die allmächtige Göttin Nyx ihren Vampir-Kreaturen die Fähigkeit geschenkt hatte Gefährten zu nehmen, nachdem ihre erste Generation von *Gesegneten* ihre Trauer darüber ausgedrückt hatte, dass sie ihre menschlichen Partner überlebte.

Aber die Magie, die Menschen an Vampire band, hatte auch Regeln.

Und Treue war eine von ihnen.

Wie bei allen Dingen, die meine Art tat, hatte man die Grenzen schon ausgetestet. Vampire konnten tatsächlich mehr als eine *Erosita* haben – und viele hatten dies zu früheren Zeiten auch getan – und sie konnten bis zu einem gewissen Grad teilen.

Männliche *Erositas* konnten im Gegensatz zu

weiblichen keinen Analsex erfahren. Eine interessante Unterscheidung, die einen Vampir einmal den Gefährten gekostet hatte.

Oder zumindest hieß es so.

Aber so war es mit dem *Erosita*-Bund häufig. Er war einst so verehrt worden, dass Vampire selten über seine Nuancen gesprochen hatten, da die Details als zu intim angesehen worden waren, um sie mit jemandem zu teilen.

Da ich den Prozess nun selbst durchlaufen hatte, konnte ich den Wunsch zu schweigen nachvollziehen.

Es fühlte sich zu besonders und selten an, als dass ich mit einer anderen Person als Lily darüber sprechen wollte. Und doch würde Silvano wahrscheinlich jedes Quäntchen an Information aus mir herausquetschen wollen.

Er würde über diese Entwicklung mehr als wütend sein.

Auch wenn *Erositas* von meiner Art einst geschätzt worden waren, waren sie inzwischen äußerst verpönt. Menschen wurden als zu schwach angesehen, um einer solchen Verbindung würdig zu sein.

Für mich war Lily allerdings die Würdigste von allen.

Ein dunkler Teil von mir hatte erkannt, wozu unser häufiger Blutaustausch führen würde. Es brauchte nur drei Gelegenheiten – drei Momente, in denen sie mein Blut in sich aufnahm und drei Momente, in denen ich von ihr trank – um das Band mit einer menschlichen Jungfrau einzugehen.

Alles, was ich am Ende noch hatte tun müssen, war, ihre Unschuld zu nehmen.

Wäre mir jemand anderes zuvor gekommen, und sei es ein Mensch, hätte der Zauber seine Macht verloren.

Aber ihre wichtigste Stelle war noch unberührt gewesen, sodass ich sie hatte beanspruchen können.

Der Blutaustausch hatte vielleicht dafür gesorgt, dass

ich sie so unbedingt hatte nehmen, behalten und zu meiner machen wollen. Allerdings hatte sie mir schon gefallen, als sie mir zum ersten Mal begegnet war.

Das seidene Haar.

Lange, stängelartige Beine.

Die Aura einer herrlichen Unschuld.

Und ein Geist, der sich weigerte, zu sterben.

Dann hatte sie mich mit ihren atemberaubenden Augen angesehen und angefleht, sie zu trainieren, damit sie meinen Kurs bestehen konnte.

Seitdem war ich ihr komplett verfallen.

Der Effekt war immer noch derselbe, auch als sie jetzt ihre dichten Wimpern aufschlug und ihre strahlenden Iriden enthüllte. Sie glitzerten förmlich in der Dunkelheit und zogen mich noch mehr zu ihr hin.

Sie war die letzten Minuten wach gewesen und hatte meinen Gedankengängen gelauscht, da ich mir nicht die Mühe gemacht hatte, sie davon auszuschließen. Ich ließ sie alles über die Geschichte des *Erosita*-Bunds hören, von der Tatsache, dass ich wenig darüber wusste, bis zu dem Fakt, dass er in der heutigen Welt verpönt war. Ich ging sogar so weit und teilte ein wenig der alten Welt mit ihr, indem ich ihr Erinnerungen an ein Leben zeigte, in dem Lykaner und Vampire im Untergrund gelebt hatten.

Ihr Verstand saugte die Informationen wie ein Schwamm auf, als sie sich in der Welt verlor, die ich einst gekannt hatte.

Ich gab ihr auch einen kurzen Einblick in die aktuellen politischen Spiele und erklärte ihr, dass jegliche Art Beziehung mit einem Sterblichen als Zeichen der Schwäche angesehen wurde.

Nur zwei Menschen konnten jedes Jahr die Unsterblichkeit erlangen, eine Regel, die ich theoretisch gesehen nicht gebrochen hatte, da *Erositas* noch erlaubt waren, sie hatten nur ein schlechtes Ansehen.

Ich könnte dafür kämpfen, sie zu behalten. Ich würde es vielleicht sogar versuchen. Politischer Unsinn hatte mich noch nie interessiert. Außerdem gab es einen Herrscher in der Jace-Region, der vor kurzem einen *Erosita*-Bund eingegangen war. Der Unterschied war nur, dass ich einem selbsterklärten Sadisten unterstellt war, während der andere Herrscher zu einem sprichwörtlichen Heiligen gehörte.

Oh, Jace war nicht perfekt. Er hatte einen eigensinnigen Geschmack. Aber er würde nicht versuchen, das neue Spielzeug seines untergebenen Herrschers zu zerstören, wie Silvano es mit meinem tun würde.

Es half Darius, dem Herrscher, von dem die Rede war, auch, dass er eine seltene Blutjungfrau zur Gefährtin genommen hatte. Ihr berauschender Geschmack beschützte sie, vorausgesetzt, dass er sie willig mit Jace teilte – was er Gerüchten zufolge auch tat. Und das nicht gerade selten.

Lily hatte eine Süße, die mich faszinierte und die Silvano sofort verbittern würde.

Ich würde sie lieber selbst töten, als zuzulassen, dass sie in seine Fänge geriet.

Sie erschauderte, als sie diese Drohung hörte.

Aber anstatt sich von mir zu entfernen, rollte sie sich näher an mich heran und drückte ihre Lippen an meinen Kiefer. Es war ein stiller Kuss der Vergebung, einer, den ich nicht verdiente.

Ich hätte sie vor Monaten töten und uns den späteren Schmerz ersparen sollen. Allerdings war ich zu sehr von ihr besessen gewesen, um die ungesunde Vernarrtheit zu beenden.

Ich hatte während meiner Abwesenheit nur an sie

denken können und wie lange es dauern würde, bis ich sie wiedersah.

Nur ein Monat.

Nicht einmal einunddreißig Tage.

In dieser Zeit konnte sie mein sein.

Ich strich über ihre Wange und fuhr mit dem Daumen über die Mulde unter ihrem Auge. „Guten Abend", flüsterte ich. Meine Stimme war tief, als ob ich geschlafen hätte. Ich hatte zwar kein Auge zugemacht, aber ich hatte auch nicht laut gesprochen.

„Hi." Sie küsste meinen Kiefer erneut und bewegte sich dann, um sich meinen Lippen zu nähern.

Ich sagte nichts und befahl auch nichts. Ich wartete nur, dass sie tat, was auch immer sie wollte. Nach allem, was ich ihr angetan hatte und wenn man bedachte, was ich ihr antun *würde*, hatte sie das verdient.

Sie hörte jeden Gedanken. Jede Absicht. Jedes bisschen Reue. Ich verbarg nichts, auch nicht das Wissen, dass ich sie aus meinem Verstand ausschließen konnte. Das bedeutete, dass sie wusste, dass ich ihr freien Zugang gab. Sie wunderte sich darüber und war verblüfft, wie leicht ich sie in mich hineingelassen hatte.

Aber als sie das Ausmaß meiner Gefühle für sie erkannte, verstand sie.

Dennoch überraschte es sie. Ich hörte den Schock in ihren Gedanken, als sie versuchte, die Reaktionen auf alles, was ich mit ihr geteilt hatte, zu verarbeiten.

Dann ließ sie von allem ab und küsste mich.

Sie wollte nicht nachdenken, sie wollte fühlen.

Und ich unterstütze diese Entscheidung voll und ganz.

Ich zog sie über mich und genoss, wie sich ihre Beine automatisch um meine Hüften schlangen.

Schon feucht für mich, sinnierte ich in ihre Gedanken. *Meine wunderschöne, zarte Blume.*

Sie summte zurück und strich mit ihrer Zunge über meine, während sie sich gegen meinen harten Schwanz drückte.

Scheiße. Ich wölbte mich nach oben gegen sie. *Du bist so verdammt perfekt, Lily.*

Vielleicht war sie doch eine Schwäche, eine Sucht, die ich immer wieder schmecken musste.

Ich zog meine Finger durch ihr Haar und vertiefte unseren Kuss, da ich mehr von ihr brauchte. Sie gab nach und überließ mir die Kontrolle.

Mein Name rollte durch ihre Gedanken, und die Wärme, die ihre innere Stimme unterstrich schien etwas mit mir anzustellen. Etwas Gefährliches.

Sie hinterließ den Wunsch, diese Stimme jeden Tag für den Rest meines Lebens zu hören. Das sanfte, flüsternde Streicheln ihrer Gedanken, so voller Verlangen und Vertrauen.

Ich ergriff ihre Hüfte mit meiner anderen Hand und bewegte sie, damit ich in sie eindringen konnte. Es gab keinen Widerstand, nur ein leichtes Zucken, das nach mehr bettelte.

Lily, hauchte ich. *Süße, wunderschöne Lily.*

Die meisten Menschen wären nach allem, was wir getan hatten, wund, aber sie war keine Sterbliche mehr. Sie war an eine alte Blutlinie gebunden. *Meine* Blutlinie.

Daher fühlte sie sich äußerst lebendig. Sogar stark. Und wunderbar lüstern.

Sie beugte ihre Hüften verführerisch, um mich noch tiefer in sich aufzunehmen. Ein leises, kleines Stöhnen verließ ihren Mund, als sie sich zu bewegen begann.

Ich ließ sie den Rhythmus vorgeben, während eine meiner Hände auf ihrem Oberschenkel ruhte und die andere zu ihrem Nacken wanderte.

Es war meine Art, um ihr zu sagen, dass sie spielen

sollte, und sie enttäuschte mich nicht. Sie küsste mich, ritt mich und strich mit ihren Fingerkuppen über meine Bauchmuskeln.

Ich liebte es, wie sie ihr eigenes Vergnügen verfolgte und in ihren Bedürfnissen schwelgte.

Schließlich setzte sie sich auf. Die neue Position ließ ihren Kopf mit einem verführerischen Geräusch zurückfallen, was mich wieder an eine Meerjungfrau erinnerte. Ihre Brüste wippten, als sie sich bewegte und eine hübsche Röte über ihre Haut tanzte.

Meine Hand glitt von ihrem Oberschenkel zu ihrer heißen Mitte, und mein Daumen fand ihren geschwollenen, kleinen Knopf. Daraufhin zuckte sie zusammen und eine Gänsehaut breitete sich auf ihren Armen aus. Ihre Nippel wurden zu verlockenden Spitzen und die Röte breitete sich aus und wurde noch dunkler, je mehr sich ihre Lust steigerte.

„Wirst du kommen, süße Blume?", fragte ich, als mein Blick den ihren einfing.

Ich wusste, dass sie das tun würde, aber ich genoss dennoch ihre gezischte Antwort. „Ja."

„Mmm." Ich übte etwas mehr Druck aus. „Ich möchte spüren, wie du dich um mich herum zusammenziehst, Lily." Ich streichelte sie ein wenig schneller. „Ich möchte hören, wie dein Verstand ins Wanken gerät."

Ihre Bewegungen waren jetzt unkontrolliert, und in ihren Iriden glänzte die Leidenschaft, während sie ihrem Vergnügen hinterherjagte.

„Wirst du das für mich tun?", fragte ich leise. „Wirst du für mich zerbrechen?"

Ein unverständlicher Laut drang zwischen ihren Lippen hervor, der wie eine erstickte Zustimmung klang.

„Jetzt", fügte ich hinzu, wobei ich meine Stimme mit einem leichten Befehlston versah. „Komm für mich, Lily."

Ihr Rücken wölbte sich, als sie über mir zerfiel und ihr Zittern jeden Zentimeter meines Körpers vibrieren ließ. Es war so verdammt heiß, dass ich ihr fast in den Abgrund gefolgt wäre.

Aber sie bewegte sich und entzog mir ihre süße Pussy.

Dann ersetzte sie sie mit ihrem Mund.

„Verdammt", rief ich mit krächzender Stimme, da mich die plötzliche Bewegung sowohl schockierte als auch begeisterte. Sie kam immer noch, und ihr Stöhnen neckte meinen Schaft, als sie mich immer tiefer in ihren Rachen aufnahm.

Kein Würgereflex.

Kein Zögern.

Ich hasste es, zugeben zu müssen, dass die Universität sie gut ausgebildet hatte.

Aber ich konnte es in diesem Moment nicht abstreiten.

Sie nahm mich so verdammt perfekt, dass das Knurren in meiner Brust nicht aufzuhalten war. *„Lily."*

Ihr Rachen zog sich zusammen und erinnerte mich an ihre Mitte, während ihre fortwährende Lust durch meine Gedanken wirbelte.

Sie berührte sich selbst.

Neckte ihren Kitzler mit ihren Fingern, damit ihr Orgasmus andauerte, während sie mir einen blies.

Es war der verdammt noch mal heißeste Moment meines Lebens, abgesehen von letzter Nacht. Oder vielleicht war es auch alles zusammen. Verdammt, wenn ich das nur wüsste. Alles, was jetzt zählte, war ihre wilde Zunge. Ihr süßes, kleines Wimmern. Der Geruch ihrer Erregung. Ihre bemerkenswerten Augen.

Scheiße, sie starrte mich direkt an.

Nahm mich tief in sich auf.

Schluckte um meinen Kopf herum.

Sie beobachtete meine Reaktionen, während sie an sich selbst spielte.

Ich schob meine Finger wieder in ihr Haar und übte gerade genug Druck aus, um ihr zu sagen, welcher Rhythmus mir gefiel, auch wenn sie diesen Hinweis nicht brauchte. Sie wusste es. Denn sie war verdammt noch mal dafür bestimmt, mir zu gehören.

„Genau so, Lily", sagte ich, während ich in sie stieß und genoss, wie wunderbar sie mich in sich aufnahm. „*Verdammt*, du bringst mich um." Ich stand kurz vor der Explosion und konnte ihren eigenen zweiten Höhepunkt spüren. „Mach dich bereit, Süße. Ich möchte dein Stöhnen um mich herum fühlen, während ich in deinem Hals komme."

Sie ließ darauf ein leises Wimmern hören, das mir einen Vorgeschmack auf meine Forderung gab. Dann nahm sie mich auf unglaubliche Weise noch tiefer – was ihre guten Noten auf diesem Gebiet bestätigte – und brachte sich zu einem neuen Höhepunkt.

Die Macht ihres Orgasmus schüttelte mich durch unsere Verbindung hindurch, während ihr Mund mit den Geräuschen ihrer Ekstase um meinen Schaft herum vibrierte.

Es war die exquisiteste Mischung von Empfindungen, die ich je erlebt hatte, was mich beinah gewaltsam in ihrer Kehle explodieren ließ. Aber sie hieß es willkommen, schluckte mich und meine Essenz und saugte mich aus. All das, während sie den Höhenflug ihres eigenen Orgasmus genoss.

Als der letzte Tropfen ihre Zunge berührte, griff ich nach ihrem Haar und riss sie zu mir hoch. Dann nahm ich ihren Mund mit einem wilden Kuss ein, der voller Blut gefüllt war. Meines. Ihres. *Unseres*. Es war nicht menschlich. Es war animalisch. Wie ich.

Diese Frau hatte mir gerade den Verstand geraubt. Ich konnte an nichts anderes denken, als sie zu beanspruchen. Sie zu verehren. Ihr mit meiner Zunge zu *danken.*

Sie erschauderte gegen meinen Körper, während ihr Herz galoppierte.

Ich rollte sie auf ihren Rücken und ließ meinen Unterleib zwischen ihren Beinen nieder. Aber ich fickte sie nicht. Ich führte nur unseren Kuss fort und teilte ihr über meine Gedanken mit, wie sehr ich sie anbetete. Wie sehr ich sie behalten wollte.

Ich hasste diese Welt.

Ich hasste die Regeln.

Ich hasste, was ich würde tun müssen.

Das Frühstück an diesem Abend war Beweis genug, wie wenig Kontrolle ich in der heutigen Welt eigentlich besaß. Die Könige machten die Regeln.

Allerdings war ich schon immer ein Rebell gewesen. Die Obrigkeiten waren mir egal.

Was mich in eine sehr gefährliche Position brachte.

Denn ich wollte die Welt für diese Frau abschlachten. Ich wollte sie für immer als mein beanspruchen, nicht nur für einen Monat.

Ein tödliches Verlangen, wenn man bedachte, was es kosten würde.

Aber vielleicht würde sie es wert sein.

Vielleicht würden *wir* es wert sein.

Ich musste dies weder jetzt sofort noch heute Nacht entscheiden. Mir blieben noch ein paar Wochen.

Vorausgesetzt, Khalid würde wegen dieser neuen Entwicklungen nicht außer sich sein. Denn er würde es beim Frühstück sofort erkennen – ein geteiltes Wissen, das Lily unter mir erstarren ließ.

Sie sah, wohin meine Gedanken wanderten, und die

aufrichtige Sorge, dass Khalid seine Macht über mich ausüben könnte ... indem er unser Band selbst zerstörte.

In diesem Fall würde es enden, bevor es überhaupt begonnen hatte.

Es gab viele Vampire auf dieser Welt, die ich mit Leichtigkeit töten könnte.

Leider gehörte Khalid nicht dazu.

Wenn er Lily wollte, würde er sie bekommen. Und unsere Verbindung hatte sie gerade noch wertvoller gemacht.

Vampire liebten Machtspielchen.

Und ich würde Khalid beim Frühstück ein perfektes Blatt präsentieren.

Die Frage war, würde er es ausspielen? Oder würde er erst einmal abwarten?

CEDRIC

Es gab zwei Wege, wie ich die Situation angehen konnte: so tun, als würde mich Lily kein bisschen interessieren und eine stoische Fassade bewahren oder alle meine Karten auf den Tisch legen.

Ein Blick auf Khalid ließ mich an diesem Morgen Letzteres wählen. Nicht, dass ich jemals wirklich geplant hatte, Ersteres zu versuchen. Vielleicht hätte ich das mit Silvano getan. Aber sobald er Lily berührt hätte, wäre meine Fassade gebröckelt.

Das war ein Problem.

Die ganze Situation war ein Problem.

Dennoch konnte ich kein Gramm Reue in mir finden. Nicht einmal, wenn ich darüber nachdachte, was dies für Lily bedeuten würde.

Denn es fühlte sich alles zu richtig an, um uns das intime Vergnügen unserer Verbindung vorzuenthalten.

Es war eine wahnwitzige Einschätzung, eine für die ich mich schlecht fühlen sollte. Aber ich hatte eine lange Zeit gelebt und würde nichts ablehnen, was mich etwas *fühlen* ließ.

Ich legte meine Handfläche auf Lilys unteren Rücken, um meinen Anspruch auszudrücken, während ich Khalids brennendem Blick standhielt. Seine Iriden waren nun nicht mehr türkis, sondern dunkelbraun, was darauf hindeutete, dass die Tasse in seiner Hand heute nicht nur Kaffee enthielt. Seine Kandidatin saß neben ihm, ihr blondes Haupt gebeugt, und schien alles Feuer von gestern verloren zu haben.

„Mmm", murmelte der Prinz. „Es scheint, als hättet ihr einen ereignisreichen Tag gehabt."

Ich zog Lily einen Stuhl zurecht und setzte mich dann zwischen sie und Khalid. „Es waren ein paar ereignisreiche Monate."

„In der Tat." Khalid warf seiner Kandidatin einen kurzen Blick zu und stellte seine Tasse ab. „Nun, mein Schatz, es scheint, als würdest du heute nicht unsere liebe Lily zum Abendfrühstück verspeisen." Seine dunklen Augen wanderten zu mir. „Es sei denn, du möchtest teilen?"

Die Worte waren ein Test, den ich nicht würde bestehen können.

Wenn ich zustimmte, würde ich eine sehr besitzergreifende Reaktion riskieren, die jemanden in diesem Raum verletzen könnte.

Wenn ich ablehnte, gestand ich meine Schwäche ein.

Aber Lilys geflüsterte Gedanken – die sich alle um mein Vergnügen und nicht ihr eigenes drehten – ließen mich antworten: „Nein. Ich möchte nicht teilen."

„Eine Empfindung, die Silvano mit Sicherheit lieben wird", sinnierte Khalid. Dann lehnte er sich vor, um seine Fingerkuppen auf dem dunklen Holztisch zusammenzupressen, bevor er Lily und mich ernst musterte.

Ich sagte nichts. Denn es gab nicht wirklich etwas zu sagen. Ich kannte die Gefahr meiner Handlungen. Und ich wusste auch, wie meine Art reagieren würde.

Khalid besaß die Autorität, um mir Lily wegzunehmen, sie über den Tisch zu beugen und unser Band zu zerstören.

Ich könnte reagieren. Ich könnte versuchen, sie zu retten. Aber es würde sie und wahrscheinlich auch mich das Leben kosten.

Dennoch war ich nicht sicher, ob mich dieser hohe Preis wirklich aufhalten würde. Ich konnte schon meinen Ärger spüren, weil Khalid nur im selben Zimmer wie Lily war. Der Gedanke, dass er sie berühren könnte, weckte in mir den Wunsch, ihn ohne zu zögern zu töten.

Es war eine Drohung, die er zu spüren schien, denn er kniff seine Augen warnend zusammen. *Das wird nicht gut für dich enden,* schien er zu sagen.

Fordere mich heraus, antwortete ich mit meinem Blick. Er war vielleicht tödlich, aber ich war es auch. Und ich hatte im Moment mehr zu verlieren als er, was mich noch gefährlicher als sonst machte.

Lilys Hand fand meinen Oberschenkel und ihre Berührung ließ mein Herz stolpern. Sie suchte nach Trost, während sich der aggressive Sturm um sie zusammenbraute. Allerdings zeigte sie auch ihre Unterstützung.

Sie bestätigte mit einem geflüsterten Gedanken, dass sie alles Nötige tun würde, um unser Überleben zu sichern. Das bedeutete auch, dass sie sich von Khalid nehmen lassen würde.

Ich schnitt den Gedanken sofort ab, indem ich ihr sagte: *Das wird nicht passieren.*

Ich würde es nicht erlauben – eine Tatsache, der ich

mir jetzt sicher war, nachdem wir nun hier saßen und uns in Grund und Boden starrten.

Er würde mich verletzen müssen, um sie anfassen zu dürfen. Und ich würde mich nicht einfach geschlagen geben.

Khalid betrachtete mich noch ein paar Sekunden länger mit berechnender Miene. „Silvano wird sie zerstören."

„Ich weiß."

Er hob eine Augenbraue. „Und du bringst sie willentlich in diese Gefahr?"

„*Willentlich* würde ich nicht sagen." Ich hatte nicht wirklich geplant, Lily zu meiner Gefährtin zu machen. Allerdings bereute ich es auch kein bisschen.

„Ich mag dich, Cedric." Khalid sprach die Worte mit einem schwelenden Unterton aus, der eine Drohung zu sein schien, fast als wollte er mich darauf aufmerksam machen, dass seine Zuneigung nicht unbedingt etwas Gutes war. „Wenn du mich darum bittest, euer Band auf eine humane Weise zu brechen, werde ich es tun."

Es war ein Angebot, mich und Lily von dem Gefährtenbund zu befreien, eines, das nur sehr wenige seines Status und Alters so aussprechen würden. Ein Freundschaftsdienst, auf eine dunkle Art und Weise. Einen, den ich akzeptieren sollte, denn er würde Lily vor Silvano bewahren.

Dennoch fand ich weder die Worte noch den Willen, um das geschehen zu lassen.

„Ich weiß das Angebot zu schätzen", sagte ich ehrlich. „Aber ich kann nicht." Meine Seele würde es nicht erlauben. In der Sekunde, in der Khalid versuchen würde, Lily zu berühren, würde ich mich vergessen. Ich konnte die besitzergreifende Energie wie Wolken in meinem Verstand spüren und sie weigerten sich abzuflauen.

Lily gehörte mir.

Vielleicht nur vorübergehend.

Aber ich würde wie ein Teufel kämpfen, um sie so lange behalten zu können, wie es möglich war.

„Das Angebot steht bis zum Bluttag." Khalid nahm erneut seine Tasse zur Hand, um einen Schluck zu trinken, während seine türkisen Augen wieder voll dunkler Asche flackerten und sie wie flüssiges Braun aussehen ließen. „Danach bist du auf dich allein gestellt."

„Verstanden. Und danke." Es war ein großzügiges Angebot und eine Reaktion, die ich so nicht von ihm erwartet hätte. Die meisten königlichen Vampire hätten Lily einfach genommen, nur um ihren Status zu unterstreichen. Er respektierte meine Wünsche und bot mir auf seine Art seine Hilfe an, und ich wusste diese Zurschaustellung von Mitgefühl wirklich zu schätzen.

„Dann wird ihr Stundenplan nun offensichtlich geändert werden müssen", fügte er hinzu.

„Ja." Der *Erosita*-Bund würde für jeden deutlich sein, der ihren Geruch kannte. Es war eine subtile Veränderung, die vielleicht nicht jeder bemerken würde. Aber diejenigen, die es taten, würden zum Problem werden.

Es würde nicht als angemessen angesehen werden, eine *Erosita* den Unterricht mit anderen Menschen besuchen zu lassen. Mein Bund mit Lily erhöhte nicht nur ihren Status, da sie jetzt das Besitztum eines Vampirs war, er machte sie auch vorübergehend unsterblich und ermöglichte ihr Zugang zu den wertvollsten Geheimnissen meiner Art.

All das machte sie zu einer wenig geeigneten Kandidatin für die Blutuniversität.

„Wir haben zwei Möglichkeiten", sagte Khalid, nachdem er seine Tasse ausgetrunken hatte. „Wir können ihren veränderten Status im System vermerken oder ich genehmige einfach deinen Antrag, sie vollständig außerhalb des Campus zu unterrichten. Letztes hätte möglicherweise Silvanos Interesse erregt, was ich eigentlich vermeiden wollte. Allerdings würde ihn Ersteres noch neugieriger machen, und ich habe keine große Lust, Besuch von deinem Schöpfer zu bekommen. Also wäre ich dafür, nur ihren Stundenplan zu ändern."

Ich versuchte, meine Überraschung nicht zu deutlich in meinem Gesichtsausdruck zu zeigen. Ich hatte angenommen, dass seine Änderungen bezüglich meines neuen Stundenplans für Lily eine Machtdemonstration gewesen waren. Stattdessen hatte er zu verhindern versucht, Silvanos Aufmerksamkeit zu erregen.

Diesbezüglich stimmte ich ihm voll und ganz zu, da ich Lily nirgendwo in der Nähe meines Schöpfers wissen wollte.

Wenn Khalid ihren neuen Status ins System eintrug, würde Silvano sofort in seinen Jet steigen und in wenigen Stunden hier sein. Er wäre wütend und ich müsste die Bestrafung ertragen, die er sich für mich ausgedacht hatte.

Und dies würde auf Lilys Kosten gehen.

Daher hatte Khalid angeboten, unser Band zu trennen und sie zu retten.

Jetzt beschützte er sie auf eine andere Art, zumindest vorübergehend.

„Sie wird dennoch am Bluttag teilnehmen müssen", fuhr Khalid fort. „Wie du gesagt hast, bist du noch kein richtiger Herrscher. Du hast keine Macht oder Autorität, um sie zu beanspruchen. Und wenn euch jemand zusammen sieht, wird jeder wissen, was sie dir bedeutet."

Ich biss bei diesen Worten die Zähne zusammen. Er deutete nicht nur an, dass meine besitzergreifende Art auffallen würde – auch wenn ich annahm, dass sie das täte – sondern auch, dass uns unsere Gerüche verraten würden.

Lilys süßer Duft enthielt einen Hauch meines vampirischen Parfüms, eines, das jeder erkennen würde, der mich gut kannte. Alle anderen würden annehmen, es wäre ihr natürlicher Geruch. Oder dass sie vielleicht kurz vor der Zeremonie intim von einem Vampir berührt worden war.

Es sei denn, ich stünde in der Nähe.

In diesem Fall würde mein Geruch über uns beiden schweben und sie offen als meinen Besitz beanspruchen. So wie jetzt gerade. Es war eine Art Schutzschild, der entstand, wenn ich in der Nähe war.

Wenn ich allerdings von ihr getrennt wäre, würde der Duft nur schwach und fast unbemerkbar sein.

Es sei denn, jemand biss sie.

In diesem Fall würde ihr Blut die Wahrheit verraten.

Ich hatte noch nie die *Erosita* eines anderen gekostet, aber so wie ich es verstand, gab der Bund dem Geschmack eine berauschende Note, die den Konkurrenzkampf in meiner Art weckte.

Vampire liebten Machtspielchen.

Eine ungeschützte Gefährtin zu finden, würde mit Sicherheit ertragreich sein. Sie würde als Druckmittel genutzt werden oder als Spielzeug dienen, das man quälen konnte, in dem Wissen, dass der andere Vampir die Schmerzen spüren konnte.

Erositas waren früher verehrt worden, aber nicht von jedem.

Und nun wurden sie von meiner Art als emotionale Verbindungen – *Schwächen* – angesehen.

Khalid schien diese Meinung nicht zu teilen, da er mir anscheinend helfen wollte.

Zumindest die nächsten paar Wochen.

Deshalb stand sein Angebot wohl bis zum Bluttag. Nach der Zeremonie würde sie jemand anderem gehören und meine Verbindung zu ihr würde mir und letztendlich auch ihr Schmerzen bereiten.

Der klügste Schachzug wäre wohl, ihn jetzt alles beenden zu lassen.

Das Band zu trennen, bevor die Gefühle zwischen uns wachsen konnten.

Aber ich brachte es nicht über mich. Ich wollte diese Erfahrung. Ich wollte Lily kennenlernen. Ich wollte, dass sie mich kennenlernte.

Ich bin ein schrecklicher Gefährte, gab ich zu. *Aber ich weigere mich, dich gehen zu lassen, Lily. Du gehörst mir. Wenn auch nur für ein paar Wochen.*

Ihre Hand blieb auf meinem Oberschenkel, selbst als eine Myriade von gegensätzlichen Gedanken in ihrem Kopf verschmolzen.

Sie wollte dieses Gefühl auch.

Aber sie hasste mich dennoch, weil ich ihre Sicht auf die Realität veränderte.

Sie verabscheute, dass wir etwas so Besonderes zwischen uns geschaffen hatten, das wir nicht behalten konnten.

Dennoch war sie gleichzeitig für die Erfahrung dankbar und dafür, dass ich versuchte, sie etwas Warmes fühlen zu lassen. Etwas Intensives. Etwas *Befriedigendes.*

Ich legte meine Hand auf ihre und drückte sie; eine Bewegung, die Khalid mit seinen Augen verfolgte, als könne er durch den massiven Holztisch blicken.

„Lily wird ihre Lehre hier mit Emine fortsetzen." Khalids Blick wanderte wieder zu mir. „Dazu gehört eine Art des sexuellen Trainings und Kampfunterricht. Sie sind ebenbürtig und Emine braucht Übung."

Ich nahm an, dass *Emine* der Name war, den er für seine Kandidatin ausgewählt hatte. „Ich verstehe. Aber ich werde mich um Lilys sexuelles Training kümmern."

370

„*Wir* werden uns in Gruppensitzungen darum kümmern", korrigierte er. „Emine muss lernen, wie man sich angemessen in gewissen Situationen verhält und Lily wird von diesem Wissen auch profitieren."

Ich sah ihn einen Moment lang an. „Meine Antwort darauf hängt davon ab, was du vorhast."

Er grinste. „Lass uns zuerst frühstücken. Dann werde ich es Emine zeigen lassen."

Seine blonde Kandidatin erzitterte als Antwort und ihre blaugrauen Augen sprangen hoch zu Khalid, während ihre Wangen einen hübschen Rosaton annahmen. Was auch immer er mit „zeigen" gemeint hatte, schien sie fasziniert zu haben.

Er streckte seine Hand aus, um seine Fingerknöchel auf eine irgendwie zärtliche Art über ihre Wange zu streichen, dann griff er nach der Glocke auf dem Tisch, um die Bediensteten zu rufen.

Anscheinend bedeutete dies, dass sein Kommentar ein Befehl und keine Bitte gewesen war.

Das überraschte mich nicht.

Er war an diesem Abend zu großzügig gewesen.

Es wurde Zeit, dass seine Absichten für diese Großzügigkeit klar wurden – in Form einer „Gruppensitzung".

Lily drückte meinen Oberschenkel, während ihre nervöse Energie laut in ihren Gedanken summte. Nach außen hin reagierte sie allerdings nicht, abgesehen von ihrer Hand auf meinem Bein.

Ich strich meinen Daumen über ihren Handrücken.

Was auch immer Khalid für uns geplant hatte, wir würden es überleben.

Verdammt, vielleicht würde es uns sogar gefallen.

Iss alles, was ich auf deinen Teller lege, kleine Blume. Ich vermute, dass du deine Kräfte brauchen wirst.

Vor allem, da Khalid einen Hang zum Blutvergießen und zum Austesten sinnlicher Grenzen hatte.

Wie ich.

Nur mit etwas mehr Gewalt.

Und tödlichem Spielzeug.

Wie Messern.

LILY

„ZIEHT EUCH AUS."

Der kurze Befehl fühlte sich wie eine Peitsche gegen meine Sinne an, sodass mein Herz einen Schlag aussetzte.

Meine Augen wanderten automatisch zu Cedric. Er senkte zustimmend sein Kinn, um mir zu sagen, dass ich Meister Khalid gehorchen sollte.

Kandidatin einhundertneununddreißig, die Meister Khalid während des Frühstücks *Emine* genannt hatte, entledigte sich ohne zu zögern ihrer Kleidung. All die Aufsässigkeit, die ich gestern an ihr beobachtet hatte, schien verschwunden zu sein.

Ich schluckte, dann tat ich wie befohlen und senkte den Kopf, um es Emine gleichzutun.

So hätte ich von Anfang an handeln sollen.

„Erste Lektion", begann Meister Khalid mit weicher Stimme. „Ich bin ein König, Lily. Du gehorchst mir, nicht deinem Gefährten. Wenn ich etwas von dir verlange, wirst du es ohne Zögern tun."

Ich erschauderte. „J-Ja, Meister. Ich meine, mein Prinz." Ich zuckte zusammen. Meister Cedric hatte mir gesagt, dass ich ihn nicht so nennen sollte. Aber wie könnte ich ihn nach dieser letzten Regel anders ansprechen?

„Tu es nicht", sagte Meister Cedric mit einer Stimme, die aus Stahl zu sein schien. „Du hast ihr gerade gesagt, dass du ein König bist. Sie spricht dich angemessen an."

„Du weißt schon, dass es deine Gefühle für sie offenbart, wenn du sie verteidigst?"

„Sie ist meine *Erosita*. Mein Spielzeug. Meine Gefährtin. Meine Sexpuppe. Wie auch immer du sie nennen willst. Aber sie gehört *mir*. Und ich werde nicht erlauben, dass ein kleiner Fehler unsere Verbindung beendet."

Meister Khalid seufzte. „Ich wollte sie nicht beißen, Cedric. Ich wollte nur streng fordern, dass sie mich *Meister* nennt."

„Wenn du möchtest, dass sie *streng* gemaßregelt wird, sagst du es mir, und ich kümmere mich darum."

„Würdest du so mit Silvano sprechen?"

„Ich würde Lily lieber töten, als sie in ein Zimmer mit Silvano zu lassen", antworte Meister Cedric. Seine Worte ließen das Blut in meinen Adern gefrieren. „Sieh das als Geschenk meiner Geduld an, Khalid. Sie ist nackt. Sie verbeugt sich. Überspanne den Bogen nicht."

Stille folgte, und die Spannung in der Luft wurde immer dichter.

Eine Gänsehaut breitete sich auf meinen Armen aus. *Meister Cedric?*, flüsterte ich.

Er antwortete nicht, allerdings verbrannte sein Ärger förmlich meinen Verstand. Seine Gedanken waren chaotisch und sein Verlangen nach Gewalt ließ mich schwindelig werden.

„Das wird nicht funktionieren, Cedric", sagte Meister Khalid schließlich. „Diese intuitive Besitzgier ist genau der

Grund, warum diese Verbindung in unserer Gesellschaft verpönt ist."

„Sie wurde früher verehrt. Sie war sogar heilig." Meister Cedric senkte seine Stimme, aber die Worte strotzen vor Macht.

Eine weitere Welle des Schweigens folgte. „Willst du mir damit sagen, dass du die alten Zeiten vermisst?"

Meister Cedric überlegte, wie er darauf antworten sollte, was ich in seinen offenen Gedanken erkannte. Er verbarg nichts vor mir. So verstand ich schließlich das Konzept dieser Wortspielchen.

Diese Übung hatte nichts mit Training zu tun.

Es war ein Test für Meister Cedric.

Oh, vielleicht gibt es noch einen weiteren Hintergedanken, aber ich bin das Hauptthema der heutigen Unterrichtsstunde, sinnierte Meister Cedric, wobei seine mentale Stimme seltsam leicht klang. Fast so, als fände er die Situation amüsant.

„Die alten Zeiten", wiederholte er, als würde er über die Bedeutung der Worte nachdenken. Aber seine Gedanken verrieten mir, dass er die Absichten schon erkannt hatte. „Manche Aspekte unseres Lebens sollten geschätzt werden. Und eine Gefährtin zu finden, sollte einer dieser Aspekte sein. Dennoch wird uns gesagt, es wäre eine Schwäche. Vielleicht ist es das. Aber vielleicht macht eine Schwäche das Leben auch interessant."

„Interessant", wiederholte Meister Khalid. „Eine faszinierende Wortwahl. *Interessant* inwiefern?"

Meister Cedric stellte sich vor mich, ließ seine Finger zu meinem Kinn wandern und hob meinen Blick an. „Ich fühle mich lebendig, wie ich es schon seit sehr langer Zeit nicht mehr getan habe."

Mein Herz setzte einen Schlag aus, da seine Worte eher an mich als an Meister Khalid gerichtet zu sein schienen.

„Meine Lily hat mir neues Leben eingehaucht. Sie hat mein Leben aufregender gemacht. Etwas, das ich vermisse, seit uns die Jagd gestohlen wurde."

Er strich eine Strähne hinter mein Ohr und sah dann Meister Khalid an, der nah neben mir stand.

„Du fragst mich, ob ich die alten Zeiten vermisse? Ja. Denn ich vermisse es, mich lebendig zu fühlen. Diese neue Welt mag für uns einfacher sein, sie mag uns unseren rechtmäßigen Platz an der Spitze der Nahrungskette ermöglichen, aber sie ist auch banal. Es ist alles zu vorhersehbar. Es ist ... Es ist zu einfach."

Er ließ mein Gesicht los und wandte sich erneut voll und ganz Meister Khalid zu.

„Sie gehört mir. Als König kannst du sie mir wegnehmen. Aber sei dir sicher, dass ich es dir nicht leicht machen werde."

„Ich könnte dich melden."

Meister Cedric lächelte, was ich bemerkte, da ich meine eigentlich notwendige gebeugte Haltung nicht wieder eingenommen hatte. „Dafür müsstest du deinen Aufenthalt hier zugeben. Und wir beide wissen, dass du mich nicht melden wirst. Wenn du mein Verhalten problematisch findest, wirst du dich selbst darum kümmern."

„Das würde ich versuchen, aber du erlaubst mir nun, es zu korrigieren."

„Schwachsinn. Du wolltest meine Reaktion testen. Da hast du sie. Was kommt als nächstes?" Meister Cedric ließ von jeglicher Formalität ab, was mich faszinierte. Er schien mir sonst immer sehr kontrolliert zu sein. Aber jetzt machte er den Anschein, als wäre er beinah leichtsinnig.

Meister Khalid kniff seine türkisen Augen zusammen. „Deine Respektlosigkeit geht mir langsam auf die Nerven."

„So wie deine", warf Meister Cedric zurück. „Du stammst vielleicht direkt von den Gesegneten ab, aber ich habe dank meines Alters und meiner Fähigkeiten einen gewissen Status. Ich beuge mich dir also bezüglich vieler Dinge, aber unser *Erosita*-Bund gehört nicht dazu. Also hör mit den Spielchen auf, Khalid, und sag mir, was du wirklich willst."

Mein Blut wurde zu Eis, als ich die Letalität in Meister Cedrics Stimme hörte.

Seine Worte wirbelten durch meine Gedanken, und die Präzision hinter seinen Aussagen war dabei scharf wie eine Klinge.

„Also hör mit den Spielchen auf, Khalid, und sag mir, was du wirklich willst."

Die Luft um uns herum schien zu gefrieren, als die zwei mächtigen Vampire einander gegenüber traten. Ich hatte ihre Potenz und übernatürlichen Auren über die Jahre erfahren, aber noch nie so wie jetzt.

Meister Khalid war ein König.

Meister Cedric war ein alter Vampir.

Auch wenn ein König den Kampf wahrscheinlich gewinnen würde, vermutete ich, dass Meister Cedric ihm die Stirn bieten und erheblichen Schaden anrichten könnte.

Allerdings würden Emine und ich auf jeden Fall dabei sterben.

Ich umklammerte meine Finger und verschränkte sie vor mir ineinander, während die Spannung um uns herum noch weiter anstieg.

Meine Knie zitterten durch das plötzliche Bedürfnis, mich zu verbeugen, als die Macht im Raum alles andere als die Unterwerfung in meinem Verstand zu ersticken drohte.

„Es scheint so, als wärst nicht nur du mit unserer

aktuellen Situation unzufrieden, Cedric", sagte Meister Khalid schließlich unerwarteterweise.

Meister Cedrics Überraschung spiegelte meine eigene wieder, während seine Gedanken bestätigten, das auch er diese Worte nicht vorhergesehen hatte. „Oh?"

Der Prinz sah ihn aus seinen blau-grünen Augen durchdringend an. „Eine Revolution braut sich zusammen. Ich weiß nicht, wann. Ich werde es auch nicht weiter ausführen. Aber ich bereite mich auf dieses Schicksal vor. Und das solltest du auch."

„Indem ich was genau tue?"

„Indem du entscheidest, auf welcher Seite du kämpfen wirst", antwortete der königliche Vampir.

„Das ist schwer zu beurteilen, ohne zu wissen, welche Figuren auf dem Spielfeld stehen." Meister Cedrics Verstand analysierte schon die Könige und Alphas und versuchte, potenzielle Kandidaten herauszuarbeiten. Ich konnte hören, wie er an dem Wahrheitsgehalt der Worte des Prinzen zweifelte.

Das könnte alles noch ein Spiel sein, dachte er. *Ein verrückter politischer Schachzug, um meine Loyalität zu testen.*

Nur dabei zuzuhören, wie er über alle möglichen Perspektiven dieses Gesprächs nachdachte, machte mich müde.

Vampire waren so politisch geladen. Nichts war, wie es schien. Und anscheinend war diese ganze Erfahrung auch keine Ausnahme.

„Ja", stimmte Meister Khalid zu. „Abgesehen davon hattest du recht – ich wollte sehen, wie tief deine Besessenheit von Lily geht."

„Warum?"

„Weil sie eine Bürde ist, die dich am Bluttag dein Leben kosten wird, wenn du dich nicht verdammt noch mal zusammenreißt." Der Prinz hielt inne, um seine Worte sacken zu lassen. „Und ich persönlich finde, dass dein Tod eine Verschwendung von Talent wäre."

„Ich verstehe." Meister Cedrics Gedanken erwachten mit neuen Strategien zum Leben, während er sich fragte, was der Prinz damit wohl gemeint hatte.

„Deine Fähigkeiten könnten bald sehr praktisch sein. Vor allem, wenn sie entsprechend geformt werden."

„Das bedeutet?"

„Das bedeutet, dass ich dich am Leben erhalten möchte. Und wenn das heißt, deine Ablenkung zu entfernen, dann werde ich es tun." Der königliche Vampir hob eine Hand, bevor der andere etwas erwidern konnte. „Aber ich beginne zu verstehen, dass es Konsequenzen haben könnte, wenn ich die besagte Ablenkung loswerde. Daher wäge ich jetzt noch einmal meine Optionen ab."

Meister Cedrics Kiefer zuckte, während sein Verstand offen jedes gesagte Wort verarbeitete und ich zuhörte. „Die *Ablenkung* von der du sprichst, hat mir einen neuen Sinn von Aufregung in einem sonst langweiligen Leben geboten. Daher wäre es unklug sie zu entfernen. Vor allem, wenn du meinst, dass meine Fähigkeiten in der Zukunft von Nutzen sein könnten."

„Ja. Darauf habe ich nach der heutigen Unterrichtsstunde auch geschlossen."

„In der Tat." Meister Cedric verschränkte die Arme. „Was jetzt?"

„Jetzt? Jetzt beginnen wir mit der nächsten Lektion." Der strahlende Blick des Prinzen wanderte zu Emine. „Sie muss immer noch unterrichtet werden. Allerdings liegt mir ihr Leben am Herzen und ich möchte nicht riskieren, dass du sie tötest, nur weil sie deine *Erosita* anfasst."

Würdest du das tun?, fragte ich, da mich sein Kommentar überrascht hatte.

Meister Cedric zögerte nicht. *Ja.*

Warum?

Weil du mir gehörst, Lily. Und ich möchte dich nicht teilen.

Aber ...

Das steht nicht zur Diskussion, süße Blume.

„Was schlägst du vor?", fragte er laut, während er den anderen Mann ansah.

„Ich schlage vor, wie ändern den Kurs und bringen Emine und Lily bei, wie man sich in der Gegenwart von Vampiren verhält. Wenn deine Blume deine *Erosita* bleiben soll – wobei ich dir helfen würde, wenn du bereit bist, mit mir zusammenzuarbeiten – muss zwischen uns etwas klar sein."

Und da ist es, sinnierte Meister Cedric. *Darum geht es wirklich.* „Mit dir zusammenzuarbeiten", wiederholte er. „Das bedeutet?"

Der königliche Vampir grinste. „Das bedeutet, dass ich möglicherweise einen neuen Herrscher brauchen werde. Und vielleicht möchte ich, dass du dieser Herrscher wirst."

„Darum geht es also? Du möchtest, dass ich mich deiner Region anschließe und Silvano den Rücken kehre?"

Er hob eine Schulter. „Wie ich gesagt habe: Die Dinge werden sich ändern. Ich hätte gerne die richtigen Spieler auf meiner Seite."

„Aber du kannst die Veränderungen nicht weiter ausführen."

„Nicht, bis ich dir vertraue."

„Ist das der Grund, warum du hier bist? Um mich anzuheuern?", fragte Meister Cedric.

Der Prinz schnaubte. „Nein, du wirst schon seit Jahren geprüft. Was glaubst du, warum ich erlaubt habe, dass du Meister an der Universität wirst?" Er hob eine Braue. „Ein so mächtiger Vampir wie du, in der Nähe der Grenze meines Territoriums? Komm schon. Du weißt, dass so etwas einer besonderen Genehmigung bedarf."

„Also was, habe ich deinen endgültigen Test bestanden?"

„Nicht ganz", antwortete der Prinz. „Als ich erfahren habe, dass du gehen musstest, habe ich mich um deine Kurse gekümmert. So habe ich Emine kennengelernt. Sie ist der Grund, warum ich geblieben bin. Aber letztendlich hat sich doch zufällig alles gefunden, da mir dies erlaubt hat, dich näher zu beurteilen."

„Mich zu beurteilen für … eine Herrscher-Position."

„Ja. Eine, die du nicht möchtest. Deshalb bist du perfekt dafür."

„Silvano wird das niemals erlauben."

„Silvano kann mich nicht einschüchtern. Er kann einen Tobsuchtsanfall bekommen, wenn er will, aber dich bindet nichts an ihn, abgesehen von deiner Loyalität. Was ich ironischerweise bewundere. Aber ich würde es vorziehen, wenn deine Loyalität jemandem gelten würde, der sie verdient."

„Jemandem wie dir?", riet Meister Cedric.

Der Prinz verzog erneut die Lippen. „Wie ich gesagt habe, ich könnte dir bei diesem Problem helfen. Wenn du zustimmst, mir zu helfen. Aber du musst dich nicht heute entscheiden. Denke darüber nach. Vielleicht werden dich meine Trainingsmethoden überzeugen." Er schlenderte zu Emine, strich mit seinem Daumen über ihren Kiefer und hob ihr Kinn, bis sie ihm in die Augen sah.

Sie sah ihn an, ohne eine Emotion zu zeigen, was ihn sehr zu besänftigen schien.

„Ist sie nicht eine tolle Schauspielerin, Cedric?" Meister Khalid ließ seine Fingerknöchel über ihren Hals und hinunter zu ihren Brüsten wandern. „Ihr Körper reagiert auf meine Berührung, aber ihr Gesicht zeigt keine Regung. Auch wenn ich weiß, dass sie sich danach verzehrt, dass ich sie zwischen den Beinen lecke. Nicht wahr, Prinzessin?"

„Ja, Meister", antwortete sie mit einer gefühllosen Stimme.

„Antworte mir, wie du es im Privaten tun würdest und vielleicht werde ich dich belohnen", sagte er ihr, und ihr Ausdruck veränderte sich sofort zu einem, den ich erkannte.

Es war die Art Blick, die ich Meister Cedric regelmäßig zuwarf.

„Ich bin unglaublich feucht für dich, Khalid", hauchte sie. „Bitte fick mich."

„So ist es gut, liebste *Mirage*", antwortete er, bevor seine Lippen kurz auf ihren landeten. „Sie lernt gerade, wie man sich in der Öffentlichkeit verhält im Vergleich zu einem privaten Umfeld." Er hauchte ihr einen weiteren Kuss auf die Wange, bevor er hinter sie trat und ihre Hüfte ergriff. Dann beugte er sich vor, um an ihrem Hals zu knabbern.

Meine Nippel wurden bei dem Anblick sofort hart, vor allem, weil ich mir Meister Cedrics Mund an meinem Hals vorstellte. Seine Gedanken wanderten in eine ähnliche Richtung und wechselten von analytischem Denken zu einem Zustand der Erregung.

Aber er behielt einen gewissen Abstand, da der strategische Teil in ihm immer noch jedes Wort des Prinzen bewertete.

„Dieses Training würde ich gerne fortführen, Cedric", murmelte der Prinz, während seine Hand von Emines Oberkörper zu ihrem Bauch wanderte. „Ich denke, deine Lily würde auch davon profitieren."

Emine wölbte sich gegen ihn, als er seine Fangzähne in ihrem Hals vergrub, eine Hand auf ihrem Bauch ruhte und die andere nach oben zu ihrer Brust wanderte.

Sie stöhnte und schloss die Augen, während sie sich ihm voll und ganz hingab.

Ich schluckte und errötete bei dem Anblick. Ein lebendiges Bild von Meister Cedric, der mich auf ähnliche Weise hielt, blitzte in meinen Gedanken auf und ließ meine Knie weich werden.

Allerdings bewegte er sich nicht. Er schaute nur mit ausdrucksloser Miene zu.

Wenn ich das Verlangen in seinen Gedanken nicht hätte hören können, hätte ich vermutet, dass ihm all dies nichts bedeutete.

Allerdings hörte ich seine Lust so laut wie meine, und sein Bedürfnis, mich auf ähnliche Weise zu beanspruchen schien es ihm schwerzumachen, sich nicht zu bewegen.

„Ich weiß, dass du schon damit begonnen hast, Lily zu trainieren", sagte der Prinz nach einem großen Schluck. „Aber ich denke, es würde uns allen nützen, wenn wir den Unterricht auf ein gemeinsames Ziel ausrichten. Wir sollten ihnen zeigen, wie sie miteinander sexuell werden können, ohne wirklich intim zu sein." Sein Blick hob sich zu Meister Cedric. „Schließlich verlangt unsere Gesellschaft nach Spielchen. Also lass uns auf derselben Seite sein."

CEDRIC

DAS IST EIN WIRKLICH GEFÄHRLICHES SPIEL.

Khalid hatte mich nicht nur darum gebeten, ihm beim Training unserer Haustiere zu helfen, damit sie besser in die Gesellschaft passten. Er wollte, dass ich mich für ihn und gegen Silvano entschied.

„Ich werde möglicherweise einen neuen Herrscher brauchen", hatte Khalid gesagt.

Es war kein Angebot gewesen, aber es war eine mögliche Position in seinem Territorium. Und er hatte mich anscheinend jahrelang als Kandidaten dafür unter die Lupe genommen.

Mit dieser Möglichkeit hatte ich nicht gerechnet, als meine Stelle in der Blutuniversität genehmigt worden war. Ich hatte einfach angenommen, dass sie Personalmangel hatten und den Einfluss eines älteren Vampirs in ihrer Fakultät gebrauchen konnten.

Allerdings hätte ich wissen sollen, dass eine Zustimmung von Sahara oder Khalid nötig gewesen war.

Ich selbst war kein König.

Aber ich war alt. Mächtig. Und der Nachkomme eines

blaublütigen Vampirs. Wenn Silvano jemals etwas zustieße, würde ich als Kandidat infrage kommen, um sein Gebiet zu übernehmen.

Und wenn ich mich dazu entschied, mit Khalid zusammenzuarbeiten, würde dasselbe für sein Territorium gelten.

Er kehrte nun mit seinen Lippen zu Emines Hals zurück und ließ seine Fangzähne erneut in ihrem Fleisch verschwinden, während seine Hand von ihrem Bauch zwischen ihre Beine glitt.

Lily wand sich daraufhin und drückte bei dem erotischen Schauspiel ihre Schenkel zusammen. Ich konnte ihre Erregung riechen, und ihr berauschender Duft ließ mich schwindelig werden, als auch noch das Aroma von Emines Blut durch die Luft waberte.

Khalid hatte mich dazu eingeladen, mich ihm bei diesem tödlichen Tanz anzuschließen. Und die Düfte machten es schwierig, die Einladung abzulehnen.

Er hatte meine besitzergreifende Seite vorher zum Spielen aufgerufen, als er einen Schritt auf Lily zugemacht hatte. Ihre Nacktheit hatte sie in meinen Gedanken noch verwundbarer gemacht, daher hatte ich instinktiv reagiert und ihn gewarnt, sie nicht anzurühren. Denn mir war in diesem Moment klar geworden, dass ich sie verteidigen würde.

In der Sekunde, in der er sich bewegt hatte, hatte ich über mein Schicksal entschieden.

Sie gehörte mir.

Die Worte wirbelten selbst jetzt durch meine Gedanken, und mein Verlangen, Lilys Körper vor ihm zu verbergen, wurde so stark, dass ich mich kaum beherrschen konnte.

Noch nie hatte jemand meine Geduld so sehr ausgereizt wie in dieser Situation.

Wenn man bedachte, wie lange ich schon lebte, war diese Erkenntnis mehr als nur schockierend.

Aber ich hatte noch nie eine *Erosita* gehabt.

Ich wusste nicht, wie viel meiner Besessenheit von unserer Verbindung angetrieben wurde und wie viel von Lily selbst. Es war wahrscheinlich eine Mischung aus beidem.

„*Khalid*", stöhnte Emine, als ihr Körper unter seiner Berührung und seinem Biss zu einem Höhepunkt kam, der sie schreien und erzittern ließ.

Lilys Wangen wurden immer dunkler und ihre Pupillen waren bei der orgasmischen Vorstellung geweitet. Sie schien bereit zu sein, auf die Knie zu gehen und Emines Lust selbst zu probieren. Vielleicht weil sie wollte, dass etwas dieses Vergnügens auf sie abfärbte.

Allerdings brachte mich das hungrige Schimmern in ihren Augen auf eine Idee.

Bei diesem Spiel ging es um Kontrolle und die Wahrnehmung der anderen.

Es gab Möglichkeiten, um sexuell und vampirhaft zu sein *und* die Sinnlichkeit und den Gefährtenbund zu respektieren.

Denn mein Band erlaubte mir freien Zugang zu Lilys Gedanken, wodurch ich ihre Bedürfnisse und Grenzen herausfinden konnte.

Und sie sagte mir nun, dass der Gedanke, mit Emine zu spielen, sie nicht gerade abstieß. Wenn überhaupt, war sie neugierig und fragte sich, wie es wohl sein würde.

So jung, meine Lily, sinnierte ich in ihren Verstand. *Es gibt so viele Erfahrungen, die du noch nicht gemacht hast, und ich bin bereit, dir jede Möglichkeit zu geben, deinen Horizont zu erweitern. Möchtest du sie schmecken?*

Ich … Ich weiß nicht.

Möchtest du, dass ich dir einen Befehl erteile, damit du keine

Wahl hast? Denn das würde ich. Nicht unbedingt, weil ich sehen wollte, wie die beiden Frauen einander genossen, sondern weil ich Lilys Gedanken hören wollte, während sie von Emine kostete, weil ich Lilys Technik beobachten und ihre Emotionen bei dem Akt *spüren* wollte.

Ich wollte wieder leben.

Das war das Geschenk, das Lily mir gegeben hatte – eine neue Chance, alles zu erleben, als wäre es das erste Mal. Mich daran zu erinnern, wie es gewesen war, ein Mensch zu sein.

Ja, flüsterte sie. *Ja, Meister Cedric.*

Wenn es irgendwann zu viel wird, sag es mir, erklärte ich ihr. Ich konnte ihr nicht versprechen, dass ich es beenden würde, da es beim Liebesspiel manchmal nötig war, sich über die Komfortzone herauszuwagen, um das wahre Vergnügen zu erreichen. Aber ich würde mich um sie kümmern und ihren Gedanken aus mehreren Gründen lauschen.

Ja, Meister Cedric, wiederholte sie.

So eine süße Blume, murmelte ich in ihre Gedanken, als ich mich hinter sie stellte, ähnlich wie Khalid es bei Emine getan hatte. Nur dass ich nicht Lilys Hals ergriff. Stattdessen strich ich meine Finger durch ihr dickes, blondes Haar und ballte meine Hand in den Strähnen zur Faust, bevor ich meine Lippen an ihr Ohr drückte.

„Knie dich hin", befahl ich.

Sie zitterte daraufhin, aber gehorchte und ging vor Emine auf die Knie, während ich weiterhin ihr Haar festhielt.

Khalid begegnete meinem Blick und ließ von Emines Hals ab, bevor er eine Augenbraue hob. „Hast du noch etwas vor?"

„Ja. Lily möchte von deiner Emine kosten." Ich ließ

meine freie Hand zu Lilys Schulter sinken, um sie leicht zu drücken. „Lily?"

„Ja, Meister?", antwortete sie pflichtbewusst, nachdem sie zweifellos meine Gedanken zu diesem förmlichen Spiel gehört hatte und daher verstand, dass sie angemessen zu reagieren hatte.

„Bitte Prinz Khalid um Erlaubnis, die Pussy seines Haustiers zu lecken." Ich benutzte absichtlich seinen Titel, um ihn wissen zu lassen, dass ich seine Anfrage zu gemeinsamen Unterrichtsstunden akzeptierte. Zumindest fürs Erste.

Seine türkisen Augen wurden durch das Blut zu einem Mitternachtsblau – der Farbwechsel war für unsere Art ein eher ungewöhnliches Merkmal, das ihn irgendwie noch tödlicher erscheinen ließ als er es ohnehin schon war. Das Flackern in seinen Augen trug nur noch zu seinem gefährlichen Aussehen bei, aber das leichte Zucken seines Mundes sagte mir, dass er zum Spielen bereit war.

„Prinz Khalid", sagte Lily, wobei ihre Stimme einen weichen Ton annahm. „Darf ich d-die … Pussy Eures Haustiers lecken?"

Fast perfekt, sagte ich in Gedanken zu ihr, während meine Hand von ihrer Schulter zu ihrem Nacken wanderte, wo ich mit meinem Daumen eine bedrohliche Linie nach oben malte.

„Frag noch einmal mit mehr Selbstbewusstsein, Lily. Prinz Khalid muss glauben, dass du es wirklich willst."

Wenn sie eine andere Schülerin gewesen wäre, hätte ich diesen Befehl barsch ausgesprochen. Aber das konnte ich Lily nicht antun. Zumindest nicht mehr.

Sie schluckte, wobei ich die Bewegung an meinem Daumen spürte, während ich meine Hand um ihren Hals legte.

Ein kurzer Moment verstrich, in dem sie sich mental

auf die Frage vorbereitete und sie in ihren Gedanken drei
Mal wiederholte. Ich unterbrach sie nicht, aber dies war
eine Schwachstelle, die wir sehr bald ausbessern mussten.
Denn dieses Zögern würde sie in einem Raum mit anderen
meiner Art das Leben kosten, was sie schon wusste – wie es
durch ihre eigenen scheltenden Gedanken bezüglich ihrer
Unsicherheit deutlich wurde.

Sag es einfach, spornte sie sich an, wobei ihre Stimme
laut durch meinen Verstand hallte. Angst breitete sich in
ihren Gedanken aus, als sie meine eigenen Überlegungen
darüber hörte, wie sie bestraft werden würde, wenn wir an
einem anderen Ort wären.

Aber die üppige Seide dieses Zimmers schirmte uns
alle ab, und die Fenster waren geschlossen worden, bevor
wir für diese *Lektion* in den Wohnbereich gegangen waren.
Er war in der Nähe des Esszimmers in einer Ecke mit nur
einer Eingangstür.

Ein abgeschirmter Bereich.

Ganz anders als die offenen Räume, die meine Art
normalerweise zum Spielen bevorzugte. Aber Khalid
schien gegen jegliche Normen zu verstoßen.

Ich wusste nur nicht, wie viel davon ein Test meiner
eigenen Präferenzen war und wie viel seinen wahren
Wünschen entsprach.

*Könnten wir einander wirklich so ähnlich sein? Oder nimmt mich
der berüchtigte Attentäter auf den Arm?*

„Darf ich die Pussy Eures Haustiers lecken, Prinz
Khalid?", fragte Lily, und die Stärke und das
Selbstbewusstsein in ihrer Stimme zogen meine Gedanken
sofort wieder auf unser Spiel zurück. Ein Hauch von
Sinnlichkeit lag ebenfalls in ihrem Ton, bei dem sich meine
Lippen zu einem kleinen Lächeln verzogen.

Sehr gut, lobte ich sie.

„Wie könnte ich eine so lieblich formulierte Anfrage

ablehnen?"", sinnierte Khalid, wobei seine Mundwinkel nach oben zuckten und er seine Hand aus dem Spalt zwischen Emines Oberschenkeln entfernte. Dann führte er sie zu dem Mund seines Haustiers. „Aufmachen, liebste *Mirage*. Ich möchte spüren, wie du gegen meine Finger stöhnst, während Lily deine Muschi leckt."

Emines Lippen öffneten sich, um ihn begierig in sich aufzunehmen und ihre Säfte von seiner Haut zu saugen.

„Du darfst von meinem Haustier kosten, Lily", sagte Khalid ihr. „Aber ich erwarte, dass du sie auch kommen lässt. Hast du das verstanden?"

„Ja, mein Prinz", hauchte sie.

Khalid nickte. „Mach weiter."

Ich ließ Lilys Hals los, um meine Hand wieder zu ihrer Schulter gleiten zu lassen. „Frag Prinz Khalid, ob du sein Haustier auch mit deinen Händen berühren darfst."

„Prinz Khalid, darf ich auch meine Hände benutzen?", fragte Lily.

„Du darfst ihre Beine, ihren Bauch und ihre Brüste streicheln, aber nur deine Zunge und dein Mund dürfen ihre Muschi berühren", antwortete Khalid.

„Vielen Dank, mein Prinz." Lily hob ihre Hände und ließ sie von Emines Oberschenkeln zu ihren Hüften wandern. Die Berührung war sinnlich und erzeugte eine Gänsehaut auf den Beinen der anderen Frau.

Sehr gut, flüsterte ich in Lilys Gedanken. *Denk daran, wie du gerne von mir berührt wirst. Wie es sich anfühlt, wenn ich an deinem Kitzler sauge und dich tief lecke. Versuche, das bei Emine nachzumachen.*

Ja, Meister Cedric.

Nur Cedric in unseren Gedanken, süße Blume, sagte ich. *Vor allem, wenn wir miteinander intim sind.*

Ja, Cedric, erwiderte sie, als sie sich nach vorne beugte und einen Kuss auf Emines rasierten Hügel drückte.

Mein Griff um Lilys Schulter wurde fester, als mich der Anblick von ihr mit einer anderen Frau unbehaglich werden ließ.

Ein Teil von mir wollte Lily von Emine wegreißen und sie offen als meine *Erosita* beanspruchen, indem ich meinen Schwanz in ihren schlanken Hals schob.

Aber ein anderer Teil von mir … war unglaublich neugierig.

Was wird sie tun? Wird es ihr gefallen? Wird sie es wieder tun wollen?

So viele Fragen.

So viele *Empfindungen.*

Ich hatte in meinem sehr langen Leben unzählige sexuelle Erfahrungen gemacht, aber das … das war anders als alles, was ich je erlebt hatte.

Denn ich konnte die Neuartigkeit durch Lilys Gedanken spüren.

Ihren Eifer zu gefallen.

Ihr Verlangen, mich zu befriedigen.

Ihr Bedürfnis, es richtig zu machen.

Ich mag es, wenn du an mir knabberst, sagte Lily, als sie die Bewegung an Emines feuchter Spalte nachahmte. *Und wenn du mich mit deiner Zunge fickst.*

Ihre Hände glitten an Emines Schenkeln entlang, um sie weiter zu spreizen und ihr vollen Zugang zu ihrer Pussy zu ermöglichen, damit sie das *Ficken* zeigen konnte, von dem sie gerade gesprochen hatte.

Mein Bauch zog sich bei dem Schauspiel und den vulgären Worten in den Gedanken meiner süßen Blume zusammen. Sie fand einen Weg, um mich auf die intimste Art einzubinden, indem sie mir sagte, was ihr gefiel und es dann an der Frau vor sich demonstrierte.

Stellst du dir vor, dass ich das mit dir mache?, fragte ich sie, auch wenn ich die Antwort schon in ihren Gedanken gelesen hatte.

Ja, zischte sie. *Ich … Ich denke daran, was du mit mir machst … und wende es dann … an ihr an … aber es macht mich …*

Es macht dich was? Ich ließ meine Hand wieder zu ihrem Hals wandern, aber dieses Mal, um meine Fingerknöchel über ihren Puls zu streicheln. *Lässt es dich brennen, süße Blume?*

Ja. So sehr. Sie zog ihre Zunge nach oben zu Emines sensiblem Knopf, sodass die andere Frau zu zucken und um Khalids Finger herum zu stöhnen begann. Aber ich sah sie kaum. Mein Fokus lag allein auf Lily und ihren Gedanken, der Art, wie sie jede Bewegung ausführte, während sie sich mich zwischen ihren eigenen Beinen vorstellte.

Verdammt, Lily, hauchte ich.

Sie summte als Antwort, was Emine erzittern ließ.

Also tat Lily es noch einmal.

„Ich glaube langsam, dass in diesem Bereich nicht mehr viel Training nötig ist", sinnierte Khalid, während seine Lippen an Emines Schläfe lagen und er ohne innezuhalten seine Finger in ihren Mund stieß. „Es ist, als wären die beiden dazu bestimmt, miteinander zu spielen."

„Oder wir vier sind dazu bestimmt, dieses Spiel zu meistern", sagte ich ihm und sah ihn erneut an.

Wir bildeten irgendein verrücktes Band zwischen uns, das durch Lilys Mund an Emines Kitzler angetrieben wurde. Als würde sie das Versprechen zwischen uns vieren mit ihrer verdammten Zunge besiegeln.

Cedric, flüsterte sie. *Ich mag es, wenn du hier an mir saugst. Es tut fast weh, aber es fühlt sich so gut an.*

Tust du das gerade mit Emine? Ich kannte die Antwort, aber darum ging es nicht. Diese Art der Kommunikation machte den Moment noch intensiver, brachte uns enger zusammen und setzte uns beide in Flammen.

Ja, antwortete Lily. *Ich sauge an ihr. Und knabbere. Dann benutze ich meine Zunge.*

Sie windet sich schon.

Ich glaube, sie ist kurz davor, zu kommen, sagte Lily mir.

Das ist sie, bestätigte ich, als ich bemerkte, wie Emines Wangen ein noch tieferes Rot annahmen. *Khalid hat gesagt, dass du ihre Brüste berühren darfst. Nimm eine und kneife in ihren Nippel.*

Lily erschauderte unter meiner Hand, da sich ihr Verstand sofort vorstellte, wie ich dasselbe bei ihr tat. „Wie feucht bist du gerade, kleine Blume?", fragte ich laut und ließ meinen Blick nach unten sinken, wo sie Emine befriedigte.

„Meine Oberschenkel sind feucht", antwortete sie gegen das nasse Fleisch der anderen Frau. „Ich … Ich möchte spüren, wie Prinz Khalids Haustier kommt. Ich möchte sie *schmecken.*"

„Wirst du für Lily kommen, kleine *Mirage*?", fragte Khalid, während er mit seinem Mund über Emines Kehle strich. „Wirst du ihr geben, was sie will?"

Lilys Handfläche fuhr nach oben, um Emines Brust zu ergreifen, woraufhin die andere Frau stöhnte und eine unverständliche Antwort gegen Khalids Finger gab.

Er gluckste. „Du brauchst meinen Biss." Er knabberte an ihrem Puls. „Du *sehnst* dich danach."

Eine weitere undeutliche Antwort folgte.

„Du kleine Sünderin", flüsterte er. „Du wirst mich dazu zwingen, dich mit all den Vampiren in meinem Hof zu teilen, sie sich an dir laben lassen, nur damit du dich vor Vergnügen räkeln kannst."

Sie erzitterte und schüttelte den Kopf.

„Nein? Muss es also mein Biss sein?"', fragte er sie. „Beweise es." Sein Blick begegnete meinem. „Beiß Emine."

Lily spannte sich unter meinen Händen an. Diese Idee gefiel ihr offensichtlich gar nicht.

Allerdings war dies eine Lektion, die wir beide gebrauchen konnten, denn *so* würden wir die Täuschung in diesem Spiel aufrecht erhalten und andere glauben lassen, dass wir teilten, auch wenn wir es nicht wirklich taten.

Man kann beißen, ohne zu trinken, flüsterte ich in Lilys Gedanken. *Und er hat mir deutlich gesagt, dass ich sie nur beißen soll.*

Es … Es fühlt sich …

Wie Betrug an?, beendete ich ihren Satz, während ich dabei zuhörte, wie sich ihr Verstand über diesen Begriff wunderte. *Wie teilen gegen deinen Willen,* stellte ich klar. *Das ist unser Band, süße Blume. Wir sind aneinander gebunden, bis es bricht. Unsere Instinkte werden von Natur aus beschützerisch sein, deshalb habe ich vorher gegenüber Khalid so reagiert.*

Und nun stellte er mir eine neue Herausforderung.

Nur war diese nicht nur für mich.

Sondern auch für Lily.

Ich fing seinen Blick wieder auf und sagte ihm mit meinen Augen, dass ich seine Worte mehr als verstanden hatte. *Wenn du reagierst, wird er dich bestrafen, Lily. Du musst Emine weiterhin befriedigen. Er würde dir sagen, dass es ein Geschenk ist, dass er dich mit ihr spielen lässt, und du würdest dich respektlos zeigen, wenn du sie nicht kommen lässt, wie er es verlangt hat.*

Sie antwortete nicht sofort, da ihre Gedanken damit beschäftigt waren, meine Strategie und meine Worte zu verstehen, und sich daran zu erinnern, was sie mit ihrer Hand und ihrer Zunge zu tun hatte.

„Stimmt etwas nicht?", drängte Khalid.

„Nein, ich versuche mich nur zu entscheiden, wo ich dein Haustier beißen soll", sagte ich.

„Ihr Handgelenk wird genügen", antwortete er. „Heb deine Hand für Cedric, Emine." Seine Lippen wanderten wieder zu ihrem Ohr, als er hinzufügte: „Wenn er dich kommen lässt, werden wir wissen, ob du lügst, wenn du sagst, dass du dich nur nach meinem Biss sehnst."

Ein Test in jeder Hinsicht, sinnierte ich beinah beeindruckt.

Nur dass mir dieses Experiment ziemlich egal war.

Wenn Lily reagierte, würde Khalid sie bestrafen.

Wenn ich reagierte, würde er mich bestrafen.

Und wenn Emine kam, würde er sie bestrafen.

Ich verstehe, sagte Lily zu mir. *Beiß sie. Ich werde nicht reagieren.*

Ich strich mit meinem Daumen über ihren Hals, als Emine mir zitternd ihre Hand anbot. „Vielen Dank für das Angebot, Khalid", sagte ich weiterhin formell, um meine Rolle in dieser Farce beizubehalten.

Mein Griff um Lilys Haar wurde fester und hielt sie in ihrer Position, während ich meine andere Hand um Emines Arm legte.

Anstatt sie anzusehen, lag mein Blick auf Khalid, als ich das Handgelenk seines Haustiers an meinen Mund führte.

So erkannte ich ein subtiles Blähen seiner Nasenlöcher.

Ein Zeichen, dass er nicht glücklich darüber war, meinen Mund so nah an der Haut dieser Frau zu sehen.

Diese Erkenntnis ließ mich meine Fangzähne in ihr zartes Fleisch stoßen, da *ich* so auch *ihn* testen konnte.

Wie fühlt es sich an?, wollte ich fragen. *Willst du dieses Spiel immer noch spielen?*

Aber ich zog nicht an ihrer Vene und schluckte auch nicht das Blut, dass aus der Wunde austrat.

Ich starrte nur Khalid an und wartete.

Sein Kiefer spannte sich an.

Und Emine stöhnte, während ihr Körper zuckte und sie gegen den Orgasmus ankämpfte.

Sie schien ihre Balance zu verlieren, da ihr Körper nun schwer an Khalid lehnte.

Aber sie explodierte nicht. Nicht einmal mit Lilys Mund, der sie an die Schwelle zur Vergessenheit schubste.

„Mmm", summte Khalid, wobei das Geräusch ein wenig tiefer klang, als würde er beinah knurren. „Du bist so kurz davor zu kommen, nicht wahr?"

Emine erschien gequält, da die Endorphine meines einzelnen Bisses sie mit dem Bedürfnis überfluteten ein für allemal zu zerbrechen. Allerdings schien ihre Selbstkontrolle bemerkenswert zu sein. Oder vielleicht hatte sie es so gemeint, als sie gesagt hatte, sie wolle nur seine Zähne in ihrem Fleisch.

Ich konnte Lilys Verständnis zu diesem Gefühl hören, nur dass sie sich lediglich nach meinem Mund verzehrte. *Meins*, schien sie zu sagen.

Und ich bemerkte, dass dieser Gedanke durch meine Zähne in der Vene einer anderen Frau entstanden war.

Lily wollte mich nicht teilen.

Sie wollte auch nicht wirklich geteilt werden.

Aber diese Situation mit Emine schien für sie anders zu sein. Es war eine Erweiterung von *uns*, die sie verspürte, während sie vor der anderen Frau kniete, und sie hatte beschlossen, dass auch meine Fangzähne eine weitere Methode waren, um für uns als Einheit zu agieren.

Als *wir*.

Ein *Paar*.

Denn wir waren zusammen.

Verbunden.

In einer Beziehung, die Zeit und Raum übertraf und alle Formalitäten unserer Existenz neu definierte.

Diese Handlungen bedeuteten gleichzeitig alles und nichts. In ihren Augen genossen wir dieses Spiel als Einheit. Nicht als zwei Einzelspieler, sondern als zwei Seelen, die zu einer verschmolzen waren.

Oder vielleicht war dies auch nur mein eigener Verstand, der ihre Gedanken entschlüsselte und so zusammensetzte, wie ich es verstand.

Sie hatte recht.

Wir waren zusammen und auf eine Art und Weise miteinander verbunden, die nur sehr wenige je verstehen würden.

Es machte uns zu einem mächtigen Duo.

Ein Duo, das jede Hürde meistern könnte, die man uns stellen würde. Sogar diese hier.

Und es war noch mehr; wir konnten es sogar *genießen*.

Denn Lily gefiel das Gefühl, jemand anderes unter meinem Kommando zu befriedigen. Es war eine geteilte Erfahrung, die uns beide füreinander noch heißer machte.

So wie es auch mir gefiel, ihre Erfahrung und ihre *Sicht* dieser Situation zu spüren. Und ihre Emotionen zu fühlen, als wären sie meine eigenen.

Die ganze Situation war total verrückt.

Aber sie machte in der Dunkelheit dieses Lebens auch Sinn. Es passte zu uns. Es … Es machte eine Zukunft zwischen uns möglich.

Meine Aufmerksamkeit wanderte wieder zu Khalid und seinem wissenden Blick. „Jetzt verstehst du das Spiel", sagte er, nachdem er meine Gedanken offensichtlich in meinem Gesicht gelesen hatte.

Oder vielleicht konnte er mich auch hören.

Ich wusste nicht, wie tief seine Macht ging, nur, dass

die Energie in beinah unkontrollierbaren Wellen von ihm peitschte.

Er war nicht wie andere Vampire.

Ich wäre nicht überrascht, wenn er sogar den Hauch eines Lykaners in seinem Blut hätte.

Oder vielleicht etwas anderes.

Etwas Dunkleres.

„Lass mein Haustier los", flüsterte er seidig, während seine Augen zu ihrem Handgelenk wanderten, das immer noch in meinem Mund lag.

Ich ließ Emines Hand sofort los.

Er fing sie auf, hob die Wunde an seinen eigenen Mund und biss zu wie ein Panther, der seine Beute verschlingen wollte.

Nur dass Emine nicht vor Schmerz schrie.

Sie kreischte vor Lust, als sein Biss sie endlich an Lilys Mund zum Höhepunkt brachte.

Ich hielt meine Gefährtin weiterhin in Position und verlangte, dass sie erst aufhörte, wenn Khalid ihr die Erlaubnis dazu gab. Aber Lily schien nicht darauf aus zu sein, die Erfahrung zu beenden, da ihre Gedanken inzwischen zu ihrer eigenen Verzückung und dem Gefühl meiner Zunge an ihrer süßen Hitze gewandert waren.

Sie dachte an meine Zähne, wie sie sich an ihrem Kitzler angefühlt hatten, und wie viel Angst sie davor verspürt hatte. Ich folgte diesem Gedanken, da ich neugierig war, was diese Panik ausgelöst hatte, und fand die Erinnerungen an ihren Unterricht mit Meisterin Peyton.

Die sadistische Schlampe nutze Lust als Waffe, verwandelte sie in Schmerz und bestrafte die Menschen unter sich damit.

Zu viele meiner Art verhielten sich so.

Aber Khalid bewies, dass nicht alle gleich waren.

Er entlockte Emines Lust auf eine warme Art und Weise, wobei er seinen Mund wieder an ihren Hals legte, um sie erneut, aber sanft zu beißen. Sie erreichte sofort einen dritten Höhepunkt, ähnlich wie der Erste, den er provoziert hatte, bevor Lily auf ihre Knie gegangen war.

Als er fertig war, schien Emine kaum noch in der Lage zu sein, ihre Augen zu öffnen, und ihr Körper lag schlaff an seinem. „Das ist genug, Lily", sagte Khalid, während er Emine in seine Arme hob. „Wir werden unser Training morgen weiterführen."

Er gab keinem von uns die Chance etwas zu erwidern, stattdessen teleportierte er sich mit Emine hinfort und ließ mich mit einer immer noch knienden Lily zurück.

LILY

MEISTER CEDRICS HAND BRANNTE SICH IN MEINEN unteren Rücken, während er mir dabei half, im Pool zu schweben.

Nachdem Prinz Khalid unseren Unterricht beendet hatte, hatte Cedric mich gefragt, ob ich schwimmen gehen wollte.

Ich hatte zugestimmt.

Ich hatte mich nach meinem *Training* mit Emine nach einer Abkühlung gesehnt, aber das kalte Wasser half wenig, um die Hitze zu vertreiben, die durch meine Adern züngelte.

Die Angst, möglicherweise zu ertrinken, lenkte mich auch nicht ab, da ich das Versprechen auf Sicherheit in Cedrics Gedanken hören konnte.

Er würde mir nie wehtun.

Er würde mit mir spielen, mich ein wenig erschrecken, aber das sadistische Biest in ihm hatte mich auf eine Art und Weise beansprucht, die nicht einmal Cedric zu begreifen schien.

Anstatt dagegen anzukämpfen, hieß er es willkommen.

Und er versuchte, mir das Schwimmen beizubringen.

„Arme ausstrecken", sagte er. „Du musst deine Balance finden."

Er zeigte mir in seinen Gedanken, was er meinte, aber ich konnte seine schon existierende Fähigkeit nicht einfach mit meinem Körper übernehmen.

Ein Konzept zu verstehen und es anzuwenden, waren zwei komplett verschiedene Handlungen.

Was sich dadurch zeigte, dass mein Körper sank, als Meister Cedric seine Hand von meinem Rücken entfernte.

Ich schlug mit meinen Armen um mich, während mir Wasser in die Nase lief und ich darum kämpfte, wieder an die Oberfläche zu gelangen.

Er fing mich auf und zog mich an ihn.

Dann ließ er mich wieder auf dem Rücken schweben, um es noch einmal zu versuchen.

Ich hatte nicht erwartet, dass wir unseren Abend so verbringen würden, aber ich würde mich nicht beschweren. Nicht, wenn die Sterne und der Mond über mir strahlten.

Wenn dies meine letzten Tage auf der Erde wären, würde ich sie willkommen heißen und mich auch noch im Tod an sie erinnern.

„Shh", machte Cedric. „Keine solchen Gedanken."

Ich konnte in seinem Verstand hören, dass er die nächsten Wochen in Frieden leben und so tun wollte, als würde der Bluttag nicht bedrohlich in unserer Zukunft warten.

Er war sich noch nicht sicher, was genau Khalid vorhatte und welche Rolle wir dabei spielen würde, aber er erlaubte nicht, dass dieses Spiel unsere wertvolle gemeinsame Zeit verdarb.

Ein Teil von mir wollte sich über die Ungerechtigkeit

der ganzen Sache auslassen. Allerdings wusste ich, dass dies nichts bringen würde.

Diese Welt war grausam.

Wir mussten die kleine Galgenfrist nutzen, die uns blieb.

Und wenn Meister Cedric mir diese Erfahrungen schenken wollte, würde ich sie nicht ablehnen.

„Süße Blume", murmelte er, wobei er mich mit Leichtigkeit im Wasser bewegte und mich an seinen nackten Körper treiben ließ. „Ich glaube nicht, dass ich dich verdiene."

Ich blinzelte. „Warum?"

Er lächelte. „Ich bin das Monster in deiner Welt, Lily. Ein Monster, das mit seiner Beute spielt und ihr falsche Hoffnungen macht. Dennoch kann ich deinen Traum anscheinend nicht in einen Albtraum verwandeln."

Seine Worte ließen mir einen Schauer über den Rücken laufen. „Also tu es nicht", flüsterte ich. „Lass mich in diesem Traum bleiben."

„Es ist grausam und egoistisch von mir, dem zuzustimmen", gab er zu, und ich konnte in seinem Verstand hören, wie sehr er seine eigenen Worte glaubte. „Ein besserer Mann würde dich von deinem Elend erlösen, dich auf gnädige Weise töten und dir den Schmerz ersparen."

„Aber dann würde ich nie das wahre Leben erfahren", sagte ich zu ihm. „Ich hätte nie wirklich gelebt." Ich hatte in seinen Gedanken gehört, dass er durch mich all seine sterblichen ersten Male erneut durchlebte und wie sehr ihn meine Reaktionen fasziniert hatten. „Wenn du mich tötest, verlieren wir beide."

Er seufzte. „Ich sollte dich aus meinem Verstand ausschließen."

„Bitte nicht." Es gefiel mir, seinen kryptischen

Gedanken und der dunklen Analyse des Schicksals zu lauschen, selbst wenn seine mentalen Grübeleien eine brutale Zukunft voraussagten, die ich nicht anerkennen wollte.

Seine Handfläche wanderte zu meiner Hüfte, während die andere meine Kehle umschloss und ich erneut seinen beängstigenden und hypnotischen Überlegungen zuhörte.

Es wäre so einfach, ihr das Genick zu brechen.

Sie zu ertränken.

Aber zu welchem Preis?

Was wäre, wenn wir einen Weg finden könnten, um zusammen zu sein?

Was wäre, wenn ich sie behalten könnte?

Was wäre, wenn ich sie verliere? Es wäre gnädiger, sie jetzt zu töten.

Aber ich würde mir nie verzeihen, es nicht versucht zu haben …

Seine tiefe Stimme wärmte meine Gedanken mit jeder Aussage, auch wenn sein Verstand mit seiner Seele kämpfte.

All das, während sein Schwanz an meiner Haut immer härter wurde und sein Körper auf meine Beine reagierte, die sich um seine Taille klammerten.

„Ich kann diesen langen Stängeln nicht widerstehen", sagte er seufzend. „Oder deiner zarten Haut. Meine zerbrechliche, wunderschöne Blume. Ich möchte dich zerpflücken, bis du vor meinen Augen verwelkst."

Seine Lippen strichen kaum merklich über meine, während seine Worte eindringlich und voller Gewalt um uns herum hallten.

Seine Gedanken vertrieben schließlich den Stich, den sie hinterlassen hatten, da sich sein Verstand nun vorstellte, wie es sein könnte, wenn ich wieder für ihn aufblühte.

„Warum eine Blume?", fragte ich. „Warum eine Lilie? Warum *Lily*?"

„Weil du zart und zerbrechlich bist." Seine Hand drückte fester zu und schnitt mir für eine kurze Sekunde die Luftzufuhr ab, bevor sie wieder weich wurde. „Aber du bist auch umwerfend und unbestreitbar verführerisch." Er beugte sich vor, um an meinem rasenden Puls zu schnuppern. „Dein Duft ist erfrischend, wie eine Lilie an einem Sommertag."

Ich erschauderte, da ich die Aufrichtigkeit seiner Worte durch unsere Verbindung spüren konnte.

„Dein Haar erinnert mich an Sonnenlicht", fuhr er fort und ließ von meiner Kehle ab, um seine Hand durch meine feuchten Strähnen zu streichen. „Und deine Augen sind wie die See, aber auch gespickt von einem strahlenden Grün wie bei den Blättern einer Blume."

Er küsste meinen Hals und ließ seinen Mund höher bis zu meinem Ohr wandern.

„Du bist meine Blume. Meine größte Versuchung. Ein Geschenk des erneuerten Lebens." Er lehnte sich zurück, um mich anzusehen. „Du bist eine Portion zarter Lebensfreude. Meine Lily."

Jedes Wort fühlte sich wie ein Versprechen auf mehr an, während sein Verstand ihn mit Gründen bekämpfte, warum er mich zerstören sollte.

Keiner dieser Gründe war brutal oder böse. Sie waren nur praktisch. Eine Kette von Vorschlägen bezüglich meines möglichen Schicksals und wie falsch es war, mich nur zu seinem persönlichen Vorteil am Leben zu lassen.

Aber nicht nur er profitierte von all dem.

Ich tat es auch. Er gab mir eine Chance, vollständig zu existieren.

Ich würde weitere Sekunden mit Cedric ohnehin jedem schnellen Tod vorziehen, was ich ihm nun mit meinen Gedanken vermittelte.

„Du bist jung", flüsterte er. „Du weißt es nicht besser.

Aber ich sollte es. Und dennoch klammere ich mich mit einer ungesunden Menge an Hoffnung an deiner Begierde fest. Ich möchte dich nicht verlieren, süße Blume."

„Dann tu es nicht." Ich drückte mich gegen seine harte Länge und kämpfte gegen das Bedürfnis an, ihn in mich aufzunehmen.

„Jeder Tag wird mein Verlangen nach dir nur noch verstärken."

„Du sagst das, als wäre es ein Fehler."

„Ich meine es als Warnung", korrigierte er sich. „Ich hätte heute beinah einen königlichen Vampir für dich bekämpft. Wenn ich noch ein paar weitere Wochen mit dir verbringe, könnte ich mich mit einem ganzen Hof anlegen."

Er spielte das Szenario vor seinem inneren Auge ab und erlaubte mir, jede potentielle Bewegung zu verfolgen.

Vampire starben nicht so einfach.

Aber Cedric hätte sich diesem Schicksal fast hingegeben, da er mich so unbedingt beschützen wollte.

Mein Herz schwang in die Höhe vor Freude und fiel dann voller Schmerz hinunter. Es erwärmte meine Seele, dass er so tief für mich empfand, aber die Erkenntnis, was dies für ihn bedeutete, ließ meine Adern gefrieren.

„Ich möchte dich nicht teilen", gab er zu. „Ich möchte dich behalten."

Weitere Gedankenspiele wirbelten durch seinen Verstand, Überlegungen, mit mir wegzulaufen und sich für immer mit mir zu verstecken. Verschiedene Pläne bildeten sich in seinem brillanten Verstand, aber jeder wurde nach wenigen Sekunden verworfen.

Denn er konnte keine perfekte Lösung finden, die meine Sicherheit garantierte.

„Dann bleiben wir", sagte ich ihm. *Und sehen, was Prinz Khalid mit uns vorhat.*

Cedric sah mich mit einem wundersamen Ausdruck in den Augen an. „Dein Mut ist naiv, aber dennoch bewundernswert."

„Es geht nicht um Mut. Sondern um das Überleben."

Seine Pupillen wurden größer, was seine Iriden noch dunkler erscheinen ließ. „In der Tat. Und du bist eine Überlebenskünstlerin, Lily. Das muss man dir lassen."

Er bewegte seine Hüften und drang mit einem Stoß in mich ein, bei dem ich instinktiv meinen Rücken wölbte. Es gab kein Vorspiel. Kein Dehnen, damit ich ihn aufnehmen konnte. Er sicherte nur unsere Körper, während er mir weiterhin tief in die Augen sah.

„Ich habe ein sehr langes Leben geführt." Seine Finger vergruben sich in meinem Haar und bildeten eine Faust, mit der er meine Lippen zu seinen führte. „Und noch nie hat mich jemand so provoziert, dass ich keinen klaren Weg nach vorne sehe. Durch dich sehne ich mich nach dem Himmel und der Hölle, Lily. Es ist beinah so, als hättest du mich durch deine bloße Existenz verzaubert."

Wut und Bewunderung kämpften bei jeder seiner Aussagen um Vorrang.

Aber Letztere gewann, als sein Mund schließlich meinen einnahm.

Er war nicht grob oder schroff.

Es war ein süßer Kuss.

Unterstrichen mit einer gefährlichen Absicht.

Denn seine Gedanken formulierten weiterhin neue Möglichkeiten, wie er mein Leben beenden könnte, was seinen Wunsch mich zu ficken nur noch größer werden ließ.

Die Luft um uns wurde trüb, als er uns aus dem Pool und auf etwas Weiches in der Nähe teleportierte.

Ein Bungalow, las ich in seinen Gedanken.

Es gab hauchdünne Vorhänge, durch die man lediglich unsere Silhouetten erkennen konnte.

Jeder, der vorbeiging, würde sehen, wie er mich auf dem plüschigen, aus Weidenkorb geflochtenem Bett im Inneren fickte.

Aber es kümmerte ihn nicht, ob man uns entdeckte.

Und mich auch nicht.

Ich konzentrierte mich nur auf das Gefühl seiner harten Länge, die bis zur Spitze aus mir heraus glitt, bevor er sie wieder in mich stieß.

Es tat auf die beste Weise weh.

Als würde er mich mit Vergnügen erstechen.

„Wenn ich länger warte, werde ich wohl nicht in der Lage sein, dich zu töten", vertraute er mir an. „Ich bin mir nicht einmal sicher, ob ich es jetzt tun könnte. Ich bin zu egoistisch dafür."

„Ist es egoistisch, sich nach dem Leben zu sehnen?", fragte ich ihn. „Sich die Intensität zu wünschen und mehr davon erfahren zu wollen?"

„Ja."

„Dann bin ich auch egoistisch", hauchte ich, während ich mich ihm entgegen hob und er wieder voll in mich hineinstieß. „Ich möchte, dass es niemals endet."

Er küsste mich noch einmal, dieses Mal mit mehr Leidenschaft, und es schien beinah, als würde sein Herz gegen seine Lippen schlagen.

Jeder Teil von ihm stand mir offen.

Sein Verstand. Seine Seele. Das Zentrum seines Seins.

Er wollte, dass ich es nahm, meisterte und ihn für mich beanspruchte.

Denn er hatte die volle Absicht, dasselbe mit mir zu tun.

Die Gedanken an den Tod verschwanden und wurden

durch neue Pläne ersetzt. Vorstellungen über das Hier und Jetzt. Fantasien, die er so gerne durchleben würde.

Mich in der Wüste zu ficken.

Mich gegen eine der Säulen zu nehmen.

Meinen Arsch in der Dusche zu beanspruchen.

Mich dazu zu zwingen, ihn zum Frühstück zu verschlingen, bevor er mich als Dessert genoss.

Jede schmutzige Idee, die er sich vorstellen konnte, floss durch unsere Verbindung, und ich akzeptierte sie alle.

Mit Cedric gab es keine Grenzen.

Ich wollte nur ihn und jede Erfahrung, die er mir bieten konnte.

Ein tödliches Verlangen, sinnierte er in meine Gedanken hinein. *Aber das wird mich nicht davon abhalten, deine eifrige Zustimmung auszunutzen.*

Ein Schauder tanzte durch meine Adern, als Hitze in mir zu pulsieren begann. *Ich möchte alles, was du mir geben kannst, Cedric. Macht mich das gierig?*

Es macht dich perfekt, korrigierte er, während seine Bewegungen immer schneller wurden. *Es macht dich zu meiner Gefährtin.*

Deiner Gefährtin, wiederholte ich und hob meine Hüften passend zu seinen Stößen an. Meine Beine umschlangen ihn und machten die Position unglaublich intim.

Denn er fickte mich nicht einfach nur. Wir machten Liebe.

Emotionen erwärmten die Luft um uns herum, während er mir seine Absichten mit seinem Verstand und seinem Herz mitteilte.

Wir kreierten eine Art dunkles Versprechen.

Ein Versprechen auf mehr.

Ein Flüstern für eine mögliche Zukunft.

Er wollte mich behalten. Ich wollte dasselbe.

Einen Weg nach vorne zu finden, würde beinah

unmöglich sein. Aber vielleicht würde uns zusammen eine Lösung einfallen.

Denn jeder Stoß seiner Hüften trieb sein Verlangen weiter, dies zu einer dauerhaften Realität zu machen.

Keine Träume mehr. Nur eine wahr gewordene Fantasie.

Für immer.

Als Paar.

Ich habe die Liebe nie verstanden, flüsterte er, während er seine Stirn an meine lehnte und mit einer Hand meine Hüfte und mit der anderen meine Brust festhielt.

Ich dachte immer, ich wäre dagegen immun, fuhr er fort. *Aber mit dir … Ich glaube, mit dir verspüre ich es. Diese unbestreitbare Besessenheit, das Verlangen dich zu besitzen, die Leichtigkeit, die ich fühle, wenn wir uns berühren, und der unglaubliche Schmerz, wenn ich daran denke, dass dich etwas verletzen könnte … und sei es ich.*

Er verlangsamte seinen Rhythmus wieder, umkreise meinen Nippel mit seinem Daumen und sog die Lust auf, die sich zwischen uns aufbaute.

Ich weiß nicht, ob es an unserer Verbindung liegt, an uns oder an beidem, aber ich kann dir nicht wehtun, Lily. Ich kann … Ich kann es nicht mehr leugnen. Irgendetwas an dir reißt meine Kontrolle nieder. Ich möchte einfach nur, dass du für immer mir gehörst.

Dann behalte mich, flüsterte ich. *Denn ich gehöre schon dir.*

Er starrte mit intensiver Zuneigung in seinen Augen auf mich herab, während er seinen langsamen Angriff der Leidenschaft fortführte. „Ich werde dich beißen, Lily. Ich werde so viel Lust in deinem Blutkreislauf entfachen, dass du kommst, bis du auf meinem Schwanz ohnmächtig wirst. Und dann werde ich dich ficken, bis du aufwachst, damit ich es noch einmal tun kann."

„Bestrafst du mich?", fragte ich mich laut, da seine Worte wütend und gleichzeitig schmerzerfüllt klangen.

„Ja. Nein. Ich bin mir nicht sicher. Aber ich möchte

dich bis zum Morgengrauen zum Höhepunkt treiben. Ich möchte dich ein ganzes Leben der orgasmischen Freude und mehr spüren lassen."

Bei diesem Gedanken rührte sich ein subtiles Beben in mir. „Ja."

Er lächelte. Es war nicht grausam oder gemein, sondern ein echtes Lächeln. Eines, das mir sagte, dass er dies hier als Geschenk ansah.

Es war seine Art, sicherzustellen, dass ich wusste, was ich ihm bedeutete.

Indem er mich im Grunde mit Leidenschaft tötete.

Du kannst nicht wirklich sterben, erinnerte er mich. *Aber ja, du könntest vorübergehend auf der anderen Seite landen. Ich verspreche, es wird dir eine Ekstase bescheren wie nichts anderes auf der Welt.*

Es gab nicht viel mehr, was ich sagen konnte. Er würde dies ungeachtet meiner Wahl tun.

Aber ich würde ihm niemals eine Erfahrung wie diese absprechen.

Denn ich wollte sie genauso sehr wie er. Vielleicht sogar noch mehr.

„Beiß mich", flüsterte ich. „Beiß mich, Cedric." Er war nicht mehr länger *Meister Cedric* für mich.

Nur Cedric.

Mein Cedric.

„Dein Vertrauen wird unser Verderben sein", antwortete er und ließ seinen Mund zu meiner Kehle sinken, während er bis zum Anschlag in mich hineinstieß und die besondere Stelle tief in meinem Inneren streichelte.

Die Stelle, die mich nach mehr brennen ließ.

Was er mir sofort in Form eines Bisses gab.

Es begann langsam, doch schließlich bahnte sich die

Hitze wie ein Lavastrom durch meine Adern und verbrannte auf ihrem Weg jedes meiner Nervenenden.

Schlängelte sich durch meinen Körper.

Pulsierte im Einklang mit meinem Herzschlag.

Breitete sich wie Magma in meiner Mitte aus.

Ich schrie, als mich die erste Welle traf und in eine Vergessenheit zog, die meine Existenz neu zu definieren drohte.

Ich krümmte mich unter ihm, drückte mich an seinen Schritt und suchte nach mehr.

Mehr.

Mehr.

Das Vergnügen bebte um mich herum und ertränkte mich in einem heißen Schwall der Intensität, der mein Innerstes versengte.

Er brandmarkte mich.

Besaß mich.

Tötete mich.

Nein. Es war nicht der Tod. Er schluckte nicht, sondern flößte mir nur sein vampirisches Gift ein und zwang mich dazu, mehr aufzunehmen als ein Mensch sollte.

Wenn er meine Existenz beenden wollte, dann wäre jetzt der richtige Zeitpunkt, um es zu tun. Ich hörte die Bestätigung dieser Idee durch unsere Verbindung, als der Gedanke dunkel an den Rändern seines Verstandes umherwirbelte.

Cedric, hauchte ich. *Nicht. Töte mich nicht.*

Er antwortete nicht, aber die Vorstellung wuchs mit immer mehr Absicht in ihm heran.

Wenn man jemanden liebt, tut man das, was das Beste für den anderen ist, sagte er sich selbst. *Das ist das Beste für sie.*

Nein!, schrie ich ihm entgegen, selbst als mein Körper

Jaaaaa zischte. Er überwältigte meine Sinne. Übernahm meinen Verstand. *Besaß* meinen Körper.

Er fickte mich härter, während ich weiterhin auf der Welle des Höhepunkts ritt und meine Gliedmaßen erschöpft zitterten.

Er zerstörte mich.

Zog meinen Tod in Betracht.

Und schickte mich in eine gefährliche Vergessenheit.

Es ist zu viel, keuchte ich. *Cedric, es ist … ich kann nicht … Cedric!*

Ertrage es, antwortete er. *Du hältst es aus.*

Das kann ich nicht!

Du kannst, knurrte er, während er mir noch mehr einflößte, mich weiterhin unbändig fickte und in einen dunklen Schatten des Wahnsinns zog, in dem ich nur noch fühlen konnte.

Sein Verstand wurde ruhig.

Nein … Nein, es war *mein* Verstand.

Cedric?, wimmerte ich.

Keine Antwort.

Nur weitere Peitschenschläge der Verzückung, die mich tiefer und tiefer in einen Strudel aus berauschenden Empfindungen zogen.

Hier konnte ich nicht atmen.

Aber ich war mir auch nicht sicher, ob ich das musste.

Es war einfach himmlisch. Ein herrlicher Kuss sinnlicher Hitze.

Ich schmolz. Ich ließ mich untergehen. Ich wandte mich von dem Verständnis des Lebens und dem Wunsch zu überleben ab. Ich existierte einfach nur in einem Zustand der Reinheit und Gnade und Intensität.

Die Wärme ging bald in eine kühle See über.

Aber ich räkelte mich noch immer in der Ekstase.

Fühlte nichts außer der Schönheit des Moments.

Meine Lungen brannten trotz des Eis, das sich in meinen Adern bildete.

Mein Herz hatte aufgehört zu schlagen.

Aber der heiße Kuss des orgasmischen Vergnügens blieb und nahm meine gesamte Aufmerksamkeit ein.

Bis plötzlich ein belebender Schwall Luft durch mich hindurchströmte und meine Augenlider aufflattern ließ, und ich Cedric sah, der immer noch mit einem leidenschaftlichem Ausdruck über mir schwebte.

Ich schnappte nach Luft.

Und dann küsste er mich, während er weiterhin in mich hinein und aus mir herausglitt.

Ich war mir nicht sicher, was gerade passiert war. Dennoch konnte ich es deutlich in seinen Gedanken hören.

Er hatte sein Versprechen eingelöst.

Er hatte mir mit Lust das Bewusstsein geraubt.

Und jetzt würde er es erneut mit seinem Schwanz tun.

So fickte ein Vampir. Intensiv. Grausam. Und doch so leidenschaftlich, dass nur feurige Empfindungen verblieben.

Ich konnte mich nicht bewegen, war zu erfüllt und zu erschöpft.

Dennoch flatterte es in meinem Inneren.

Und wenige Sekunden später kam ich erneut, dieses Mal mit einem Hauch von Qual.

Zu viel. Zu viel. Zu viel.

Du machst das wunderbar, lobte mich Cedric und küsste mich noch inniger. *Du bist perfekt. Und du bringst meinen Schwanz noch um den Verstand.*

Cedric …

Nur noch einmal, drängte er. *Sei eine brave kleine Blume und komm noch einmal.*

Er versenkte seine Zähne in meiner Lippe und schickte mich erneut in den gefährlichen Strudel der Vergessenheit.

Ich konnte nichts anderes tun, als mich willentlich fallen zu lassen.

Tiefer.

Tiefer.

Tiefer.

In eine dunkle, wunderschöne Euphorie.

Nur dass er mir dieses Mal mit einem Gebrüll folgte, das wie mein Name klang.

Und dann hüllten mich seine Gedanken in Liebe. In Lob. In ein Versprechen, mich zu behalten. In einen Schwur, dass ich für immer ihm gehören würde.

Was auch immer passierte.

CEDRIC

LILYS BLUT TROPFTE ÜBER MEINE ZUNGE. IHR DEKADENTER Geschmack war inzwischen zu meiner Lieblingsmahlzeit geworden.

Sie räkelte sich unter mir und ihre Lippen öffneten sich zu einem Keuchen, als ich sie zum dritten Mal in den Abgrund stieß.

Wir waren während der letzten vier Wochen fast jeden Tag so aufgewacht.

Und mein Verlangen nach ihr war noch nicht ansatzweise gesättigt. Wenn überhaupt, verzehrte ich mich noch *mehr* nach ihr.

„*Cedric*", stöhnte sie, während ich sie mit einer Hand auf ihrem Unterbauch nach unten drückte.

Beweg dich nicht, sagte ich ihr. *Die Oberschenkelarterie ist empfindlich.*

Sie erschauderte als Antwort, während sich ihre Muschi um meine Finger zusammenzog, als sie versuchte, gegen die Empfindungen anzukämpfen, die ihren Körper übermannten.

Wir hatten an ihren Grenzen gearbeitet.

Sie konnte viel mehr ertragen, als sie gedacht hatte. Allerdings überwachte ich ihre Reaktionen und hörte ihren Ängsten zu.

Deshalb hatte ich nie ihren Kitzler oder eine andere zu sensible Stelle gebissen. Die verdammte Peyton hatte diese Chance mit ihren grausamen Unterrichtsmethoden ruiniert.

Vielleicht würde Lily eines Tages experimentieren wollen, aber nicht in absehbarer Zeit.

Ich würde gerne sagen, dass wir Zeit hätten.

Aber das entsprach nicht der Wahrheit.

Uns blieben nur noch Tage.

Ein wilder Teil von mir wollte Lily schnappen und wegrennen. Allerdings würde Silvano nicht zulassen, dass ich mich lange versteckte. Er würde seine Bestrafung an Lily auslassen.

Ihre Finger umgriffen mein Haar fester und zogen sanft daran, um mich zurück zu meinem Frühstück zu holen, während sie unter einer neuen Welle des Vergnügens bebte.

Verdammt Lily, hauchte ich in ihre Gedanken, als ihre Erregung alle meine Sinne sättigte und meinen Jagdinstinkt kitzelte.

Ich kroch ihren ausgestreckten Körper empor und nahm ihren Mund mit meiner Zunge ein, während ich meinen Schwanz in ihre feuchte Hitze stieß.

So perfekt, sagte ich ihr. *Du gehörst nur mir.*

Ihre Nägel krallten sich in meinen Rücken, als sie versuchte, ihren eigenen Anspruch deutlich zu machen, dann schlang sie ihren Körper mit einer heißen Umarmung um mich und akzeptierte jeden Stoß in ihre enge Mitte.

Ich wollte jeden Tag für den Rest meines sehr langen Lebens so aufwachen.

Es war töricht gewesen, anzunehmen, dass ein Monat genug sein würde.

Töricht, auch nur daran zu denken, sie zu töten und diese wertvolle gemeinsame Zeit zu verlieren.

Töricht, mich in sie zu verlieben.

Aber ich konnte nichts dagegen tun.

Ich … Ich konnte nicht aufhören. Ich war süchtig nach dieser wunderschönen Frau, da ihre Existenz meinen Lungen neues Leben eingehaucht hatte.

Es gab so viele Erfahrungen, die wir noch nicht gemacht hatten. So viele Möglichkeiten, die wir wegen der grausamen Regeln dieser neuen Welt nicht hatten wahrnehmen können.

Khalids Trainingseinheiten hatten einen Großteil unserer gemeinsamen Zeit eingenommen.

Kämpfen.

Sexuelle Spielchen zur Täuschung.

Teilen.

Der Unterricht war nicht nur für Lily und Emine gewesen, sondern auch für mich. Für *uns*. Ein Weg, um mir beizubringen, nicht zu reagieren, wenn jemand meine *Erosita* berührte. Ein Weg, um die Grenzen von Khalids Geduld zu testen. Natürlich hatte er diesen Teil gemeistert. Er schien komplett gleichgültig zu sein, was Emines Wohlbefinden betraf. Nur seine Augen verrieten ihn, weshalb er sie wahrscheinlich die meiste Zeit hinter einer Sonnenbrille verbarg.

Oder seinem verdammten Kopftuch.

Ich hasste ihn.

Ich hasste diese Welt.

Ich hasste alles bis auf meine süße Blume.

Meine Lily.

Und ihre heiße, kleine Muschi.

„Verdammt", fluchte ich erneut und vergrub meinen

Kopf an ihrer Schulter. „Mach weiter." Sie umklammerte meinen Schaft, pulsierte um mich herum und verlangte, dass ich ihn ihr kam.

Ich wollte sie ausfüllen.

Ich wollte sie besitzen.

Jeden verdammten Zentimeter von ihr beanspruchen, damit niemand sonst sie anrühren konnte.

Sie gehörte *mir.* Meine Gefährtin. Meine *Erosita.* Mein Leben.

Und diese Arschlöcher wollten sie mir wegnehmen.

Ich weigerte mich, dies zu erlauben. Ich … Ich wusste nur nicht, wie ich es aufhalten sollte.

„Cedric", flüsterte sie und wölbte sich mir entgegen, um meine Aufmerksamkeit einzufordern.

Diese Momente sollten nicht mit dunklen Gedanken an die Zukunft verschwendet werden.

Nein, ich sollte mich darauf konzentrieren, sie zu ficken.

Sie zu beanspruchen.

In diesem wunderschönen Bund und unserer berauschenden Verbindung schwelgen.

Ich fing erneut ihren Mund ein und ließ meine Zunge mit ihrer tanzen, während ich meine Bewegungen verlangsamte, um den Moment hinauszuzögern. Aber ihre Schenkel drückten sich um mich zusammen, als ihr schmaler Körper die Kontrolle übernahm und mich in den Abgrund und einen Zustand des Freudentaumels und der Lust stieß.

Ich knurrte, gleichzeitig gereizt und beschwingt.

Sie hatte in den letzten Wochen so viel gelernt.

„Du wirst mir jetzt einen blasen", warnte ich sie mit leiser, kratziger Stimme, als ich mich weiterhin in ihr entlud. „Ich war noch nicht soweit."

Sie knabberte an meiner Unterlippe.

Dann biss sie fest genug zu, um mich bluten zu lassen.

Diese Handlung erzeugte ein leichtes Krampfen in meinem Unterbauch, das meinen Orgasmus in neue Tiefen wirbeln ließ. *Lily*, stöhnte ich und starb ein wenig, während sie die Essenz von meinem Mund saugte. *Du Luder.*

Sie summte als Antwort und schluckte mein Blut.

Wie eine Vampirin.

Nur dass ihre Zähne stumpf waren und etwas mehr Schmerz erzeugten, als sie erneut auf meine Lippe biss.

Du reizt mein inneres Biest, sagte ich ihr.

Ich genieße mein Frühstück, konterte sie.

Ja? Hast du Hunger, kleine Blume?, fragte ich, während eine meiner Hände zu ihrer Hüfte und die andere zu ihrem Hinterkopf wanderte.

Ja.

Ich rollte uns herum, sodass sie auf mir saß. *Dann geh nach unten und trinke deinen Teil.*

Ihre Lippen verzogen sich zu einem Grinsen und ihre Augen glitzerten dank meines Bluts mit neuer Energie. *Ja, Meister.*

Sie betonte den Satz wie eine Stichelei, da sie genau wusste, dass die Worte ein neues Feuer in mir entfachen würden.

Ich werde dich in meinem Sperma ertränken, sagte ich ihr. *Dich daran ersticken lassen und dich dann mit meinem Blut wieder zum Leben erwecken.*

Eine Bestrafung, die ich genießen werde, antwortete sie mit einem neckenden Ton in der Stimme, der so neu, frisch und willkommen war. Sie hatte wirklich begonnen, mir zu vertrauen. Oder vielleicht hatte sie das immer schon getan.

Wir wurden durch ein übernatürliches Band miteinander verbunden, das schon vor unserer Verpaarung existiert zu haben schien.

Diese Tatsache ließ mich zwiespältig und verwirrt zurück, was unsere Zukunft anging. Unsere Vergangenheit. Unsere Gegenwart. Ich konnte nicht klar denken, wenn sie meinen Verstand vernebelte und mich ihre Existenz auf eine Art versklavte, die ich vielleicht nie verstehen würde.

Ich war ihr komplett erlegen.

Besonders jetzt, als ihr Mund nach unten zu meinem Schwanz wanderte. „Blas mir einen, Lily", sagte ich ihr. „Keine Spielchen."

Sie reagierte, indem sie ihre wunderschönen Lippen um meine Spitze öffnete und nach unten glitt. Meine Hand fand wieder zu ihrem Haar und umklammerte ihre Strähnen, während ich sie dazu drängte, mich tiefer aufzunehmen.

Ich konnte der Universität vieles vorwerfen. Ich konnte den Kursplan sogar hassen. Aber die Fähigkeiten, die sie Lily im oralen Training geschenkt hatten, konnte ich nicht leugnen.

Sie war verdammt phänomenal.

Ich hatte einmal gesagt, dass sie nicht darauf trainiert war, sich übernatürlichen Wesen anzunehmen.

Damit hatte ich mich geirrt.

Sehr, *sehr* geirrt.

„So ist es gut", ermutigte ich sie. „Ganz nach unten." Es war egal, dass ich gerade erst in ihr gekommen war; ich konnte dennoch spüren, wie sich ein neuer Orgasmus anbahnte.

Denn *das* war es, was sie mit mir anstellte.

Meine kleine, betörende Blume. So zart und süß, aber auch so verschlagen im Bett.

Ich behalte dich, sang ich. *Für immer.*

Ich wusste nicht, wie. Vielleicht würde ich mit ihr weglaufen und sie verstecken, wie ich es geträumt hatte.

Vielleicht würde Khalid einen Weg finden, um sie in seinen Harem aufzunehmen, wie er es angedeutet hatte.

Das war der Sinn all des Trainings gewesen – um Lily und Emine auf eine Zukunft an seinem Hof vorzubereiten.

Eine Zukunft, der ich mich als neuer Herrscher anschließen würde.

Angenommen, alles würde nach Plan laufen.

Es war ein Plan, den ich genauer mit ihm würde besprechen müssen.

Und das würde ich tun.

Später heute Nacht.

Wenn ich hier fertig war …

Verdammt.

Lily schluckte um meine Spitze herum, während mich ihre hübschen blaugrünen Augen von unten beobachteten. Sie wusste, dass ich das liebte – zu sehen, wie ihr Blick um meinen Umfang wässrig wurde, zuzuschauen, wie sie mir alles gab, während sie saugte und *schluckte*.

Meine Adern wurden zu flüssigem Feuer und mein Inneres war bereit zu explodieren.

Ich würde sie vielleicht wirklich ertränken, wie ich angedroht hatte.

„Hol tief Luft", sagte ich und zog sie so weit von meinem Schwanz, dass sie wirklich einatmen konnte.

Sie tat wie befohlen, da ihr Instinkt zum Gehorsam in dieser Dynamik zwischen uns wie eingemeißelt war.

Es gab Momente, in denen sie manche ihrer Grenzen ausreizte und uns beide testete – Momente, in denen ich das Gefühl hatte, dass die echte Lily erstrahlen würde – aber letztendlich gewann immer ihre unterwürfige Seite.

Daran würden wir arbeiten.

Ich würde ihr dabei helfen, sich selbst zu finden.

Mit der Zeit, dachte ich. *Zeit. Zeit. Zeit.*

Lilys Zähne kratzten über meine sensible Haut, während Tränen über ihre Wangen liefen.

So ein wunderschöner Anblick.

So verführerisch.

So verdammt perfekt.

Ich ließ sie noch einmal einatmen, dann stieß ich so tief in ihre Kehle wie ich konnte und explodierte mit einem Knurren, das die Wände um uns herum vibrieren ließ.

Sie trank mit einem Talent von mir, das mich fast noch einmal kommen ließ, aber sie hatte mich mit ihrer Zuwendung ausgelaugt.

Ich war so verzückt, dass ich kaum die Vibration an meinem Handgelenk bemerkte.

Als ich wieder zu mir kam, war der Anruf beendet.

Ich grunzte und zog Lily nach oben, um sie zu küssen, ohne mich dafür zu interessieren, wer versucht hatte, unseren kostbaren Moment zu zerstören.

Allerdings begann das Vibrieren erneut, als ich meine Lippen über ihren geschwollenen Mund strich.

Ich ignorierte es und konzentrierte mich darauf, meine Gefährtin mit meiner Zunge zu verehren.

Als sich ein dritter Anruf ankündigte, zog ich mich jedoch zurück, um auf die Benachrichtigungen meiner Uhr zu sehen.

Silvano.

Verdammt, na klar.

Lily erstarrte auf mir und machte große Augen. „Verdammt. Ich muss da rangehen, Lily."

Ich schob sie zur Seite und setzte mich auf, dann deutete ich ihr hektisch, sich unter den Laken zu verstecken und mein Bein zu umarmen. Sie sagte nichts, aber rollte sich wie befohlen neben mir zusammen.

Ich räusperte mich und nahm den Anruf entgegen –

gerade als mein Handgelenk zum *vierten* Mal zu vibrieren begann – und sagte: „Guten Abend, mein Prinz." Ein Bildschirm erschien in der Luft vor mir, was bedeutete, dass er meine nackte Brust und mein zerzaustes Haar sehen konnte.

Das sollte als Erklärung für meine verspätete Reaktion genügen.

Er hob eine Braue. „Hast du einen geschäftigen Abend?"

„Einen angenehmen Abend", sagte ich ihm. *Zumindest bis du ihn unterbrochen hast.* „Wie kann ich Euch helfen, mein Herr?"

Sein Blick tanzte um den Bildschirm herum, als wäre er auf der Suche nach meinem letzten Snack. Mein Gesicht blieb ausdruckslos, während ich mich an das Kopfteil des Bettes lehnte und mich gelangweilt gab.

Mach keinen Mucks, Lily, warnte ich sie. *Er sucht nach Anzeichen, dass du noch hier bist.*

Ich verstehe.

Eine weitere Sekunde verstrich und Silvanos Faszination verschwand. „Die Situation mit Walter spitzt sich zu", sagte er schließlich. „Wir müssen uns treffen, um die nächsten Schritte zu besprechen."

„Benimmt er sich immer noch nicht?"

„Er hält mich für einen Narren", sagte Silvano zähneknirschend. „Und da du verschwunden bist, scheint er zu denken, er könnte seine Mätzchen fortführen."

„Ich verstehe." Diese Diskussion könnte also darauf hinauslaufen, dass er mich dazu zwingen würde, für immer nach Hause zu kommen, um auf nicht absehbare Zeit den Babysitter für den Alpha-Lykaner von nebenan zu spielen.

Großartig.

„Wie auch immer, ich bin schon auf dem Weg zu dir.

Ich sollte bei Tageslicht ankommen. Bitte stelle sicher, dass meine Suite bereit ist."

Oh, dies war also nicht nur ein höflicher Anruf, um mir mitzuteilen, dass unsere zweijährige Abmachung wegen seiner Spiele mit Walter aufgehoben werden würde. Nein. Es war vor allem ein Anruf, um mich dazu aufzufordern, seine Gemächer für seine unerwartete Ankunft vorzubereiten.

Wir hätten uns eigentlich in Rumänien treffen sollen – wo der Bluttag stattfand.

Nicht hier.

Er hätte Adrienne anrufen können, um die nötigen Vorkehrungen zu treffen. Aber er hatte mir seine Macht deutlich machen wollen, um mir meinen Platz aufzuzeigen.

„Ich werde sicherstellen, dass alles für Eure Ankunft bereitsteht", informierte ich ihn und gab mein Bestes, nicht auf die erniedrigende Anfrage oder die deutliche Absicht, unsere Abmachung über meine vorübergehende Freiheit zu beenden, zu reagieren.

Es war fast so, als wollte Silvano, dass ich in Khalids offene Arme spazierte.

Oder vielleicht war das der Grund für all dies – ein verrückter Test meiner Loyalität.

Hatte Khalid Silvano über mich und Lily informiert?

Wusste Khalid daher von meinen Besuchen im Clementer-Clan? Hatte Silvano ihm davon erzählt?

Ich hatte angenommen, dass Khalid mir gefolgt war oder seine Spione eingesetzt hatte, um Informationen zu sammeln. Ich hatte nie in Betracht gezogen, dass er auf Silvanos Wunsch hin ein Spiel mit mir spielen könnte.

„Gut. Wir sehen uns bald", sagte Silvano mit dem Hauch einer Warnung in der Stimme, bevor er den Anruf beendete.

Ich biss die Zähne zusammen. *Welches Spiel spielen wir hier wirklich?*

Auf welcher Seite steht Khalid?

Sind seine Angebote ehrlich? Oder ist es eine Falle?

Ich fuhr mir über das Gesicht, während meine Gedanken rasten und ich versuchte, das Labyrinth der Politik mit all seinen Wahrheiten und Lügen zu erkennen.

Nur eines war mir klar – Lily musste ins Studentenwohnheim zurückkehren. *Heute Nacht.* Denn ungeachtet von Silvanos und Khalids wahren Absichten würde Silvano sie sofort töten.

In der Universität war sie zumindest auf eine gewisse Art geschützt.

Wenn auch nur vorübergehend.

„Cedric", flüsterte sie.

„Wir haben keine andere Wahl", sagte ich ihr. „Selbst im unwahrscheinlichen Fall, dass Khalids Angebot legitim ist, muss ich dich vor Silvano geheim halten. Und das kann ich nicht, wenn du hier bist. Er wird unsere Verbindung riechen, sobald er hier ankommt."

„Wird er sie nicht sowieso spüren?"

„Er könnte vielleicht eine veränderte Nuance an mir wahrnehmen, aber er wird nicht wissen, was es ist, bis er dich sieht", sagte ich ihr. „*Erositas* sind selten und er hat in seinem Hof nie eine solche Verbindung geduldet. Daher wird er sie nicht so schnell erkennen. Aber in dem Moment, in dem er dich sieht, wird er es wissen. Denn du riechst wie ich. Und er hat mich erschaffen."

Sie kroch unter den Laken hervor. „Was, wenn er die Universität besucht?"

„Das wird er nicht. Das wäre seiner Meinung nach weit unter seiner Würde. Und die königlichen Vampire geben sich nie mit Kandidaten ab. Sie werden während des Bluttags nicht einmal in deine Nähe kommen, es sei denn, du wirst für das Haremslager oder den Cup der Unsterblichkeit ausgewählt."

Sie runzelte die Stirn. „Hat Khalid nicht gesagt, dass er mich für seinen Harem will?"

„Er hat es angedeutet", sagte ich und erinnerte mich an unser Abendessen vor zwei Wochen, als er diesen Weg als Möglichkeit genannt hatte, damit Lily und Emine in seinem Territorium landen würden. „Aber ich werde mit ihm darüber sprechen müssen."

„Denn Silvano könnte unsere Verbindung erkennen, wenn ich ins Haremslager geschickt werde", antwortete sie.

Ich runzelte die Stirn. „Vielleicht." *Verdammt.* „Wie auch immer, ich muss dich zurück ins Studentenwohnheim bringen. Scheiße, sogar jetzt sofort." Es würde Stunden dauern, zu versuchen, ihren Geruch aus meiner Suite zu entfernen. Aus dem Palast. Aus *mir.*

Silvano würde immer noch einen Hauch ihrer Süße wahrnehmen, aber ich würde es als Nachwirkungen meiner letzten Mahlzeit abtun. Er hatte kein Herz. Er würde Lilys Existenz daher nicht einmal in Betracht ziehen.

Es sei denn, Khalid hat mit ihm darüber gesprochen, dachte ich wieder.

Selbst wenn dem so wäre, würde Lily in gewisser Weise in Sicherheit sein, solange sie aus seiner Reichweite war.

Vorübergehend.

Während ich der Situation auf den Zahn fühlte.

Außerdem würde ich so etwas Klarheit und Freiheit bekommen, um nachzudenken.

„Okay", sagte sie, nachdem sie das Chaos in meinem Verstand gelesen hatte. „Bring mich zurück ins Wohnheim. Ich werde dort auf weitere Anweisungen von dir warten."

Das Vertrauen in ihrer Stimme passte zu dem Glauben in ihren Augen.

Und für nur eine Sekunde ließ es mich innehalten.

Es ließ mich erkennen, wie verwoben wir nun waren. Nicht nur *ich* war süchtig nach *ihr*, sie war auch genauso bezaubert von mir. Vielleicht sogar noch mehr, wenn man ihre Unschuld und ihr junges, beeinflussbares Alter bedachte.

Ich wollte der Hoffnung, die in ihrem Verstand erblühte, gerecht werden.

Ich wollte der Held sein, den sie in mir sah.

Nicht der Bösewicht. Nicht das Monster. Sondern ihr verdammter weißer Ritter.

Allerdings erlaubte unsere Welt diese Art Märchen nicht mehr.

Ich wollte ihr das Happy End geben, das sie verdiente.

Aber ich war mir nicht sicher, ob ich das konnte.

Also küsste ich sie stattdessen und erlaubte allen meinen Träumen über ihre Zunge zu flüstern, als stiller Schwur des Verlangens und der Fantasie, der in unsere verbotene Umarmung gehüllt wurde.

Wenn ich sie retten könnte, würde ich es tun.

Aber ich würde ihr nicht mehr versprechen.

Denn ich weigerte mich, zu lügen.

Das würde ich ihr nicht antun. Niemals.

Meine Lily.

Mein neues Leben.

Meine Zukunft.

CEDRIC

LILY ZUR UNIVERSITÄT ZURÜCKZUBRINGEN, FÜHLTE SICH auf eine Art und Weise endgültig an, die mir eine Gänsehaut bereitete.

Irgendetwas würde sich verändern.

Silvano. Der Bluttag. Khalid.

Ich konnte den Ursprung dieses dunklen Gefühls nicht ausmachen, aber ich hatte lange genug gelebt, um zu wissen, dass ich meine Instinkte nicht ignorieren sollte.

Lilys Zimmer hatte sich nicht verändert.

Ihr Bett war gemacht. Ihr Schrank war mit der Garderobe, die für Studentinnen üblich war, gefüllt. Und die abgestandene Luft hielt einen Hauch von belastender Feuchtigkeit, der sie sofort schwitzen ließ.

Aber sie bat weder um meine Hilfe noch um Wasser oder sonst irgendetwas. Sie stand einfach nur da und starrte mich mit glitzernden Augen an.

Es war ein gefährlicher Blick. Einen, den ich bestrafen könnte. Aber ich brachte es nicht über mich. Nicht, wenn ich mich durch diesen Blick heldenhaft fühlte, fast so, als wäre ich kein Monster oder keine grausame Kreatur der Nacht.

Also küsste ich sie stattdessen.

Nein, ich *verschlang* sie.

Ich kroch in sie und setzte mich fest, so wie sie bereits in mir lebte. Ich goss alles, was ich hatte, in unsere Umarmung und flüsterte Versprechungen mit meiner Zunge, von denen ich erwartete, dass sie sie in ihrem Herzen bewahren würde.

Du wirst mich wahrscheinlich ein paar Tage lang nicht sehen, warnte ich sie. *Und es ist gut möglich, dass ich unsere geistige Verbindung werde trennen müssen.*

Ich konnte nicht riskieren, dass Silvano auch nur einen Hauch von Verdacht schöpfte. Außerdem machte es mich verletzlich, mit Lily verbunden zu bleiben.

Du solltest mich immer noch spüren können, fuhr ich in ihre Gedanken fort, während ich sie um den Verstand küsste. *Aber du wirst mich nicht hören können. Und ich dich vielleicht auch nicht.*

Es war das Letzte, was ich wollte. Aber ich konnte es mir nicht leisten, in Silvanos Anwesenheit von ihren Gedanken abgelenkt zu werden.

Wenn etwas schiefgeht, werde ich einen Weg finden, dich zu erreichen, versprach ich. *Ich werde einen Weg finden, um dich zu warnen. Aber du musst vorbereitet sein. Falls sich Silvano auf die Suche nach dir macht …*

Ich schluckte, als mein Herz sofort mit meinem Verstand zu kämpfen begann, damit der Rest meiner Aussage nicht zu hören war.

Allein der Gedanke an das, was sie für mich tun musste, ließ mich mordlüstig werden. Traurig. Am Boden zerstört.

Aber ich musste es ihr sagen.

Sie musste es verstehen.

Lily. Ich strich über ihre Wange und lehnte meine Stirn an ihre, während ich uns zu Atem kommen ließ. *Der Tod ist einem Spiel mit Silvano vorzuziehen.*

Ich verstehe, flüsterte sie, als ihre hübschen Augen die meinen trafen und mich wieder mit strahlender Hoffnung und Anbetung ansahen.

Niemand darf sehen, dass du mich so anschaust, warnte ich sie.

Das wird nicht geschehen.

Ich starrte sie für einen langen Moment an, prägte mir ihre Gesichtszüge ein und vermisste sie jetzt schon. *Ich war noch nie zuvor verliebt, Lily. Ich habe nie wirklich daran geglaubt, dass so ein Gefühl existiert. Aber dank dir schlägt mein Herz mit neuem Leben. Du bist die Existenz, von der ich nie gewusst habe, dass ich sie mir wünsche.*

Und du bist der Traum, von dem ich nie erwartet hätte, dass ich ihn erleben würde, antwortete sie. *Der Traum, den ich mir nie erlaubt habe.*

Hör noch nicht auf zu träumen, sagte ich ihr. *Unsere Fantasie hat gerade erst begonnen.*

Sie konnte zweifellos die Unsicherheit in meinem Verstand hören, das lästige, leise Murmeln, das sich fragte, ob meine Worte nicht doch eine Lüge waren.

Aber sie reagierte nicht darauf.

Alles ‚was sie tat, war, mich erneut zu küssen.

Unsere Münder kämpften, während wir uns umarmten, als wäre dies ein endgültiger Abschied.

Noch nicht, dachte ich. *Das ist nicht unser Ende.*

Ich ließ sie kurz los und teleportierte mich in die Küche, um Wasser und zusätzliche Essenspakete zu besorgen.

Niemand bemerkte mich.

Und es half, dass ich wusste, wo die Kameras waren.

Lily stand immer noch dort, wo ich sie vor ein paar

Sekunden verlassen hatte, und machte große Augen, als sie sah, dass ich eine Monatsration Wasser in den Armen hielt. Dabei war es nur ein Kasten mit vierundzwanzig Flaschen.

Und ein Beutel mit Obst, das in den nächsten Tagen nicht verderben würde – Bananen und Äpfel.

Für den Fall, dass dir jemand Probleme macht, wenn du in der Cafeteria dein Essen holst, murmelte ich. *Ich werde Livia auch von diesen Änderungen unterrichten müssen. Sie wird vielleicht um einen Anruf bitten.*

Ich hasste die Vampirin, die sich als ihre Beraterin ausgab. Aber das war nur im Einklang mit meinem Hass für diese ganze Einrichtung.

Ich würde mich zuerst mit Khalid treffen müssen, um der Situation auf den Zahn zu fühlen. Dann müsste ich mir überlegen, wie ich mit Silvano umgehen würde.

Im schlimmsten Fall würde ich Lily entführen und mit ihr zusammen weglaufen.

Im besten Fall … Ich glaubte nicht wirklich, dass es einen besten Fall gab. Eine neue Welt? Die Möglichkeit, eine *Erosita* meiner Wahl zu haben, die ich nicht teilen musste?

Das alles erschien zu unrealistisch.

Und auch wenn ich mir einen kleinen Funken Hoffnung für Lily erlauben konnte, war ich zu praktisch veranlagt, um meine Sinne über einer unmöglichen Fantasie zu verlieren.

Ich stellte die Nahrungsmittel in Lilys Schrank.

Dann ergriff ich sie noch einmal.

Und ließ meine Fangzähne in ihrem Hals versinken.

Ich wollte, dass sie mein Zeichen trug und dass alle es sehen konnten. Das würden die anderen meiner Art erwarten, nachdem ich sie einen Monat lang als Spielzeug beansprucht hatte. Ihre „Beraterin" würde von diesem

Anblick auch erfreut sein, wenn sie denn heute Abend anrufen würde, so wie ich es vermutete.

Lily klammerte sich an mich, während ich einen großen Schluck nahm.

Dann akzeptierte sie noch einmal meinen Kuss. Aber dieses Mal gab ich ihr nichts meiner Essenz. Sie trug schon eine gesunde Portion in sich. Außerdem bestand unsere Verbindung. Sie würde schnell heilen, vielleicht sogar zu schnell. Aber es gab nicht viel, was ich dagegen tun konnte.

Versuche, dich nicht zu oft zu duschen. Die anderen werden mich an dir riechen. Ich möchte, dass sie annehmen, dass es daran liegt, dass wir viel Zeit miteinander verbracht haben. Nicht an unserem Bund.

Ich war mir nicht sicher, ob das genug sein würde.

Sie roch nicht wie ein Vampir, aber auch nicht mehr wie ein Mensch.

Versuche, keinem meiner Art zu nahe zu kommen, okay?

Sie nickte.

Ich werde sicherstellen, dass dich Livia nicht in letzter Minute für irgendwelche Kurse einteilt. So kannst du so oft es geht in deinem Zimmer bleiben.

Okay. Ihre Fingerspitzen fuhren über meinen Kiefer, während sie mich eingehend ansah. *Ich werde an dich denken.*

Ich werde auch an dich denken, versprach ich. *Wir werden uns bald wiedersehen.*

Ja, Meister Cedric.

Ich kämpfte gegen ein Lächeln an und hauchte ihr einen letzten Kuss auf die Lippen. *Sei artig, Lily.*

Ich wartete nicht auf ihre Antwort, sondern teleportierte mich zu meinem Auto und stieg ein, bevor ich meine Meinung ändern könnte und sie doch wieder mitnehmen würde.

Es wäre so einfach, sie in den Beifahrersitz zu schnallen und wegzufahren.

Aber wir würden nicht weit kommen.

Die Khalid-Region erstreckte sich nach Osten und die Sahara-Region nach Westen. Richtung Norden würden wir das Mittelmeer erreichen und dann in der Ayaz- oder Hazel-Region landen.

Das waren keine guten Optionen.

Daher beschloss ich, es auf die politische Art zu versuchen – indem ich das Spiel mit Silvano und Khalid mitspielte.

Ich fuhr zurück zum Palast und bemerkte in meinem Verstand, wie ruhig Lily war. Es würde wehtun, sie aus meinem Geist auszuschließen. Aber es würde nötig sein, damit ich mich konzentrieren konnte, sobald Silvano eintraf.

Allerdings ließ ich unsere Verbindung geöffnet, während ich über die Situation mit Khalid nachdachte.

Was sind seine wahren Absichten?

Warum hat er darauf bestanden, Emine und Lily zusammen zu trainieren?

War es nur ein Trick, um mich in falscher Sicherheit zu wiegen? Um sicherzustellen, dass ich mit ihm zusammenarbeiten würde?

Oder möchte er wirklich, dass wir als Partner agieren?

Ich konnte die Sache auf verschiedene Arten angehen. Ich könnte warten, bis Silvano ankam und ihm gegenüber ehrlich sein, was Khalids Angebot über eine Herrscher-Position anging, und ihm dann sagen, dass ich nur mitgespielt hatte, weil ich seine wahren Absichten hatte herausfinden wollen.

Ich könnte zu Khalid gehen und ihn vor Silvanos bevorstehender Ankunft warnen, um zu sehen, was er geplant hatte. Dann könnte ich dem Plan folgen, in der Hoffnung, dass Khalid sein Angebot bezüglich der Position in seinem Gebiet ernst gemeint hatte. Oder ich könnte den Plan gegen ihn verwenden und mich mit Silvano verbünden.

Oder ich könnte einfach nach seinem Plan fragen und seine aufrichtigen Absichten bewerten, je nachdem welche Idee er vorschlug.

Ich könnte auch alle meine Karten auf den Tisch legen und ehrlich sein. Aber dafür müsste ich wissen, was ich wollte.

Und das tat ich nicht.

Abgesehen von Lily wusste ich nicht, wonach ich mich wirklich sehnte.

Ein Herrscher zu werden, hatte mir nie zugesagt. Wenn es allerdings bedeutete, dass ich Lily behalten konnte, würde ich es in Betracht ziehen.

Eine Machtposition würde mir einiges an Autorität zusprechen. Und als Herrscher stünde ich direkt unter einem königlichen Vampir und über allen anderen.

Die Frage war – welchem blaublütigen Herrscher wollte ich dienen? Khalid oder Silvano?

Ich vertraute keinem von beiden.

Aber Silvano war mein Schöpfer. Ihm zu dienen, wäre angemessener. Allerdings dürfte ich Lily niemals behalten. Er würde sie nur als Spielfigur nutzen, um mich zu kontrollieren. Oder er würde sie vernichten, um jegliche mögliche Ablenkung aus dem Weg zu räumen.

Und Khalid … Ich war mir nicht sicher, ob ich mich ihm wirklich unterwerfen könnte. Aber er hatte es mehrfach anklingen lassen, dass er mir helfen würde.

Hat er es ernst gemeint?, fragte ich mich, als ich das Auto vor dem Palast parkte. *Oder spielt er mit mir?*

Ich biss die Zähne zusammen. *Es gibt nur einen Weg, um das herauszufinden.*

Wenn alles nur ein ausgeklügelter Trick war, würde das Spiel mit Silvanos Ankunft ein Ende finden.

Das bedeutete, ich würde nichts daran verlieren, jetzt zu Khalid zu gehen, denn er hätte Silvano ohnehin schon alle Informationen gegeben, wenn er mit ihm zusammenarbeitete.

In dem unwahrscheinlichen Fall, dass er nicht mit meinem Schöpfer gemeinsame Sache machte, musste ich diese neue Freundschaft ausnutzen.

Normalerweise arbeitete ich nicht mit anderen zusammen. Aber ich erkannte, dass diese Situation nach aller Hilfe verlangte, die ich kriegen konnte.

Ich teleportierte mich aus dem Auto, ohne mich daran zu stören, die Autoschlüssel einfach ohne weitere Formalitäten an der Tür abzulegen, und ging zu Khalids Gemächern.

Der Geruch von frischem Blut schlug mir entgegen, sodass ich davon ausging, gleich seine Mahlzeit mit Emine zu unterbrechen. Wenn ihm allerdings so viel an ihr lag wie ich vermutete, wäre es auch in seinem Interesse, sie so schnell es ging in Sicherheit zu bringen.

Silvano konnte einem anderen König vielleicht nicht das Spielzeug wegnehmen, aber er würde es mit Sicherheit versuchen.

Ich hob meine Hand, um an die Tür zu klopfen, aber sie öffnete sich, bevor meine Faust auf das Holz treffen konnte.

Khalids tintenschwarze Iriden trafen auf meine, was bestätigte, dass er sich gerade gesättigt habe musste. Ein paar Spuren auf seinem weißen Hemd wiesen ebenfalls daraufhin, wie auch ein Riss in dem Stoff, der quer über seine Brust ging.

Emine muss nach ihm gekratzt haben, dachte ich amüsiert.

„Oh, gut, dass du hier bist", sagte Khalid schleppend

und lehnte sich an den Türrahmen. „Das erspart mir einen Anruf."

Ich hob eine Augenbraue. „Einen Anruf?"

Er nickte und öffnete die Tür ein wenig weiter, um das Chaos freizulegen, das er auf dem Boden hinterlassen hatte.

„Ich brauche etwas Hilfe beim Saubermachen." Er warf einen kurzen Blick über seine Schulter in Richtung der leblosen Frau auf dem Teppich. „Kannst du dich um den Papierkram kümmern, während ich mich der Leiche annehme?" Ein Hauch der türkisen Farbe war zurück in seine Augen getropft, als er mich endlich wieder ansah. „Ich würde das alles gerne klären, bevor Silvano ankommt."

Scheiße.

Was ist los?, fragte Lily, die meinen Schrecken spüren konnte.

Ich schloss sie aus, bevor sie die Geschehnisse in meinem Verstand sehen konnte. Sie war vielleicht nicht eng mit Emine befreundet gewesen, aber die Frau war ihr trotzdem auf gewisse Weise wichtig.

Das Letzte, was ich wollte, war, dass Lily durch unsere geistige Verbindung von ihrem Tod erfuhr.

Außerdem hatte ich jetzt ein viel wichtigeres Problem, um das ich mich kümmern musste.

Denn Khalid hatte gerade klar gemacht, dass er die ganze Zeit mit Silvano zusammengearbeitet hatte.

Emine ist tot.

Es war alles ein Hinterhalt. Ein cleverer Trick, um mein Vertrauen zu erschleichen. Und ich bin dummerweise in seine Falle getappt, weil ich dachte, wir hätten denselben Wunsch – unsere Menschen am Leben zu erhalten.

Scheiße.

Khalids Lippen verzogen sich zu einem Lächeln,

während er dabei zusah, wie sich die Puzzleteile in meinem Kopf zusammenfügten. „Du hast doch nicht geglaubt, dass die Ankunft deines Schöpfers ein Geheimnis wäre, oder?"

„Mir war nicht klar, dass er dich angerufen hat."

„Ah, also bist du gekommen, um es mir zu erzählen?" Sein Grinsen wurde breiter, als ich nicht antwortete. „Wie loyal."

Meine Finger ballten sich zu Fäusten, während meine Gedanken um die Frage kreisten, was ich jetzt tun sollte.

Khalid töten?

Weglaufen?

Lily schnappen und verschwinden?

Ich könnte mich teleportieren und …

„Nicht", warnte mich Khalid. Wovor wusste ich nicht genau.

Aber ich hasste es, dass er meine Gedanken anscheinend so leicht lesen konnte. Es machte mich argwöhnisch und noch unsicherer bezüglich meiner nächsten Schritte.

Vielleicht war es meine beste Option, mitzuspielen.

Zumindest vorübergehend.

„Fülle einfach die Dokumente aus", sagte er. „Und füge alles hinzu, was für Lily nötig ist, da ich annehme, dass sie schon wieder in der Universität ist." Er warf mir einen Blick zu, der Bände darüber sprach, wie viele Schritte er mir bereits voraus war. „Wenn du fertig bist, reden wir."

LILY

CEDRIC?, FLÜSTERTE ICH. *IST ALLES IN ORDNUNG?*

Ich konzentrierte mich auf die Decke über mir und wartete auf eine Antwort, von der ich wusste, dass sie nicht kommen würde.

Cedric hatte mich kurz nach seinem Verschwinden aus seinem Verstand ausgeschlossen. Ich hatte gewusst, dass er dies tun würde – er hatte erwähnt, dass er unsere Verbindung würde trennen müssen, sobald sein Schöpfer eintraf – aber ich hatte erwartet, dass Cedric mir dennoch irgendwelche Zeichen senden würde, dass alles in Ordnung war.

Die Tatsache, dass dies nicht geschehen war, warf in mir Zweifel auf, ob ihm etwas zugestoßen war.

Und da meine Gedanken nun wieder allein waren, hatte ich mir tausende mögliche Probleme vorgestellt, die mir durch die Kälte unserer gestörten Verbindung nur noch schlimmer erschienen waren.

Ich hatte mehrere Male versucht, Kontakt zu ihm aufzubauen. Aber ich hatte nie eine Antwort erhalten. Ich fühlte mich getrennt. Abgeschnitten. *Verloren.*

Einfach atmen, sagte ich mir. *Es … Es ist okay.*

Aber es war nicht okay.

Es war überhaupt nicht okay.

Morgen ist der Bluttag.

Der Gedanke schickte Eis durch meine Adern und ließ mich erstarren, als eine Reihe von Pieptönen in meinem Zimmer erklang.

Ein eingehender Anruf. Ich drängte mich dazu, mich aufzurichten, auch wenn mein Rückgrat steifer war als sonst, dann zwang ich einen nichtssagenden Ausdruck auf mein Gesicht.

Beraterin Livia erschien auf einem Bildschirm auf der weißen Wand neben meinem Bett, der sonst nur während unserer üblichen Meetings aufleuchtete.

„Kandidatin", grüßte sie, wobei ihr Blick leicht nach rechts glitt, als würde sie etwas von einem anderen Monitor ablesen. „Du wirst in einer Stunde mit Bus sieben von der Eingangspforte abgeholt. Dein zugeteilter Sitz ist die Nummer vierzehn. Es wird nicht gesprochen oder auf eine andere Art und Weise sozialisiert, nicht einmal während der morgigen Zeremonie."

Ihre Augen wanderten zu mir und ihr gelangweilter Ausdruck passte zu ihrer Stimme.

„Hast du noch irgendwelche letzten Fragen?", wollte sie wissen, obwohl ihr Tonfall vermuten ließ, dass ich keine Anliegen haben sollte und es unklug wäre, ihre Zeit mit mehr Worten als nötig zu verschwenden.

„Nein, Beraterin Livia."

„Gut. Nimm deine weiße Abschlussrobe mit. Und komm nicht zu spät." Der Bildschirm wurde ausgeschaltet, was mein Herz eine Sekunde lang aussetzen ließ.

Cedric, flüsterte ich. *Beraterin Livia sagt, dass ich im Bus sieben sein werde. Ich muss in einer Stunde abreisen.*

Nichts.

Nur Stille.

Mir drehte sich der Magen um. *Er wird nicht kommen.* Ich konnte es in jeder Zelle meines Körpers spüren. *Etwas Schreckliches ist passiert.*

Oder …

Oder ich war ihm schon immer egal.

Nein. Nein, das stimmt nicht. Ich bin ihm nicht egal, versprach ich mir. *Ich … Ich bin ihm definitiv nicht egal.*

Aber wenn ihm etwas zugestoßen war, würde dies keine Rolle mehr spielen.

Er könnte tot sein. Oder verletzt. Oder … wer weiß wo und was sein. Diese Unsicherheit zeigte sich nun in aller Art morbider Szenarien, die sich in meinem Verstand abspielten und mich verrückt werden ließen.

Cedric. Ich versuchte, etwas Nachdruck auszuüben.

Keine Antwort.

Schon wieder.

Ein Schauer tanzte mein Rückgrat hinunter. *Irgendetwas läuft hier ganz falsch.* Er hatte mich gewarnt, dass er mich würde ausschließen müssen, aber diese kalte Mauer fühlte sich endgültig an.

Wie sollten wir kommunizieren? Wie sollte ich ihn auf dem Laufenden halten?

Wie soll ich ihm sagen, wohin ich gebracht werde?

Wusste er das bereits? Wenn ja, warum hatte er mich nicht gewarnt? Warum sagte er mir nicht, was mich erwartete?

Wo bist du?

Ich war den ganzen letzten Monat in seinem Kopf gewesen. In *ihm.* Ich war ihm wichtig. Er schätzte mich sogar. Zumindest auf seine eigene kalte Art und Weise.

Er wollte nicht, dass ich starb.

Und trotzdem …

Ein Teil von ihm hat immer wieder darüber fantasiert, mich zu

440

töten, erinnerte ich mich. *Ein dunkler Teil von ihm. Ein sensibler Teil von ihm.*

Hatte er mich aus seinen Gedanken ausgeschlossen, damit er dieser verrückten Stimme in seinem Verstand lauschen konnte? Damit er die Seite von ihm der anderen, die sich um mich sorgte, vorziehen konnte?

Ich erschauderte. *Cedric …*

Hatte er mich meinem Schicksal überlassen? Er war so viel älter, hatte so viel mehr erlebt. Vielleicht hatte er letztendlich erkannt, dass es keine Hoffnung gab und … und war verschwunden.

Hatte mich abgeschnitten.

Mich ausgeblendet.

War weggelaufen.

Nein, dachte ich. *Nein. Das würde er nicht tun. Sein dunkles Herz hat etwas für mich empfunden. Er … Er hat mich auf seine eigene Art geliebt.*

Hatte er das?

Ich verstand die Liebe nicht. Nicht wirklich. Ich wusste nur, dass ich mich durch ihn lebendig gefühlt hatte. Er hatte mir beigebracht, wie man *atmete.*

Ohne ihn ertrank ich und war in dieser See der Verwirrung verloren.

Bus sieben.

Abschlussrobe.

Eine Stunde.

Beraterin Livias Worte sangen in Endlosschleife beinah dreißig Minuten durch meinen Kopf, vermischten sich mit Appellen an Cedric, während die Sorge immer größer wurde, dass er mich nicht holen würde.

Als nur noch zehn Minuten bis zu meiner Abfahrt übrig blieben und er immer noch nicht erschienen war, resignierte ich und akzeptierte die Erkenntnis, dass er mich im Stich gelassen hatte.

Ob mit Absicht oder nicht, konnte ich nicht sagen.

Aber ich hatte keine Wahl. Ich musste die Regeln befolgen.

Oder ich würde meinen Tod riskieren.

Wäre das so schlimm?, fragte ich mich, als ich wie ein Roboter zu meinem Schrank ging. *Wäre der Tod schlimmer als dieser Schmerz?*

Eine Träne drohte aus meinem Augenwinkel zu kullern.

Ich wischte sie weg.

Vielleicht wird er beim Bus sein. Vielleicht sehe ich Emine und kann sie fragen, was los ist.

Ich hatte sie seit unserer letzten Unterrichtsstunde im Palast nicht mehr gesehen. Natürlich hatte ich mein Zimmer nicht verlassen, weil ich gedacht hatte, dass Cedric mich dort haben wollte.

Aber er ist nie zurückgekommen.

Er hat mich ausgeschlossen.

Ich bin allein.

Warum tat das so weh? Ich war mein ganzes Leben lang allein gewesen. Ich hatte überlebt. Ich hatte diese verdorbenen Spiele mitgespielt, alle verrückten Tests bestanden und alles getan, um in dieser Welt mehr wert zu sein.

Dann hatte Cedric meinen Geist erweckt. Er hatte mir beigebracht, wie viel mehr das Leben zu bieten hatte.

Bevor er es mir weggenommen und mich ausgeblendet hatte.

Mit Absicht, sagte ich mir. *Er hat mich gewarnt, dass das passieren würde. Er tut es mit Absicht. Er wird kommen und mich holen. Er wird mich retten.*

Und wenn er das nicht tut?, forderte die andere Hälfte meines Verstands, als ich das Gebäude verließ und mich automatisch nach Cedric umsah. *Was ist, wenn er mit mir fertig ist? Was ist, wenn er das hier die ganze Zeit geplant hatte?*

Warum habe ich es dann nicht in seinen Gedanken gehört?, fragte ich mich. *Wenn das sein Plan war, hätte ich es bestimmt vorher geahnt.*

Oder vielleicht auch nicht.

Er war so viel erfahrener als ich. Und ein Experte der Täuschung und Gedankenmanipulation. Er hätte seine wahren Absichten vor mir verbergen können.

Bin ich unwissentlich in seine Falle getappt? Meine Kehle wurde trocken. *Hat er sich einfach nur mit seinem neuen Spielzeug amüsiert? Um mich dann zu brechen?*

Wie oft hatte er gesagt, dass er mich verwelken sehen wollte? Hatte er die Worte laut oder nur in seinen Gedanken ausgesprochen? Alle Erinnerungen vermischten sich und machten mich unsicher.

Aber ich wusste, dass er mehrere Male daran gedacht hatte, dass ich eine Blume war, die er zerstören wollte.

Vielleicht … Vielleicht war dies wirklich mein Ende.

Ich schluckte schwer, als ich die Pforte erreichte und die anderen Kandidaten erkannte. Aber Emine war nicht unter ihnen.

Ich stellte mich neben Nummer Sechs. Seine Fingerknöchel streiften meine, aber abgesehen von dieser Geste schenkte er mir keine Beachtung. Ich spürte eine gewisse Erleichterung darüber, dass ich neben jemandem stand, den ich irgendwie kannte. Er schien dasselbe Gefühl der Ruhe auszustrahlen.

Ein Lykaner mit einem Klemmbrett in der Hand erschien an der Pforte.

„Tretet durch das Tor, wenn ich eure Namen sage", verkündete er barsch.

Er hielt nicht inne, um Fragen zuzulassen, sondern rief die Kandidaten einfach der Nummer nach auf.

„Kandidat zweiundzwanzig."

„Kandidatin einhundertdreizehn."

„Kandidatin einhundertneunzehn."

„Kandidat einhundertzweiunddreißig."

„Kandidat einhundertsiebenundfünfzig."

Mein Herz zog sich zusammen, als er Emines Nummer übersprang. Natürlich hatte ich das erwartet, da sie nicht hier war.

Er rief weitere Nummern auf, während die entsprechenden Kandidaten vortraten und durch das Tor schritten.

Nummer Sechs strich wieder über meine Fingerknöchel, als sein Name durch die Nacht hallte.

Dann folgte ich ihm, als der Lykaner als nächstes meine Nummer aufrief. *Nicht mein Name*, dachte ich. *Ich bin Lily. Cedrics Lily.*

Allerdings war er immer noch nicht aufgetaucht.

Und er erschien auch nicht, nachdem ich mich im Bus gesetzt hatte.

Kein Haar war von ihm zu sehen, als der Motor ansprang.

Nachdem ich mich hingesetzt hatte, rechnete ich aus, dass wir ungefähr hundert Menschen in diesem Fahrzeug sein mussten. Ich brauchte etwas, um meine Gedanken zu beschäftigen.

Nummer Sechs saß neben mir auf Sitz Nummer dreizehn.

Das Fenster neben ihm war verdunkelt, sodass die Aussicht auf die Universitätsmauern abgeschirmt wurde.

Ich saß am Gang.

Ein Lykaner stieg als letzter in den Bus und überflog mit seinem Blick die Sitzreihen. „Wenn ihr still seid, lasse ich euch leben. Wenn ihr ein Geräusch macht, werde ich euch töten. Ist das klar?"

Niemand bewegte sich oder antwortete, da wir diese Übung alle schon zu gut kannten.

Der Lykaner grinste. „Wie schade." Er ließ sich hinter dem Fahrer nieder – der auch ein Lykaner war – dann setzte sich der Bus in Bewegung.

Nirgendwo gab es ein Zeichen von Cedric.

Wir fahren los, sagte ich ihm. *Nicht, dass du mich hören könntest.*

Mehr Stille.

Es gab nur Nummer Sechs und mich und einen Bus voller Kandidaten, alle mit unseren Abschlussroben auf dem Schoß und auf dem Weg zu unserem Schicksal.

Dem Bluttag.

Die Busfahrt dauerte nur knapp ein oder zwei Stunden.

Dann wurden wir in einem sandigen Feld abgesetzt, wo wir schweigend ein paar Reihen bilden sollten.

Ich stand hinter Nummer Sechs, während mir das Herz bis zum Hals schlug. Jeder Kilometer hatte etwas mehr geschmerzt, da die Erkenntnis immer näher kam, dass Cedric nicht auftauchen würde.

Ich hatte es schon geahnt.

Aber der Wahrheit ins Auge zu sehen, anstatt sie sich nur vorzustellen, tat noch mehr weh.

Meine Kehle brannte, während sich mein Verstand vor Trauer, Wut und einer Myriade anderer Emotionen verzehrte. *Angst.* Angst davor, was mit Cedric passiert war. Angst davor, was mit mir passieren würde.

Das Gefühl wurde nur schlimmer, als sich meine Reihe zu bewegen begann, dieses Mal mit einem Vampir an der Spitze.

Marschieren.

Marschieren.

Marschieren.

Es wurde nicht gesprochen. Es gab keine Erklärung. Nur eine Geste zu einer Treppe, die zu einer Art Flugzeug hinaufführte. Es war riesig und voller Käfige.

Käfige für uns.

Ich folgte Nummer Sechs in einen von ihnen. Wir standen hinten, während sich unsere Schultern berührten und andere den Raum vor uns füllten.

„Hinsetzen", bellte einer der Lykaner.

Alle im Inneren gehorchten sofort, dann wurden die Türen zugeschlagen und weitere Kandidaten in einen zweiten Käfig gepfercht.

Dann in einen dritten.

Und schließlich in einen vierten.

Es waren ungefähr fünfundzwanzig Kandidaten pro Käfig, teilweise vielleicht ein wenig mehr. Denn es war mein Bus, der in das Flugzeug geladen wurde.

Wo sind die anderen?, fragte ich mich. Wir waren über tausend in meinem Jahrgang. Allerdings hatte Cedric erwähnt, dass nicht alle am Bluttag teilnehmen würden.

„Es gibt zehn Blutuniversitäten auf der Welt", hatte er vor ein paar Wochen gesagt. „Und das Feld des Bluttags bietet nur Platz für tausend von euch. Daher wird sich nur ein gewisser Prozentsatz von euch wirklich dafür qualifizieren. Der Rest wird sofort zu seinem Schicksal transportiert."

„Und ich?", hatte ich mich laut gefragt. „Werde ich am Bluttag teilnehmen?"

„Wahrscheinlich ja", hatte er mir geantwortet. „Deine Noten sind unter den besten deines Jahrgangs. Sie werden dich zumindest für dramatische Zwecke dort haben."

Ich hatte nicht verstanden, was er gemeint hatte, aber sein Verstand hatte mir die Wahrheit verraten.

Er hatte sich gesorgt, dass man an mir ein Exempel statuieren würde, als jemand, der auf mehr gehofft hatte, nur um ein dunkles Schicksal zu erhalten, das Tränen und Schreie provozieren würde.

Ein paar Erinnerungen von früheren Bluttag-Zeremonien waren durch seine Gedanken gesickert, von Kandidaten, die ihre Köpfe verloren und auf der Bühne zerstört worden waren, da sie nicht angemessen reagiert hatten. Alles war dafür gedacht, den überlegenen Wesen, die der Show zusahen, ein verrücktes und verdorbenes Vergnügen zu bereiten.

Ich weigerte mich, eine ihrer Belustigungen zu werden.

Der Motor erwachte um uns herum zum Leben, und mein Magen zog sich schmerzhaft zusammen.

Wird mich Cedric über eine solche Distanz überhaupt spüren können?, fragte ich mich.

Dann runzelte ich die Stirn.

Warte, kann ich ihn deshalb nicht hören? Vielleicht hatte er mich ursprünglich ausgeblendet, war dann verschwunden und konnte mich nun nicht mehr erreichen. *Ist er schon dort? Wartet er auf meine Ankunft?*

Mein Herz flatterte bei dem Gedanken.

Ja, vielleicht ist es das.

„Keine Gespräche", knurrte einer der Lykaner, dessen Aufmerksamkeit auf einen anderen Käfig gerichtet war. „Kein einziger Mucks."

Nummer Sechs lehnte sich ein bisschen mehr an mich.

Ich antwortete, indem ich sein Gewicht und den Trost seiner vertrauten Präsenz akzeptierte.

Wo wird er hingehen?, fragte ich mich. *Welches Schicksal haben sie sich für ihn ausgedacht?*

Der Motor wurde lauter, als sich das Flugzeug zu bewegen begann. Ich schloss die Augen, während das Rumpeln mein Inneres verkrampfen ließ.

Krämpfe, die immer schlimmer wurden, je schneller wir wurden.

Schneller. Schneller. Schneller.

Oh, Göttin … Meine Augen flogen auf, als sich die Luft um uns herum veränderte und ein Gefühl, als wäre ich unter Wasser, meine Ohren vernebelte und mir den Atem raubte.

Der Lykaner knurrte und das Geräusch eines sich öffnenden Käfigs hallte durch das Flugzeug.

Ein Schrei folgte, bei dem sich mir der Magen umdrehte. Nummer Sechs griff nach meiner Hand und drückte sie, bevor er mich wieder losließ. Die Bewegung war schnell und könnte auch leicht als Versehen betrachtet werden.

Zum Glück waren die Wachen zu sehr damit beschäftigt das Geschehen in einem anderen Käfig zu beobachten – ihr Lachen hallte durch die Luft, als der Lykaner eine der Kandidatinnen nach vorne schleifte.

Ich erkannte die blonde Frau als eine niedrige Nummer, aber ihre genaue Bezeichnung kannte ich nicht.

Tränen strömten über ihre Wangen und sie atmete keuchend, während sich die Luft um uns herum weiterhin veränderte.

Fliegen, bemerkte ich. *Wir fliegen.*

Und sie hatte sich vor den neuen Empfindungen erschrocken.

Jetzt würden ihr die Lykaner eine Lektion erteilen.

Eine, die wahrscheinlich damit enden würde, dass ihr Blut über den Käfig vergossen wurde.

Ich zwang mich dazu, meinen Blick von ihr abzuwenden und dachte an Cedric, als reißende Geräusche begannen.

Ich vermisse dich, dachte ich in seine Richtung. *Ich vermisse unsere kleine Welt. Unseren Zukunftstraum. Selbst wenn ich dich nie wieder sehe, werde ich unsere gemeinsame Zeit für immer schätzen. Danke, dass du mir das Geschenk meines Lebens gemacht hast.*

Ich sprach weiter mit ihm.

Dachte an ihn.

Träumte von ihm.

Selbst als die Schreie verstummt und die Reste des Körpers verschwunden waren.

Selbst als wir mehrere Stunden später landeten.

Alles, woran ich denken konnte, war Cedric. Seine dunklen Augen. Sein wunderschönes Grinsen – das ich während unserer kurzen gemeinsamen Zeit nur wenige Male andeutungsweise gesehen hatte.

Es hätte mir gefallen, dich öfter lächeln zu sehen, sagte ich ihm. *Vielleicht werde ich das noch.*

Aber als wir aus dem Flugzeug stiegen, konnte ich ihn immer noch nicht hören.

Ich sah ihn auch nicht und spürte ihn nicht, als wir zu unserem neuen Ziel gebracht wurden.

Noch ein Bus, sagte ich ihm. *Dieser hat keine Nummer.*

Aber Nummer Sechs saß immer noch neben mir.

Eine kurze Fahrt brachte uns zu einem neuen eingemauerten Bereich, nur dass dieser von Bäumen umgeben war und die Erde grün aussah.

Gras, bemerkte ich, als ich es von Fotos wiedererkannte.

Aber es gab keine Zeit, um es zu erkunden oder zu berühren.

Wir wurden vom Bus und direkt in das Gebäude geführt.

Eine Treppe hinunter.

In einen Raum, der mit Metallschränken gesäumt war.

„Lasst eure Roben hier", befahl ein Vampir und zeigte auf die Schließfächer. „Dann zieht euch aus und stellt euch hier in einer Reihe auf." Er gestikulierte zu einer Tür im hinteren Bereich.

Nummer Sechs und ich entschieden uns dazu, ein Schließfach zu teilen, da es schien, als wären die meisten schon voll.

Wir legten unsere Kleidung und Roben hinein und stellten uns zu den anderen in die Schlange.

Die Tür führte zu einem Duschbereich, der voller Kandidaten war, von denen ich die meisten noch nie gesehen hatte. *Von den anderen Universitäten,* bemerkte ich.

Niemand sprach.

Niemand schaute zu den Vampiren und Lykanern, die uns von den Seiten aus beobachteten.

Aber ich konnte ihre hungrigen, neugierigen Blicke spüren, und wie sie nur darauf warteten, dass jemand eine Regel brach. Dass sie einen Grund bekamen, um uns zu bestrafen. Eine Gelegenheit, um sich auf uns zu stürzen.

Ich trat unter das eiskalte Wasser und zwang mich dazu, keine Miene zu verziehen. *Ich vermisse deine Badewanne, Cedric,* dachte ich. *Und ich vermisse deine Dusche.*

Dann hielt ich mich jedoch davon ab, weiter darüber nachzudenken, da der Gedanke an Cedric im Wasser nur zu viele heiße Erinnerungen erweckte.

Und das Letzte, was ich wollte, war, aus Versehen erregt zu werden, während ich von diesen Wesen und ihren dunklen Absichten umgeben war.

Wenn sie mich fickten, würde es mein Band mit Cedric zerstören.

Unsere Verbindung entwurzeln und töten.

Mein letztes Blütenblatt der Hoffnung.

Ich schluckte.

Cedric … Sein Name hallte durch die stille Höhle meines Verstands. *Bitte lass mich nicht so zurück.*

Als die Nacht weiter fortschritt, wurde es jedoch sehr deutlich, dass er jede Absicht hatte, die Mauer zwischen uns aufrecht zu erhalten. Ich versuchte, daran zu meißeln, mir einen Weg hindurchzubahnen, aber er war zu stark. Zu alt. Zu *meisterhaft.*

Die Vampire führten uns zu unseren Gemächern für den heutigen Tag – ein großer Raum, der mit Etagenbetten gefüllt war. Mir wurde das obere Bett zugewiesen mit Nummer Sechs unter mir.

Dann gingen die Lichter aus und im Zimmer wurde es schwarz.

„Schlaft", war der einzige Befehl.

Ich gehorchte nicht. Ich bezweifelte, dass viele von uns dies taten. Nicht mit dieser fremden Atmosphäre und den sehr realen Gefahren, die vor der Tür auf uns warteten.

Wenn sie uns holten, würden wir zum Bluttag gebracht werden.

Die letzte Zeremonie, die unseren Abschluss aus der Hölle feierte und uns in einem Leben der Knechtschaft willkommen hieß.

Werde ich bei der Mondjagd landen? In einem Harem? Haben Khalid und Cedric einen Plan?,

wollte ich Emine fragen. Allerdings hatte ich sie weder in den Duschen noch in dem Raum mit den Schließfächern gesehen. Ich hatte sie tatsächlich nirgendwo bemerkt.

Und ich fragte mich langsam, ob sie es so weit geschafft hatte.

Oder ob etwas anderes passiert war.

Etwas, das dafür gesorgt hatte, dass Cedric mich endgültig aus seinem Verstand ausgeschlossen hatte.

Ich wünschte, du würdest mit mir sprechen, dachte ich, während mir von dem Schlafmangel und der langen Reise ohne Nahrung schwindelig wurde. Sie hatten sich nicht die Mühe gemacht, uns Abendessen zu bringen. Und das einzige Wasser, das man uns geboten hatte, waren die eisigen Tropfen aus der Dusche gewesen. Ich hatte nur ein

wenig davon genippt, da ich mir nicht sicher gewesen war,
woher es kam.

Morgen ist ein neuer Tag.

Ein tödlicher.

Wirst du dort sein, Cedric?

Oder hast du mich auf diesem Weg allein zurückgelassen?

LILY

BUM, BUM …

Mein Herzschlag klingelte in meinen Ohren.

Bum, bum …

Ein gleichmäßiger Rhythmus.

Bum, bum …

Einen, den ich mit aller Kraft zu kontrollieren versuchte.

Sie hatten uns zum Abendfrühstück einen Essensbeutel gegeben. Meiner hatte eine Flasche Wasser, eine Art Energy-Riegel und eine Banane enthalten.

Ich hatte alles aufgegessen.

Was ich nun bereute.

Bum, bum …

Der Luft fehlte die Feuchtigkeit der Wüste, aber ich konnte einen faszinierenden Duft wahrnehmen. *Bäume.* Ich konnte ihre Art nicht definieren, nur dass sie verwildert waren.

So wie das Gras, das den Pfad umgab, auf dem ich jetzt stand.

Mein weißes Abschlussgewand streichelte um meine

nackten Waden, wobei der Stoff eher einem hauchdünnen Kleid glich als einer richtigen Robe. Nichts wurde der Vorstellungskraft überlassen, was wohl die Absicht war.

Nummer Sechs trug eine ähnliche Robe, nur dass seine bis zu den Knöcheln ging.

Seltsam, wenn man bedachte, wie viel größer er war, aber es schien, dass die meisten Männer in ähnlich lange Gewänder gekleidet waren.

Sie hatten uns wieder aufgereiht.

Wir waren genau eintausend, dennoch erkannte ich nur vielleicht fünf Prozent der Kandidaten, die in der Reihe standen.

Der Mann hinter mir war Kandidat vierhundertundacht, Jahr einhundertsiebzehn. Aber er kam von einer anderen Universität.

Er blinzelte mich an, wobei die Verwirrung in seinem Blick für eine halbe Sekunde deutlich wurde, bevor er seine Gefühle wieder kontrollierte und hinter mich trat.

Ich hatte neue Kandidaten erwartet, da Cedric mich vorgewarnt hatte, dass es weitere Universitäten gab. Allerdings war das kein Allgemeinwissen.

Es gab so viel, was uns nicht gesagt wurde.

Wie die Tatsache, dass man den Großteil unserer früheren Klassenkameraden schon an die Endstation ihres Schicksals gebracht hatte.

Die Prozession begann, und das Geräusch von marschierenden Füßen hallte um uns herum.

Cedric, flüsterte ich, auch wenn ich ihn immer noch nicht spürte. *Wo bist du?*

Ich konnte nicht aufsehen und die Menge absuchen. Damit würde ich sehr wahrscheinlich gegen jegliche Regeln verstoßen.

Still sein.

Gehorsam sein.

Nicht schreien.

Nicht reagieren.

Verbeugen.

Blick nach unten richten.

All diese Regeln hatte man in den letzten einundzwanzig Jahren in mich eingeprügelt.

Ich wiederholte sie nun immer wieder in meinen Gedanken, während ich Nummer Sechs den Hauptgang hinunter folgte, vorbei an unzähligen Reihen leerer Stühle.

Sitzt Cedric bei den königlichen Vampiren?, fragte ich mich. *Ist er mit Prinz Silvano hier? Oder vielleicht mit Prinz Khalid?*

So wie ich es verstanden hatte, nahmen nur die mächtigsten Vampire und Lykaner am Bluttag teil. Herrscher hielten diesen Status ebenfalls inne, sodass auch sie bei der Zeremonie erlaubt waren.

Wenn Cedric die Position angenommen hatte, könnte er hier sein.

Hast du mich deshalb ausgeschlossen?, fragte ich ihn. *Weil du für Silvano eine Rolle spielst?*

Ich wünschte, er könnte sich nur kurz melden und mir sagen, was los war. Ich machte mir Sorgen, dass er wirklich nicht dazu in der Lage war und möglicherweise etwas Schreckliches passiert war.

Aber würde ich das nicht spüren? Würde ich mich nicht noch getrennter fühlen?

Allerdings konnte ich mir nicht vorstellen, dass sich unsere Verbindung noch entfernter anfühlen könnte als jetzt. Es war, als wäre ein Teil von mir … *gestorben.*

Oh, Göttin …

Ich stolperte beinah über meine Füße, aber ein glücklicher Wink des Schicksals hielt mich auf den Beinen, sodass ich mich weiterhin in die richtige Richtung bewegte. Nur ein falscher Schritt war nötig, um sehr negative Aufmerksamkeit zu erregen.

Konzentriere dich, Lily, sagte ich mir.

Wenn Cedric tot war, gab es nichts, was ich noch tun konnte.

Außer, mein Schicksal zu akzeptieren.

Nummer Sechs betrat eine Reihe und folgte den Kandidaten vor ihm. Ich lief ihm nach die Reihe an leeren Stühlen entlang. Einige Kandidaten hatten vor uns innegehalten und standen vor ihren Stühlen, den Körper nach vorne ausgerichtet, aber mit gesenktem Blick.

Das muss die Richtung der Bühne sein, dachte ich und zwang mich dazu, keinen kurzen Blick über meine nähere Umgebung hinaus zu werfen.

Als Nummer Sechs stehen blieb, tat ich es ihm gleich.

Dann drehten wir uns nach vorne, sodass sich die Stühle hinter uns befanden. Ich hielt den Kopf gesenkt wie die Kandidaten vor mir.

Und wartete.

Stunden schienen zu gehen, während als einziges Geräusch das Schlurfen von Füßen über den Pfad zu hören war.

Nummer Sechs strich mit seinen Knöcheln über meine – eine Geste, die in den letzten vierundzwanzig Stunden zu unserer Norm geworden war.

Ich erwiderte die Bewegung.

Cedric, dachte ich. *Wenn du hier bist, wäre jetzt ein guter Zeitpunkt, um es mir zu sagen.*

Ich wusste nicht genau, warum ich es noch versuchte. Unsere Verbindung blieb geschlossen, und ich spürte es bis tief in meine Seele. *Er hat mich ein für allemal von ihm abgeschnitten.*

Mein Herz schmerzte und schlug schneller, als sich plötzlich eine unheilvolle Stille über die Menge legte.

Keine Schritte mehr.

Dennoch konnte ich spüren, wie die mystische Energie

immer stärker wurde, die Macht über meine Haut kroch und jedes Härchen auf meinen Armen aufstellte.

Die überlegenen Wesen sind hier.

Die Zeremonie beginnt.

Es wird Zeit, mein Schicksal zu erfahren.

Elektrizität summte durch meine Adern und meine Wahrnehmung schien durch die nähernde Präsenz der unverfälschten Macht noch klarer zu werden.

Fühle ich mich wegen Cedric so?, fragte ich mich. *Heißt das, dass wir immer noch miteinander verbunden sind?*

Oder empfand ich so wegen der dunklen Präsenz, die diese Wesen umgab?

Sie waren die ältesten und mächtigsten Übernatürlichen, die auf der Erde wandelten. Und die Signatur ihrer Energie zu spüren, bestätigte nur warum.

Autorität.

Überlegenheit.

Lebensdauer.

Ich konnte fast jedes Attribut auf meiner Zunge schmecken.

Es erinnerte mich an Cedric, nur *schwerer.*

Ich hoffe, dass meine Sinne wegen dir stärker werden, dachte ich in seine Richtung. *Ich hoffe, das bedeutet, dass du noch lebst.*

Vielleicht hatte ich mir umsonst Sorgen gemacht.

Es wird Zeit, mich zu konzentrieren, sagte ich mir. *Konzentriere dich auf heute.*

Denn das war *der Tag*, auf den ich gewartet hatte. Der Abschluss, auf den ich mein ganzes Leben lang hingearbeitet hatte.

Nur dass der Glamour der Zeremonie durch Cedrics Wahrheiten ausgelöscht worden war. Ich würde niemals eine Vigil werden. Ich würde mich niemals für den Cup der Unsterblichkeit qualifizieren. Wo würde ich also landen?

„Willkommen zu dem diesjährigen Bluttag", grüßte eine Frauenstimme, die ich von meinen Unterrichtsstunden nur zu gut kannte.

Göttin Lilith.

„Dies ist ein glorreicher Tag des Feierns, einer, der die Zukunft von so vielen erhellen wird", fuhr sie fort. „Wer von euch ist für den diesjährigen Cup der Unsterblichkeit ausgewählt worden? Es gibt nur zwölf heiß begehrte Plätze. Wer sind die wenigen, die so hart dafür gearbeitet haben? Unser wunderbarer Magistrat wird es euch verraten."

„Das werde ich", bestätigte eine tiefe Stimme. „Ich habe die Zuweisungen hier in meiner Hand."

„Oh, wie aufregend", jubelte die Göttin. „Dann stelle ich euch nun ohne weitere Umstände unsere besten tausend Kandidaten des Jahres einhundertsiebzehn vor."

Ein Murmeln drang aus der Ferne zu uns, aber mehr nicht.

Kein Beifall.

Keine begeisterten Kommentare.

Nur ein paar leise Worte, die nur für unsterbliche Ohren bestimmt waren.

Ist Cedric unter ihnen? Flüstert er zu Prinz Khalid? Beobachtet er mich?

Der Magistrat räusperte sich, wobei seine Lykaner-Abstammung nur durch diesen tiefen Ton deutlich würde.

„Wie immer werden wir mit den Statistiken beginnen", verkündete er. „Jahr einhundertsiebzehn begann ursprünglich mit einundzwanzigtausend dreihundertundsieben Kandidaten. Die Erfolgsquote dieses Jahrgangs war insgesamt dreiundsiebzig Prozent, was einen Rückgang von zwei Komma neun Prozent im Vergleich zum letzten Jahr bedeutet."

Ich runzelte die Stirn.

Bedeutet Erfolgsrate die Anzahl von uns, die noch am Leben ist?

Und wenn dem so ist, bedeutet das, dass fünftausend Menschen aus meinem Jahrgang im letzten Jahr gestorben sind? Oder wird über den ganzen Zeitraum gezählt? Was bedeutet, dass siebenundzwanzig Prozent meines Jahrgangs während der letzten einundzwanzig Jahren der Ausbildung gestorben sind?

Letzteres schien passender zu sein, wenn man bedachte, was ich alles erlebt hatte.

Kandidaten verschwanden ständig, aber keine fünftausend von ihnen. Vielleicht höchstens ein paar hundert.

Allerdings wurden sie häufig durch neue Kandidaten ersetzt.

Und es gab zehn Universitäten.

Also lag die Zahl vielleicht doch näher an fünftausend – *fast sechstausend*, korrigierte mein mathematisches Gehirn. *Göttin … so viele Leben …*

Der Magistrat räusperte sich. „Daher bleiben noch insgesamt fünfzehntausend fünfhundertfünfundvierzig Kandidaten, die bereits gleichmäßig auf die verschiedenen übernatürlichen Gattungen und Regionen aufgeteilt wurden."

„Vielen Dank, Magistrat", erwiderte die Göttin. „Wir wissen Ihre harte Arbeit und Sorgfalt zu schätzen."

Der Lykaner grunzte als Antwort. „Dann beginnen wir mit der offiziellen Zuteilung der letzten eintausend."

Er machte ein weiteres Geräusch, das mich eher an ein Knurren erinnerte.

Die Feindseligkeit darin ließ die Härchen auf meinen Armen tanzen, was wohl auch die Absicht gewesen war, da sich seine nächsten Worte an uns richteten – *die Kandidaten.*

„Setzt euch aufrecht hin. Blick nach oben. Ihr dürft die heutigen Vorgänge nun verfolgen", informierte er uns. „Seht dies als Geschenk für eure harte Arbeit an."

Ich schluckte. *Das klingt weniger nach einem* Geschenk *als nach einer* Drohung.

Aber ich hob meinen Blick dennoch, da ich meinem Schicksal entgegenblicken und nach Cedric suchen musste.

Die Bühne vor uns war riesig, die Könige und Alphas saßen alle an den Seiten auf majestätisch aussehenden Plateaus, die mit gemütlichen Thronen in samtenen Farben gesäumt waren.

Ich konnte sie in der Dunkelheit nicht gut erkennen, aber es war klar, dass ich sie sehen würde, wenn ich die gigantische Plattform vor mir betreten würde.

Auf beiden Seiten befanden sich Treppen, auf die der Magistrat nun zeigte und uns sagte, dass wir über die rechte Seite emporsteigen und ihn in der Mitte des Podiums antreffen sollten. Sobald unsere Bestimmung verkündet worden war, sollten wir die Bühne über die andere Treppe verlassen.

„Dort wird ein Vigil auf euch warten und euch in den entsprechenden Bereich begleiten", folgerte er, wobei seine Worte einen Schauer über meinen Rücken jagten. „Also lasst uns beginnen. „Kandidatin eins, Jahr einhundertsiebzehn."

Eine Frau mit hellblondem Haar stand aus der ersten Reihe auf und lief auf die Treppe zu.

Sie sah die königlichen Vampire und Alphas nicht an, stattdessen hielt sie ihren Blick gesenkt, als sie an ihnen vorbei schritt.

Göttin Lilith saß an der Seite in ihrem eigenen Thron, der noch majestätischer aussah als die anderen. Sie sah die Kandidatin mit Interesse an und verzog ihre Lippen zu einem sanften Lächeln.

Ich wusste es besser, als diesem Ausdruck zu glauben.

Diese Frau war der Inbegriff des Bösen.

Ich hatte in Cedrics Gedanken genug über sie gehört,

um zu verstehen, dass sie überhaupt keine Göttin war, nur ein älterer Vampir mit einer Vorliebe für Macht. Sie gab sich als übernatürliches Wesen aus, aber nur die Menschen verehrten sie.

Vampire wie Cedric tolerierten ihre Existenz lediglich.

Allerdings hatte er erwähnt, dass einige seiner Art sie auch respektierten.

Vampire wie Silvano.

Weil sie die neue Gesellschaft, die sie erschaffen hatte, genossen.

Die Gesellschaft, die diese einsame Kandidatin nun dazu zwang, über die Bühne zu marschieren.

Ich warf den anwesenden Königen und Alphas einen kurzen Blick zu, aber ihre Gesichter blieben weiterhin durch die Schatten verborgen. Ich konnte nicht einmal sagen, ob sie dem Spektakel zusahen oder mit anderen Aktivitäten beschäftigt waren. Sie waren wie eine unheilvolle, dunkle Wolke der Macht, die sich vor uns verbarg und dennoch klar präsent war.

Kandidatin eins hielt in der Nähe des Podiums inne, wobei ihr Kopf noch weiter nach unten sank, als sie sich hinkniete. Der Magistrat hatte diese Anforderung nicht erwähnt, aber für uns war es ein Instinkt, auf die Knie zu gehen.

Verbeugen. Hinknien. Demütig sein. Überleben.

Die Aufmerksamkeit des Magistrats richtete sich auf die lange Schriftrolle vor ihm, dann sagte er ausdruckslos: „Zuchtfarm."

Kandidatin eins schien zu erstarren, was ihr einen kurzen Blick von dem Lykaner einbrachte. „Geh die andere Treppe hinunter. *Jetzt sofort.*" Das subtile Grummeln in seiner Stimme hallte durch das Mikrofon und ließ mein Herz einen Schlag aussetzen.

Die blonde Frau trat sofort vor, wobei ihre Bewegungen deutlich wackliger waren als zuvor.

Er ignorierte sie, während er sich wieder der Schriftrolle widmete und den nächsten Kandidaten aufrief.

Das war's. Eine einfache Zeremonie, bei der unsere Nummern aufgerufen wurden, gefolgt von unserer Bestimmung, dann mussten wir eine Treppe hinuntersteigen und uns unserem Schicksal stellen.

Cedric hatte gesagt, dass dies als Unterhaltung für diejenigen dienen sollte, die unsere Zuweisungen gerne verfolgten. Aber es schien eher eine Methode zu sein, um die Menschen unter Kontrolle zu behalten.

Wir benahmen uns alle ordentlich und gehorsam, gingen zum Magistrat, zeigten Ehrfurcht, wenn es angebracht war, dann akzeptierten wir unser …

Ein Schrei kreischte über das Feld, als eine Frau auf ihre Bestimmung reagierte. *Die Mondjagd.* Allein die Erwähnung dieser beiden Worte ließ das Blut in meinen Adern gefrieren, aber ihre instinktive Reaktion machte die Empfindung noch schlimmer.

Allerdings wurde ihre Beschwerde fast sofort abgeschnitten.

Indem ein Lykaner ihr mit seinen Krallen die Kehle aufriss.

Dann entfernte er ihren Kopf und setzte ihn an der Eingangstreppe ab – nicht dem Ausgang – als wäre er eine Art morbide Dekoration. *Eine Warnung für diejenigen, die die Bühne betreten, dass wir uns zu benehmen haben.*

Der Magistrat warf nur einen kurzen Blick auf das Geschehen und zuckte mit den Schultern, bevor der den nächsten Kandidaten aufrief.

Ich starrte den Kopf der Frau ein paar Minuten lang an, während die Prozession fortfuhr und mein Herz in meiner Kehle hämmerte. Sie hatten sie einfach dort gelassen, als würde ihr Leben nichts bedeuten, nur weil sie eine Reaktion gezeigt hatte.

Was eine der Grundregeln gebrochen hatte.

Vielleicht hatte sie absichtlich geschrien. So war ihr Tod zumindest schnell gewesen.

Anders als bei der Mondjagd.

Sollte ich das auch tun?, fragte ich mich.

Aber ich verwarf den Gedanken sofort.

Denn nein, das konnte ich nicht tun. Nicht wenn es noch eine Chance gab, dass Cedric vorhatte, mir zu helfen. *Wo bist du?*, fragte ich mich zum millionsten Mal.

Bevor ich jedoch wieder in dieses Loch fallen konnte, begann der Magistrat die vierhunderter Nummern aufzurufen.

Jetzt schon?, dachte ich, während meine Handflächen feucht wurden.

Nummer Sechs strich ein letztes Mal mit seinen Fingerknöcheln über meine.

Dann hielt ich den Atem an, als er sich seinen Weg zur Bühne bahnte.

Sein rotbraunes Haar erinnerte mich unter dem blassen Mond an Blut und mir wurde schlecht. *Bitte stirb nicht. Bitte stirb nicht. Bitte stirb nicht.*

Er war nicht der Typ, der Reaktionen zeigte. Selbst als Meisterin Peyton ihn gequält hatte, hatte er kein Geräusch von sich gegeben. Er schien für sein Schicksal bereit zu sein, als er die Bühne entlanglief, mit breiten Schultern und schmalen, muskulösen Beinen.

Ich würde ihn vermissen.

Er war kein Freund. Aber aus irgendeinem Grund sah ihn ein Teil von mir als Bruder an. Wir waren zusammen aufgewachsen, immer Seite an Seite, während uns unsere Nummern den dunklen Pfad zu unserem Schicksal hinunter gezerrt hatten.

Aber jetzt hatten wir die Weggabelung erreicht.

Wo wirst du landen?, fragte ich mich, als er sich vor das Podium kniete.

Der Magistrat hob seinen Blick und begutachtete Nummer Sechs taxierend, bevor er nickte. „Hmm, eine wirklich interessante Wahl."

Ich hielt den Atem an. *Was bedeutet das?*

„Kandidat vierhundertundsechs, Jahr einhundertsiebzehn ist nun Anwärter des Cups der Unsterblichkeit Nummer drei."

Mein Mund blieb offen stehen. *Der Cup der Unsterblichkeit? Er wird am Cup der Unsterblichkeit teilnehmen?*

Nummer Sechs schien unberührt, während er aufstand. Er senkte sein Kinn kaum merklich als Dank und begegnete der Vigil an der Spitze der Treppe, die ihn zur Seite führte, wo die anderen zwei Anwärter für den Cup der Unsterblichkeit in der Nähe der Bühne saßen.

„Kandidatin vierhundertundsieben", rief der Magistrat, und mein Herz begann in meiner Kehle zu stolpern. Ich hatte mich so auf Nummer Sechs konzentriert, dass ich ganz vergessen hatte, dass ich als nächstes dran war.

Oh, ich würde nicht so viel Glück haben wie er. Unsere Noten waren ähnlich, aber Cedric hatte mir schon gesagt, dass ich mich niemals dafür qualifizieren würde.

Denn es war nie wirklich um die Noten gegangen.

Meine Knie schlotterten, als ich nach vorne trat und ich meine Aufmerksamkeit auf den Pfad vor mir und die Treppen richtete.

Ich versuchte schnell nach Cedric zu suchen, aber die Könige und Alphas waren auch von der Bühne aus in Schatten gehüllt. Ich konnte nur Lilith auf ihrem Thron sehen, während ihr goldenes Haar im Mondlicht schimmerte.

Ich wandte meinen Blick schnell ab, um nicht noch mehr Aufmerksamkeit zu erregen.

Natürlich hatte ich das schon getan, da ich als nächstes dran war.

Ich hoffte, dass sie mein Interesse nicht bemerkt hatte.

Ich hoffte, sie würde mich nicht dafür bestrafen.

Ich hoffe, ich überlebe das.

Der Magistrat sah mich nicht an, wie er es mit Nummer Sechs getan hatte. Stattdessen blieben seine Augen starr auf das Skript gerichtet. *Kein gutes Zeichen*, dachte ich und schluckte, bevor ich mich hinkniete.

Er räusperte sich und schob seine Dokumente ein wenig umher, während sich der Moment in die Länge zog und mein Puls wild in meinen Ohren hämmerte.

„Mondjagd", verkündete er.

Mondjagd, wiederholte ich, als mein Herz in meiner Brust aussetzte. *Ich ... Ich werde an der Mondjagd teilnehmen.*

CEDRIC

„MONDJAGD." DIE VERKÜNDUNG DES MAGISTRATS HALLTE durch meine Gedanken.

Was. Zum. Teufel?

Ich warf Khalid einen kurzen Blick zu, aber er versteckte sich hinter seinen dunklen Roben und hatte seine volle Aufmerksamkeit auf die Bühne gerichtet. Verdammt, er könnte sogar schlafen.

Verräter.

Es kostete mich einige Mühe, nicht auf diese Täuschung zu reagieren. *Wir hatten einen Deal,* dachte ich. Lily hatte in das Haremslager geschickt werden sollen, wo er sie ausgewählt hätte. Dann wäre ich ihm in seine Region gefolgt und hätte ihm meine Loyalität versprochen.

Ich hätte ihm nie vertrauen sollen.

Nachdem ich ihm gestern mit Emine geholfen hatte, war ich davon ausgegangen, dass wir eine Abmachung hatten. Anscheinend nicht. Er spielte immer noch mit mir. Zwang mich dazu, meinen Wert auf eine Art und Weise zu zeigen, die ich nicht verstand.

Vielleicht war es jetzt an der Zeit, dass er mir seinen Wert bewies.

Silvano grunzte neben mir, während sein Blick auf ein Tablet und nicht auf Lilys verwelkende Gestalt gerichtet war. *Verdammt,* sie sah erschrocken aus. Gebrochen. *Allein.*

Aber ich konnte unsere Verbindung nicht öffnen. Ich konnte nicht riskieren, dass jemand unser Band bemerkte. Vor allem nicht Silvano.

„Vielleicht diese hier?" Er zeigte auf das Foto einer nackten Kandidatin auf dem Bildschirm. Sie hatte dunkelrotes Haar und cremigweiße Haut. Kandidatin siebenhundertddrei. Sie war für den Cup der Unsterblichkeit vorgesehen, aber hatte auch eine klare Eignung für einen Harem.

Dieser ganze verdammte Tag war eine einzige Farce. Zwölf Kandidaten würden für den Wettkampf ausgewählt werden, aber bevor sie überhaupt eine Arena betraten, würde den Königen und Alphas die Chance gegeben, ein neues Sexspielzeug unter ihnen auszuwählen.

Nur eine Handvoll war als unantastbar markiert worden.

Und die Schönheit auf dem Bildschirm war keine von ihnen.

Ich zuckte mit den Schultern und gab mich desinteressiert. Denn es kümmerte mich kein bisschen, wen er auswählte, nicht wenn meine *Erosita* gerade von einem Vigil abgeführt wurde.

Sie war auf dem Weg ins verdammte Mondjagd-Lager. *Scheiße.*

Das war ein Albtraum. Ich konnte sie nicht einfach schnappen, nicht ohne dass jeder anwesende Vampir und Alpha etwas bemerken würde. Dasselbe galt für die Möglichkeit, sie am Bus abzufangen.

Das Bedürfnis, mich mit ihr in Verbindung zu setzen

und einen Schwur in ihre Gedanken zu flüstern, von dem ich nicht wusste, ob ich ihn würde einhalten können, plagte mein Herz. Aber Khalid hatte mich gewarnt, dass auch nur die Andeutung von Kommunikation Silvano auf meinen Bund aufmerksam machen könnte. Es ging vor allem um Geruch, und die Mauer zwischen Lily und mir hatte meine Veränderung wenigstens ein bisschen minimiert.

Allerdings hatte Silvano eine leichte Änderung bemerkt und diese auch gleich nach seiner Ankunft kommentiert.

Ich hatte gerade zugeben wollen, dass ich eine Kandidatin mit nach Hause genommen hatte, als Khalid mir zuvorgekommen war: „Ah, Ihr müsst Emine riechen. Ja, Cedric und ich hatten unseren Spaß mit meinem Haustier. Sie hätte Euch gefallen. Leider ist sie jetzt tot."

Und das war das Ende der Diskussion gewesen.

Der Geruch war immer noch vorhanden, aber das schien Silvano nicht mehr zu interessieren. Die Zeit war für unsterbliche Wesen relativ. Für ihn waren ein paar Tage nicht mehr als ein paar Sekunden, was bedeutete, dass der Duft einer Sterblichen wochenlang in der Luft hängen könnte, bevor er sich wieder darüber wundern würde.

Wenn er allerdings meinen Geruch auf Lily bemerkte, würde er beinah sofort die Wahrheit erkennen.

Daher war es gut, dass sie nun von der Bühne weggebracht wurde. Ebenso positiv war es, dass Silvano zu sehr damit beschäftigt schien, Kandidatinnen auf seinem Tablet anzusabbern, anstatt auf die Parade an Absolventen vor ihm zu achten.

Er sah immer noch das Bild der Rothaarigen an. „Also?", hakte er nach.

Ich war mir nicht sicher, warum ihn meine Meinung kümmerte. Er könnte jeden Menschen auswählen, den er brechen wollte. Aber offensichtlich verlangte er nach einer Antwort.

„Sie ist hübsch", antwortete ich mit gelangweilter Stimme. Ich hatte keinerlei Interesse daran, ein neues Spielzeug für ihn auszuwählen. Nicht wenn Lily in den Bereich der Mondjagd-Kandidaten an der Seite des Felds geführt wurde. Sie würden sie nach der Zeremonie zu ihren entsprechenden Bussen und schließlich zu den Flugzeugen bringen.

Scheiße. Was soll ich tun? Wie biege ich das wieder hin?

Lilys blondes Haar glänzte im Mondlicht, als der Vigil ihr bedeutete, sich den anderen Auserwählten für die Mondjagd anzuschließen.

Sie hielt ihren Kopf gesenkt, sodass ich ihren Gesichtsausdruck nicht sehen konnte.

Hass mich nicht, kleine Blume, dachte ich in ihre Richtung. *Ich würde die Verbindung öffnen, wenn ich könnte. Aber ich verspreche, dass ich dich nicht im Stich lassen werde.*

Meine Brust schmerzte.

Ich habe nur keine Ahnung, wie ich dich retten soll.

Und ich hasste es, diesen Teil zugeben zu müssen. Ich hasste diese ganze gottverdammte Situation.

Silvano öffnete das Bild einer anderen Kandidatin und fragte mich, was ich von ihren Titten hielt. Ich gab eine weitere nichtssagende Antwort von mir. *Wenn du Lilys Profil aufrufst, werde ich dir meine ehrliche Meinung sagen.*

Ich hatte einige Bluttage beobachtet, da sie oft im Fernsehen ausgestrahlt wurden, außerdem hatte man mir Zugang zu der Zeremonie geboten, da ich als Meister an der Universität arbeitete.

Aber ich hatte dem Spektakel noch nie mit Silvano beigewohnt.

Er kam normalerweise allein. Auch wenn Herrscher theoretisch gesehen teilnehmen durften, nutzten sie dieses

Angebot typischerweise nur, wenn sie von ihrem Prinzen darum gebeten wurden.

Manche Vampire luden ihre Herrscher als formelles Zeichen des Danks ein.

Andere wählten nur die Herrscher aus, die sie ehren wollten – was Silvano jetzt zu tun schien, da ich nun das neuste Mitglied seines Hofs werden sollte.

Und dann gab es diejenigen – wie Khalid und normalerweise auch Silvano – die allein an der Zeremonie teilnahmen.

Die ganze politische Parade war ein Machtspiel.

Allein aufzutauchen, gebot ein gewisses Niveau an Selbstvertrauen, sich selbst verteidigen zu können.

Die Herrscher mitzunehmen vermittelte allerdings ein Zeichen der Loyalität und Respekt, das im Wesentlichen sagte: „Greift mich nur an, aber ich habe mächtige Handlanger, die euch zusammen zerstören werden."

Alles war ein Kampf der Überlegenheit, dem ich mich nicht anschließen wollte.

Dennoch blühte er während der Zeremonie um mich herum auf – Vampire und Alphas gaben leise Kommentare über Kandidaten und ihre Absichten ab, während sie die Antworten der anderen abwägten.

Unterhaltung, dachte ich und war dankbar, als der nächste Kandidat für den Cup der Unsterblichkeit angekündigt wurde. Es war ein blonder Mann mit gefasstem Auftreten, den ich von der Liste der Unantastbaren erkannte, was bedeutete, dass er nicht für einen Harem ausgewählt werden konnte. Er war für die Unsterblichkeit vorgesehen. Aber ihn jetzt zu sehen, bedeutete, dass der spannendste Teil der Zeremonie fast beendet war.

Denn der elfte Teilnehmer für den Cup der Unsterblichkeit wurde gleich nach ihm ausgewählt.

Allerdings war dies nur Kandidatin siebenhundertdrei – die Rothaarige, nach der Silvano gefragt hatte.

Dennoch blieben fast dreihundert Menschen übrig, die ihrem Schicksal zugeteilt werden mussten.

Diese Nacht wird verdammt noch mal nie enden.

Ich konnte meine Lily nicht mehr sehen, da ihr helles Haar in der Masse an Kandidaten um sie herum unterging. Die Teilnehmer der Mondjagd vermischten sich mit den Auserwählten für die Zuchtlager, da sie gemeinsam zu ihren endgültigen Standorten gebracht werden würden.

Manche Kandidaten für die Mondjagd würden sich am Ende auch vermehren müssen.

Wenn sie es überlebten, gejagt und von den wilden Lykanern gefickt zu werden.

Mir drehte sich der Magen um. *Ich habe dich gewarnt,* dachte ich in Lilys Richtung. *Ich habe dich gewarnt, dass dies dein Schicksal sein würde.*

Aber ich konnte es ihr nicht übelnehmen. Das hier war meine Schuld. Ich hatte mich darauf verlassen, dass Khalid mir helfen würde, was er offensichtlich nicht vorhatte – worum ich mich *später* würde kümmern müssen.

Fürs Erste musste ich mir überlegen, wie ich meine *Erosita* retten konnte.

Wenn ich mit der ersten Runde der Kandidaten für den Cup der Unsterblichkeit verschwinden kann, könnte ich Lilys Bus erreichen.

Und was dann?

Als Meister könnte ich lügen und sagen, dass ich Lily für eine Aufgabe bräuchte. Welcher Lykaner auch immer mit ihrem Transport beauftragt war, würde einen niedrigeren Rang haben als ich.

Alle Könige und Alphas – die einzigen, die mächtiger sind – werden mindestens eine Stunde lang mit den Kandidaten für den Cup der Unsterblichkeit beschäftigt sein. Vielleicht sogar länger.

Denn sie würden alle Teilnehmer nacheinander studieren und entscheiden, ob sie einen für ihren Harem mitnehmen wollten. Wenn ihnen niemand gefiel – was selten vorkam – konnten sie aus der Kandidatengruppe für das Haremslager wählen.

Der Sinn des ganzen Gehabes war es, die Teilnehmer des Cups der Unsterblichkeit zu entmutigen. Sie waren erfreut, unter den zwölf Menschen zu sein, die um die Unsterblichkeit würden kämpfen können, nur um wenige Minuten später zu erfahren, dass sie auch als Sexsklaven enden konnten.

Es war der Teil der Zeremonie, der Königen wie Silvano am meisten gefiel – daher hatte er die Liste so eingehend studiert.

Aber das bedeutete auch, dass er und die anderen abgelenkt sein würden.

Also könnte ich …

„Kandidatin eintausend", rief der Magistrat den letzten Menschen auf.

Ich bemerkte die Sterbliche, die auf die Bühne zulief kaum.

Ich wollte einfach nur, dass all dies vorbei war. Ich brauchte einen Grund, um zu verschwinden. Zu fliehen. Zu rennen. *Um Lily zu retten.*

Aber ich hatte keinen wirklichen Plan. Wenn ich sie schnappen würde, hätte ich keine Ahnung, wohin wir gehen sollten. Die Könige und Alphas würden abgelenkt sein, aber nur kurzfristig, und früher oder später würde jemand ihre Abwesenheit bemerken.

Und Silvano würde mich vermissen.

Und was dann?

„Dienstleistungsteam, Clementer Clan", verkündete der Magistrat.

Mein Herz setzte einen Schlag aus.

472

„Siehst du eine, die dir gefällt?", fragte Silvano.

Ich blinzelte ihn verständnislos an. „Eine was?"

Er warf mir einen Blick zu, der besagte, dass er meine Frage absolut dämlich fand. „Eine Kandidatin zum Ficken."

Ich runzelte die Stirn. „Ist das unser Plan für heute Abend?" Denn ich hoffte wirklich, dass er für uns etwas anderes vorgesehen hatte. Ich würde lieber sterben, als eine Frau anzufassen, die nicht meine Lily war.

Er lächelte. „Nun, ich hatte mir gedacht, dass es *dein* Plan für heute Abend sein würde. Ich werde dir mein neues Haustier schenken."

Mein Kiefer drohte nach unten zu klappen, was er mit einem breiten Grinsen bemerkte.

„Du bist überrascht." Keine Frage, sondern eine Feststellung. „Gut. Ich dachte, das würde dir gefallen, nachdem ich gehört habe, dass du deinen Spaß mit einem von Khalids Haustieren hattest. Also besorge ich eins für …"

„Damit endet unser jährlicher Bluttag", verkündete Lilith und unterbrach Silvano. „Vigils, bitte begleitet eure entsprechenden Teams zu ihren Ausgängen. Die Kandidaten für den Harem und die Teilnehmer am Cup der Unsterblichkeit bleiben hier."

Silvano sah sie nicht an, sondern grinste weiterhin in meine Richtung. „Schau mal und nenn mir drei oder vier, die dich interessieren. Wenn ich dran bin, werde ich das Haustier aussuchen und sie dir überlassen."

Verdammt.

Von allen möglichen Zeitpunkten, an denen Silvano hätte versuchen können nett zu sein - oder was auch immer dieses „Geschenk" sein sollte - musste es ausgerechnet *jetzt* sein.

473

Das bedeutete, dass ich unmöglich unbemerkt entkommen könnte.

Und Lily zu retten …

Es wird unmöglich sein.

Sobald sie in den Bus stieg, würde ich sie nie wieder finden können.

Im System waren Details über die Kandidaten und ihre Zuweisungen vermerkt, aber das bedeutete nicht, dass sie lange genug überleben würde, um an ihrer Endstation anzukommen. Oder dass man sie auf dem Weg nicht doch anders zuteilen würde.

Was, wenn einer der Lykaner sie sofort fickt?

Das wird unser Band zerstören.

Es … Es könnte sie töten.

Silvano klopfte mir kichernd auf die Schulter. „Bist du zu geschockt, um jemanden auszuwählen? Soll ich es dann mit der Rothaarigen versuchen? Oder vielleicht Kandidatin neunhunderteins? Die mit den dreisten Titten?"

Ich will kein verdammtes Haustier. Ich habe schon eins.

Stattdessen wollte ich mich wegteleportieren, Lily schnappen und wegrennen.

Ich wollte Silvano umbringen.

Ich wollte verdammt noch mal verschwinden.

Ich wollte die Zeit zurückdrehen und diesen gottverdammten Prozess ungeschehen machen.

Ich wollte …

„Ich schlage vor, du siehst dir Kandidatin vierhundertneun an", sagte Khalid plötzlich unter seiner Robe. Seine weiche, seidene Stimme schnitt sofort durch all meine Begierden.

Scheiß drauf. Ich will dich umbringen, dachte ich und sah ihn direkt an. *Ich möchte dir verdammt noch mal den Hals dafür umdrehen, dass du mich hast glauben lassen, dass ich dir vertrauen könnte.*

„Du magst zerbrechliche Dinge, nicht wahr?", fuhr Khalid fort, als wäre ich nicht kurz davor, mich auf ihn zu stürzen und ihn zu erwürgen. „Diese hier erinnert mich an eine Blume. Leicht zu brechen, fast wie das süße, kleine Ding, das wir vor ein paar Tagen beerdigt haben, oder?"

Blume. Das einzelne Wort – der Spitzname, der sofort in mein Herz stach – ließ mich innehalten und mein Verlangen nach seinem Tod beiseiteschieben. *Welches Spiel spielst du jetzt?*

Khalid hob sein Tablet – das ich gar nicht bemerkt hatte, da er es in seinem Umhang verborgen hatte – und mein Herz setzte aus, als ich Lilys nackten Körper auf dem Bildschirm sah.

Unter ihrem Namen stand: *Kandidatin für die Mondjagd.*

Und darunter die Details über ihren Transport.

„Das ist keine Kandidatin, die man als Haustier nehmen kann", sagte Silvano ihm.

Khalid drehte das Tablet, um den Bildschirm zu mustern. „Oh, tut mir leid, mein Cursor muss wohl verrutscht sein. Einen Moment." Er wischte mit seiner bedeckten Hand darüber, was irgendwie dafür sorgte, dass sich der Bildschirm bewegte. „Hier."

Er zeigte mir als nächstes das Bild einer Brünetten; *Kandidatin vierhundertneun.*

Aber ich betrachtete sie gar nicht.

Ich sah nur Lily und die Informationen, die er mir gerade gegeben hatte.

Ihr Kennzeichnung als Mondjagd-Kandidatin.

Und noch wichtiger, ihr zugedachtes Ziel.

Silvano gab ein paar erlesene Kommentare über die Kandidatin auf dem Bildschirm ab und dass er mit dieser Wahl nicht einverstanden war.

Ich tat so, als stimmte ich zu, aber meine Gedanken wurden von einem neuen Plan abgelenkt, der sich gerade in meinem Verstand formte.

Khalid hatte versprochen, mir zu helfen.

Und es schien, als hätte er dies auf eine Art und Weise getan.

Denn aus irgendeinem Grund war Lily für das Wolfterritorium auserwählt worden, das ich wie meine Westentasche kannte – *den Clementer Clan.*

Ich musste nur diesen Besuch von Silvano überstehen und nach Hause reisen.

Dann würde ich nach meiner *Erosita* suchen.

Verwelke nicht, meine liebste Lily.

Ich werde dich holen.

Ich verspreche es.

LILY

ICH BIN NICHT MEHR KANDIDATIN VIERHUNDERTSIEBEN. ICH sah auf die Karte in meiner Hand herab. *Ich bin jetzt Mondjagd-Posten Nummer siebzehn, Ziel Clementer Clan.*

Die blonde Frau neben mir hielt eine ähnliche Karte in der Hand, nur stand auf ihrer *Zuchtschlampe Nummer zwölf, Ziel Clementer Clan.* Darüber standen die Worte *Blutuniversität drei, Kandidatin siebenhunderteins, Jahr einhundertsiebzehn.* Diese Bezeichnung war durchgestrichen, genau wie meine.

Nur dass meine besagte: *Blutuniversität sieben, Kandidatin vierhundertsieben, Jahr einhundertsiebzehn.*

Ich nahm an, dass die Ziffern der Blutuniversitäten besagten, in welcher Einrichtung wir ausgebildet worden waren. Es schien eine sichere Annahme zu sein, da mir die Kandidatin auch nicht bekannt vorkam.

Ein Lykaner knurrte vom vorderen Teil des Busses, während er eine still schluchzende Frau ein paar Sitze vor mir beobachtete. Sie gab ihr Bestes, um kein Geräusch von sich zu geben – das taten wir alle – aber der Gestaltwandler fand offensichtlich, dass sie sich mehr anstrengen sollte.

Ich ignorierte das Geschehen und ließ meinen Blick wieder zu meiner Karte sinken. *Ich bin jetzt Mondjagd-Posten Nummer siebzehn.* Ich wiederholte die Bezeichnung und hoffte jedes Mal, dass Cedric mich hören und antworten würde.

Die Enttäuschung drohte mich zu ertränken, als er nicht einmal reagierte.

Aber ich versuchte es weiter.

Selbst als wir aus dem Bus in ein neues Flugzeug gedrängt wurden.

Selbst als ich meinen Platz in einem der Käfige einnahm.

Selbst als ich mich hinlegte, um zu schlafen.

Selbst als ich träumte und schließlich wieder aufwachte.

Nichts. Kein einziges Wort.

Er wendet sich von mir ab. Er hat mich aufgegeben oder er ist tot.

Allerdings vermutete ich, dass ich Letzteres spüren würde. Oder vielleicht auch nicht. Ich konnte ihn in meinem Inneren überhaupt nicht mehr fühlen. Ich war nur Lily. Allein mit meinen Gedanken. Klammerte mich an einer Karte fest, als wären dort alle Antworten des Lebens zu finden. Saß neben der Frau, die im Zuchtlager landen würde. Versuchte, keinen Hauch von Gefühlen zu zeigen.

Die weinende Kandidatin aus dem Bus war lange fort. Sie hatte ihr Schluchzen nicht unterdrücken können und der Lykaner hatte ihr eine Lektion erteilt. Oder besser gesagt hatte er den Menschen benutzt, um uns zu zeigen, was mit uns allen passieren würde, wenn wir nicht schwiegen.

Ich hatte die brutale Gewalt vor mir kaum bemerkt, da ich zu sehr damit beschäftigt gewesen war, in Richtung von Cedric zu beten.

Im Flugzeug war es zu weiteren Vorkommnissen gekommen.

Aber im Bus war es nun ruhiger, da sich alle ihrem Schicksal ergeben oder jeglichen Lebenswillen verloren hatten.

Allerdings schien die blonde Frau neben mir – neben der ich während der ganzen Reise von der Bluttag-Zeremonie gesessen oder gestanden hatte – nicht allzu entmutigt zu sein. Sie sah stattdessen gelangweilt aus dem Fenster, während wir durch die Nacht fuhren.

Sie hatte etwas Berechnendes an sich. Ich hoffte, sie würde nicht versuchen zu fliehen oder ein Drama zu veranstalten. Die Lykaner würden sie nur jagen und zerstören.

Wie sie es mit mir bei der nächsten Mondjagd tun werden, dachte ich. *Ich bin genau dort, wo du es vorhergesagt hast, Cedric. Und ich frage mich langsam, ob das von Anfang an dein Plan gewesen ist.*

Die Aussage war nach allem, was wir zusammen erlebt hatten, nicht wirklich fair, aber ich konnte nicht verhindern, dass sich ein Hauch von Ärger über mein Herz und meinen Verstand legte.

Er hat mich verlassen.

Er hat mich aufgegeben.

Und jetzt werde ich den Wölfen zum Fraß vorgeworfen.

Der Bus fuhr durch ein Tor, das von hohen Mauern umgeben war. Das Mondlicht ließ die Drähte an den oberen Spitzen glitzern. Die Frau neben mir kniff bei dem Anblick der Barrikade die Augen und Zähne zusammen. Einen Augenblick später hatte sie ihr Gesicht wieder unter Kontrolle und sah nach vorne.

Dann schaute sie kurz zu mir, als sie bemerkte, dass ich sie beobachtet hatte.

Sie hob herausfordernd eine blonde Braue, was

bestätigte, dass sie wirklich kein bisschen entmutigt war, sondern sich gegen dieses Schicksal wehren wollte.

Ich ignorierte sie und wandte meinen Blick wieder den Lykanern im vorderen Bereich zu. Ich wollte mit ihrem Plan nichts zu tun haben.

Das Metall um uns herum stöhnte, als die Reifen gegen den Pfad protestierten und der Bus Zentimeter für Zentimeter über eine dunkle Straße kroch, die kilometerlang zu sein schien.

Meine Sitznachbarin schaute wieder aus dem Fenster und ich tat es ihr gleich. Wir beide betrachteten das karge Land, das durch die hellen Lichter im Hof, der sich hinter dem Tor erstreckte, beleuchtet wurde.

Ein fensterloses Zementgebäude erschien in der Ferne – eine dreistöckige Struktur, die eher wie ein Fels und nicht wie eine Unterkunft aussah.

Ist das das Zuchtlager?, fragte ich mich. *Oder halten sie hier die Teilnehmer der Mondjagd fest?*

Mein Blut gefror, als der Bus neben dem unheimlichen Gebäude zum Stehen kam.

Werden sie uns sagen, dass wir aussteigen und rennen sollen?

Oder werden wir uns zuerst aufwärmen?

Vielleicht werden wir eine Art Mitternachtstraining haben, wie die Testläufe in der Wüste.

Hier gab es Sand. Keine Bäume.

Ich konnte die Luft noch nicht spüren, da der Bus eine Klimaanlage hatte, um es den Lykanern an Bord angenehmer zu machen.

Natürlich wurde all dies nun ausgeschaltet, als die Gestaltwandler das Fahrzeug verließen. Ihre mangelnden Befehle sprachen Bände. *Bewegt euch nicht,* schienen ihre Handlungen zu sagen.

Ich schluckte und mein Herz setzte eine Sekunde lang

aus. *Wird meine Sitznachbarin jetzt ihren Plan umsetzen? Oder wird sie warten, bis wir aus dem Bus raus sind?*

Ich saß am Gang und blockierte ihren Weg.

Aber sie bat mich nicht, mich zu bewegen. Sie sagte und tat auch nichts anderes, als aus dem Fenster zu starren.

Ein paar andere um uns herum rutschten auf ihren Sitzen herum; alle warteten.

Aber niemand sprach. Niemand versuchte zu fliehen. Wir harrten einfach nur aus, wie gut erzogene Haustiere.

Ich verstehe jetzt, warum dich Menschen langweilen, dachte ich in Cedrics Richtung. *Unser freier Wille wurde uns genommen.*

Allerdings hatte Cedric mir meinen zurückgegeben. Er hatte mir gezeigt, wie das Leben an seiner Seite sein konnte.

Nur war alles eine Lüge gewesen. Ein vorübergehendes Märchen. Ein Traum, in dem ich mich nicht hätte verlieren sollen.

Du hattest recht, fuhr ich fort. *Es wäre ein Akt der Gnade gewesen, mich zu töten.*

Doch auch wenn ich die Wahl gehabt hätte, so hätte ich mich dennoch für diesen Weg entschieden.

Es war vielleicht ein naiver Gedanke, wenn man bedachte, dass mir mein eigentliches Schicksal noch bevorstand, aber das Vergnügen, Cedric gekannt zu haben, war meinen zukünftigen Schmerz wert.

Er war nicht das Monster, für das er sich selbst hielt. Er war nur alt. Ein alter Vampir mit einem anderen oder eher fehlenden Konzept der Menschlichkeit.

Du hast mir Erfahrungen geschenkt, murmelte ich. *Sie mögen mich bis zu meinem letzten Atemzug heimsuchen, aber ich werde dank ihnen auch meinen Frieden finden.*

Und sie gaben mir einen Zweck.

Um zu kämpfen.

Den *Willen* zu überleben.

Er wird kommen und mich holen, entschied ich. Das musste ich glauben, da mich die Hoffnungslosigkeit sonst zerstören würde.

Die Frau neben mir erstarrte, sodass meine Aufmerksamkeit auf das Dach des Gebäudes gezogen wurde, wo die Lykaner in Wolfsform umherschlichen. Ihr beeindruckendes weißes Fell glänzte im Mondschein und gab ihnen ein unheilvolles Aussehen.

Angemessen, dachte ich, obwohl mein Herz aussetzte. *Dieser Ort ist die perfekte Kulisse für Albträume.*

Mein Mund öffnete sich, als einer von ihnen vom Gebäude sprang und mit einem dumpfen Schlag auf dem Dach des Busses landete.

Zwei Menschen kreischten.

Ich biss auf meine Unterlippe, um mich vom Schreien abzuhalten, während die Frau neben mir scharf einatmete.

Die Tür flog auf, als ein anderer Lykaner nur mit einem Paar Jeans bekleidet den Bus betrat. Seine Iriden flackerten wie goldene Flammen, als er die Menge betrachtete.

Seine Lippen verzogen sich, und sein Ekel war deutlich spürbar.

Dann ergriff er den erstbesten Menschen in seiner Nähe und verlangte, die Karte in der Hand des Mannes zu sehen.

„Mondjagd", lallte der Lykaner. „Dann fang besser an zu rennen." Er schubste den anderen Mann aus dem Bus, was draußen einen Chor des Knurrens ertönen ließ.

Ich ließ meinen Blick auf meine Karte sinken und wollte mich am liebsten unsichtbar machen, während das Geheul der Wölfe durch die Nacht hallte.

Ihr bestialisches Lied klang hungrig und grausam.

Und es wurde durch menschliches Kreischen unterstrichen.

Einfach atmen, sagte ich mir. *Unterwerfen und überleben. Fürs Erste.*

Der Lykaner im vorderen Bereich des Busses grunzte. „Na, wenn er ein Vorgeschmack auf die Lieferung ist, werden wir ein langweiliges Jahr haben."

Seine Worte waren offensichtlich an die Wölfe draußen gerichtet.

Aber die nächsten gingen direkt an uns. „Steht auf und reiht euch neben dem Bus für eine Kontrolle auf." Als sich niemand sofort bewegte, fügte er hinzu: „*Jetzt.*"

Alle sprangen auf, woraufhin der Lykaner grunzend den Bus verließ.

Ich war etwa zwölf Reihen hinter der Tür, sodass ich mich in der Mitte der Reihe befand, als wir ausstiegen. Die blonde Frau folgte mir mit leisen Bewegungen. Ich gab mein Bestes, um sie zu ignorieren, da ich nichts mit ihren Plänen zu tun haben wollte.

Aber sie hielt vor dem Bus nur neben mir inne und senkte den Kopf, so wie ich es tat.

„Karten hoch", befahl einer der Lykaner.

Ich sah kurz nach links, um zu sehen, wie die anderen ihre Karten hielten und tat es ihnen gleich, dann hob ich sie etwas höher, als der erste Mensch gerügt wurde, weil sich der Lykaner zum Lesen hatte vorbeugen müssen.

Sie waren alle viel größer als wir, da ihnen ihr übernatürliches Erbe eine massige Gestalt verlieh.

Oder vielleicht fühlte ich mich auch nur klein, da alle Lykaner um uns herum Männer waren.

Es gab ein paar Menschen mit ähnlicher Statur, aber sie erblassten im Vergleich zu den Muskeln der Gestaltwandler. Ich beobachtete sie durch meine Wimpern hindurch, selbst während ich meinen Kopf gesenkt hielt, aber ich konnte kaum über ihre nackten Oberkörper hinaussehen.

Die meisten trugen nur Jeans und sonst nichts, nicht einmal Schuhe.

Als der Lykaner bei mir ankam, hielt er inne. „Mondjagd. Interessant." Er ergriff mein Kinn und zwang meinen Blick nach oben, während er mich berechnend und mit unverhohlenem Interesse ansah.

Ich schluckte, und mein Herz drohte einfach stehenzubleiben. Aber die Jahre der Ausbildung hielten meine Reaktion in Schach, was den Lykaner nur noch mehr zu faszinieren schien.

Er beugte sich vor, bis seine Nase meinen Hals erreichte und atmete tief ein. „Hmm", summte er nachdenklich. „Dich müssen wir vielleicht neu zuteilen." Er richtete sich auf und seine eisblauen Augen trafen meine. „Wenn du die Jagd überlebst." Er ließ mich mit einem Zwinkern los, bevor er zu der Blondine neben mir überging.

Ich ließ meinen Blick sofort auf den Boden sinken, während ich gegen die Empfindungen ankämpfte, die seine Berührung auf meiner Haut hinterlassen hatte. *Zu heiß. Zu nah. Zu falsch.*

Zum Glück schien nicht nur ich seine Aufmerksamkeit erregt zu haben, da seine Kommentare bezüglich einer *neuen Zuteilung* noch weitere Male ertönten, während er die Reihe abging.

Er war nicht der Alpha des Clementer Clans; das wusste ich, da ich ihn nicht erkannte – man hatte uns vor Jahrzehnten dazu gezwungen, uns alle Überlegenen und ihre Fotos einzuprägen. Aber selbst ohne dieses Wissen erkannte ich seinen niedrigen Status an der Signatur seiner Energie.

Die Tatsache, dass ich dies spüren konnte, bestätigte, dass ich immer noch mit Cedric verbunden war, da ich sehr davon ausging, dass dieses Bewusstsein dem *Erosita-Bund* entstammte.

Das bedeutet, dass du noch lebst, dachte ich in seine Richtung, während das Blut in meinen Adern zu Eis wurde. *Und du ignorierst mich.*

Meine Gedanken drohten wieder in einem Wirbel aus Was-wäre-wenns zu ertrinken, bis ich mich in der Gegenwart über Wasser hielt, indem ich meine Aufmerksamkeit erneut auf die Lykaner um mich herum richtete. Ich konnte es mir nicht leisten, abgelenkt zu werden.

„Hier entlang", sagte einer der Gestaltwandler mit einer barschen Stimme, als er uns durch eine unscheinbare Tür in das fensterlose Gebäude führte.

Die kühle Luft ließ die Härchen auf meinen Armen sofort zu Berge stehen, da meine weiße Robe nur wenig half, um dem plötzlichen Temperaturwechsel entgegenzuwirken. Ich hatte nicht bemerkt, wie feuchtwarm es draußen gewesen war, bis ich über die Schwelle der Tür getreten war. Jetzt fühlte es sich an, als wäre ich in einem Kühlschrank.

Meine Knie schlotterten und meine Gliedmaßen froren ein, während wir liefen, nicht nur wegen der Kälte, sondern auch wegen der Geräusche, die an meine Ohren drangen.

Grunzen.

Weinen.

Schreie.

Ich weigerte mich, durch die offenen Türen zu sehen, als wir an den Quellen der Geräusche vorbeigingen. Ich wollte nicht, dass sich diese Bilder in meine Gedanken einbrannten.

Der Korridor endete schließlich in einem großen offenen Raum, der von Käfigen gesäumt war. *Ein Gefängnis,* dachte ich, als mir die richtige Bezeichnung für diese Art Zellen wieder in den Sinn kam.

In jedem Raum gab es zwei Betten.

Aber dort wurden wir nicht hingeschickt.

Stattdessen führte uns der Lykaner durch eine Tür zu einem Umkleidebereich, wo er uns befahl, uns auszuziehen und zu duschen, wie man es schon vor dem Bluttag von uns verlangt hatte. Nur waren wir dieses Mal allen hungrigen Blicken erbärmlich ausgeliefert.

Ich versuchte nicht daran zu denken, was passieren würde, wenn ich ihr Interesse weckte, wie es mein Band mit Cedric zerstören und wahrscheinlich mit meinem schnellen Tod enden würde.

Sie würden nicht zärtlich sein. Nicht dass Cedric unglaublich zärtlich gewesen war, aber immerhin hatte er mir Lust und Vergnügen geboten. Diese Tiere … würden das nicht.

Wo bist du?, fragte ich mich beinah wie im Delirium, als das eiskalte Wasser meine Schultern traf.

Ein Knurren schnitt durch die Luft, als einer der Lykaner auf eine Frau in der Nähe reagierte. Ich sah nicht hin, sondern schloss nur meine Augen und beendete mein Bad. *Unsichtbar bleiben. Gehorchen. Überleben.*

Das wurde zu meinen Mantra, als ich aus der Dusche trat, um mich abzutrocknen und die Vorschriftskleidung anzuziehen, die auf uns wartete – blaue Hosen und weiße Shirts.

Ich wiederholte es immer wieder, als sie uns zu einem Cafeteria-Bereich führten, wo uns gegrilltes Hühnchen, Reis und Erbsen serviert wurden.

Und ich flüsterte es mir in Gedanken vor, als sie mich zu meinem Bett für die Nacht brachten.

Wie nicht anders zu erwarten, teilte ich meine Zelle mit der Blondine.

Es schien, als wären unsere Nummern gekoppelt, und so weit ich es beurteilen konnte, hausten in jedem Käfig ein Kandidat für die Mondjagd und einer aus dem Zuchtlager.

„Lichter aus", rief der Lykaner.

Der Raum wurde pechschwarz, bevor ich ein Bett beanspruchen konnte, sodass ich einfach nur neben der anderen Frau stand, während die Echos von menschlichen Schreien in dieser albtraumhaften Kulisse um uns herum hallten.

Das war genug, um mich hoffen zu lassen, dass ich nicht neu zugeteilt werden würde.

Vielleicht werde ich mich fangen lassen.

Oder vielleicht werde ich einen Ort finden, um mich zu verstecken.

Unwahrscheinlich, aber welche Wahl hatte ich schon?

Meine Fantasie mit Cedric hatte ein Ende gefunden. Es wurde Zeit, der Realität ins Auge zu sehen. Und die Realität bedeutete Überleben.

Wofür?, fragte ich mich. *Überleben, um im Zuchtbereich dieser Einrichtung zu landen? Wegzurennen und mich in der Ungewissheit zu verstecken?* Ich wusste nichts über das Territorium des Clementer Clans, abgesehen von der kurzen Reise draußen.

Wo sollte ich hingehen?

Wo sollte ich mich verstecken?

Wie werde ich das überleben?

CEDRIC

Drei. Verdammte. Tage.

So lange hatte ich gebraucht, um eine Gelegenheit zu bekommen, die Silvano Region zu verlassen. Anscheinend hatte Silvanos Akt, mir sein *Haustier* zu schenken, mich davon überzeugen sollen, auf meine zwei Jahre der Freiheit zu verzichten.

Ich hatte gewusst, dass die Sache einen Haken haben würde. Silvano tat nichts ohne eine bestimmte Absicht.

Mich ihm direkt zu entsagen, war keine Option gewesen. Daher hatte ich mitgespielt und dabei zugesehen, wie er dabei geholfen hatte, mein neues Haustier auf dem Rückflug nach Silvano City „aufzuwärmen". Dann hatte ich das, was von dem Mädchen übrig geblieben war, auf mein Zimmer im Silvano Tower genommen.

Und das arme Ding von ihrem Leid erlöst.

Von dem, was er ihr angetan hatte, hätte sie sich nie wieder erholen können.

Ich hatte einen Tag gewartet, bevor ich ihn darüber informierte, dass ich mein Haustier verloren hatte. Er hatte mir eines aus seinem Harem angeboten, aber ich hatte ihm gesagt, dass er mir schon genug gegeben hatte und mir eine bessere Idee gekommen war.

„Ich werde mir einen Menschen von den Wölfen holen", hatte ich gesagt. „So habe ich einen Grund, um im Clementer Clan nach dem Rechten zu sehen und meine Macht dort unten zu demonstrieren, bevor ich die Herrscher-Position in der Nähe der Grenze von Texas übernehme."

Silvano hatte gegrinst. „Ich wusste, dass du für den Job geeignet bist. Du machst ihn quasi jetzt schon, nur ohne die Vorteile, die damit einhergehen. Darum werden wir uns kümmern, wenn du zurückkommst."

„Ich freue mich schon darauf", hatte ich gelogen.

Nicht, dass er es bemerkt hätte. Und warum sollte er? Die Position wäre für die meisten eine Ehre gewesen. Ich sollte offensichtlich begeistert sein.

Er hatte mein Hinauszögern missverstanden und angenommen, ich würde mich erst beweisen wollen.

Das hatte ich als Vorteil genutzt, als ich meine Ausrede vorbrachte, warum ich den Clementer Clan besuchen würde. Ich konnte wie ein Herrscher denken – das war nie mein Problem gewesen. Ich wollte nur einfach keiner sein, was Silvano anscheinend nicht einmal als Möglichkeit in Betracht ziehen konnte.

Noch ein Fehler seinerseits, den ich zu meinem Vorteil nutzen würde.

Er hatte keinen Grund anzunehmen, dass ich nicht zu ihm zurückkommen würde. Wo sollte ich sonst hingehen?

Soweit er annahm, war die Silvano Region mein Zuhause. Und das war sie … fürs Erste.

Ich lehnte mich gegen die Mauern eines verlassenen Gebäudes in der Nähe der Grenze zwischen der Silvano Region und dem Clementer Clan. Es war ein Ort, den ich von meinen früheren Besuchen kannte.

Nur war ich dieses Mal aus meinen eigenen Gründen hier und nicht für Silvano.

Und das machte mich noch gefährlicher als sonst – ein Merkmal, das die meisten Gestaltwandler an meinem Geruch erkennen würden.

Allerdings reagierte der ältere Wolf, der nun auf mich zukam gar nicht darauf. Er lief mit faulem Selbstbewusstsein, sicheren Schritten und einem gelangweilten Gesichtsausdruck.

„Cedric", grüßte er.

„Jolene", erwiderte ich.

„Hat mein Sohn Silvanos Warnung nicht beherzigt?"

Ich lächelte. „Ich bin mir sicher, dass er das nicht getan hat. Die beiden Arschlöcher sind zu arrogant, um zur Vernunft zu kommen."

Jolene schloss sich meinem Grinsen an. „Wohl wahr. Ich nehme an, es ist gut, dass ich zu Edons Erziehung beigetragen habe."

Edon. Der zukünftige Alpha des Clementer Clans. Angenommen, der derzeitige Alpha, Walter, würde seinem Sohn erlauben, die Führung zu übernehmen.

„Wenn Silvano dich also nicht geschickt hat, warum sind wir dann hier?", fuhr Jolene fort. Seine Wahrnehmung war scharf wie immer. Sein Alter war keine Abschreckung, sondern eine Stärke. Etwas, das sein Sohn nicht als selbstverständlich ansehen sollte.

Aber ich war nicht hier, um über die Hierarchie der Wölfe oder Gesellschaftspolitik zu diskutieren.

Ich war hier, um einen alten Bekannten um einen Gefallen zu bitten, den er entweder annehmen würde oder nicht.

„Ich brauche Informationen über das Zuchtlager, das die Straße hoch liegt." In diesem Gebäude wurden auch die Kandidaten für die Mondjagd gehalten, was bedeutete, dass Lily ebenfalls dort war. Angenommen, die Informationen, die Khalid mit mir geteilt hatte, waren richtig.

Jolene hob eine silberne Augenbraue. „Aus einem bestimmten Grund?"

Jedem anderen hätte ich geantwortet: *Keinen, den ich verraten werde.*

Allerdings war Jolene nicht wie die anderen auf dieser Welt. Er schätzte Ehrlichkeit und altmodische Sitten. Deshalb ging ich oft zu ihm, wenn ich Alpha Walter eine von Silvanos berüchtigten Nachrichten überbringen musste.

Jolene gefiel die neue Weltordnung nicht oder wie die Lykaner ihre familiären Beziehungen entwürdigt hatten. Das machte ihn zu einem Verbündeten, wenn ich ihn brauchte.

Und jetzt bedurfte ich seiner Zusammenarbeit, denn es gab nur wenige andere in diesem Clan, denen ich vertrauen konnte.

„Ich muss etwas zurückholen, das mir gehört", sagte ich ihm.

„Etwas oder jemanden?"

„Jemanden", gab ich zu und hielt seinem dunklen Blick stand. „Meine *Erosita.*"

Seine dicken Augenbrauen hoben sich beinah bis zu seinem silbernen Haaransatz. „Ich verstehe", murmelte er.

Er stellte keine Fragen und gab auch keinen anderen Kommentar ab, sondern sah mich einfach nur einen langen Augenblick an, bevor er endlich nickte.

„Du wirst mehr als nur Informationen brauchen. Du brauchst auch Hilfe. Und das schnell, denn ich nehme an, dass du hier bist, um sicherzustellen, dass das Band intakt bleibt."

„Ja." Meine Antwort galt all seinen Aussagen. „Sie ist

für die Mondjagd zugeteilt." Es sei denn, einer der Lykaner in der Einrichtung würde etwas anderes entscheiden.

Sie konnten nehmen, wen auch immer sie wollten. Ficken und töten und verstümmeln. Aber so wie ich Lily kannte, gab sie ihr Bestes, um nicht aufzufallen.

Es kostete mich körperliche Mühe, unsere mentale Mauer nicht zu durchbrechen, um zu hören, wie es ihr ging, aber ich konnte nicht riskieren, dass jemand unsere Verbindung bemerkte.

Sie musste still bleiben.

Gehorsam.

Versteckt.

Meins.

„Die erste Mondjagd ist für nächste Woche angesetzt", sagte Jolene. „Aber es werden nur wenige teilnehmen. Walter verteilt sie gerne in Abständen, damit es mehr Spaß macht. Die größte Mondjagd wird nach Edons Krönung stattfinden."

„So lange werde ich nicht warten", sagte ich ihm. „Jede Minute, die sie da drin ist, ist eine weitere Minute, in der sie in Gefahr schwebt."

„Dann hättest du vielleicht nicht erlauben sollen, dass sie hierher gebracht wurde."

„Silvano hat mir diesbezüglich keine Wahl gelassen." Er hätte Lily schneller getötet, als es die Lykaner tun würden. Abstand zu halten, war die einzige Möglichkeit gewesen, um sicherzustellen, dass sie lange genug überlebte, damit ich sie wirklich retten konnte.

Was ich nun vorhatte.

Mit oder ohne Jolenes Hilfe.

Es würde immer andere Lykaner geben, die ich bestechen konnte. Ich hatte nur auf Grund unserer Vergangenheit zuerst mit diesem sprechen wollen.

Und weil ich vermutete, dass er ein Faible für Gefährten hatte. Er war früher einmal in eine seltene Triade mit zwei anderen Gestaltwandlern verwickelt gewesen. Nur eine von ihnen war heute noch am Leben. Auch wenn sie nicht im Clementer Clan lebte, wusste ich, dass sie immer noch miteinander sprachen.

Denn er hatte mir über die Jahre einige Botschaften gegeben, die ich ihr übermittelt hatte.

Das war unsere Abmachung gewesen – ich erwiderte seine Gefallen, indem ich Claudette verschlüsselte Nachrichten zukommen ließ. Ich verstand nicht, welches Spiel sie spielten, und es war mir auch egal.

Was zählte, war, dass er sich als nützlich erweisen konnte.

Und in diesem Fall konnte ich seine Bewunderung für unseren Gefährtenbund nutzen.

„Also, was nun, Jolene?" Ich stieß mich von der Mauer ab. „Kannst du mir helfen oder nicht?"

LILY

SCHREIE VERFOLGTEN MICH BIS IN MEINE TRÄUME UND ließen mich in ein dunkles Loch der Zweifel stürzen.

Ich war seit fast einer Woche hier, was einen Gedanken in meinem Verstand nur allzu deutlich machte.

Er wird nicht kommen.

Ich konnte nicht länger an seinen Namen denken. Es tat zu weh.

Er hat mich aufgegeben.

Vielleicht ist er sogar tot.

Es gab keine Möglichkeit, dies mit Sicherheit zu wissen. Er hatte mich auf jegliche Art und Weise abgeschnitten und in diesem Albtraum aus Kreischen und animalischem Grunzen zurückgelassen.

Meine Mitbewohnerin war letzte Nacht weggebracht worden, sodass ich nun allein in der kalten Zelle saß. Wir hatten nicht viel miteinander gesprochen, aber wir hatten in unserem Gefängnis ein gewisses Gefühl der Solidarität füreinander entwickelt.

Sie hatte mir gesagt, ich solle sie Willow nennen, aber sie hatte nie erklärt, woher sie diesen Namen bekommen hatte. So wie auch ich ihr nicht erzählt hatte, warum ich mich selbst Lily nannte.

Unsere Beziehung war dürftig und basierte auf dem geteilten Wunsch zu überleben.

Aber dann hatten die Lykaner sie geschnappt.

Ich hatte mich in eine Ecke gekauert, voller Angst, dass sie mich für die Zuchtkandidatin halten könnten.

Allerdings hatten sie sich nur für Willow interessiert.

Ich schluckte und starrte auf die farblose Decke über mir. Ich konnte nicht schlafen, da meine Gedanken voller Fragen und Sorgen kreisten. *Schreit Willow gerade in der Ferne? Ist sie überhaupt noch am Leben? Will sie immer noch überleben?*

Möchte ich überhaupt noch überleben?, fragte ich mich leise, wobei mein Herz einen Schlag aussetzte. *Bedeutet er mir so viel, dass ich ohne ihn keinen Lebenssinn mehr finde?*

Was für ein trauriges Leben wäre es, wenn der einzige Grund meiner Existenz von einem Vampir bestimmt würde.

Aber was hatte mir das Leben sonst noch zu bieten?

Es gab keinen Unterricht mehr. Keine Wettkämpfe um irgendwelche Positionen. Nur ein Schicksal, das schlimmer war als der Tod – *die Mondjagd.* Und wenn ich mich dort bewies, würde ich damit belohnt werden, dass mich diese Tiere bestiegen.

Ein Schauer jagte über meinen Rücken.

Das will ich nicht. Ich will nichts von all dem.

Selbst wenn ich floh, wohin könnte ich gehen? Wie würde ich überleben?

Meine Hände ballten sich zu Fäusten, als die Verzweiflung mein Herz und meine Lungen zerquetschte.

Ich … Ich wusste nicht, wofür ich überleben sollte. Es gab keine Ziele mehr, keine Hoffnung, keine möglichen Lebenswege, die ich einschlagen konnte.

Ich würde niemals eine Vigil werden.

Ich würde niemals unsterblich werden.

Ich bin dazu bestimmt, von wilden Kreaturen gejagt und gefickt zu werden, weil sie in mir nur ein Spielzeug sehen und keine Seele.

Mein Magen verkrampfte sich, als ich mich auf die Seite zwang, um meinen Blick von dem leeren Nichts an der Decke abzuwenden.

Leer wie der Zweck meines Lebens.

Ich zog meine Beine an die Brust und kämpfte gegen den Drang an, einfach loszuschreien.

Er hatte mich ruiniert. Er hatte mir eine Welt gezeigt, für die ich überleben wollte, eine Beziehung voller Bedeutung und *Lust.*

War alles nur ein grausames Spiel gewesen? Ein Weg, um mir etwas zu zeigen, von dem er gewusst hatte, dass es nur vorübergehend sein würde?

Ich hasse ihn.

Ich hasse die überlegenen Wesen.

Ich hasse diese Welt.

Ich hasse alles.

Aber am meisten hasste ich die kalten Klauen, die an meinem Inneren kratzten. Das nagende Gefühl, das mich an den Tod erinnerte, fast als hätte mein Körper schon zu verfallen begonnen.

Ich bin noch nicht tot, erinnerte ich mich. *Ich kann das überleben.*

Was mich nur wieder zu dem Teufelskreis der Diskussionen zurückführte, was dies überhaupt bedeutete. *Wofür überleben? Um in Qualen zu existieren? Um die Zuchtsklavin eines Lykaners zu werden?*

Vielleicht wird er doch kommen, flüsterte ein sterbender Teil in mir.

Ich ignorierte die hoffnungsvolle Stimme, die mich überhaupt zu der aktuellen Pein geführt hatte. Es war der Teil von mir, der gelernt hatte, zu lieben und zu *leben.*

Aber in meiner Realität war kein Platz mehr für diese Fantasie.

Meine Realität war ein Albtraum.

Schwere Stiefel unterstrichen diese Erkenntnis, als das Geräusch über den Korridor immer näher und näher kam. *Bitte geht weiter. Bitte ignoriert mich. Bitte nicht …*

Ein Schlüssel wurde in das Schloss meiner Zelle geschoben, was die Härchen an meinen Armen tanzen ließ. Ich konnte nicht vortäuschen, zu schlafen. Ich konnte die Reaktion meines Körpers auf die Ankunft der Monster nicht verbergen.

Ich öffnete meine Augen, entschlossen mich meinem Schicksal zu stellen, aber der Lykaner ignorierte mich komplett und ließ lediglich Willows gebrochenen Körper auf den Boden fallen.

Ohne Besorgnis. Ohne Mitleid. Ohne Interesse.

Er grunzte nur, als er die Tür wieder hinter sich zuschlug.

Ich blinzelte ihre leblose Gestalt an. *Verdammt.* Ich dachte nicht nach, sondern reagierte einfach, indem ich vom Bett rollte und auf dem Boden hockend nach ihrem Puls suchte.

Regelmäßig.

Und sie atmet.

Die Schwellungen an ihrem Kiefer ließen vermuten, dass sie mindestens einmal geschlagen worden war. Ich untersuchte ihren Kopf und fand eine Beule, die vielleicht erklärte, warum sie bewusstlos war.

Ansonsten hatte sie ein paar Kratzer und Blut unter ihren Nägeln - *sie muss sich gewehrt haben* - und ein paar blaue Flecken, die sich um ihre Hüften herum bildeten. *Handabdrücke*, bemerkte ich mit einem Schaudern. *Von einem Lykaner, der …*

Ich wollte den Gedanken nicht zu Ende bringen.

Stattdessen konzentrierte ich mich darauf, es ihr bequemer zu machen.

Ich rollte ein Handtuch zusammen, das sie als Kopfkissen nutzen konnte, wobei ich mir dennoch Mühe gab, ihren Nacken nicht zu sehr zu bewegen, für den Fall dass ihre Wirbelsäule verletzt worden war. Aber sie schien nur von dem Schlag gegen ihren Kopf ohnmächtig geworden zu sein.

Statt wieder ins Bett zu gehen, setzte ich mich neben sie auf den Boden. Es fühlte sich irgendwie richtig an, als könnte ich ihr Trost spenden, während sie sich erholte.

Ein lächerlicher Gedanke.

Vielleicht war ich diejenige, die wirklich Trost brauchte.

Ich zog meine Knie an die Brust und schlang meine Arme um meine Schienbeine.

Der Zement unter mir erschien durch den dünnen Stoff meiner Kleidung wie Eis, was mich wieder zu Willow schauen ließ. Sie war nackt, da man ihr das Gewand vom Leib gerissen hatte.

Meine Lippen verzogen sich. *Sie wird frieren.*

Ich griff hinter mir nach meiner dünnen Decke und breitete sie über ihr aus, dann zog ich das Exemplar von ihrem Bett und deckte sie auch damit zu.

Dann setzte ich mich wieder auf den Boden und umschlang meine Knie mit meinen Armen.

Die Zeit verging langsam.

Oder vielleicht auch schnell.

Ich hatte kein Gefühl mehr dafür, da sich meine Existenz nur noch um die Befehle der Lykaner drehte.

Aufwachen. Duschen. Essen. In den Käfig zurückkehren. Später noch einmal essen. Zurück ins Bett gehen. Schlafen. Alles noch einmal.

Das gedimmte Licht sagte mir, dass es immer noch

Schlafenszeit sein musste. Aber bald würden die fluoreszierenden Röhren über mir angehen und meine Augen verbrennen.

Dann würde ein neuer Tag beginnen.

Oder eine neue Nacht.

Was auch immer.

Ich hatte den Mond und die Sonne seit gefühlt einem Monat nicht mehr gesehen. Das war eine Übertreibung. Aber es erschien mir, als würde ich schon eine Ewigkeit in diesem Gefängnis festsitzen.

Eine Ewigkeit ohne meinen Gefährten.

Er hatte mir durch unseren Bund die Unsterblichkeit geschenkt.

Heißt das, dass ich während der Mondjagd sterben könnte, nur um später wieder zum Leben zu erwachen?, fragte ich mich und verzog meine Lippen nach unten. *Was passiert, wenn ich mich töten lasse? Würden sie mich draußen verrotten lassen?*

So würde ich vielleicht eine Möglichkeit zur Flucht bekommen.

Es sei denn, einer der Lykaner bestieg mich vorher.

Ich betrachtete Willow erneut, vor allem ihre Hände.

Dunkle Worte hallten durch meine Gedanken.

„Sie lieben Beute, die sich nicht fügt. Beute mit sexuellen Fähigkeiten ist sogar noch besser. Denn je härter ein Mensch kämpft, desto mehr reizt es einen Lykaner."

Ich sehnte mich nach dieser Stimme, aber die Warnung ließ mir einen Schauer über den Rücken laufen.

Lykaner spielten gerne mit ihrer Mahlzeit.

Wenn ich mich wehrte wie Willow, würde ich die Bestie – oder *die Bestien* – dazu anspornen, mich zu nehmen.

Das bedeutete, dass ich mich fangen lassen musste.

Um dann einfach … zu *sterben.*

Was machen sie danach mit den Leichen?, fragte ich mich.

Aber die Lichter erwachten flackernd zum Leben, bevor ich diesem Gedanken weiter nachgehen konnte.

„Aufstehen", bellte ein Lykaner über den Lautsprecher.

Die Türen würden sich bald öffnen und es wurde erwartet, dass wir danach dem üblichen Duschritual nachgingen.

Willow bewegte sich nicht.

Ich stupste sie an. „Willow?"

Nichts.

Sie war komplett ausgeschaltet.

Vielleicht würden die Lykaner nachsichtig sein, da sie sie wahrscheinlich zusammengeschlagen hatten.

Ich bekam keine Zeit, um weiter darüber nachzudenken, da im nächsten Moment die Türen geöffnet wurden. Ich stand auf und lief auf den Ausgang zu, da mir nichts anderes übrig blieb, als der Routine zu gehorchen.

Einige von uns bildeten eine Schlange, die sich in die Duschräume bewegte.

Ich hielt wie immer meinen Kopf gesenkt, duschte wie üblich und zog die frische Kleidung an, die mir bereit gestellt wurde. Ich nahm ein zweites Outfit für Willow mit und eilte zurück in unsere Zelle.

Theoretisch hatte ich damit gegen die Regeln verstoßen, aber es waren noch ein paar andere Menschen unter der Dusche, sodass mir Zeit blieb, zurück zur Zelle zu laufen.

Willow hatte sich nicht bewegt.

Ich setzte die Kleidung auf ihrem Bett ab und ging schnell in den Duschbereich zurück, gerade noch rechtzeitig, um mich der Schlange anzuschließen, die sich auf den Speisesaal zubewegte.

Eier. Spinat. Banane. Eine Flasche Wasser.

Es war die Standard-Verpflegung, allerdings bekamen

wir manchmal Hühnchen und Brokkoli am Morgen. Nachdem ich einen Monat mit *ihm* verbracht hatte, bemerkte ich nun, wie fade dieses Essen schmeckte.

Noch eine Konsequenz unseres verbotenen Spiels – *ich habe meine Geschmacksnerven verfeinert.*

Ich kaute, schluckte und ignorierte die fehlenden Aromen und das Stechen in meiner Brust. Anstatt mich an *ihn* und alles zu erinnern, was er mir gezeigt hatte, dachte ich an Willow.

Sie braucht Nahrung.

Könnte ich irgendwie etwas für sie zurückschmuggeln? Vielleicht eine Banane und Wasser?

Die meisten Lykaner im Raum beachteten uns nicht. Die ursprüngliche Faszination, ihre Beute zu beobachten, war in den letzten Tagen abgeflaut, und unsere Anwesenheit war inzwischen nicht mehr sonderlich aufregend. Sie hatten ihre gewünschten Spielzeuge ausgesucht; der Rest von uns wartete auf die unausweichliche Jagd.

Ich warf einen kurzen Blick auf die Essensauslage und sah dann zu den Lykanern. *Vielleicht kann ich etwas auf dem Weg zu meiner Zelle mitnehmen.*

Das wäre ein Risiko.

Eines, das unerwünschte Aufmerksamkeit erregen könnte.

Oder vielleicht würde ich mit einem schnellen Tod belohnt werden. *Von dem ich einfach aufwachen werde. Vielleicht.*

Ich kannte Willow nicht gut. War sie es wert, meinen Tod zu riskieren?

Ist das überhaupt noch wichtig?

Ich knirschte mit den Zähnen, während das Gefühl der Hoffnungslosigkeit erneut an meiner Seele zerrte. *Warum soll ich nicht ein wenig rebellieren? Warum soll ich nicht etwas Essen und Wasser für Willow mitnehmen?*

Ich hatte jede verdammte Regel befolgt, jeden verdammten Test bestanden und war hier gelandet – in der buchstäblichen Hölle. Warum? Weil ich kämpfen konnte. Weil ich rennen konnte. Weil ich annehmbare Noten in den sexuellen Künsten bekommen hatte.

Hatte *er* diese Noten eingetragen? Hatte er der Allianz und den anderen erzählt, wie gut ich ihn gefickt hatte?

Meine Hände ballten sich zu Fäusten. *Ich hasse dich,* dachte ich in seine Richtung. *Ich hasse dich mehr, als ich jemals für möglich gehalten hätte. Du bist ein Monster. Ein grausamer Meister. War das alles nur ein verdammtes Spiel für dich? Hast du mich hier zum Sterben zurückgelassen, weil es dich amüsiert?*

Ich wartete nicht einmal auf eine Antwort.

Denn ich wusste, dass nichts kommen würde.

Er konnte mich nicht hören. Er hatte mich ausgeschlossen. Er hatte mich diesem Schicksal überlassen. Verdammt, er könnte sogar der Grund dafür sein, warum ich hier war.

Nein, das ist nicht wahr, widersprach eine leise Stimme in mir. *Du kennst ihn. Du kennst seine Gedanken. Er …*

Ich schnitt die Gedanken ab, da ich den Teufelskreis einfach leid war. Wenn ich *ihm* so wichtig gewesen wäre, hätte er … hätte er inzwischen einen Weg gefunden, um mit mir Kontakt aufzunehmen.

Es sei denn, er ist verletzt.

Ich biss meine Zähne zusammen und schüttelte beinah den Kopf. Könnte er verletzt sein? Ja. Vielleicht. Aber selbst wenn er es war, würde ich trotzdem auf mich allein gestellt sein. Also was auch immer der Grund war – *er* würde nicht kommen.

Das bedeutete, dass ich einen neuen Plan brauchte.

Einen Zweck.

Irgendetwas.

Denn diese endlose See der Depression würde mich irgendwann umbringen.

Du bist stärker als das, sagte ich mir. *Hör auf, dich selbst zu bemitleiden und finde einen Weg, um zu überleben?*

Wie? Indem ich eine Zuchtsklavin werde?

Ich wollte vor Frustration schreien. *Das* war nicht das Leben, was ich wollte. Nein, ich wollte das Leben, das ich mit *ihm* geführt hatte.

Vielleicht werde ich überleben und ihn finden, sinnierte ich. *Wäre das nicht eine lustige Überraschung.*

Ich stellte mir den Schock in seinem Gesicht vor, wenn ich auf seiner Türschwelle auftauchten würde – nicht, dass ich wüsste, wo ich ihn finden könnte – bis mein Tagtraum schließlich von dem *Ping* einer Glocke über meinem Kopf unterbrochen wurde.

Na ja, ich werde genug Zeit haben, um über diese Idee nachzudenken, beschloss ich, bevor ich aufstand und wieder zu dem Essen sah. *Aber ich habe nicht viel Zeit, um diese Entscheidung zu treffen.*

Ich sah mich kurz in dem Saal um und bemerkte, dass die Menschen bereits wieder eine Schlange bildeten, wie während der ganzen letzten wer weiß wie vielen Tage. *Oder ist erst eine Woche vergangen?,* fragte ich mich und setzte mich in Bewegung, um mich ihnen anzuschließen.

Wie dem auch war, inzwischen war alles zu einer selbstverständlichen Gewohnheit geworden.

Aufreihen.

Zurück zu den Käfigen gehen.

Zu unserem vorübergehenden Zuhause.

Hinsetzen.

Dort bleiben.

Die Schlange führte direkt an dem übriggeblieben Essen vorbei.

Und soweit ich sehen konnte, schaute kein Lykaner in

unsere Richtung.

Es ist zu riskant, dachte ich, als ich nur noch knapp einen halben Meter von den Bananen entfernt stand. *Ich könnte Aufmerksamkeit erregen, die ich nicht will. Ich bin noch nicht bereit. Ich brauche zuerst einen Plan.*

Allerdings war ich mir nicht sicher, ob es überhaupt einen geeigneten Plan gab.

Trotzdem …

Ich schluckte und schloss für eine lange Sekunde meine Augen.

Nein.

Ich ging an den Bananen und dem Wasser vorbei. So sehr ich Willow auch helfen wollte, ich hatte vor langer Zeit gelernt, dass die einzige Person, um die ich mich wirklich kümmern konnte, ich selbst war.

Es tut mir leid, dachte ich in ihre Richtung, während ich mit immer schwereren Schritten zurück zu unserer Zelle ging. Sie war vielleicht noch nicht wieder bei Bewusstsein, aber das half nicht gegen die Schuld, die an mir nagte. Sie hatte letzte Nacht gelitten. So viel war klar. Und jetzt würde sie weiterhin leiden, da sie nichts würde essen können, bis …

Ein Lykaner schnitt mir den Weg ab. Aus dem Augenwinkel konnte ich seine Nasenlöcher flattern sehen. Ich ließ sofort meinen Blick sinken, während meine Füße einfroren, um stabil und gehorsam vor ihm stehenzubleiben.

„Hmm", summte er, wobei mich das Geräusch erschaudern ließ.

Interessiert. Wild. Falsch.

„Du riechst anders." Er beugte sich vor, bis seine Nase meinen Hals erreichte und seine Wärme über meine kühle Haut blutete. „Ganz anders." Seine leise Stimme wirbelte um mich herum, als er seinen Arm um meine Taille legte und mich aus der Schlange zog, bevor er die anderen zum Weitergehen anwies.

Oh nein. Mein Herz setzte mehrere Schläge aus. *Nein, nein, nein.*

Bleib ruhig, flüsterte eine Stimme in meinem Kopf. Eine, die nicht zu mir gehörte.

Ich runzelte beinah die Stirn. *Bilde ich mir* ihn *jetzt ein?*

„Wie lautet deine Nummer?", sinnierte der Lykaner, während er seine Finger nach oben zu meinem Nacken wandern ließ.

„Mondjagd-Posten Nummer siebzehn, Sir." Die Worte kamen gestelzt hinaus, aber sie deuteten nichts von dem Zittern an, das meinen Körper zu überwältigen drohte. Das verbuchte ich als vorübergehenden Sieg.

Bis der Lykaner seinen Griff verfestigte. „Mondjagd." Faszination verdunkelte seine Stimme. „Das erscheint mir verschwendetes Potenzial."

„Oder ein guter Stärketest", kommentierte ein anderer, während er sich zu unserer kleinen Gruppe in den Flur zwischen der Cafeteria und den Zellen gesellte. „Du hast recht. Sie riecht wirklich anders." Er beugte sich vor, um an meinem Hals zu schnuppern, wie es der andere getan hatte. „Interessant."

„Sollen wir sie probieren?", fragte Lykaner Eins. Seine Hand fühlte sich um meinen Nacken wie eine Kette an.

„Vielleicht", antwortete Lykaner Zwei, wobei er seine Hand zu meiner Hüfte wandern ließ. „Bring sie ins schwarze Zimmer. Dann komm in mein Büro. Wir werden uns zuerst ihre Akte ansehen."

Lykaner Eins stieß ein zustimmendes Knurren aus und begann, mich zurück zur Cafeteria zu zerren. „Hast du das gehört, Hübsche? Er will dich im *schwarzen* Zimmer. Eine ziemliche Ehre, wenn man bedenkt, was für Spielzeuge dort auf uns warten."

Aus irgendeinem Grund vermutete ich, dass seine Definition von *Ehre* nicht mit meiner übereinstimmen würde.

Galle stieg in meiner Kehle auf und verbrannte den hinteren Bereich meines Mundes, während mich der Lykaner zu meinem Schicksal führte.

Inzwischen war das Bananen-Dilemma wohl hinfällig, da ich es trotzdem geschafft hatte, die Aufmerksamkeit des Mannes zu erregen.

„Du riechst anders."

Warum? Wegen *ihm?* Unserem Bund?

Verfolgt er mich selbst jetzt noch? Zog er mich in dieses neue, dunklere Schicksal, nur weil ich ihm mein Herz geschenkt hatte?

Ich hasse ihn, dachte ich zum tausendsten Mal. *Ich hasse ihn so sehr.*

Du liebst mich auch, flüsterte seine Stimme zurück, was bestätigte, dass ich meinen verdammten Verstand verloren hatte. Denn ich wusste, dass er nicht wirklich dort war. Er hatte mich aufgegeben. Mich hier zum Leiden zurückgelassen.

Und jetzt würde ich in das *schwarze Zimmer* gebracht.

Wo mein Bund mit *ihm* sehr wahrscheinlich zerstört werden würde.

Das hatte ich nicht gewollt. Sie hatten mir nicht einmal eine Chance gegeben, um wegzulaufen oder zu kämpfen. Aber ich war mir auch nicht sicher, ob ich das wollte.

Nein, was ich wollte, war ein großer, grüblerischer Vampir mit dickem braunen Haar, einem grausam scharfen Kiefer mit dem Schatten eines fein rasierten Bartes, und verrückten, dunklen Augen. *Volle Lippen. Athletischer Körper. Elegantes Verhalten. Einer Neigung zu schrecklichen Spielen.*

Ich erschauderte, als sein Bild für einen kurzen, herrlichen Moment in meinen Gedanken auftauchte.

Dann zersprang der Ausblick und machte der Realität des *schwarzen Zimmers* Platz, was, wie ich schnell bemerkte, nach den obsidianartigen Wänden benannt worden war.

So ist es leichter, Blutflecken zu verbergen, nahm ich an, während mein Herz in meiner Brust hämmerte und mich der Lykaner ins Innere des Raums stieß.

„Bleib hier", knurrte er, dann knallte er die Tür zu und ließ mich in der Dunkelheit zurück.

Keine Fenster.

Kein Licht.

Nur kalte Abgeschiedenheit unterstrichen von dem schwächsten Hauch von Eisen in der Luft.

Blut, bemerkte ich. *Ich rieche Blut.*

Hat er die Tür abgeschlossen?, fragte die Stimme, was mich die Stirn runzeln ließ. Denn sie gehörte wieder nicht zu mir. Es musste trotzdem eine Version meines Verstands sein, denn *er* hatte mich hier zum Sterben zurückgelassen.

Hör auf nachzudenken und überprüfe die Tür, befahl die Stimme. *Du kannst mich später hassen.*

Ich zog meine Augenbrauen zusammen. *Ce-Cedric?*

Überprüfe. Die. Tür.

Ich blinzelte ein paar Mal. *Bist … Bist das wirklich du?,* stammelte ich. *Nein. Unmöglich. Er hat mich …*

Hör auf, Zeit zu verschwenden und überprüfe die verdammte Tür, Lily. Deine Ausbildung ist besser als das.

Ich trat vor und gehorchte den Instinkten, die meinen Verstand übernahmen.

Die Klinke bewegte sich mit Leichtigkeit. *Nicht verschlossen.*

Gut, antwortete die tiefe Stimme, die ich seit einer gefühlten Ewigkeit nicht mehr gehört hatte. *Jetzt hör mir gut zu und tu genau das, was ich sage. Dann wirst du vielleicht überleben.*

CEDRIC

ICH HASSE DICH. ICH HASSE DICH MEHR, ALS ICH JEMALS FÜR möglich gehalten hätte. Du bist ein Monster. Ein grausamer Meister. War das alles nur ein verdammtes Spiel für dich? Hast du mich hier zum Sterben zurückgelassen, weil es dich amüsiert?

Diese Worte hatten meinen Verstand zuerst erreicht, als ich die Mauer zwischen Lily und mir eingerissen hatte. Ich war von ihrer Wut zu überrascht gewesen, um antworten zu können. Ihr Zorn war eine Peitsche für meine Sinne gewesen, die ich nicht erwartet hatte.

Hilflosigkeit.

Angst.

Trauer.

All das hatte ich erwartet.

Aber nicht diese Heftigkeit. Ihren *Hass.*

Natürlich hätte ich wissen müssen, dass es nur eine Frage der Zeit war, bis sie mich als das Monster erkennen würde, das ihr Leben zerstört hatte. Ich hatte sie von Anfang an gewarnt. Ich hatte sie zerbrochen sehen wollen. Welkend. *Tot.*

Alles, um sie von diesem Leben zu erlösen.

Allerdings konnte ich sie nicht erlösen. Nicht mehr. Ich brauchte sie. Sie war mein Herz. Sie war die Luft, die ich zum *Atmen* brauchte.

Ich würde mich ohne sie verlieren. Mich in meinen dunkleren Instinkten verlieren. Mich in meiner Langeweile suhlen. Und die verbliebenen Fetzen meiner Menschlichkeit verlieren und ein wirklich grausames Biest werden.

Wie Silvano.

Nein.

Ich weigerte mich, das geschehen zu lassen. Ich brauchte meine Blume. Meine süße, liebste Lily. Meine andere Hälfte. *Meine Seele.*

Vielleicht war es egoistisch von mir, sie dazu zu zwingen, in dieser grausamen Welt zu verbleiben, aber ich würde alles tun, um ihre Sicherheit und ihren Komfort zu garantieren. Ich würde sie auf alle Ewigkeiten verstecken. Mein Geheimnis. Der Sinn meines Lebens. Und der einzige Grund, warum ich tun würde, was auch immer Silvano verlangte.

Solange er sie nicht fand.

Ich hatte mir alles überlegt. Ich wusste genau, wohin ich meine Blume bringen würde, damit sie erblühen konnte. Ich würde nicht an ihrer Seite sein, aber sie wäre sicher. Sie würde leben. Und ich würde sie besuchen, wenn ich konnte.

Das muss genug sein, dachte ich, während sich mein Verstand auf ihren konzentrierte.

Wie ich vermutet hatte, hatte das erneute Öffnen unserer Verbindung ihren Geruch verändert, was einer der Lykaner sofort bemerkt hatte.

Deshalb hatte ich mich erst gemeldet, als es an der Zeit war.

Und jetzt musste sie mir zuhören.

Sie musste mir vertrauen.

Sie musste *überleben.*

Bist du bereit, Lily?, fragte ich. *Bist du bereit, jedem meiner Befehle zu folgen?*

Sie hatte meine Forderung noch nicht angenommen, sondern schien in dem dunklen Zimmer wie eingefroren zu sein. Ich konnte sie auf den Bildern der Überwachungskameras sehen, wobei die Nachtsicht ihren Körper in Schwarz und Weiß erscheinen ließ.

Ich bin mir nicht einmal sicher, ob du echt bist, flüsterte sie.

Das bin ich, versprach ich ihr. *Und ich werde ziemlich wütend sein, wenn du nicht auf mich hörst.* Denn wir hatten nur diese eine Chance.

Wenn die Lykaner zurückkamen, bevor ich ihr zur Flucht verhelfen konnte, würden sie unseren Bund zerstören.

Und ich weigerte mich, das geschehen zu lassen.

Gehe auf den Flur und nach links, Lily.

Sie bewegte sich nicht.

Jetzt, befahl ich. *Wir haben keine Zeit zu verlieren. Die Lykaner werden sofort zurückkommen, sobald sie meinen Namen in deiner Akte sehen. Also beweg deinen Arsch.*

Ich hatte aus offensichtlichen Gründen nicht viele Freunde im Clementer Clan. Die wenigen, die ich hatte, halfen mir bei dieser Mission.

Lily erzitterte deutlich. *Warum sollte ich dir vertrauen?*

Statt mit Worten zu antworten, öffnete ich ihr meinen Verstand und *zeigte* ihr *warum.* Ich zeigte ihr die letzten paar Tage. Meine Qualen, als ich sie an die Mondjagd verloren hatte. Meine Entschlossenheit, sie zu finden. Und meine Angst, was mit ihr passieren würde, wenn sie jetzt nicht auf mich hörte.

Es waren tausend verschiedene Gefühle, die in wenigen Sekunden auf sie übertragen wurden.

Ihre Knie gaben nach und sie ging mit einem Schrei leiderfüllter Überraschung zu Boden.

Mein Herz brach bei diesem Anblick.

Aber mein alter Verstand überwältigte meine Emotionen und ließ meinen Sinn für Strategie das Steuer übernehmen.

Das war nicht der Plan gewesen.

Mein Verbündeter im Clan hatte sie rausholen sollen. Aber während ich sie in der Cafeteria beobachtet hatte, hatte ich eine Art Unentschlossenheit in ihrem Gesicht gesehen. Einen möglichen Weg, über den sie nachzudenken schien. Ich war in ihren Verstand geschlichen, um ihr zu sagen, dass sie geduldig sein sollte, nur um von ihrem Hass getroffen zu werden.

Alles wegen einer Banane für irgendeine Frau namens Willow.

Darüber hatte sie nachgedacht – ob es das Risiko wert gewesen wäre, Essen mitzunehmen.

Sie hatte sich am Ende intelligenterweise dagegen entschieden. Aber da war es schon zu spät gewesen, weil ich ihren Geruch verändert hatte, indem ich in ihre Gedanken eingedrungen war.

Daher hatte ich zu Plan B übergehen müssen.

Geh raus in den Flur und dann nach links, sagte ich ihr noch einmal. *Ich werde mich nicht wiederholen, Lily. Das ist unsere einzige Chance oder die Lykaner werden unsere Verbindung zerstören.*

Und ich würde sie nicht rechtzeitig erreichen können.

Okay, flüsterte sie, wobei mir ihre Gedanken mitteilten, dass sie gegen sich selbst ankämpfte. Sie fragte sich, ob sie sich diese ganze Geschichte nur einbildete, doch dann entschied sie schließlich, dass sie nicht viel zu verlieren hatte.

Ich kann es auch einfach auskosten, dachte sie sich. *Ich bin ohnehin Wolffutter.*

Nicht, wenn ich es verhindern kann, sagte ich ihr. *Aber du musst rennen.* Denn die Monitore zeigten, dass die beiden Lykaner schon wieder zurückkamen.

Der, der in sein Büro gegangen war, hatte offensichtlich ihre Akte genommen und ohne Zweifel meinen Namen gesehen, der den Meister beschrieb, der sie während des letzten Monats an der Universität persönlich unterrichtet hatte.

Schneller, Lily.

Sie gehorchte und rannte den langen Flur voller morbider Zimmer entlang. Ich hatte diese Überwachungskameras nur aufgerufen, damit ich die Lykaner in ihrem Inneren im Auge behalten konnte. Allerdings schienen die meisten zu sehr mit ihren „Aufgaben" beschäftigt zu sein, um zu hören, wie ein Mensch den Flur entlang flüchtete. Sie würden annehmen, dass ihr Sicherheitsdienst alles im Griff hatte.

Damit würden sie sich allerdings täuschen, da mein Verbündeter alle Videospuren auf Endlosschleife gestellt hatte, um Lilys Flucht zu verbergen.

Und selbst wenn einer dieser brünstigen Lykaner Lily riechen würde, würden sie nicht davon ausgehen, dass sie gerade weglief. Die meisten Sterblichen hatten zu viel Angst, um es auch nur zu versuchen.

Aber die meisten Menschen hatten auch nicht mich, der draußen auf sie wartete.

Komm schon, Lily. Zeig mir, was du kannst. Ich überflog alle Monitore und suchte nach möglichen Bedrohungen oder Problemen, die auf ihrem Weg liegen könnten. *Biege am Ende des Flurs links ab.* Mein Blick wanderte zu den zwei Lykanern zurück, die auf dem Weg zum schwarzen Zimmer waren. *Sie werden dich entdecken, in fünf, vier, drei …*

Sie bog um die Ecke.

Gutes Mädchen. In dem Moment, in dem sie bemerkten,

dass sie nicht da war, würden sie natürlich sofort ihrem Geruch folgen. Deshalb blieben uns vielleicht noch fünfzehn Sekunden, bevor die Jagd begann.

Und die Wölfe würden viel schneller sein als Lily.

Vor dir ist eine Tür. Ich möchte, dass du weiter rennst, auch wenn sie verschlossen ist. Sobald du sie erreichst, wird sie offen sein.

Ein Hauch des Zögerns durchdrang unseren Bund, da sich ihr Verstand wieder fragte, ob ich überhaupt real war oder ob sie sich verletzen würde, wenn sie in den harten Gegenstand lief.

Hör auf nachzudenken, befahl ich. *Ich habe jetzt die Kontrolle. Vertrau mir, dich zu führen.*

Mich führen, wiederholte sie, wobei ihre Stimme höhnischer klang als sonst. *Das hast du die ganze Zeit getan und schau, wo ich bin.*

Ich habe dich über dein Schicksal gewarnt, Lily. Du bist buchstäblich darauf zugerannt. Und jetzt sage ich dir, dass du auf ein neues Schicksal zurennen sollst – mich.

Wenn du tatsächlich real bist, murmelte sie.

Du wirst sehen, wie real ich bin, süße Blume, warnte ich sie. *Dann werde ich dich* spüren *lassen, wie real ich bin.*

„Jetzt", sagte ich zu Damien.

Er war ein mir bekannter Vampir, der in der Nähe der Grenze des Clementer Clans und der Silvano Region lebte. Sein Schöpfer, Ryder, war ein Einsiedler, der auf einem Grundstück im Niemandsland zwischen beiden Territorien hauste.

Was Damien zu einem anständigen Verbündeten gemacht hatte, wann immer ich mich in den Clementer Clan hatte schleichen müssen, um eine von Silvanos berüchtigten Botschaften zu überbringen. Vor allem, wenn ich die Wolfshöhle unbemerkt hatte betreten wollen, denn Damien war ein Experte für Technologie – was er nun bewies, indem er den Code eingab, der die Tür am Ende des Flurs öffnete. Er hatte auch all die Bildschirme aufgerufen.

„Ich hoffe wirklich, dass dein Lykaner-Kontakt bereit steht, denn das wird ein paar Alarmglocken läuten lassen", sagte Damien langsam und mit einem tiefen texanischen Akzent.

„Wenn nicht, werde ich mich selbst darum kümmern", antwortete ich, während mein Blick auf Lilys sprintende Gestalt gerichtet war. *Die Tür wird sich öffnen, in drei, zwei …*

Ein scharfes Knurren drang durch die Lautsprecher, als die Lykaner feststellten, dass ihr Spielzeug nicht länger in dem Zimmer auf sie wartete. Lily stolperte beinah, nachdem das Geräusch offensichtlich durch den Flur gehallt war.

Denk nicht nach. Handle einfach, sagte ich zu ihr. *Geh durch die Tür.* Sie war aufgeschwungen und gewährte ihr Zugang. *Jetzt mach sie zu.* Das tat sie und Damien drückte die Taste, um sie hinter ihr abzuschließen. Nicht, dass es etwas bringen würde – die Lykaner hatten die Codes für jeden Bereich des Gebäudes.

Was jetzt?, fragte sie, wobei in ihrer Stimme ein Hauch von Angst und Gereiztheit mitschwang.

„Nächste Phase", sagte ich zu Damien. Es war gar nicht nötig, da seine Finger schon über die Tastatur flogen.

„Dein Mensch ist den Ärger hoffentlich wert", murmelte er. Sein tätowierter Unterarm erinnerte mich in dem spärlichen Licht, das durch das Fenster unseres Vans fiel, an schwarze Reben.

„Du hast ja keine Ahnung", antwortete ich und überprüfte noch einmal die Munition in meiner Pistole. *Geh nach rechts, Lily. Die Türen werden sich weiterhin öffnen, wenn du sie erreichst. Was auch immer du tust, schau nicht zurück.*

Knurren drang durch die Lautsprecher, als die Wölfe bereits ihre Witterung aufnahmen.

Entweder konnte Lily sie durch die geschlossene Tür nicht hören oder sie war zu konzentriert auf ihre Flucht, denn sie rannte mit der Anmut weiter, die ich ihr bei mehreren, strengen Trainingslektionen eingebläut hatte.

Ich zügelte mich, um sie nicht zu loben, da mir bewusst war, dass dies erst der Anfang war. Mein Zeitplan hatte sich geändert, als der Lykaner ihren Duft bemerkt hatte, was bedeutete, dass diese Fluchtmöglichkeit kein idealer Weg war.

Aber es würde funktionieren.

Ich würde nichts anderes akzeptieren.

Heulen dröhnte durch die Luft der Nacht, und der Alarm, den Damien erwähnt hatte, sprang nun offiziell an, als die Wölfe bemerkten, dass etwas mit ihren internen Systemen nicht stimmte.

Damien hatte vermutet, dass es weniger als eine Minute dauern würde, bis sie auf unser Eindringen aufmerksam wurden.

Leider hatte er recht behalten.

Ich betrachtete die Monitore und suchte nach meiner Kontaktperson im Inneren.

Er sollte in der Nähe der Außentüren sein, Lily schnappen und sie in einen wartenden Kofferraum befördern. Das Heulen sollte sein Stichwort sein. Aber ich sah ihn nirgendwo.

Ich kniff die Augen zusammen. *Wo bist du?* Er war der einzige Teil der Mission gewesen, bei dem ich mir von Anfang an unsicher gewesen war. Ich hatte noch nie mit diesem Lykaner zusammengearbeitet.

Allerdings war Jolene für diesen Teil keine Option gewesen. Er war als der ehemalige Alpha des Rudels zu bekannt, und seine Beteiligung hätte sich schnell zu seinem Sohn herumgesprochen.

Das hätte zu viele Fragen aufgeworfen und vielleicht

sogar damit enden können, dass Walter Jolene tötete oder ins Exil schickte.

Also hatte er mir einen Lykaner namens Viper vorgestellt, den ich auf Jolenes Empfehlung für den Job anheuern sollte. Ich hatte dem Neuzugang nicht getraut – ein Instinkt, den ich mir durch unermessliche Erfahrungen angeeignet hatte – und es schien, dass meine ursprünglichen Vermutungen richtig gewesen waren.

Ich würde Jolene später etwas Feedback zu seinem *Vorschlag* schicken müssen.

Oder vielleicht würde er einfach den Kopf des Lykaners bekommen.

„Wen haben wir denn da", warnte mich Damien, der drei Lykaner in Wolfsform bemerkt hatte, die draußen herumschlichen. Sie waren nicht ansatzweise in der Nähe unseres Standorts, aber sie würden Lily im Weg stehen.

Stopp, sagte ich ihr, während meine Augen die Bildschirme nach einer alternativen Strategie absuchten. Meine Kontaktperson war immer noch nirgendwo zu sehen. Und mir gefiel der Zufall nicht, dass ausgerechnet diese drei Lykaner Lilys genauen Fluchtweg für ihre Kontrollrunde ausgewählt hatten.

Ich zeigte auf das Bild oben links. „Kannst du eine der Türen in diesem Flur öffnen?"

Cedric?

Ich brauche eine Sekunde, antwortete ich.

Ein neuer Hauch von Misstrauen drang von ihrem Verstand in meinen, aber ich ignorierte sie, um mich stattdessen Damien zu widmen.

„Zur Leichenhalle?", fragte er.

„Ja." Das würde ein wenig dabei helfen, Lilys Geruch zu überdecken. Natürlich würden die Lykaner früher oder später in der Lage sein, sie bis genau zu dieser Tür zu wittern. Aber ich hatte einen Plan für sie, sobald sie im Inneren war.

Damien drückte ein paar Tasten, und eine der Türen sprang auf, was meine Frage beantwortete.

Lily, du musst wieder zurücklaufen. Und beeile dich.

Ich führte nicht aus, warum, da sie wissen musste, dass die Lykaner ihr auf der Spur waren.

Sie erstarrte eine halbe Sekunde lang vor der Kamera, dann folgte sie meinem Befehl.

Wenn du den Korridor erreichst, von dem du ursprünglich gekommen bist, lauf weiter geradeaus. Dann musst du nach rechts abbiegen und durch die dritte Tür links hindurch.

Sie antwortete nicht, sondern rannte weiter, während Skepsis ihre Gedanken verdunkelte. Sie fragte sich, ob sie sich all dies nur einbildete, oder ob dies eine Trick war, der ein tödliches Ende haben würde.

Noch vor wenigen Wochen hätte sie kämpfen wollen.

Aber jetzt ...

Jetzt schien es, als wäre meiner süßen Blume das Überleben nicht mehr ganz so wichtig. Sie hatte in diesem Gefängnis zu sterben begonnen, nachdem ihr Geist von der Gesellschaft vergiftet worden war, die sie hatte glauben lassen, sie könnte durch das Wetteifern ein besseres Leben erlangen, nur um sie dann wortwörtlich den Wölfen zum Fraß vorzuwerfen.

Ich würde sie wieder zum Leben erwecken, ihr die Lebensfreude geben, nach der sich ihr Verstand und ihr Körper sehnten, und sie dann an einen Ort bringen, an dem sie wachsen und gedeihen konnte.

Du bist fast da, Lily, flüsterte ich zu ihr.

Damien manipulierte die erste Tür, die sie durchschritten hatte, damit die Lykaner ihr nicht so einfach folgen konnten.

„Es ist, als würde man Mäusen auf der Suche nach

dem Käse zusehen", sinnierte er und verzog seine Lippen zu einem wilden Lächeln, als er die Wölfe noch einmal ausbremste. „Was für Idioten."

Ich antwortete nicht, da meine Lily in diesem Szenario der *Käse* war. Und diese *Idioten* würden ihre brutale Kraft nutzen, um …

„Na also", kommentierte Damien, als einer der Lykaner die Tür auftrat.

Lauf weiter, sagte ich Lily sofort, während die Geräusche ihrer Verfolger an ihre Ohren drangen. *Dritte Tür, Schätzchen. Geh hindurch und schreie nicht.*

Was?

Vertrau mir.

Dir vertrauen, wiederholte sie bitter.

Lily, fuhr ich sie an, damit sie sich konzentrierte. *Spar dir deine Wut auf. Du wirst sie brauchen. Jetzt öffne die verdammte Tür und schließe sie leise hinter dir.*

Auf dem Bildschirm sah ich, dass sie genau das tat, was ich befohlen hatte.

Dann blieb ihr Mund offen stehen, als sie den Haufen Fleisch sah, der in dem Raum auf sie wartete.

Nicht …

Sie schlug sich eine Hand über den Mund und ihre Augen weiteten sich in Panik, aber sie blieb still. *Ich hasse dich!*

Ich habe diese Menschen nicht getötet, kleine Blume.

Nein. Du hast mich nur darauf trainiert, dass ich eine von ihnen werde. Soll das ein schlechter Scherz sein? Ein Weg, um mich zu meinem Schicksal zu leiten?

Beruhig dich.

Mich beruhigen?, wiederholte sie. *Mich beruhigen?!*

Verdammt, wo ist dieses ganze Feuer in all den Monaten gewesen, als ich dich trainiert habe?

Was denkst du hat mich dazu gebracht, all deine

Unterrichtsstunden zu überleben?, brüllte sie zurück, während ihre Hand von ihrem Mund fiel und sich zu einer Faust ballte.

Ich seufzte. *Lily …*

Nein. Verrate mir jetzt deinen ganzen Plan. Ich will …

Du musst in den hinteren Bereich des Raumes gehen, das Gitter über der Entlüftung entfernen und hineinkriechen, sagte ich ihr. *Dann werde ich dich holen.*

Mich holen?

Ja. Jetzt geh zu dem Lüftungsschacht und schau, ob du das Gitter entfernen kannst, sagte ich. „Kannst du …" Ich beendete den Satz nicht, als sich die Tür wieder verschloss. „Danke."

„Es wird nicht lange helfen." Damien gestikulierte zu den zwei Lykanern, die entschieden hatten, sich aufzuteilen, da Lilys Geruch in zwei Richtungen ging. „Er wird sie in ein paar Sekunden finden."

Ich nickte, während mein Blick weiterhin auf Lily lag, die auf den Lüftungsschacht zulief. *Wenn du drin bist, bring das Gitter wieder an und krabble los.*

„Soll ich die Sprinkleranlage anmachen?", fragte Damien.

„Sobald sie in dem Lüftungsschacht ist, ja", sagte ich und startete das Funkgerät in meinem Ohr. „Dann gehe ich rein."

Damien drückte auf einen Knopf, um die Verbindung zu starten. „Ich werde hier bleiben, solange ich kann."

Ich nickte, da ich verstand, was er meinte – wenn die Lykaner den Van fanden, würde er die Mission abbrechen. Dann wären Lily und ich auf uns allein gestellt.

„Danke für deine Hilfe", sagte ich ihm. „Das Geld wartet an dem üblichen Ort auf dich, also wenn ich es nicht raus schaffe …"

„Werde ich trotzdem bezahlt", übersetzte er und sah

mich mit seinen goldbraunen Augen an. „Aber wir beide wissen, wie schwer es ist, unsereins zu töten."

Meine Lippen zuckten. „Das ist es wohl."

„Dann werde ich dir kein Glück wünschen."

Ich senkte mein Kinn erneut. „Gut. Ich möchte nicht, dass du etwas verschreist."

„Manchmal erinnerst du mich an Ryder."

„Manchmal wünschte ich, ich wäre Ryder", gab ich zu.

Es wäre schön, in Abgeschiedenheit zu leben und all die Politik der neuen Welt zu vermeiden.

Leider war Silvano mein Schöpfer, was mir diese Zukunft verwehrte.

Zumindest werde ich meine Blume haben, dachte ich, während mein Blick zu der Ecke der Leichenhalle wanderte, wo Lily es gerade geschafft hatte, sich in den Lüftungsschacht zu quetschen. Ich musste sie nicht daran erinnern, das Gitter erneut anzubringen; sie tat es schon.

„Zeit, es in Strömen gießen zu lassen", sagte ich zu Damien als Anspielung auf die Sprinkleranlage und meine Mordlust.

„Blutregen." Der Vampir klang amüsiert. „Eine Party nach meinem Geschmack."

„Deshalb habe ich dich eingeladen", erwiderte ich und öffnete die Tür des Vans. „Bis zum nächsten Mal."

„Bis zum nächsten Mal", warf er zurück.

Cedric?, flüsterte Lily.

Krabble los, kleine Blume. Ich werde gleich bei dir sein.

LILY

WAS TUE ICH HIER EIGENTLICH?, FRAGTE ICH MICH, ALS ICH
das warme Metall unter meinen Handflächen spürte.

Krabbeln, antwortete Cedric laut in meinem Kopf.

Das hatte ich zwar nicht gemeint, aber ich machte mir
nicht die Mühe, meine Gedanken weiter auszuführen.
Denn ich war mir nicht sicher, ob ich wirklich glaubte, dass
er hier war.

Nein, das stimmte nicht.

Ich wollte nicht glauben, dass er hier war. Das würde
zu Hoffnung führen, und das war ein Gefühl, das ich mir
nicht leisten konnte. Nicht hier. Nicht an diesem Ort. Nicht
wenn ich dem Tod so nah war.

So viel Dunkelheit, flüsterte Cedric nun. *Ich werde einen Weg
finden, um dich wieder ins Licht zu führen, süße Lily.*

Ich ignorierte ihn und krabbelte weiter. Wohin wusste
ich nicht. Das alles konnte nur ein Albtraum sein, eine
Halluzination oder ein Himmelfahrtskommando. Ich war
in der Hölle, wie es die verstümmelten Leichen hinter mir
bewiesen hatten.

Der Gestank … das Blut … der *Anblick* meines

Schicksals … Ich musste bei dem bloßen Gedanken daran beinah würgen und war mir sicher, dass mich diese Erfahrung bis ans Ende meines Lebens verfolgen würde, wie kurz es auch sein würde.

Ich konnte immer noch spüren, wie die Klauen des Todes an meinen Sinnen zerrten und mich zu ersticken …

Lily. Cedrics tiefe Stimme drang durch meine Gedanken und lenkte meine Aufmerksamkeit auf seine Präsenz in meinem Inneren. *Das wird nicht deine Zukunft sein. Ich bin deine Zukunft.*

Ich glaube dir nicht. Die Worte waren leise und schienen eher ein Protest als eine plausible Aussage zu sein. *Ich möchte dir nicht glauben.*

Ich weiß. Aber du musst es versuchen. Deine Hoffnung ist deine Stärke. Verliere sie jetzt nicht.

Hoffnung ist eine Schwäche.

Ja, stimmte er zu. *Aber nicht für dich.*

Ich krabbelte weiter, wobei meine Kehle immer enger wurde, als sich die Luft um mich herum erhitzte und immer mehr an eine Wüste erinnerte. *So heiß und trocken.* Ich versuchte zu schlucken, aber das verschlimmerte die Empfindung nur noch mehr.

Weiter, drängte mich Cedric. Seine Stimme war wie ein schwindelerregender Zauber in meinen Gedanken. *Wenn du das überstehst, werde ich dir geben, was du brauchst.*

Was bedeutet das überhaupt?, fragte ich mich, während der Tunnel um mich herum mit jedem Meter dunkler wurde.

Als ich die nächste Ebene erreichte, verstand ich, warum – der Schacht wurde *enger.*

Ich erstarrte, und die Welt um mich herum schien zu schrumpfen und jede Zelle meines Seins zu ersticken. *Ich … Ich kann nicht.*

Du kannst.

Ich begann den Kopf zu schütteln. *Es ist … Es ist …*

Plötzlich ertönte ein Knurren hinter mir.

Jetzt, Lily. Du schaffst es hindurch.

Ich war mir nicht sicher, wie er das wissen konnte. Der Raum vor mir schien mit jedem Zentimeter enger zu werden, zumindest soweit ich es in dem spärlichen Licht erkennen konnte. *Ich werde steckenbleiben …*

Das wirst du nicht, versprach Cedric. *Vertrau mir.*

Dir vertrauen. Das sagte er immer wieder. Aber was hatte es mir gebracht? Ich saß in einem heißen Lüftungsschacht fest und schmolz zu Tode. *Göttin, das ist vielleicht noch schlimmer, als von einem Lykaner zerfleischt zu werden.*

Das ist es nicht, erwiderte er sofort. *Jetzt krabble weiter.*

Ich schloss meine Augen und atmete tief ein, wobei der Gestank des Todes meine Nasenlöcher und Sinne zu verfolgen schien. Ich konnte mich entweder weiter nach vorne bewegen oder zurück in Richtung des Knurrens kriechen. *Sind sie im Lüftungsschacht?*

Nein, antwortete er. *Das Wasser hat geholfen, sie von deinem Geruch abzulenken.*

Wasser?, wiederholte ich, während meine Augenlider flatterten und ich mich auf die Dunkelheit um mich herum konzentrierte. *Wo?*

Das wirst du schon früh genug erfahren, Lily. Krieche weiter.

Natürlich konnte er nicht erklären, was er meinte. Typisch Cedric. Er erwartete, dass ich ihm auf Schritt und Tritt gehorchte.

Die Sprinkleranlage, Lily. Damien hat sie eingeschaltet. Jetzt hör auf nachzudenken und beweg dich. Der Befehl der letzten Worte ließ meinen Geist erschaudern und mein Körper reagierte sofort, als ob er mich nach vorne zwingen würde.

Vielleicht tat er das auch.

Denn ich hatte beim besten Willen keine große Lust, mich weiter in diesen schrumpfenden Metalltunnel zu quetschen. Bei jedem Zentimeter wurde mir heißer und die Luft schien in dem enger werdenden Raum noch dünner zu sein.

Ich schloss meine Augen noch einmal, während mein Herz in meiner Brust hämmerte und ich mich nach vorne zwang. *Oh, Göttin. Oh, Göttin. Oh, Göttin.*

Ich wusste, dass mein Gebet nutzlos war, aber ich konnte nicht aufhören. Die Wände wurden immer kleiner. Ich konnte sie inzwischen an meiner Haut spüren. Ich zuckte zusammen, als etwas Scharfes durch den dünnen, weißen Stoff meiner Kleidung schnitt, dann zischte ich, als es einen Kratzer auf meiner Haut hinterließ, der mich an die Klauen der Lykaner erinnerte.

Schrauben, sagte Cedric. *Noch etwas weiter, Süße. Du machst das toll.*

Ich ignorierte ihn, da ich mich weigerte, seine Worte zu glauben. Sie deuteten an, dass am Ende dieses Albtraums etwas Gutes auf mich warten könnte, etwas *Wünschenswertes.*

Ich werde nicht noch einmal in diese Falle tappen, flüsterte ich mir selbst zu. *In dieser Welt gibt es nichts Gutes. Nichts, für das es sich zu hoffen lohnt. Nichts, was man genießen könnte.*

Vor neun Monaten hätte ich dir zugestimmt. Aber dann hast du um meine Hilfe gebeten. Und meine Welt auf den Kopf gestellt.

Ich starrte in die Dunkelheit, während sich meine Lungen durch die dicke, heiße Luft verengten und mein Herz einen Schlag aussetzte.

Du hast mir gezeigt, wie es ist, wieder zu leben, Lily, fuhr Cedric fort. *Du hast mir beigebracht, wie man etwas* fühlt.

Eine weitere zackige Spitze schnitt in meine Knie, als mich der Tunnel dazu zwang, auf dem Bauch weiter zu kriechen. Er war jetzt zu schmal, sodass ich mich nur noch nach vorne robben konnte. Es war zu dunkel, als dass ich sehen könnte, ob es so weiterging … oder der Schacht noch enger werden würde.

Ich schluckte, da meine Augen von der Hitze brannten. Meine Hände bewegten sich an dem Metall entlang, und die Temperatur schien mit jedem Wackeln vorwärts anzusteigen. *Ich ... Ich weiß nicht ... Ich weiß nicht, ob ich ...*

Eine weitere Schraube kratzte meine Oberschenkel entlang.

Cedric, ich kann nicht ... Ich schrie beinah auf, als zwei neue scharfe Enden auf meine Handflächen trafen. *Ich ... Ich kann nicht ...*

Du kannst, Lily. Du bist so nah dran.

So nah an was dran?, fragte ich, während Tränen meine Sicht verschwimmen ließen und ich gegen die Hitze, den engen Raum und das Verlangen ankämpfte, einfach wieder umzukehren.

Aber das konnte ich inzwischen auch nicht mehr. Ich ... Ich steckte fest ... Ich war ... *Ich kann nicht zurück ...* Meine Augen wurden groß. *Cedric, ich kann mich nicht zurück bewegen!*

Wenn der Tunnel noch enger würde, würde ich steckenbleiben. *Hier. In dem Lüftungsschacht. In der Hitze. Ich ... Ich werde sterben ...*

Dann würde mich unsere Verbindung zurückbringen.

Immer und immer wieder.

Flüssigkeitsmangel. Eingesperrt in einem engen Raum. Ich würde leben. Sterben. Wiedergeboren werden. Nur um alles erneut zu erleben.

Jeder Teil von mir erstarrte, und mein Körper war nicht mehr in der Lage, sich auch nur noch einen Zentimeter weiter nach vorne zu bewegen. Meine Hände fühlten sich an, als wären sie an dem warmen Metall unter mir festgeklebt.

Cedric sprach in meinem Verstand, aber ich konnte ihn nicht mehr hören, hörte nur meine eigenen Gedanken, während sich meine albtraumhafte Realität in

Endlosschleife vor mir ausbreitete und ich erkannte, was ich getan hatte.

Ich war einer verirrten Stimme gefolgt, hatte einem Hoffnungsschimmer nachgejagt und mich in eine Situation gebracht, die noch schlimmer war als vorher. *Ist sie wirklich schlimmer?*, fragte ich mich benommen. *Die Lykaner hätten mich in Stücke gerissen.*

Allerdings wäre ich dann gestorben. Hätte diese Welt verlassen. Dieses Leben.

Cedric.

Aber er hat mich ohnehin zum Sterben zurückgelassen, dachte ich. *Oder nicht?*

Seine Stimme hallte durch meinen Verstand, aber vielleicht träumte ich es auch nur. Nein, wahrscheinlich hatte ich mir alles eingebildet und war in diesen engen, heißen Raum gekrabbelt, weil ich gehofft hatte, er würde auf der anderen Seite auf mich warten.

Nur dass es kein Ende gab.

Nur einen geschlossenen Tunnel mit rasiermesserscharfen Schrauben.

Ich bekam trotz der Hitze eine Gänsehaut, als sich meine Nägel in das Metall gruben und ein Schrei in meiner Kehle kitzelte. Das hier war die Definition von Folter. *Es muss einen Weg nach draußen geben*, dachte ich, während ich meiner Umgebung hilflos ausgeliefert war. *Es muss einen anderen Pfad geben!*

Meine Finger schrien schmerzerfüllt, als ich mich nach vorne zog; entschlossen, voller Panik und *Verzweiflung.*

Ich konnte kaum atmen, da meine Lungen so eng geworden waren und mich meine Umgebung in einer metallischen Umarmung zu erdrücken schien. *Göttin. Göttin. Göttin.*

Aber sie würde mir nicht helfen. Nein, sie war die Puppenspielerin dieser Welt, das grausame Wesen, das all die Menschen dazu verdammt hatte, in dieser Hölle zu leben.

Ich hasste sie.

Verabscheute alles, was sie kreiert hatte.

Ich wollte ihr nicht die Genugtuung gönnen, auch noch zu ihr zu beten.

Allerdings fiel mir kein anderes Wort ein, dass ich mir wie ein Mantra vorsingen konnte.

Scheiße, dachte ich. *Ja. Das. Scheiße. Scheiße!* Ich wollte das Wort schreien und all den Monstern trotzen, die mir gesagt hatten, dass ich nicht fluchen durfte, all den Wesen, die mich dazu gezwungen hatten, mich zu beugen, ihnen zu gehorchen und sie anzuflehen.

Ich will dieses verdammte Gebäude in Grund und Boden brennen.

Das wollte ich. All diese feurige Luft auf die monströsen Wesen im Inneren loslassen und ihnen den Gar ausmachen. Ihre Haut mit den Schrauben aufritzen. Sie *bluten* sehen.

Tränen und Schweiß brannten in meinen Augen und meine Kleidung hing nur noch in Fetzen, während ich nach vorne rutschte und nach einem Ausgang suchte. Ich flehte das Schicksal an, mich zu erlösen, ob durch den Tod oder ein Licht am Ende des Tunnels.

So dunkel.

So heiß.

So eng.

Mehr Schrauben. Mehr sengende Luft. Mehr Metall um mich herum.

Ich schluckte ein Schluchzen herunter, und mein Herz hämmerte so schwer in meiner Brust, dass ich mir sicher war, früher oder später an Überanstrengung zu sterben. Die Stimme in meinem Kopf sprach weiter; Cedrics Stimme, die mir mit Hoffnung drohte, aber ich konnte – *und würde* – nicht auf ihn hören.

Warum sollte ich?

Er war nicht real. Ich interessierte ihn nicht. Er hatte mich verlassen und aufgegeben. Er hatte mich bezüglich der Mondjagd gewarnt und doch nichts getan, um mein Schicksal aufzuhalten.

Ich war nur eine vorübergehende Belustigung gewesen. Ich hatte nie wirklich ihm gehört.

Er hatte mir gesagt, dass es gnädig gewesen wäre, mich zu töten. Ich glaubte ihm jetzt. Ich glaubte alles, jedes dunkle und niederträchtige Wort.

Ich hätte ihn dazu drängen sollen, es zu tun – hätte ihm ein Messer und meinen Hals anbieten sollen.

Hätte es sich angefühlt, wie das Metall, das sich jetzt in mein Fleisch bohrt?, fragte ich mich. *Hätte mich die Dunkelheit so vollkommen beansprucht?*

Denn ich konnte inzwischen nichts mehr sehen, da Schweiß, Tränen und das tintenschwarze Nichts mein Wesen eingenommen hatten.

Es gab keinen Ausweg.

Kein Entkommen.

Nur endlose Qualen.

Schluckauf ließ meinen Atem stocken, während mein Körper unter unkontrollierbarem Schluchzen zuckte und ich mir meinen Weg nach vorne bahnte. Blut bedeckte meine Handflächen und rann in fransigen Linien über meine Haut. *Warum habe ich das getan? Warum bin ich dieser Stimme gefolgt? Warum habe ich …*

Meine Hände trafen auf Luft.

Ich blinzelte. *Was …?*

Ich rutschte noch ein wenig nach vorne und suchte mit meinen Händen nach der metallenen Oberfläche, die nun an der Unterseite verschwunden war. Die Seiten waren hart, die Decke über mir schwer und etwa dreißig Zentimeter vor mir befand sich eine Sackgasse.

Meine einzige Option war der Weg nach unten.

Kopfüber.

Ins Unbekannte.

Ich versuchte, den Metalltunnel abzufühlen, aber er schien kein Ende zu haben. Er … Er ging einfach immer weiter.

Und die Luft fühlte sich noch heißer an.

Instinktiv versuchte ich, wieder nach hinten zu rutschen, aber ich schaffte es nicht, da meine robbenden Bewegungen weniger effektiv waren und mich kaum einen Zentimeter zurückbeförderten. Ein beinah erstickendes Geräusch folgte, das ich kaum verstand. *Bin ich das?*, fragte ich mich, als mir erneut schwindelig wurde. *Ich … Wie bin ich …?*

Das Geräusch erklang erneut.

Das bin definitiv ich, dachte ich, während sich die Welt wieder und wieder zu drehen schien.

Ich drückte meine Stirn gegen das warme Metall und war unfähig, mich weiter zu bewegen. *Das ist mein Ende. Ich bin am Ende. Ich kann nicht mehr.*

Allerdings stimmte das nicht.

Die Verbindung zu Cedric hatte mich zu einer Ewigkeit des Leids verdammt.

Es sei denn, er stirbt irgendwie.

Ich lachte beinah bei diesem Gedanken. Er war unbesiegbar. Ein alter Vampir mit übermächtiger Kraft und unglaublichen Fähigkeiten. Es würde ein …

Das Metall unter mir vibrierte, als etwas dagegen stieß.

Lykaner, erkannte ich. *Sie haben mich gefunden.*

Ich konnte ihre Klauen an den Seiten des Schachts kratzen hören, während sie sich ihren Weg nach vorne bahnten.

Ein Schluchzen drang aus meiner Kehle, eines voller Dankbarkeit und Panik. Was für eine verrückte

Kombination. Aber ich wollte aus dieser Hölle befreit werden.

Und dennoch erwartete mich ein noch schlimmeres Schicksal.

Mir tat sowieso schon alles weh. Was könnten sie mir noch antun?

So viel mehr, bemerkte ich und ließ meine Hand wieder zu der Öffnung gleiten. *Vielleicht wäre es besser, mich kopfüber fallen zu lassen. Ich könnte mir das Genick brechen. Sie würden mich finden, denken, dass ich tot bin und mich wegwerfen.*

Ich blinzelte, da mir dieser Plan plötzlich deutlich ansprechender erschien, als zu warten, dass sie durch den Lüftungsschacht unter mir zu mir gelangen würden. Ich würde lieber sterben.

Ich werde in diesem Fleischberg landen, dachte ich und erinnerte mich an die Leichen. *Vielleicht werde ich einen neuen Ausweg finden.*

Ich runzelte die Stirn, als ein Detail meiner Flucht an mir zu nagen begann. Die sich öffnenden Türen. Vielleicht war es Zufall gewesen? Oder war es wirklich Cedric gewesen?

Göttin, ich konnte nicht einmal meinem Verstand vertrauen. *Was ist real? Was ist Einbildung?*

Die Luft ist echt, sagte ich mir. *Dieses Geräusch auch.*

Wütende Klauen.

Die über Metall kratzten.

Oder durch die Luft.

Ein freier Fall ins heiße Nichts. Vielleicht werde ich bei lebendigem Leib verbrennen. Oder vielleicht habe ich Glück und breche mir zuerst das Genick, damit ich diese Hitze nicht mehr ertragen muss.

Ja.

Das war der einzige Weg.

Ich ergriff die Kante vor mir und wusste, dass mich ein

starker Zug hinunter in die dunkle Ungewissheit befördern würde.

Cedrics Stimme schrie etwas in meinem Kopf, aber ich konnte ihn durch das rauschende Blut in meinen Ohren nicht hören. *Drei*, flüsterte ich mir zu. *Zwei. Eins.*

Ich zog mich nach vorne und schloss die Augen, als ich spürte, wie mein Körper an den Abgrund rutschte.

Dann wurde ich plötzlich von einer Hand an meinem Knöchel zurückgerissen.

Ein Schrei wich aus meiner trockenen Kehle, während sich die Welt brutal um mich herum drehte und einer der Lykaner fest an meinem Bein zerrte. Meine Nägel krallten sich an das Metall, als ich vergeblich versuchte, meine Position zu halten und mich wieder nach vorne zu ziehen, damit ich mein gewünschtes Schicksal am Ende des Tunnels finden könnte.

Aber gegen die Kraft des Lykaners konnte ich nichts ausrichten. Sein Knurren vibrierte wie eine Donnerwolke um mich herum, als er mich durch das Loch zog, das seine Klauen hinterlassen hatten, und ich in einem dunklen Raum landete, der mich an das schwarze Zimmer erinnerte.

Nein! Ich weigerte mich, dies zu erlauben. Ich weigerte mich, ein Spielzeug oder eine Sexpuppe zu werden. Ich trat um mich, versuchte zu kämpfen und ihn von mir abzuwerfen; irgendetwas zu tun, um mich zu retten.

Es waren keine eleganten Bewegungen, kein Manöver meines Trainings, keine wirklichen *Fähigkeiten;* ich wollte nur fliehen, meine Freiheit finden und auf meine Art sterben.

Meine Nägel kratzten über seine Wange, mein Knie landete an seinem Oberschenkel und meine Hände schlugen nach seinem Kopf. Ich fühlte mich wild. Ein Chaos aus Schweiß, Tränen und *Blut.*

Ich atmete ein, da ich mehr Luft brauchte, um die Hitze aus meinen Lungen zu vertreiben.

Dann nahm ich plötzlich einen bekannten Hauch von Minze war. *Cedric*, dachte ich, als mich seine Essenz von innen heraus in einer köstlichen Welle des *Verlangens* erwärmte.

Aber es war nicht echt.

Es war eine Lüge.

Dieser Lykaner wollte mich besteigen. Mich verletzen. *Mich quälen.*

Allerdings schlug er nicht mit seinen Klauen nach mir und versuchte auch nicht, mich in eine unterwürfige Position zu befördern. Er ließ zu, dass ich ihm wehtat. Er hatte nicht einmal zurückgeschlagen, sondern ließ die Ohrfeigen von meinen Händen, das Kratzen meiner Nägel und die Stöße meiner Knie zu.

Ich hielt langsam inne, da mich der fehlende Kampfgeist des Mannes zu irritieren begann.

Er ließ nicht unbedingt zu, dass ich ihn verletzte, da er seinen Körper so abgewandt hatte, dass meine Gewalt keinen großen Schaden anrichten konnte, aber er hatte nicht versucht, mich umzustoßen oder mich zu unterwerfen.

Er erlaubte lediglich, dass ich all meine Wut an ihm ausließ, während sein harter, heißer Körper meinen Zorn wie ein Schild mit spürbaren Wellen der Geduld absorbierte.

Ich atmete noch einmal tief ein. Der minzige Geruch drang in jede meiner Poren und tauchte mich in seinen Anspruch.

Cedric, hauchte ich und warf einen suchenden Blick durch die Dunkelheit. *Ist das ein guter oder ein schlechter Traum?*

Weder noch, antwortete er und strich sanft mit seinen Lippen über meine.

Ich blinzelte.

Dann attackierte ich ihn mit meinem Mund, verlangte, dass er es mir bewies, dass ich ihn schmecken konnte und dass er mir zeigte, was er für mich war. *Mein Gefährte. Mein Vampir. Mein Cedric.*

Ich ergriff seine Schultern, grub meine blutigen Nägel in sein Shirt und ließ meine wütende Energie zu etwas noch Heißerem werden. Ich wusste nicht genau, was es war, ob all dies gerade wirklich passierte, aber es war mir egal.

Ich brauchte es. Ich brauchte *ihn.*

Und er gab mir mit einer Bewegung seiner blutigen Zunge genau das, was ich brauchte.

Ich stöhnte, als seine Essenz sofort meine Kehle beruhigte, und er unseren Kuss mit einem Talent vertiefte, das nur Cedric besaß. Sein Verstand strich über meinen, bestätigte, dass all dies real war und er wirklich vor mir stand. Er war bei mir. Hielt mich. Küsste mich.

Die Angst in seinen Gedanken sagte mir, dass ich beinah drei Stockwerke tief gefallen wäre, weil ich ihn ignoriert hatte und mich stattdessen für den Weg hinunter durch den Schacht entschieden hatte. Denn anscheinend war dieses Gebäude in einen Hügel gebaut worden. Und ich war gerade an der Rückseite angekommen.

Ich hätte dich fast verloren, flüsterte sein Verstand. *Und ich konnte mich nicht zu dir teleportieren, um dich rauszuziehen. Es war zu eng. Außerdem muss ich einen Ort kennen, um dort erscheinen zu können.*

Er war wütend.

Er war ermutigt.

Er war stolz.

Die Mischung der Gefühle war der meinen ähnlich, nur war ich panisch, erleichtert und verdammt verwirrt.

Er war gezwungen gewesen, sich einen Weg in den

Schacht zu schneiden, um einen Ausgang für mich zu ermöglichen, da ich anscheinend ein Gitter zu einem anderen Raum übersehen hatte, das mich aus dem tunnelartigen Gefängnis befreit hätte.

Aber das war egal, denn er hatte mich trotzdem retten können.

Eine Millionen Pläne rollten durch seine Gedanken und ich erkannte seine Strategie, als er mich unter sich auf den Boden drückte, mir mehr seines Blutes gab und mich in seiner heilenden Essenz ertränkte, während er mich daran erinnerte, was wir füreinander waren.

Wir hatten nicht viel Zeit, aber er wusste, dass mein Körper dies brauchte.

So wie mein Verstand alle Details verlangte, die seine Berührungen geben konnten – *das hier ist real. Cedric ist real. Er ist für mich zurückgekehrt. Und jetzt wird er mir bei der Flucht helfen.*

Ich habe dich vermisst, Lily, hauchte er in meinen Verstand, während er mein Gesicht zwischen seinen Händen einrahmte. *Ich habe dich so verdammt vermisst.*

Ich habe dich auch vermisst, flüsterte ich. *Ich dachte, du hättest mich zurückgelassen.*

Ich weiß, antwortete er. *Wir werden über alles reden, wenn wir aus dem Chaos hier raus sind. Aber jetzt musst du mir vertrauen. Kannst du das tun, süße Blume? Kannst du mir wieder vertrauen?*

LILY

VERTRAUEN, DACHTE ICH UND LIESS MIR DAS WORT AUF DER Zunge zergehen, während ein Gefühl des Unbehagens meinen Geist erschaudern ließ. *Kann ich jemandem vertrauen? Kann ich dem hier vertrauen?*

Ist er wirklich hier?

Oder spielt mir mein Verstand einen grausamen Streich?

So sehr ich auch glauben wollte, dass alles real war … Ich … Ich konnte es nicht.

Vielleicht starb ich. Vielleicht träumte ich. Vielleicht war ich aus dieser metallenen Falle in den Tod gestürzt. Vielleicht war das hier das Leben nach dem Tod. Vielleicht spielte sich alles nur in meinem Kopf ab.

Lily, hauchte Cedric, als seine Sorge über mich hereinbrach. Aber ich erkannte die Absicht hinter seinen Gedanken, die sehr reale Erkenntnis, dass er meine Ausbildung und Erziehung vor wenigen Monaten so hatte brechen wollen.

Er hatte mich zerstören wollen.

Um zuzusehen, wie ich zu einem Nichts zusammenschrumpfte.

Und *starb*.

Denn in seinen Gedanken war dies ein besserer Weg gewesen als ein Leben in Sklaverei. *Dieses* Leben – das Zuchtlager. Die Mondjagd.

Er hatte versucht, meine Ausbildung im Zaum zu halten, damit ich dieses Schicksal vermied. Dennoch hatte er sich tief im Inneren nach meinem Untergang gesehnt. Da mich ein mentaler Tod vor der physischen Qual meiner Zukunft bewahren würde.

Ich schwamm durch die Dunkelheit seiner Gedanken, sah seine Beweggründe und hörte seine früheren Pläne, die mich hatten brechen sollen. Pläne, die meine Hoffnung zerfleddert und mich zu einem Nichts herabgesetzt hätten.

Aber irgendwann hatte er sich umentschieden.

Nun schien er zu bereuen, diesen Pfad jemals angestrebt zu haben. Nun hatten wir den Punkt erreicht und die Konsequenzen gefielen ihm nicht.

Vertrauen war ein lustiges Wort. Ich konnte nicht sagen, ob ich ihm vertraute oder nicht. Ich vertraute nichts, nicht einmal meinem eigenen Verstand. Ich könnte gerade genauso gut kopfüber in einen Brunnen des Nichts stürzen und mir Cedrics Gedanken einbilden. Mir seine ehemaligen Gefühle vormachen. Seine Präsenz über mir.

Aber sein Blut …

Sein Blut schmeckte auf jeden Fall echt und ließ mich wieder durch eine gefährliche See der Hoffnung wirbeln. Ich versuchte, an die Oberfläche zu gelangen, weigerte mich, es zu glauben, da sich mein Verstand zu verzweifelt nach einem Ausweg sehnte, um verlässlich zu sein.

Cedric seufzte meinen Namen und ließ seine Zunge mit meiner tanzen. *Wir haben keine Zeit dafür, süße Blume,* flüsterte er. *Aber ich weiß nicht, was ich sonst tun soll. Du musst erkennen, dass ich hier bin.*

Ich konnte nicht antworten, da mir die Worte fehlten.

Seine Präsenz hauchte mir neues Leben ein, ließ meine Seele schreien und mein Herz klopfen.

Dennoch blieb ein Teil meiner Psyche in dem Horror meines Lebens verankert, während die Erinnerungen an die letzten Tage über meine Gedanken trampelten.

Willow … Ich sah ihre zusammengesunkene Gestalt vor meinem inneren Auge und spürte die gefährliche Berührung des Lykaners, der mich in dieses Zimmer geführt hatte. *Bin ich wirklich entkommen? Oder habe ich es mir nur eingebildet?*

Du bist hier, versprach Cedric. *Hör auf meine Gedanken, Lily.*

Ich versuchte es, aber sie enthielten alle Antworten, nach denen ich mich sehnte … wodurch ich ihn nur noch mehr wegstieß. Ich wollte nicht hier sein. Ich wollte nicht an ihn oder uns glauben oder denken, dass es einen Ausweg geben könnte – *eine Zukunft.*

Es war … Es war zu viel.

I-Ich kann nicht, flüsterte ich zu mir selbst. *Ich … Ich schaffe das nicht.*

Eine Gänsehaut breitete sich auf meinen Armen aus, als ich versuchte, meinen Mund von Cedrics Lippen wegzuziehen, um die Luft um mich herum einzuatmen, mich in die Realität zurückzuholen und *aufzuwachen.*

Aber er küsste mich stärker, während seine Zunge nach meiner Aufmerksamkeit verlangte und seine Hände über meine Seiten wanderten.

Du gehörst mir, kleine Blume, sagte er mir. *Meine Lily. Meine Erosita. Meine Gefährtin. Ich bin für dich zurückgekehrt.*

Du hast mich verlassen.

Ich hatte keine Wahl, aber jetzt bin ich hier.

Du hast dich von mir abgewandt, fuhr ich fort. *Du bist nicht real.*

Ich bin real, schwor er, als seine Fangzähne über meine

Lippe kratzten. *Verdammt real.* Er drückte seinen Unterleib gegen meinen, und der dünne Stoff meiner Kleidung tat wenig, um mich vor seiner Hitze und Länge zu schützen.

Ich wölbte mich ihm ohne nachzudenken entgegen, als würde mein Körper auf seinen Ruf reagieren und sich nach der Berührung seines Gefährten sehnen. Er knurrte in meinen Gedanken, während seine analytischen Sinne zum Leben erwachten, Zeit und Ort berechneten und dann so schnell eine Strategie entwickelten, dass ich kaum mithalten konnte.

Dann küsste er mich noch einmal mit so viel Leidenschaft, dass ich meinen Namen vergaß. Meine Bestimmung. Meine Existenz.

Alles, was zählte, war dieser Traum, der sich durch mein Sein schlängelte.

Wenn ich schon sterbe, kann ich auch so sterben, dachte ich. Oder vielleicht war es auch Cedrics Gedanke. Ich konnte Realität und Einbildung nicht mehr voneinander unterscheiden, während seine Berührungen einen Kurzschluss in meinem Gehirn verursachten und mich dazu zwangen, ganz ihm zu gehören. Ihn zu atmen. In seiner Präsenz zu schwelgen. Nur seine Hände, seine Lippen und seine *Zähne* auf mir zu spüren.

Ich erzitterte, als seine Fangzähne den sensiblen Puls an meinem Hals fanden und er mich so stark biss, dass sich alle meine Sinne in seinem vampirischen Kuss verloren.

Der Stoff meiner Kleidung flüsterte über meine Haut und verschwand, während Cedrics Handflächen weiterhin jeden Zentimeter meines Körpers streichelten. *Definitiv ein Traum,* entschied ich, bevor ich mich wieder gegen ihn wölbte, während er mich zurück auf den Boden drückte. *Oder vielleicht ein Albtraum.*

Denn wir waren in einem Raum, der vom Tod umhüllt wurde, versteckt in einem Teil der Einrichtung, der alle Leichen beherbergte, bis der Tag der Einäscherung kam.

Das wusste ich nur dank Cedrics dunkler Gedanken.

Was für ein morbider Tanz, sinnierte ich, als ich wieder spürte, wie er seine Hüften gegen meine drückte. *Ein dunkles und krankes Schicksal.*

Schwindel überkam mich, als er tief aus meiner Vene saugte, mich unter ihm erdete und mich dazu zwang, seine gefährliche Berührung und den Anspruch zu spüren, der zwischen meinen Beinen lauerte.

In irgendeinem Moment hatte er seine Hose geöffnet.

Und jetzt …

Jetzt drückte er sich in mich, sorgte dafür, dass ich mich ganz fühlte und ihm gehörte.

Während all dem spürte ich auch, wie sich seine Sinne um uns herum ausbreiteten und nach Zeichen eines Eindringens suchten, auch wenn er in der Empfindung unserer verbotenen Lust schwelgte.

Wir gingen ein Risiko ein.

Und das Risiko schien ihn anzuspornen und zur Bewegung zu zwingen. Denn es war der einzige Weg, damit wir uns wieder lebendig fühlen konnten, der einzige Weg, der mir beweisen würde, dass alles real war.

Dennoch fühlte es sich auch wie ein Hirngespinst an.

Ein tödliches, albtraumhaftes Hirngespinst. Eines, das von Blut, Tod und Horror umgeben war. Ich konnte all dies praktisch auf meiner Zunge schmecken, allerdings vertrieb Cedric die Empfindungen, indem er mich in seiner Essenz, unserem vermischten Blut und seinem *Anspruch* ertränkte.

Ich schlang meine Beine um seine Taille, während er nach vorne stieß und mich unter ihm beben und erschaudern ließ. *So voll. So intensiv. So Cedric.*

Sein Anspruch schmerzte und trieb Tränen in meine

Augen, aber seine Hartnäckigkeit zwang mich auch dazu, etwas zu *fühlen*. Es zwang mich dazu, ihm wirklich zuzuhören. Mich zu konzentrieren. Ihn zu *verstehen*.

Ich erkannte, warum er mich aus seinem Verstand ausgeschlossen hatte und hörte, wie schwer es für ihn gewesen war. Er hatte nicht gewusst, ob es mir gut ging, so wie ich auch nichts von seiner Lage hatte erfahren können. Er hatte nicht riskieren wollen, dass jemand seinen Geruch an mir wahrnehmen konnte.

Und genau dies war passiert, als der Lykaner mich plötzlich aus der Schlange gezerrt hatte – weil Cedric vorher die Verbindung zu meinen Gedanken wiederhergestellt hatte.

Eigentlich war sein Plan gewesen, dass mich ein anderer Lykaner herausholte. Aber er war gezwungen gewesen, früher zu agieren, als er erwartet hatte.

Und nun fickten wir an einem Ort, an dem wir nicht sein sollten.

An einem Ort, an dem wir erwischt werden könnten.

Ein Ort, an dem er gezwungen sein könnte, jeden zu töten, der uns sah.

Aber das war ihm egal. Er wollte meinen Körper beanspruchen, die Berührungen der Lykaner vertreiben und sicherstellen, dass jeder verstand, dass ich ihm gehörte. Außerdem wollte er mir wieder einen Lebenszweck geben. Mich an unseren Bund erinnern. Mich dazu bringen, ihm wieder zu vertrauen.

Mehr Tränen kullerten aus meinen Augen, während mein Herz, mein Verstand und mein Geist über die Wahrheit stritten. Hoffnung war gefährlich. Aber Cedric … Cedric weckte sie immer wieder. Er zeigte mir einen neuen Lebensweg. Er zeigte mir, was abseits dieses dunklen Schicksals existierte.

Und dennoch konnte ich das unausweichliche Ende

unserer Beziehung hören, die Tatsache, dass er wieder zu Silvano zurückkehren müsste.

Denk jetzt nicht daran, flüsterte er. *Denk an uns. Denk an meinen Schwanz in dir. Denk an meine Zunge, die dich verschlingt.*

Er stieß hart zu und ließ mich in seinen Mund stöhnen. Seine Hand lag an meinem Hals und drückte leicht zu, sodass mir die Luft abgeschnitten wurde, bevor das Geräusch um uns herum hallen konnte. Ich zuckte zusammen und klammerte mich mit meinen Beinen an ihn. Die Gefahr dieses Raubtiers, das mich so nahm … genau hier … es war zu viel.

Es ist Cedric, dachte ich, während mein Bewusstsein kam und ging, und die Erinnerungen an unsere gemeinsame Zeit mich mit einer dünnen Schweißschicht bedeckten, die mich unter ihm erzittern ließ. Er ließ mich nicht atmen. Er hielt mich in diesem Zustand, trieb mich voran und sorgte dafür, dass ich kopfüber in eine Vergessenheit stürzte, die ich zunächst gar nicht bemerkt hatte.

Als ich aufwachte, sah ich, wie er mit intensiven, dunklen Augen auf mich herabstarrte.

Ich blinzelte verwirrt. Es fühlte sich an, als wäre ich in einem Traum verloren gewesen, nur um mit einem Albtraum über mir aufzuwachen. *Ein köstlicher Albtraum mit glühenden Iriden und einem grausamen Mund.*

Mein Inneres brannte und meine Nasenlöcher blähten sich auf der Suche nach sehr notwendigem Sauerstoff auf.

Bis mir durch seinen Griff um meine Kehle wieder die Luft abgeschnitten wurde und seine Lippen die meinen einnahmen. Ich schrie seinen Namen in meinen Gedanken, verlangte, dass er mich losließ, aber er begann nur, mich erneut zu ficken.

Was ist das?, dachte ich, während mein Verstand

kreiselte und helle Punkte vor meinen Augen tanzten. *Werde ich …? Werde ich von einem Lykaner bestiegen?*

Ein Knurren in meinen Gedanken jagte mich in eine dunkle Fantasie voller Fangzähne und besitzergreifendem Grummeln.

Cedric, hauchte ich, als ich ihn wieder sah und mich sein Ausdruck zurück in die Gegenwart holte und unsere Realität verstehen ließ. *Du fickst mich.*

Ich besitze dich, stellte er klar, wobei mir die Dunkelheit in seiner Stimme einen Schauer über den Rücken jagte. *Jetzt wach auf.*

Ich kniff die Augen zusammen. *Ich bin wach.*

Du stellst deine Umgebung und meine Existenz in Frage. Er fickte mich hart und verstärkte wieder den Griff um meinen Hals. *Denkst du immer noch, dass ich ein Traum bin?*

Eher ein Albtraum, dachte ich zurück, während ich um Atem rang.

Ich bin dein Schreckgespenst, konterte er. *Und auch dein schönster Traum.*

Ich wollte beinah einwerfen, dass er unmöglich beides verkörpern konnte, aber ich war zu sehr damit beschäftigt Sterne zu sehen, als dass ich die Antwort hätte formulieren können. Er zerstörte mich auf eine Art, die ich nicht beschreiben konnte, zerbrach jede Mauer des Selbstzweifels und der Hoffnungslosigkeit, die er finden konnte, um mir zu beweisen, dass wir wirklich hier waren.

Fickend auf dem Boden.

In einem Gebäude der Lykaner.

Cedric … Ich zitterte, als ich versuchte, nach ihm zu greifen, da mein Körper von der Zerstörung, die er auf mich losgelassen hatte, geschwächt war, und mein Verstand unter seiner Fürsorge und des Wahnsinns der letzten Tage – *oder Wochen* – brach. *Ich … Ich …*

Spüre mich, flüsterte er, während sein Daumen über

meine Kehle streichelte und seine Essenz meine Zunge berührte. *Schmecke mich, Lily. Erkenne mich.* Vertraue *mir.*

Ich schluckte, während meine Adern von der Dunkelheit brannten, die er in mir heraufbeschworen hatte, dann beruhigte ich mich, als seine Bewegungen langsamer wurden und seine Hüften meine in einem Tanz der Gefährten fesselten, der mich atemlos machte und erneut schluchzen ließ.

Uns läuft die Zeit davon, sagte er mir. *Komm zu mir zurück, kleine Blume. Glaub wieder an mich. Vertrau mir, dass ich uns retten kann. Bitte, Lily. Ich brauche deinen Glauben. Nur noch einmal.*

Seine Lippen flüsterten gegen meine und formten die Worte, die er in meine Gedanken sprach.

Ich werde dich weg von hier und an einen anderen Ort bringen, an dem dir niemand etwas antun kann. Ich werde dich verwandeln. Ich werde tun, was auch immer du brauchst. Glaub nur lange genug an mich, damit ich uns aus diesem Loch herausholen kann. Ich brauche deinen Glauben und deinen Lebenswillen.

Mehr Blut floss meine Kehle hinunter, heilte mich und belebte erneut das Gefühl meiner Selbst. *Überleben,* sinnierte ich. Über dieses Wort hatte ich mein ganzes Leben lang gegrübelt. Ein Wort, das ich mir früher zu Herzen genommen hatte. Ein Wort, an das ich irgendwann nicht mehr geglaubt hatte.

Ich hatte meinen Lebenswillen verloren. Es hatte keinen Grund zum Überleben gegeben, kein Ziel, das mich geleitet hätte ...

Aber Cedric erinnerte mich daran, wie man fühlte, zeigte mir mit seiner Stärke und seinem vampirischen Kuss, dass es in dieser Welt noch so viel mehr zu erleben gab.

Allerdings werde ich allein sein, nicht wahr?, dachte ich und suchte in Cedrics Verstand nach Antworten. *Du wirst dich wieder von mir abwenden müssen ...* Ich konnte es in seiner

Voraussicht sehen, die Intention, unsere Verbindung erneut zu trennen, um meine Sicherheit zu garantieren. *So möchte ich nicht leben.*

Dann werden wir einen anderen Weg finden, schwor er. *Ich werde dich verwandeln. Ich werde dir die Stärke geben, die du zum Überleben brauchst. Ich werde tun, was auch immer du willst. Vertrau mir einfach, Lily. Gib mir deinen Glauben, damit ich dich aus dieser Hölle befreien kann. Bitte.*

Sein Kuss wurde verzweifelt, während seine Hüften gegen meine rieben und Emotionen durch unseren Bund in meinen Körper drangen. Ich keuchte, da ich mich aus einem ganz anderen Grund nach Luft verzehrte, allerdings atmete ich nur mehr von Cedric und seinem minzigen Duft ein. Sein Blut. Seine *Tapferkeit.*

Sie erstickte mich vollkommen, zwang mich dazu, ihm zuzuhören, an ihn zu glauben und mit ihm zu *leben.*

Sein Rhythmus wurde wieder schneller, und sein Körper lag hart und fest auf mir, bis er mich über die Spitze in eine Lawine der Empfindungen katapultierte, die jeden Zentimeter meines Seins annahm.

Dann war er plötzlich verschwunden. Sein Knurren ließ die Haare an meinen Armen zu Berge stehen, als er sich in angespannter Haltung vor mich stellte.

Ich starrte keuchend und ausgebreitet auf dem Boden seinen Rücken an, während sich seine warme Essenz zwischen meinen Beinen ergoss.

„Wenn du sie ansiehst, werde ich dich umbringen", sagte er mit leiser Stimme, in der ein tödliches Versprechen mitschwang.

Ich ergriff die Reste meiner Kleidung, da ich mich plötzlich sehr entblößt fühlte, aber es war nutzlos. Der Stoff war zerrissen und verschmutzt, nicht nur durch Cedrics Hände, sondern auch durch mein Abenteuer im Lüftungsschacht.

„So hatten wir das nicht geplant", erwiderte eine barsche Stimme.

„Es war auch nicht geplant, dass dieses Wolfsrudel an unserem Treffpunkt patrouilliert", warf Cedric zurück, während mir seine Gedanken verrieten, wer in der Tür stand.

Ein Lykaner namens Viper.

Er war derjenige, den Cedric dazu angeheuert hatte, mich zu retten, allerdings war er verschwunden, als sich der Plan geändert hatte.

„Nein, ich schätze nicht", stimmte Viper zu. „Also war deine Lösung, dein Mädchen zu schnappen und sie in der Leichenhalle zu ficken?"

„Typisch Cedric", murmelte eine kultivierte Stimme, die das Blut in meinen Adern gefrieren und Cedric vor mir erstarren ließ. „Allerdings würde ich wohl ähnlich handeln, wenn es um meine kleine *Mirage* ginge."

Cedric machte einen Schritt zurück, während seine Hände an seine Seiten fielen – erst da bemerkte ich, dass er mit einer Pistole auf den Lykaner gezielt hatte.

Aber er machte sich keine Mühe, die Waffe auf den Neuankömmling zu richten.

Denn er würde sich zu schnell bewegen, als dass ihn eine Kugel verletzen könnte.

„Wirst du mich auch bedrohen?", fragte Meister Khalid, als er um Cedric herum zu mir sah. „Hallo, Lily."

CEDRIC

Ich verstärkte den Griff um meine Waffe.

„Khalid." Sein Name verließ meinen Mund mit dem perfekten Hauch an Nonchalance, aber er würde dennoch die Drohung in der Begrüßung verstehen.

Damien hatte mich früh genug warnen können, sodass ich hatte aufstehen können – er hatte mir gesagt, dass die Überwachungskameras alle schwarz geworden waren und ich demnach Gesellschaft bekommen würde. Ich hatte schnell meinen Reißverschluss geschlossen, bevor ich auf die Tür und auf Vipers Kopf gezielt hatte.

Seine Anwesenheit hatte mich nicht unbedingt überrascht, da ich von Anfang an gespürt hatte, dass etwas mit ihm nicht stimmte.

Allerdings hätte ich nicht erwartet, dass Khalid hinter dem Lykaner erscheinen würde.

„C-Cedri-ic?" Damiens Stimme klang abgehackt, als die Verbindung zwischen uns abbrach.

„Du kannst das Funkgerät aus deinem Ohr nehmen", sagte Khalid im Plauderton und wandte sich wieder mir zu. „Es wird nicht länger funktionieren."

„Und Damien?", fragte ich, ohne mir die Mühe zu machen, die Identität des andere Mannes zu verbergen, wenn Khalid offensichtlich schon von ihm wusste.

Khalid steckte seine Hände in die Taschen seiner dunklen Hose. „Ich habe nicht vor, Ryder zu verärgern. Daher ist Damien was meine Aktivitäten angeht tabu."

Ich hob eine Braue, während ich meine freie Hand benutzte, um das Funkgerät aus meinem Ohr zu ziehen – das Rauschen hatte langsam begonnen, durch meinen Kopf zu summen. „Du hast Angst vor Ryder?" Er war ein sadistischer Einsiedler mit der Neigung, zuerst zu schießen und dann Fragen zu stellen, allerdings fand ich das eher liebenswert als beängstigend.

„Ich habe vor niemandem Angst. Allerdings weiß ich, wann sich jemand Respekt verdient hat." Seine Lippen kräuselten sich ein wenig. „Du bist in eine Lykaner-Einrichtung eingedrungen, um deinen Menschen zu holen."

„Meine *Erosita*", korrigierte ich ihn. „Weil du dich nicht an unsere Abmachung gehalten hast."

„Und welche Abmachung war das genau?" Seine türkisen Iriden flackerten, als er wieder Lily ansah. „Sie scheint gesund und unversehrt zu sein. Außerdem ist sie jetzt in deiner Obhut und euer Bund ist weiterhin intakt. Hatte ich nicht genau das versprochen?"

„Nichts von alldem ist dir zu verdanken."

„Wohl wahr", stimmte er zu. „Es ist alles dank dir." Sein Blick wanderte wieder zu mir. „Und meiner Gewissheit, dass du allein für ihre Sicherheit sorgen würdest, auch ohne meine Hilfe."

Wortspiele, dachte ich und unterdrückte ein Knurren. Er hatte geschworen, dass Lily sicher sein würde … weil er gewusst hatte, dass ich diesen Schwur selbst erfüllen würde.

Und im Gegenzug hatte ich ihm dabei geholfen, Emine zu begraben.

Er … Er hat Emine getötet?, flüsterte Lily, da ihr Verstand immer noch vollständig mit meinem verbunden war. *Deshalb hast du mich so früh ausgeschlossen*, erkannte sie in der nächsten Sekunde. *Oh, Göttin …*

Lily …

„Was mich zurück zu meinem Kommentar über Respekt bringt", fuhr Khalid fort und unterbrach meine mentale Erklärung an Lily. „Du hast dir meinen verdient."

„Interessant." Ich strich über den Abzug meiner Pistole, während ich ihn beobachtete. „Du hast meinen noch nicht verdient."

Herausforderung blitzte in seinen Augen auf und verdunkelte seine türkisen Iriden, sodass sie wie Strudel voller klarer und offensichtlicher Gefahr aussahen. „Nein, das habe ich nicht", gab er zu. „Aber das werde ich gleich."

Ich starrte ihn an. „Ich höre zu."

„Nicht hier." Er warf dem Lykaner einen Blick zu. „Viper hat einen Weg freigemacht, über den wir verschwinden können. Danach werden wir reden." Sein Tonfall ließ keinen Raum für Widersprüche zu, da der königliche Vampir seine Dominanz nur durch Befehle deutlich machen konnte.

Nur, dass er nicht *mein* Prinz war. „Ich habe das Angebot, mich der Khalid Region anzuschließen, unter der Bedingung angenommen, dass du mir dabei helfen würdest, Lily zu beschützen. Da ich bis jetzt der Einzige bin, der diese Abmachung einhält, werde ich meine Entscheidung vielleicht noch einmal überdenken. Es sei denn, du hast etwas zu sagen, das es der Mühe wert wäre, meine Meinung zu ändern?"

Er betrachtete mich einen Moment lang, bevor er

sagte: „Ein Heulen von Viper wird die Lykaner anlocken. Da er für mich arbeitet, wird es mir nicht schwerfallen, ihn davon zu überzeugen, Alarm zu schlagen. Würdest du das vorziehen? Oder möchtest du den Fluchtweg *annehmen*, den er schon für uns bereitgestellt hat?"

Mein Kiefer zuckte. „Ich verstehe."

„Das kann ich mir denken." Er gestikulierte in Richtung des Flurs. „Sollen wir?"

„Vielleicht sehne ich mich nach einem Blutbad", sagte ich genervt von seinem Selbstbewusstsein.

Nein. Drauf geschissen. Seine ganze Existenz nervte mich.

Und dass ich wusste, dass er recht hatte.

„Ich bezweifle nicht, dass du dich nach Blut verzehrst, Cedric. Aber du musst an deine Gefährtin denken." Er sah Lily zum verdammten dritten Mal an. „Eine sehr nackte und ein wenig zornige Gefährtin."

Ich gab dem Verlangen nach, seinem Blick zu meiner *Erosita* zu folgen. Sie funkelte Khalid mit kaum verhaltener Wut an, während ihre Gedanken immer noch wegen der Tatsache tobten, dass er Emine getötet hatte. Es schien, als hätte meine liebste Blume emotionale Wurzeln geschlagen, an denen sie sich jetzt festhielt, um sich in der Realität zu erden.

„Sie ist ziemlich aufgebracht wegen Emine", informierte ich ihn, als ich meine Pistole wieder in meinen Holster gleiten ließ. Es machte keinen Sinn mehr, die Waffe zu halten. Wenn Khalid kämpfen wollte, würden wir es mit unseren Händen tun. Aber ich bezweifelte, dass es so weit kommen würde – er würde einfach seinen Wolf *heulen* lassen.

„Hmm", summte Khalid, aber sagte sonst nichts.

Ich zog mein Shirt über meinen Kopf und gab es Lily. *Zieh das an, kleine Blume.*

Sie stimmte nicht sofort zu, aber ihr Verstand schien meinen zu streicheln, während sie zuhörte, wie ich unsere Möglichkeiten abwägte. *Er hat Emine getötet.*

Ja, antwortete ich. *Er hat sie in einen Vampir verwandelt.* Ich hatte ihm geholfen, diese Tatsache vor Silvano zu verbergen, indem ich ihren Körper begraben und meinen Schöpfer abgelenkt hatte, als Khalid verschwunden war, um sich um seine *kleine Mirage* zu kümmern.

Im Gegenzug hatte er mir versprochen, Lilys Sicherheit zu garantieren. Ich hatte gedacht, dass er damit gemeint hatte, dass sie Teil seines Harems werden würde.

Aber nein.

Er hatte mich mit einem sprichwörtlichen Rätsel ausgetrickst.

„Würde es dir besser gehen, wenn ich dir erlaube, mich zu schlagen?", bot Khalid an. Die Worte waren an Lily gerichtet – die ihn jetzt anstarrte – und nicht an mich. „Das verbessert normalerweise Emines Laune. Würde es dir auch helfen?"

Zieh mein Shirt an, Lily, zischte ich, bevor ich den königlichen Vampir ansah. „Hör auf, mit ihr zu reden."

Er hob seine Augenbrauen. „Würdest du so einen Befehl an Silvano richten?"

„Du bist nicht Silvano."

„Nein, das bin ich nicht." Er richtete seine Krawatte aus und fügte hinzu: „Und darüber solltest du gut nachdenken, Cedric. Denn mein Angebot wird bald ablaufen. Und ohne mich wirst du zu deinem Schöpfer zurückkehren müssen. Und er wird von Lily erfahren."

Eine Drohung.

Eine, die sich in Vipers Gesicht widerspiegelte.

Ich muss nur heulen, versprachen seine dunklen Augen.

Ich nickte und räumte ein, dass sie diese Runde gewonnen hatten. Allerdings würden sie bei der nächsten vielleicht nicht so viel Glück haben – und das ließ ich Khalid mit meinem Blick wissen.

Allerdings erhielt ich daraufhin nur ein leicht amüsiertes Grinsen.

Mich zu unterschätzen, würde eher sein Untergang sein als meiner.

Wir hatten seit Monaten ein Spiel gespielt, bei dem ich nie den Eindruck gewonnen hatte, viel zu verlieren zu haben. Allerdings war ich jetzt deutlich gefährlicher, da ich endlich die Tiefe meiner Gefühle für Lily erkannt hatte.

Ich hatte gerade illegal die Grenze des Clementer Clans überschritten und war in eine ihrer Einrichtungen eingedrungen, um sie zu retten. Das allein sagte schon alles. Vor sechs Monaten hätte ich ihr Schicksal akzeptiert und nicht zurückgeblickt.

Und ich wäre gezwungen gewesen, ein ewiges Leben ohne Emotionen zu führen. Ohne wirklich *zu leben.* All das, weil ich die Empfindungen von Liebe und Hingabe nie als lohnenswert betrachtet hatte. Ich hatte nicht gewusst, wie mächtig und erhellend sie sein konnten.

Aber jetzt erkannte ich, wie intensiv diese Leidenschaft zwischen uns brennen konnte, wie *lebendig* ich mich dank Lily fühlte, und dass ich alles in meiner Macht Stehende tun würde, um die Quelle meiner neu gewonnen Lebensfreude zu beschützen.

Ich würde für sie töten.

Und ich würde für sie sterben.

Es gab keine Grenzen, keine Zweifel, kein Zögern und keine Ausnahmen. Denn Lily war mein Herz. Mein Ein und Alles.

Und *das* machte mich zweifellos tödlich.

Wild.

Es war eine ernst zunehmende Stärke.

Denn ich hatte endlich jemanden, für den es sich zu

leben lohnte. Jemanden, der mir verdammt noch mal mehr bedeutete, als alles andere auf dieser Welt, und dazu gehörte auch das Befolgen von Regeln und das Respektieren von Hoheitsgebieten.

Wenn Khalid mich provozierte, würde ich reagieren.

Ich war mit der Absicht hierher gekommen, mein Herz zu retten und sie an einen sicheren Ort zu bringen, irgendwohin, wo Silvano und die anderen sie nicht finden würden, irgendwohin, wo man vielleicht nicht einmal mich aufspüren könnte.

Niemand würde meine Mission gefährden. Auch nicht Khalid.

Alles was zählte, war Lily und mein Herz zu beschützen. *Meine Liebe.*

Ihre Wärme an meiner Seite ließ meinen Blick zu ihrem wandern. Sie starrte zu mir herauf, als hätte sie mich noch nie zuvor gesehen, und ihre blaugrünen Augen waren vor Überraschung geweitet.

Liebe, wiederholte sie mit einer sanften und ehrfürchtigen Stimme. *Du … Du liebst mich.* Keine Frage, sondern eine Feststellung. Eine, bei der unzählige Erinnerungen an unseren gemeinsamen Monat mitschwangen, alles, was ich ihr bezüglich der Möglichkeit gesagt hatte, dass ich sie lieben könnte und dass ich mich mit ihr *lebendig* fühlte.

Aber das hier war nicht nur Liebe.

Es war so viel mehr als das.

Dies war eine neue Existenz, ein fremdartiger Zustand, ein kosmisches Event, das durch einfache Begriffe der Sterblichen nicht zu beschreiben war.

Ich streichelte ihre Wange und fuhr mit meinem Daumen zu ihrer Unterlippe. *Liebe ist ein zu schwaches Wort, um meine Gefühle für dich zu beschreiben, Lily. Es kratzt lediglich an der Oberfläche des tiefen Bedürfnisses meiner Seele, dich für den Rest meines Lebens zu verehren und zu vergöttern.*

Ich trat einen weiteren Schritt an sie heran und rahmte ihr Gesicht mit meiner anderen Hand ein. Sie roch nach mir, nicht nur wegen meines Samens, der ihre Schenkel herunterlief, sondern auch wegen meines Shirts, das ihre zierliche Gestalt bedeckte.

Ich konnte mir keinen besseren Duft vorstellen. Keinen besseren Moment. Keine bessere *Gefährtin.*

Ich atme für dich, Lily. Und nur für dich. Das hatte mir unsere Trennung bewiesen. Ich hatte an nichts anderes denken können als an die Möglichkeiten, wie ich Lily retten und ihre Sicherheit garantieren würde. Es war während der letzten Woche mein einziges Lebensziel gewesen. Und es würde mich für den Rest meines Lebens antreiben.

Diese süße, unschuldige Blume hatte irgendwie ihre Wurzeln in mich geschlagen. Und ich würde nichts daran ändern wollen.

Stattdessen würde ich sie nähren, wie auch immer ich konnte. Ich würde die Luft sein, die sie zum Überleben brauchte. Die Seele, die sie für ein langes, volles unsterbliches Leben benötigen würde. Das Wesen, auf das sie zählen konnte, wenn sie Schutz brauchte.

Ich legte meine Stirn an ihre und schloss die Augen. *Wir werden einen Weg finden, um zu überleben, Lily. Was auch immer du willst. Was auch immer du brauchst. Ich werde es dir geben.*

Sogar den Tod?, flüsterte sie.

Sogar den Tod, wiederholte ich, auch wenn meine Brust bei dem Gedanken schmerzte. Ich hatte so oft darüber nachgedacht und erkannt, dass es die selbstloseste Möglichkeit wäre, aber dennoch war ich nie stark genug gewesen, um es zu tun.

Wenn es allerdings so weit käme … Wenn es der einzige Weg wäre, um sie wirklich in Sicherheit zu bringen … dann würde ich uns beide töten.

Ein Räuspern ließ mich beinah ein gereiztes Knurren ausstoßen. „Vipers Zeitfenster wird langsam kleiner", sagte Khalid leise. „Du musst dich entscheiden, Cedric."

Ich hatte mich schon für einen Weg entschieden, ihn aber noch nicht laut ausgesprochen. *Wir werden ihm folgen, bis wir eine andere Möglichkeit bekommen,* sagte ich Lily.

Ich vertraue dir, antwortete sie, und die drei Worte drangen wie ein Pfeil durch mein Herz. *Und ich atme auch nur für dich.*

Ich drückte meine Lippen auf ihre, musste ihr einfach mit meiner Zunge danken, während ich außerdem sicherstellte, dass sie eine gesunde Portion meines Blutes mit meiner Dankbarkeit herunterschluckte. Denn Khalid hatte recht – uns lief die Zeit davon. Ich konnte spüren, wie die Lykaner in der Nähe herumschlichen, da ihre Präsenz die Härchen auf meinen Armen zum Tanzen brachte.

Interessant, dass ich vorher nicht bemerkt habe, dass Viper ankam, dachte ich und löste mich von Lily, um den schweigenden Lykaner zu betrachten. Er hielt meinem Blick mit einer Arroganz stand, die mich an Khalid erinnerte. Vielleicht hatte ich ihn deswegen nie gemocht.

Ungeachtet dessen war er unser Geleitschutz. „Geht voran."

CEDRIC

VIPERS FLUCHTWEG FÜHRTE UNS ZU EINEM unterirdischen Tunnel, sodass die Treppe der kniffligste Teil der Reise war. Allerdings nutzte er irgendein Gerät, um eine Sirene auf der anderen Seite des Gebäudes einzuschalten, um sicherzustellen, dass uns die Lykaner in Ruhe ließen.

Es war eine eher ereignislose Reise, aber da Lily nur halb bekleidet war, war ich dankbar dafür.

„Du kannst Damien sagen, dass du draußen bist, wenn du sein Gewissen erleichtern möchtest", sagte Khalid im Plauderton, als wir den Ausgang des Tunnels erreichten. „Dein Funkgerät wird wieder funktionieren, sobald wir draußen sind, aber nur für dreißig Sekunden. Wenn du mich erwähnst, wirst du es bereuen."

Die Drohung war nicht nötig. *Außerdem* … „Ich wage es, zu bezweifeln, dass Damien mir bezüglich ein schlechtes Gewissen hätte." Aber da ich das Funkgerät vorher in meine Hosentasche gesteckt hatte, machte es Sinn, meine Flucht an Damien weiterzugeben.

Ich fummelte es gerade wieder in mein Ohr, als wir ein Tor erreichten.

Die Einrichtung war auf einen verrottenden Müllberg gebaut worden – einer, der mindestens einhundertfünfzig Jahre alt war, da er noch aus der Zeit stammte, in der die Menschen geherrscht hatten. Aus diesem Grund war die Struktur des Gebäudes etwas hügelig gewesen. Ich war mir nicht sicher, wozu dieser Tunnel diente, aber er war offensichtlich Teil des ganzen Designs, da Viper einen Code benötigte, um das Tor zu öffnen.

Nachdem er ihn eingegeben hatte, traten wir in die Abendsonne hinaus und fanden einen Geländewagen vor.

Ein kurzer Blick um mich herum bewies, dass wir vollkommen allein waren, was bedeutete, dass ich Lily einfach schnappen und wegrennen könnte. Allerdings würde ein Heulen von Viper einiges an Aufmerksamkeit erregen, und Wölfe auf vier Pfoten könnten Lily und mich einholen.

Wenn ich das Gelände besser kennen würde, könnte ich mich teleportieren.

Leider war ich mit dieser Gegend nicht vertraut. Und ich wollte es nicht riskieren, in einem Gebäude oder inmitten eines umherschleichenden Lykanerrudels zu landen.

Außerdem würde Khalid mir folgen.

„Fünfundzwanzig Sekunden, Cedric", murmelte er.

Ich nickte und drückte mit einem Finger auf das Funkgerät. „Damien?"

Keine Antwort.

„Ich lasse dich nur wissen, dass ich draußen bin und das Paket habe."

„Verstanden", antwortete er. „Irgendwelche Verluste?"

„Keine."

„Das ist enttäuschend", sagte er langsam. „So viel zum Blutregen."

„Vielleicht beim nächsten Mal", erwiderte ich.

„Vielleicht beim nächsten Mal", wiederholte er.

„Ich werde dir den Rest deiner Bezahlung später heute Abend zukommen lassen." Ich hielt Khalids Blick stand, während ich die Worte aussprach. Es war ein subtiler Weg, ihn wissen zu lassen, dass Damien nach mir suchen würde, falls ich diese Überweisung nicht tätigen sollte. Nicht, weil er sich als Freund um mich sorgte oder so etwas, sondern weil es ihm nicht gefallen würde, betrogen zu werden.

„Perfekt. Bis dann."

Die Verbindung brach ab, bevor ich antworten konnte. Ich war mir nicht sicher, ob dies an Damien lag oder ob meine Zeit abgelaufen war. Es machte allerdings keinen Unterschied, da Khalid schon auf dem Weg zu dem Fahrzeug war.

„Viper wird uns zu meinem Jet fahren. Dann werden wir reden", sagte er zur Erklärung.

„In deinem Jet?", vermutete ich.

„In meinem Jet", bestätigte er.

Ich sah ihn einen Moment lang an und wägte unsere Optionen ab.

Dann ging ich zu der hinteren Tür des Geländewagens und hielt sie für Lily auf. Sie kletterte in den riesigen Wagen, wobei mein Shirt an ihren Oberschenkeln hochrutschte. Normalerweise hätte ich diesen Anblick genossen, aber ich war zu sehr damit beschäftigt, mir über Khalids Verhalten den Kopf zu zerbrechen, als dass ich meine *Erosita* hätte genießen können.

Sie rutschte über den Ledersitz, sodass ich mich neben sie setzen konnte, während Khalid auf dem Beifahrersitz Platz nahm und Viper hinters Steuer ging.

Stille fiel über uns, als wir uns von der Einrichtung

entfernten. Ich studierte unsere Umgebung und suchte nach etwas, das mir bekannt vorkam. Ich kannte Ryders Ländereien, zumindest deren Ränder, da ich oft dort vorbeikam, um mich mit Damien zu treffen, aber wir fuhren nicht in diese Richtung.

Unsere Fahrt ging auch nicht zu dem Hauptgebäude des Clementer Clans.

Nein, wir fuhren tiefer nach Texas hinein. In Richtung der Silvano Region.

Ich biss die Zähne zusammen, während mein Verstand an einem Plan arbeitete, der uns verdammt noch mal aus diesem Auto herausholen könnte, bevor wir die Grenze erreichten.

„Man könnte meinen, dass der zukünftige Herrscher dieser Gegend etwas entspannter wäre", sinnierte Khalid, ohne mich anzusehen. „Das ist das Territorium, das du von Silvano bekommen sollst, nicht wahr? All dieses verlassene Nichts?"

„Einen Teil davon, ja", antwortete ich ruhig, trotz meiner rasenden Gedanken.

„Ich nehme an, dass dir in diesem Fall die ganzen Tage an der Universität zugute kommen werden. Du bist mehr als nur daran gewöhnt, in trockenen und öden Gefilden zu leben." Sein türkiser Blick traf meinen über den Innenspiegel. „Oder du kannst dir mein Gegenangebot anhören."

Ich sah noch einmal kurz aus dem Fenster, bevor ich meine Aufmerksamkeit wieder auf ihn richtete. „Wenn man bedenkt, wohin wir fahren, scheint es nicht so, als hätte ich eine Wahl."

„Da hast du wohl recht", stimmte er zu. „Aber ich habe tatsächlich versprochen, dass ich die Sicherheit deiner Lily garantieren werde, und diesen Schwur möchte ich einhalten. Deshalb wird sie mit in die Khalid Region kommen. Ob du dich uns anschließt oder nicht, liegt an dir."

Bei diesen Worten bog das Fahrzeug auf einen schmutzigen Pfad ab, was meine Aufmerksamkeit wieder auf die Fenster richtete. Wir waren genau an der Grenze zwischen den Territorien, aber es war dennoch keine Gegend, in der ich mich sicher genug fühlte, um zu teleportieren.

Verdammt.

„Ich bin nicht grausam", fuhr Khalid fort. „Aber ich bin pragmatisch. Deshalb werde ich nicht mehr sagen, bis wir in der Luft sind. Ich muss sicherstellen, dass ich deine volle und ungeteilte Aufmerksamkeit habe, sowie deine freiwillige Kooperation. Sonst können wir nicht weitermachen."

Ein Jet erschien in der Ferne, was die Härchen an meinen Armen tanzen ließ.

Im Grunde ließ er mir die Wahl, sein Angebot anzunehmen, mir an Bord des Jets seinen Plan anzuhören, oder er würde mich hier lassen, während er Lily angeblich in Sicherheit brachte – womit ich ihm nicht vertraute. Und Lilys Gedanken verrieten mir, dass es ihr ähnlich ging.

Sobald wir in der Luft sind, sind wir gefangen, sagte ich ihr. *Und ich vermute, dass er wieder zur Khalid Region fliegen wird, was eine Flucht noch schwerer machen würde.*

Und unsere einzige andere Option ist, mich allein mit ihm gehen zu lassen, erwiderte sie unbehaglich.

Das stimmt nicht unbedingt – ich könnte versuchen, mit ihm zu kämpfen.

Aber ich würde dabei Lilys Leben aufs Spiel setzen.

„Wie du schon vorher bemerkt hast, bin ich nicht Silvano." Khalids Blick wanderte wieder in dem Spiegel zu meinem. „Gib mir eine Chance, meinen Wert zu beweisen,

559

Cedric. Du hast dir meinen Respekt verdient. Jetzt habe ich vor, den Gefallen zu erwidern."

Der Wagen hielt in der Nähe des Jets inne, während die Luft in unheimlicher Erwartung stillzustehen schien.

„Wenn du bleiben möchtest, wird Viper dich in der Nähe von Ryders Grundstück absetzen, bevor er zu seiner Einrichtung zurückkehrt." Der königliche Vampir warf dem Lykaner einen Blick zu. „Ich erwarte in einem Monat einen neuen Lagebericht."

Viper senkte zustimmend sein Kinn, wobei das dunkle Haar, das seinen Kiefer bedeckte in den Strahlen der untergehenden Sonne glänzte. „Gleiche Vorgehensweise wie immer."

„Ja, das hier war ein besonderer Ausflug." Khalid sah mich kurz an. „Aus einem ganz besonderen Grund."

„Verstanden, Boss." Viper lehnte sich entspannt in seinem Sitz zurück, während seine beinah schwarzen Augen zu dem Innenspiegel wanderten. „Was soll es sein, Cedric? Ich muss mich bald zurückmelden, sonst wird meine Abwesenheit auffallen."

Khalid öffnete die Tür und verließ mit schnellen und effizienten Bewegungen den Wagen, bevor ich antworten konnte. Aber anstatt zu Lily zu gehen, lief er zum Jet und pfiff, wobei das Geräusch durch die Fenster an meine vampirischen Sinne drang.

„Ich bin kein Hund, Khalid", antwortete eine Stimme, als eine Frau auf den oberen Stufen der Treppe erschien.

„Emine", hauchte Lily und ließ ihre Hand zu dem Türgriff wandern. Aber ich ließ sie innehalten, indem ich nach ihrem Unterarm griff und sie über meinen Verstand warnte, nicht in eine mögliche Falle zu tappen.

Allerdings schwebte Emine lediglich mit bekannter vampirischer Eleganz die Treppen hinunter, die einem alten Wesen unserer Art Konkurrenz machen könnte – und zwar genau dem, der sie erschaffen hatte.

Seine Lippen verzogen sich amüsiert, bevor seine Hand zu ihrem Nacken wanderte und er sie an sich riss. „Vielleicht nicht, aber du bist immer noch meine liebste *Mirage*, nicht wahr?"

Sie bekam keine Chance, darauf zu antworten, da sein Mund ihren bereits mit einem beanspruchenden Kuss besiegelte, der seine Absichten mehr als deutlich machte. Er sah sie eindeutig als sein Eigentum an.

Da sie jedoch versuchte, ihn wegzuschieben, schien sie nicht vollkommen einverstanden zu sein. Allerdings gruben sich ihre Nägel auch gleichzeitig in sein Hemd. Vielleicht akzeptierte sie seinen Anspruch also. Oder sie war in der Sache noch zwiegespalten.

Das war ein Gefühl, das ich verstehen konnte, da alles an Khalid mich unbehaglich werden ließ.

Ich konnte ihm nicht vertrauen – dessen war ich mir sicher.

Aber ich wollte ihm in den Jet folgen, nur um mir sein Angebot anzuhören, herauszufinden, was er geplant hatte, und um endlich einen Einblick in seinen verrückten Verstand zu erhalten.

Ich glaube nicht, dass wir eine bessere Option haben, flüsterte Lily. *Es sei denn, du willst versuchen, mit mir wegzulaufen … aber selbst, wenn wir fliehen, ist dein Plan, mich vor Silvano zu verstecken. Das bedeutet, dass du mich wieder aus deinem Verstand ausschließen müsstest.* Ihre blaugrünen Iriden flackerten, als sie sich zu mir wandte. *Ich möchte nicht, dass du dich wieder von mir abwendest.*

Möchtest du stattdessen, dass ich dich verwandle?, bot ich an.

Ich weiß es nicht, gab sie zu. *Ich … Ich weiß nicht, was wir tun sollen. Aber ich weiß, dass ich nicht möchte, dass du unsere*

Verbindung trennst. Allerdings verstehe ich auch, dass du dies für meine Sicherheit tun müsstest. Ich …

Ich wartete, dass sie den Gedanken beendete. Allerdings schienen ihr die Worte zu fehlen.

Also formulierte ich sie für sie. „Du möchtest hören, ob uns Khalid ein besseres Angebot machen kann." Ich sprach die Worte laut aus, da ich wusste, dass er sie würde hören können. Genauso wie ich hören konnte, wie er Emine jetzt Geduld einbläute. Sie wollte Lily sehen, und er ließ sie warten.

„Ich …" Lily schluckte. „Ich denke, wir sollten ihn anhören, ja." *Ich vertraue ihm nicht*, fügte sie mit einem mentalen Flüstern hinzu. *Aber mir gefällt auch keine deiner Strategien, über die du nachgedacht hast. Mich zu verwandeln, wäre nur eine vorübergehende Lösung, die mir etwas mehr Kraft verleihen würde, aber sobald sie es herausfinden … würden sie mich jagen.* Sie warf Emine einen Blick zu. *So wie sie sie jagen werden.*

Sie hatte nicht Unrecht. Einen Menschen ohne Erlaubnis in einen Lykaner oder Vampir zu verwandeln, war von der Blutallianz ausdrücklich verboten worden. Deshalb hatte ich zugestimmt, Khalid dabei zu helfen, Emine zu verstecken. Ich hatte mir gedacht, dass es Druckmittel genug sein würde, um ihn davon zu überzeugen, mir mit Lily zu helfen. Und vielleicht hatte ich recht gehabt. Seine Hilfe war nur nicht so offensichtlich gewesen, wie ich erwartet hatte.

Stattdessen spielte er immer noch Spielchen.

Was durch den Blick, den er nun über seine Schulter warf, bestätigt wurde. *Geh das Risiko ein*, sagte sein Ausdruck. *Gib der Versuchung meines Angebots nach. Komm und spiel in meiner Welt.*

All diese Worte konnte ich nicht wirklich hören, aber ich verstand sie gut genug.

Dieser Mann hatte schon lange vor meiner Zeit bei

politischen Mätzchen mitgespielt. Er war ein Experte, wenn es darum ging, das Schicksal zu seinen Gunsten zu verdrehen. Was ihn wohl zu einem mächtigen Verbündeten machte.

„Alles klar", entschloss ich laut und griff nach der Autotür. „Wir werden in den Jet steigen."

„Gute Wahl", erwiderte Viper.

Ich ignorierte ihn und zog Lily aus dem Wagen. „Ich nehme an, dass du den Lykaner bezahlen wirst, da er letztendlich mehr dir als mir geholfen hat?", fragte ich, während ich auf Khalid zuging.

Er grinste. „Er akzeptiert keine Zahlungen von mir. Aber glaub mir, er wird angemessen entschädigt."

Ich war mir nicht sicher, was er damit meinte, aber ich nahm an, dass ich Viper nicht den Rest seiner Rate zukommen lassen musste. Vor allem, da er den Job nicht wie beschrieben ausgeführt hatte. Ich hatte Lilys Sicherheit verlangt, und stattdessen hatte er uns beide einem königlichen Vampir mit unbekannten Absichten übergeben.

„Sollen wir?", schlug Khalid vor und wedelte mit einer Hand in Richtung der Treppe.

Aber Emine und Lily schienen nicht zuzuhören. Sie waren zu sehr damit beschäftigt, einander anzustarren – Lily voller Schock und Bewunderung, und Emine mit einem leicht raubtierhaften Ausdruck.

Vorsicht, Lily, warnte ich sie. *Sie ist ein Frischling.* Und nicht jeder frischgebackene Vampir konnte seinen Blutdurst zügeln.

„Ich bin froh, dass es dir gut geht", flüsterte Lily Emine zu, als sie an meine Seite trat.

„Ich bin auch froh, dass es dir gut geht", sagte Emine, wobei sich ihre Lippen ein wenig verzogen, als sie auf Lilys verdreckte Gestalt musterte. „Es … Es gibt eine Dusche

…" Sie sprach nicht weiter und sah Khalid an. „Kann sie …?"

Khalid wandte sich von ihr ab und begegnete meinem Blick. „Ich glaube, meine liebste *Mirage* möchte vorschlagen, dass Lily im Jet duscht. Diese Entscheidung überlasse ich dir. Wir haben einen langen Flug vor uns."

„Ich möchte zuerst die Details deines Angebots erfahren, bevor ich deine Gastfreundschaft annehme", sagte ich, ohne auch nur eine Sekunde darüber nachzudenken. Nackt mit Lily in einer Dusche zu sein, würde uns beide einen Nachteil verschaffen, den ich erst akzeptieren würde, wenn ich das Spielbrett verstand, das Khalid vor mir ausbreiten wollte.

„Nun gut." Er legte eine Hand auf Emines unteren Rücken, um sie zurück zu den Stufen zu leiten. „Wenn wir mit unserer Unterhaltung fertig sind, wird er sie waschen und du wirst sehen, dass es ihr gut geht."

„Da ist Blut …"

„Es ist nicht nur von ihr", sagte Khalid, während er sie den Jet hinaufführte. „Das kannst du am Geruch erkennen." Er begann, ihr die Unterschiede zu erklären, und ließ Lily und mich allein am Fuß der Treppe zurück.

Ich könnte sie ergreifen und wegrennen.

Aber ich nahm an, dass genau dies der Punkt war.

Ein letzter Test, sinnierte ich.

Er hatte gesagt, dass er meine freiwillige Kooperation wollte. *Das* hatte er damit gemeint.

Clever, dachte ich, nahm Lilys Hand und sah sie an. *Es ist ein Risiko.*

Alles zwischen uns ist bis jetzt ein Risiko gewesen.

Ich nickte. *Ja.* Ein verbotener, tödlicher Tanz auf den Grenzen zwischen Richtig und Falsch, und alles, während wir ein dunkles Schicksal dazu herausforderten, uns zu verschlingen.

Dies hier war nicht anders.

Aber vielleicht erwartete uns in diesem Flugzeug eine bessere Option.

Das würden wir erst erfahren, wenn wir seine Einladung annahmen. *Gehen wir.*

CEDRIC

EMINE BOT LILY EINE JEANS UND EIN SWEATSHIRT AN, sobald wir den Jet betraten. Anstatt die Geste abzulehnen, akzeptierte Lily die Kleidung und ging ins Badezimmer, um sie anzuziehen.

Da wir in absehbarer Zeit nirgendwo anders hingehen würden, erhob ich keinen Einspruch. Außerdem zog ich es vor, dass sie es so bequem wie möglich hatte, da wir einen langen Flug vor uns hatten.

Ich setzte mich Khalid gegenüber in einen der Chefsessel und wartete, während er uns einen mit Blut versetzten Bourbon-Cocktail mixte. Außerdem machte er wie zu erwarten ein spritziges Getränk mit Blut für Emine und holte eine Flasche Wasser für Lily hervor – die sie eifrig akzeptierte, als sie zurückkam.

Sie hatte ihr blondes Haar zu einem Pferdeschwanz zusammengebunden und ihr Gesicht abgewischt. Ich nahm an, dass sie auch andere Stellen gesäubert hatte, da sie etwas frischer roch, aber sie brauchte dennoch ein Bad.

Wenn unser Gespräch gut lief, würde ich Khalids Angebot annehmen und sein Badezimmer benutzen.

Er schickte seinem Pilot eine Nachricht, um ihn wissen zu lassen, dass wir bereit waren, dann setzte er sich träge und nippte an seinem Bourbon. Er schien es ernst zu meinen, dass er mit dem Gespräch warten würde, bis wir uns in der Luft befanden.

Ich entspannte mich in meinem Sitz und ergriff Lilys Hand, als ihre gespannten Nerven auf meine Sinne trafen. Sie war erst wenige Male geflogen und ihre Erinnerungen sagten mir, dass es keine angemessenen Erlebnisse gewesen waren. Ich verkniff mir den Kommentar, dass dieser Flug besser werden würde, da dies erst abzuwarten war. Stattdessen bot ich ihr meine Stärke an und schlug ihr sanft vor, aus dem Fenster zu schauen.

Sie gehorchte, dann berührte ihr Staunen mein Herz, als sie bewunderte, wie das Land unter uns immer kleiner wurde.

Noch ein erstes Mal, sinnierte ich. Was nicht unbedingt stimmte, da sie bereits zuvor in einem Flugzeug gewesen war. Aber dieses Mal wurde sie Zeugin der wahren Schönheit des Fliegens, und das war wahrhaftig eine erfrischende Empfindung.

„Weißt du, *Erositas* wurden früher verehrt", sagte Khalid über den Rand seines Glases hinweg. „Leider hat Lilith das alles verändert. Nicht, weil sie den Bund nicht respektieren würde – sie hat ihren eigenen *Erosita* – sondern, weil persönliche Verhältnisse ihr Podium gefährden."

Hatte, dachte ich. *Sie* hatte *einen* Erosita. Aber ich korrigierte ihn nicht, da dies nichts zur Sache tat.

Und er war auch noch nicht fertig.

„Was die liebe Lilith nicht versteht, ist, dass es zahlreiche bestehende Beziehungen gibt, die vor ihrer eigenen Schöpfung entstanden sind. Ich meine, manche wurden während ihrer Lebzeit geschlossen, aber was ich damit sagen möchte, ist, dass manche Freundschaften unantastbar sind." Er warf Emine einen Blick zu. „Und das gilt auch für den Schöpfer-Bund."

„Nicht jeder Schöpfer-Bund ist vorteilhaft", erwiderte ich. Ich wollte seine Argumentation nicht widerlegen – ich stimmte zu, dass es schien, als wäre diese Gesellschaft auf einem Fehlen von Verpflichtungen gegenüber anderen aufgebaut worden. Aber ich war schon immer ein einsamer Wolf gewesen, also hatte es mich nicht gestört.

Bis jetzt.

Bis ich Lily getroffen habe.

„Genau deshalb musste ich dich angemessen auf die Probe stellen, Cedric." Er setzte sein Glas auf den Tisch, und sein Ausdruck verdunkelte sich. „Ich musste wissen, ob noch etwas von deiner Menschlichkeit übrig war. Denn bei vielen unserer Art ist das nicht mehr der Fall und Lilith hat den Großteil des letzten Jahrhunderts damit verbracht, diese Mentalität zu fördern und zu belohnen."

„Das klingt, als hätte sie eine Art Masterplan für uns alle", wich ich aus, da ich inzwischen noch neugieriger geworden war.

„Ihr Plan ist irrelevant, da sie tot sein wird, bevor sie ihn umsetzen kann. Ich mache mir eher Sorgen um den bevorstehenden Krieg."

Meine Augenbraue schoss nach oben. „Ein bevorstehender Krieg?"

„Mmm", summte er und lehnte sich ein wenig in seinem Stuhl zurück. „Cam war schon immer ein schlauer Mann. Und es passt zu ihm, sich für ein übergeordnetes Wohl zu opfern. Oder in diesem Fall: Um Liliths Wahnvorstellungen vorübergehend zu beschwichtigen."

Wer ist Cam?, flüsterte Lily in meinen Gedanken.

Anstatt zu antworten, zeigte ich ihr ein wenig seiner Geschichte – vor allem den Tag, an dem Lilith ihn öffentlich ausgelöscht hatte, da er gegen ihr Anliegen rebelliert hatte.

„Du lässt es so klingen, als ob er aus einem guten Grund gestorben ist", übersetzte ich laut.

„Oh nein. Er ist nicht tot", erwiderte Khalid und kicherte. „Lilith hält ihn irgendwo in Ketten. Sie will nur alle glauben lassen, dass er tot ist. Was sich zu ihrem Vorteil ausgewirkt hat – oder zumindest denkt sie das. Aber seine Gefangenschaft überdeckt nur die echte Bedrohung – die Revolutionäre, die er zurückgelassen hat. Was mich zurück zu dem Schöpfer-Bund bringt."

Er griff nach seinem Getränk, um einen weiteren Schluck zu nehmen, während ich verarbeitete, was er gerade gesagt hatte. Es gab eindeutig einen Punkt, an dem er letztendlich ankommen würde; ich war mir nur nicht ganz sicher, welcher es war.

Also spielte ich fürs Erste mit.

„Darius", sagte ich. „Du meinst ihn, richtig?" Er war Cams einziger Nachkomme, und da Khalid gerade den Schöpfer-Bund angesprochen hatte, musste Darius in dieser Diskussion eine gewisse Rolle spielen. „Er hat gerade eine Herrscher-Position in der Jace Region angenommen, nachdem er das letzte Jahrhundert unter dem Radar gelebt hat."

„Das hat er wohl", sinnierte Khalid. „Er hat seine Rolle perfekt gespielt: Zuerst hat er eine Blutjungfrau ausgewählt, sie dann zur Gefährtin genommen und sie dann benutzt, um zu zeigen, wie wenig er den *Erosita*-Bund doch respektiert. Das ist natürlich alles Unsinn. Aber niemand macht sich die Mühe, an der Oberfläche zu kratzen."

Ich runzelte die Stirn. „Es wird gemunkelt, dass er sie mit Jace teilt."

„Ja, Jace. Und wer war tausende Jahre bis zu seinem

Tod dessen bester Freund?" Khalid neigte den Kopf zur Seite. „Nun, es war Cam, wenn ich mich nicht irre. Ein Zufall? Ich denke nicht."

„Und was tun sie deiner Meinung nach? Führen sie Cams Wünsche aus, um gegen Lilith zu rebellieren?"

„Es geht nicht um meine Meinung, Cedric. Ich *weiß*, dass sie planen, sich gegen das aktuelle System zu erheben. Und ich weiß auch, dass sie nicht allein sind." Er beendete seinen Drink und stand auf, um sich einen neuen zu mixen.

Da ich meinen kaum angerührt hatte, machte er sich nicht die Mühe, mein Glas aufzufüllen. Aber er bereitete ein neues Getränk für Emine vor.

Außerdem brachte er Lily eine zweite Flasche Wasser.

„Viper ist einer meiner wertvollsten Mitarbeiter. Er lauert in den Schatten und beobachtet für mich die Schachfiguren auf dem Brett. Ich hatte dir ursprünglich eine ähnliche Rolle anbieten wollen, aber die Tatsache, dass du dir eine *Erosita* genommen hast, macht es komplizierter. Also improvisiere ich ein wenig."

Er ließ sich wieder auf seinen Sitz fallen.

„Außerdem ist es nicht wirklich wichtig. Wenn ich dich aus Silvanos Klauen befreie, wird er mit Sicherheit innerhalb von wenigen Jahren in sich zusammenfallen, vielleicht sogar nur in Monaten." Er warf mir einen Blick zu. „Der Trottel ist ohne dich hoffnungslos verloren, und er ist zu unersättlich, um zur Vernunft zu kommen."

Dagegen kann man nicht argumentieren, dachte ich.

„Also brauche ich dich nicht wirklich als Informant in seiner Region. Du wärst in meinem Territorium viel nützlicher, wo du mir dabei helfen kannst, sicherzustellen, dass wir den bevorstehenden Niederschlag überleben. Deshalb möchte ich, dass du ein Herrscher der Khalid Region wirst."

Er hatte diese Position schon mehrere Male angedeutet, daher schockierte mich dieses Angebot nicht.

Aber seine Beweggründe waren definitiv eine Überraschung. „Das meintest du also mit dem bevorstehenden Krieg – du meinst, dass Cams Gefolgsleute gegen die Anhänger von Liliths Konzepten kämpfen werden."

Er nickte. „Ja. Die letzten Spielfiguren sind am Zug – was damit angedeutet wurde, dass Darius die Herrscher-Rolle übernommen hat – also sind wir jetzt in der Endphase. Das bedeutet, dass ich meine Grenzen so schnell wie möglich sichern möchte. Und ich brauche mächtige Männer in meiner Region, um sicherzustellen, dass dies effektiv und effizient geschieht."

Khalid drückte einen Knopf auf dem Tisch, sodass ein durchsichtiger Bildschirm vor uns auftauchte.

„Ich habe während eines Großteils des letzten Jahrhunderts meine eigene Version einer Utopie geschaffen." Er zog verschiedene Kamerabilder aus seiner Region hervor. „Deshalb lasse ich nur selten jemanden mein Zuhause besuchen." Mehrere Bilder von Menschen erschienen, die meisten bewegten sich in Gruppen. Manche lächelten. Andere hatten einen stoischen Gesichtsausdruck. Und ein paar schienen komplett verloren zu sein.

„Das sind Mitglieder der neuesten Lieferungen vom Bluttag", erklärte Khalid und zog Videomaterial von zwei Mädchen heran, die mit gebeugten Schultern umherliefen. „Es sieht so aus, als würde einer meiner Elitemänner ihnen die Unterkünfte zeigen." Er klickte auf ein Feld, um den Ton zu aktivieren, sodass die Stimme seines *Elitemanns* durch die Lautsprecher ertönte.

„Ihr werdet hier schlafen", sagte er und gestikulierte zu einem Zimmer, in dem zwei Betten standen. „Wir teilen die Gemeinschaftsküche und den Wohnbereich weiter unten, aber ihr habt hier euer eigenes Bad." Er zeigte auf einen Fleck im Zimmer, den wir von unserer Sicht aus nicht erkennen konnten.

„Wir haben nur in den Fluren des Wohnheims Kameras", erklärte Khalid, bevor ich fragen konnte. „Und ehrlich gesagt nutzen wir sie eher zum Schutz als zum Spionieren. Ich habe nur diese Videospur gewählt, um dir eine Idee davon zu geben, was ich zu erhalten versuche."

„D-Da drin?", fragte die kleinere der beiden Frauen.

Der Mann, den Khalid als „Elite", betitelt hatte, senkte zustimmend sein Kinn. „Auf der Kommode liegt ein Schlüssel, mit dem ihr hinter euch abschließen könnt, wenn ihr geht. Und in eurem Kleiderschrank befinden sich Outfits für eine Woche, damit ihr euch einleben könnt."

Beide Frauen sahen sich an, bevor sie einen kurzen Blick zu dem sterblichen Mann warfen. „Ich ... Ich verstehe nicht", flüsterte eine von ihnen. „Bleiben wir hier, bis wir den Tafelservice vorbereiten müssen?"

Der Mann klickte einen Knopf seiner Uhr, sodass ein ähnlicher Bildschirm erschien, wie der, der sich vor uns befand.

„Ah, der Essensdienst", murmelte er. „Ich verstehe. Das erklärt eure Verwirrung."

„Schaut er sich die Aufgaben der Sterblichen an?", fragte ich, als ich die bekannte Akte auf dem Bildschirm erkannte.

„Mein Team lädt jeden Tag Kopien von Liliths Protokollen hoch und verteilt sie durch unsere eigene private Datenbank", erklärte Khalid.

„Und du lässt zu, dass Menschen darauf Zugang haben?" Nicht, dass es mich wirklich störte, es war nur ein überraschendes Detail.

„Nur diejenigen mit einer gewissen Position, wie dieser Elitemann." Khalids Blick lag auf dem betreffenden Menschen, dessen Ausdruck und Tonfall sanfter wurde.

„Eure Zuteilung vom Bluttag ist nicht länger gültig", informierte er die beiden Frauen. „Ihr werdet hier neu ausgebildet und eine neue Schule besuchen. Wenn ihr sie erfolgreich abschließt, wird euch eine neue Rolle zugeteilt – eine eurer Wahl. Und die einzige Bezahlung, um die ihr euch sorgen müsst, ist eine monatliche Blutspende."

Die Frauen blinzelten ihn wieder an, wobei sie mich an Rehe im Scheinwerferlicht eines herannahenden Autos erinnerten. „N-Noch eine Universität", sagte das Mädchen mit dunklerem Haar. Sie war etwas größer als die andere, aber nicht viel.

„Ja, aber nicht wie die, die ihr gerade verlassen habt", erwiderte der Mann. „Es ist eine traditionellere Einrichtung mit echtem Unterricht. In eurem Zimmer findet ihr weitere Informationen. Drückt einfach auf den Knopf, auf dem *Abspielen* steht, dann wird euch das Tutorial auf dem Bildschirm alles erklären, was ihr wissen müsst."

Khalid rief einen neuen Bildschirm auf und sagte: „Das werden sie sich ansehen." Sein Blick wanderte zu Lily. „Ich denke, das wird für dich interessanter sein als für deinen Gefährten. Ich weiß, dass es Emine gefallen hat, als ich es ihr vor sechs Monaten gezeigt habe."

Ich hob eine Augenbraue, aber sagte nichts, sondern wartete nur auf das Video.

„Hallo und willkommen in meiner Welt." Khalids weiche Stimme ertönte durch die Lautsprecher, wobei sein Ausdruck auf dem Bildschirm genauso stoisch erschien wie immer.

Allerdings lag ein Funkeln in seinen türkisen Iriden, das

ein tief verwurzeltes Geheimnis andeutete. Ein verborgener Plan. Eine noch nicht erkannte Absicht.

Eine, die er offensichtlich verraten wollte.

Endlich.

LILY

Ich konnte spüren, wie Khalid mich ansah, während ich mich auf den Bildschirm konzentrierte. Sein stechender Blick schien jeden Zentimeter meines Seins heimzusuchen.

Aber etwas an ihm war fesselnd. Etwas, das mich dazu trieb, weiterhin zu lauschen. Beinah, als würde er meinen Verstand und meine Handlungen kontrollieren, mich dazu zwingen, ruhig zu bleiben und *zuzuhören*.

„Alles, was ihr bis zu diesem Zeitpunkt erlebt habt, ist eine Farce, und dafür möchte ich euch mein tiefstes Beileid aussprechen. Auch wenn ich glaube, dass Vampire und Lykaner an der Spitze aller Raubtiere stehen, so glaube ich auch an meine Wurzeln, die in meinem Fall einmal menschlich waren."

Die Videoversion von Khalid drückte auf dem großen Metallschreibtisch vor ihm die Finger zusammen.

„Ich weiß, dass ihr denken werdet, dass es sich hierbei um einen Trick, eine Art Experiment oder ein dunkles Spiel zu meinem Vergnügen handelt. Aber mit der Zeit werdet ihr erkennen, dass ich die Dinge in der Khalid

Region anders handhabe. Ich ziehe es vor, die Menschen angemessen zu informieren, für sie zu sorgen und sie vor allem *zu respektieren*."

Er sprach das letzte Wort mit einer Endgültigkeit aus, die eine Gänsehaut auf meinen Armen tanzen ließ.

„Ihr werdet feststellen, dass die Vampire in meiner Welt eine ähnliche Einstellung haben, und diejenigen, die als Professoren an eurer zukünftigen Universität arbeiten, werden sich der Fragilität eures derzeitigen Zustands bewusst sein. Es wird keine weiteren Kurse über die Befriedigung oder Belustigung meiner Art geben, aber ihr werdet lernen müssen."

Dann folgte eine Pause, die mich voller Erwartung auf die nächsten Worte schlucken ließ. *Was lernen?*

„Meine Gesellschaft gedeiht, weil wir zusammen daran arbeiten, sie zu beschützen, und dort wird eure verbesserte Ausbildung zum Einsatz kommen. Ihr werdet zu Beginn eingeschätzt und an einer Reihe von Tests teilnehmen, um eure Vorlieben zu bestimmen. Dann wird ein akademisches Profil für euch erstellt."

Das Video wechselte zu der Akte eines Menschen mit dem Platzhalternamen „Jane Doe". Ihr Gesicht war verwischt, aber man konnte ihre Schultern und ihre Brust sehen, sodass ihre Jacke mit dem goldenen Wappen deutlich hervorstach – *Blutuniversität.*

Unter ihrem Foto befand sich eine Reihe von Attributen, aber nicht diejenigen, die ich von meiner eigenen Akte kannte. Hier wurden Noten in Mathe und Schreiben aufgezeigt, sowie Eignungen für verschiedene Karrierepfade wie Buchhaltung und andere Geschäftsfunktionen.

Sobald ich fertig gelesen hatte, erschien eine neue Akte, dieses Mal von einem Mann namens John Smith. Er hatte ein ähnliches Foto – verwischtes Gesicht, Jacke mit dem

Schulwappen – und einer Liste von Eigenschaften. Es schien, dass er ein Talent für Sprachen und Kampfkünste hatte. Am Ende seiner Akte stand *Kandidat für die Wache – Interesse an Wandel zum Vampir.*

„Wandel zum Vampir?", las ich laut und legte die Stirn in Falten.

„Das bedeutet, dass er daran interessiert ist, sich verwandeln zu lassen. Wir fragen alle Menschen beim Abschluss nach ihren Wünschen. Das bedeutet nicht, dass man ihnen die Unsterblichkeit schenken wird – wir können nicht jeden verwandeln – aber es hilft dabei, diejenigen einzugrenzen, die auch wirklich zu Vampiren werden wollen", antwortete Khalid.

„Oh." Ich zog die Augenbrauen zusammen. „Ist das nicht … nicht erlaubt?"

„Nichts von dem was er tut, ist erlaubt", murmelte Cedric. „Es bricht jede Regel der Blutallianz. Aber ich denke, genau darum geht es."

„Es geht nicht so sehr darum, die Regeln zu brechen, sondern eher um die Selbstversorgung." Er stoppte das Video, als seine Stimme erneut ertönte, und rief stattdessen eine Reihe von Grafiken auf. „Schau dir diese Trends an, Cedric. Und sag mir, was du siehst."

Ich studierte die Diagramme vor uns und hörte die Antwort, die in Cedrics Gedanken lauerte. *Eine Blutknappheit. Weltweit oder nur in bestimmten Regionen?* Er beugte sich vor, um seinen Finger über einen der Bildschirme zu wischen und durch die Bilder zu wechseln, während er die Daten mit zusammengekniffenen Augenbrauen durchging. *In den meisten Regionen,* übersetzte er. *Außer in wenigen Ausnahmefällen.* Als er die Khalid Region erreichte, hob er eine Augenbraue. „Hier steht, dass du auch wenig Blut hast."

„Das ist wahr", stimmte Khalid zu. „Das ist der Trend

der Datenbank, die von Lilith verwaltet wird." Er drückte auf einen Knopf. „Und das ist der echte Trend, der meine Blutdatenbank umfasst."

Cedrics Mund öffnete sich, als er das Diagramm betrachtete und mir in seinen Gedanken weitere Erklärungen über das lieferte, was wir sahen.

Er hat nach seinem Wachstum zu urteilen über ein Dutzend Vampire pro Jahr geschaffen. Trotzdem sind seine Blutreserven … „Wie?", sagte er staunend. „Wieso hast du so viel Blut?"

„Ich verlange Steuern von meinen Menschen", erwiderte Khalid schulterzuckend. „Ihre Spenden erlauben ihnen einen sicheren Durchgang innerhalb meines Territoriums, und die meisten von ihnen genießen meinen Lebensstil im Vergleich zu der Zukunft, die ihnen von der Blutallianz versprochen wurde. Es ist nicht unbedingt eine Utopie, aber es funktioniert. Und die Bilanz fällt positiv aus."

Cedric überflog weitere Dokumente, wobei sein Schock spürbar war. „Du hast all das verborgen …?" Er formulierte die Frage nicht ganz aus, aber ich verstand seine Verwirrung und Bewunderung. Denn das war … *unwirklich.*

„Das habe ich", bestätigte Khalid. „Durch die ein oder andere *Mirage,* oder auch: ein Trugbild."

„Ein Trugbild?", wiederholte Cedric.

„Und das bringt mich zurück zu meinem eigentlichen Punkt – Lilith wird scheitern, weil sie die Vergangenheit bei ihren Zukunftsplänen nicht bedacht hat. Alte Freundschaften. Alte Bündnisse. Alte Gefährtenverbindungen. *Die Geschichte* im Allgemeinen." Khalid beendete seinen zweiten Drink, aber machte sich dieses Mal nicht die Mühe, um sein Glas erneut zu füllen.

Stattdessen hielt er Cedrics Blick einen langen Moment

stand. Die beiden Männer schätzten einander ein, wie es nur die besten Raubtiere der Welt konnten.

Ein Schauer fuhr meinen Rücken hinunter und Emine rutschte ein wenig auf ihrem Sitz herum, während ihr Blick zwischen den zwei Vampiren hin und her wanderte.

Dann rief Khalid einen weiteren Bildschirm auf; dieser zeigte eine Stadt, die von wüstenartigem Dunst verhüllt wurde. „Lilith hat überall auf der Welt Kameras. So überwacht sie alle Territorien. Sie hat auch eine Reihe an Spionen, die sie benutzt, um Informationen über verschiedene Herrscher zu erlangen. Aber all das habe ich früh genug erfahren. Und ich habe sie überlistet."

Er klickte auf einen weiteren Knopf, der das Bild aufklaren ließ und nun eine Stadt voller Leben zeigte. Es war eine der Videospuren, die er vorher aufgerufen hatte – eine geschäftige Straße voller Menschen, die ihrer Wege gingen.

„Das ist real", sagte er. „Aber das sieht Lilith nicht."

Er wechselte wieder zu der Ansicht, die die verlassene Stadt zeigte.

„Ich habe Filter über ihre Kameras gelegt, um ihr genau das zu zeigen, was ich ihr zeigen möchte – dystopische Trugbilder, die andeuten, dass meine Welt verdorben und dunkel ist und genau zu ihren Wünschen passt. Und die Spionin, die sie in meinem Gebiet hat, gehört zu mir und nicht zu ihr. Sie berichtet Lilith, was auch immer ich ihr vorgebe."

„Also ähnlich wie Viper?", schlussfolgerte Cedric.

„Ähnlich wie Viper, ja. Nur hat Viper eine ganz andere Aufgabe – er behält für mich den Widerstand im Auge."

Cedric runzelte die Stirn. „Er beobachtet Darius und Jace?"

„Nein, er beobachtet Jolene." Khalid verzog seine

Lippen. „Noch ein Teil der Geschichte, den Lilith übersehen hat."

Cedric dachte einen Moment darüber nach, während sein Verstand alles verriet, was er über Jolene wusste. Er war früher einmal der Alpha des Clementer Clans gewesen und hatte mit zwei Gefährtinnen regiert. Das war zu der Zeit gewesen, als die Wölfe ihre Gefährten geschätzt hatten, was Lilith unter ihrer Herrschaft verändert hatte. Denn sie hatte alles in ihrer Macht Stehende getan, um jede Art von Beziehung herabzusetzen.

Genau das hat Khalid schon gesagt, sinnierte Cedric vor sich hin. *Diese Welt fördert Egoismus. Dadurch denken alle nur an sich und nicht an die anderen. Um Freundschaften und Gefährtenverbindungen herabzuwürdigen. Es geht über die Gehirnwäsche der Menschen hinaus und erreicht uns alle …*

Aber all die mit einer Geschichte können diese Gefühle natürlich nicht einfach so auslöschen, resümierte er.

So wie Jolene und … „Seine Triade", beendete Cedric den Satz laut.

„Seine Triade", wiederholte Khalid, wobei Respekt in seinen Augen aufleuchtete. „Jolene hat diese Welt nie gemocht. Und er ist nicht der Einzige. Deshalb habe ich gesagt, dass es zu einem Krieg kommen wird. Ich weiß nicht, wer gewinnen wird, aber ich weigere mich, mein Gebiet deswegen zu verlieren."

Der Nachdruck in seinem Tonfall schien durch das Flugzeug zu vibrieren, und jedes Anzeichen der Belustigung war nach seiner Aussage verschwunden.

„Ich werde auch nicht die Ressourcen aufgeben, an denen ich so hart gearbeitet habe. Ich habe sie aufgebaut und beschützt, um dabei zu helfen, das Chaos von anderen aufzuräumen", fügte er hinzu. „Wenn die anderen die Weitsicht, dieses Problem zu lösen, nicht hatten, ist das ihr Problem. Nicht meins."

Cedric schwieg einen langen Augenblick, bevor er leise sagte: „Du hast dir große Mühe gemacht, um das alles verborgen zu halten."

„Das habe ich", bestätigte Khalid. „Und ich werde mir noch größere Mühe machen, um es zu beschützen."

Eine Drohung, übersetzte Cedric. „Die Tatsache, dass du all dies mit mir geteilt hast, bedeutet wohl, dass ich dein Angebot entweder annehme oder sterbe."

„Ja." Kein Zögern, nur eine direkte Antwort.

„Und was genau würde ich als Herrscher tun?", hakte Cedric nach. „Denn deine Gesellschaft funktioniert offensichtlich nicht so wie die, die ich kenne."

„Du wirst mir dabei helfen, das Trugbild aufrecht zu erhalten", sagte Khalid schlicht. „Und wenn die Zeit kommt, wirst du mir dabei helfen, mein Territorium zu sichern."

„Also wirst du dich dem Widerstand nicht anschließen?", fragte Cedric und hob eine Augenbraue. „Ich meine, du stimmst eindeutig mit ihnen überein, was den Lebensstil angeht. Warum kämpfst du nicht mit ihnen?"

„Das werde ich vielleicht", antwortete er. „Aber nur, wenn ich entscheide, dass sie meiner Hilfe wert sind. Bis dahin wird meine gesamte Aufmerksamkeit darauf liegen, mein Land und meine Leute zu beschützen. Und das nehme ich sehr ernst."

„Ernst genug, um über sechs Monate an der Universität als Meister zu arbeiten, nur um mich zu beobachten", übersetzte Cedric.

„Nun, das stimmt nicht ganz. Ich habe dich seit Jahrzehnten im Visier. Ich bin zur Universität gegangen, um Lily kennenzulernen, da ich deine Faszination an ihr bemerkt hatte. Aber dann bin ich über Emine gestolpert. So eine süße kleine *Mirage*." Er warf der frischgebackenen

Vampirin einen Blick zu, und es war klar, dass die beiden eine Art Geheimnis miteinander teilten.

Ich nahm an, dass dieses Geheimnis etwas mit ihrem Spitznamen zu tun hatte. *Mirage. Wie die Mirage, beziehungsweise das Trugbild, das er benutzt, um sich vor Göttin Lilith zu verstecken?*, fragte ich mich.

Cedric hatte den Blick und die Intensität zwischen den beiden auch bemerkt. Allerdings drängte er nicht nach Informationen, sondern verarbeitete stattdessen alles, was Khalid uns gesagt hatte.

Es ist beinah zu schön, um wahr zu sein, dachte er in meine Richtung. *Aber wenn er die Wahrheit sagt …*

Er führte den Satz nicht aus, aber ich verstand ihn gut genug.

Wir würden die Khalid Region besuchen und uns selbst davon überzeugen, ob es stimmte. Und wenn alles, was er uns gezeigt hatte, real war, dann würden wir entweder bleiben …

Oder sterben.

„Ich nehme an, dass ihr beiden gerne etwas Zeit hättet, um alles zu verdauen, was ich mit euch geteilt habe. Es gibt noch so viel mehr, inklusive der ganzen Spiele, die im Moment innerhalb der Blutallianz gespielt werden. Aber damit können wir uns zu gegebener Zeit befassen, wenn ihr eine Entscheidung getroffen habt."

Er stand auf und nahm sein leeres Glas, sowie das von Emine, mit zum Barbereich.

„Wie ich schon vorher erwähnt habe, dürft ihr die Dusche im Schlafzimmer im hinteren Bereich des Jets benutzen." Er warf Cedric einen Blick zu. „Ich werde euch nicht stören, bis wir in der Khalid Region landen, also könnt ihr auch gerne das Bett benutzen. Ich kann mir vorstellen, dass dein Haustier nach ihrem Abenteuer erschöpft ist."

Ich schluckte. Er hatte zwar nicht ganz Unrecht … aber ich war mir nicht sicher, ob ich nach diesen ganzen Offenbarungen würde schlafen können.

„Ich schlage vor, dass ihr euch dort einschließt. Die Sofas hier kann man zu einem Bett ausklappen und ich habe vor, meine kleine *Mirage* damit zu bespaßen."

Emines Ausdruck blieb stoisch, aber sie neigte leicht den Kopf. Ich wusste nicht genau, was das bedeutete … Zustimmung? Grauen? Ein Zeichen der Unterwerfung?

Khalid hatte viel preisgegeben, und auch wenn ich an seine Version der Welt aus den Videos glauben wollte, so war es doch möglich, dass alles eine Lüge war.

Allerdings schien Cedric ihm zu glauben.

Es gibt keinen Grund, warum er lügen sollte, sagte Cedric sanft zu mir. *Er hat sogar viel zu verlieren, indem er es preisgibt.*

Er analysierte verschiedene Strategien, während er sprach, dachte an jedes Gespräch, das er mit Khalid geführt hatte, an jedes mögliche Wortspiel, und alles passte zu dem, was Khalid enthüllt hatte – es war ein Weg gewesen, um Cedrics Menschlichkeit zu testen.

Du warst der Schlüssel, vermutete Cedric. *Er wollte testen, was ich alles tun würde, um dich zu behalten, und ich habe unwissentlich mitgespielt, als ich dich aus der Lykaner-Einrichtung geholt habe. Er hat darauf gewartet, dass ich jede Fassade und jede Regel der Gesellschaft für Vampire umgehe, mich gegen die Prinzipen meines eigenen Schöpfers entscheide und mir etwas für mich selbst nehme. Indem ich mein Herz zurückhole und dazu bereit bin, alles für sie aufzugeben – für* dich. Er sah mich an. *Deswegen sind wir jetzt hier. Wegen dir und meiner Entscheidung, mein Leben für dich aufs Spiel zu setzen.*

Er legte eine Hand an meine Wange und durchsuchte meinen Blick.

„Ist die Dusche groß genug für zwei?", fragte er.

„Sie ist groß genug für vier, aber ich nehme nicht an,

dass das eine Einladung war, damit Emine und ich uns euch anschließen", erwiderte Khalid.

„Das stimmt wohl", sagte Cedric und stand auf. „Wir reden weiter, wenn wir in der Khalid Region landen." Er warf dem königlichen Vampir einen kurzen Blick zu. „Wie lange fliegen wir noch?"

„Lange genug, damit du dich angemessen um deine *Erosita* kümmern kannst", antwortete Khalid. „Das erinnert mich daran: Das Schlafzimmer ist schalldicht. Wenn du etwas brauchst, wirst du die Gegensprechanlage nutzen müssen."

„Wir werden nichts brauchen", sagte Cedric, während seine Hand vor mir auftauchte.

„Nein, das werdet ihr wohl nicht." Khalid grinste. „Viel Spaß in der Dusche."

CEDRIC

EINE VERSTECKTE GESELLSCHAFT, DIE FÜR MENSCHEN EINEN Lebenszweck erhält.

Es klang beinah zu schön, um wahr zu sein.

Allerdings erinnerte mich dieses Konzept sehr an die alte Welt, sodass es nicht so weit hergeholt war, wie man glauben könnte.

Aber ich hörte Lilys Zweifel, als ich sie zum hinteren Bereich des Jets führte. Es fiel ihr schwer, eine solche Existenz zu begreifen, und ihre indoktrinierte Denkweise war nicht in der Lage, diese Möglichkeit zu akzeptieren.

Ich überflutete sie mit Wissen und Erfahrungen, zeigte ihr die Vergangenheit durch Gedankenblitze, die sie zu mir aufsehen ließen, als wir das Schlafzimmer betraten.

Sie sagte nichts und stellte auch keine Fragen. Sie hörte nur meinen Erinnerungen und Meinungen zu und erkannte das sehr reale Verständnis von Khalids Konzepten.

Fragte ich mich immer noch, ob alles erfunden war? Ja. Aber ich konnte kein Motiv erkennen, warum er über eine solche Welt lügen sollte.

Alles, was er gesagt hatte, machte Sinn.

Und noch mehr: Ich stimmte seinen Führungsentscheidungen zu.

Diese neue Welt langweilte mich. Es gab keine Aufregung oder Herausforderung. Nur einen Haufen versklavter Menschen, die sich ihrem morbiden Schicksal beugten.

Lily war meine einzige Faszination. Mein neuer Lebenszweck. Und Khalid bot mir eine Möglichkeit, um wirklich mit ihr zusammen zu sein.

Wenn alles eine Lüge war, würden wir uns zu gegebener Zeit den Konsequenzen unserer Hoffnung stellen.

Fürs Erste entschied ich mich jedoch, an unsere Zukunft zu glauben. Über eine Existenz nachzudenken, in der Lily und ich unsere Beziehung frei ausleben könnten. Sie vielleicht sogar zu verwandeln, wenn das ihr Wunsch war.

Ich wollte einfach nur bei ihr sein.

Sie lieben.

Verehren.

Genießen.

Ich verdiene dich nicht, kleine Blume, gestand ich ihr in einem mentalen Flüstern. *Aber ich werde den ganzen Flug damit verbringen, zu versuchen, dir das Gegenteil zu beweisen.*

Ich wollte ihr dabei helfen, das Grauen der letzten Wochen zu vergessen.

Scheiße, nein. Das war nicht gut genug.

Ich würde dafür sorgen, dass sie all das Grauen ihres ganzen verdammten Lebens hinter sich ließ. Denn ich hatte vor, sie an einen neuen Ort zu bringen, ihrer Seele die Zukunft vorzustellen und sicher zu gehen, dass sie für das, was auch immer uns in der Khalid Region erwartete, bereit war.

Dies könnten unsere letzten gemeinsamen Stunden sein.

Oder vielleicht war es auch nur der Anfang unseres wahren Schicksals.

Ich weigerte mich, die erste Möglichkeit in Betracht zu ziehen und schwelgte stattdessen in der zweiten. Denn Lily erweckte eine fremde Hoffnung in mir, eine die ich in ihrem Herzen dahinschwinden spürte.

Der Bluttag hatte sie verändert.

Das Lykaner-Camp hatte eine dunkle Realität erzeugt, die den Lebenswillen meiner süßen Blume beinah zerstört hatte.

Daher hatte ich vor, die kleine Flamme in ihrem Inneren zu nähren und sicherzustellen, dass sie zu einem heißen Inferno würde, sobald wir hier fertig waren.

Ich ergriff ihren Nacken und zog sie an mich, wobei mein Blick auf ihrem lag. *Ich werde dich daran erinnern, dass du mir gehörst, Liebste. Meine Lily. Meine Blume. Ich werde dich wieder erblühen lassen.*

Sie erschauderte, und ihr Duft, der an meine Sinne drang, wurde süßer.

Sie war aufgeregt und ängstlich und überwältigt, was eine berauschende Mischung für das Raubtier in mir darstellte. Ich wollte sie verschlingen. Beanspruchen. Zerstören, nur um sie wieder wachsen zu sehen. Und dann würde ich ihr stärkere Wurzeln geben, auf die sie sich stützen könnte.

Sag mir, was du willst, Lily, schlug ich vor, während ich sie einfach nur im angrenzenden Badezimmer in den Armen hielt. Khalid hatte bezüglich der Dusche recht gehabt – sie war von einer beeindruckenden Größe. *Sollen wir damit anfangen, Liebste? Indem ich dich ausziehe und jeden Zentimeter von dir mit meinen Händen wasche?*

Ja, hauchte sie. *Ich kann ihre Präsenz immer noch auf meiner*

Haut spüren. Wie Klauen, die sich in meine Seele krallen und daran erinnern, wo ich gerade eigentlich sein sollte.

Du sollst bei mir sein, korrigierte ich sie. „Weil du mir gehörst."

„Beweise es", forderte sie mich heraus, wobei ein Hauch von Feuer in ihren blaugrünen Iriden aufflackerte. „Mach mich wieder zu deiner."

„Du warst nie nicht meine", versprach ich ihr. „Das ist mir jetzt mehr als klar."

Aber es war noch mehr; ich gehörte ihr. Und ich hatte ihr gehört, seit dem Moment, als ich sie zum ersten Mal gesehen hatte.

Sie hatte durch ihre bloße Existenz alles verändert. Ihre Luft war zu meiner geworden und meine zu ihrer, während sich unsere Seelen vereint hatten, noch bevor unsere Herzen eine Chance gehabt hatten zu schlagen.

Ich ließ sie die Stärke meiner Emotionen spüren, als ich ihren Mund einnahm. Dann suchte meine Zunge nach Zugang, worauf sie mehr als nur bereitwillig reagierte.

Denn wir waren perfekt zusammen.

Heiß.

Leidenschaftlich.

Unantastbar.

Ich fuhr mit meinen Handflächen über ihren Körper und entfernte ihre Jeans und ihren Sweater, während mich ihre Hände meiner Kleidung entledigten und wir nackt aneinander gepresst zurückblieben. Es war ein Tanz von Gliedmaßen und Fingern, der durch unser Verlangen nacheinander noch verstärkt wurde.

Aber es ging nicht um Sex.

Es ging darum, uns zu berühren. Uns an das Gefühl von *uns* zu erinnern. In unserem Bund zu schwelgen. Uns an der Oberfläche zu beanspruchen, uns in- und auswendig kennenzulernen, während sich unsere Seelen sofort auf einer anderen Ebene verbanden.

Die Energie summte zwischen uns und weckte ein lebendiges Gefühl in mir, als ich unseren Kuss vertiefte.

Sie stöhnte daraufhin, während in ihrem Verstand Wünsche und Begierden aufflammten, und das Verlangen, einfach mit mir hier zu sein und in dem Trost unseres Bundes zu existieren.

Kein Bluttag mehr. Keine Lykaner mehr. Sie war auch nicht mehr Kandidatin der Mondjagd. Ich hatte sie gerettet, und ihre Wurzeln waren nun fest in der Realität verankert, auch wenn sich für sie immer noch alles wie ein Traum anfühlte.

Ich ergriff ihre Hüften und zog sie rückwärts in die Dusche. Das Wasser sprang automatisch an und prasselte wie kalte Nägel auf meinen Rücken. Aber das war mir egal. Es war es mir wert, mich um Lily zusammenzurollen und sie vor den kalten Temperaturen zu schützen.

Sie schmolz praktisch gegen mich, absorbierte meine Wärme und meine Stärke und existierte einfach nur zusammen mit mir in diesem Moment.

Du bist so verdammt perfekt, sagte ich ihr. *So wunderschön und geduldig. Ich habe gemeint, was ich gesagt habe, süße Blume. Ich verdiene dich nicht.*

Aber ich würde dennoch versuchen, gut genug für sie zu sein.

Und ich würde so beginnen – indem ich mich angemessen um sie kümmerte.

Getrocknetes Blut klebte an ihrer Haut, sodass dieses Bad mehr als nötig war. Ich wollte nicht, dass irgendein Teil von ihr von den Erfahrungen der Vergangenheit beschmutzt wurde.

Diese Lykaner besaßen sie nicht. Ich tat es. *Meine*

Erosita. *Meine Gefährtin. Meine Blume, die ich pflegen und wachsen lassen werde.*

Sie schlang ihre Arme um meinen Hals, während sich ihre vollen blonden Wimpern öffneten und ihren verlockenden Blick freigaben. „Du gehörst mir ebenfalls."

„Das tue ich", gab ich zu. „Ich gehöre dir, seit dem Tag, als ich dich zum ersten Mal gesehen habe." Das hatte ich mir schon selbst eingestanden. Aber es konnte nicht schaden, die Worte laut auszusprechen. „Ich liebe dich, Lily."

„Ich liebe dich auch", flüsterte sie gegen meine Lippen, während ihre Gedanken über die Veränderungen zwischen uns und wie weit wir gekommen waren staunten. Die Tatsache, dass sie das schockierte, zeigte nur noch mehr, wie viel ich wiedergutmachen musste.

Ich hatte noch nie so für jemanden empfunden, hatte mich nie nach einer solchen Verbindung gesehnt. Allerdings befand ich es jetzt für notwendig, dass ich mich bewies. Dass ich ihrer würdig war. Dass ich der Mann sein konnte, auf den sie sich verlassen konnte … bis in alle Ewigkeit.

Das Wasser wurde endlich wärmer und erlaubte mir, sie ganz darunter zu ziehen. Aber sie schien es nicht zu bemerken. Ihr Fokus lag auf mir und meinem Mund, und ihr Blick war hungrig, während sie abschätze, was ihr gehörte.

„Sag mir, was du willst, und ich werde es dir geben", versprach ich ihr. „Sag mir, wie ich dich zufriedenstellen kann."

„Ich möchte mich lebendig fühlen", flüsterte sie. „Besitze mich. Gib mir ein Gefühl der Sicherheit. Gib mir … Gib mir das Gefühl, dass ich dir gehöre."

„Du gehörst mir", sagte ich ihr, während meine Hand über ihren Körper bis zu ihrem Hals wanderte. „Und du bist bei mir sicher." Ich drückte ihre Kehle zu, was im Widerspruch zu meinen Worten stand, aber darum ging es.

Vertrauen. Das war unsere Stärke, die Basis der Plattform, auf der wir zusammen standen.

Sie *vertraute* darauf, dass ich ihr nicht wehtun würde, selbst wenn ich jede Möglichkeit hatte, es zu tun.

Denn sie wusste tief in ihrem Inneren, dass ich sie nie wirklich verletzen würde. So war es schon immer zwischen uns gewesen.

Und heute Nacht würde es nicht anders sein.

Ich schnitt ihre Luftzufuhr noch ein paar Sekunden lang ab, dann linderte ich den Schmerz mit einem Kuss und einem Hauch Sauerstoff in ihren Mund. Sie stöhnte und wölbte sich gegen mich, ohne sich darum zu kümmern, dass das Blut immer noch auf ihrer Haut klebte.

Sie wollte mehr.

Sie wollte *mich*.

Und ich würde mich ihr keine weitere Sekunde mehr verwehren.

Eine meiner Hände wanderte zu ihrem Nacken, während die andere ihre Hüfte fand. „Öffne deinen Mund ein bisschen weiter für mich, Schätzchen. Ich möchte dich wirklich besitzen."

Sie gehorchte, und ihre Zunge begegnete meiner eifrig, als ich sie vollständig verschlang. Meine süße Blume wollte sich besessen fühlen, und ich war ein Sklave ihres Verlangens.

Das Wasser floss weiterhin um uns herum, erwärmte unsere Haut und erinnerte mich an unsere erste gemeinsame Dusche – als ich ihr beigebracht hatte, wie wichtig es war, sich das zu nehmen, was sie wollte.

Sie erinnerte sich nun an diese Lektion, während sie

meinen Körper eifrig mit ihren Händen erforschte und über meinen Bauch und meinen Rücken strich.

Es gab kein Zögern. Sie beanspruchte mich genauso vollständig wie ich sie beanspruchte.

Meine Lily, hauchte ich in ihren Verstand und knurrte, als ihre Handfläche meinen harten Schwanz fand. Sie strich darüber, prägte sich die Länge ein und fuhr sanft an der Spitze entlang.

Fick mich, verlangte sie, was mich zum Lächeln brachte. *Du wolltest, dass ich dir sage, wie du mich zufriedenstellen kannst, Cedric. Ich möchte so zufriedengestellt werden.*

So frech, flüsterte ich zu ihr zurück. *Und so eine eifrige Schülerin, die lernt, wie sie ihren Meister zu verführen und zu befriedigen hat.*

Ich drängte sie zurück an die Wand.

Meine beste Schülerin, fuhr ich fort. *Du hast nie aufgegeben, egal wie schwer es war. Das habe ich immer an dir bewundert.* Auch wenn es mich wütend gemacht hatte. Denn alles, was ich je gewollt hatte, war, ihre Existenz in dieser grausamen Welt zu verbessern. Und sie hatte wild entschlossen geschienen, ihren Untergang zu besiegeln.

Alles wegen des unerreichbaren Wunsches, Teil der Vigil zu werden.

Wenn reiner Wille dieses Ziel hätte erreichen können, hätte sie allerdings triumphiert.

Ich bevorzuge mein Leben mit dir, sagte sie, als ich ihre Hüften ergriff und sie in die Luft hob. *Wie vergänglich es auch sein mag.*

Sie erkannte, dass wir vielleicht nicht auf dem Weg in die Utopie waren, die Khalid beschrieben hatte. Aber ähnlich wie ich verwarf sie diese Sorge, da es nichts gab, was wir gegen dieses Schicksal tun konnten.

Das bedeutete, dass uns nur diese wertvollen gemeinsamen Stunden blieben.

Und ich war fest entschlossen, sie voll und ganz auszukosten.

Ich drang in Lilys Wärme vor, da ich wusste, dass sie schon feucht für mich war. Es war kein Vorspiel nötig, da unsere Gedanken schon all die Arbeit für uns erledigt hatten.

Sie schlang ihre Beine um meine Taille und klammerte sich an mich, als ich in ihre glatte Hitze stieß und mich ganz in ihr niederließ.

So verdammt perfekt. Es war, als wäre diese Frau für mich gemacht worden, und ihre Pussy machte mich süchtig und lockte mein Raubtier in eine unendliche Vergessenheit.

Ich würde niemals eine andere begehren.

Nur Lily.

Nur *das hier.*

Ihr Verstand verriet mir, dass sie genauso empfand und dass unsere Verbindung so unglaublich tief war, dass sie niemals für einen anderen Mann Wurzeln schlagen könnte.

Das war gut.

Ich würde wahrscheinlich jeden töten, der versuchen würde, sie anzurühren.

Ich werde dich niemals teilen, schwor ich, als ich in sie hineinstieß. *Und ich werde bis in alle Ewigkeit sicherstellen, dass du das auch nicht willst.*

Ich würde genug für sie sein. Nein, ich würde mehr als genug sein. Ich würde alles sein. Ich würde sie verehren. Lieben. Beschützen.

Selbst wenn es nur für ein paar Stunden war.

Es spielte keine Rolle.

Nichts von all dem tat das.

Denn ich hatte meine Lily. Meinen Hauch frischer Luft. Meine neue Energie. Meinen neuen Lebensweg, der uns beide in den Tod führen könnte. Aber es wäre ein wunderschöner Tod. Und wir würden für immer im Jenseits vereint sein.

Beiß mich, bat sie. *Ich brauche dein …*

Ich gab ihr keine Chance, den Satz zu beenden, und senkte meine Fangzähne sofort in ihren Hals, während ich sie weiterhin fickte und uns beide in eine Existenz der Verzückung beförderte, in der uns niemand etwas anhaben könnte.

Meine Lily. Meine Blume. Mein Leben.

Ich gehöre dir, rief sie zu mir zurück, als sich ihre Lippen zu einem Schrei der Lust öffneten und sich ihre Pussy um mich herum zusammenzog. *Cedric …*

Mein Name schien ein Gebet zu sein, eines, das ich erwiderte, nur dass ich ihren Namen verehrte, ihre Präsenz lobpreiste und ihren Körper vergötterte.

Sie erschauderte, explodierte um mich herum und krümmte sich vor Ekstase.

Aber ich hörte nicht auf, sie zu ficken.

Ich hörte nicht auf, sie zu beißen.

Ich hörte nicht auf, sie immer und immer wieder zu nehmen.

Sie wollte leben, wissen, dass all dies real war, sich beschützt, besessen und beansprucht fühlen, und ich gab ihr alles. Alles von mir. Ohne mich nur einmal zurückzuhalten.

Wir kamen zusammen in einem Zyklon voll mächtiger Energie.

Dann fickten wir noch einmal, dieses Mal an der anderen Wand.

Es war nicht genug.

Aber ich hatte versprochen, mich um sie zu kümmern, sie zu waschen, und beides tat ich mit meinen Händen und meinem Mund. Ich besaß ihre Muschi mit jedem

Streicheln meiner Zunge, bis sie mich anflehte, ich solle endlich aufhören.

Nur um mich dann wieder in sie zu zwingen, sobald wir das Bett erreicht hatten.

Sie ritt mich, wobei ihre Brüste ein hypnotisches Schauspiel boten, während sie ihre Lust durchsetzte und mich mit sich über den Abgrund zog.

Es war, als könnten wir nicht genug voneinander bekommen. Wir wechselten die Stellungen, fickten, als wären es unsere letzten Momente auf dieser Erde, all dies ohne nur einmal über unser Ziel nachzudenken.

Denn wir waren hier.

Sie hatte mich. Ich hatte sie. Das war alles, was wir brauchten.

Liebe.

Zuneigung.

Ein Schwur zwischen unseren Seelen.

Es war ein Bund wie kein anderer. Ein Bund, der wie ein Traum erschien. Ein Bund, der der Lebensfreude eine neue Definition verlieh.

Ich küsste sie durch ihren letzten Höhepunkt, wobei mein Blut ihre Zunge benetzte, um ihr beim Überleben zu helfen, um sie ganz werden zu lassen und um den Schmerz zu stillen, von dem ich wusste, dass er sich in ihr aufbauen würde. Aber meine kleine Kämpferin hielt durch, brauchte mehr, brauchte mich, und sie wollte alles und jeden sonst vergessen.

„Cedric", formte sie mit ihren Lippen, da ihre Stimme nach Stunden des Schreiens verschwunden war.

„Shh", machte ich und gab ihr mehr Blut. „Trink."

Ihre Gedanken wanderten zu der Möglichkeit, sich in einen Vampir verwandeln zu lassen. Sie fragte sich, wie es ablaufen würde und *ob* sie es überhaupt wollte. Ich hörte zu und steuerte Informationen über den Prozess bei, während ich ihr ohne Worte sagte, dass ich ihr dies ermöglichen würde, wenn sie darum bat.

Ich sagte ihr auch, dass sich unser Bund auflösen und ihre Unsterblichkeit unsere Verbindung überschreiben würde.

Dieses Detail war ihr egal. Mir auch, aber ich räumte auch ein, dass es nicht meine Entscheidung war, sondern ihre. So würde es immer sein, und ich würde jeden Weg respektieren, den sie wählte.

Ich möchte mich noch nicht entscheiden, sagte sie mir.

Das musst du auch nicht, versprach ich ihr. *Ich möchte nur, dass du weißt, dass es eine Möglichkeit ist. Und ich bitte dich nur, dass ich derjenige sein werde, der dich verwandelt.*

Ich würde niemanden sonst wollen, antwortete sie.

Gut. Ich strich mit meiner Nase über ihre. *Denn ich denke, ich würde deinen Schöpfer sonst umbringen.*

Ihre Lippen verzogen sich gegen meine zu einem Lächeln. *Selbst Khalid?*

Selbst Khalid, bestätigte ich. *Allerdings würde ich bei dem Versuch wahrscheinlich sterben … also stimmst du besser einfach zu, dass ich dich verwandeln darf.*

Ich denke, es wäre ein ausgeglichener Kampf. Es lag kein Hauch von Witz in ihrem Ton. *Er möchte dich für seine Region gewinnen, weil er deine Stärken anerkennt. Vergiss das nicht.*

Ich zog mich zurück, um das Rätsel unter mir anzustarren. *Wann bist du so weise geworden?*

Ich hatte einen ziemlich guten Lehrer, erwiderte sie.

Meine Lippen zuckten. *Du hattest den besten Meister.*

Sie nickte. *Ja, Meister Cedric, das hatte ich.*

Mein Schwanz wurde wieder hart, als ihr koketter Tonfall mein Blut erhitzte. *Ich weiß, ich habe dir gesagt, dass ich „Cedric" vorziehe, aber es gibt auch Momente, in denen ich es sehr genieße, dein Meister zu sein, Lily.*

Momente wie diesen?, fragte sie.

Momente wie diesen, wiederholte ich.

Dann führe mich, Meister Cedric. Sie wölbte sich mir entgegen. *Ich bin bereit zu lernen.*

Ich lächelte gegen ihren Mund, während ich ihr in die Augen sah. *Das ist gut. Denn ich habe dir noch so viel beizubringen, süße Blume. So viele Stellungen. So viele Möglichkeiten zu ficken.* Ich erlaubte ihr zu spüren, wie sehr ich mich danach verzehrte, ihren Arsch zu nehmen, diesen letzten Teil von ihr zu beanspruchen und wie präsent dieser Gedanke in meinem Verstand war.

Aber sie musste besser darauf vorbereitet werden.

Also brachte ich sie stattdessen in eine neue Position, eine, die mir erlaubte, noch tiefer in sie einzudringen und sie meinen Namen keuchen zu lassen, bis sie nicht mehr sprechen konnte.

Erst dann gab ich ihr endlich einen Moment Zeit, um sich auszuruhen, indem ich meine Arme um sie schlang und sie in einen Kokon aus Stärke einhüllte. Wir würden bald landen.

Dann würden wir die Wahrheit über unser Schicksal erfahren.

Und ich würde vielleicht eine Herrscher-Position annehmen – *freiwillig.*

CEDRIC

LILY LIEH SICH EIN PAAR KLEIDUNGSSTÜCKE AUS DEM Schrank des Jets – ein Kleid und Sandalen – und wartete, während ich einen von Khalids Anzügen anzog.

Ich hatte mir nicht die Mühe gemacht, um Erlaubnis zu bitten. Er hatte uns das Zimmer angeboten, und ich hatte seine Gastfreundschaft voll und ganz ausgenutzt, was er anscheinend amüsant fand, als Lily und ich kurze Zeit später in den Wohnbereich traten, nachdem der Jet auf der Erde zum Stehen gekommen war.

„Schwarz steht dir gut, Cedric", sagte er statt eines Grußes.

„Ich weiß", erwiderte ich und beäugte sein ähnliches Outfit. Er hatte offensichtlich auch hier Kleidung verstaut und es schien irgendwo eine zweite Dusche zu geben, da sein Haar immer noch feucht war. Ich hatte nie wirklich nach einer Tour durch den Jet gefragt, aber ich würde mir auf jeden Fall sein Territorium zeigen lassen.

„Sollen wir?", fragte er und gestikulierte in Richtung der schon offenen Tür. Da Emine nirgendwo zu sehen war, nahm ich an, dass sie das Flugzeug schon verlassen hatte.

Ich legte meine Hand auf Lilys unteren Rücken. „Wir sind so weit." Und das waren wir. Denn wir würden dies gemeinsam durchstehen. Was auch immer passierte.

Khalid bemerkte diesen Gedanken, als sein Blick zu Lily fiel, die an mir lehnte, dann wandte er sich ab, um voranzugehen. Die feuchte Luft ließ es mich sofort bereuen, dass ich einen Anzug ausgewählt hatte, aber ich wusste, dass es erträglicher werden würde, wenn die Sonne unterging. Wir waren auf unserem Weg hierher quasi der Nacht und dem halben Tag hinterher gejagt, sodass es auf dieser Seite der Welt inzwischen später Nachmittag war.

Daher war es noch ziemlich früh für unsere Art, aber ich hatte keine Ahnung, welche Zeiten er in seiner Region bevorzugte. Lief das Leben nachts ab? Oder war es wie in den alten Zeiten, als die Menschen nachts geschlafen und tagsüber gearbeitet hatten? Ich würde diese Antwort bald erfahren, da es deutlich wurde, dass er uns nach Khalid City gebracht hatte, eine Stadt, die früher als Dubai bekannt gewesen war.

Dubai?, wiederholte Lily.

Ja. Eine Stadt, die für ihre riesigen Gebäude und die einzigartige Landschaft bekannt war. Vor einhundertfünfzig Jahren war es ein ziemlich schöner Anblick. Ich bin mir nicht sicher, wie sie jetzt aussieht, da ich seit dem neuen Zeitalter nicht mehr hier war.

Die meisten Vampire reisten nicht außerhalb ihrer Regionen umher, und auch wenn ich in der Blutuniversität in der Nähe von Khalids Territorium gewesen war, hatte ich es nie wirklich in Betracht gezogen, ihm einen Besuch abzustatten. So etwas tat unsereins einfach nicht. Lykaner verhielten sich ähnlich.

Die einzige Region, die ständig Besucher empfing, war die Lilith Region, aber nur weil Lilith City als die Hauptstadt der Welt angesehen wurde.

Warum Lilith für eine solche Unternehmung Chicago

umfunktioniert hatte, war mir schleierhaft. Mir gefiel die Stadt zwar, aber es gab viele andere, die ich vorzog. London. Paris. Ich nahm an, dass Dubai auch auf dieser Liste sein würde.

Wenn man von der drückenden Hitze am Tag absah.

Zum Glück hatte Khalid ein Auto gerufen, das auf uns wartete. Es war ein schwarzer Geländewagen, ähnlich wie der, der uns von der Lykaner-Einrichtung zu seinem Jet gefahren hatte. Nur dass Khalid dieses Mal hinters Steuer glitt. „Setz dich vorne zu mir, Cedric", sagte er, wobei der Befehl in seiner Aussage deutlich wurde.

Da Emine schon auf dem Rücksitz saß, hatte ich keinen Grund, nicht zu gehorchen. Also platzierte ich Lily neben ihr, bevor ich mich Khalid im vorderen Bereich anschloss.

Er sagte nichts, als er den ersten Gang einlegte, wobei seine unheimliche Stille scheinbar vom Tod unterstrichen wurde. Aber ich war so etwas von meiner Art gewöhnt, daher erlaubte ich mir, mich auf unsere Umgebung zu konzentrieren, anstatt auf seine tödliche Präsenz neben mir.

Lily bestätigte, dass sie dasselbe tat, während sich ihr Verstand mit Bewunderung füllte, als sie unsere Umwelt in sich aufnahm. Wir waren hier viel näher am Ozean, sodass es ein paar Pflanzen zu sehen gab, was sie besonders zu faszinieren schien, da sie in ihrem Leben nicht viel mehr als endlosen Sand gesehen hatte.

Ich dachte einen Moment darüber nach, bevor ich fragte: „Können wir an der Küste entlang fahren?" Wenn Khalid uns in eine Falle führte, könnte er uns vielleicht dieses letzte Zugeständnis erlauben.

„Ich habe eine noch bessere Idee", erwiderte er. „Ich werde euch zu der Unterkunft bringen, die ich für euch an der Küste vorbereitet habe."

„Du hast uns eine Unterkunft vorbereitet?", fragte ich, ohne meine Überraschung verbergen zu können. „Ohne meine Entscheidung zu kennen?"

„Ich weiß schon, dass du mein Angebot annehmen wirst, Cedric. Also kann ich auch dafür sorgen, dass du und Lily es gemütlich habt, während du selbst zu diesem Schluss kommst."

„Und dann was?", fragte ich mich laut und warf ihm einen Blick zu. „Werden wir umziehen müssen?" Er hatte gesagt, dass er mich als Herrscher haben wollte, aber er hatte mir noch nicht gesagt, für welches Gebiet.

„Das meiste Führungspersonal wohnt in der Hauptstadt, da sich dort die reformierte Blutuniversität befindet. Die anderen Städte in meinem Territorium werden größtenteils nur als Fassade erhalten, um Liliths Ansprüche zu erfüllen. Wenn der Krieg kommt, werden wir nur Dubai beschützen."

„Nicht die gesamte Region?" Ihm gehörte ein großer Teil der östlichen Hälfte des früheren Mittleren Ostens – Israel, der Jordan, Saudi-Arabien, der Jemen, Oman, Katar, Kuwait, Syrien, der Libanon und die Vereinigten Arabischen Emirate. Es war ein riesiges Territorium.

„Es gibt Gebiete der Region, die ich behalten möchte, aber ich habe vor langer Zeit gelernt, dass es besser ist, sich auf einen Ort zu konzentrieren, um Ressourcen zu sparen. Und wir haben alles, was wir brauchen, hier." Während er sprach, bog er auf eine Straße ein, die zur Stadt führte, sodass wir die sich ausbreitende Landschaft aus Gebäuden sehen konnten. Er hatte zwar ein paar von ihnen saniert, allerdings schienen die meisten fast noch so auszusehen, wie ich sie in Erinnerung hatte.

Nur waren sie jetzt ein wenig moderner und entsprachen der aktuellen Zeit.

Und sie waren offensichtlich mit Technologie ausgestattet.

„Was passiert, wenn Lilith zu Besuch kommt?", fragte ich ihn, da ich neugierig war, wie er Besucher vor Ort handhabte. Kameras zu manipulieren war eine Sache. Eine alternative Realität zu simulieren, wenn die Göttin in der Region war, war etwas völlig anderes.

„Wir haben dafür ein Protokoll", murmelte er. „Aber wir mussten es erst zweimal anwenden. Sie lässt mich normalerweise in Ruhe, weil alles, was sie von mir sieht, genau das ist, was sie will." Er sah mich an. „Wie du weißt, geht es nur darum, mitzuspielen."

Ich grunzte und wandte mich wieder der Aussicht zu. „Diese ganze Gesellschaft wurde auf politischen Mindfucks aufgebaut."

„Sie wurde auf Gier und Völlerei gebaut. Aber sie werden alle früher oder später verhungern. Deshalb leben die meisten Sterblichen der Khalid Region hier. Sie werden von einer Vampir-Armee beschützt – keinen menschlichen Vigils – und ein paar Lykanern."

„Lykanern?", wiederholte ich.

Er nickte. „Ich habe vielen Familien über die Jahre einen Zufluchtsort geboten, und ich habe vor, noch mehr aufzunehmen, wenn die Revolution beginnt."

„Lykaner wie Viper."

„Ja, Viper wird einer von ihnen sein."

„Deshalb musst du ihn nicht bezahlen – das meintest du damit, dass er angemessen entschädigt wird."

„So in etwa", erwiderte er vage. „Er ist einer meiner Drachen."

Meine Augenbrauen zogen sich zusammen. „Drachen?"

„Das ist vielleicht eine Geschichte für einen anderen Tag. Aber das ist jetzt nicht wichtig. Was wichtig ist, ist das." Er gestikulierte in Richtung der Stadt. „Das ist der Beweis meines Werts."

Mit jedem Kilometer, den wir fuhren, wurde es deutlicher und deutlicher, dass Khalid wirklich nicht gelogen hatte. Wenn überhaupt hatte er seine Erklärung nur nicht detailliert genug ausgeführt.

Denn in dem Moment, als wir die Stadtgrenzen überquerten, schlenderten Menschen umher, genauso wie er es auf den Kamerabildern gezeigt hatte. Viele von ihnen lächelten. Andere nicht – was mir sagte, dass sie ihrem Schicksal immer noch misstrauten. Und andere gingen einfach nur ihrem Tagwerk nach, wie sie es zu alten Zeiten getan hätten.

Eine normale Stadt.

Voller Leben.

Voller Ziele.

Und einem Gefühl der Leichtigkeit.

Es waren nicht viele Vampire draußen, was wohl daran lag, dass die Sonne immer noch am Himmel stand, aber ich bekam meine Antwort, was die Struktur in dieser Welt anging. „Den Sterblichen gehört der Tag und den Vampiren die Nacht", sinnierte ich.

„Hmm, nein. Aber wir bieten ihnen genügend Optionen. Manche bevorzugen die Sonne, andere sind so an den Mond gewöhnt, dass sie ihre alten Zeitpläne beibehalten. Der Unterricht findet nur nachts statt, weil die Vampire die Dozenten sind. Dubai, oder eher *Khalid City*, ist im wahrsten Sinne des Wortes ein Ort geworden, der nie schläft."

„Nennst du die Stadt lieber Dubai?" Es war das zweite Mal, dass er sie so genannt hatte.

„Ich nenne sie lieber Zuhause", antwortete er. „Ich bin vielleicht nicht hier geboren worden, aber ich habe mir diesen Ort über die Jahrhunderte zu eigen gemacht und das möchte ich beibehalten."

„Wie nennen die anderen sie?"

„Khalid City", antwortete er. „Zumindest größtenteils. Allerdings haben Vampire eine Geschichte, wie wir wohl schon ausführlich besprochen haben. Also zwinge ich ihnen den Namen nicht auf. Dieser Ort kann sein, was auch immer wir wollen, solange wir ihn beschützen."

Er bog auf eine Straße ein, die uns an ein paar der höchsten Gebäude vorbeiführte, was Lilys Gedanken auf dem Rücksitz vor Überraschung und Bewunderung kreisen ließen.

Als wir uns der Küste näherten, schien sie beinah ohnmächtig zu werden. „Oh Göttin", hauchte sie, ohne ihre Aufregung über den Anblick des Meeres vor uns verbergen zu können. „Ist das …?"

„Der Persische Golf", sagte Khalid zu ihr. „Ja."

Ich wollte der Ozean sagen, dachte sie, ohne die Worte laut auszusprechen.

Es ist technisch gesehen ein Meer, aber das kommt nah genug ran, murmelte ich zu ihr.

Es ist wunderschön.

Vielleicht können wir später schwimmen gehen?, schlug ich vor. *Wenn du mir genug vertraust, dass ich dich nicht ertränken werde.*

Ich vertraue dir, versprach sie, während ihr Blick über den Innenspiegel auf meinen traf. *Du wirst mich so oder so ficken.*

Das werde ich tatsächlich, sagte ich zu ihr, während sich meine Lippen zu einem leichten Lächeln verzogen. „Gibt es in der Nähe unserer neuen Unterkunft einen Strand?"

„Er liegt direkt an eurer Unterkunft, ja. Also wenn sie euch gefällt, könnt ihr für immer dort bleiben. Oder wir können eure Vorlieben besprechen und dann weitersehen."

„Du versprichst uns wirklich viel", bemerkte ich und

sah ihn erneut an. „Silvano wird mein Übergang nicht gefallen. Er wird vielleicht einen Besuch verlangen."

„Wenn er das tut, werde ich ihn in einem unserer Fassade-Bezirke ablenken. Und du wirst mich begleiten. Als mein Herrscher."

„Er ist mein Schöpfer. Er kann Befehle aussprechen."

Khalid warf mir einen kurzen Blick zu, bevor er auf eine Küstenstraße einbog. „Ich habe keine Angst vor Silvano. Und er kann so viele Befehle aussprechen wie er will, aber das bedeutet nicht, dass wir auf ihn hören müssen."

„Wenn er laut genug wird, könnte sich Lilith einmischen", warnte ich ihn.

„Um was zu tun? Zu verlangen, dass ich dich zurückgebe?" Er schnaubte. „Du bist alt genug, um in den Adel aufgenommen zu werden, wenn die richtige Region verfügbar würde. Lilith wird dies als Schachzug ansehen – dass ich einen mächtigen Vampir nehme und ihn unter meiner Kontrolle forme."

Er lenkte in eine Einfahrt, die zu einem Parkplatz führte, und stellte den Motor ab, bevor er mich ansah.

„Als ich beim Bluttag erfahren habe, dass du endlich politische Möglichkeiten in Betracht ziehst, habe ich beschlossen, dir ein Angebot zu machen, das um Welten besser sein würde als das von Silvano. Offensichtlich hast du es angenommen und du hast dabei deine Treuepflicht jemand anderem versprochen." Er zuckte mit den Schultern. „So einfach ist das, Cedric."

„Das wirst du also allen sagen."

„Nur denjenigen, die fragen. Und wenn du weise bist, wirst du dasselbe erzählen. Es wird keine Überraschung sein. Wir kennen uns seit einer langen Zeit. Lilith mag die Vergangenheit von anderen in ihrer Entscheidungsfindung nicht berücksichtigen, aber das bedeutet nicht, dass es niemand bemerken würde, dass wir uns durch unser Alter und unsere Herkunft nicht schon einmal begegnet wären."

Ich dachte über seine Worte nach und nickte langsam. „Eine Vergangenheit, die wir während unseres Aufenthalts an der Universität wieder haben aufleben lassen."

„Genau. Wir haben ein paar Menschen geteilt und eine alte Freundschaft erneut zum Leben erweckt, eine, die wieder bestätigt hat, wie nützlich du für meine Region wärst. Eine politische Diskussion führte zur anderen und hier sind wir", murmelte er.

„Hier sind wir", wiederholte ich und sah zu dem Gebäude vor uns und den dunklen Vorhängen an den Wänden. „Das ist eine Unterkunft für Vampire."

„Und für Menschen", antwortete er. „Aber keine Sorge. Lily und du habt das Penthouse, also die komplette oberste Etage. Ihr beiden seid die Einzigen, die zu diesem Bereich Zugang haben. Nicht einmal ich kann uneingeladen eintreten." Er hob seine Augenbrauen. „Was hältst du von diesem Ammenmärchen?"

Ich grunzte. „Es ist lächerlich." Vampire mussten nirgendwohin eingeladen werden, vor allem nicht diejenigen, die teleportieren konnten. Das bedeutete, dass Khalid jederzeit eintreten könnte, aber er hatte sich dazu entschieden, uns Privatsphäre zu bieten. „Wo lebst du?"

„Auf der anderen Seite der Stadt im Hauptpalast." So wie er das sagte, fragte ich mich, ob seine Worte der Wahrheit entsprachen. Es war einer dieser Sätze, der ihm einfach zu flüssig über die Lippen kam.

Nein, jemand wie Khalid würde nicht in einem offensichtlichen Palast wohnen.

Er würde einen geheimen Wohnsitz behalten.

Einen, wo er alles verstecken konnte, was ihm wichtig war.

Wie Emine, dachte ich und warf einen kurzen Blick auf

ihren stoischen Gesichtsausdruck. In ihren Augen war nichts zu sehen. Nicht einmal eine Andeutung darauf, dass er log.

Aber ich wusste, dass er es tat.

„Du hast sie gut ausgebildet", sagte ich ihm mit einem Lächeln.

„Sie ist wirklich toll darin, Geheimnisse zu bewahren", gab er zu, da er sich bewusst war, dass ich seine Worte komplett durchschaut hatte.

Das zeigte jedoch nur, wie wahr die anderen Details waren, wie ehrlich er über die Menschen in seiner Region gesprochen hatte und über seine Wünsche, einen Weg zu finden, um unter neuen gesellschaftlichen Regeln gemeinsam zu existieren und den Sterblichen einen Anschein des Respekts zurückzugeben.

„Jagen die Vampire?", fragte ich, da ich neugierig war, wie die Blutsteuer in seiner Region funktionierte. Denn ich wollte nicht, dass jemand Lily anrührte, also musste ich wissen, ob ich sie vor dem Blutsport würde schützen müssen. *Würde sie Blut spenden müssen?*

„Ja", antwortete er. „Aber ich bevorzuge den Begriff *verführen.*"

„Also ähnlich wie in den alten Zeiten, als wir unsere Mahlzeiten davon überzeugen mussten, uns einen Bissen zu erlaubten", murmelte ich.

„In der Tat. Für diejenigen, die sich nicht die Mühe machen wollen, haben wir allerdings Blutbanken. Das meiste Essen ist für die Vampire schon mit Blut versetzt, und die Getränke auch. Und es gibt Nahrungslager, wo die Menschen freiwillig arbeiten. Sie werden gut entschädigt und man kümmert sich um sie. Das Töten ist nicht erlaubt."

„Ich verstehe. Und wird Lily Blut spenden müssen?", fragte ich und sprach meinen vorherigen Zweifel laut aus.

„Nur für dich, Cedric. Als Herrscher hast du das Recht, sie zu beanspruchen. Die einzige Voraussetzung ist, dass sie gewillt bleibt."

Das bin ich, dachte sie, was mich zum Lächeln brachte.

„Das wird kein Problem sein", sagte ich ihm.

„Nein, das denke ich auch nicht." Er lehnte sich entspannt in seinem Sitz zurück. „Aber wir können später über den Rest sprechen. Warum bringst du Lily in der Zwischenzeit nicht rein, damit ihr euer neues Zuhause erkunden könnt. Oder du kannst mit ihr schwimmen gehen, wenn sie mag."

So wie seine türkisen Augen glitzerten, nahm ich an, dass er mein Gespräch mit Lily irgendwie mitgehört hatte, was wieder die Frage aufwarf, ob er Gedanken lesen konnte. Khalid war ein unbekanntes Wesen mit Mächten, die die Luft zwischen uns zu erwärmen schienen, aber ich war mir nicht sicher, was genau seine Fähigkeiten waren.

Manche Vampire hatten einzigartige Talente – wie teleportieren.

Und etwas sagte mir, dass Khalid einige er einzigartigsten Talente von allen hatte.

Es bedurfte verdammt viel Macht um das zu erreichen, was er hier geschaffen hatte.

Trotzdem ließ er es makellos und einfach erscheinen. Vielleicht war es das für ihn auch.

„Der Eingang ist hier drüben." Er zeigte in eine Richtung. „Eure Netzhaut wird euch den nötigen Zugang verschaffen."

Meine Augenbrauen schossen nach oben. „Du hast Scans von meinen Augen in deiner Datenbank?"

„Ich habe alles in meiner Datenbank, Cedric", antwortete er. „Eines Tages zeige ich sie dir vielleicht."

„Hmmm", summte ich. Ich wusste, dass dieser Tag nicht heute sein würde. Und das war in Ordnung. Ich konnte Lilys Eifer spüren, die rauschenden Wellen zu berühren, was jegliches Bedürfnis nach Informationen meinerseits übertrumpfte.

Ich wollte meiner Blume das Meer zeigen.

„Danke, Khalid", sagte ich zu ihm, wobei die Worte auf meiner Zunge ein wenig steif klangen. Ich zeigte normalerweise keine Dankbarkeit.

„Du wirst mir danken, indem du unser Zuhause beschützt", erwiderte er. „Bis dahin ist deine erste Aufgabe, Lily den Ozean berühren zu lassen. Dann muss ich dich daran erinnern, Damien zu bezahlen, da ich nicht möchte, dass er versucht, dich aufzuspüren. So gern ich ihn auch anheuern würde, Ryder braucht ihn dringender. Und dann werden wir einen Anruf mit Silvano planen. Da möchte ich dabei sein. Also stelle sicher, dass du mich dazu einlädst."

„Du gibst mir schon Befehle", sinnierte ich, während meine Finger den Griff der Tür umschlossen.

„Aufgaben", korrigierte er. „Notwendige Aufgaben."

Ich nickte. Er hatte recht. Alle diese *Aufgaben* waren notwendig. Außer der Tatsache, dass er an dem Anruf mit Silvano teilnahm, aber ich nahm an, dass es dabei eher um sein Vergnügen ging als um etwas anderes.

Das konnte ich verstehen.

Silvano zu sagen, dass er sich ficken konnte, würde ziemlich lustig werden.

„Wie benachrichtige ich dich?", fragte ich ihn.

„Ihr werdet eure neuen Handys und alles andere, was ihr brauchen könntet, in eurer neuen Wohnung finden." Er musterte mich. „Ich habe sogar ein paar passend geschneiderte Anzüge in Auftrag gegeben. Ich schätze, es ist gut, dass wir eine ähnliche Größe haben."

Meine Lippen verzogen sich zu einem Grinsen. „Ich schätze, es ist gut, dass du Geschmack hast."

Sein Blick wanderte zum Spiegel, als er Emine ansah. „Das ist wirklich gut." Er neigte den Kopf zur Seite. „Setzt du dich neben mich auf den Beifahrersitz, kleine *Mirage*?"

„Nein, ich denke, ich werde hier hinten ein Nickerchen machen."

„Hmm, du machst dich rar, ich verstehe", erwiderte er. „Du weißt, wie sehr ich dieses Spiel liebe."

Sie rollte mit den Augen und antwortete nicht, was wieder viele Fragen bezüglich ihrer Dynamik aufkommen ließ. Aber jetzt war nicht der richtige Zeitpunkt, um nach Details zu fragen. Er würde mir ihre Geschichte irgendwann erzählen.

Oder vielleicht auch nicht.

Wie dem auch war, ich hatte eine Gefährtin, die das Meer sehen wollte, und das war wichtiger als alles andere. Also stieg ich aus dem Geländewagen und öffnete ihre Tür. „Ich werde mich melden, Khalid."

„Ich weiß", bestätigte er, während seine Aufmerksamkeit immer noch auf Emine lag. „Viel Spaß im Wasser."

Lily erlaubte mir, sie aus dem Wagen zu ziehen, dann schlang sie ihre Arme eifrig um meinen Hals, um mich zu umarmen. Ihre Freude war so hinreißend, dass sich mein Herz nur durch ihre Nähe erwärmte. „Bist du bereit für eine Erkundungstour, kleine Blume?", fragte ich, nachdem ich die Tür geschlossen hatte.

„Ja."

„Dann lass uns unser neues Zuhause ansehen." Ich fing Khalids Blick durch die Fenster auf, da meine Worte meine Art gewesen waren, sein Angebot anzunehmen. Nicht, dass er diese Geste gebraucht hätte.

Denn er hatte recht behalten.

Ich hätte es ohnehin angenommen.

Es ging nicht so sehr um seine Region oder die Herrscher-Position, sondern um Lily und die Welt, die ich durch unseren Bund kennengelernt hatte. Jetzt würde ich alles in meiner Macht Stehende tun, um sie zu beschützen, sie zu retten, ihr ein Leben zu bieten, sicherzustellen, dass sie niemals wieder in die Dunkelheit von Liliths Gesellschaft zurückkehren musste, und ihre Sicherheit und ihr Glück zu garantieren.

Und er hatte mir einen Weg geboten, um genau dies zu tun.

Es war immer noch gedankliche Manipulation von seiner Seite – eine Möglichkeit, um mich zu kontrollieren und sich einen Vorteil durch mein Alter und meine Macht zu verschaffen. Er wollte nützliche Vampire unter sich, um als Wächter für seine Welt zu dienen.

Welch besseren Weg gäbe es, um sich meine Treue zu sichern, als mir einen Ort zu bieten, an dem mein Herz aufblühen konnte?

Khalid hatte gesagt, dass Beziehungen der Schlüssel zu Liliths Scheitern waren, und er hatte recht.

Andere zu lieben, bot eine neue Basis, auf der man kämpfen konnte. Wenn ein Vampir nur dafür lebte, sich zu nähren, fehlte ihm ein gewisses Maß an Motivation, um zu *über*leben.

Aber wenn jemand anderes – jemand wie Lily – von der Stärke dieses Vampirs abhing, um sicher zu sein und ein Lebensziel zu haben, hatte er plötzlich deutlich mehr, für das es sich zu kämpfen lohnte.

Das verstand ich jetzt. Es war die größte Lektion, die ich in meinem Leben hätte lernen können, und ich hatte Glück gehabt, sie zu erfahren, bevor der Tod meinen Verstand komplett hatte verschlingen können.

Jetzt hatte ich einen Grund zu leben.

Khalid hatte diesen Grund vielleicht ausgenutzt, um

mich dazu zu bewegen, für ihn zu arbeiten. Aber das war mir egal. Denn für Lily würde ich alles tun.

Und dazu gehörte auch, ein Bad im Meer mit ihr zu genießen.

Genau das würde ich jetzt tun.

Ich entledigte uns beide unserer Kleidung und zog sie tief ins Wasser, sodass sie mich brauchte, um das Gleichgewicht zu halten.

Dann erlaubte ich, dass ihr Glaube an mich über meine Seele rollte.

Ihr Vertrauen war ein Leuchtfeuer der Hoffnung. Eine Entdeckung, die ich pflegen und schätzen wollte. Eine Erfahrung, durch die ich mich bis in alle Ewigkeit lebendig fühlen würde.

Meine verbotene Blume.

Meine Zukunft.

Mein für immer.

EPILOG

KHALID

Wirst du dich jetzt neben mich auf den Beifahrersitz setzen, kleine Mirage?, flüsterte ich in Emines Gedanken.

Ihre blaugrauen Iriden flackerten, als sie meinem Blick im Spiegel begegnete. *Ich schätze schon.*

Anstatt aus dem Auto zu steigen, teleportierte sie sich auf den Vordersitz und schnallte sich an. Diese Darstellung der Macht ließ mich hart werden. Es war ein Problem, das ich in ihrer Gegenwart ständig hatte, und bei dem sie mir jede Hilfe verweigerte, selbst mit all unseren kleinen Spielen.

Ich wollte, dass sie bettelte.

Aber das tat sie nie.

Das war der Grund, warum ich sie noch nicht wirklich gefickt hatte.

Oh, alle anderen würden annehmen, dass ich es getan hatte – und ich wollte, dass sie genau das dachten. Es half mir dabei, sie und unsere geteilten Geheimnisse zu beschützen.

Denn meine liebste *Mirage* war wirklich etwas ganz Besonderes.

Ich hatte es an dem Abend bemerkt, als wir uns kennengelernt hatten, und sie versucht hatte, sich bei meinem Anblick auf der Krankenstation zu verbeugen. Das wäre in dieser Welt nichts Außergewöhnliches gewesen, da den Menschen beigebracht wurde, sich demütig zu zeigen.

Allerdings hatte sonst niemand bemerkt, dass ich in den Schatten gewandelt war.

Nicht nur das, sie hatte mich *gesehen*.

„Mein Prinz", hatte sie gehaucht und sich fast selbst umgebracht, indem sie von dem Krankenhausbett gerollt und auf allen Vieren auf dem Boden gelandet wäre.

Die Krankenschwester hatte sie gerügt und gedroht, sie schon hier und jetzt zu erledigen, da sie „eine dumme kleine Fotze war" und „Dinge sah, die nicht da waren".

Aber ich war *tatsächlich* dort gewesen.

Was die Krankenschwester schnell erfahren hatte, als ich ihr Leben beendete, um meine kleine *Mirage* für ihre unglaubliche Fähigkeit mit meinem Blut zu belohnen.

Sie hatte sich beinah ins Hemd gemacht, besonders als mein Blut ihre Talente noch verstärkt hatte.

So hatte meine Besessenheit von dem kleinen Luder neben mir begonnen.

Eine Besessenheit, die noch nicht abgeebbt war. Wahrscheinlich, weil ich ein langes Spiel mit ihr trieb.

Aber es machte Spaß und war aufregend. Ein Umwerben, das eines Königs und seiner auserwählten Gefährtin würdig war.

Eines Tages würde sie mir gehören.

Bis dahin würde ich sie allerdings weiter ausbilden. *Meine kleine Drachenkönigin.*

Ich bin kein Drache, erwiderte sie.

Nein, noch nicht, stimmte ich zu. *Aber eines Tages.* Wenn ich mich dazu entschloss, dass sie bereit war, über den Kern meiner dunklen Magie zu erfahren. *Hast du Hunger, kleine Mirage?*

Ja.

Ich nickte. *Möchtest du ins Lager oder hast du Lust auf mit Blut versetztes Essen?* Ich kannte ihre Antwort schon, aber ich ließ ihr dennoch die Wahl.

Essen, knurrte sie beinah. Denn sie weigerte sich, aus einer Vene zu trinken.

Nun, abgesehen von meiner Vene.

Sie nährte sich regelmäßig von mir, weil mein Blut sie ermutigte und ihr erlaubte, länger ohne Nahrung auszukommen.

Meine Essenz verstärkte auch ihre Fähigkeiten, wie beispielsweise das Teleportieren. Das war für einen frischgebackenen Vampir beinah unmöglich. Aber nichts an Emine war normal. Das war von Anfang an klar gewesen.

Hast du Lust auf eine bestimmte Mahlzeit?

Frühstück, bitte, antwortete sie, wobei sie sich dessen bewusst war, dass das Wort *bitte* dafür sorgen würde, dass sie bekam, was sie wollte. Natürlich würde ich auch ohne solche Formalitäten nachgeben. Emine hatte meine Seele verführt. Und eines Tages würde ich dafür sorgen, dass ich auch ihre umgarnte.

Dann frühstücken wir, sagte ich, während wir den Weg nach Hause fortsetzten.

Ich hatte vor, für sie zu kochen, was sie schon wusste. Sie hatte meine Routine in den letzten Monaten kennengelernt, sie verstand meine Vorzüge und Abneigungen und sah meine Handlungen voraus, noch bevor ich sie ausführen konnte.

So wie sie wusste, dass wir heute Nacht kämpfen würden, vor allem da wir einen Großteil des Fluges verschlafen hatten.

Ich hatte uns auf dem Schlafsofa in Laken gehüllt, nur für den Fall, dass Cedric auftauchen würde. So hätte es ausgesehen, als würden wir uns nach dem Sex ausruhen. Tatsächlich hatten wir uns vor dem Schlafengehen nur unterhalten. Vor allem durch unsere Gedanken, was wir schon seit Monaten taten, selbst als sie noch kein Vampir gewesen war.

Sie war nicht meine *Erosita*, aber wir hatten oft genug Blut ausgetauscht, um unsere Seelen auf eine unerklärliche Art und Weise zu verbinden. Oder vielleicht lag es auch an ihren Fähigkeiten.

Irgendwann würde ich es herausfinden.

Dann würde sie endlich mir gehören.

Für heute würde ich meine Bedürfnisse befriedigen, indem ich sie mit nach Hause nahm, für sie kochte und sie trainierte.

Morgen konnten wir unseren Tanz fortführen.

Einen Tanz, der erst zu Ende gehen würde, wenn sie zustimmte, meine Drachenkönigin zu werden.

Meine Gefährtin.

Die letzte Figur auf meinem Schachbrett.

Erst dann würde die Endphase wirklich beginnen.

Willkommen in der Zukunft, meine Freunde. Wo nichts ist, wie es scheint …

KEUSCHER BISS

Es gab eine Zeit, in der die Menschheit über die Welt herrschte,
während Vampire und Lykaner im Verborgenen lebten.
Das ist nicht länger der Fall.

Juliet
Es ist mein Schicksal zu gehorchen, meinen Körper und
mein Blut einem Vampir zu geben, bis er nicht länger
Verwendung für mich hat.

Es gibt kein Entkommen.
Keinen Ort, an den ich fliehen könnte.
Befolge die Regeln oder stirb.
Ich möchte nicht sterben.

Darius

Zweiundzwanzig Jahre der Konditionierung haben das perfekte Gift kreiert – eine Waffe, die meine Feinde nicht kommen sehen werden. Ich werde sie brechen, sie trainieren und mit ihrer Hilfe alle vernichten, die sich mir in den Weg stellen.

Sie ist verführerisch.
Sie ist perfekt.
Und sie gehört mir.

Willkommen in der Zukunft, wo die stärkere Blutlinie die Regeln macht.
Weiterlesen auf eigene Gefahr.

„Darius", formten meine Lippen stimmlos, als die Sterne in der Dunkelheit untergingen. Ein Teil von mir wusste, dass wir auf einen gefährlichen Weg zusteuerten. Ich kämpfte darum, ihn zu warnen, ihn anzuflehen...

„D...", mein Mund fühlte sich trockener an, als er sollte. Schwer. Ich versuchte, meine Lippen zu befeuchten, aber ich konnte meine Zunge nicht bewegen.

Alles fühlte sich so viel kälter an als noch vor wenigen Augenblicken.

Taub.

Darius.

Mitternacht leerte meinen Blick, als ich in eine sternlose Nacht blinzelte.

So allein.

Ich hatte immer erwartete zu sterben…

Ich hatte nie erwartet, dass ich leben wollte.

Bis heute.

Bis Darius mir Hoffnung gegeben hatte.
Bloß ein weiterer grausamer Vampirstreich.
Ich hätte es wissen müssen—

Verlangen des Schicksals

*Es war einmal vor langer Zeit, da öffneten sich Tore auf der Erde,
durch die es der Magie gewährt wurde, sich über die Welt der
Menschen zu ergießen.*

*Geschlechter wurden erschaffen. Übernatürliche Kräfte wurden
zugewiesen. Und eine neue Ordnung wurde hergestellt.*

*Alle Neuankömmlinge müssen sich einem Haus anschließen.
Aber das ist die Geschichte einer Göttin, die sich dem Gesetz
widersetzt, und des Oberhaupts des Hauses, das sie in die Knie
zwingen möchte.*

**Nyx.
Göttin der Nacht.
Meine neueste Obsession.**

Die verwegene Frau hat einen meiner Männer getötet.

Weshalb es an mir, dem König des Hauses von Gold und Granat, liegt, sie dafür büßen zu lassen.

Oh, ja, da gab es so viele Dinge, die ich sie mit ihrem kleinen, ungehorsamen Mund tun lassen wollte. Aber sie war viel stärker, als sie es uns glauben ließ.
Nun ist mir eine Sehnsucht geblieben, die ich nicht ganz stillen kann.
Denn ein Biss war nicht genug.

Du magst die Göttin der Nacht sein, aber ich bin immer noch dein König.
Du wirst niederknien.
Du wirst betteln.
Und vor allem wirst du bluten.

Willkommen im Haus von Gold und Granat, wo die Monarchie durch Macht bestimmt wird und Blut die bevorzugte Währung ist.
Tritt ein – auf eigene Gefahr.

Verlangen des Schicksals ist ein eigenständiger paranormaler Liebesroman, der im Universum der unvergänglichen Triebe und Tugenden spielt. Es handelt sich um eine abgeschlossene Geschichte mit einem Happy End.

USA Today Bestsellerautorin Lexi C. Foss ist eine Schriftstellerin, verloren in der Welt der Computer. Sie lebt mit ihrem Mann und ihren pelzigen Freunden in North Carolina. Wenn sie nicht gerade schreibt, ist sie mit Sicherheit auf Reisen. Viele der Orte, die sie schon besucht hat, lassen sich in ihren Büchern wiederfinden, einschließlich der mystischen Welt von Hydria, die auf der griechischen Insel Hydra basiert.

Lexi ist ein bisschen verschroben, trinkt viel zu viel Kaffee und schwimmt gern. Tschüss!

Würden Sie gern über Neuerscheinungen informiert werden? Dann tragen Sie sich für ihren Newsletter ein: https://www.lexicfoss.com/deutschen-newsletter

Besuchen Sie Lexi im Netz! https://www.lexicfoss.com/aktuell

E-Mail: lexicfoss@gmail.com

BÜCHER VON LEXI C. FOSS

Akademie der Mitternachtsfeen:

Buch Eins

Buch Zwei

Buch Drei

Buch Vier

Ellas Mitternachtsmärchen

Die Blutallianz:

Chastely Bitten – Keuscher Biss (Buch 1)

Royally Bitten – Königlicher Biss (Buch 2)

Regally Bitten – Majestätischer Biss (Buch 3)

Rebel Bitten – Rebellischer Biss (Buch 4)

Kingly Bitten - Royaler Biss (Buch 5)

Cruelly Bitten - Grausamer Biss (Buch 6)

Eigenständige Die Blutallianz:

Crave Me - Verlangen des Schicksals

Blood Day - Bluttag

Die Wölfe des V-Clans

Blutsektor

Nachtsektor

Die Wölfe des X-Clans

Der Ursprung

Andorra Sektor

Das Experiment

Pfeil des Winters

Bariloche Sektor

Königin der Elemente:

Buch Eins

Buch Zwei

Buch Drei

Königin der Elementefeen: Die nächste Generation

Eigenständige Fee-Romane

Königin der Winterfeen

Unsterblich verflucht:

Blood Laws − Blutgesetze (Buch 1)

Forbidden Bonds − Unsterblich entfesselt (Buch 2)

Blood Heart − Blutige Unschuld (Buch 3)

Blood Bonds − Unsterblich geboren (Buch 4)

Angel Bonds − Himmlische Bande (Buch 5)

Blood Seeker − Die Fährte des Blutes (Buch 6)

Blood Burden − Himmlische Bürde (Buch 7)

Wicked Bonds - Himmlisch verrucht (Buch 8)

Blood King - Herrscher des Blutes (Buch 9)

Eigenständiger paranormaler Liebesroman

Rotanev – Eine Poseidon-Erzählung

Carnage Island: Wolfsklauen und verbotene Bisse

Und auch die folgenden Bücher von Lexi C. Foss werden in Kürze auf Deutsch erhältlich sein:

Auferstanden aus der Dunkelheit:

Daughter of Death – Die Tochter und der Tod (Buch 1)

Paramour of Sin – Die Geliebte und die Sünde (Buch 2)

Son of Chaos – Der Sohn und das Chaos (Buch 3)

Heiress of Bael – Die Erbin von Bael (Buch 4)

Princess of Bael – Die Prinzessin von Bael (Buch 5)

www.ingramcontent.com/pod-product-compliance
Lightning Source LLC
Chambersburg PA
CBHW020820030726
47496CB00001B/10

* 9 7 8 1 6 8 5 3 0 2 2 6 9 *